HUNDERT AUGEN

LEE COLE
KENTUCKY

ROMAN *aus dem Englischen*
von Jan Schönherr   ROWOHLT
HUNDERT AUGEN

Die Originalausgabe erschien 2022 unter dem Titel
«Groundskeeping» bei Alfred A. Knopf, New York.

Die Arbeit des Übersetzers am vorliegenden Text wurde
vom Deutschen Übersetzerfonds gefördert.

Deutsche Erstausgabe
Veröffentlicht im Rowohlt Verlag, Hamburg, April 2023
Copyright © 2023 by Rowohlt Verlag GmbH, Hamburg
«Groundskeeping» Copyright © 2022 by Lee Cole
Zitatnachweis von S. 166: Wallace Stevens: Teile einer Welt.
Ausgewählte Gedichte. Jung und Jung 2014.
Übersetzt von Rainer G. Schmidt
Satz aus der Miller Text
bei Dörlemann Satz, Lemförde
Druck und Bindung CPI books GmbH, Leck
ISBN 978-3-498-00270-1

In Andenken an Creston Shelton

ERSTER TEIL

S eit ich denken kann, stecke ich in derselben Zwickmühle. Wenn ich zu Hause in Kentucky bin, will ich schnellstmöglich weg. Bin ich woanders, plagt mich Heimweh nach einem Ort, den es nie gab.

Das habe ich Alma an dem Abend erzählt, an dem wir uns zum ersten Mal begegnet sind.

Ein Masterstudent schmiss eine Party, und wir waren beide dort. Ich weiß nicht mehr, wie lange wir miteinander sprachen oder wie die Unterhaltung angefangen hatte, aber jedenfalls hatte ich bemerkt, dass sie mich immer wieder ansah. Darum bin ich zu ihr rübergegangen. Sie hatte mich beäugt, als könnte ich ihr jeden Augenblick irgendetwas stehlen.

Wie meinst du das, einen Ort, den es nie gab?, fragte sie.

Rings um uns unterhielten sich Leute in Zweier- und Dreiergrüppchen. Das Haus stand irgendwo in der Pampa und war so eingerichtet, wie man es von einem Masterstudenten erwarten würde – mit einem übersteigerten Sinn für Ironie und Gestaltung, aber ohne Geld. Plakate von ausländischen Filmen. Eine Geweihlampe mit Schirm aus Hirschleder. Lichterketten in Form kleiner Chilischoten. Alma und ich standen im rosa Licht einer Wurlitzer-Jukebox. In der Rechten hielt sie einen Plastikbecher und eine unangezündete Zigarette. Ihr langer Jeansrock war so einer, wie ich ihn sonst nur von Pfingstkirchlern kannte. Neben dem Wurlitzer stand ein lebensgroßer Pappaufsteller von Walt Whitman, Hut in der Hand, Faust an der Hüfte. Den sah ich immer wieder aus dem Augenwinkel und dachte, da steht doch einer und belauscht uns.

Ich weiß auch nicht, was das heißen soll, sagte ich. Ich glaub, ich bin ein bisschen betrunken.

Sag bloß, feixte sie, nippte an ihrem Bier und schob sich den Träger ihres BHs wieder auf die Schulter. Dann ließ sie den Blick einen Moment durchs Zimmer wandern und wippte mit dem Kopf sacht zur Musik, die nicht aus der Jukebox kam, sondern aus einer anderen, unsichtbaren Quelle. Die Leute tanzten selbstdarstellerisch. Alma betrachtete sie flüchtig, dann wandte sie sich mir wieder zu und schüttelte ihr Haar. Es war struwwelig, kurz und zu einer Art Bob geschnitten. Die Sorte dunkles Haar, das im richtigen Licht aussieht wie rot – im Schein des Wurlitzers, zum Beispiel.

Also *i-iich* bin ja aus *Virginia-aaa*, sagte sie mit gespieltem Akzent.

Und schnürt es dir manchmal die Kehle zu, wenn du daran denkst? Fängst du an zu schwitzen und zu hyperventilieren, und mit einem Mal packt dich unbändige Angst, dass du, wenn du nach Hause fährst, für immer dort gefangen bist?

Offenbar fand sie die Frage lustig. Nein, antwortete sie grinsend.

Mich auch nicht, sagte ich.

Da musste sie lachen. Genau genommen bin ich in DC aufgewachsen, klärte sie mich auf. Also nicht im *echten* Virginia. In Kentucky war ich vorher noch nie.

Nur zu Besuch, hm?

So ähnlich. Hab's mir aber irgendwie anders vorgestellt.

Dachtest du, wir spielen hier alle den ganzen Tag Banjo und binden uns die Hosen mit Stricken zu?

Wieder lachte sie. Nein, ich dachte bloß, es wäre ... Ich weiß auch nicht. Sie kaute auf ihrer Lippe herum, blickte an die Decke, suchte nach dem treffenden Begriff.

Trashiger?

Na ja, so drastisch hätte ich's nicht formuliert.

Trashig gibt's hier schon auch, du musst nur wissen wo. Zum Beispiel da, wo ich herkomme.

Aha, und wo wäre das?

In Melber, sagte ich, aber da gibt's kaum mehr zu sehen als ein Stoppschild und ein Postamt.

Und dieses Melber ist ... strukturschwach?

Eine Erinnerung blitzte in mir auf: Als ich klein war, wurde in Melber jedes Jahr zu Halloween ein runder Heuballen in Kerosin getränkt, angezündet und die Hauptstraße hinabgestoßen. Die Leute sahen vom Straßenrand aus zu, wie der Ballen vorbeitaumelte, wie die Funken in den Himmel stoben und glimmendes Heu sich über den Asphalt verteilte. Niemand hat mir je erklärt, woher dieses Spektakel kam oder wozu es gut sein sollte, mal abgesehen von Entertainment und schrulliger Tradition. Ich musste an die schweren Hände meines Vaters auf meinen Schultern denken, an die Hitze der Flammen auf meinen Wangen, daran, wie sich ihr Flackern in den vielen Augen spiegelte. Insofern ja: Eine Stadt ohne Kino oder Einkaufszentrum, in der ein brennender Heuballen als Unterhaltung durchging, konnte man vermutlich schon strukturschwach nennen.

Meistens sage ich, ich käme aus Paducah, verriet ich ihr. Die nächste größere Stadt, wenn man so will. Da gibt's T-Shirts, auf denen steht: «Paducah, Kentucky: Halfway between Possum Trot and Monkey's Eyebrow», und darunter prangt ein Bild von einem Affen und einem Opossum, die an ihren Schwänzen von den Bäumen baumeln und die Hände nacheinander ausstrecken, so à la Sixtinische Kapelle.

Wie jetzt, wieso liegt die Stadt denn zwischen 'nem Affen und 'nem Opossum?

Das sind einfach Ortsnamen. Possum Trot und Monkey's Eyebrow.

Ist nicht wahr.

Doch.

Stark.

So kann man's auch ausdrücken, ja.

Na ja, sagte sie, jetzt bist du da ja weg. Sie prostete mir zu.

Da ich grade nichts zu trinken in der Hand hatte, fistbumpte ich ihren Becher. Sie stand dichter bei mir als nötig, dachte ich – so dicht, dass ich den Flaum auf ihrer Oberlippe sah und die Wärme ihres Körpers, ihres Atems spürte. Ich konnte nicht sagen, was genau an ihr mich anzog. Vielleicht ein stummes Einverständnis, egal ob wirklich vorhanden oder eingebildet, dass wir aus demselben Holz geschnitzt waren. Aber vielleicht war das auch ganz egal. Solchen Dingen tat strenge Prüfung sowieso nie gut. Sie war eine hübsche Frau auf einer Party, die sich offenbar gern mit mir unterhielt und deren Nähe ich genoss. Besser, ich nahm das einfach so hin.

Wahrscheinlich würde ich Virginia auch anders sehen, wenn ich dort geboren wäre, stellte sie fest.

Wo bist du denn geboren?

Sie musterte mich kurz, als wollte sie ergründen, ob mich die Antwort ehrlich interessierte. In einem Land, das es nicht mehr gibt, sagte sie dann.

Soll das ein Rätsel sein?

Sie runzelte ganz leicht die Stirn. Nein, sagte sie, kein Rätsel. Sie nahm einen Schluck Bier. Ihr ständiges Gekaue am Becherrand hatte Zahnabdrücke daran hinterlassen.

Was ist denn passiert mit dem Land?

Na, ich hoffe, du findest irgendwann den passenden Ort für dich, sagte sie. Meine Frage hatte sie offenbar gar nicht gehört. Vielleicht erkennst du ihn ja, wenn du dich dort vom ersten Moment an zu Hause fühlst. Dann legte sie mir die Hand auf den Arm und sagte, ich geh mal raus auf die Terrasse, eine rauchen, hat mich gefreut.

Ich verriet ihr meinen Namen, und sie verriet mir ihren – Alma, sagte sie. Ihr die Hand zu geben, war, wie einen Brief einzuwerfen, ohne zu wissen, ob man je eine Antwort darauf erhalten wird: Man schiebt ihn durch den Schlitz, klappt den Deckel wieder zu und steht mit leeren Händen da. Bevor sie ging, erkundigte sie sich noch kurz, was ich machte – ob ich studierte oder Hilfskraft sei oder so. Ich schreibe, sagte ich, aber vielleicht lallte ich bereits zu sehr. Sie sah mich jedenfalls an, als hätte ich mich nur versprochen.

Irgendwer brachte mich heim. Ich erinnere mich an einen Pick-up mit aufgesprühten Adlern an den Türen, gespreizte Schwingen vor flatternden Stars and Stripes. Ein erhabener Anblick; ich stand lange wie hypnotisiert davor in der Einfahrt. Jemand hing vor dem Haus rum und listete sturzbetrunken all die Städte auf, die in fünfzig Jahren unter Wasser lägen. Houston, Dhaka, Miami, Mumbai. Er zählte sie an den Fingern ab. Alexandria, Rio, Atlantic City, New Orleans.

Schließlich tauchte der Fahrer des Airbrush-Trucks auf und meinte, ich solle einsteigen. Ich hatte ihn zwar vorher schon auf der Party gesehen, mich aber nicht mit ihm unterhalten. Jedes Mal, wenn ich mir aus der Küche ein neues Bier geholt hatte, hatte er an dem avocadofarbenen Kühlschrank gelehnt und über den Dichter John Ashbery referiert.

Ich lass mal die Scheibe runter, falls du kotzen musst, sagte er, und ich saß auf dem Beifahrersitz, während der Fahrtwind mir die Augen austrocknete und die Straße vor uns durchs Licht der hohen Scheinwerfer floss. Ob's mich stören würde, wenn er eine rauche, wollte er wissen, und ich sagte: Quatsch, so als wären wir alte Freunde und die Frage geradezu beleidigend. Kann ich vielleicht auch eine haben?, fragte ich.

Ist meine letzte, antwortete er, gefolgt von einer langen Pause. Aber wir können teilen, wenn du willst.

Ist okay, sagte ich, und obwohl ich damit meinte, er solle sie ruhig allein rauchen, reichte er mir die brennende Zigarette. Er trug ein Shirt von PBS, dem öffentlichen Radiosender, und auf dem Kopf eine alte, rote Beaniemütze. Wem gehört denn der Truck?, fragte ich, weil mir plötzlich klar wurde, dass es garantiert nicht seiner war.

Meinem großen Bruder.

Ich nahm einen Zug und gab ihm die Kippe zurück. Cool,

sagte ich, warum auch immer. In Wahrheit hatte ich keine Meinung dazu.

Der Wald öffnete sich auf weites Weideland, lange Reihen Heu im Mondlicht. Am Waldrand stand ein Schindelhaus mit Scheune, hinter einem erleuchteten Fenster umarmten sich ein Mann und eine Frau. Offenbar standen sie in der Küche. Auf dem Tisch waren Teller. Vielleicht hatten die beiden eben erst gegessen, auch wenn es schon sehr spät war. So oder so teilten sie gerade einen besonderen Moment miteinander. Und hatten keine Ahnung, dass ich sie sehen konnte, während wir im Dunkeln vorüberfuhren.

Ich hab 'ne Frau kennengelernt, sagte ich.

Hab's gesehen, antwortete er grinsend. Diese Schriftstellerin. Die hat hier die Autorenresidenz. Fettes Stipendium und so.

Hat jedenfalls gefunkt bei uns, erklärte ich, obwohl ich daran nicht mal selbst so richtig glaubte.

Mhm, klar.

Doch, Mann, definitiv.

Soweit ich weiß, hat die 'nen Freund. Wo soll's eigentlich hingehen?

Nach Hause, sagte ich.

Okay, und das heißt?

Zu Hause hieß: eine Schuhschachtel am südlichen Rand von Louisville, die Wände überwuchert von Kudzu, auf dem Dach ein vertracktes, selbst zusammengepfuschtes Antennengewirr. Das Haus meines Großvaters, in dem auch mein Onkel Cort lebte. Seit ich vor ein paar Wochen aus Colorado zurückgekehrt war, wo ich ein Jahr beim Gartenbauamt der Stadt Aurora gearbeitet hatte, wohnte ich dort in einem Kellerzimmer. Ich hatte meinen Job als Baumpfleger verloren, konnte die Miete nicht mehr bezahlen und hatte zwei Monate lang in meinem Auto geschlafen. Da ich nicht bei meinen geschiedenen Eltern in Western Kentucky wohnen wollte und sonst nirgends hinkonnte, war ich schließlich bei Pop eingezogen, wo ich mietfrei unterkommen durfte, bis ich «wieder auf den Beinen» wäre. Inzwischen hatte ich einen Job als Grünpfleger am Ashby College gefunden, einer kleinen, halbwegs renommierten Privatuni, die eine Stunde außerhalb in den Hügeln vor der Stadt lag. Alle Angestellten durften ein Seminar umsonst besuchen, und ich hatte den Job vor allem gewollt, um an einem Creative-Writing-Workshop teilnehmen zu können. So war ich auch auf der Party in der Pampa gelandet – einer Willkommensfeier zum Beginn des Studienjahrs. Montag sollte ich die Stelle antreten, die erste Seminarsitzung war Montagabend. Jetzt war Samstag, oder genauer: früher Sonntagmorgen. Morgen früh würde ich per Uber zurückfahren und Pops Truck holen müssen.

Und bist du Hilfskraft oder so?, erkundigte sich mein Fahrer.

Nö, sagte ich. Er hatte die Sitzheizung angestellt. Tief in der Polsterung hängend, genoss ich die Wärme und konnte nur mit Mühe meine Augen aufhalten.

Er ließ sein Fenster runter und schnippte die Kippe auf die Straße. Dann hast du keine Finanzierung?, fragte er.

Ich besuch nur einen einzigen Kurs.

Als Gasthörer?

Ich nickte.

Letztes Semester hab ich 'n bisschen unterrichtet, erzählte er mit müdem Kopfschütteln. *Narrative non-fiction.* Ich hatte diese fixe Idee, was ich den Leuten alles über Individualität und Identität beibringen würde, über das persönliche Essay als Mittel der Selbstoffenbarung und so. In Wahrheit durfte ich ihnen meistens bloß den Unterschied zwischen Präsens und Präteritum erklären. Die springen da nach Lust und Laune hin und her. Und schreiben wollen sie alle nur über ihre toten Großeltern. Sonst hat keiner von denen je was Tragisches erlebt. Ohne Scheiß, wenn ich noch eine einzige Story über 'nen sterbenden Großvater lesen muss, geb ich mir die Kugel.

15

Wir nahmen eine Kurve, die Scheinwerfer streiften über die Bäume, und als die Straße sich wieder streckte, stand da plötzlich ein Tier – ein großer Vogel, genau auf dem Mittelstreifen. Mein Fahrer stieg in die Bremse. Heftig ruckend zog das ABS an. Kurz vor dem Vogel kamen wir zum Stehen, und im bläulichen Licht der Scheinwerfer erkannte ich, dass es ein Pfau war – schillernd und prächtig, die ölig glänzenden Federn auf dem Boden hinter sich herziehend wie eine Braut ihre Schleppe. Aus kleinen roten Augen blickte er zu uns auf.

Alter, japste der Fahrer.

Eine ganze Weile glotzte der Vogel uns ungerührt an.

Vielleicht von irgendwo abgehauen, mutmaßte der Fahrer.

Vor was denn?

Er gab keine Antwort. Schließlich tappte der Pfau auf die andere Straßenseite, ließ einmal kurz die Federn zittern und pickte dann unbekümmert nach Insekten. Den Rest der Fahrt verbrachten wir schweigend, abgesehen von meinem knappen «Danke fürs Mitnehmen» zum Abschied. Er nickte bloß stumm, alle Farbe war ihm aus dem Gesicht gewichen. Als hätte er im Traum seinen Doppelgänger gesehen und wüsste nun, dass er bald sterben müsste. Vielleicht sah ich ja auch so aus. Mit noch immer hämmerndem Herzen stapfte ich über den Schotterweg zur Haustür.

Im Keller streckte ich mich auf dem Sofa aus, schnappte mir mein Notizbuch und schrieb alles auf, woran ich mich erinnerte. Das Gespräch mit Alma. Der Truck mit den Airbrush-Adlern. Der Pfau. Als ich alles beisammenhatte, beschrieb ich den aktuellen Augenblick:

Meine nackten Beine sind auf dem Sofa ausgestreckt. Ich bin betrunken. Der Sofabezug kratzt. Durch das Flügelfenster sehe ich eine Birke. Sie sieht ein bisschen aus wie ein japanisches Gemälde. Eine Schnur mit kleinen, zerschlissenen Fähnchen hängt daran. Der Nachbar hat sie

*aufgehängt. Gebetsfahnen heißen die, glaube ich. Weiter
hinten steht ein Kirchturm. Zartlila Himmel. Die ersten
Vögel singen, also geht wohl bald die Sonne auf.*

*Hier unten ist es schummrig, die Luft ist kühl und
feucht wie in einem Kartoffelkeller. Pops bewahrt hier
seine Antiquitäten und alten Werkzeuge auf, zu viele,
um sie alle aufzuzählen, aber hier zumindest die rund
um die Werkbank:*

Schrotsägen.
Doppelspaten.
Rostfleckiges Pepsischild.
Wagenheber.
Kerosinlampen.
Purple Heart in einem Glaskästchen.

Ich überlegte kurz, ob ich etwas Wichtiges vom Abend vergessen hatte. Schließlich schrieb ich: *Pappaufsteller von Walt
Whitman auf der Party* und klappte das Notizbuch zu.

Ohne angeschalteten Fernseher konnte ich schlecht einschlafen. Vor der Party hatte ich *Der Mann, der Liberty
Valance erschoss* angefangen, und das Video stand immer
noch auf Pause. Pop hatte hier unten im Keller ein riesiges
Regal voller VHS-Kassetten. Massenweise Western von John
Ford. Billy Wilder. Hitchcock. Alles selber aufgezeichnet,
inklusive Werbespots für Küchenmaschinen und andere ver-
altete Geräte, aber die störten mich nicht weiter.

Während mir bei dem Film die Lider schwer wurden, versuchte ich, mich an irgendein Whitman-Zitat zu erinnern,
das nicht «I am large, I contain multitudes» war, aber mir
fiel kein einziges ein. Ich dachte an Alma, an den Wurlitzer
gelehnt, umrahmt vom Neonlicht. Was hatte ich eigentlich
gemeint, mit diesem Ort, den es nie gab? Rückblickend be-
trachtet schon ziemlich kitschig. Meine Augen waren geschlossen, aber ich hörte noch, wie Jimmy Stewart mit Vera

Miles sprach. Doch Whitman ließ mich nicht los – dass mir einfach nichts anderes einfiel. Ich kramte mein Exemplar von *Leaves of Grass* hervor und fand die erste Zeile, die ich Jahre zuvor markiert hatte, als ich es zum ersten Mal las. «I help myself to material and immaterial», hieß es da. «No guard can shut me off, no law prevent me.» Ich las die Passage mehrmals laut vor. Irgendwie beruhigte mich das, und ich konnte einschlafen, das Buch in meinen Armen.

P op kam von der Kirche zurück, mit einem Eimer Fried Chicken und einem Bajonett. Ich hatte den ganzen Vormittag mit dumpfem Kopfschmerz ferngesehen und ging jetzt immer noch verkatert zu ihm in die Küche. Er stellte die Hähnchenteile auf den Tisch und wedelte stolz grinsend mit dem Bajonett. Siebzig Mäuse!, sagte er. Mehr wollte Sparky nicht dafür. Der dachte, das sei von der Jahrhundertwende – also letztes Jahrhundert, klar. In Wahrheit ist es aber aus dem Bürgerkrieg. Frag mich mal, woher ich das weiß.

Wer ist denn Sparky?

Ach, so 'n alter Zausel aus der Kirche, winkte er ab. Spielt keine Rolle. Frag mich, woher ich das mit dem Bürgerkrieg weiß.

Woher weißt du das mit dem Bürgerkrieg?

Er winkte mich näher heran, hielt die Klinge vor dem Küchenfenster ins Licht. Die Schrift hier an der Halterung, erklärte er, indem er mit dem Fingernagel über den Stahl strich. Ich beugte mich vor, kniff die Augen zusammen und sah die blassen, eingravierten Buchstaben. «Chavasse», sagte Pop. Das heißt, es wurde im Krieg aus England importiert. Enfield Vorderlader. Beide Seiten haben die benutzt.

Wow, sagte ich, weil mir sonst nichts dazu einfiel.

Bewundernd streckte er die Waffe vor sich aus und legte sie dann seufzend auf den Tisch. Dann nahm er seinen Fischerhut ab und hängte ihn an die Garderobe. Er trug seine einzige gute Hose, ein Kurzarmhemd und eine schmale Krawatte. Seine Turnschuhe hatten Klettverschluss. Sich zum Binden vorzubeugen, fiel ihm mittlerweile schwer. Ach so, sagte er, als fiele es ihm eben wieder ein, ich hab uns was von KFC mitgebracht.

Ja, hab schon gesehen.

Onkel Cort schlurfte mit schweren Lidern in die Küche. Wie fast jeden Morgen hatte er bis jetzt – elf Uhr – geschlafen und steckte noch in seinem Schlafanzug aus T-Shirt und Trainingshose, hatte jedoch seine Kroko-Cowboystiefel dazu angezogen und die Hose reingestopft. Sein Haar war zurückgegelt wie üblich, mit ein paar störrischen Löckchen am Nacken. Er sah immer aus, als käme er gerade aus der Dusche. Teilnahmslos sah er den Hähncheneimer an.

Der Colonel, stellte er fest.

Yup, sagte Pop. Komm, setz dich her und iss was.

Der war gar kein richtiger Colonel, erklärte Cort, indem er sich einen Pappteller aus dem Schrank nahm.

Wissen wir, Cort, erwiderte Pop. Cort, der Bruder meiner Mutter, war 52 und hatte im ganzen Leben noch nie allein gewohnt oder länger als ein paar Wochen denselben Job behalten. Sein Rekord war eine Stelle bei Walmart gewesen, wo er Einkaufswagen auf dem Parkplatz eingesammelt hatte. Geflogen war er, weil er einen völlig unschuldigen Kunden pöbelnd des Ladendiebstahls bezichtigt hatte.

Cort packte seinen Tablettenschieber auf den Tisch, je ein kleines Plastikfach pro Wochentag, und kippte sich einen schillernden Pillenregenbogen in die Hand. Seit er mit zweiundzwanzig in einen beinahe tödlichen Autounfall verwickelt gewesen war, musste er täglich einen Batzen Medikamente nehmen, einschließlich einer Dosis Oxy, die jemanden mit niedrigerer Toleranz ohne Umwege ins Jenseits befördert hätte.

Wir machten den Eimer auf, fielen über die Hähnchenteile her. Röstkartoffeln sind da auch irgendwo drin, sagte Pop. Cort nahm die Pappschachtel mit den Kartoffelschnitzen heraus und kippte sich den Löwenanteil auf den Teller. Das rostige Bajonett lag mitten auf dem Tisch, während wir aßen. Ich fragte mich, ob irgendwer damit getötet worden war – ob an der Klinge noch das getrocknete Blut irgendeines jungen Kerls klebte.

Sparky hat's auf 'nem Flohmarkt gefunden, erläuterte Pop mit vollem Mund. Er lutschte sich Fett vom Finger, tupfte sich die Lippen mit einer Papierserviette ab. Der Gute hat ja keinen blassen Schimmer gehabt, über was er da gestolpert war. Immer dasselbe mit diesen alten Prachtstücken. Die Leute wissen nie, was sie da vor sich haben.

Colonel Tom Parker, der Manager von Elvis: auch kein richtiger Colonel.

Ist ja gut, Cort, sagte Pop. Wissen wir doch.

Ich blickte durchs Küchenfenster. Auf der anderen Straßenseite füllte ein Mann im grellen Mittagslicht mit einem Gartenschlauch ein Planschbecken. Er trug eine Badehose mit blauen Flammen sowie ein Tarnfarben-T-Shirt, und er rauchte beim Warten eine Zigarette. Ich fragte mich, ob er das Becken für sich selbst einließ oder für seine Kinder. Sämtliche Häuser hier in der Straße glichen dem von Pop: mit PVC verkleidete Schuhschachteln und Split-Level-Häuser aus den Siebzigern. Maschendraht und Plastikgartenmöbel. Pick-ups in den Einfahrten. Über den knorrigen Bäumen und notenlinienhaften Stromleitungen zeichneten sich gerade noch die Schornsteine der Mill Creek Generating Station ab, eines keine zehn Kilometer entfernten Kohlekraftwerks. Während ich die ganze Szenerie im Hinterkopf abspeicherte, wurde mir klar, dass diese Schornsteine, aus denen weißer Dunst in die strahlend blaue Weite des Septemberhimmels strömte, in einer Beschreibung der Gegend so wirken würden wie die in den Himmel ragende physische Verkörperung einer allgemeinen industriellen Unterdrückung, die die ganze

Gegend beherrscht. Viel zu symbolisch eben. Aber sie waren nun mal da. Konkretes und Symbolisches, Text und Subtext, fielen hier in eins. Nichts war verborgen. Wenn man erst mal hinsah, lag alles deutlich an der Oberfläche. Aber natürlich sah fast niemand hin.

Könnt ihr euch vorstellen, so ein Ding zu benutzen?, fragte Pop. Er nahm das Bajonett in die Hand, schnippte mit dem Daumen an die Spitze. Von 'nem Hügel aus auf den Feind schießen, okay. Aber einem dieses Teil aus nächster Nähe in den Bauch rammen, das ist schon was anderes. In der Army haben wir damals mit den Dingern geübt, aber benutzt haben wir sie nie.

Ich hätte auch zur Army gehen können, sagte Cort. Hab mit 'nem Musterungsoffizier gesprochen.

Und deine Plattfüße?, wandte Pop ein.

Der Offizier meinte, das wär egal. Ein erstklassiger Soldat wär ich, hat er gesagt. Erstklassig! Seine Worte!

Und wieso hast du's nicht gemacht?, fragte ich.

Cort blickte zu mir, als hätte er eben erst bemerkt, dass ich im Zimmer war. Was nicht gemacht?

Warum bist du nicht zur Army?

Eine Weile glotzte er mich zähneschmatzend an, dann zuckte er mit den Achseln und aß weiter. Cort hatte die Marotte, jeden Bissen vorher zu beschnüffeln, und wenn er mit den Fingern aß, ließ er das berührte Stück grundsätzlich liegen. Besonders auffällig war das bei Fritten, von denen er all die Enden übrig ließ, die er zwischen den Fingern gehabt hatte. Oft wusch er sich tagelang nicht richtig und versuchte, das mit Rasierwasserproben aus Männermagazinen zu kompensieren. Er ließ sich nicht gern anfassen, und wenn man ihm versehentlich zu nahe kam, zuckte er zusammen. Soweit ich mich erinnerte, hatten weder Pop noch meine Mutter über diese Schrullen je gesprochen. Alle hatten Mitleid wegen des Unfalls und nahmen ihn deshalb einfach, wie er war: ein einsamer Stubenhocker mit einer Stinkwut auf sein Leben.

21

Und du machst jetzt einen auf Gärtner, ja?, fragte Cort. Er nagte Fleischfetzen von einem Schenkel und sah mich abwartend an, obwohl er schon ziemlich genau wusste, was mein neuer Job war.

Grünpfleger, antwortete ich.

Gibt's da 'nen Unterschied?

Da war ich mir selbst gar nicht so sicher, aber «Grünpfleger» klang irgendwie achtbarer, so als hätte man mir etwas Wertvolles zur Pflege anvertraut – das «Grün».

Ich hoffe mal, es geht da hauptsächlich um Bäume.

Das hast du drauf, sagte Pop und zeigte mit dem Bajonett auf mich. Hab ja gesehen, wie du auf die Zeder mit dem Sturmschaden gekraxelt bist. Ein richtiger Affe bist du. Könnte deine Berufung sein.

Ich grinste sarkastisch. Na vielen Dank, Pop.

Das ist ein anständiger Beruf. Muss man was können für. Du, wenn du üben willst, der Ahorn hinterm Haus gehört schon lange mal wieder zurückgeschnitten.

Da arbeiten bestimmt auch viele Illegale, hm?, fragte Cort.

Ich weiß es nicht, Cort, sagte ich seufzend.

Doch, hundertprozentig. Kannst du Gift drauf nehmen.

Okay, okay, unterbrach Pop. Esst mal lieber euer Hähnchen.

Wir starrten einander einen Moment lang an, dann wandten wir uns wieder dem Essen zu. Pop band die Krawatte auf, lehnte sich zurück und inspizierte das Bajonett. Sein Bauch hob und senkte sich zufrieden. Draußen fuhr ein Junge im Batman-Outfit auf einem Roller vorbei. Kurz sah es so aus, als hätte er sich im Vorbeifahren nach mir umgedreht, aber mit der Maske war das schwer zu sagen.

Ein ehrbares Handwerk, sagte Pop und zupfte eine Rostflocke von der Klinge. Kann man drauf stolz sein.

Ich war spät dran. Mein Ziel – ein rosa Bau auf dem Campus – fand ich zwei Minuten vor der Zeit. *Hausmeisterei und Anlagenpflege* stand auf dem Schild. Im Erdgeschoss befanden sich Garagen voller Null-Wendekreis-Mäher und Motorsensen. Auf dem Hof parkte eine Flotte Pick-ups neben Schaufelbaggern, Kompaktladern und ein paar Häckseltrucks – Kipplaster mit angehängten Hackschnitzlern.

Ich musste in das Büro über den Garagen. In meinen abgewetzten Arbeitsstiefeln stieg ich die Treppe rauf, in den Händen eine Flasche Wasser und eine Plastiktüte mit meinem Mittagessen. Oben warteten bereits um die zwanzig Männer, teils um einen langen Konferenztisch sitzend, teils mit verschränkten Armen dastehend. Ein paar waren bestimmt neu, so wie ich, andere schon lange dabei.

Ein Mann, der offenbar das Sagen hatte, ergriff soeben das Wort. Ich nahm Platz an dem Kunststofftisch; die Platte war übersät mit Tannennadeln und Müsliriegelverpackungen und voller klebriger Ringe von Limodosen. Der Mann stellte sich uns als Kelly vor. Er sah aus wie ein Highschool-Basketballcoach. Sein Polohemd steckte in einer Kakihose mit Bügelfalte, und er ließ bestimmt nicht zufällig den Bizeps zucken, während er uns unsere Aufgaben erklärte.

Wir haben hier fast neunzig Hektar Campus mit über 20 000 Bäumen, und wir sind für jeden einzelnen verantwortlich, sagte er. Wir würden in Teams aufgeteilt werden, meinte er, jedes mit einer eigenen Aufgabe. Arbeiten würden wir täglich knapp sechs Stunden, sodass man uns die in Kentucky sonst vorgeschriebene Mittagspause nicht gönnen musste. Stattdessen bekämen wir zweimal fünfzehn Minuten, die wir, wenn wir wollten, zu einer halbstündigen Pause kombinieren konnten. Bei ein paar Arbeitern erntete diese Ansage missmutiges Grummeln.

Bestimmt sind unter Ihnen auch Studenten, sagte Kelly, und bestimmt sehen einige diesen Job nur als Mittel zum

Zweck. Aber solange Sie hier sind, wird ordentlich gearbeitet, verstanden? Wir alle nickten möglichst unauffällig. Gut, dann teilen wir jetzt die Teams ein, sehen uns die Sicherheitsfilme an, und dann geht's an die Arbeit.

Er las unsere Namen vor, teilte uns in Dreiergruppen ein. Nach meinem Namen rief er die meiner Teamkollegen auf: Randy Blythe und James Mas–

Er hielt inne, kniff die Augen zusammen. Wie spricht man das denn aus?, fragte er. Mason-*do*?

Ma-*son*-do, antwortete jemand hinter mir. Ich drehte mich nach der Stimme um: Ihr Besitzer lehnte mit der Schulter an einem Aktenschrank. Groß, drahtig, markante Adern auf den Unterarmen. Offenbar etwa in meinem Alter. Unter den freien Arm hatte er einen Helm geklemmt, an seinem Gürtel hing ein gutes Dutzend Karabiner.

Sie sind der Kletterer, ja?, fragte Kelly.

Genau, bestätigte James Masondo.

Okay, den Namen muss ich wohl noch üben.

So schwer ist der auch nicht auszusprechen.

Woher kommt der überhaupt? Ursprünglich, meine ich.

James Masondo schüttelte den Kopf. Aus Südafrika, Mann.

Ah, sagte Kelly. Gut, wie auch immer. Ihr drei macht jedenfalls Baumpflege, damit kennt ihr euch ja aus.

Ich ließ mir meine Erleichterung nicht anmerken. Fast hatte ich befürchtet, ich müsste hier jeden Tag den Rasen mähen. Bäume gefällt und beschnitten hatte ich bereits in Colorado.

Wir schauten die Sicherheitsvideos, die im Wesentlichen von dem Vermeer-Häcksler handelten, mit dem wir arbeiten würden. Plötzlich stand Kelly direkt hinter mir. Schon mal *Fargo* gesehen?, flüsterte er mir zu. Den Film?

Ja, sagte ich.

Passen Sie bloß auf, dass dieses Ding Sie nicht verschluckt, mahnte er. Sonst sammeln wir Ihre Überreste mit der Schippe ein.

Nach dem Video tröpfelten wir alle auf den Hof, und ich warf schon mal den Motor unseres Häckseltrucks an. James Masondo kam auf mich zu und gab mir die Hand. Owen Callahan, richtig?, fragte er.

Ich nickte.

Gut zu wissen, dass du das nicht zum ersten Mal machst.

Dito, erwiderte ich. Kennst du unsere Nummer drei schon?

Bis jetzt noch nicht.

Die anderen ringsum machten sich fertig für ihre Aufgaben. Sie wetzten Scheren und betankten Kettensägen. Sie werkelten mit Schraubenziehern an Kettenspannern herum und kämmten sich die Bärte vor gewölbten Spiegeln. James und ich tranken verbrannten Kaffee aus Styroporbechern, Dampf stieg wirbelnd in die Morgenluft auf. James war weit und breit der einzige Schwarze. Es gab ein paar Latinos, einer stammte aus Laos. Die anderen waren alle weiß.

Studierst du hier?, fragte ich ihn.

Er nickte. Ich mach 'nen Master in Geschichte.

Und kommst du aus der Gegend?, fragte ich weiter, hoffte, dass es freundlich und nicht aggressiv klang.

Aus Louisville, sagte er. Seine Mutter sei Sozialarbeiterin in einem Zentrum für Menschen mit Verhaltensauffälligkeiten und ebenfalls in Louisville aufgewachsen. Sein Vater lebe in Johannesburg. Bis er fünf war, meinte er, habe er auch dort gewohnt, seither aber hier.

Friedenskorps, sagte er dann, weil er meine nächste Frage – wie die Eltern sich kennengelernt hatten – schon ahnte.

Ah.

Sie schreibt 'nen Roman darüber. Genau wie alle anderen, die mal im Friedenskorps waren.

Keuchen näherte sich uns von der gegenüberliegenden Seite des Hofs – ein Mann zottelte auf uns zu, asthmatisch atmend und mit ausgestreckter Hand.

Randy?, fragte ich.

Rando, schnaufte er. So nennen mich hier alle.

Alles klar, dann Rando, sagte ich.

Wir beschnupperten einander noch ein wenig neben dem leerlaufenden Truck, inhalierten Zigarettenrauch und Dieselabgase. Rando war schon älter – mindestens sechzig – und klang, als hätte er seine Stimmbänder vierzig Jahre mit Pall Mall geräuchert. Und ganz offensichtlich redete er gern.

Die Luftakrobatik könnt ihr Jungspünde übernehmen, sagte er. Ich bin dafür zu alt und zu fett. Hab vor zehn Jahren mit dem Trinken aufgehört, aber die Plauze behalten. Er tatschte sich kräftig auf den Bierbauch – den Spruch brachte er wahrscheinlich öfter, jedes Mal gefolgt vom selben Bauchklatscher. Die hatten mich bisher immer zum Mähdienst eingeteilt, fuhr er fort. Drei Jahre Mähtraktor, dann hab ich Furunkel am Hintern gekriegt von der ganzen Sitzerei – ach, das wollt ihr gar nicht wissen. Nicht schön. Jetzt hat Kelly mich jedenfalls zu euch geschickt, bis mein Hintern wieder heil ist.

Hab gehört, Kelly hätte fünfzehn bestätigte Kills im Irak, sagte James. Ist da was dran?

Siebzehn sogar, antwortete Rando.

James pfiff.

Ganz schön viele Leute, sagte ich.

Kein Scheiß, pflichtete James bei. Von so 'nem Bodycount kann mancher Serienmörder nur träumen.

Ein Arschloch ist der, erklärte Rando. Werdet ihr ja noch sehen.

Wir drehten uns nach Kelly um. Er stand neben einer der Garagen und wies ein Team mit Motorsensen ein. Ich versuchte, mir vorzustellen, wie banal einem wohl Rasenpflege vorkommen mochte, wenn man siebzehn Menschen getötet hatte.

Hat er die alle gleichzeitig gekillt oder über längere Zeit hinweg?, wollte ich wissen.

Rando zuckte mit den Achseln. Musst du ihn schon selber fragen.

James und ich machten den Häcksler fertig, während Rando seine Pall Mall quarzte und sich die bärtigen Wangen kratzte. Er hatte die größte Thermosflasche dabei, die ich je gesehen hatte – genug für eine ganze Kanne Kaffee. Macht ihr prima, sagte er zwischen zwei Schlucken. Ich unterstütze euch von hier aus moralisch.

Ich fuhr mit James im Laster – er hatte als Einziger den nötigen Führerschein –, Rando nahm den Pick-up mit den Scheren und Stangensägen. Heute sollten wir uns um ein paar Bradford-Birnen neben einem Fußweg vor der Geschichtsfakultät kümmern. Zum Raufklettern waren die viel zu klein, weshalb wir sie vom Boden aus beschnitten. Rando sammelte kettenrauchend die Zweige ein. Wir mussten die Kronen nur so weit zurückschneiden, dass sie nicht tiefer als zweieinhalb Meter über dem Weg hingen. Ein Kinderspiel.

Zur Mittagszeit setzten wir uns in den Schatten und aßen unser mitgebrachtes Essen. Das mit der halben Stunde sei sowieso Quatsch, meinte Rando. Da achtet kein Schwein drauf, sagte er. Wir könnten locker zwei Stunden Mittag machen. Würde keiner merken.

Ich hatte eine Banane dabei, Beef-Jerky und Pop-Tarts mit Kirschfüllung. James hatte ein Sandwich mit Fleischwurst, Rando eine Tupperdose mit einer Art Rindereintopf, bedeckt von einer Schicht erstarrtem Fett.

Ist der nicht kalt?, fragte ich.

Kalt schmeckt der am besten, antwortete er.

Mehrere Kurse gingen gleichzeitig zu Ende, und ein Schwall Studenten strömte über den Weg, teilte sich an unserer Absperrung. Ich fragte mich, ob ich den einen oder die andere davon später im Seminar wiedersehen würde. Über den Rasen blickte ich zu den Gebäuden gegenüber – georgianische Bauten aus rotem Backstein, mit Säulen und Mansardenfenstern. Auch dort tummelten sich Studenten. Kleine Grüppchen mit Rucksäcken. Über Handydisplays huschende Daumen. Ashby war wirklich schön. Alle Wege waren gesäumt mit Blumenrabatten. Gelber Hibiskus. Rote Farbkleckse aus Mohn. Riesige, knorrige Eichen, deren ästelige Schatten über den Rasen flackerten, wenn eine Brise das Laub zum Rascheln brachte – ein Geräusch wie Meeresbrandung. Die Studenten schienen all das gar nicht weiter zu beachten. Und auch uns, die Grünpfleger beim Mittagessen, bemerkte offensichtlich niemand.

Wir können uns Zeit lassen, sagte Rando. Erst mal in Ruhe verdauen. Den ganzen Tag könnten wir hier verplempern, und keine Sau würd's interessieren.

Ich hatte mich für ein Creative-Writing-Seminar angemeldet. Eine genaue Ankündigung hatte ich nirgends gefunden, ich wusste nur, dass der Kurs eine «Workshop-Komponente» beinhalten sollte und dieses Semester der einzige Schreibkurs war, an dem auch Gasthörer teilnehmen durften. Die Sitzungen waren immer montagabends, und ich merkte erst am Ende meines ersten Arbeitstages, dass mir keine Zeit blieb, vorher heimzufahren und zu duschen. Also schrubbte ich mir auf dem Klo mit Waschpaste die Hände und strich mir ein paar Sägespäne aus dem Haar. Mein Versuch, mir unter dem Handtrockner die Achseln zu trocknen, brachte leider nicht viel.

Vor der Sitzung saß ich neben den Fahrradständern der Philosophischen Fakultät auf einer Mauer und rauchte. Ein Mädchen und zwei Jungs, vermutlich um die zwanzig, schlenderten aus dem Gebäude und fummelten an ihren Fahrradschlössern herum. Das Mädchen trug eine Schnürbluse über einer Pluderhose, die Jungs hatten sich einen ähnlichen Pseudo-Boheme-Look zugelegt und waren eindeutig ganz hingerissen von ihr. Die drei diskutierten über Donald Trump, den Präsidentschaftskandidaten der Republikaner, und darüber, wie man mit seiner Existenz umgehen sollte.

Am besten spricht man nicht mal seinen Namen aus, verkündete das Mädchen entschieden.

Genau!, pflichtete einer der Jungs bei. Einfach totschweigen!

Und wenn man doch mal von ihm sprechen muss?, fragte der andere. Was sagt man dann? «Der, dessen Name nicht genannt werden darf»?

Man spricht *überhaupt nicht* von ihm, erwiderte sie. Das ist die radikalste Strategie. Die Aufmerksamkeit freut ihn doch nur.

Was soll daran radikal sein?, erkundigte ich mich.

Das Mädchen sah mich an, als hätte ich ihr eine gescheuert. Wie bitte?, fragte sie.

Was ist daran so radikal?

Sie sah ihre Freunde an und hob die Augenbrauen, dann zogen sie alle drei ab. Keine Ahnung, warum ich überhaupt etwas gesagt habe, wieso mich das derart genervt hatte. Ich wollte ihnen nur aufs Brot schmieren, wie hirnverbrannt ihre Idee war und dass der haarsträubende Siegeszug von Donald Trump sich garantiert nicht stoppen ließ, indem man ihn ignorierte. Am liebsten hätte ich ihnen hinterhergerufen, dass ihre Strategie die unradikalste überhaupt war. Aber damals taten nun mal alle eifrig so, als gäbe es Trump gar nicht, um sich nicht ganz so von seinem Gehabe runterziehen zu lassen, und das würde wohl auch so bleiben, bis die Wahl entschieden war.

Das Seminar fand im Chemie-Gebäude statt. Als ich reinkam, saßen schon vier andere im Raum, und an der Tafel waren noch halb ausgewischte Gleichungen und Diagramme zu erkennen. Im Glauben, dass sicher noch mehr Teilnehmer kämen, setzte ich mich neben einen Typen mit einer Mütze von den Cincinnati Reds. Er war groß und hatte einen stoppelig umrahmten Schnurrbart, genau die goldene Mitte in Sachen Gesichtsbehaarung, bei der man weder abgeranzt noch schnöselig aussieht. Seine Miene wirkte dauerhaft belustigt. Er sah gut aus – so ein Gesicht, das dermaßen symmetrisch ist, dass es schon beinahe unheimlich wirkt. Yo, grüßte er mich.

Sind das schon alle?

Glaub schon.

Ehrlich gesagt, weiß ich nicht ganz, was das hier werden soll.

Ich auch nicht. Ich hab mich nur wegen dieser «Workshop-Komponente» eingeschrieben.

Dito.

Die Tische waren zu einem U aufgestellt. Uns gegenüber saß ein Mädchen mit kurz geschorenem Haar und einem Hahnentrittmantel. Dazu trug sie bunte Stulpen und Stiefeletten, die aussahen wie aus einem anderen Jahrhundert. Sie las fieberhaft in einem Buch, dessen Titel mir nichts sagte; ihre großen Augen tanzten über den Text. Auch wenn es in den Seminarräumen wirklich etwas kühl war, herrschte draußen immer noch Hochsommer, und ich fragte mich, wie sie das so dick eingemummelt aushielt.

Zehn Minuten später kam unser Dozent herein, völlig außer Atem. Ein mittelalter Mann, der noch nicht mitbekommen hatte, dass er mittelalt war: Er war gekleidet wie ein schlampiger 25-Jähriger. Tut mir leid, keuchte er, während er seine Umhängetasche ablegte und sich die ungekämmten Locken aus der verschwitzten Stirn strich. Dieses Gebäude ist echt ein Labyrinth!

Er holte eine Aluflasche aus der Tasche und kippte sich Wasser in den Schlund, wobei sein Adamsapfel hüpfte wie der Kolben eines Motors. Dann wischte er sich den Mund ab, drehte den Deckel zu und setzte sich, lächelte uns an und verschränkte die Finger. So, sagte er mit tropfendem Bart. Mein Name ist Tony Kaufman. Ihr seid alle hier für Dschungelnarrative, oder?

Alle blickten einander fragend an.

Das ist der Seminartitel, sagte er. Ich hab doch extra Bescheid gesagt, dass das im Vorlesungsverzeichnis noch geändert wird. Haben die das nicht gemacht?

Wir schüttelten die Köpfe.

Na typisch.

Er tupfte sich die Stirn mit einem Taschentuch ab, steckte es wieder in die Jeanstasche und linste auf die Teilnehmerliste. Okay, sagte er, fünf Namen sollte ich mir merken können. Er seufzte, ließ das Blatt auf den Tisch fallen. Gut, am besten mal von Anfang an. Die Saat für diesen Kurs wurde vor zehn Jahren gestreut, als mein Vater in Peru starb. Er war Anthropologe, und eines Sommers fuhr er runter, um mit dem Rucksack durchs Land zu ziehen, und – na ja, er starb unter «ungeklärten Umständen», kann man wohl sagen. Eine undiagnostizierte Krankheit. Seither lässt mich das nicht mehr los, und es ist auch das Thema meines Romans, an dem ich inzwischen, ähm, na, so etwa seit acht Jahren sitze. Zweimal war ich schon im Land, habe nachgeforscht, Leute befragt. Im Winter fahre ich wieder hin. Ich habe die letzten acht Jahre über meinen Vater im Dschungel nachgedacht, und da ging mir plötzlich auf, dass es ja ein ganzes *Genre* mit Storys über den Dschungel gibt. Also warum dem Thema nicht mal einen Kurs widmen? So zumindest die grobe Idee. Was ein Dschungelnarrativ *genau* ausmacht, das weiß ich auch nicht, aber ich hoffe, wir finden das im Laufe dieses Semesters gemeinsam raus.

Das Mädchen im Hahnentrittmantel nickte eifrig, schien Feuer und Flamme. Der Typ neben mir – der mit der Cincinnati-Reds-Kappe – hob die Hand. Entschuldigung, Dr. Kaufman?, sagte er.

Bitte, ihr braucht euch nicht zu melden, sagte er. Das soll hier ganz zwanglos zugehen. Wir sind einfach nur Leute, die zufällig im selben Zimmer sitzen und sich unterhalten, okay?

Okay, Dr. Kaufman. Also …

Und ich hab auch keinen Doktor. Tony reicht völlig.

Okay, Tony. Was ist denn die «Workshop-Komponente»?

Ah, gut, dass Sie fragen! Ich hätte gern, dass wir gegen Ende des Semesters alle unsere eigenen Dschungelnarrative ausarbeiten, sei es als Erzählung, Theaterstück oder in Form von Gedichten. Oder auch als Film! Ui, daran hatte ich ja noch gar nicht gedacht ...

Er kritzelte eine Notiz auf die Teilnehmerliste, die ich gerade so erkennen konnte. *Teilnehmer Dschungelfilme drehen lassen?*, stand da. *Kameras vom Filmdepartment?*

Frage!, meldete sich das Hahnentrittmädchen zu Wort. Was ist denn, wenn man noch gar nie im Dschungel war?

Es kann ruhig auch um einen metaphorischen Dschungel gehen, antwortete Tony.

Sie kniff die Augen zusammen und nickte langsam. Okay, cool ..., sagte sie.

Und wenn man schon mal in einem war?, fragte ein anderer, ein stämmiger Kerl, dem das lange, schwarze Haar über die Schultern hing. Seine Miene schien auf schwelende Wut abonniert zu sein.

Na, dann können Sie natürlich gern darüber schreiben!, erwiderte Tony fröhlich. In welchem Dschungel waren Sie denn?

Bisher noch in keinem. Aber im Frühjahr vielleicht. Ich interessiere mich für Ayahuasca.

Tonys Lächeln verblasste. Verstehe, sagte er. Na ja, da ist der Kurs natürlich schon vorbei, also müssten Sie wohl auch über einen metaphorischen Dschungel schreiben. Aber nur mal so aus Neugier, war denn jemand schon mal in einem echten Dschungel?

Frage!, meldete sich erneut das Hahnentrittmädchen. Zählen die Everglades in Florida als Dschungel?

Tony blies die Backen auf und ließ die Luft langsam wieder entweichen. Hm, joa, warum nicht?

Okay, cool ..., sagte sie.

Nachdem die Vorstellung erledigt war, stand Tony auf, um etwas an die Tafel zu schreiben. Die Kreide brach ab. Er nahm eine andere, doch auch die zerknackste. Fuck ..., brummte er, versuchte es erst weiter mit dem Kreidebröckchen, gab sich schließlich aber doch geschlagen. Er schüttelte den Kopf, wischte sich die Hände an den Hosenbeinen ab, hinterließ weiße Abdrücke darauf. Also, sagte er, ich wollte eigentlich ein Zitat von F. R. Leavis anschreiben. «Literatur ist das geeignetste Mittel, um sein Sinnes- und Gefühlsleben zu erneuern und zu einem anderen Bewusstsein zu gelangen.» Das soll die Grundlage unseres Seminars sein. Gute Literatur sollte uns einen Schock des Erkennens versetzen, wie Melville das nannte. Man liest etwas und denkt: «So ging's mir auch schon mal!» Das verbindet uns mit der Welt, mit unseren Mitmenschen und der gefühlten Präsenz unmittelbarer Erfahrung.

Das Hahnentrittmädchen schrieb hastig mit. Könnten Sie das Letzte noch mal sagen?, bat sie. Die gefühlte Präsenz ...

Tony seufzte, ließ die Schultern hängen. Unmittelbarer Erfahrung, wiederholte er.

Woher soll dieser Schock des Erkennens denn kommen, wenn keiner von uns je im Dschungel war bisher?, fragte die Reds-Kappe.

Wir haben alle unsere metaphorischen Dschungel, erwiderte Tony. Man muss nur rausfinden, was das für einen selbst bedeutet.

Nach dem Kurs ging ich noch schnell zum Englisch-Department und besorgte mir die Texte für die nächste Sitzung aus dem Handapparat. Auf dem Weg nach draußen durch den leeren Flur kam ich danach an einem Büro vorbei, hinter dessen angelehnter Tür noch Licht brannte. Im Vorbeigehen linste ich durch den Spalt: Am Schreibtisch saß Alma, die Gastautorin von der Party. Sie hatte die bestrumpften Füße auf einem Stapel Ordner abgelegt und las, doch als ich an der Tür vorbeiging, blickte sie auf und sah mir direkt in die Augen. Ich schaute schnell weg, ging weiter. Hey!, rief sie. Ich erstarrte, machte einen Schritt zurück und schob die Tür ein Stückchen weiter auf.

Hi, sagte ich.

Arbeitest du hier? Hier drin ist's schweinekalt. Sie hatte die Schultern hochgezogen und ihre Strickjacke eng um sich gezogen. Ich blickte hinab auf meine Arbeitsstiefel und das «Hausmeisterei und Anlagenpflege»-Shirt.

Eigentlich nicht, sagte ich. Ich komme gerade aus 'nem Kurs.

Oh, sagte sie. Sorry, ich dachte ... egal, tut mir leid.

Ist aber wirklich kalt hier.

Ja, oder? Na ja. Entschuldige die Störung.

Kein Ding, sagte ich.

Auf ihrem Schreibtisch stand ein Kaffee im To-go-Becher. Sie nahm einen Schluck und wollte weiterlesen, doch als sie merkte, dass ich noch immer in der Tür stand, sah sie wieder auf.

Kennst du mich noch?, fragte ich.

Sie kniff die Augen leicht zusammen, wurde ein wenig wachsam, so, als könnte ich ihr etwas antun wollen. Das Gebäude war verlassen. Auf den Fluren brannte nur noch Notlicht.

Von der Party, sagte ich. Ich nahm meine Mütze ab und strahlte sie freundlich an, um ihr zu signalisieren, dass ich harmlos und alles in Ordnung war.

Ihre Augen leuchteten auf. Stimmt!, sagte sie. Der Kentucky-Boy! Mit der ausgefeilten Theorie über sich selbst.

Ja, ich war wohl ein bisschen knülle.

Keine Sorge, ich bin's ja gewohnt. Typen mit ausgefeilten Theorien über sich selbst, meine ich.

Ich nickte, trommelte mit den Fingern auf dem Türpfosten. Was gab es noch weiter zu sagen? Sie sah mich an, abwartend, schob die Pappmanschette um ihren Kaffeebecher auf und ab.

Tut mir leid, dass ich dich nicht erkannt hab, sagte sie. Die haben mir das Büro hier zugeteilt, und ich dachte, ich versuch's mal. Blöderweise ist es allerdings saukalt, sobald die Sonne weg ist.

Kein Ding, sagte ich. Abgesehen von dem Schreibtisch und dem Stapel Ordner, war das Büro ziemlich kahl. Der Blick aus dem Fenster fiel auf einen kurz gemähten, von Laternen beleuchteten Rasen und ein paar dunkle Bäume. Ich erkannte die Umrisse der Birnen, die wir heute beschnitten hatten. Na ja, sagte ich, bis bald mal wieder, hoffentlich.

Ja, würde mich freuen. Owen heißt du, richtig?

Ich staunte, dass sie das noch wusste. Ihr war die Frage allerdings wohl peinlich, denn sie blickte schnell zur Seite. Genau, sagte ich. Und du bist Alma, stimmt's?

Keine Antwort – sie wandte sich einfach wieder ihrem Buch zu und lächelte geheimnisvoll. Hat mich gefreut, dich wiederzusehen, sagte sie. Und ich ging weiter. Meine Stiefel quietschen auf dem frisch gebohnerten Boden, und mein Herz raste.

P ops abendlicher Lieblingssnack war Bröckelmilch. Dafür krümelte er einen Tag altes Maisbrot in ein Glas Milch, würzte das Ganze großzügig mit schwarzem Pfeffer und löffelte es wie ein Müsli. Während er im Wohnzimmer die milchsatten Bröckchen schlürfte, erzählte ich ihm, wie mein Tag gelaufen war. Im Fernsehen lief *Die glorreichen Sieben*. In einer spannenden Szene waren Eli Wallach und seine Bande gerade in das Dorf gekommen, das sie ausplündern wollten, als ihnen Yul Brynner und Steve McQueen entgegentraten. Ohne den Bildschirm aus den Augen zu lassen, führte Pop den Löffel an den Mund, kleckerte sich Milch aufs Kinn. «Eine neue Mauer», stellte Eli Wallach mit einem Blick auf die neuen Wehranlagen fest. «Es gibt viele neue Mauern», erwiderte Yul Brynner, «überall.»

So saß Pop jeden Abend mit aufgeknöpftem Hemd auf seinem bequemen Sessel, und ein Drehventilator wehte ihm die weißen Strähnen um die altersfleckige Glatze. Auf dem Beistelltisch lag ein schnurloses Telefon, und eine ausgerissene Notizbuchseite mit Namen und Nummern klebte auf der Holzplatte. Mehrere Kontakte waren durchgestrichen – verstorbene Freunde und Verwandte. Auch seine Atlanten und Jahrbücher stapelte er dort, nebst der Fernsehzeitung. Eine Art Köcher an der Armlehne barg seine Lupen und Fernbedienungen. Das Bürgerkriegs-Bajonett lag auf dem Telefonbuch. Seit er es ins Haus geholt hatte, behielt er es stets auf dem Beistelltisch in Reichweite, als könnte er es jeden Augenblick benötigen.

Und dieser Kelly, sagte er, den Blick noch immer auf dem Bildschirm, der ist also Veteran?

Mhm, sagte ich. Angeblich hat er siebzehn Leute getötet.

Pop sah mich erstaunt an. Das hat er dir erzählt?

Nee, das sagen die anderen.

Er *prahlt* damit?

Keine Ahnung.

Pop schüttelte den Kopf, schaufelte sich noch einen Löffel Maisbrotpampe in den Mund. Wenn einer wirklich jemanden getötet hat, gibt er nicht damit an. Zumindest keiner, den ich kenne.

Pop hatte im Zweiten Weltkrieg gekämpft, war in Okinawa verwundet worden. Was seine eigene Generation anging, mochte er schon recht haben, aber bei Kelly war ich mir da nicht so sicher – der hatte in einem ganz anderen Krieg gekämpft.

Ich erzählte von der Arbeit und von meinen Aufgaben. Dann erzählte ich von «Dschungelnarrative» und von Tony, und von dem Zitat von F. R. Leavis, das mir seit dem Seminar nicht aus dem Kopf ging. Pop hörte wahrscheinlich nur halb hin, sein Blick klebte am Fernseher. Dann kam endlich eine Werbepause. Vermutlich hatte er den Streifen in den Neunzigern im Kabelfernsehen aufgenommen. An den Spot erinnerte ich mich noch gut, er bewarb ein CD-Set namens

Pure Moods. Eine Art Stammesmusik aus dem Synthie, und aus dem Off sprach jemand mit aufgesetztem britischem Akzent zu Bildern von brechenden Wellen, Einhörnern und sich in Röcken drehenden Frauen.

Pop riss sich vom Bildschirm los, stellte die pfeffrige Milch ab. Und dieser Tony, sagte er, ist der ein erfolgreicher Autor?

Das war eine gute Frage. Irgendwie ahnte ich zwar, dass die Antwort Nein lautete, war mir aber nicht ganz sicher, was das denn wirklich hieß, ein erfolgreicher Schriftsteller zu sein. Na ja, sagte ich, zumindest unterrichtet er. Ein bisschen Ahnung wird er schon haben.

Pop nickte langsam und kratzte sich an der Schläfe. Hm, sagte er, deiner Mutter wär's ja lieber, du würdest was anderes machen. Aber ich glaub an dich. Außerdem hast du ja noch den Baumjob. Was Solides. Baumpfleger werden immer gebraucht.

Mhm, sagte ich.

Einen Augenblick lang saßen wir schweigend da. Das Wohnzimmer war dunkel, abgesehen vom in verschiedenen Blautönen flackernden Fernsehlicht auf dem Teppich. Seit dem Tod meiner Großmutter war das Haus vor die Hunde gegangen. Weder Pop noch Cort legten viel Wert auf Reinlichkeit, weswegen überall Bierdosen, leere Cornflakes-Packungen und fettige Fast-Food-Tüten herumlagen. Trotzdem war die dekorative Hand meiner Großmutter noch immer zu erkennen. Ihre Häkelbezüge umhüllten die Sessellehnen. Die Geschirrschränke quollen über von ihren Porzellantieren und Milchglasschalen. Über dem Fernseher hingen Gainsboroughs *Knabe in Blau* und Thomas Lawrence' *Pinkie* Seite an Seite in vergoldeten Rahmen, und vor den Fenstern flatterten Spitzengardinen. Sämtliche Tupperdosen trugen ihre roten Filzstiftinitialen. Ich fragte mich, ob Pop das alles tröstlich oder unheimlich fand – oder vielleicht beides. Er hätte nach ihrem Tod ja durchaus umziehen können, also blieb er vermutlich gern hier, wo sie so offensichtlich fehlte.

Sag mal, fragte ich ihn, als du jung warst und durch andere Städte gereist bist, hast du da je überlegt, in einer von denen zu bleiben? Oder war dir immer klar, dass du wieder nach Kentucky kommen würdest?

Du meinst, als ich als Hobo unterwegs war?

Ja.

Er drückte auf Pause und dachte nach. Na ja, ich hab ja auch mal woanders gewohnt. Ein Jahr hab ich in Detroit gearbeitet, als Aufsteller in 'ner Bowlingbahn, bevor das automatisch ging. Dann war ich 'n halbes Jahr in New Orleans und hab von Bananen gelebt. Die Schiffe aus Südamerika haben die überreifen einfach weggeworfen, auf 'nen großen Haufen. Zehn Stück hab ich am Tag gegessen.

Ich hatte die Geschichten aus seinen Hobo-Zeiten schon x-mal gehört, doch das sagte ich nicht. Eigentlich hatte ich *all* seine Geschichten schon so oft gehört, dass sie fast mythischen Charakter angenommen hatten – so, als wären sie mir aus früheren Leben überliefert worden. Wenn ich anderen erzählte, Pop sei früher als blinder Passagier auf Frachtzügen durchs Land gereist, glaubte mir das nie jemand. Manchmal glaubte ich es selbst kaum. Es klang wie irgendwas aus einer Vaudeville-Nummer, wie Red Skeltons Hobo-Clown «Freedie the Freeloader». Aber es stimmte.

Ich hab auf 'nem Rangierbahnhof in Chicago gearbeitet und als Holzfäller in Texarkana. Außerdem war ich ein Jahr in San Francisco und zwei Jahre auf dem Pazifik. Überall hab ich gelebt.

Aber du bist immer zurückgekommen.

Na klar, sagte er. Meine Familie war ja hier.

Das war der Grund?

Der Hauptgrund, sagte er. In Übersee hab ich immer nur davon geträumt, hier Tabak anzupflanzen. Einmal hab ich im Radio das Kentucky Derby gehört, und als die «My Old Kentucky Home» gesungen haben, hab ich Rotz und Wasser geheult. Im Ernst. Das hat mir wirklich gefehlt.

Warum bist du dann immer wieder weg?

Er lächelte dünn und rieb sich den Nacken. Hm, sagte er, Hummeln im Hintern, vermutlich. Darum fällt's mir ja auch heute noch so schwer, den lieben langen Tag in diesem Sessel rumzusitzen. Freundlich sah er mich aus krähenfüßigen Augen an, wartete, ob ich noch Fragen hätte, aber ich hatte keine. Draußen vor dem offenen Fenster zirpten Grillen. Ab und zu hörten wir ein Auto vorbeirasen oder das ferne Heulen einer Sirene. Das Gepiepse und die Ziehflöten-Sounds von Corts Computerspiel aus seinem Zimmer.

Jedenfalls ist's damit jetzt wohl aus, sagte Pop traurig, als hätte er das grade erst erkannt. Meine Hobo-Zeiten sind Geschichte.

Ja, wahrscheinlich, sagte ich.

Ein paar Augenblicke saßen wir einfach nur da, hörten das Computerspiel, die Grillen und die wummernde Stereoanlage eines vorbeifahrenden Autos. Dann drückte Pop auf Play, und der Film lief weiter.

R ando sprach gern über die Beatles. Ich hab *alles* von denen, Mann, sagte er. Alle Platten, 1a-Zustand. Alle CDs und Kassetten.

Wir waren am Einsatzort für unseren zweiten Arbeitstag, eine große Esche beim Studentenwerk, die fast komplett dem Asiatischen Eschenprachtkäfer zum Opfer gefallen war. James und ich stiegen in unsere Geschirre und machten uns fertig zum Klettern. Rando saß in der offenen Tür des Pickups, futterte ein Nussteilchen und hörte Oldies im Radio. «Hey Jude» hatte ihn auf die Beatles gebracht.

Ich hab die Platten in Rot, Blau und Grün, sagte er. Sogar den deutschen Kram, obwohl ich da kein Wort versteh. Von «Yellow Submarine» hab ich 'ne EP mit so 'nem kleinen Plastik-U-Boot, das gab's damals dazu. Ich hab einfach *alles*, sogar Brotdosen – zwanzig Stück, ohne Scheiß. Wenn man mit der Sammlerei mal anfängt, gibt's kein Ende. Hab mir kofferweise Zeug aus Europa mitbringen lassen, Bootlegs auf VHS und so. Ich hatte Beatles-Fanartikel im Wert von zehntausend Dollar. Aber dann musste ich aufhören. Das ist ein Fass ohne Boden.

Ich mag ja am liebsten die *Magical Mystery Tour*, sagte ich. Mehr fiel mir dazu nicht ein; von den Beatles kannte ich nicht viel.

Junge, das ist überhaupt die Allerbeste! 1967! Da hatten die grade mit dem Acid angefangen. «Blue Jay Way», Mann, trippiger wird's nicht. George Harrison an der Hammond B3! Geschrieben hat er's übrigens auch. Über die Boxen bei mir zu Hause klingt das auf Vinyl, als wären die direkt im Zimmer. Die fucking Beatles, Mann, in meinem Wohnzimmer! Irre Soundqualität, echt. Der Oberhammer.

Wenn du das ganze Zeug irgendwann mal verscherbelst, bist du 'n reicher Mann, was?, sagte James.

In Amerika gibt's doch eh keine Armen, nur vorübergehend klamme Millionäre. Hat Steinbeck geschrieben.

Ich dachte immer, das wäre von Woody Guthrie, sagte ich.

Rando zuckte mit den Achseln, strich sich klebrige Krumen aus dem Bart. Wisst ihr sicher besser als ich, ihr seid ja studiert und so.

James und ich legten unsere Seile mit Wurfbällen aus. Schon beim vierten Versuch flog meine Stahlkugel mit dem Seil genau durch die anvisierte Astgabel und plumpste dahinter ins Gras. Ein gutes Gefühl, das so schnell geschafft zu haben. Manche brauchten dafür eine halbe Stunde. Wir legten unsere Reibungsschoner an, schnallten uns die in Plastikscheiden steckenden Handsägen an die Hüften. Japanische Sägeblätter, rasiermesserscharf. Behängt mit der baumelnden Ausrüstung – Haken, Karabiner und aufgerollte Seile –, fühlte ich mich massiv und eindrucksvoll wie ein früher Bergsteiger oder Polarforscher. Ich pickte mich ein und «rammelte die Luft», soll heißen: Ich schob die Steigklemme am Seil ein Stück nach oben und zog mich nach, indem ich die Hüfte vorwarf, bis ich mit brennenden Muskeln einen stabilen Ast erreichte. In viereinhalb Metern Höhe stand ich keuchend im Schatten der raschelnden Blätter. James stieg gegenüber auf. Als ich wieder Luft bekam und mein Puls sich beruhigt hatte, sah ich mich nach toten Ästen um. Der ganze Baum war ein hoffnungsloser Fall, aber wir sollten ihn dennoch stehen lassen und nur die toten Teile rausschneiden, also würden wir das wohl tun.

Unten quasselte Rando immer noch über die Beatles, rief uns allerlei Trivia zu, die Hände um den Mund wie eine Flüstertüte. Was ja fast keiner weiß, schrie er zum Beispiel, auf das LSD sind die Beatles durch ihren Zahnarzt gekommen. Sie waren bei ihm zum Abendessen, und er hat ihnen heimlich ihre Drinks gespiket. Als dann alles schön bunt wurde, meinte Lennon: «Sag mal, wie viel Gin ist eigentlich in dem Martini?», und der Doktor sagte, er hätte ihnen so 'ne neue Droge namens LSD reingemixt. Als Arzt kam man da in den Sechzigern nämlich noch ganz legal ran.

Wie, die waren mit ihrem Zahnarzt befreundet?, fragte James gequält, während er sich streckte, um mit seiner Säge unter einen toten Zweig zu kommen.

Klar, Mann, sagte Rando. Das war ja 1965, da kannte man seinen Zahnarzt noch richtig. Genauso wie den Bäcker und den Metzger. Da gab's noch echte Nachbarschaft, und man hat sich auch mal zu Hause besucht.

Und dann haben die Nachbarn dir 'nen Trip untergejubelt, sagte James. Klingt spitze. Echt schade, dass das keiner mehr macht.

Rando plapperte weiter wie ein Wasserfall, sammelte Zweige ein, setzte zwischendurch die Ohrenschützer auf und schmiss den Häcksler an. Immer wenn wir einen dicken Ast ansägten und das Holz knirschend nachgab, riefen wir «Kopfweh!», was eigentlich «Kopf weg!» bedeutete, aber alle

Baumpfleger, die ich je kannte, sagten stattdessen «Kopfweh». Keine Ahnung wieso.

Rando erzählte uns von den ersten Treffen der Beatles mit Bob Dylan, den Rolling Stones, Eric Clapton und Elvis Presley. Die haben tatsächlich mit Elvis gejammt, ist das nicht irre?, sagte er. Gibt leider keine Aufnahmen, aber die haben einfach so spontan die Klampfen ausgepackt und mit ihm gespielt. Stellt euch das mal vor: Elvis und die Beatles. Was das heute wert wäre, Mann ...

Ich hatte mein Essen zu Hause vergessen, also ging ich in der Pause rüber zum Studentenwerk, um einen Schokoriegel zu ergattern. In dem Gebäude war es kühl, und es roch nach Knoblauch und Fett. Studenten aßen an den Tischen Pizza, standen Schlange im Buchladen. In der hohen Eingangshalle stand ein Stutzflügel. Ein aknegepeinigter Schlaks spielte immer wieder die ersten Takte der Mondscheinsonate. Er spielte ausgesprochen leidenschaftlich und gefühlvoll – geschlossene Augen, zusammengezogene Brauen, neongrüner Flip-Flop auf dem Haltepedal. Niemand sah ihm zu.

Ich fand einen Automaten, streifte meine Arbeitshandschuhe ab – solche mit blau gummierten Handflächen – und stopfte sie in die Gesäßtasche. Sie waren verschrammt und rochen säuerlich. Noch keine zwei Wochen, und ich brauchte schon neue. Ich steckte eine Dollarnote in den Schlitz, und eine Feder schob den Schokoriegel vor, aber er fiel nicht runter. Dann eben noch ein Dollar. Untermalt wurde diese Geduldsprobe von der Mondscheinsonate, oder besser gesagt von ihren ersten dreißig Sekunden.

Auf dem Weg nach draußen warf ich einen kurzen Blick aufs Schwarze Brett und entdeckte inmitten der Bilder entlaufener Hunde und der Tutoriumsangebote mit abreißbaren Telefonnummern die Ankündigung einer Lesung von keiner Geringeren als der derzeitigen Inhaberin der Ashby-Autorenresidenz, inklusive Foto. Sie saß auf einem Adirondack-

Stuhl, eine graue, mürrische Katze auf dem Schoß, hinter ihr verschrammter Backstein. Sie sah gut aus auf dem Bild, wenn auch etwas ernst. Vor allem wirkte sie älter, als sie war – oder zumindest als ich glaubte, dass sie war. Ihr vollständiger Name war Alma Hadzic. Ich faltete den Flyer zusammen und steckte ihn mir in die Tasche.

M ein Vater und ich telefonierten alle zwei, drei Monate. Seine Frau Bonnie litt an Speiseröhrenkrebs, der in die Lunge gestreut hatte. Sie hatte bereits einen langen Kampf hinter sich, mit all den üblichen Torturen: OPs, Chemo und Bestrahlung. Genutzt hatte es nichts. Mein Hilflosigkeit nicht gewohnter Vater war deshalb in eine schwere Depression verfallen. Während meiner Zeit in Colorado war Bonnie in Remission gewesen; jetzt, wo der Krebs wieder da war, hatte ich mir vorgenommen, mich häufiger zu melden. Eines Abends rief ich an, und Dad brachte mich auf den neuesten Stand. Bonnie musste erneut bestrahlt werden. Bei der letzten OP hatte man ihr eine Magensonde eingesetzt. Sie war eine dynamische Frau Anfang fünfzig gewesen, die sich täglich die Haare mit dem Lockenwickler machte, sich die Zähne bleichte, zum Tai Bo ging und jeden Fremden auf dem Bürgersteig lebensfroh anstrahlte. Jetzt war sie eingefallen, trug Perücke und schlurfte wie ein altes Weiblein. Die Taschen ihres Bademantels waren vollgestopft mit blutigen Kleenex.

Mein Vater klang fix und fertig. Er erzählte mir, wie schwierig alles in letzter Zeit gewesen war, wie er gar nicht mehr wusste, wem er noch glauben sollte. An jenem Tag waren sie zur Bestrahlung in der Klinik gewesen. Diese Leute, stöhnte er. Sitzen im Wartezimmer und quatschen einen voll damit, wie schwer sie's doch haben. Als gäbe es was zu gewinnen, wenn man am schlimmsten dran ist. Bonnie ist immer total deprimiert von diesen ganzen Horrorstorys.

Wahrscheinlich haben die nur Angst. Und wollen, dass alle anderen sich genauso sehr fürchten wie sie.

Man könnte fast meinen, die sind stolz auf ihre Krankheit, sagte er. Auf so was Fürchterliches kann man doch nicht stolz sein.

Durchs offene Kellerfenster blickte ich auf die Birke mit den Gebetsfahnen. Dutzende Spatzen flatterten aufgeregt zwitschernd in den Zweigen herum. Ich hatte keine Ahnung, was ich sagen, wie ich ihn trösten sollte.

Ich komm kaum noch aus dem Bett, sagte er. Ich liege einfach da und schaff's nicht hoch.

Vielleicht hilft ja die Bestrahlung.

Er seufzte. Erzähl mal lieber von deinem neuen Job, sagte er.

Baumpflege sei das, erklärte ich ihm, so wie in Colorado. Er wusste nicht viel darüber, was ich dort gemacht hatte, war aber immer dagegen gewesen. Dass ich danach zwei Monate auf Walmart-Parkplätzen in meinem Auto geschlafen und mich von Crackern und Erdnussbutter ernährt hatte, hatte ich ihm verschwiegen. Aber er wusste, dass ich Schulden hatte und damals einfach so planlos nach Colorado gegangen war, und er wusste, dass mein Konto chronisch leer und Baumpflege gefährliche Arbeit war.

Du trimmst denen also ihre Bäume, und sie bezahlen dafür deine Studiengebühren?, fragte er. Kriegst du denn auch Gehalt?

Mindestlohn, antwortete ich.

Er knurrte nachdenklich. Ich sah seine skeptische Miene deutlich vor mir. Und was willst du studieren?

Dies und das. Ich will ein paar Schreibkurse machen. Was immer mich halt interessiert.

Hm, dies und das, wiederholte er.

Genau.

Nimmst du noch Drogen?

Nein.

Sicher?

Ja, ganz sicher.

Und benutzt ihr zum Trimmen eine Hebebühne?

Wir klettern mit Geschirr, sagte ich.

Mit 'ner Kettensäge in der Hand auf Bäume kraxeln ... Clever. Ganz ehrlich, ich finde, du solltest dir was anderes suchen. Hab ich dir je erzählt, wie ich fast mal in der Uranfabrik gearbeitet hätte?

Ich kannte die Geschichte, doch das spielte keine Rolle – er würde sie mir so oder so erzählen. Wieso?, fragte ich seufzend.

Also, als ich in deinem Alter war, hab ich mich da beworben, damals war das ja noch Union Carbide. Lüftungsrohre hätte ich da reinigen sollen.

Er beschrieb mir den Job, der sich geradezu grotesk fahrlässig anhörte. Kurz zusammengefasst, hätte er in einer dicken Metallröhre herumkrabbeln und sie mit einem Hochdruckreiniger spülen müssen. Diese Röhre gehörte allerdings zum Abluftsystem und transportierte giftige Gase und sonstige Nebenprodukte aus der Urananreicherung. Womöglich hätte ich ihm nicht mal geglaubt, wäre das Werk in Paducah nicht so berüchtigt gewesen. In den Fünfzigern mussten die Arbeiter dort auf Tischen voller radioaktivem Staub zu Mittag essen.

Der Kerl, bei dem ich das Gespräch hatte, meinte, ich sollte mir das gut überlegen. Die hätten ordentlich bezahlt, das war schon verlockend, aber am Ende hab ich abgesagt. Manche Kröten schluckt man besser nicht. Verstehst du, was ich damit sagen will?

Ich bejahte. Was er bei der Geschichte, die er mir auch schon anlässlich meines Jobs in Aurora erzählt hatte, jedoch unter den Tisch hatte fallen lassen, waren seine folgenden fünfundzwanzig Jahre als Feuerwehrmann – auch nicht wirklich ein Beruf, der für extreme Risikoarmut bekannt ist. Aber das war vermutlich nicht der Punkt. Der Punkt war, dass er sich für mich etwas Besseres wünschte.

Ich muss das ja nicht ewig machen, sagte ich.

Wieder knurrte er. Ich versuchte, mir vorzustellen, wie er aussah, wo genau im Haus er saß. Es klang, als liefe im Hintergrund ein Fernseher, also vermutlich auf dem Ledersessel im Wohnzimmer. Mein Vater war ein Baum von einem Mann, breite, starke Arme und Schultern, glänzend kahl rasierter Schädel. Aus irgendeinem Grund rieb er den jeden Morgen mit Babyöl ein. Im Bad meiner Eltern stand immer ein Fläschchen parat. Ich weiß noch, wie ich als kleiner Junge morgens immer in die Küche kam, wenn er dort seine Zeitung las, und an seiner Kopfhaut schnüffelte, weil ich fand, die roch genau wie Pizzakruste. Eine Zeit lang sagte ich ihm das auch jeden Tag – dein Kopf riecht ganz genau wie Pizzakruste –, und er lachte gutmütig.

Weiter gab es nichts mehr zu bereden, also sagte er, er müsse dann mal wieder. Bonnie wartete bereits darauf, dass er ihr ein Fläschchen Flüssignahrung fütterte. Hast du schon mal an Home Depot gedacht, den Baumarkt?, fragte er dann doch noch plötzlich. Dein Cousin Bart arbeitet da auch. Die haben gute Zusatzleistungen.

Wer arbeitet da?

Na, Bart, wiederholte er. Dein Cousin, du weißt schon.

Ich konnte mich an keinen Cousin Bart erinnern, doch das hieß nicht, dass ich keinen hatte. Väterlicherseits hatte ich massig Cousins und Cousinen zweiten und dritten Grades, denen ich nur einmal begegnet war, wenn überhaupt, und von denen Dad trotzdem immer dachte, ich müsste sie alle kennen.

Nein, sagte ich, an Home Depot hab ich noch nicht gedacht. Ich schau's mir mal an.

Oder die Navy? Mit deinem Collegeabschluss könntest du sogar Offizier werden. Vielleicht auch mal eine Überlegung wert.

Alles klar, sagte ich. Ich denk drüber nach.

Okay, also, dann mach's mal gut, sagte er.

Okay, antwortete ich, sagte noch, ich würde «an sie denken», vor allem an Bonnie, aber ich glaube, da hatte er schon aufgelegt.

D ie Details, für die man sich entscheidet, zeigen an, was man bedeutsam findet, und wenn man Oberflächlichkeiten auswählt, outet man sich selbst als oberflächlich. So zumindest Tony. Wir sprachen darüber, wie in *Herz der Finsternis* alles durch Marlows Bewusstsein geformt sei und daher alles seine privaten Regungen widerspiegele. Darin lag Tony zufolge die Macht der Ich-Erzählung.

Ein Typ hatte den Kurs inzwischen geschmissen, womit außer mir nur noch der Schönling mit der Reds-Mütze übrig war, das Hahnentrittmädchen und der langhaarige Ayahuasca-Fan. Sie hießen Casey, Joanna und Trent.

Und woher weiß man, was bedeutsam ist?, fragte Joanna.

Tony gab sich keine Mühe, seinen Frust zu verbergen. Mit auf dem Tisch gespreizten Fingern starrte er auf seine Notizen und das aufgeschlagene, mit zwei Dutzend welligen Klebemarkern gespickte Exemplar von *Herz der Finsternis*.

Nehmen wir mal an, Ihr Leben liegt in Trümmern, sagte er.

Mein Leben ist aber voll super, widersprach Joanna.

Nur mal angenommen, beharrte Tony. Alles ist Mist. Sie leben in einem miesen Kaff, haben nichts zu tun, keine Pläne, keine Perspektiven. Vielleicht fallen Ihnen deshalb – wegen Ihrer seelischen Verfassung, sozusagen – auf dem Heimweg von der Arbeit die leeren Getreidesilos auf. Sie sehen, wie grau die sind, wie die Farbe der großen Buchstaben darauf abblättert. Sie bemerken, wie schäbig Ihr Viertel ist: auf Ziegelsteinen aufgebockte Autos, ein ausgemergelter, an einen Pflock geleinter Hund ... Aber jemand, der gerade im Lotto gewonnen hat, würde all das gar nicht sehen, stimmt's? Dem würde vielleicht der Löwenzahn auffallen, der in den Gärten blüht, oder der Sonnenuntergang hinter den Silos. Für jeden der beiden Menschen ist etwas anderes bedeutsam, weil ihr Gemüt sich in der Außenwelt spiegelt. Beim Schreiben kann man aber in die Unsitte verfallen, alles bloß zu *katalogisieren*, also schlichtweg Dinge aufzuzählen, die sich an einem Schauplatz befinden, ohne sie durch die Brille einer Figur zu filtern. Zum Beispiel könnte man – der Präzision zuliebe – die genauen Baumsorten angeben, die in diesem schäbigen Viertel wachsen. Aber wären die wirklich *bedeutsam* für den Mann, dessen Leben gerade den Bach runtergeht? Oder für den Lottogewinner? Wohl kaum. Das wären nur oberflächliche Informationen.

Und wenn der Mann, dessen Leben den Bach runtergeht, Baumpfleger ist?, wollte ich fragen. Wenn es sein Job ist, die Namen der Bäume zu wissen? Aber ich tat es nicht. Stattdessen dachte ich darüber nach, wie mir die Welt erscheinen würde, wenn ich in der Lotterie gewonnen hätte. Wäre die Sonne dann wohl heller? Würden die Blumen stärker in den Vordergrund treten als jetzt schon? Würde ich die leeren Silos noch bemerken? Oder den ausgemergelten Hund? Wäre ich noch immer so besessen davon, die Welt zu benennen?

Wir sind keine Journalisten, ergänzte Tony. Wir berichten nicht über die Welt, wir erschaffen sie neu, so wie wir sie brauchen.

Z wei Tage vor der Lesung suchte ich nach ihr im Internet. Ihr Nachname wurde manchmal mit diakritischen Zeichen – Hadžić – angegeben und manchmal ohne, wobei Alma selbst sie auf ihren Social-Media-Profilen und bei ihren letzten Veröffentlichungen offenbar kaum noch benutzt hatte. Wie sich herausstellte, hatte sie vor zwei Jahren eine Sammlung von Kurzgeschichten bei einem Kleinverlag herausgebracht und «arbeitete an einem Roman». Die Sammlung hatte es auf die Shortlist eines Preises geschafft, von dem ich noch nie gehört hatte. Ihr Alter – sechsundzwanzig – machte diese Erfolge nur umso beeindruckender. Ashby hatte ihr ein Driscoll-Stipendium verliehen, was im Wesentlichen hieß, dass sie für die Dauer eines akademischen Jahres mietfrei in einem Gästehaus wohnen durfte und obendrein noch etwas Geld bekam. Einzige Voraussetzung war, dass sie pro Semester eine Masterklasse unterrichtete und eine Poetik-Vorlesung hielt. Kein schlechter Deal.

Ich stieß auf ein altes Interview, in dem sie knapp ihre Familiengeschichte schilderte. Ihre Eltern hatten sich in Sarajevo kennengelernt, wo sie aufgewachsen waren, als die Stadt noch zu Jugoslawien gehört hatte. Alma selbst war 1990 dort zur Welt gekommen. Das also hatte sie auf der Party gemeint, mit dem Land, das es nicht mehr gab. Im Jahr nach ihrer Geburt war Jugoslawien zerfallen. Ihre Eltern waren Bosnier. Kurz vor dem Krieg waren sie erst nach Deutschland geflohen, dann in die USA – und dort erst nach Queens und dann weiter in einen Vorort von DC.

Per Bildersuche fand ich ein Foto von ihr mit einem gut aussehenden Filmstar, bei irgendeinem offiziellen Empfang oder einer Gala. Fast dachte ich, die zwei wären vielleicht ein Paar, aber ihre Miene hatte etwas Promigeiles. Ihr Blick war beinah irr, während er, der Schauspieler, eher etwas irritiert dreinschaute. Er hielt ein Champagnerglas neben der Hüfte und wirkte, als hätte man ihn für das Foto auf dem Weg zu jemand anderem aufgehalten.

Als ich mich durch sämtliche Bilder von ihr gescrollt hatte, die Google zu bieten hatte, und schon die ersten Gesichter völlig fremder Alma Hadzics auftauchten – Ärztinnen, Immobilienmaklerinnen und Alma Hadzics, die kürzlich wegen Alkohols am Steuer verhaftet worden waren –, klappte ich den Laptop zu und schlug mein brandneues Notizbuch auf. *Du bist kein Journalist*, schrieb ich. Dann versuchte ich, mir mich als Figur vorzustellen, mit einer ganz eigenen Brille, durch die ich die Welt auf ganz eigene Weise wahrnahm. Ich malte mir aus, ich hätte im Lotto gewonnen, ließ den Blick durch meinen Kellerraum schweifen, um die Dinge zu bemerken, die ein Lottogewinner bemerken würde. Ich kam zu dem Schluss, dass ein Lottogewinner von all dem hier einfach nur angewidert wäre, also notierte ich ein paar der Dinge, die es so trostlos machten: der diffuse Geruch nach Mottenkugeln, die feuchte Luft, die Klebefallen voll verschrumpelter Überreste von Höhlenschrecken, Spinnen und kleinen Eidechsen, die versucht hatten, die toten Schrecken und Spinnen zu fressen. Dann versuchte ich, mir vorzustellen, wie der Keller aussähe, wenn mein Leben in Trümmern läge. Viel Fantasie brauchte ich dazu nicht, sodass ich mich fragte, ob mein Leben vielleicht wirklich in Trümmern lag – ob ich vielleicht gerade erst damit begann, es wieder in den Griff zu kriegen. Ich musste an die letzte Zeile des Gedichts von Richard Hugo denken: «Sagen wir, dein Leben liegt in Scherben. Dein letzter guter Kuss ist Jahre her.» Ich schrieb sie auf und dachte lang darüber nach, auf dem Sofa in Pops Keller sitzend, umgeben von stummen Antiquitäten. Was hast du getan, als du an diesen Punkt kamst? Was hast du bemerkt?

Almas Lesung fand in einer Bar namens The Bard's Town in der Bardstown Road statt. Alles war dort mit Bezug zu William Shakespeare dekoriert worden. Vom Schild vor der Tür winkte ein Comic-Shakespeare in Strumpfhose und Rüschenkrause mit seiner neonfarbenen Hand. Das Innere war eingerichtet wie eine Schenke aus dem 16. Jahrhundert und roch nach alten Bierpfützen. Als ich kam, war Alma bereits auf der Bühne. Die Zuschauer saßen an Tischen, in ihren Biergläsern spiegelten sich flackernde Teelichter. Alma trug ein Blütenkleid und rot geschnürte Wanderstiefel. Sie kündigte an, sie wolle Prosagedichte aus einer Reihe vortragen, die sie «Ver-Legenheiten» nannte. Zufallspoesie sei das, führte sie aus, eine Collage von Craigslist-Anzeigen aus der Kategorie «Verpasste Gelegenheiten».

Die lese ich fast jeden Tag, meinte sie, einerseits, um nachzusehen, ob ich darin vorkomme, andererseits, weil sie so perfekte Destillate von Einsamkeit und Sehnsucht darstellen.

Ihre Lippen waren so dicht am silbernen Gitter des Mikros, dass es bei jedem P und B ein wenig in den Boxen krachte. Beim Sprechen blickte sie zu Boden, als würden wir, das Publikum, einfach verschwinden, wenn sie uns nicht sähe. Ihre Gedichte las sie vom Handy ab, langsam scrollend, das Gesicht blassblau beleuchtet. Die Gedichte waren mal so, mal so, aber *wenn* sie saßen, saßen sie richtig. Die besten waren zugleich lustig und anrührend, nicht zuletzt dank ihres Vortrags, der leichtfüßig zwischen Ironie und Ernst hin und her wechselte – und manchmal auf dem schmalen Grat dazwischen balancierte. Sie trugen Titel wie «Blaue Haare, Taco Bell» oder «Hübsche bei Hardee's». «Hübsche bei Hardee's» war das beste, fand ich, und das nicht nur, weil ich mal in einem Hardee's gearbeitet hatte. «Ich fuhr vorbei auf meiner Harley», so begann die erste Strophe. «Ich zeigte dir Tattoos von allem, was ich wollte, es stand bereits auf meinem Arm. Du hast mich ent-matcht, aber ich schickte die erste Nachricht, machte den ersten Schritt. Ich sah dich in deinen Hotpants und dem gelben Tanktop und wusste, du willst eine Runde drehen.»

Hinterher ging ich zu ihr an die Theke, wo sie gerade bezahlte. Sie drehte sich um und sagte: Oh, hi, du hier?

Yup, ich hier, antwortete ich.

Sie grinste, schob sich eine Strähne hinters Ohr. Und, fragte sie, fühlst du dich schon zu Hause?

Noch nicht. Aber deine Gedichte fand ich gut.

Oh, danke, sagte sie und unterschrieb die Rechnung, klappte die kleine Ledermappe zu. Eigentlich schreib ich ja nie Gedichte, zumindest keine, die ich je irgendwem zeigen würde, aber das heute waren ja eher kleine Storys. War allerdings ein Haufen Arbeit, ich musste ohne Ende Anzeigen auf Craigslist lesen.

Die Perlen im Schweinetrog finden, sagte ich.

Genau.

Liest du manchmal den Pennysaver, das Anzeigenblatt? Da findet man oft gute Sachen. Wenn ich 'ne Schreibblockade habe, schaue ich da immer rein.

Sie legte den Kopf schräg, wirkte plötzlich neugierig. Ach, du schreibst? Hattest du das schon erzählt?

Na ja, ich versuch's zumindest, antwortete ich.

Machst du den Master in Ashby?

Ich besuch nur einen Kurs.

Ah, sagte sie, runzelte die Stirn, schien mich zu mustern.

Und was hast du jetzt noch vor?, fragte ich.

Ihre Miene hellte sich wieder auf. Ich bin mit ein paar Leuten im Akiko's verabredet, sagte sie. Zum Karaoke. Komm doch mit, ich muss schleunigst raus aus diesem Mittelaltermarkt hier.

Sie winkte mit dem Daumen zur Tür und sprang vom Barhocker. Ich bezahlte mein Bier, und wir gingen.

Der Abend war kühl, und es roch ein wenig nach Rauch – irgendwer verbrannte Laub. Wir kamen an der Tanke an der Ecke vorbei, wo immer viele Heroinsüchtige abhingen. Auf dem Klo hatten sich im letzten halben Jahr drei Leute den goldenen Schuss gesetzt. Biker standen auf dem Parkplatz, mit knurrenden und rotzenden Maschinen. Ein Bettler fragte uns nach Geld. Ich will mir 'nen blauen Slushie holen, erklärte er. Seine dürren Arme waren übersät mit Einstichen und Hämatomen.

Das überzeugt mich, sagte Alma, kramte in ihrer Handtasche herum und ließ ein paar Münzen in seine ausgestreckte Hand fallen.

Gesegneten Abend noch!, sagte der Mann.

Abgesehen von der rosa Neonschreibschrift im Fenster,

war das Akiko's dunkel. Hinten in der Ecke stand ein Soundboard neben einer notdürftigen Bühne mit Kunstpalmen. Als wir eintraten, sang ein Mann gerade Tom Petty. Er sang erstaunlich gut, mit viel Gefühl, als könnte die Besungene ihn hören, wo immer sie auch war auf dieser Welt.

Alma entdeckte ihre Freunde – eine weiße Bohnenstange namens Jeff, mit dem markantesten Adamsapfel, den ich je gesehen hatte, und Margaret, eine kleine Frau, der das glänzend schwarze Haar bis über die Taille hing. Jeff wartete auf seinen Freund, einen Mathe-Doktoranden. Wir wollen «Islands in the Stream» singen, teilte er Alma mit, vorgebeugt und über die Musik hinwegschreiend.

Nie gehört, erwiderte sie.

Echt nicht? Von Kenny Rogers und Dolly Parton?

Sie zuckte mit den Achseln. Sorry. Mit Country kenn ich mich nicht aus.

Jeff schüttelte den Kopf. Was willst du denn bitte für 'ne Südstaatlerin sein?

Ich bin als Überübernächste dran, sagte Margaret. Ich singe «My Heart Will Go On».

Freu mich schon!, antwortete Alma.

Die Lesung war übrigens super, sagte Jeff.

Ich muss erst mal eine rauchen, erwiderte Alma und kramte in der Handtasche. Blickte mich an. Ach so, sagte sie, das ist Owen. Owen ist Schriftsteller. Owen, das sind Margaret und Jeff.

Hi Owen, sagten die beiden fast unisono.

Alma gab ihre Suche auf und sah mich an, verzog in gespielter Scham das Gesicht. Kann ich vielleicht eine von dir schnorren?

Klar, sagte ich.

Wir gingen auf die Terrasse. Dort gab es eine zweite Theke, unter deren Strohdach ein paar Leute standen. Irgendwer dampfte Haschöl, ein schwerer Duft wie verbrannte Butter und gemähtes Gras.

Alma bekam ihre Kippe nicht an, das Feuerzeug wollte nicht zünden. Dann drehte sie den Rücken in den Wind, es klappte, und sie gab mir das Feuer wieder. Strähnen wehten ihr übers Gesicht, sie fing sie ein, strich sie zurück. Offenbar war ihr kalt. Ihr Kleid hatte weite Ärmel, aber die Arme waren beinah nackt. Rank und schlank sah sie aus in dem Kleid, und ich fühlte mich heftig zu ihr hingezogen.

Als Kind hab ich mir ja geschworen, damit nie anzufangen, sagte sie und hielt die Zigarette hoch. Aber hier rauchen irgendwie alle.

Tja. Höchste Krebsrate des Landes.

Woher in Kentucky kommst du noch mal?, fragte sie.

Aus der Gegend von Paducah, im Westen.

Ach ja. Zwischen Possum Trot und Monkey's Elbow.

Eyebrow, korrigierte ich sie.

Oh, sagte sie. Ich hatte es mir als «Monkey's Elbow» notiert.

Kurz wallte Erregung in mir auf, angesichts der Tatsache, dass sie unser Partygespräch für notierenswert gehalten hatte.

Gibt's da Pferde?

Ein paar schon, ja. Ist aber nicht wirklich ein Pferdegebiet.

Sondern?

Tabak, antwortete ich. Mais, Soja, Rinder. Fastfood, Kirchen und Fabriken.

Was denn für Fabriken?

Alle möglichen, sagte ich. USEC, zum Beispiel, die reichern Uran an. Westvaco stellt Papier her. Dann noch Westlake Chemical in Calvert City und Honeywell auf der anderen Flussseite, in Metropolis. Und BelCo, wo mein Stiefvater arbeitet. Letztlich produzieren sie alle Gift. Man könnte sagen, wir sind die Gifthauptstadt Amerikas.

Sie hob die Brauen, nickte, zog an der Kippe. Die Leute hinter uns diskutierten darüber, wen sie sich aussuchen würden, wenn sie irgendwen entführen müssten. Erst schienen sie sich einig, dass Bill Gates' Tochter die naheliegendste Option wäre, doch dann fragte einer: Moment mal, hat der überhaupt 'ne Tochter?

Mein Ex hat mal knapp drei Wochen in 'ner Tofu-Fabrik gearbeitet. Bloß ein Ferienjob, im College, aber er hat allen von seiner «Zeit in der Fabrik» erzählt, als hätte er im Stahlwerk malocht. Ich war so: «Jetzt bleib mal auf dem Teppich, das war *Tofu*, und du hast nach drei Wochen gekündigt und in 'nem Café angeheuert.»

Wir lachten. Erneut trieb ein Hauch verdampftes Weed vorbei. Alma verzog das Gesicht und hüstelte gekünstelt. Furchtbar, sagte sie, und meinte den Geruch. Jedenfalls, der ist der einzige Mensch, den ich kenne, der je in einer Fabrik gearbeitet hat.

Erstaunlich.

Ach ja?

Eine peinliche Pause folgte. Ich rauchte ein paar Züge und belauschte die Wannabe-Kidnapper, die gerade überlegten, ob sie Bill Gates' Tochter einen Teil des Lösegelds überlassen sollten.

Und was gibt's sonst so in Paducah, abgesehen von giftigen Chemikalien?, fragte Alma. Hast du da noch Familie?

Ja, die wohnen alle in der Gegend.

Schreibst du über sie?

Manchmal, ja.

Und siehst du dich eher als Regionalautor?

Wie meinst du das?

Na ja, wenn man dich irgendwo vorstellen würde, sollte man dich dann als «Schriftsteller aus Kentucky» vorstellen? Oder lieber als «amerikanischen Schriftsteller»?

Kentucky *ist* Amerika. Wenn man über das eine schreibt, schreibt man automatisch auch über das andere.

Aber würdest du gern so gesehen werden?

Früher wollte ich das nie, nein. Meine ersten Storys spielten alle in Westchester, New York, weil niemand wissen sollte, wo ich herkomme.

Wieso denn Westchester?

Da spielen die Geschichten von John Cheever.

Aber der hat da ja auch gelebt. Warst du denn überhaupt jemals in Westchester?

Noch nicht mal in der Nähe, antwortete ich.

Sie lachte. Stark, sagte sie. Westchester ... Sie drückte die Zigarette an der Stiefelsohle aus und warf sie in die Metallschale, wo schon mehrere Filter im grauen Sand steckten. Aber dann hast du deine Meinung geändert? Und doch über Kentucky geschrieben?

Man soll ja über das schreiben, was man kennt. Und Kentucky kenne ich eben.

Ist doch toll, sagte sie. Du hast deinen Stoff gefunden.

Wir gingen wieder hinein, wo sich die Leute mittlerweile dicht an dicht drängten und die Luft vor Schweißgeruch stand. Auf der Bühne sang gerade Margaret, wiegte sich von links nach rechts und schwang ihr langes Haar. Unterhalten war unmöglich. Wir stellten uns zu Jeff und seinem Freund, die einander über die Musik hinweg immer wieder Belanglosigkeiten zubrüllten.

Eine halbe Stunde später beugte sich Alma an mein Ohr und sagte: Ich glaub, ich geh dann mal nach Hause.

Ich komm mit raus, antwortete ich.

Aus der stickigen Kneipenluft hinaus auf den Bürgersteig zu treten, war ein Genuss. Ohne Eile gingen wir los. Nicht in meine Richtung, allerdings. Nachdem wir eine Weile stumm gegangen waren, fragte sie: Wohin musst du eigentlich?

Dahin, sagte ich, zeigte zurück nach Westen.

Wir gehen aber ja nach Osten.

Wenn man lang genug nach Osten geht, kommt man im Westen wieder raus.

Sie verdrehte die Augen. Da vorn steht mein Auto, sagt sie. Bist du zu Fuß da? Oder auch mit dem Auto?

Mit dem Auto, aber ich sollte erst mal ausnüchtern.

Ich fahr dich, wenn du willst. Dein Auto kannst du ja auch morgen holen.

Ich lehnte dankend ab. Selbst wenn sie bereit gewesen wäre, mich bis an den südlichen Stadtrand zu bringen, sollte sie doch nicht wissen, dass ich im Keller meines Großvaters wohnte. Ich glaub, ich geh noch ein bisschen spazieren, sagte ich.

Das schien sie zu überraschen – ja sogar etwas zu enttäuschen. Na gut, sagte sie. Dann mach ich das vielleicht einfach auch. Wohin sollen wir gehen?

Ich sagte, ich hätte kein bestimmtes Ziel im Sinn. Gut, sagte sie, dann lassen wir uns eben treiben. Wir gingen weiter, in dieselbe Richtung wie zuvor, kamen am Tor des Friedhofs Cave Hill mit seinem korinthischen Glockenturm vorbei und folgten dem Weg entlang der Mauer. Bunte Scherben steckten an der Oberseite im Zement, und in den überhängenden Ästen zirpten Zikaden, ein wenig leiser jetzt, wo die Nachsommerabende langsam kühler wurden. Ab und zu kamen wir an schmiedeeisernen Toren vorbei, durch die man den welligen Rasen und die dichten Reihen Grabsteine und Obelisken sah.

Und du bist in DC aufgewachsen?, fragte ich, als mir plötzlich bewusst wurde, dass ich sie noch praktisch gar nichts gefragt hatte. Wo sie herkam, zum Beispiel.

In Alexandria, antwortete sie.

Von Alexandria wusste ich eigentlich nur, dass es ein reicher Vorort war. Zwar hatte sie bei unserem ersten Treffen schon gesagt, sie käme aus Virginia, aber ich hatte mir trotzdem eine Einwanderer-Enklave mitten in DC vorgestellt.

Und wie war das so?

Sie schnaufte tief. An was denkst du bei Alexandria, Virginia?

Ich überlegte. Hm, weiß nicht, Häuser aus rotem Backstein? Country-Clubs? Ein verspielter Golden Retriever in jeder Einfahrt?

Das kommt ganz gut hin, sagte sie grinsend. Wir hatten

ein schönes Haus. In einem netten, grünen Viertel. Ein bisschen wie in einer alten Sitcom, nur dass wir Europäer waren. Ich übrigens auch, aber inzwischen hab ich die Staatsbürgerschaft angenommen.

Ach echt?, fragte ich staunend, obwohl Google mir das alles längst verraten hatte. Woher denn?

Aus Sarajevo, sagte sie. In Bosnien. Wir sind da weg, als der Krieg ausbrach – meine Mutter, meine Schwester und ich. Mein Vater kam später nach.

Ich ließ das erst mal einen Augenblick lang stehen. War sicher nicht leicht, sagte ich dann.

Ich erinnere mich kaum noch, erwiderte sie. Aber «nicht leicht» trifft wahrscheinlich nicht mal annähernd, wie das für meine Eltern war. Oder für meine Schwester. Die war fünf, hat also schon mehr mitgekriegt als ich.

Also sind deine frühesten Erinnerungen alle aus Amerika?

Genau, aus Queens, sagte sie. Etwa zwei Jahre haben wir bei meinen Großeltern gewohnt, in ihrer Wohnung in Astoria, ich war da so vier oder fünf. Wie die Sardinen in der Dose. Ich musste auf einem Feldbett gleich neben der Heizung schlafen, die pausenlos zischte und klopfte. Meine Schwester hat mir eingeredet, da würden kleine Monster drin wohnen, die miteinander tuscheln und von innen gegen den Heizkörper schlagen, um sich zu befreien. Ja, das könnte tatsächlich meine allererste Erinnerung sein. Bis heute denke ich bei jeder klopfenden Heizung: Da hausen kleine Monster drin, die rauswollen.

Sie knibbelte an ihrer Nagelhaut und runzelte die Stirn. Offenbar wägte sie ab, ob sie noch mehr erzählen sollte. Inzwischen sind die alle gründlich integriert, fuhr sie fort. Mein Dad steht extrem auf Springsteen. Hat ihn schon dreimal live gesehen.

Na, auf den Boss steht doch wohl jeder.

Och, ich könnte auch ohne.

Bitte *was*?!

Sie lachte. Mein Vater hat so einen schicken großen Grill im Garten, sagte sie, und dieses Jahr haben sie zum Unabhängigkeitstag erstmals ein paar Nachbarn und Freunde eingeladen. Dad hat so eine selbstgebrannte CD, einfach nur mit «USA» beschriftet. John Cougar Mellencamp, Johnny Cash, Bob Seger und jede Menge Bruce. Meine Schwester und ich futterten Hot Dogs – mit Rindfleisch, weil: Schwein essen meine Eltern noch immer nicht –, die «USA»-CD plärrte, meine Mutter zündete Wunderkerzen an, und meine Schwester meinte: «Amerikanischer als das hier wird's auf der ganzen Welt nicht mehr.»

Wir lachten, alle beide. Wie so oft, wenn ich jemanden Neues kennenlernte, wollte ich am liebsten sofort alles wissen und es mir zugleich für später aufsparen. Wie, wenn man ein gutes Buch liest: Man kann das Ende nicht erwarten, aber will nicht, dass es aufhört.

Wir gingen ein Stück weiter, dann sagte sie: Allerdings ist der Hund kein verspielter Golden Retriever, sondern ein verzogener Zwergspitz namens Daphne. Ist vor allem der Hund meiner Mutter. Mein Dad hat ein Aquarium mit Sumatrabarben, Salmlern und Skalaren. Und meine große Schwester hatte irgendwie immer Einsiedlerkrebse. Die hat sie aus Virginia Beach geholt. Nach einer Weile sind die jedes Mal aus ihrer Schale rausgewachsen und gestorben. Sie hat ihnen nämlich nie Ersatzmuscheln besorgt. So als wollte sie eigentlich gar keine Haustiere, sondern nur was zum Einsperren und Foltern.

Und was hattest du?

Meine Bücher, antwortete sie. Ich war ein einsames Kind.

Aus der Friedhofsmauer wurde ein Zaun, durch den man weit über die Anlage sehen konnte – bläuliche Laternen, eine dunkle Reihe Pappeln. Vor einem der näheren Grabsteine hatte jemand im Dunkeln leuchtende Spielsachen aufgestellt, wodurch er aussah wie radioaktiv. Wusstest du, dass Colonel Sanders hier begraben liegt?, fragte sie. Hab ich in 'nem

Reiseführer gelesen. Die Leute stellen ihm Eimer mit Hähnchenteilen aufs Grab, ist das nicht traurig? Stell dir vor, das ist alles, was von dir am Ende bleibt: Der Hähnchen-Typ bist du, sonst nichts. Ganz zu schweigen von der Lebensmittelverschwendung.

Die Opossums und das andere Viechzeugs freuen sich bestimmt drüber.

Hast du gerade *Viechzeugs* gesagt?

Glaube schon, ja.

Was ist denn der Unterschied zwischen Viechzeugs und Ungeziefer?

Kommt wahrscheinlich ungefähr aufs selbe raus, sagte ich. Wusstest du, dass Colonel Sanders gar kein echter Colonel war?

Nein!, rief sie, warf sich gespielt schockiert die Hand aufs Herz.

Hab's kürzlich erst erfahren.

Weißt du, was noch in diesem Reiseführer stand? «Kentucky» bedeutet übersetzt «dunkler, blutiger Boden». So haben die Cherokee die Gegend hier genannt. Ganz schön unheilvoll, oder?

Ja, das hab ich schon mal gehört, sagte ich, wusste aber nicht mehr genau, wo. Ich meinte mich zu erinnern, dass das bloß eine Legende war – diese ganze Vorstellung, die Region sei ein dauerndes Schlachtfeld im Krieg der ersten Siedler mit den Native Americans gewesen –, aber das sagte ich ihr nicht.

Als ich das gelesen hab, musste ich an dich denken, sagte sie.

Ach ja? Wieso denn?

Ich dachte bloß, es würde dich vielleicht interessieren, wegen deiner Hassliebe zu Kentucky.

Das hast du dir gemerkt?

Klar.

Es freute mich, dass ich einen Eindruck hinterlassen hatte. Während wir spazierten, dachte ich darüber nach, wie leicht es wäre, einfach meinen Arm um sie zu legen. Sie ging unmittelbar neben mir. Besonders sexy angezogen war sie nicht, aber ihre Figur war einfach zu gut, um völlig unter den Klamotten zu verschwinden. Auch schon der Pfingstlerrock auf der Party hatte die Form ihrer Hüften nicht ganz verbergen können. Damals hatte ich mir ausgemalt, wie sie mich in ein Hinterzimmer führt, sich über einen Stuhl beugt und den keuschen Rock hochzieht. Daran dachte ich auch jetzt, Seite an Seite mit ihr, dicht genug, dass wir unsere Körperwärme spürten.

Benutzt du noch andere so komische Wörter?, fragte sie.

Was denn für komische Wörter?

Na ja, Dialektwörter eben. Wie «Viechzeugs».

Keine Ahnung.

Ich werde mal drauf achten. Wenn mir eins auffällt, sag ich dir Bescheid.

Okay, sagte ich, zumal ich wahrscheinlich keine Wahl hatte.

Sagst du «*ain't*»?

Nein.

Oder «*I reckon*»?

Eher nicht. Aber mein Granddad, der schon.

Spricht der so richtig mit Südstaatlerakzent?

Und wie.

Du ja fast gar nicht, stellte sie fest. Man hört ihn schon, aber nur bei manchen Wörtern. Meine Mutter konnte kein Wort Englisch, als wir nach Amerika kamen. Mein Vater meint, das war furchtbar erniedrigend für sie, wie plötzlich alle mit ihr redeten, als wäre sie die letzte Vollidiotin, obwohl sie so gebildet war. Sie war ja immerhin Ärztin. Inzwischen sprechen meine Eltern sogar akzentfreier als du.

Es passte mir gar nicht, dass sie das sagte: dass ich angeblich mit Akzent sprach. Ich hatte lang daran gearbeitet, noch die letzte Spur davon in meiner Aussprache zu tilgen. Meine Unsicherheit in diesen Dingen führte ich auf einen bestimmten Moment in meiner Kindheit zurück: Mein Geschichtslehrer in der Sechsten hatte mich damals «Washington» wie «Warshington» aussprechen gehört und mich gefragt, wo denn in dem Wort das R versteckt sei. Die ganze Klasse hat mich ausgelacht, und ich beschloss, in Zukunft nicht mehr so zu sprechen. Vielleicht hatte ich mir diese Erklärung aber auch nur selbst zurechtgelegt. Nichts hat je bloß einen Grund. Das Fernsehen war auch schuld. Einmal, als ich vom College heimkam, sagte Pop, ich würde reden wie die Leute in der Glotze. Ich fasste das als großes Kompliment auf, obwohl es garantiert nicht so gemeint war.

Zähl mal von neun bis elf, sagte sie.

Warum?

Mach einfach.

Neun, zehn, elf, sagte ich.

Zehn, korrigierte sie, betonte das e. Nicht *Zinn*, wie das Metall. *Zehn* heißt das.

Aha, sagte ich. Danke für den Hinweis.

Gern geschehen, sagte sie. Kommt auf die Liste. Eintrag Nummer eins.

Am Ende der Friedhofsmauer gingen wir einfach weiter, vorbei an schummerigen Läden und Restaurants. Wir durchquerten eine Highway-Unterführung und landeten in Irish Hill. Mit den langen, schmalen Shotgun-Häusern, den kleinen, steilen Vorgärten und den Eckkneipen sah das Viertel fast genauso aus wie Germantown, nur dass hier katholische Iren lebten.

Ich könnte was zu essen vertragen, sagte sie. Wie sieht's bei dir aus?

Ich auch, sagte ich. Wir gingen noch ein paar Blocks weiter bis Clifton, an der Frankfort Avenue. Hier herrschte wieder Trubel auf den Gehwegen – die meisten Leute hatten rote Wangen und einen im Tee, torkelten und lärmten. Wir entschieden uns für eine Bar und gingen direkt durch auf eine Terrasse mit Holztischen. Als die Bedienung kam, bestellten wir Zwiebelringe, frittierte Austern und zwei große Dosen

Lone Star, das mir in Kentucky bisher noch nie untergekommen war. Geschmacklich unterschied es sich nicht von jedem anderen billigen Pils, doch immerhin kam es aus Texas und war mal was anderes. Alma bestellte einfach dasselbe wie ich, in der Annahme, es sei ein einheimisches Bier. Als ich das Missverständnis aufklärte, wirkte sie irritiert.

In einem kleinen Fernseher auf einem Servierwagen im Eck lief eine Tierdoku: Gnus, Giraffen und Reiherschwärme in der Savanne. All die Tiere soffen aus matschigen Tümpeln, aus denen ab und zu ein Krokodil herausschoss, um eins von ihnen wild um sich schlagend in die trübe Brühe zu schleifen.

Ich fragte sie nach ihrem Leben, und während wir tranken, sprudelten die Geschichten aus ihr heraus. Sie schien gern von sich zu erzählen, so als hätte sie dazu nicht oft Gelegenheit. Ich hätte ihr die ganze Nacht zuhören können. Ich hatte viel zu viel Zeit mit Leuten aus Kentucky verbracht, deren Niederlagen, Ausreden und kleinen Freuden immer vorhersehbar blieben, weil es dieselben waren wie meine. Fast mein ganzes Leben lang hatte ich all dem – also im Grunde mir selbst – entkommen wollen. Während ich Alma lauschte, konnte ich ein Weilchen fast vergessen, wer ich war und wo ich herkam.

Sie erzählte von New York, wo sie vor Ashby gewohnt hatte, in einer Etagenwohnung ohne Fahrstuhl in Greenpoint, die sie jetzt einer ehemaligen Mitbewohnerin untervermietet hatte. Wo sie studiert hatte, erwähnte sie nicht, aber es war garantiert eine Eliteuni. Ihre New Yorker Wohnung lag über einem Handyladen, in den sich nie ein Kunde verirrte. Ihr Schreibtisch dort stand vor dem größten Fenster, was ihr zwei Stunden Licht am Vormittag bescherte, bevor die Sonne hinter den Dächern gegenüber verschwand. Ich bin wie eine alte Katze, sagte sie. Am liebsten sitz ich in der warmen Sonne und schau aus dem Fenster. Trinke meinen Kaffee. Wenn's gut läuft, schaffe ich in den zwei Stunden fünfzig Wörter.

Sie meinte, sie schreibe meistens bis zwei oder drei Uhr

am Nachmittag und gehe dann spazieren, sofern das Wetter mitspiele. Ein Stück die Straße runter von ihrer Wohnung aus habe es eine polnische Bäckerei mit glänzenden Donuts im Schaufenster gegeben. Die alten Frauen, die dort arbeiteten, unterhielten sich auf Polnisch und trugen Schürzen mit Kornblumen darauf. Einmal hab ich da Jack White gesehen, sagte sie. Der hat dort ein Éclair gegessen.

Manchmal gehe sie stundenlang spazieren, meinte sie. Einmal sei sie bis nach Flushing gegangen und musste ihre Großeltern bitten, sie mit dem alten Volvo abzuholen. Am Wochenende habe sie die beiden meistens in ihrer kleinen Doppelhaushälfte in Astoria besucht. Die Eltern ihres Vaters. Die ihrer Mutter seien schon gestorben – eines natürlichen Todes, wie sie ergänzte.

Gegenüber der Wohnung, in der wir zu Anfang gewohnt haben, ist das Haus schon eine Verbesserung, sagte sie, aber klein ist es trotzdem. Die beiden haben noch ein paar Andenken aus Bosnien – nur ein paar Kleinigkeiten, was damals eben in ihre Koffer und die Plastiktüten von der UNO passte. Als ich klein war, saß ich oft bei meinem Opa, und er zeigte mir die Sachen, erzählte mir immer wieder die Geschichten dahinter. Taschenuhren waren das zum Beispiel und ein paar zerlesene sowjetische Bücher. Und ein Poster von Olympia 1984 in Sarajevo – ein Skifahrer im roten Skianzug, den fand ich megacool! Und ein Foto von Soldaten an einer Straßenecke, schwarz-weiß, aus der Zeit der Nazi-Besetzung. Meine Großmutter hat noch einen bestickten Hijab von ihrer Hochzeit, den ich manchmal tragen durfte, und so kleine Porzellanfiguren, Bauerkinder in Trachten und so was. Einmal hab ich sie gefragt, ob das mein Großvater und sie als Kinder wären, und sie hat sich kaputtgelacht.

Meine Eltern lagen ihnen jahrelang in den Ohren von wegen «Kommt doch nach DC», aber sie wollten nicht. In Astoria fühlen sie sich halt zu Hause. Da gibt's viele Bosnier, Leute, die ihre Sprache sprechen. In DC würde ihnen das fehlen. Meine Eltern wollten hier von vorn anfangen, aber meine Großeltern waren dafür zu alt. Wieso Englisch lernen, wenn es in Queens lauter Bosnier gibt, die einen auch so verstehen? Wenn man die vertrauten Lebensmittel kaufen und in die Moschee gehen kann? Natürlich gibt's in Astoria auch Serben – auch bosnische, übrigens, das ist sehr interessant. Die essen dasselbe wie wir, sprechen quasi dieselbe Sprache, aber am Hass ändert das nichts. Erst vor ein paar Monaten hat jemand auf die Tür des Kulturzentrums ein serbisches Kreuz gesprüht – sagt dir das was?

Ich schüttelte den Kopf.

Das ist so ein nationalistisches Symbol. So was an eine Tür zu sprühen ... Na ja, ist halt quasi wie ein Hakenkreuz.

O Gott.

Ja, total verrückt.

Gehst du denn in die Moschee?, fragte ich.

So gut wie nie, antwortete sie. Für uns ist der Islam eher 'ne kulturelle Sache. So wie ... Wie nennt man noch mal Christen, die nur an Weihnachten in die Kirche gehen?

Weihnachtschristen?

Sie lachte. Genau so ist das bei uns auch. Das gilt übrigens für viele europäische Muslime. Und für viele Türken.

Ramadan-Muslime, sozusagen?

Der Ramadan dauert immerhin 'nen ganzen Monat, erklärte sie. Aber nein, nicht mal das. Ich hab im Ramadan noch nie gefastet. Meine Mutter auch nicht, nur mein Vater. Meine Mutter kommt aus einer Akademikerfamilie. Und laut meiner Eltern war Sarajevo sehr kosmopolitisch. Sie schnippte mit den Fingern, als fiele ihr plötzlich etwas wieder ein. Schönwetterchristen!, rief sie. Das meinte ich. Wie ein Schönwetterfreund, bloß dass der Freund in dem Fall Gott ist.

Wir aßen die frittierten Austern auf und wischten uns die fettigen Finger an den Servietten ab. Dann lehnten wir uns entspannt schweigend zurück. Das Sitzen tat gut nach all der

Lauferei. Eine sanfte Brise drang durch die Wandschirme rings um die Terrasse.

Eigentlich wollte ich heute arbeiten, seufzte sie. Hatte es mir fest vorgenommen. Seit zwei Wochen hab ich kein Wort geschrieben.

Ist bestimmt ein ganz schöner Druck, sagte ich. Diese Residenz, meine ich. So viel Zeit zur Verfügung zu kriegen.

Hab mich schon gefragt, wann du das ansprichst. Die meisten Leute umschiffen das Thema lieber.

Wie jetzt, dass du Schriftstellerin bist?

Sie nickte.

Vermutlich schüchtert sie das ein, sagte ich.

Dich aber nicht.

Als ich dich kennengelernt habe, wusste ich's ja nicht. Hätte ich geahnt, dass du so 'ne große Nummer bist, hätt ich dich vielleicht gar nicht erst angesprochen.

Sie verdrehte die Augen.

Du warst wirklich ziemlich knülle, sagte sie.

Ich kannte kein Schwein auf dieser Party. Was Besseres als trinken fiel mir da nicht ein.

Aber ich sah ansprechbar aus, fandest du?

Ich erinnere mich echt nicht mehr.

Ich schon, sagte sie. Ich weiß noch, was du als Erstes gesagt hast: «Howdy», hast du gesagt.

Nein ...

Doch!

In meinem ganzen Leben hab ich noch nie «Howdy» gesagt.

An dem Abend schon.

Und dann? Was hab ich dann gesagt?

Du meintest, du würdest niemanden kennen, seist gerade erst hergezogen, von ... Colorado, kann das sein?

Mhm.

Dann kam das mit deiner Zwickmühle.

So hab ich das nicht ernsthaft genannt, oder?

Doch. Deine «fundamentale Zwickmühle» hast du gesagt.

O Gott, stöhnte ich, wieso hast du danach überhaupt noch ein Wort mit mir geredet?

Sie verkniff sich ein Grinsen, und wir nahmen beide einen Schluck Bier.

Vielleicht kriegst du ja morgen was geschrieben, sagte ich.

Ja, vielleicht.

Ich muss morgen schon ganz früh arbeiten.

Sie blickte auf ihr Handy. Fast Mitternacht, stellte sie fest.

Macht nichts.

Musst du schreiben? Oder richtig arbeiten?

Richtig arbeiten.

Was machst du denn?

Grünpflege, auf dem Campus, antwortete ich. So eine Work-Study-Geschichte. Ich schufte, die zahlen meine Studiengebühren.

Ist Grünpflege so was wie Gärtnern?

Nein, eher stumpfer, sagte ich. Hauptsächlich schneide ich Bäume zurück und reiße Gestrüpp raus.

Klingt nicht grade sehr spaßig.

Geht so, ja, aber ich hatte schon schlimmere Jobs.

Zum Beispiel? Sie beugte sich vor, die Stirn gerunzelt, stützte das Kinn auf die verschränkten Hände. Irgendwie genoss ich es, ihr meine Schrottjobs aufzulisten. Ich hatte Häuser gestrichen, Burger gebraten und Kinderbücher in einer Bibliothek einsortiert. Vor dem Gastspiel als Baumpfleger in Denver hatte ich in einem Thai-Restaurant in Boulder das Geschirr gespült. Besonders in Colorado war ein Großteil meines Gehalts für Bier, Pillen und das dort eben erst legalisierte Gras draufgegangen. Meine Familie nannte das gern euphemistisch «Party machen», im Sinne von «Wann hörst du endlich auf, immer nur Party zu machen, und kriegst mal dein Leben auf die Reihe?». Diese Frage kannte ich in den verschiedensten Versionen. Aber wie eine Party war mir dieses Leben eigentlich nie erschienen. Vor allem hatte ich mich einsam und erbärmlich gefühlt, und diese Einsamkeit hatte irgendwann einen Siedepunkt erreicht, ab dem sie nicht mehr auszuhalten war. Ich neigte dazu, all das romantisch zu rauem Arbeiterleben zu verklären, wo es doch in Wahrheit bloß hart, eintönig und oftmals demütigend gewesen war. Erst romantisierte ich es, dann fühlte ich mich dafür schuldig. Immer dasselbe Muster.

Ich habe Bäume getrimmt, Häuser gestrichen und Klos geputzt. Such dir was aus, ich hab vermutlich alles schon gemacht.

Grinsend riss sie einen Zwiebelring entzwei. Kannst bestimmt kaum erwarten, das alles in deine Autorenvita zu schreiben, feixte sie.

Lachend senkte ich den Blick, spürte, wie ich rot wurde.

Hey, das muss dir doch nicht peinlich sein!, sagte sie. Klingt doch gut, eigentlich. Vor allem der Schluss: «Such dir was aus, ich hab alles schon gemacht.» Könnte dein Slogan für 'nen Werbespot im Lokalfernsehen sein. Du zeigst in die Kamera und sagst: «Rufen Sie mich an! Ich hab alles schon gemacht.»

Sie trank einen Schluck Bier und verzog angewidert das Gesicht. Also richtig gut schmeckt das ja nicht, sagte sie.

Nein, pflichtete ich ihr bei. Das ist ein schlechter Scherz, kein Bier.

Sie inspizierte die Schrift auf der Dose, als ließe sich dort ein Indiz dafür finden, wieso das Zeug so schmeckte, wie es schmeckte.

Was für Jobs hattest du denn so?, erkundigte ich mich.

Ich? Die Frage schien sie zu erschrecken, fast, als wäre sie irgendwie unanständig. Ach, da gibt's nicht viel zu erzählen. Nach dem College hab ich ein bisschen Studienberatung gemacht. Mach ich auch heute noch, aber nur für eine Handvoll Kunden.

Und was heißt das genau?

Im Grunde bin ich so 'ne Art Tutorin für Leute, die sich an

Ivy-League-Unis bewerben. Ich helfe ihnen mit ihren Essays, was letztlich heißt, dass ich sie für sie schreibe.

Und die bezahlen dich dafür?

Die Eltern zahlen. Du kannst dir nicht vorstellen, wie dringend manche Menschen ihre Kinder auf eine gute Uni schicken wollen.

Und das stört dich gar nicht? Moralisch, meine ich?

Nö, sagte sie und trank einen Schluck Bier. Einen zu großen: Sie musste es im Mund behalten und nach und nach runterschlucken. Als es endlich unten war, hielt sie sich die Faust vor den Mund und unterdrückte ein Rülpsen. Also na ja, sagte sie, manchmal schon. Aber immerhin arbeite ich nicht bei McKinsey oder Goldman Sachs.

Hm. Kennst du denn Leute, die bei Goldman Sachs arbeiten?

Klar, antwortete sie, als wäre es das Normalste von der Welt. So als würde jeder einen kennen, der bei Goldman Sachs arbeitet. Jedenfalls, fuhr sie fort, wenn diese Helikoptermütter ihr Geld für so was schon ausgeben wollen, können sie's auch mir geben. Außerdem mach ich das eh kaum noch. Ist nur noch ein kleiner Nebenjob.

Ich weiß gar nicht, was mein Nebenjob ist, sagte ich, Schreiben oder Grünpflege. Vermutlich Letztere, weil sie mir nicht so wichtig ist. Andererseits verbringe ich mehr Zeit damit, also ...

Hat es dir bei diesen ganzen Schrottjobs eigentlich geholfen, zu wissen, dass sie dir Stoff zum Schreiben liefern? Also, hast du quasi gedacht: Schon okay, dass ich hier Klos putze, weil eigentlich bin ich ja Schriftsteller undercover?

Wie ein Undercover-Schriftsteller kam ich mir da nicht vor.

Sondern?

Wie ein Versager, antwortete ich.

Almas Gesichtszüge entgleisten, und sie sah mich voller Mitleid an. Nicht gerade das Gefühl, das ich in ihr auslösen wollte. Ich blickte zum Fernseher, wo gerade ein Zebra von Hyänen zerfetzt wurde.

Fühlst du dich immer noch so?, fragte sie, klang plötzlich schüchtern.

Ich denke lieber nicht darüber nach. Aber eigentlich nicht.

Leichter Regen hatte eingesetzt, plätscherte aufs Blechdach. Leute drängten sich zum Rauchen vor der Tür, mit feuchten Haaren und Schultern. Jenseits der Trennwand neben unserem Tisch stand ein Lavendelbusch, und als die Tropfen auf die Blüten platschten, stieg schwerer, angenehmer Duft auf. Ich sog ihn tief ein und sah Alma an, wie sie mir da gegenübersaß, die Mandelaugen und den langen, schlanken Hals, die blassen Sommersprossen auf der Nase. Manchmal sah sie fast so aus, als wäre sie einem Gemälde von Modigliani entstiegen. Lass uns irgendwo hingehen, schlug ich vor.

Was meinst du?

Ich meinte, dass ich mit ihr nach Hause gehen wollte, doch so weit waren wir noch nicht. Wir kannten uns ja kaum. Trotzdem fühlte es sich an, als hätten wir etwas Großes, Gewichtiges angestoßen, das nun ohne viel Mühe von alleine weiterrollen würde.

Lass uns noch ein Stückchen gehen, sagte ich.

Es regnet.

Das hört gleich wieder auf, winkte ich ab, und tatsächlich, bis wir bezahlt und ausgetrunken hatten, ließ der Regen nach.

Wir gingen die Frankfort Avenue entlang nach Osten, kleine Böen wirbelten die regenkühle Luft auf. Ab und zu kamen wir an einer Bar vorbei, vor der Leute sich im Tabaknebel unterhielten, und jemand fragte uns nach Feuer. Als der Gehweg leerer wurde, nahm ich ihre Hand. Sie ließ es zu, und wir gingen in neuer, stiller Nähe weiter.

Bisschen kalt, sagte sie irgendwann. Ich legte den Arm um sie und zog sie an mich. Leise seufzend lehnte sie sich bei mir an, und ich dachte: Vielleicht hab ich mich ja getäuscht. Vielleicht nimmt sie mich doch gleich mit nach Hause. Vielleicht ist die Anziehung stärker, als ich dachte. Aber kurz darauf ließ sie schon wieder von mir ab, blieb mitten auf dem Gehweg stehen und sah mich eindringlich an. Fast wollte ich sie küssen, doch ihre Miene ließ mich zögern.

Ich sollte dir da noch was sagen, hob sie an.

In der Gasse, vor der wir stehen geblieben waren, saßen zwei Männer in fleckigen Schürzen auf einer Treppe und scrollten durch ihre Handys. Aus der offenen Tür zur Küche hinter ihnen drang gedämpfte Musik – Akkordeons und spanischer Gesang.

Also, ich bin irgendwie mit jemandem zusammen, sagte sie.

Irgendwie?

Sie kniff die Augen so fest zu, als verursachte das Thema ihr körperliche Schmerzen. Nein, nicht irgendwie, sagte sie. Richtig. Seit zwei Monaten schon.

Was Ernstes?

Keine Ahnung. Wir sind jedenfalls zusammen, und ich glaube, ich mag ihn. Ja, doch, ich mag ihn.

Klingt ja schwer verliebt.

Ich weiß bloß nicht, ob wir beide uns so nahe kommen sollten.

Aber du möchtest?

Sie blickte zu den Männern in der Gasse, kaute auf ihrer Lippe. Ja, sagte sie leise, schon, aber ich bin ... Wir haben gerade erst geklärt, dass wir offiziell ein Paar sind, und das kann ich ja jetzt nicht einfach so *ent*-klären. Und es ist gut! Eine gute Beziehung. Die mich glücklich macht.

Aus meinen bis eben noch heißen Ohren und Wangen wich das gesamte Blut. Okay, sagte ich. Ganz wie du willst.

Tut mir leid. Können wir vielleicht auch einfach so abhängen? Ohne Erwartungen? Ich kenn hier doch sonst praktisch niemanden.

Klar, sagte ich. Ich hab ja sowieso nichts erwartet.

Ach nein?

Na ja ..., sagte ich, blickte auf meine Schuhe.

Oje, sagte sie schmunzelnd.

Wir teilten uns ein Uber zurück zu unseren Autos, und als der Fahrer uns vorm Bard's Town rausließ, konnte ich kaum fassen, dass sie am selben Abend dort gelesen hatte. Wochen her kam mir das vor. Ich dachte an ihr Gedicht über den Harley-Fahrer, der seine Wünsche auf dem Arm tätowiert trug, und gewünscht hat er sich wohl die Hübsche bei Hardee's mit den Hotpants und dem gelben Tanktop. Und ich dachte daran, dass der Autor dieses Craigslist-Posts sicher nicht geahnt hatte, wo seine Worte landen würden.

Wir mussten in verschiedene Richtungen, und kurz standen wir da und suchten eine Weise, uns mit Anstand zu verabschieden. Wolken zogen rasch über den Mond. Fast konnte ich ihr Shampoo an der Stelle riechen, wo ihr Kopf an meiner Schulter gelehnt hatte – Aprikose oder Pfirsich. Okay, ich sollte dann mal, sagte ich. Morgen muss ich früh raus.

Ach ja, sagte sie. Das Grün pflegen. Gut, ich muss da lang.

Wo bist du geparkt? Wenn du's weit hast, komm ich gern noch mit.

Das ist auch so was Komisches, was du sagst, erwiderte sie. «Geparkt sein», statt «geparkt haben». Kommt auf die Liste.

Welche Liste?

Die Liste mit seltsamen Wörtern, die du benutzt.

Ah, klar, sagte ich. Danke.

Aber gern. Und nein, ist nicht weit, schaff ich alleine.

Darf ich dich umarmen? Oder wäre das schon fremdgehen?

Es war als Witz gemeint, klang aber höhnisch. Sie sah mich strafend an. Umarmen geht klar, sagte sie, und wir taten es – kurz. Vielleicht bald wieder mal spazieren?, schlug sie vor. Bei Tageslicht?

Wir tauschten Nummern aus, und sie ging los, winkte noch mal, ohne sich umzudrehen, als wüsste sie ganz genau,

dass ich ihr hinterhersehen würde. Sie erreichte ihr Auto –
ein schrottiger alter Honda –, und die Heckleuchten blinkten,
als sie den Schlüsselknopf drückte. Ich machte kehrt und trat
den langen Heimweg an.

A m nächsten Tag fuhr ich ein bisschen herum. Bewegung,
nur um der Bewegung willen. Bloß um zu sehen, was es
so zu sehen gab. Im Wesentlichen waren das höckerige Hügel,
Hochspannungsleitungen, Werbetafeln für Anwaltskanzleien
und große Sexshops am Highway. Als meine Mutter anrief,
war ich gerade auf dem Rückweg. Ich drehte das Radio leiser
und nahm ab, obwohl ich keine große Lust auf das Gespräch
hatte. Vor Colorado hatte ich mir achthundert Dollar von ihr
gepumpt und nie zurückgezahlt. Keiner von uns sprach das je
an. Dennoch lagen die Schulden wie ein Schatten auf unserer Beziehung. Ich nahm mir immer wieder vor, ihr das Geld
zurückzugeben, sobald ich besser dastand, doch es gab immer
irgendeine unvorhergesehene Ausgabe, irgendeine Ausrede
für einen Aufschub.

Wann kommst du denn wieder mal nach Hause?, fragte sie
gleich als Erstes.

Hab nichts geplant, antwortete ich. Finde mich noch in
den neuen Job ein.

Als Grünpfleger.

Genau.

Sie räusperte sich vielsagend. Also, sagte sie, ich wollte nur
erzählen, dass Greg grade erfahren hat, dass BelCo das Werk
schließt.

Greg, den meine Mutter ein Jahr nach der Scheidung von
meinem Vater geheiratet hatte, arbeitete seit über zwanzig
Jahren bei BelCo. Mir war immer schleierhaft gewesen, was
die Firma genau herstellte. Diverse Kunststoffe, sagte Greg
immer nur, wenn ich ihn fragte. Jedenfalls war er Maschinen-

schlosser, und das Ironische an der Schließung seines Werks war, dass er die letzten fünf Jahre damit verbracht hatte, die Automatisierung zu verbessern, um Arbeitskräfte zu sparen. Die beiden wollten Trump wählen, vor allem wegen seines Versprechens, die Industrie wieder auf Vordermann zu bringen. Sollte es je noch eine Chance gegeben haben, dass sie sich umentscheiden würden, war es damit jetzt garantiert vorbei.

Es hieß ja schon seit ein paar Jahren, die würden bald ein Werk schließen, sagte sie, aber wir haben immer gehofft, die machen das in Murfreesboro zu, nicht das in Calvert City.

Tut mir wirklich leid, sagte ich.

Na ja, erwiderte sie. Wir kommen schon zurecht. Greg kann noch bis Juni bleiben. Sorgen machen ihm vor allem die Leute an den Fließbändern, die sitzen Weihnachten schon auf der Straße.

Und was habt ihr dann vor? Im Juni, meine ich?

Schwer zu sagen, schnaufte sie. Greg will hier was Neues suchen, schaut aber auch über der Grenze, in Tennessee. Vielleicht verkaufen wir das Haus, verkleinern uns. Wer weiß, vielleicht geh ich auch selber wieder arbeiten.

Würdest du denn gerne?

Müsste eigentlich nicht sein, nein. Sie seufzte.

Langes Schweigen. Ich fuhr vom Highway ab und auf die Nebenstraße, vorbei an einem Wohnmobilhändler und einem Walmart. Die Hügel waren hier weicher, erhoben sich in sanften Buckeln. Sonnenstrahlen schossen durch die Wolken.

Wann kann man denn von dir mal was lesen?, fragte sie.

Ich hab noch gar nichts Richtiges geschrieben, antwortete ich. Bloß Fragmente. Tagebucheinträge.

Schreib mal lieber 'nen Bestseller und unterstütze mich ein bisschen auf meine alten Tage.

Wird gemacht.

Du könntest natürlich auch Lehrer an 'ner Highschool werden.

Ich weiß.

Hast du von deinem Vater was gehört?

Ja, vor Kurzem erst.

Dann weißt du schon das Neueste von Bonnie, hm?

Ja, er hat's erzählt. Schon wieder Bestrahlung.

Sie seufzte. Traurig ist das, sagte sie. Gut verstanden haben wir uns ja nie, aber so leiden soll sie auch nicht. Im Grunde müssen die einen fast selbst umbringen, um den Krebs zu töten.

Ja, traurig, pflichtete ich ihr bei. Mehr fiel mir dazu auch nicht ein.

Sie seufzte ein drittes Mal. Mein Sohn ist achtundzwanzig, sagte sie.

Und?

Ich wurde mit achtundzwanzig Mutter. Hab dich auf die Welt gebracht.

Ich weiß.

Wir hatten schon ein Haus gekauft und waren fünf Jahre verheiratet.

Mhm.

Und du bist obdachlos.

Ich bin nicht obdachlos.

Wärst du aber, wenn du deinen Großvater nicht hättest. Ohne den würdest du auf der Straße leben.

Das glaube ich kaum.

Und wie soll das weitergehen?

Weiß ich auch nicht.

Das ist deine Antwort?

Das war keine Antwort.

Ich will nicht, dass du ihn so ausnutzt, wie's dein Onkel tut.

Ich muss auflegen, sagte ich, konnte plötzlich nicht mehr.

Was gibt's denn so Dringendes?

Vielleicht muss ich Bewerbungen für Wohnungen ausfüllen.

Sei nicht so naseweis.

Okay, mach's gut, sagte ich und legte auf, bevor sie irgendetwas erwidern konnte.

A m Montag in der Mittagspause erzählte ich James von «Dschungelnarrative». Klingt tendenziell rassistisch, fand er.

Gut möglich, antwortete ich. Wird sich noch zeigen.

Was lest ihr denn?, fragte er, sein übliches Fleischwurst-Sandwich mampfend.

Angefangen haben wir mit *Herz der Finsternis*.

Na, das geht ja gut los ...

Am Vormittag hatten wir einen Silberahorn auf dem Rasen vor einem Gästehaus getrimmt. Die Gästehäuser waren Feldstein-Cottages mit möblierten Wohnungen, die an Gastdozenten vermietet wurden. Während wir dort arbeiteten, wurde in einem der oberen Fenster immer wieder kurz ein Vorhang zur Seite geschoben, und ein Mann linste heraus. Inzwischen hatten wir die toten Äste alle abgeschnitten, aber ein paar waren zu groß für den Häcksler und mussten erst mit der Kettensäge zerlegt werden.

Ich warf das Kerngehäuse meines Apfels auf den Häcksler und verstaute den restlichen Abfall und mein Wasser in der Fahrerkabine. Rando hatte wieder Rindereintopf dabei, und offenbar war der ihm nicht bekommen. Er lehnte am Häcksler, hielt sich den Bauch und krümmte sich. Sein Verdauungstrakt schmatzte und gurgelte hörbar.

Mann, Rando, rief James, während er die Beinschützer anlegte. Iss halt mal was anderes, ey.

Alles bestens, ächzte Rando. Er spuckte ins Gras, zog einen Softpack Pall Malls aus der Brusttasche und schüttelte sich eine in die Hand. Rindfleisch verdirbt nicht. Ist ja kein Hühnchen.

Na klar verdirbt Rindfleisch, sagte ich.

Er zündete die Zigarette an, strich sich durchs verschwitzte Haar. Alles bestens, wiederholte er.

Euer Dozent ist weiß, nehm ich mal an, oder?, fragte James.

Mhm, sagte ich. Ich ließ die Ladeklappe des Pick-ups runter, schnappte mir die 45-cm-Husqvarna, zog die orange Plastikhülle vom Schwert und überprüfte den Tank. Eine gute, leichte Säge. Was Schwereres war für unsere Zwecke nur selten nötig, aber wir hatten auch eine größere Holzfäller-säge mit 70 cm langem Schwert. Seit vier Monaten hatte ich keine Kettensäge mehr benutzt. Ich wiegte sie in den Händen, gewöhnte mich an das Gewicht, klickte den Schalter für die Kettenbremse mehrfach hin und her.

James hauchte in seine Schutzbrille und wischte sie mit dem Shirt wieder frei. Das Problem bei Conrad ist, sagte er, dass er Afrika immer nur als Objekt der Geschichte gesehen hat, nie als Subjekt. Wir waren immer nur die Opfer. Genau das kritisiert Achebe.

Vielleicht lesen wir den ja auch noch.

Besser wär's, sagte James. Warum steigst du nicht einfach aus?

Das bring ich nicht fertig. Der Kurs ist das absolute Herzensprojekt von diesem Typen. Der will das schon machen, seit sein Vater vor zehn Jahren im Urwald von Peru gestorben ist, und wenn ich abspringe, sind bloß noch drei Leute übrig.

Hätte er sich vielleicht besser mal ein anderes Herzens-projekt ausgesucht.

Kennt ihr die alten Tarzan-Streifen mit Johnny Weissmül-ler?, fragte Rando. In Schwarz-Weiß? *Die* waren noch krass! In einer Szene kämpft Tarzan da mit 'nem scheiß Löwen. Stuntdouble, vermutlich, aber der Löwe war echt. Der hatte kein Double.

Was hat denn Tarzan jetzt damit zu tun?, sagte ich.

Rando hob abwehrend die Hände. Hey, ihr habt doch von Dschungelstorys angefangen, und da denk ich halt als Erstes an Tarzan, den König des Dschungels.

Ich kann mir kaum vorstellen, dass wir im Seminar über Tarzan sprechen werden, sagte ich.

Weiß man's?

Der hat ernsthaft mit 'nem Löwen gekämpft?, fragte James.

Na klar, Mann!, antwortete Rando. Was glaubst du denn, wo er den Lendenschurz herhat?

Ich warf die Säge an und machte mich daran, einen auf der Ladefläche des Häckslers balancierten Ast zu zerlegen. Jedes Mal war das wie ein kleiner Rausch: die Vibration, die mir durch beide Arme jagte, der Geruch nach Abgasen und heißem Holz, das spritzende Sägemehl. Die abgesägten Stücke plumpsten ins Gras, rollten ein Stück und blieben liegen. Als der Ast bloß noch ein dünner Stock war, schmiss Rando den Häcksler an, und das Ding verschwand mit knirschendem, zähneklapperndem Gebrüll taumelnd durch die Gummilappen in dem dunklen Maul, bis es vollständig entmaterialisiert war.

Als der Häcksler wieder leerlief, bemerkte ich auf der Veranda des Gästehauses einen Mann, der sich den Kragen seines Bademantels zuhielt. Sein dünnes, graues Haar war ganz zerzaust, und er sah aus, als wäre er gerade aus dem Bett gestolpert. Jetzt sahen wir ihn alle drei an. Seine Lippen bewegten sich. Ich bedeutete Rando, den Häcksler abzustellen. James hob die Ohrenschützer etwas an und fragte: Können wir was für Sie tun?

Ich wollte nur mal fragen, ob man die Dinger irgendwie leiser stellen kann, rief der Mann.

Welche Dinger?, fragte James.

Die Sägen – kann man die auch leiser stellen? Ich versuche hier zu arbeiten. Ich arbeite von zu Hause aus, wissen Sie.

James warf uns einen Blick zu, als wollte er sagen: Meint der das ernst? Ich zuckte mit den Achseln.

Er meint den Lautstärkeregler, James, sagte da Rando.

Den was?

Na den Knopf für die Lautstärke. Den jede Kettensäge hat.

Ah!, sagte James, als der Groschen bei ihm fiel. Dann wandte er sich wieder an den Mann. Den Lautstärkeregler meinen Sie?

Na ja, sagte der Mann etwas verunsichert. Ich denke schon.

Sie möchten, dass wir unsere Kettensägen etwas *leiser* drehen, mit dem *Lautstärkereglerknopf,* ja? Richtig verstanden?

Ja, sagte der Mann. Das wäre wirklich nett.

Aber gern, Sir, sagte James. Wird sofort gemacht!

Der Mann lächelte freundlich, zeigte uns einen erhobenen Daumen. Als er wieder drin war, lachten wir uns alle drei kaputt.

A ls ich später zu Hause in die Einfahrt bog, lag Pop auf dem Rasen vor dem Haus. Neben ihm kauerte Cort. Mein Puls wurde sofort schneller. Ich sprang aus dem Auto und rannte zu ihnen.

Mir sind einfach die Beine weggeklappt, japste Pop.

Mit meinem schlimmen Rücken krieg ich ihn nicht hoch, erklärte Cort. Er war oben ohne, sein bleicher Bauch schwabbelte über eine tief sitzende Jeans und einen Gürtel mit türkiser Schnalle.

Was hast du denn gemacht, Pop?, fragte ich.

Er versuchte, sich auf die Ellbogen zu stützen, war aber nicht stark genug und ließ den Kopf wieder zu Boden sinken. Er schluckte schwer, blinzelte, starrte in den Himmel. Mir sind einfach die Beine weggeklappt, wiederholte er. Der von Unkraut überwucherte Garten wurde zu einer Seite von einer niedrigen Ziegelmauer begrenzt. Oben, in die Hohlräume der Betonblocks, hatte Pop violette Zinnien, Paprika und Kirschtomaten gepflanzt. Neben ihm im Gras lagen eine Pflanzschaufel und ein aufgerissener Beutel Humus.

Ich krieg ihn nicht hoch, wiederholte Cort.

Ja, das sagtest du schon.

Na ja, ich schaff's eben nicht. Wacklig stand er auf und sah mich an, beide Daumen im Gürtel. Er schaute drein, als versuche er, einen fauligen Gestank zu identifizieren.

Pop war klapprig, wog höchstens um die sechzig Kilo. So richtig leicht war das allerdings auch nicht. Ich war nach der Arbeit in der Bib gewesen, mittlerweile dämmerte es schon. Über uns, in der großen Bur-Eiche, zirpten die Zikaden. Am Horizont, jenseits der Hausdächer und dem Spritpreisschild von Shell, ballten sich Wolken im Abendrot wie dicke, rosa Pilze.

Na gut, sagte ich, versuchen wir's mal. Ich trat hinter ihn, setzte ihn auf, hakte mich unter seinen Achseln ein. Als ich ihn auf den Füßen hatte, klappten seine dürren Beine erneut zitternd weg. Ich setzte ihn wieder auf den Hintern, schnaufte durch. Okay, sagte ich. Cort, kannst du vielleicht seine Beine nehmen?

Ich sag doch, ich kann *gar nichts* heben.

Was hast du denn früher gemacht, wenn er gestürzt ist? Bevor ich eingezogen bin?

Die Nachbarn gerufen, antwortete Cort. Außerdem ist das damals noch nicht so oft passiert.

Ich seufzte. Okay, Pop, ich heb dich hoch und trage dich, ja?

Schaffst du das?, fragte Pop.

Glaub schon.

Ich ging in die Hocke, schob ihm den linken Arm unter die Knie und legte ihm den rechten um die Schultern. Bestimmt gab es dafür eine bessere Technik – einen Feuerwehrgriff oder einen, um Verwundete im Krieg zu transportieren –, aber die kannte ich nicht. Also trug ich ihn eben, wie ein Bräutigam die Braut über die Schwelle trägt, mit kleinen Stolperschritten und zusammengebissenen Zähnen. Ich setzte ihn auf seinen Sessel, wo er sich das T-Shirt zurechtzupfte und das Haar glatt strich. Danke, Kumpel, sagte er, unfähig, mir in die Augen zu sehen.

Kein Problem, antwortete ich. Aber bitte werkel in Zukunft nur noch so lange im Garten rum, wie deine Beine das mitmachen.

Seine Hände zitterten ein wenig. Er klemmte sie zwischen die Schenkel und nickte. Ist gebongt, sagte er.

Kurz darauf kam Cort ins Zimmer und sagte: Und, bist du zufrieden, Dad?

Wieso?

Alles dreht sich wieder nur um dich und deine Dramen.

Cort!, mahnte ich. Jetzt lass ihn doch mal.

Die Paprika ist eingegangen, erklärte Pop. Ich wollte sie bloß ausgraben.

Weil das jetzt ja *so* wichtig war, ätzte Cort.

Ich wollte eben. Von wichtig hat ja keiner was gesagt.

Okay, Cort, wiederholte ich. Lass gut sein, jetzt.

Cort schüttelte den Kopf und stapfte durch den Flur davon in sein Zimmer. Ich setzte mich auf den anderen Sessel, ganz vorn an die Kante, ließ die Hände zwischen meinen Knien baumeln. Hast du schon was gegessen?, fragte ich Pop.

Er schüttelte den Kopf.

Worauf hast du denn Lust?

Ich wollte mir die McDonald's-Reste von gestern Abend aufwärmen, antwortete er.

Mach ich dir, ruh du dich erst mal aus.

Ich steckte den halben Burger in die Mikrowelle. Trotz ihres Brummens hörte ich durch die Wand noch Corts Computerspiel. Den Namen konnte ich mir irgendwie nie richtig merken, aber jedenfalls steuerte man darin ein Männchen durch eine offene Welt. Man fing mit leeren Händen an und sammelte nach und nach Material und Werkzeug, mit dem man alles Mögliche bauen konnte – vor allem Burgen und Festungen mit diversen Verteidigungsanlagen. Andere kleine Männchen versuchten, einem sein Hab und Gut abzuluchsen, man musste sich verteidigen und flicken, was sie kaputt gemacht hatten. Immerzu war man in Hetze, musste bauen, reparieren, kämpfen und Ressourcen sammeln. Mir kam das furchtbar stressig vor.

Warum kann der Kerl nicht einfach mal die Beine hochlegen?, hatte ich Cort einmal gefragt. Die Früchte seiner Arbeit genießen?

Cort hatte nur theatralisch geseufzt. Weil man dann verliert, hatte er gesagt. Was soll das bringen? Warum sollte man dann überhaupt spielen?

W ie sich herausstellte, schauten wir im Seminar doch Tarzan-Filme. Gleich zwei sogar. Außerdem noch Herzogs *Fitzcarraldo* sowie *Die Last der Träume*, die Les-Blank-Doku über den Dreh von *Fitzcarraldo*. Filme, so erklärte uns Tony, waren für die Entwicklung und Verbreitung von Dschungelnarrativen nämlich genauso wichtig wie Romane.

Ich weiß schon, was ihr jetzt denkt, sagte er. «Tony», denkt ihr, «ist Tarzan, der König des Dschungels, wirklich so ein essenzieller Teil dieser Tradition?» Und die Antwort lautet: Ja, definitiv!

Inzwischen war es zu spät, das Seminar noch zu schmeißen. Jetzt musste ich es wohl oder übel durchziehen.

Casey passte mich nach der Sitzung auf dem Gang ab, und wir rauchten eine draußen vor der Hecke. Der Campus war verlassen und duster, abgesehen von den Lichtkegeln der Laternen neben den Wegen. Irgendwo zwitscherte ein Rasensprenger.

Dieser Kurs ist ja ein Albtraum, sagte Casey. Er nahm die Reds-Kappe ab, wuschelte sich durchs plattgedrückte Haar.

Das kannst du laut sagen.

Tarzan? Echt jetzt?

Ich weiß …

Einen Moment lauschten wir schweigend dem Sprinkler. Auf der anderen Seite des Rasens ging eine Frau vorüber.

Als ich husten musste, sah sie sich erschrocken um und ging etwas schneller weiter. Das Klacken ihrer Absätze hallte von den Backsteinmauern wider.

Aber die Dingsda, die ist schon ganz süß, sagte Casey.

Joanna? Schwer zu sagen, unter all den Stoffschichten.

Die steht auf Bauchrednerei und Marionetten, sagte er, als wären das stinknormale Hobbys. Ein Freund von mir kennt sie. Oder ein Freund von 'nem Freund, besser gesagt. Beim Reden zog er mit der Zigarette wilde Lichtbögen durch die Luft.

So sieht sie auch aus, stellte ich fest.

Die macht im Bett bestimmt komische Geräusche.

Ist das was Gutes?

Auf jeden Fall!

Ich schüttelte grinsend den Kopf. Jetzt erst fiel mir auf, dass er jünger war als ich, vermutlich fünf, sechs Jahre, wenn nicht mehr, und Joanna ebenfalls. Irgendwie galt das für die meisten, mit denen ich zu tun hatte. Ich war achtundzwanzig. War das alt für die Uni? Die Vorstellung gefiel mir nicht. Das würde alles Mögliche erschweren.

Schreibst du eigentlich auch selbst?, fragte er.

Ja, antwortete ich mit ein wenig zu viel Nachdruck. Und du?

Ein bisschen, sagte er. Ich hab ja gehofft, in dem Kurs würd's mehr ums Schreiben gehen und weniger um Dschungel. Bisher ist's ja ganz schön dschungellastig. Kommst du aus Louisville?

Ursprünglich aus Western Kentucky.

Cool, sagte er. Louisville ist jedenfalls 'ne gute Stadt für Schriftsteller. Meine Freundin schreibt auch. Die meisten meiner Freunde sind entweder Schriftsteller oder Musiker. Glaub mir, Tony ist kein typischer Vertreter für die Szene hier.

Vielleicht kommt ja bald die Workshop-Komponente.

Hoffentlich, Alter!

Ich ließ die Kippe fallen und trat sie aus. Gut, bis nächstes

Mal dann, sagte ich und hielt ihm zu meinem eigenen Erstaunen die Hand hin. Ähm, keine Ahnung, wieso ich dir grade die Hand gebe, sagte ich.

Er schüttelte sie kräftig, mit gespieltem Ernst. Auf recht bald, mein Bester, sagte er. Gehaben Sie sich wohl.

Ich lachte und ging los zum Parkhaus. Im Auto schrieb ich James, dass Tarzan jetzt doch auf dem Programm stand. *LOL Rando hatte recht!!*, schrieb er zurück. Das Parkhaus war hell und leer. Bei laufendem Motor saß ich da, das Handy auf dem Schoß, und dachte darüber nach, was ich Alma texten könnte. Ich fing sogar ein paar Nachrichten an, doch keine schien mir passend. Warum verschwendete ich damit meine Zeit? Sie hatte einen Freund, und selbst wenn sie keinen hätte, würde sie früher oder später mitkriegen, wo ich wohnte und dass ich völlig pleite war. Konzentrier dich besser aufs Schreiben, dachte ich. Allein sein kannst du. Sehr gut sogar. Was soll daran verkehrt sein?

Auf dem Schild im Fenster stand «Make America Great Again». Es war Corts Fenster, das zur Straße hinausging.

Ich packte meine Schutzbrille und den Helm auf die Küchentheke, schenkte mir ein Glas Wasser ein und trank es vor der Spüle. Meine Klamotten stanken nach Benzin. Dank der dornigen Rinde einer Gleditschie waren meine Knöchel blutverkrustet. Wie war dein Tag?, rief Pop von seinem Sessel.

Ist Cort zu Hause?

Ähm, sagte Pop. Schätze mal, er ist in seinem Zimmer.

Ich ging den Flur runter und machte Corts Tür auf ohne anzuklopfen. Seit meinem Einzug war ich eigentlich nie in seinem Zimmer gewesen. Die Wand über dem Kopfende seines Betts war zugekleistert mit Zeitschriftenausschnitten und ausgedruckten Motivationssprüchen, die er am Computer abgetippt hatte. Die Ausschnitte zeigten elegante Anzugtypen aus der *GQ*. Die Sprüche waren allesamt billige Gemeinplätze oder ausgelutschte Zitate. «Eine Reise von tausend Meilen beginnt mit dem ersten Schritt.» «Wenn du durch die Hölle gehst, geh weiter – Winston Churchill.»

Die rechtschaffene Empörung, die mich beim Anblick des MAGA-Schilds gepackt hatte, schrumpelte etwas zusammen, aber nicht so weit, dass ich meine Mission deswegen abgeblasen hätte. Cort saß vor dem Computer und spielte sein Spiel. Er trug ein Headset und drehte sich nicht mal nach mir um. Was gibt's?, fragte er.

Das Schild da muss weg.

Nö.

Das war keine Bitte.

Das ist mein Zimmer, also auch mein Fenster, und ich kann damit machen, was ich will.

Das betrifft mich aber auch, erwiderte ich.

Stört dich die Message, oder was? Leise lachend, schüttelte er den Kopf, den Blick noch immer auf den Bildschirm gerichtet. Dort wuselte sein Pixelmännchen um eine Pyramide und schlug sich mit einem Pixelhammer Stücke davon ab.

Ich ging zurück ins Wohnzimmer und baute mich vor Pop auf, der Salzcracker aus der Packung knabberte und *Bonanza* schaute. Ich will, dass Cort dieses Schild aus dem Fenster nimmt, erklärte ich.

Un-*fucking*-fassbar!, hörte ich Cort in seinem Zimmer fluchen. Sein Drehstuhl quietschte, gefolgt von Schritten. Dann stand er in der Tür zum Flur.

Was denn für ein Schild?, wollte Pop wissen.

Das, auf dem «Make America Great Again» steht.

Was bedeutet das denn?

Es zeigt der ganzen Welt, dass man ein Vollpfosten ist.

Das Schild bleibt, erklärte Cort. Das ist *mein* Zimmer.

Du zahlst ja nicht mal Miete, sagte ich.

Du doch auch nicht, gab er zurück.

Okay, dann entscheidet Pop, erwiderte ich. Pop, willst du

ein Schild im Fenster, das allen sagt, wir seien rassistische Vollpfosten?

Pop blickte unsicher zwischen Cort und mir hin und her. Hm, machte er und schnippte sich einen Krümel aus dem Brusthaar. Es ist Corts Zimmer, also kann er doch eigentlich aufhängen, was er will. Er schreibt dir ja auch nicht vor, was du in deinem Zimmer aufhängst.

Ganz genau, sagte Cort. Vielen Dank.

Aber das sagt was über das gesamte Haus aus! Über alle, die hier wohnen, nicht nur über Cort.

Und was? Dass wir Patrioten sind?

Exakt, Dad!, sagte Cort. Genau das sagt es aus.

Ich stand da und biss die Zähne zusammen. Am liebsten wollte ich einfach in Corts Zimmer stürmen, das Schild wegreißen und zerfetzen. Stattdessen packte ich das Bajonett und rammte es ins Telefonbuch. Es war schärfer als erwartet, glitt mitten durch die Seiten und blieb im Beistelltisch stecken. Pop zuckte zusammen und gaffte mit großen Augen auf die Klinge. Ich kam mir vor wie ein Idiot.

Okay, das war bescheuert, sagte ich.

Was machst du denn?!

Ich weiß es nicht, es tut mir leid.

Mein schönes Telefonbuch!

Ich versuchte, das Bajonett herauszuziehen, was gar nicht so leicht war. Das Buch blieb daran hängen, rutschte schließlich ab und plumpste zu Boden. Pop schüttelte den Kopf.

Jetzt lassen erst mal wieder alle schön den Dampf aus dem Kessel, verstanden? Schön piano!

Tut mir leid, sagte ich.

Ruiniert der mir einfach so mein Telefonbuch, knurrte er und hob das Buch auf. Er steckte den kleinen Finger durch das Loch und wackelte damit. Alle schön abregen, kapiert?, sagte er, obwohl Cort schon wieder unterwegs zu seinem Spiel war.

Kapiert, sagte ich. Bin abgeregt.

In meinem Kellerzimmer fiel der ganze Ärger von mir ab und wich tiefer Traurigkeit. Ich hätte nicht sagen können, ob ich wirklich sauer wegen des Schilds war, oder ob ich mich nur schämte, weil ich im selben Haus wie sein Besitzer wohnte. Cort hatte definitiv sein Päckchen zu tragen, doch das ließ sich leicht vergessen. Und wenn ich es vergaß, dann konnte ich so tun, als wäre er an allem selbst schuld – als wäre er nun einmal so. Ein puritanischer Impuls, bestimmt geerbt von meinen Eltern. Wer wusste schon, was das Schild ihm tatsächlich bedeutete? Es war weder eine These noch ein Argument für irgendetwas, sondern bloß ein neues, krudes Ventil für seine Wut. Ein dicker Mittelfinger an alle, die im Leben mehr Glück gehabt hatten als er. Natürlich entschuldigte das gar nichts, aber wenn ich es auf diese Weise betrachtete, konnte ich es fast verstehen.

Herzogs *Fitzcarraldo* handelt von einem Mann desselben Namens, der ein Opernhaus in Iquitos bauen will, mitten im Regenwald von Peru. Finanzieren will er das Projekt mit Kautschuk und zwingt zu diesem Zweck einen einheimischen Stamm, einen dreihundert Tonnen schweren Dampfer über eine Landenge zu schleppen. In der Woche darauf schauten wir *Die Last der Träume*, die erwähnte Doku über den Film von Les Blank, die Tony einen «Ouroboros» nannte. In einer Szene stand Herzog mit verschränkten Armen vor dichtem Blattwerk und sprach direkt in die Kamera, die Augen leer und müde. Er sagte, das einzig Harmonische im Dschungel sei die Harmonie von überwältigendem, kollektivem Morden – eine erstickende Verbindung von Unzucht, Tod und Wuchern.

Zu Hause in meinem Keller legte ich mich lang, mit einem Eisbeutel auf dem Knie, und schaute *Der unsichtbare Dritte*. Wenn irgendwer nach Kinskis groteskem Gepolter als Gaumenreiniger taugt, dann Cary Grant. Schon nach wenigen Szenen döste ich weg. Es muss gegen zwei Uhr früh gewesen sein, als Alma anrief. Verschlafen nahm ich ab, ahnte nicht einmal, wer dran war. Ihren Namen hatte ich nicht eingespeichert.

Du bist rangegangen!, rief sie.

Alma?

Ach je, bitte entschuldige. Ich weiß schon, es ist ... Wie spät ist es überhaupt?

Keine Ahnung, zwei oder so?

O Gott, dann tut's mir aber wirklich leid. Du musst ja morgen sicher arbeiten.

Schon okay. Blinzelnd setzte ich mich auf, noch immer neben der Spur. Das Eis auf meinem Knie war mittlerweile warmes Wasser. Der Film war längst vorbei, der Bildschirm zeigte nur noch weißes Rauschen.

Fuck, sagte sie mit einem Schluckauf. Sie war eindeutig betrunken, trug aber trotzdem irgendwie zu dick auf, so als müsse sie mich – oder sich selbst – davon überzeugen, dass sie wirklich dicht genug war, um einen Anruf um diese Zeit zu rechtfertigen.

Wo bist du denn?, fragte ich.

Zu Hause. Ich hatte ein paar Leute hier, aber die sind jetzt weg. Und du?

Ich ließ den Blick durch den schummrigen Keller schweifen: über den Pulk Bierdosen in der Ecke, die schwarzen Bananenschalen auf einem Pappteller, die schmutzigen Kaffeebecher. Fahles Mondlicht fiel durchs Fenster. Auch zu Hause, sagte ich.

Okay. Shit, du hast geschlafen, oder?

Eigentlich schon, ja.

Ich musste bloß grade an dich denken. Ich dachte, du gehst bestimmt eh nicht ran, aber jetzt freu ich mich, dich zu hören.

Ich freu mich auch, dich zu hören.

Heute hab ich mit jemandem über Kentucky gestritten. Ich

dachte, es hätte zu den Südstaaten gehört, zu den Konföderierten, und dieser Jemand meinte, das sei nicht wahr, es sei ein Grenzstaat gewesen oder so. Na ja, ein Streit war's eigentlich nicht, eher 'ne kleine Meinungsverschiedenheit, geklärt per Wikipedia, aber ich musste deshalb an dich denken. Du hättest das bestimmt gewusst.

Ja, Kentucky war neutral. Gab aber massig Sklavenhalter hier.

Okay, sagte sie. Na jedenfalls, entschuldige die Störung.

Hast gar nicht gestört.

Und wir gehen bald spazieren, ja? Wirklich.

Wann immer du willst.

Ich legte auf und mich wieder hin, stierte dann aber lange an die Decke und konnte nicht schlafen. Über mir knarzten die Dielen, immer wieder, hin und her. Jemand ging rastlos auf und ab. Das musste Pop sein, es war sein Zimmer. Lange lauschte ich den Schritten und versuchte, wieder einzuschlafen. Immer wieder, hin und her. Bewegung, nur um der Bewegung willen.

Am folgenden Wochenende textete mir James, ob ich mit ihm in eine Bar namens Schadenfreude gehen wolle, in Germantown. Da gehen *alle* hin, versicherte er mir.

In meinem Keller hatte ich keinen Schrank, sondern bloß eine Kleiderstange auf Rollen. Nach dem Abendessen stand ich lang davor, schrammte die Drahtbügel hin und her und überlegte, welches meiner Hemden noch am «hipsten» rüberkam. Die meisten meiner guten Hemden besaß ich schon seit der Highschool. Sie waren kariert und stammten aus Läden wie Dillard's oder Gap. Sonst hatte ich nur Arbeitshemden aus Flanell und farbverkleckste Sweatshirts. Ich brauchte richtiges «Vintage».

Ich ging nach oben, wo Pop gerade eine Folge *Rauchende*

Colts schaute. Er hatte sein Gebiss nicht drin, sodass sein Kiefer aussah, als wäre er implodiert, die Lippen eingestülpt über dem Zahnfleisch. Der Beistelltisch stand voller Kaffeebecher und Gläser mit den Resten seiner Bröckelmilch. Ich nahm mir fest vor, das gleich morgen früh erst mal alles abzuspülen.

Kann ich mir von dir ein Hemd leihen?, fragte ich.

Irritiert blickte er auf. Ein Hemd? Von mir?

Mhm.

Wieso? Hast du was verschüttet?

Ich will's anziehen, antwortete ich. Zum Ausgehen.

Eins von *meinen* Hemden?

Ja, wenn ich darf?

Kurz sah er mich etwas besorgt an, dann hob er die Augenbrauen und sagte: Na, wenn du meinst.

Ich durchstöberte die Hemden in seinem Schrank. Sie waren weich vom jahrelangen Tragen, und alle hatten diesen ganz eigenen Duft – nach altem Mann, klar, doch das beschrieb es noch nicht ganz. Er war komplex, der Duft, mit einem Hauch von Aftershave und Schweiß und Salben. Schließlich wurde ich fündig: cremefarben, bedruckt mit kleinen Kreuzen. Dem Etikett nach aus den Siebzigern.

Das Hemd kombinierte ich mit meiner engsten Jeans und trank dann ein Glas Wasser an der Spüle, wartete darauf, dass James anrief. Cort kam aus seinem Zimmer, packte den Tablettenschieber aus und schluckte trocken eine Gabapentin und zwei Oxy. Als er mich sah, musterte er mich aus blutunterlaufenen Augen. Was soll'n der Aufzug?, fragte er.

Ich gehe aus.

Auf 'ne Kostümparty?

In eine Bar in Germantown.

Germantown, aha. Früher war ich da ab und zu essen. Jetzt gibt's da bloß noch Freaks und Spinner.

Brauchtest du was Bestimmtes, Cort?

Er zeigte auf den Kühlschrank und sagte: Käsedip. Er nahm ein Glas Queso heraus und erhitzte es in der Mikrowelle, ohne mich auch nur eine Sekunde aus den Augen zu lassen. Dann trollte er sich mit dem Dip in sein Zimmer.

James rief erst um kurz vor zehn an. Ich trabte hinaus zu seinem Auto, das sich als Minivan entpuppte. Stabiler Schlitten, sagte ich, als ich die Tür hinter mir zuzog und es mir bequem machte.

Von meiner Mom, erwiderte er.

Schön geräumig.

James drückte aufs Gas und überfuhr direkt ein Stoppschild. Auf der Interstate schlängelte er sich mit knapp 140 Sachen durch den Verkehr. Bald funkelte vor uns die Stadt. Viel her machte die Skyline nicht gerade, doch ihr Anblick versetzte mich trotzdem jedes Mal in eine gute Stimmung. An den Fassaden hingen Banner mit den Porträts einiger berühmter Kinder Louisvilles: Muhammad Ali, Diane Sawyer, Jennifer Lawrence. Die Lichter auf der JFK-Bridge wechselten von Lila zu Pink zu Grün und sprenkelten den kräuseligen Ohio River, in dem sich verschwommen die Stadt spiegelte.

Da arbeitet meine Freundin, sagte James und zeigte auf Joe's Crab Shack, ein Restaurant direkt am Fluss, neben einem alten, zum Museum umgebauten Schaufelraddampfer.

Ich wusste gar nicht, dass du eine Freundin hast, sagte ich.

Doch, Taylor heißt sie. Hat mich ziemlich sicher mit einem ihrer Kollegen betrogen.

Echt?

Beweisen kann ich's nicht. Aber ist okay, wir haben's geklärt.

Unschlüssig, wie ich damit umgehen sollte, zündete ich eine Zigarette an und ließ das Fenster ein Stück runter. Wie läuft's an der Uni?, fragte ich, um das Thema zu wechseln.

Hab hauptsächlich mit meiner Abschlussarbeit zu tun.

Worüber schreibst du denn?

Über die Außenpolitik unter Eisenhower. All unsere aktuellen Probleme – der ganze Mist in Südostasien, im Irak und in Afghanistan – lassen sich darauf zurückführen. Auf die Nachkriegszeit, weißt du?

Absolut, sagte ich. In Wahrheit hatte ich keinen Schimmer, doch es hörte sich plausibel an.

Ein paar Minuten herrschte Stille, dann sagte James: Krebsschäler ist der.

Wer?

Der Typ vom Crab Shack, mit dem sie höchstwahrscheinlich im Bett war. Knackt den ganzen Tag nur Krebsschalen. Vincent heißt er. Hat ein Jahr eingesessen, weil er 'nen Kiosk ausgeraubt hat.

Oh.

Ich reiß mir den Arsch auf für meinen Abschluss, und die vögelt 'nen Loser, der von früh bis spät in toten Krebsen rumprokelt. Kannst du mir das mal erklären?

Hm, keine Ahnung, vielleicht ...

Scheißegal. Wir haben's geklärt. Juckt mich nicht mehr.

Wir nahmen die Schnellstraße, wummernder Hip-Hop im Auto, fuhren irgendwann nordwestlich ab nach Germantown. James ging kaum vom Gas, trotz der schlaglochübersäten Straße, und auch Stoppschilder hielten ihn nicht weiter auf. Mit quietschenden Federn rasselte der Minivan voran. Aufs Schlimmste gefasst, klammerte ich mich an den Griff über der Tür. Wir rasten an Shotgun-Häusern mit übergroßen Vordächern vorbei, an Eckkneipen mit Neon in den Fenstern. Gewerkschaftshäuser. SANITÄR- UND BAUBEDARF. AUSPUFFANLAGEN. Blaue Planen über Pick-ups. SCHWEISSGERÄTE. Lagerhäuser mit kaputten Fenstern. Wandbilder von Regenbögen. Vollgesprayte Müllcontainer. Spulenweise Stacheldraht auf Zäunen. Junge Leute, die rauchend auf Vortreppen saßen oder ihre Hunde Gassi führten. Tätowierte Arme. Frauen mit Joan-Jett-Frisuren. Freaks und Spinner, wie Cort meinte. Ich versuchte, alles ganz schnell in mich aufzusaugen, während es vorbeirauschte.

Vor dem Schadenfreude stand bereits ein Haufen Leute, quatschte und rauchte. Drinnen hämmerten die Bässe. Das Gebäude war alt, weiße Farbe blätterte vom Backstein. Über der Tür hing ein Schild von FALLS CITY BEER, einer alten Biermarke aus Louisville, die kürzlich zu neuem Leben auferstanden war.

Wir schoben uns durch die Menge und zeigten unsere Ausweise vor. Der Hauptraum war nicht groß, aber man hatte die Tische zur Seite geschoben, damit aus dem abgewetzten Parkett in der Mitte eine Tanzfläche wurde. Ganz hinten stand ein DJ an zwei Plattentellern und zog kopfnickend Vinyl aus den Hüllen. Auf einem großen Bildschirm hinter ihm liefen *Die Schlümpfe,* allerdings in Zeitlupe und durchsetzt mit Ausschnitten von Horrorfilmen aus den Achtzigern. Papa Schlumpf schwafelte gerade noch im Schneckentempo inmitten eines Walds aus Fliegenpilzen herum, dann rannte plötzlich ein kreischender, barfüßiger Teenie durchs Gehölz. Die Horrorszenen waren nie explizit gewalttätig, doch es war immer klar, dass sie aus Horrorfilmen stammten, und sie so aus dem Kontext zu reißen und neben die Schlümpfe zu stellen, machte sie fast noch gruseliger.

Wir gingen zum Tresen, wo wir eine ganze Weile auf zwei große Dosen Coors warten mussten, dann lehnten wir uns an die Messingstange, nickten zur Musik mit und schütteten uns Bier in den Schlund, um locker genug zum Tanzen zu werden. James zeigte mir ein paar Leute, die er kannte: Die meisten waren entweder Musiker oder studierten in Ashby oder an der University of Louisville.

Das ist Karen, sagte er. Promoviert in Rhetorik. Die da in der Schlange vorm Klo ist Lucy. Die ist krass drauf. Der Typ da, Micah, ist Rapper. Ich war Drummer bei ein paar seiner Konzerte.

Du spielst Schlagzeug?

Schlagzeug, Bass, bisschen Gitarre.

Ich trank schnell und in großen Schlucken, bis meine

Dose beinah leer war und mein Magen schäumte. Schwer zu sagen, ob der Alkohol schon wirkte. Zum Tanzen hatte ich noch keine Lust, also offenbar nicht. Aber die Mucke war gut. Innerhalb von zwanzig Minuten hatte der DJ bereits A Tribe Called Quest, Animal Collective, New Order und Janet Jackson aufgelegt. Ich trank das Bier aus, stellte die Dose auf den Tresen. Kippe?, sagte ich und mimte Rauchen.

Du liest meine Gedanken, antwortete James.

Wir schlängelten uns durch die Tanzenden und traten aus der stickigen Luft in den Abend. Das Bier knallt schon, sagte James.

Total, log ich. Vor allem fühlte ich mich aufgedunsen. Aber es tat gut, kurz an der Luft zu sein und sich in normaler Lautstärke zu unterhalten.

Der Laden ist doch bombe, oder?, sagte er.

Definitiv, sagte ich. Die Musik ist super.

Guter Mix aus neu und alt.

Wir standen schon ein paar Minuten draußen, als mir jemand auf die Schulter tippte und sagte: Dr. Livingstone, nehme ich an?

Ich drehte mich um: Es war Casey, aus dem Dschungelkurs. Dacht ich's doch, dass du das bist, Mann!, rief er und fiel mir um den Hals, als wären wir alte Freunde, die sich nach Jahrzehnten endlich wiedersahen. Eine alte Polaroid hing ihm an einem Gurt um den Hals. Warte, ich mach 'n Foto, sagte er, und bevor ich irgendetwas erwidern konnte, blitzte schon die Kamera. Er wedelte mit dem Bild über der Schulter und hielt es mir hin. Es war noch nicht fertig entwickelt, nur mein Gesicht nahm auf der weißen Fläche nach und nach Gestalt an.

Das ist mein Kumpel James, sagte ich. Casey steckte das Foto in die Hemdtasche und gab James die Hand. James macht 'nen Master in Geschichte, erklärte ich, ohne zu erwähnen, dass wir uns von der Baumpflege kannten. Es kam mir schlicht nicht relevant vor.

James sah mich von der Seite an. Ja, genau, sagte er.

Owen und ich lernen zusammen alles über den Dschungel, erläuterte Casey.

Ja, davon hat er mir schon erzählt, sagte James.

Bist du öfter hier?, fragte Casey mich. Hab dich noch nie hier gesehen.

Heute zum ersten Mal, sagte ich.

Vell, sagte er mit lasziv-femininem deutschem Akzent. *Velcome to Dschörmantown.*

Danke, danke.

Hab früher gleich da drüben gewohnt, sagte er und zeigte auf etwas, das aussah wie der Pausenhof einer Schule.

Und wo wohnst du jetzt?

In Old Louisville. Komm doch die Woche mal vorbei, dann knacken wir ein paar Austern.

Austern?

Mein Kumpel Cram hat mir 'ne ganze Tüte voll geschenkt. Die muss ich jetzt alle knacken.

Du Ärmster.

Er zuckte die Achseln. Einer muss es ja tun. Oh, ihr habt übrigens grade Will Oldham verpasst!

Wen?

Bonnie «Prince» Billy? Der Sänger?

Ach echt?

Voll! Ist vor 14 Sekunden in 'nen Uber gestiegen. Der ist hier Stammgast.

Cool.

James bückte sich, um irgendwas von der platt getrampelten Erde neben dem Gehweg aufzuheben. Eine Truckermütze. Er zeigte sie uns. Vorne waren ein paar Noten aufgestickt. Daneben stand NO BLACKS, NO WHITES, JUST BLUES.

Alter, sagte James. Wer denkt sich so was bloß aus?

Jemand, der den Spruch für ziemlich progressiv hält, nehme ich mal an, antwortete ich.

Das ist doch wohl ein Witz, oder?

Setz sie mal auf, sagte Casey, die Kamera im Anschlag.

James zog die Mütze auf und zeigte sarkastisch grinsend auf den Schriftzug. Casey knipste, und wir linsten ihm über die Schulter, während das Bild entwickelte. Wundervoll, sagte Casey, noch ehe man es ganz erkennen konnte. Dann steckte er es zu den anderen in seine Brusttasche.

Noch 'n Bier?, schlug James vor und drückte seine Kippe an der Wand aus. Die Mütze hatte er aufbehalten.

Nach dir, sagte ich.

Drin bemerkte Casey schnell, wie fasziniert ich von dem Schlümpfe-Video war. Ziemlich geil, oder?, schrie er mir zu.

Ja, schon.

Ich kenn die, die das macht, sagte er. Die Künstlerin, mein ich. Sie hat noch ein anderes, da schneidet sie Szenen aus *Gumby* mit Aufnahmen von NASCAR-Crashs zusammen. Total crazy.

Cool, sagte ich.

Sie hat auch ein Musikvideo für Ty Segall gemacht. Ich stell sie dir vor, sie muss hier irgendwo sein.

Während wir am Tresen standen, trat ein Typ mit langem, welligem Haar und tätowierten Messern und Gabeln auf den Unterarmen neben uns. Das ist mein Kumpel Cram, brüllte Casey.

Cram nickte zum Gruß.

Der Austerntyp?, fragte ich ihn.

Der *was*? Er hielt eine Hand neben sein Ohr.

Der *Austerntyp*!

Ich hab keine mehr, Alter. Das war 'ne einmalige Sache.

Ah, sagte ich. Plötzlich war ich nicht mehr sicher, ob die Austern wirklich Austern waren oder ein Code für etwas Illegales.

Als ich die zweite Dose Bier fast geleert hatte, war ich bereit für etwas halbherziges Tanzen. Abgesehen vom ein oder anderen aktuellen Song zwischendurch, stammte die Musik größtenteils aus den Achtzigern und Neunzigern. Die ersten

Takte von «Age of Consent» von New Order lösten einen wahren Begeisterungssturm aus: Alle stürzten auf die Tanzfläche, als wäre der Song erst letzte Woche rausgekommen statt schon 1983. So erstaunlich war das aber auch wieder nicht. Der Sound entsprach genau dem, was gerade in war: Drum Machine und analoger Synthie. Alles kam irgendwann wieder, alles hatte ein Nachleben. Pops Hemd war feucht unter den Achseln, und ich konnte ihn riechen – all die Spuren seines Lebens, die sich im Stoff gesammelt hatten. Hätte er, als er dieses Hemd 1972 bei Sears gekauft hatte, ahnen können, dass es eines Tages hier landen würde?

Der nächste Song war «Basketball» von Kurtis Blow, und alle kannten offenbar den ganzen Text, auch James und Casey. Dann lief Prince, der Anfang des Jahres gestorben war, gefolgt von LCD Soundsystem. Ich steckte die meiste Zeit in meinem Kopf fest. Gern hätte ich was Originelles, Lustiges gesagt, aber die Musik war viel zu laut, und mir fiel nichts Gutes ein. So dachte ich dauernd nur daran, dass ich nicht wusste, was ich sagen sollte. Das Tanzen lag mir nicht grade im Blut. James tanzte mit einer Frau, die deutlich älter als wir aussah – vielleicht Ende dreißig –, und irgendwann küssten sich die beiden. Ich tat, als sähe ich das gar nicht. Ging mich ja nichts an, wenn er mit Frauen rummachte, die nicht seine Crab-Shack-Freundin waren. Vielleicht hatten die zwei ja eine Abmachung.

Casey tanzte allein. Seine Moves – oder sein Aussehen – waren gut genug, dass die Leute hinguckten. Er wiegte die Schultern, wippte mit den Knien wie beim «Jailhouse Rock». Wie bei jedem guten Tänzer wirkten seine Bewegungen gleichzeitig geübt und spielerisch. Ein paar Frauen versuchten, ihn anzutanzen, doch er wich ihnen immer wieder aus. Nach einer Weile beugte er sich zu mir und fragte: Alles okay? Du wirkst irgendwie angespannt.

Bin bloß ein bisschen in Gedanken, sagte ich.

Hier draußen ist's besser, erwiderte er.

Irgendwann war er einfach verschwunden. James wurde inzwischen immer betrunkener, und sein Blick wurde friedlich und schläfrig. Er nahm die «NO BLACKS, NO WHITES, JUST BLUES»-Mütze ab und setzte sie mir schräg auf den Kopf. Ich rückte sie zurecht und hielt ihm ein Ohr hin, um ihn zu verstehen.

Gefällt dir der Laden?

Klar, sagte ich.

Hier geht's ab, lallte er.

Was geht hier ab?

Er schloss ein paar Sekunden lang die Augen, dann schlug er sie wieder auf und rief: *Alles. Alle* sind hier. Er packte mich mit beiden Händen an den Schultern, drückte zu. Der Club ist *der* Shit!

Offenbar wünschte er sich meinen Segen, also sagte ich: Ja, sieht ganz so aus, und das stellte ihn wohl zufrieden. Er torkelte zur Bar und bestellte sich den nächsten Drink.

Ich hatte genug vom Tanzen und stellte mich am Klo an. Niemand kam raus. Einer von der Bar hämmerte an die Tür, aber wer immer da auch drin war, machte keinen Mucks. Jemand rief einen anderen Barmann, der angeblich einen Schlüssel hatte. Da dennoch keine Bewegung in die Sache kam, ging ich nach draußen, um ein ruhiges Plätzchen zum Pinkeln zu finden. Ein Stück die Straße runter wichen die Bässe und die Stimmen vor der Tür langsam dem leisen Gesang der Zikaden. Die Häuser und Gärten lagen im Dunkeln, aber ich wollte trotzdem nicht riskieren, dass jemand wegen mir die Cops rief, also ging ich bis zu einer Gasse am Ende des Blocks und erledigte mein Geschäft hinter einem Müllcontainer. Geißblatt überwucherte den Maschendrahtzaun entlang der Gasse, die kleinen Blüten dufteten wie ein Parfüm. Gern wäre ich mit irgendeiner Frau nach Hause gegangen – in ein richtiges Bett, eins, das ich nicht jeden Morgen einklappen musste. Aber Flirten war noch nie meine Stärke gewesen. Die paar Frauen, mit denen ich im Bett gewesen war, hatten immer eher mich aufgerissen. Sie waren einfach auf mich zugekommen und hatten gesagt: Pass auf, das ist der Deal. Alles war längst entschieden, und ich ließ mich eben darauf ein. Allerdings fühlte ich mich immer schon vor allem zu Frauen hingezogen, die wie ich waren: schüchtern und insgeheim alles bewertend. Natürlich war mit denen aber nie etwas gelaufen, weil dafür mindestens einer von uns seine Scheu hätte überwinden und den ersten Schritt machen müssen.

Ich knöpfte meine Jeans zu und ging wieder in Richtung Schadenfreude. An der Straße parkte ein Auto mit eingeschaltetem Deckenlicht. Irgendwie kam mir die alte Kiste bekannt vor. Drin saß ein Paar und knutschte – ein Mann auf dem Beifahrersitz lehnte sich zu einer Frau, die ihm die Hand auf die Wange legte. Das Gesicht der Frau konnte ich nicht sehen, aber als ich näher kam, erkannte ich sofort Caseys Reds-Kappe und seine Jeansjacke. Im Schatten eines Weißdorns, dessen Äste über einen Lattenzaun ragten, sah ich ihnen noch ein wenig zu. Als sie sich voneinander lösten, erkannte ich ganz deutlich das Gesicht der Frau. Es war Alma.

E in paar Tage darauf lud Casey mich nach dem Seminar zu sich nach Hause ein, zum Austernknacken. Sag mal, das sind schon Austern im Sinne von Muscheln, oder?, fragte ich.

Was denn sonst?, stutzte er.

Er wohnte in einem restaurierten viktorianischen Reihenhaus in Old Louisville, mit großen Erkerfenstern und dichtem Efeu auf dem Backstein. Ich nahm erst an, er hätte vielleicht unten eine Wohnung, doch tatsächlich gehörte ihm das ganze Haus. Hast du gar keine Mitbewohner?, fragte ich.

Nö, antwortete er und knipste das Licht im Flur und in der Küche an. Die Einrichtung war stilvoll und modern, mit Philodendron in den Fenstern und dicht belaubten Ranken, die aus Blumentöpfen auf hohen Regalen hingen. Über einem stillgelegten Kamin hingen zwei große Fotos. Eins zeigte einen Strauß Kunstrosen, der verlassen auf einer nebeligen Schotterstraße lag. Auf dem anderen blickte eine Frau mit rotem Haar und Tausenden Sommersprossen teilnahmslos direkt in die Kamera. In der Hand hielt sie ein Foto von sich, auf dem sie wiederum ein Foto von sich hielt, und so weiter ins Unendliche. Wie auf dem Etikett von Land-O-Lakes-Butter, oder?, sagte Casey, der mit verschränkten Armen neben mir stand.

Stimmt, sagte ich.

Auf dem Sims standen außerdem ein paar der Polaroidfotos, die Casey im Schadenfreude gemacht hatte. Ich nahm das Bild von James mit der «NO BLACKS, NO WHITES, JUST BLUES»-Mütze in die Hand. Im grellen Blitzlicht wirkte er überbelichtet und ein wenig ausgezehrt. Der Schriftzug auf der Mütze war kaum lesbar.

Premiumtyp war das, sagte Casey. Wie hieß der noch mal?

James.

Genau. Alter, war der lustig! Aber auch total gechillt, weißt du, was ich meine?

Ja, glaub schon.

Das bin ich mit David Lynch, sagte er und griff nach einem gerahmten Foto. Und tatsächlich, da stand Casey dämlich grinsend neben David Lynch, der weniger begeistert davon schien, fotografiert zu werden. An einem Schlüsselband um Caseys Hals hing etwas, das aussah wie ein Presseausweis.

Wie kam's denn dazu?

Ach, bei so 'nem Festival, sagte er betont lässig. Ich leg mal 'ne Platte auf. Hast du 'nen Wunsch?

Entscheide du, sagte ich.

Seine Plattensammlung war gewaltig. Vor dem Einbauregal stehend, ließ er den Finger über die Hüllen wandern und wies mich auf seine Prunkstücke hin, zum Beispiel *Another Green World* von Brian Eno.

Erstpressung, erklärte er. Krass selten. Hab sie für drei-hundert abgegriffen, ein echtes Schnäppchen. Da könnte man locker fünfhundert für kriegen.

Wow.

Schließlich fand er die gesuchte Platte – *Fear of Music* von den Talking Heads – und legte sie auf. In der Küche kippte er ein Netz Austern in die Spüle. Graue, pockige Schalen klapperten auf Edelstahl und gaben einen seltsamen Geruch ab. Wir standen gaffend davor.

Wie lang hast du die denn schon?, fragte ich.

Erst fünf Tage.

Werden die nicht schlecht?

Die leben ja noch, erklärte er. Solang die Schale zu ist, leben sie, dann sind sie auch noch gut. Glaub ich zumindest.

Gilt das nicht bloß für Miesmuscheln?

Für Austern auch, beharrte er.

Er reichte mir ein Austernmesser, und wir nahmen jeweils eine Schale aus dem Spülbecken und gingen ans Werk. Du musst das Messer ins Gelenk stecken, ließ er mich wissen.

Und dann?

Dann stemmst du sie einfach auf.

Ich versuchte es gefühlte fünf Minuten, doch die Klinge rutschte immer wieder ab. Ein paarmal hätte ich mir beinah in die Hand gestochen, aber ich wollte mich nicht geschlagen geben. Casey war puterrot und knurrte leise. Er stemmte offenbar mit aller Kraft, die Sehnen am Hals straff gespannt. Endlich knackte eine Schale auf. Der Gestank, der bereits vorher in der Luft gelegen hatte, wurde sofort überwältigend. Fuck, ich dachte, die leben noch!, klagte Casey, aufrichtig enttäuscht.

Wir machten uns stattdessen Grilled-Cheese-Sandwiches und aßen sie im Wohnzimmer zu *Fear of Music*. Von den Talking Heads hatte ich natürlich schon gehört, und ich kannte auch einige Songs, aber so wie jetzt hatte ich vorher nie darauf geachtet. Die Platte ist ja der Wahnsinn, sagte ich nach einer Weile.

Wie, du kennst die gar nicht?

Ich schüttelte den Kopf.

Aber *Stop Making Sense* hast du schon mal gesehen?

Nein. Ist das ein Musikvideo?

Bitte *was*?! Er warf die Hände an den Kopf. Nein, bloß die beste Konzertdoku aller Zeiten. Alles klar, die wird sofort geschaut!

Er holte seinen Laptop, stellte ihn auf den Couchtisch und fand den vollständigen Film auf YouTube. Wenig später sahen wir schon David Byrne seine Soloversion von «Psycho Killer» spielen. Dann kam nach und nach der Rest der Band dazu.

Das ist Tina Weymouth, erklärte Casey, als die Bassistin auftrat. Meine Traumfrau.

Es folgten Chris Frantz, Jerry Harrison und die übrigen Musiker und Backgroundsängerinnen. Als alle auf der Bühne waren, spielten sie gemeinsam «Burning Down the House». Casey beugte sich nach vorn, ein Käsefaden hing ihm von der Lippe. In seinen Augen spiegelte sich der Bildschirm. Der Hammer, oder?, fragte er.

Nach dem Film rauchten wir ein Köpfchen und sprachen über unser Dschungelseminar. Er wollte wissen, welchen metaphorischen Dschungel ich verwenden wollte, und ich meinte, ich sei mir noch nicht ganz sicher – vielleicht die Berge von Eastern Kentucky.

Verstehe, sagte er. So 'ne Art moderne Version von *Beim Sterben ist jeder der Erste,* ja?

Nicht ganz, erwiderte ich. Obwohl, vielleicht doch.

Er nickte verständig, legte Glaspfeife und Feuerzeug beiseite. Mein metaphorischer Dschungel ist die Zeit nach dem Tod meines Vaters, sagte er.

Stille. Er sah mich an, wartete auf eine Reaktion. Ich fand es immer schon furchtbar, wenn so etwas in einem Gespräch passiert. Es bringt den Zuhörer in eine unmögliche Lage. Was soll man da Angemessenes sagen? Man hat nur die Wahl zwischen Schweigen (falsch) und einer Plattitüde (auch falsch). Und am Ende nimmt man jedes Mal die Plattitüde.

Tut mir leid, sagte ich. Das wusste ich nicht.

Autounfall, sagte er und hustete sich theatralisch in die Faust. Aber kein Stress, du brauchst jetzt nichts zu sagen oder so. Ich sag's nur, weil du erzählt hast, was dein metaphorischer Dschungel ist, und ich dachte, du fragst bestimmt gleich nach meinem, und da wollt ich die Karten lieber direkt auf den Tisch legen.

Er griff sich die Pfeife, stopfte das angekokelte Gras mit seinem Feuerzeug tiefer hinein und zog. Den Rauch behielt er lange in der Lunge, ließ ihn dann langsam durch die Nase raus. Ich lehnte ab, als er mir die Pfeife hinhielt – ich kiffte nur noch selten und war jetzt schon viel zu stoned –, und so saß er nun da und hielt das Ding schlaff auf dem Schoß.

Ich hab ein bisschen was geerbt, sagte er. Darum kann ich mir das Haus leisten. Ich sag das immer lieber ganz offen. Du hast dich ja sicher schon gefragt.

Eigentlich nicht, log ich.

Das Geld liegt in 'nem Treuhandfonds. Ich komme ran, solange ich brav in meine Kurse gehe. Sonst würd ich's erst mit sechsundzwanzig kriegen. Bestehen muss ich aber nicht.

Du brauchst mir das nicht zu erklären.

Ja, nee, ich weiß schon, sagte er und setzte sich auf. Willst du noch 'ne andere Platte hören?

Ich glaub, ich sollte dann mal los, antwortete ich.

Alles klar, cool.

Ich schlüpfte in meine Stiefel, fing an, sie zu schnüren. Ich wollte ihn nach Alma fragen, hatte aber keine Ahnung, wie ich das Thema anschneiden sollte. Schließlich konnte ich schlecht erzählen, dass ich die beiden heimlich beim Knutschen beobachtet hatte.

Und du hast 'ne Freundin, sagst du?

Mhm, brummte er und kniff die Augen zusammen. Wieso?

Keine Ahnung, nur so.

Also ... ich bin hetero, sagte er. Das hätt ich wohl erwähnen sollen, bevor ich dich zum Essen eingeladen habe.

Nein, das ... Ich ... Na ja, ich hab dich vorm Schadenfreude gesehen, mit dieser Autorin, die in Ashby die Residenz hat. Musste raus zum Pinkeln.

Du hast uns zugeschaut, während du gepinkelt hast?

Nicht währenddessen. Auf dem Rückweg.

Aha, sagte er. Aber ja, stimmt. Alma.

Und ihr zwei seid zusammen?

Ja. Wieso, kennst du sie?

Wir haben uns ein paarmal unterhalten, sagte ich, als wäre nichts weiter dabei. Ich war bei ihrer Lesung.

Ach, da wär ich auch gern hin. Sie ist großartig, oder? Wir bringen ihr Buch mit den *Ver-Legenheiten* raus.

Wer ist denn wir?

Sestina, antwortete er. Kurze Pause, dann: Der Verlag?

Ach so, klar, sagte ich. Sestina war ein Kleinverlag aus Louisville, der hauptsächlich Lyrik verlegte. Im letzten Jahr hatte er mal kurz im Rampenlicht gestanden, als einer seiner Dichter einen bedeutenden Preis gewann.

Also, ich sage «wir», aber eigentlich ist's nur meine Mom. Die ist da im Vorstand. So ein Rentnerhobby von ihr. Sie war dreißig Jahre Anwältin, hat aber schon immer gern im Literaturbetrieb mitgemischt. Ich bin quasi ihr inoffizieller Berater. Ich sag ihr, was wirklich cool ist und was bloß so tut.

Er lächelte, als hätte ich bestimmt Verständnis für diese Bürde. Klingt, als sollte dein Name im Impressum stehen, sagte ich.

Meine Rede! Er zog an der Pfeife und legte sie weg, ein dünnes Rauchband stieg noch träge davon auf. Ich hab ihr – also meiner Mom – erzählt, wie hammergut Alma ist, sagte er, den Rauch noch in der Lunge. Und nicht nur, weil wir zusammen sind! Er atmete aus und hustete ein bisschen. Kurz war er wie weggetreten, glotzte einfach nur ins Nichts, dann fiel ihm wohl wieder ein, dass er mir was erzählen wollte. Ich glaub, sie freut sich, sagte er. Alma, mein ich. Und meine Mom auch. Weißt du, wenn du zeitgleich mit deinem Roman einen Gedichtband oder so bei 'nem kleinen, hippen Verlag rausbringst, sagt hinterher keiner, du hättest dich verkauft. Da nimmt man dich ernst. Du kriegst den Reichtum *und* den Ruhm. Und für Sestina ist das eh 'ne klare Kiste. Letztlich ist das für die ja bloß 'n Groschenheft – also nicht, weil's schlecht ist, aber halt nicht teuer. Und dafür kriegen sie die einmalige Chance – genau das hab ich meiner Mom gesagt –, Almas Craigslist-Gedichte zu verlegen, kurz bevor ihr großer Roman bei 'nem Spitzenverlag erscheint. Ergo: in Sachen Renommee komplettes Win-win. Sestina geht's bei seinen Büchern auch nicht um die große Kohle, sondern um Prestige. *Das* ist nämlich die eigentliche Währung im Literaturbetrieb, weißt du?

Casey schien zu merken, dass er monologisierte. Er wurde rot, schob sich die Ärmel hoch und zog sie wieder runter. Dann sah er sich zu allen Seiten um, als ob er irgendetwas suchte. Na ja, sagte er schließlich wie nebenbei, falls du mal was für *mi madre* hast, gib einfach Laut. Ich bin immer auf der Suche.

Mach ich, sagte ich. Danke für das Angebot.

Na logo, winkte er großmütig ab.

Was gefällt dir denn so gut an ihren Texten?

Alter, sagte er. Wo soll ich da anfangen? Er blickte an die Decke und bewegte die Hände, als knete er einen Klumpen Ton. Die sind so ... Das ist so 'ne disjunktive Synthese, irgendwie. Einerseits macht sie diese Flash-Dinger wie Lydia Davis, andererseits sind die Sprachspiele einfach krasses Feuerwerk – eher wie Brodkey oder so. Das ist alles einfach total ... spannend. Formal gesehen, weißt du? Aber dabei nicht gekünstelt! Sie ist einfach genial. Du hast sie ja gehört, du weißt es doch eh! Die gewinnt noch 'nen scheiß Pulitzer.

Ja, die Lesung war ziemlich beeindruckend, sagte ich. Und das mit euch, ist das was Ernstes?

Unsere Beziehung, meinst du?

Mhm.

Ganz ehrlich, Mann? Ich glaub, ich bin richtig verliebt in sie.

Wow, sagte ich, und Übelkeit stieg in mir auf. Blödsinn, wies ich mich zurecht. Ich hatte weder ein Recht auf Eifersucht, noch konnte ich irgendwelche Ansprüche erheben. Zwischen uns war nichts gelaufen.

Wir machen Pläne, überlegen sogar zusammenzuziehen. Bisschen früh, schon klar, aber wenn's passt, passt's eben, oder?

Auf jeden Fall.

Meine Mutter hat 'ne Wohnung in Charleston, da wollen wir zusammen Weihnachten feiern.

Wie, die gehört ihr?

Ist nur 'ne kleine Zweitwohnung. Meistens vermietet sie die an Touristen, Airbnb und so, aber wir können sie zwei Wochen haben. Vielleicht fahren wir ein paar Tage rüber nach Hilton Head.

Klingt nett, sagte ich und steuerte die Tür an, in der Hoffnung, hier noch rauszukommen, bevor ihm die blanke Enttäuschung auffiel, die mir ins Gesicht geschrieben stand.

Er berührte mich am Ellbogen. Du, sagte er, eins noch, bevor du gehst ... Ich wollt dich fragen, ob du 'ne Story von mir lesen und mir Feedback geben könntest? Die, von der ich dir erzählt hab – mein metaphorischer Dschungel.

Über deinen Dad?

Genau, sagte er. Er zog die knittrigen Seiten aus seinem Rucksack und drückte sie mir in die Hand. Ist noch 'ne Rohfassung, aber ich wär echt dankbar für deine Meinung.

Ich versprach ihm, sie bald zu lesen, und verabschiedete mich. Er gab mir noch die ersten fünf Alben der Talking Heads mit, die, die zwischen 1977 und 1983 entstanden waren. Das sind die besten, meinte er. Alles, was danach kam, ist bloß noch so lala.

In Pops Truck überflog ich die erste Seite seiner Story. Nicht übel, aber auch nicht richtig gut. Betitelt war sie mit:

«Meine ganz persönliche Apokalypse». Die erste Zeile – die ich tatsächlich recht gelungen fand – lautete: «Niemand warnt einen je vor, wie die Welt zu Ende geht.» Lange saß ich mit den Blättern auf dem Schoß im Auto, aufgewühlt von einem Mix aus Aversion und schlechtem Gewissen. Auf dem Papier prangten ein großer Kaffeefleck und ein verschmierter Daumenabdruck. Mit einem Mal kamen die Seiten mir verseucht vor. Ich warf sie auf den Rücksitz und fuhr heim.

D as Sofa war zugleich mein Bett, eine sogenannte «Hide-a-bed-Couch». Irgendwie gefiel mir diese Wendung, «*hide-a-bed*». Ich lag auf dem nicht mehr versteckten, ausgeklappten Bett und betrachtete meine Habseligkeiten. Eine Kommode. Mein Laptop. Drei Milchkisten voll Schallplatten. Der alte Technics-Plattenspieler meines Vaters. Meine Kleiderstange. Bücher, einige in Kisten, andere gestapelt auf dem Fußboden. Der Boden war mit grünem Gartenteppich belegt, der fast aussah wie Kunstrasen. Ich schrieb *Kunstrasenteppich* in mein Notizbuch. Dann notierte ich noch ein paar von Pops Antiquitäten, die langsam eine endlose Liste bildeten.

Vogelhäuschen aus Kürbissen.
Prince Albert «Crimp Cut» Tabakdose.
Handsämaschinen.
Eine Platte von Hank Williams.
Aus Kokosnuss geschnitztes Affengesicht.

Oben ging quietschend die Tür auf, gefolgt von Schritten auf der Treppe. Pop. Der schwere, unsichere Gang war unverkennbar. Er brauchte eine ganze Weile bis nach unten, und als er endlich ankam, spähte er mit zusammengekniffenen Augen in den schummrigen Keller, als könnte er mich gar nicht sehen.

Hier drüben, Pop.

Ah, sagte er und entspannte die Augen. Hallo, Kumpel. Brauchst du was?

Kann nicht schlafen.

Hast du 'ne Valium genommen?

Nein.

Mach doch, du hattest heute ja noch keine.

Ich weiß, sagte er. Meine Gedanken fahren Karussell. Er drehte den Finger neben der Schläfe, wie wenn man jemanden für schwachsinnig erklärt.

Schreib doch 'ne To-do-Liste. Mir hilft das immer.

Mit was denn? Das ist es ja grade, ich hab gar nichts zu tun.

Worüber denkst du dann nach?

Er zupfte an der Lackschicht des Treppengeländers. Vor allem wollt ich dir eigentlich sagen, dass ich stolz auf dich bin, weil du wieder studierst und arbeitest und so. Hast dich wirklich gemausert.

Ich wusste, was er meinte. Im Vergleich zu den vergangenen fünf Jahren, die hauptsächlich aus Alkohol, Drogen und Minijobs bestanden hatten, die nur zu noch mehr Alkohol und Drogen führten, hatte ich mich tatsächlich gemausert. Trotzdem, sehr viel besser fühlte sich meine Lage nicht an, und manchmal sehnte ich mich doch auch nach dem Trost von Alkohol und Drogen.

Ja, es geht aufwärts, sagte ich.

Und wie steht's mit deinem Liebesleben?

Ich lachte. Mit meinem *Liebesleben*?

Ja. Tu das mal nicht so ab, das ist wichtig.

Keine Ahnung, sagte ich. Ich geh das eher locker an.

Das führt zu nix, kannst du mir glauben.

Ich weiß.

Eine wie deine Großmutter musst du finden, sagte er.

Fast wollte ich ihn fragen, wie das gehen sollte, zumal meine Großmutter, als er sie kennengelernt hatte, ein sechzehnjähriges Mädchen gewesen war, das mit acht Geschwistern und ohne Strom auf einer Farm lebte, und er ein zehn Jahre älterer Kriegsheimkehrer mit einer Navy-Pension und einem eben erst gekauften Stück Land im Rücken. Doch so meinte er das natürlich nicht. Er meinte ihr Wesen, von dem ich aber auch nicht wusste, ob es so noch existierte. Wie sollte man auch das Wesen eines Menschen von seinen Lebensumständen trennen?

Wieso wolltest du damals eigentlich sesshaft werden?, fragte ich stattdessen. Nach deinen wilden Jahren, meine ich.

Wegen dem Krieg, antwortete er.

Was war denn mit dem Krieg?

Er sah mich an, als wäre die Frage völlig hirnrissig – war sie vermutlich auch. Nach kurzem Nachdenken sagte er dann: Man sehnt sich plötzlich nach den Dingen, die man vorher öde fand.

Wir schwiegen, und ich dachte über diese Worte nach. Für mich trafen die einfach nicht zu. Ich fand immer noch dieselben Dinge öde. Und ich sehnte mich immer noch nach romantischen Dingen, an weit entfernten, romantischen Orten. Andererseits hatte ich nicht durchgemacht, was er durchgemacht hatte, und würde das auch nie. Mein Eintritt ins Erwachsenenleben hatte nur aus Drecksarbeit bestanden, aus dem stumpfen Einerlei von Aufgaben, die man, wenn es ginge, umgehend Maschinen übertragen würde. Was für einen Erwachsenen brachte das hervor? Einen ohne Ziele, dachte ich. Einen, der nur darauf wartet, dass man ihn ersetzt.

Pop trommelte auf das Geländer, machte kehrt, um sich wieder hinaufzuschleppen. Na ja, entschuldige die Störung, sagte er.

Schreib's auf, rief ich ihm nach.

Was soll ich aufschreiben?

Was dich beschäftigt. Schreib es auf, dann ist es aus deinem Kopf raus.

Warum sollte ich das wollen?, fragte er und ging.

n einem kühnen – oder meinetwegen auch tollkühnen – Moment rief ich tags darauf Alma an und fragte, ob sie spazieren gehen wolle. Ich gehe gern in den Joe-Creason-Park, sagte ich. Liegt gleich neben dem Zoo. Falls uns langweilig wird, können wir da vorbeischauen.

Du willst in den *Zoo*?, fragte sie, bemüht, nicht loszulachen.

Ja, warum denn nicht?, erwiderte ich. Als Kind war ich eine Zeit lang total zooverrückt gewesen, und heute war jeder Besuch wie ein Schuss Nostalgie direkt in die Venen. Manchmal vergaß ich, dass nicht jeder so ein Zoofan war.

Findest du Zoos nicht deprimierend?, fragte sie. Die sind doch quasi Tiergefängnisse.

Für manche Tiere, ja. Aber für andere ist so ein Zoo das reinste Paradies. Für die Meerkatzen, zum Beispiel. Die haben eine ganze Insel nur für sich, mit großen Eichen zum Klettern und Springen. Futter kriegen sie frei Haus, und sie brauchen keinen grausamen Tod zwischen Leopardenpranken zu fürchten.

Sie lachte. Hm, klingt plausibel, sagte sie. Okay, bin dabei, aber ich bin in Ashby und muss mich erst fertig machen, also brauch ich noch 'ne Weile.

Ach du wohnst da?, fragte ich, als ob ich es nicht wüsste.

In einem der Gästehäuser, antwortete sie. Gehört zum Stipendium. Wo bist du denn? Ich würd dich einfach abholen.

Lass mal, ich hol dich ab, sagte ich. In einer Stunde?

Super, sagte sie. Ich freu mich.

Ich fuhr raus zum Campus, dieselbe Strecke wie jeden Morgen zur Arbeit. Pops Truck war ein grüner Ford Ranger, Baujahr '95, mit einem Camper-Aufsatz und einem Leiterträger auf dem Dach. Ich hatte meine Handschuhe und meinen Helm im Werkzeugkasten verstaut und das Polster mit Febreze besprüht, aber ganz ging der Geruchsmix von Schweiß und Benzin nie weg. Während ich vor dem Haus auf sie wartete, durchsuchte ich Pops Musikkassetten nach dem passenden Soundtrack für die Fahrt. Willie Nelson und George Jones würden wohl kaum für die richtige Stimmung sorgen. Schließlich fand ich eine Kassette von Emmylou Harris – *Quarter Moon in a Ten Cent Town* – und gab mich damit zufrieden.

Alma trat in ihren rot geschnürten Wanderstiefeln aus der Tür, in einer dunklen Jeans und einem grauen Sweatshirt, auf dem in großen orangen Lettern PRINCETON stand. Hastig trabte sie zum Truck und stieg ein. Sorry, dass du warten musstest, sagte sie etwas außer Atem. Sie schnallte sich an, blickte sich im Truck um. Wow, sagte sie.

Was denn?

Nichts, nur ... das ist ja ein richtiger Pick-up!

Du hast doch wohl schon mal in 'nem Pick-up gesessen?

Sie zuckte mit den Achseln, sagte: Ein- oder zweimal vielleicht.

Fährt jedenfalls auch nicht anders als andere Autos.

Kann ich das leiser drehen?, fragte sie und brachte Emmylou Harris mit einem schnellen Handgriff beinahe komplett zum Schweigen. So viel zum Thema Stimmung.

Ich fragte sie, was seit unserem letzten Gespräch bei ihr so los gewesen war, und sie erstattete mir ausführlich Bericht, während wir nordwärts durch die Hügel und in die verlotterten Außenbezirke der Stadt fuhren. Morgens schreibe sie, erzählte sie, nachmittags fahre sie Fahrrad auf dem Campus oder spaziere durchs Arboretum. Gestern Abend sei sie im Schadenfreude gewesen, dem einzigen Laden in ganz Louisville, in dem man ordentlich tanzen könne, auch wenn die Musik diesmal eher so mittel gewesen sei – ein neuer DJ, meinte sie –, weshalb sie sich nach einer Stunde einen Burger in Wanda's Café geholt habe, einem 24-Stunden-Imbiss in Old Louisville. Ich hab einfach zu viel Freizeit, sagte sie. Hätte nie gedacht, dass das mal ein Problem wird, aber jetzt ... Ich glaub, ich drehe langsam durch.

Vielleicht brauchst du mehr Struktur, erwiderte ich.

Ja, das sagen alle. Aber ich hab's mir ja selber ausgesucht – die Residenz, meine ich –, also sollte ich mich nicht beschweren.

Gern hätte ich gefragt, ob sie mit Casey im Schadenfreude gewesen war, ob Casey in Wanda's Café neben ihr am Tresen gesessen und sich einen Milchshake mit ihr geteilt hatte, aber sie wusste ja gar nicht, dass ich ihn kannte, und es ging mich überhaupt nichts an. Nichts an ihrem Leben ging mich irgendetwas an.

Ach, und Freitag war ich auf 'ner Party mit meinem Freund, sagte sie. War ganz lustig. Vielleicht kennst du ihn übrigens: Casey Arnett? Er besucht auch Schreibkurse, aber nur so zum Spaß.

Nein, antwortete ich, noch bevor ich überlegen konnte, ob ich wirklich lügen wollte. Also der Name kommt mir irgendwie bekannt vor, aber ... keine Ahnung.

Er kennt so ziemlich jeden, also hätt's mich nicht gewundert.

Wie ist er denn so? Und woher kennt ihr euch eigentlich?

Über Sestina, sagte sie, den Verlag. Die haben mich zu so 'ner Buchpremiere eingeladen, und er war auch da. Seine Mutter ist da im Vorstand. Wir haben uns ein paarmal getroffen, und irgendwann hat er ihr meine Gedichte gezeigt – zu meinem Glück, weil sie die jetzt veröffentlichen wollen. Danach haben wir uns immer öfter gesehen, und eh ich mich versah, waren wir zusammen.

Das klingt ja fast wie ein Unfall.

Na ja, sagte sie, als ich hierherkam, hatte ich eigentlich vor, das Singleleben zu genießen. Meine ganze Energie ins Schreiben zu stecken. Aber Einsamkeit ist ein starker Antrieb. Auf der Party stand ich eine Stunde rum und hielt mich an Champagnercocktails fest, und er war der Einzige, der auf mich zukam und mich ansprach. Er hat mir Leute vorgestellt. Sah gut aus. Also dachte ich mir, warum nicht?

Ich wägte meine Antwort sorgsam ab, um nicht missgünstig zu klingen. In Louisville gut vernetzt zu sein, ist nicht so schrecklich schwer, sagte ich schließlich. Das ist, als wäre man ein großer Fisch in einem ziemlich kleinen Teich.

So klein ist der Teich auch wieder nicht, gab sie zurück. Und ich bin hier gern ein großer Fisch. In Brooklyn latscht man, wo man hintritt, einem Autor auf die Füße. Wenn du in New York jemandem sagst, du hättest ein Buch veröffentlicht, sagt der nur: «Willkommen im Club.» Aber hier? Hier gilt das noch was.

Wir erreichten den Park und spazierten los auf einem der Asphaltwege. Es war ein frischer Oktobertag. Die ersten Blätter hatten sich gerade erst verfärbt. Wir kamen an zwei mächtigen Eichen vorbei, deren Stämme aussahen, als hätte man sie erst eingeschmolzen und dann die brodelnde Flüssigkeit mit einem Schlag gehärtet. Trockenes Laub raschelte im Wind. Tiefer im Park säumten struppige Fichten den Weg, ein Duft wie Menthol – scharf, sauber.

Alma atmete tief durch die Nase ein und seufzte. Und schon geht's mir besser, verkündete sie.

Mir auch, sagte ich.

Was hattest du denn? Abgesehen von den üblichen Sorgen?

Keine Ahnung, sagte ich, eigentlich nichts. Zu gern hätte ich ihr gesagt, dass es mir einfach besser ging, weil sie da war, und dass ich viel an sie gedacht hatte, aber ich wollte sie nicht verschrecken. Immer wieder vergaß ich, dass wir uns noch gar nicht lange kannten, dass die Vertrautheit, die ich ihr gegenüber empfand, keine reale Basis hatte. Sicher war ich mir jedoch, dass ich noch nie zuvor so dringend jemanden hatte kennenlernen wollen.

Wie läuft die Grünpflege?, erkundigte sie sich.

Wie immer. Da passiert nichts Aufregendes.

Und das Schreiben?

Ich mach mir immer noch Notizen, sagte ich. Keine Ahnung, was daraus mal werden soll.

Notizen worüber?

Was so passiert. Was Leute sagen. Einer auf der Arbeit, zum Beispiel, Rando heißt der, kommt fast jeden Tag mit einer neuen Verschwörungstheorie an. Die abstrusesten schreib ich mir auf.

Der heißt *Rando*?

Eigentlich Randy, aber er will Rando genannt werden.

Wir kamen an ein Beet voll welker Sonnenblumen, einige davon so groß wie wir, die Häupter gesenkt wie zum Gebet. Alma brach eine der Blüten ab und hielt sie zwischen uns, in der Annahme, sie würde gut riechen. In Wahrheit stank sie wie der Tod. Alma warf sie angewidert weg.

Ein paar Schritte weiter zog sie sich die Sweatshirtärmel über die Hände und verschränkte leicht zitternd die Arme vor der Brust. Warst du denn in Princeton?, fragte ich.

Yep.

Und? Wie war das so?

In vielerlei Hinsicht fantastisch, sagte sie nach kurzem Nachdenken, und in vielerlei anderer Hinsicht grauenhaft. Für eine Migrantin ist's dort schon was anderes als für Geldadels-Sprösslinge.

War Princeton deine erste Wahl?

Dartmouth und Penn hätten mich auch genommen. Harvard wär für mich noch 'ne Option gewesen, aber da hab ich's nur auf die Warteliste geschafft.

Ich hab aber ja nicht gefragt, wer dich genommen hätte, sondern wo du hinwolltest.

Ach, in dem Alter kann man doch eh nicht auseinanderhalten, was man selber will und was die Eltern wollen.

Ich nickte, so als würde ich das auch kennen, doch ich hatte absolut keine Ahnung. Mit achtzehn hatte ich meine gesamte Kraft darauf verwendet, eine klare Grenze zwischen meinen eigenen Wünschen und denen meiner Eltern zu ziehen, meine Souveränität gegenüber ihrer Übergriffigkeit zu verteidigen.

Keine staatlichen Unis also?

Ja, klar, als ob, schnaubte sie sarkastisch.

Sprich: Ivy League oder gar nichts?

Nicht mal das, antwortete sie. Cornell kann man sich gleich schenken. Stanford wär okay gewesen. Damit hätte ich leben können.

Ist das jetzt ein Witz, oder meinst du das ernst?

Warum sollte ich darüber Witze machen?

Ihre Antwort klang auf eine Weise endgültig, die wirkte, als wollte sie lieber schnell das Thema wechseln.

Ich wäre auch gern auf so 'ne Etepetete-Uni gegangen.

Alma grinste skeptisch. Jetzt übertreibst du aber. Du benutzt ja wohl nicht ernsthaft das Wort «etepetete».

Hab ich doch gerade, oder?

Und was kam dazwischen? Wieso warst du nicht auf einer Etepetete-Uni?

Ich erklärte ihr, dass erstens meine Noten an der Highschool nicht gut genug gewesen waren und meine Eltern sich zweitens die Studiengebühren ohnehin nicht hätten leisten können. So war ich an der University of Kentucky geendet, wo ich mit Ach und Krach einen Bachelor in Englisch gemacht hatte.

Hat dich nie jemand zu mehr ermutigt?

Meine Eltern wollten nicht, dass aus mir so ein schnöseliger Bildungsbürger wird. Wär's nach ihrem Striemel gegangen, hätte ich an der Murray State studiert, eine Stunde von zu Hause entfernt.

Nach ihrem «Striemel»?

Ja, kennst du das nicht?

Nein, sagte sie lachend. Das kommt definitiv auf die Liste.

Wann kriege ich diese Liste denn mal zu sehen?

Wenn's so weit ist, sagte sie. Und was ist eigentlich so schlimm daran, ein schnöseliger Bildungsbürger zu sein?

Gar nichts, wenn du mich fragst. Aber für meine Eltern gibt's nichts Schlimmeres. Ich für meinen Teil wollte schon immer gern ein schnöseliger Bildungsbürger sein.

Sie sah mich an, als fände sie mich zugleich bemitleidenswert und hinreißend. Ich gewöhnte mich langsam an diesen Blick.

Oben auf einem kleinen Hügel gabelte sich der Weg, und man sah den Zooeingang jenseits der Straße. Willst du mal die Tiere besuchen?, fragte ich.

Dieses Zooding ist dir wirklich ernst, oder?

Seh ich so aus, als würd ich spaßen?

Sie verkniff sich ein Grinsen. Okay, sagte sie. Dann los.

Die Gehege waren grob nach Biom und Herkunftskontinent geordnet. Als Erstes führte der Rundweg durch die afrikanische Savanne. Kinder kreischten, entnervte Eltern schoben Buggys und wiesen ihre Kleinen aufgeregt auf jedes Tier hin, das sich blicken ließ. Schau, Leonard, da ist das Warzenschwein!, rief eine Mutter beinah drohend. Schau, Leonard! Schau hin! Ich erzählte Alma, Kinder fände ich persönlich das Schlimmste an Zoos, auch wenn das natürlich nicht fair sei – schließlich wäre ich ja selbst nicht so zoobegeistert, wenn meine Eltern früher nicht mit mir hingegangen wären. Wahrscheinlich war ich damals genau wie Leonard gewesen, rastlos unterwegs von Gehege zu Gehege, immer auf der Suche nach den «coolen» Tieren, den Löwen, Tigern und Bären. Erst als Erwachsener hatte ich die Tiere mit den Nebenrollen zu schätzen gelernt, die Luchse, Erdmännchen und Lemuren. Während all die Kinder sich vor den Publikumsmagneten drängten, hatte man dort seine Ruhe. Alma hörte sich mit amüsierter Miene meine Theorie zum Zoobesuch an und fragte dann: Du magst keine Kinder?

Doch, die sind schon okay, erwiderte ich. Nur so geballt wie hier und vollgepumpt mit Koffein und Zucker sind sie mir zu viel.

Aber der Zoo ist doch nun mal für Kinder da, wandte sie ein.

Das sehe ich anders, entgegnete ich. Wenn ich mal im

Lotto gewinne, baue ich 'nen Zoo nur für Erwachsene. Statt Softeis und Popcorn gibt's Bier und Cocktails, und essen geht man in 'nem netten Restaurant mit regionalen Lebensmitteln.

«Zoo für Erwachsene» klingt irgendwie versaut, sagte sie. Und ist das echt das Erste, was du mit dem Lottogeld machen würdest?

Nicht das Erste, nein. Wahrscheinlich würd ich erst mal eine Reise machen, irgendwas Exotisches. Dann würd ich mir in mehreren Städten Wohnungen kaufen, um nie lange am selben Ort bleiben zu müssen. Im Herbst wär ich in New Orleans, im Winter in L. A., im Frühjahr in Paris. Und im Sommer dann vielleicht auf einer Ranch in Montana oder so.

Du und 'ne Ranch, das hört sich gut an, sagte sie und klang dabei ein wenig flirty.

Und du? Was würdest du machen?

Hm, machte sie und kratzte sich das Kinn. Ich würde mir ein Brownstone kaufen. Also ein komplettes. Und dann darin wohnen.

Als Allererstes? Echt?

Na ja, sagte sie. Wahrscheinlich würd ich auch erst mal irgendwo hinfliegen.

Wir standen eine Weile bei den Elefanten. Zwei von ihnen schubsten einen riesigen blauen Ball mit dem Kopf hin und her. Ein dritter hielt einsam den Rüssel in einen Tümpel. Keine sehr effiziente Trinkmethode, wie mir schien: Das meiste Wasser tropfte ihm gleich wieder aus dem Maul. Wir gingen vorbei an den Steinböcken, den Gazellen und einer Schar Flamingos mit schmutzigen Federn. Der ganze Savannenbereich, diese Mischung aus Heu und in der Sonne getrocknetem Mist, roch irgendwie nach Bauernhof. Die Zebras schienen gut gelaunt, jagten einander durchs Gehege und freuten sich ihres Lebens, doch dann bestieg eines der Zebras ein anderes, und was wie unschuldiger Spaß ausgesehen hatte, wirkte mit einem Mal bedrohlich. Das besteigende

Zebra schnaubte heftig, hatte einen irren Blick und Schaum vorm Maul. Wir gingen zügig weiter.

Als Nächstes kam «Der Dschungel Afrikas» – und damit auch die Affeninsel, auf die ich mich gefreut hatte. Inmitten eines jadegrünen Wassergrabens standen dort drei mächtige Sumpfeichen, in denen ein Dutzend Stummelaffen und Rotschwanzmeerkatzen tobten und sich mit all den Seilen und Kletternetzen offenkundig pudelwohl fühlten. Siehst du, sagte ich. Das ist doch nicht so übel.

Im Winter müssen die bestimmt nach drinnen, erwiderte sie. Zu Hause in Afrika könnten sie draußen bleiben.

In Afrika müssten sie pausenlos in Alarmbereitschaft sein.

Vielleicht sind sie das hier ja auch, wandte sie ein. Vielleicht liegt das einfach in ihrer Natur.

Du meinst, als Affe wärst du lieber frei als sicher?

Ich meine, dass man die Wahl womöglich gar nicht hätte. Vielleicht hätte man evolutionär bedingt sowieso immer Angst. Aber nein, definitiv lieber Sicherheit als Freiheit. Findest du nicht?

Gute Frage, sagte ich und dachte lang darüber nach. Im Schatten der Eichen lehnten wir uns ans Geländer, direkt vor unserer Nase lausten die Affen einander das Fell. Hin und wieder segelte ein rotes Blatt herab und landete sachte auf dem grünen Wasser. Die Frage schien mir eine fundamentale zu sein, die Grundlage für die Motive allerlei menschlichen Tuns: für die Gründung von Staaten, die Aufstellung von Armeen, die Wahl von Anführern, ja sogar für so banale Dinge wie Hauskauf, Heiraten und Kinderkriegen. Man suchte sich ein Plätzchen und ließ sich darauf nieder. Baute einen Zaun darum. Verteidigte es. Und all das aus dem Wunsch nach Sicherheit und Stabilität. Man hatte die Nase voll davon, dauernd unterwegs zu sein, ständig auf der Hut vor Feinden. Ich dachte an meine Vorfahren: Schuldknechte aus Virginia, die über den Cumberland Gap nach Kentucky gekommen waren. Ein paar hatten sich gleich in den Appalachen niedergelassen, andere weiter westlich bei Paducah. Seither – seit drei Jahrhunderten also – lebte meine ganze Sippschaft hier, hatte sich zunächst mit Halbpachten über Wasser gehalten. Die Generation meiner Großeltern hatte als erste selber Land erworben. Acht Hektar hatte mein Großvater sich nach dem Krieg geleistet, um Tabak anzubauen. Kommt einem sicher ziemlich viel vor, wenn kein einziger Vorfahre je was besessen hat.

Andererseits war da aber auch dieses Kribbeln, wenn einem das Leben fad wurde, wenn man keine Lust mehr hatte auf den immer gleichen Trott. Hielt die Langeweile lange genug an, wurde die Gefahr attraktiv – wenn auch vielleicht keine echte Gefahr wie Krieg und Völkermord und Grausamkeit. Diese Art von Gefahr war womöglich groß genug, um einen von der Abenteuerlust zu kurieren. Aber vermutlich konnte sogar sie den gegenteiligen Effekt haben. Das Schlimmste durchzumachen, konnte einen auch zu dem Schluss bringen, dass sowieso alles egal war und man ebenso gut einfach drauflos leben konnte, in grenzenloser Freiheit.

Du siehst nachdenklich aus, stellte Alma fest.

Ich erzählte ihr die Kurzfassung meiner Überlegungen, sagte, die Frage sei knifflig, und ich könne beiden Seiten was abgewinnen. Warum würdest du dich denn für Sicherheit entscheiden?, fragte ich.

Ach, ich weiß einfach gar nicht mehr, was Freiheit überhaupt bedeuten soll, antwortete sie. Mit dem Begriff wird so viel dummer Kram begründet. Der freie Markt, zum Beispiel. Oder die Freiheit, sich seine eigene Krankenversicherung zu suchen. Ich wüsste lieber, dass ich versorgt werde, wenn ich krank bin, unabhängig von Profit und Markt. Ich bin lieber geschützt davor, belästigt oder gar auf offener Straße von einer Miliz abgeknallt zu werden, nur weil ich bin, wer ich bin. Alle reden immer über Freiheit, aber meinen damit eigentlich bloß das Recht, zwischen einer Handvoll Optionen zu wählen, von denen die meisten am Ende doch nur schäbige Konsumartikel sind. Ich mein, was ist denn schon der Unterschied zwischen Crest und Colgate? Letztlich ist das doch dieselbe Zahnpasta. Trotzdem feiern es alle total ab, sich eine davon aussuchen zu können. Wer die Republikaner wählt, wählt die Freiheit, sich zwischen Crest und Colgate zu entscheiden. Aber das klebt sich natürlich keiner als Slogan auf die Stoßstange.

Bisschen lang für 'nen Aufkleberslogan, oder?

Siehst du das denn anders?

Nein, bin ganz deiner Meinung.

Sie seufzte. Lass uns lieber von was anderem reden, bat sie. Bei solchen Bong-Gesprächen komm ich mir immer vor wie ein weltschmerzkranker Teenie.

Bong-Gespräche?

Ja, du weißt schon, wie wenn man mit seinen Freunden bei jemandem im Keller sitzt oder in einem ausgebauten Van mit Teppichboden, und einer reicht dir die Bong und fragt «Hättet ihr lieber Freiheit oder Sicherheit?», und zwei Minuten später spricht man über die ersten Homo sapiens und das Wollmammut. Ein Bong-Gespräch eben.

Deine Bong-Gespräche waren offenbar interessanter als meine, sagte ich. Bei uns ging's immer nur um UFOs und die gefakte Mondlandung.

Daran glaubst du heute aber nicht mehr, oder?

Doch, klar, du etwa nicht?

Sie grinste. War sowieso nur metaphorisch gemeint, sagte sie. Bongs geraucht hab ich in meiner Schulzeit nie. Ich hab für den Uni-Zulassungstest gelernt.

Plötzlich ertönte über uns aufgeregtes Niesen. Ich spähte in die Äste, hoch zu den Affen. Hörst du das?, sagte Alma. So warnen sie einander vor Gefahren.

Woher weißt du das?

Grade gelesen, sagte sie und zeigte auf ein Schild mit Comicaffen und Sprechblasen. Das belegt wohl meine Theorie: Die sind wie wir. In Gefangenschaft sind sie genauso nervös wie in freier Wildbahn. Das Hirn findet immer einen Grund, sich zu fürchten.

Kraaass, Mann, du meinst also, *Amerika* ist die Affeninsel, und wir sind alle so voll *eingesperrt* und so!

Sie ignorierte meine schlechte Surfer-Imitation. Hast du Hunger?, fragte sie. Wie wär's mit Fritten?

Wir gingen zum Jungle Outpost Restaurant, bestellten Curly Fries und setzten uns auf die Terrasse. Von unserem Tisch aus sahen wir eine Tierpflegerin mit einem Papagei auf dem Arm, umringt von gaffenden Kindern. Aus den Lautsprechern des Jungle Outpost schallten wilde Vogelrufe, und ich musste an *Die Last der Träume* denken, an Herzogs Monolog über Mord und Totschlag. Bisher hatten meine Zoobesuche nie etwas Mörderisches an sich gehabt, doch jetzt war alles durchzogen von finsteren Untertönen. Das gefiel mir nicht. Ich wünschte, ich hätte mich für diesen Kurs nie angemeldet.

Ein Bambushain warf seinen Schatten über die Terrasse. Es war schön, dort einfach nur zu sitzen und zu lauschen, wie der Wind die Bambusblätter rascheln ließ. In der Ferne quiekten Kinder. Die Fritten waren eher so mittel, doch ich verschlang sie trotzdem gierig. Ich hatte gar nicht gemerkt, wie hungrig ich war.

Und du glaubst also, das sei dein Problem? Zu lang an einem Ort gewesen zu sein?, fragte Alma aus heiterem Himmel.

Hab ich das gesagt?

Du hast gesagt, wenn du im Lotto gewinnen würdest, würdest du Wohnungen in verschiedenen Städten kaufen, damit du einfach weiterziehen kannst, wenn du dich langweilst.

Klingt doch nicht so verkehrt, oder?

Ich glaub, auf die Dauer wird das ziemlich anstrengend. Und wenn man Familie hat, müsste man die immer mitschleifen.

Wenn man Kinder kriegen will, müsste man sich wohl für einen Lebensmittelpunkt entscheiden.

Oder es wird umgekehrt ein Schuh draus, gab sie zu bedenken. Vielleicht wird man erst sesshaft, weil man Kinder *hat*, nicht weil man welche *kriegen* will.

Auch möglich, räumte ich ein. Sie zuckte die Achseln, ließ den Blick übers Getümmel schweifen, über die strohgedeckten Pavillons und Eiscremestände. Dann nahm sie eine lange Fritte aus dem Korb, versenkte sie im Mund und kaute stirnrunzelnd.

Da du die ermunternden Wechsel wünschst, sagte sie plötzlich.

Hm?

Ein Vers aus einem Gedicht, sagte sie. Musste grade noch mal überlegen, wie der genau ging. Aus «Das Motiv für Metapher» von Wallace Stevens. Dieses Kribbeln, von dem du vorhin sprachst, das hat mich daran erinnert. Ein gutes Gedicht.

Muss ich mir mal anschauen, sagte ich, dann fiel mir nichts weiter ein. Ich wischte mir das Salz und das Fett von den Fingern, und wir lauschten schweigend auf das Rauschen des Bambus.

Die nächste halbe Stunde schauten wir der Form halber noch bei den Stars unter den Zoobewohnern vorbei, den Löwen und den Eisbären. Ich war schläfrig vom Essen, und als die Sonne sich langsam senkte und die Luft sich abkühlte, gingen wir schneller und waren kurz nach fünf wieder am Eingang. Wir schoben uns durchs Drehkreuz, und zurück auf dem Parkweg sagte sie: Das hat Spaß gemacht.

Sag bloß, ich hab dich tatsächlich zum Zoogenuss verführt?

Ja, sagte sie. Du darfst mich als verführt betrachten. Kurz herrschte peinliche Stille. Okay, das klang ein bisschen schräg, sagte sie, und wir lachten, doch das beklommene Schweigen machte sich schnell wieder breit. Bald darauf erreichten wir den Parkplatz. Ich wollte sie noch nicht nach Hause fahren, aber es war klar, dass das passieren würde, wenn keiner von uns was unternahm, was anderes vorschlug.

Beim Anschnallen sagte sie: Wollen wir später noch was trinken gehen? Ich muss erst mal nach Hause, was zu Abend essen und mich umziehen, aber ich habe überlegt, später noch mal ins Schadenfreude zu gehen. Heute legt der gute DJ auf.

Sie klang ein wenig überdreht, gab sich offensichtlich Mühe, lässig zu wirken, was mich ermutigte. Offensichtlich war auch sie nervös. Zum ersten Mal fiel mir auf, dass ich älter war als sie und sie das ganz bestimmt auch wusste.

Klingt gut, vielleicht komm ich vorbei, sagte ich.

Während der ganzen Fahrt zurück nach Ashby fragte ich mich, ob Casey später auch im Schadenfreude sein würde. Der sprichwörtliche Elefant im Raum. Ich dachte an den einsamen Elefanten, der sich das Tümpelwasser ins Maul gespritzt hatte. Es wäre unmöglich gewesen, ihn nicht zu bemerken, egal, ob man Journalist war oder Baumpfleger, ob man gerade in der Lotterie gewonnen hatte oder vor den Trümmern seines Lebens stand. Unübersehbarkeit: das Schicksal aller Elefanten.

Dann bis später vielleicht, oder?, sagte sie, als ich vor dem Gästehaus hielt. Ich bin wahrscheinlich so ab neun, zehn da.

Ich versuch's, versprach ich, obwohl auf der Hand lag, dass die Sache längst entschieden war. Ich sah ihr nach, bis sie im Haus verschwand, trat mit einem Seufzer die Heimfahrt an und drehte das Autoradio wieder lauter. Emmylou Harris sang noch immer.

P op wünschte sich McDonald's zum Abendessen. Ich musste noch duschen und mir ein halbwegs präsentables Outfit aussuchen, und die Vorstellung, das billige Bier im Schadenfreude auf eine Basis aus McDonald's und den Fritten aus dem Zoo zu schütten, war alles andere als attraktiv, aber ich erklärte mich trotzdem bereit, uns Burger zu besorgen. Bring für Cort auch was mit, bat Pop.

Als ich wiederkam, fiel Cort über die Tüte her, kaum dass ich sie abgestellt hatte, und zog die Pappmuschel mit seinem doppelten Cheeseburger hervor. Ich machte Pop einen Teller fertig und stellte ihn ihm hin. Er pausierte *Rio Bravo* und schlurfte in die Küche. Riecht lecker, freute er sich.

Ich aß im Stehen neben dem Mülleimer, linste andauernd zur Uhr auf der Mikrowelle. Zum Schadenfreude war es mit dem Auto eine halbe Stunde, und ich wollte lieber etwas früher da sein. Schon beim ersten Bissen verzog Cort theatralisch das Gesicht und spuckte etwas auf den Teller.

Ich hab doch gesagt: keine Gurken!, maulte er.

Da wusste ich nichts von.

Ich hab's Dad gesagt.

Pop kratzte sich am Kopf. Hab ich wohl vergessen, sagte er.

Das kann ich nicht essen.

Nimm die Gurke doch einfach runter, schlug ich vor.

Der Geschmack bleibt trotzdem, sagte er. Ein ganz deutlicher Gurkengeschmack.

Ich starrte ihn an – seine Krokostiefel, in die er seine Jeans gestopft hatte, das Ketchup an den Fingern. Noch nie im Leben hatte mich jemand so auf die Palme gebracht. In seinen Zügen erkannte ich vage meine Mutter wieder: der Schwung des Kiefers, die Nase. Ihre Lachfalten hatte er allerdings nicht. Ich war mir gar nicht sicher, ob ich ihn überhaupt je lachen gesehen hatte.

Iss es, oder lass es bleiben. Nicht mein Problem.

Hey, mahnte Pop.

Ich bin doch nicht sein Laufbursche! In Zukunft kann er sich sein Essen selber holen. Schließlich ist er ja schon groß.

Cort weiß deine Hilfe zu schätzen, stimmt's, Cort?

Cort sah mich gehässig an.

Wir wissen sie beide zu schätzen, fuhr Pop fort. Ist schön,

dass du uns 'n paar Kleinigkeiten abnimmst. Besonders, weil du keine Miete zahlst.

Was soll das denn jetzt heißen?

Pop zuckte ein wenig zusammen, merkte wohl selbst, dass er sich das besser verkniffen hätte. Gar nichts, wiegelte er ab. Bloß, dass wir froh über deine Hilfe sind. Cort auch. Sag's ihm, Cort.

Ich bin froh, sagte Cort ausdruckslos.

Siehst du, er ist froh.

Aber Gurken ess ich trotzdem nicht. Hab ich doch gesagt.

Okay, lassen wir's gut sein, ja? Essen wir in Ruhe auf, dann schauen wir zusammen *Rio Bravo*, wenn ihr Lust habt. Kennt ihr den überhaupt schon? Dean Martin spielt den Dorfsäufer.

Ich geh gleich noch weg, erwiderte ich. Ich aß den letzten Bissen meines Burgers, leckte mir gehackte Zwiebel von den Fingern.

Wohin denn?

Germantown.

Er geht saufen mit den Freaks und Spinnern, höhnte Cort. Mit den Leckschwestern und Emanzen vom College.

Du gehst zu oft aus, sagte Pop. Bleib doch hier und schau *Rio Bravo* mit uns, wird dir gefallen.

Den kenn ich schon, sagte ich. Außerdem bin ich verabredet.

Mit einer Frau?

Mit einer Freundin.

Pop grinste verschmitzt. Wie heißt sie denn?

Ist nicht so, wie du denkst, erwiderte ich, klopfte Pop im Vorbeigehen auf die Schulter und verzog mich in den Keller.

Während ich duschte und mich anzog, kreiste ich gedanklich immer wieder zurück zu Pops Bemerkung über die Miete. Seit über zwei Monaten wohnte ich schon hier und hatte mich in dieser Zeit so gut wie gar nicht bemüht, etwas Eigenes zu finden. Langsam wurde es dafür mal Zeit, so viel war klar. Wie sollte ich hierher je eine Frau mitnehmen? Oder irgendwem Corts Launen zumuten? Er lebte schon seit zwei Jahrzehnten hier bei Pop. Die beiden hatten ihre Abläufe, waren gewöhnt an die Spleens und Eigenarten des anderen. Ich war der Neue, und so sehr mir Pop auch versicherte, ich sei willkommen, war ich doch unbestreitbar ein Störfaktor in ihrem eingespielten Rhythmus. Ein Außenseiter. Die Erkenntnis fühlte sich einsam an.

Auf dem Weg nach draußen warf ich einen Blick ins Wohnzimmer, wo John Wayne und Dean Martin soeben mit Repetiergewehren aus Lehmfenstern ballerten. Eine der Figuren war ein zahnloser Alter namens Stumpy. Den warnte John Wayne gerade, weil er ausgerechnet hinter einem Wagen voller Dynamit in Deckung gegangen war. Verflucht noch mal und zugenäht!, rief Stumpy, und Pop kriegte sich gar nicht mehr ein vor Lachen, zeigte mit dem Finger auf den Bildschirm. Auf dem anderen Sessel saß Cort und futterte drei verschiedene Sorten Popcorn aus einer großen Halloweenschüssel. Sogar er musste über Stumpys Faxen grinsen. Macht's gut, sagte ich, und Pop winkte kurz, ohne vom Bildschirm aufzusehen. Sie schienen mich kaum zu bemerken.

D ass ich an meinem ersten Abend im Schadenfreude all die anderen getroffen hatte, war mir wie ein irrer Zufall vorgekommen. Damals hatte ich noch nicht begriffen, dass alle Louisviller von einem gewissen Schlag hier früher oder später landeten – Künstler, Studenten und Musiker zwischen zwanzig und dreißig. Von meinem Platz am Tresen aus entdeckte ich allerdings auch ein paar Gestalten, die nicht ins Schema passten: zum Beispiel einen Frat-Boy in rosa Polohemd und einen jungen, eindeutig overdressten Anwalt oder Makler, der unbeholfen tanzte. Und in einer schummrigen Ecknische saß ein Relikt aus der jüngeren Vergangenheit von Germantown: ein hagerer, verwirrt dreinschauender Mittfünfziger in Arbeitsklamotten und vor Dreck starrenden Schnürstiefeln. So einen Mann sah man in den Bars von Germantown inzwischen immer seltener, aber hin und wieder tauchte einer auf. In der Regel trug er mehr oder weniger dasselbe wie die jungen Hipster – ein gestreiftes Arbeitshemd, Marlboros in der Brusttasche, eine umgedrehte Truckermütze auf dem Kopf. Bloß trug er diese Sachen schon seit Jahren, und das völlig unironisch. Der in Schreibschrift auf die Brusttasche gestickte Name war vermutlich sein eigener, und mit der Firma, deren Logo auf der Mütze prangte, hatte er vielleicht sogar tatsächlich was zu tun, war dort wirklich angestellt. Als die Platten auf den Turntables herausgekommen waren, war er schon auf der Welt gewesen, und das Bier – Hamm's, Pabst oder Coors Banquet – war dasselbe, das er immer schon getrunken hatte. Dieser Typ betrachtete erfüllt von tiefer Fassungslosigkeit die Menge rings um sich, als hätte man sein Leben kurzerhand gekapert, oder als wäre er ein paar Jahrzehnte lang aus dem Fluss der Zeit gefallen und fände sich jetzt plötzlich in der Zukunft wieder. Während die Tanzfläche sich mit androgynen jungen Frauen und schlaksigen Jungs in Skinny-Jeans füllte, trank der Mann in der Nische sein Bier aus, schüttelte müde den Kopf und ging hinaus in die Nacht. Ich bezweifelte, dass er je wiederkommen würde.

Eine Stunde lang trank ich so vor mich hin und wartete darauf, dass Alma durch die Tür trat. Gegen elf kam sie herein, in Jeansjacke, Cordrock und grünen Strümpfen. Ihre Beine waren lang und schlank, und sie stakste wie ein junges Fohlen, so als hätte sie schon vorgeglüht. Ich lächelte ihr zu und winkte, doch sie sah mich nicht. Die Jeansjacke kam mir bekannt vor. Ich überlegte noch, woher, da kam Casey hinter ihr herein und legte ihr die Hände um die Taille. Er küsste ihr den Hals, sie tätschelte ihm die Wange. *Seine* Jacke war das, die, in der ich ihn schon x-mal bei dem Dschungelseminar gesehen hatte.

Alma erspähte mich am Tresen und winkte fröhlich. Ich

zwang mich zurückzuwinken. In diesem Augenblick – während sie sich zu mir durchschlug, Casey an der Hand im Schlepptau – ertönte «Nasty» von Janet Jackson, und alle stürmten die Tanzfläche. Seit Donald Trump bei der letzten TV-Debatte Hillary Clinton als *«nasty woman»* bezeichnet hatte, war der Song wieder ein Hit. Also saß ich jetzt allein am Tresen, nur umringt von leeren Hockern, und Alma war in dem Gewühl nicht mehr zu sehen.

Ich trank mein Bier aus, drehte mich auf dem Hocker um und winkte dem Barmann zu. Einen Jim Beam, sagte ich und kam mir augenblicklich vor wie ein Klischee. Ich hatte wohl einfach zu viele Western gesehen. Trotzdem, Klischee hin oder her, ich stützte mich auf den Tresen, nippte meinen Whiskey und glotzte mürrisch auf die Flaschen an der Wand. Früher oder später würde sie schon rüberkommen. Oder auch nicht. Ich sehnte mich ganz sicher nicht nach dieser hochnotpeinlichen Begegnung. Im Spiegel hinterm Tresen sah ich geradezu lächerlich elend aus. Jetzt sei mal nicht so melodramatisch, ermahnte ich mich.

Wenig später stupste mir jemand an die Schulter. Ich drehte mich um. Casey. Na, wenn das nicht Dr. Livingstone ist, sagte er.

Den Witz hast du schon mal gemacht, erwiderte ich. An ihm vorbei hielt ich Ausschau nach Alma, doch die war aufgehalten und in ein Gespräch verwickelt worden.

Hab gehört, ihr wart im Zoo, schrie Casey.

Ich schwenkte das gestoßene Eis in meinem Whiskey, trank einen Schluck, um Zeit zu schinden. Ja, nichts Besonderes, sagte ich dann. Waren bloß spazieren.

Alma fand's jedenfalls super. Ich wusste gar nicht, dass ihr zwei so dicke seid.

James war auch dabei, log ich spontan.

Ach echt? Hat sie gar nicht erwähnt.

Ja, wie gesagt, kein großes Ding. Haben nur ein bisschen abgehangen.

Alles cool, alles cool, sagte Casey. Jedenfalls, sie hat total von dir geschwärmt. Und ich meinte nur: Ja, oder? Premiumtyp. Und sie so, wie, du kennst den? Und ich, klar, der ist spitze. Darum hab ich ihm auch meine Dschungelstory gegeben, weil der so genial ist.

Ich konnte mich nicht erinnern, je irgendwas getan oder gesagt zu haben, wegen dem Casey mich für «genial» hätte halten können, aber was wusste ich schon? Danke, das ist nett von dir, sagte ich.

Nichts als die Wahrheit, sagte er.

Ich hatte keine Ahnung, ob er das alles ernst meinte oder mich verarschte. Wenn man über Tanzmucke hinwegbrüllt, gehen Zwischentöne schnell mal unter. Es wirkte jedenfalls aufrichtig. Womöglich hielt er mich für viel zu harmlos, um sich von mir bedroht zu fühlen.

Als Alma schließlich zu uns stieß, begrüßte sie mich mit einer Umarmung, womit ich nicht gerechnet hatte. Schön, dich zu sehen, sagte sie, ganz dicht an meinem Ohr.

Wir haben uns doch erst vor vier Stunden gesehen.

Kommt mir länger vor. Sie stützte sich auf den Tresen und bestellte ein Bier. Casey hielt einen gefalteten Schein hoch, zwischen Zeige- und Mittelfinger. Geht auf mich, verkündete er.

Sicher?

Klar. Brauchst du auch noch was?, fragte er mich.

Ich hielt meinen Whiskey hoch. Danke, bin versorgt.

Was trinkst du denn?

Jim Beam.

Du bist Bourbontrinker? Na, als echter Kentuckier bist du da sicher Experte.

Nee, eigentlich nicht, sagte ich. Daran, dass Casey vielleicht gar nicht aus Kentucky stammte, hatte ich noch nie gedacht, aber es passte zu seiner Cincinati-Reds-Mütze. Eine Menge junger Leute aus Cincinnati und dem südlichen Indiana zogen nach Louisville.

Ich hab Owen grade erzählt, wie genial wir ihn finden.

Ach, hab ich das denn gesagt?

Nicht wortwörtlich, sagte Casey. Aber implizit schon.

Ich hab bloß gesagt, dass wir uns im Zoo gut unterhalten haben, erwiderte Alma.

Dann ist er zumindest ein guter Gesprächspartner.

Kann ich nicht doch lieber genial sein?, fragte ich. Sie lachten. Dann flaute das Gespräch ab, wir nippten an unseren Getränken und sahen uns um. Der DJ legte Solange Knowles auf, und die Dynamik auf der Tanzfläche verschob sich, wirkte weniger frenetisch und ruckend.

Was macht James denn heute so?, fragte Casey.

Ich zuckte die Achseln.

Ich dachte nur, euch kriegt man vielleicht nur im Doppelpack.

Was soll das denn heißen?

Casey hob beschwichtigend die Hände. Gar nichts, Mann.

Nein, was soll das heißen?

Na ja, ich dachte halt, ihr seid vielleicht zusammen. Wie in diesem Song, diesem Duett ... Paul McCartney und dieser eine Schwarze? Er schnippte mit den Fingern. Fuck, ich komm nicht drauf.

Wir sind nicht zusammen.

«Ebony and Ivory», genau, sagte er. Wer war das noch mal? McCartney und Michael Jackson, oder?

Stevie Wonder, sagte ich. Hast du das echt geglaubt?

Was hab ich geglaubt?

Nein, hast du nicht.

Hey, weiß man's? Ich hätte kein Problem damit.

Ich schielte zur Tür. Eine Schnapsidee war das gewesen. *Selbstverständlich* waren die zwei zusammen da. Was sollte das hier bringen, außer Enttäuschung?

Hast du das Album schon gehört?, fragte Alma. Sie meinte *A Seat at the Table*, die Platte von Solange.

Ja, ist super, sagte ich.

Los, wir tanzen. Alle! Ich steh krass auf den Song.

Ich geh erst mal eine rauchen.

Sie zog einen Schmollmund, runzelte die Stirn. Casey nahm sie am Arm. Los, tanzen, drängte er und schleppte sie mit.

Ich komm vielleicht auch gleich raus, rief sie mir noch über die Schulter zu.

Draußen setzte ich mich mit meinem Whiskey auf die Treppe. Am Straßenrand stand ein Taco-Truck; vom Duft nach geschmortem Schweinefleisch und Ananas knurrte mir sofort der Magen. Ich bestellte zwei Tacos, setzte mich mit dem Pappteller auf die Treppe und überlegte beim Essen, ob ich nicht einfach gehen sollte. Doch noch bevor ich mich entscheiden konnte, kam Alma heraus.

Da bist du ja, sagte sie. Schlecht gelaunt?

Noch mal?

«Noch mal?», äffte sie mich nach. Wieder was für die Liste. Das sagst du immer statt «wie bitte».

Demonstrativ genervt, schüttelte ich den Kopf. Von mir aus, sagte ich.

Was hast du denn?

Als du gefragt hast, ob wir was trinken gehen wollen, dachte ich eigentlich, du meinst mit mir. Nicht mit ihm.

Wie kamst du denn auf die Idee?

Ich stellte meinen Pappteller ab und rieb mir die Augen. Keine Ahnung, stöhnte ich. Vergiss es.

Sie blickte einen Augenblick ins Leere, dann setzte sie sich neben mich. Tut mir leid, sagte sie, ein wenig sanfter. Ich weiß auch nicht, was ich da tue.

Was meinst du?

Das mit uns. Mit dir so rumzuhängen.

Und warum tust du's dann?

Weil ich dich mag.

Offensichtlich nicht genug.

Ich bin einfach ein bisschen hin- und hergerissen, okay?,

sagte sie. Darf ich das vielleicht sein, ja? Keine Ahnung, wieso es hier gleich um Besitzansprüche gehen muss. Ich weiß ja nicht mal, wie ernst das mit Casey und mir ist.

Casey hält es jedenfalls für ernst.

Sie seufzte müde. Kann ich 'ne Zigarette schnorren?

Ich reichte ihr eine Parliament. Sie zündete sie an, zog und blies einen Rauchstrahl aus. Ich bin dir nichts schuldig, okay?, erklärte sie. Und wenn hier jemand sauer sein sollte, dann ja wohl ich. Ich hab gedacht, ich spinne, als Casey meinte, ihr kennt euch aus dem Kurs.

Ich wusste seinen Nachnamen nicht. Hab nicht geschaltet.

Blödsinn, sagte sie.

Okay, na gut, war eine Kurzschlussreaktion, was soll ich sagen? Keine Ahnung, warum ich gelogen hab. Vielleicht mag ich dich einfach auch und hab keinen Bock, mit dem Typen befreundet zu sein, mit dem du ins Bett gehst.

Aber ihr seid doch Freunde.

Wohl kaum.

Ach nein?

Keine Ahnung, was du an dem findest.

Sie verdrehte die Augen. Vor dir muss ich mich sicherlich nicht rechtfertigen, sagte sie.

Kannst du dir auch sparen. Ich kann's mir sowieso denken. Er pinselt dir den Bauch, seine Mom verlegt deine Gedichte. Du darfst mit den C-Promis von Louisville abhängen. Da kann man schon mal drüber wegsehen, was für ein beschränkter Langweiler der Typ ist.

Sie nahm einen Zug, spitzte die Lippen und wandte sich ab, blickte die dunkle Reihe Shotgun-Häuser entlang. Er hat mir das Leben hier wirklich erleichtert, sagte sie. Er hat mir Anschluss in einer Stadt verschafft, in der ich niemanden kannte. Er hat mir das Gefühl gegeben, dass meine Arbeit was zählt, ganz im Gegensatz zu meinen Princeton-Freunden oder sogar meinen Eltern. Das wird dir doch wohl einleuchten, oder?

Tatsächlich hatte ich so noch nicht darüber nachgedacht. Einen Moment lang war ich baff, dass sie solche Bestätigung überhaupt nötig hatte.

Und er ist reich, erwiderte ich. Tun wir mal nicht so, als ob das keine Rolle spielt. Und obwohl er reich ist, läuft er rum wie ein abgewrackter Pseudopunk, das habt ihr also schon mal gemeinsam.

Ey, du kennst mich nicht, gab sie zurück. Du redest mit mir, als würden wir uns kennen, aber das tun wir gar nicht.

Ich glaub schon, dass ich dich kenne.

Sie sah mir direkt in die Augen und sagte: Du willst mich doch einfach nur ficken.

Ihr Ton war schwierig einzuschätzen. Meinte sie das neckisch oder fies? Ein leises Zucken umspielte ihr Kinn.

Hm, sagte ich. Vielleicht, ja. Aber sogar das wäre noch besser als ... diese alberne Highschool-Flirterei. Tun sie's, tun sie's nicht? Gähn ...

Du schließt von dir auf mich, sagte sie leise.

Glaub ich nicht.

Einen langen, bangen Augenblick sahen wir einander schweigend an. Erst als Casey rauskam und unsere Namen rief, blickten wir wieder weg. Er hatte Cram, den Austerntyp, im Schlepptau. Los, wir gehen zu mir, verkündete er.

Wir sind doch grade erst gekommen, protestierte Alma.

Da drin ist tote Hose, sagte Cram.

Wie, wieso das denn? Ist doch knallvoll.

Ja, aber null Puls. Eiskalt. Totenstarre hat schon eingesetzt.

Cram hat was Feines mit, sagte Casey.

Was hat er denn «Feines» mit?, fragte Alma.

Siehst du gleich, lass uns einfach gehen. Owen, du auch.

Danke, passt schon, wehrte ich ab.

Nix da, du kommst mit. Schau dir an, was Cram dabeihat.

Falls es Austern sind, bin ich wirklich lieber raus.

Keine Austern, Alter, versicherte Cram.

Du kommst mit, beharrte Casey. Sag's ihm, Alma.

Alma wollte mich nicht ansehen. Sie blickte auf ihre Zigarette, die fast bis zu ihren Fingern abgebrannt war. Dann blies sie etwas Rauch aus dem Mundwinkel, schnippte die Kippe ins Gras, stand auf und strich sich den Rock glatt. Du kommst mit, sagte sie.

Crams «Feines» entpuppte sich – o Wunder – als Koks. Als ich ankam, war er schon dabei, auf dem gläsernen Couchtisch Lines zu legen. Casey winkte mich herein und sagte: Komm, zieh eine mit uns.

Vom Koksen brach ich jedes Mal in kalten Angstschweiß aus und checkte halbminütlich meinen Puls, um mich zu vergewissern, dass ich noch lebte. Vielleicht gleich, vertröstete ich ihn.

Cool, cool, sagte er. Kein Ding, überleg's dir. Such erst mal 'ne Platte für uns aus. Was Gutes.

Worauf hast du denn Lust?

Einfach was Gutes, Mann, sagte er ungeduldig. Ich delegiere das jetzt an dich, okay?

Alma kam aus dem Badezimmer und baute sich mit verschränkten Armen vor dem Tisch auf. Was ist *das*?, fragte sie.

Nasenzucker, antwortete Cram.

Casey lachte. Koks ist das, Süße, sagte er.

Das nehm ich auf gar keinen Fall.

Casey setzte sich zu Cram aufs Sofa und sagte: Musst ja nicht.

Und warum musste ich dann unbedingt mitkommen? Ich dachte, wir unterhalten uns.

Hey, Babe, beschwichtigte er. Das können wir doch! Das da hilft uns nur dabei. Er stand auf, küsste sie, setzte sich wieder. Lad ruhig noch 'n paar Leute ein. Wir machen 'ne Party, oder Cram?

Fuck yeah!, rief Cram. Er schabte das Koks mit einer Rasierklinge. Bücher lagen auf dem Tisch verstreut: David Foster Wallace, *Wendekreis des Krebses*, die Memoiren von Patti Smith. Neben dem aufgezwirbelten Tütchen mit dem restlichen Koks stand eine zum Kerzenhalter umfunktionierte Weinflasche. Kleine Wachsbächlein in allen Regenbogenfarben rannen am Flaschenhals hinab.

Ich ging zum Plattenregal, betrachtete mit schräg gelegtem Kopf die Coverrücken. Die Angst, etwas Langweiliges auszusuchen, lähmte mich komplett. Ich war nur hier, weil Alma es gewollt hatte, weil ich hoffte, hinter ihrer Einladung könnte doch mehr stecken. Sie wirkte genervt von Casey, das war schon mal vielversprechend. Jemand schniefte, und als ich mich umdrehte, glotzte Casey an die Decke und blinzelte hastig, um die Tränen drinzubehalten. Er schniefte noch mal, drückte den Daumen auf den Tisch und rieb sich die Koksreste aufs Zahnfleisch.

Schwebt dir ein bestimmtes Genre vor?, fragte ich.

Mann, ey!, blaffte er. Jetzt such halt endlich was aus, Alter, wir warten! Offenbar fiel ihm sofort auf, wie hart das geklungen hatte, und er lachte, als hätte er nur einen Witz gemacht. Im Ernst, sagte er dann. Einfach irgendwas Partymäßiges, okay?

Ich helfe dir, bot Alma sich an. Sie kam zu mir ans Regal, stand dicht genug bei mir, dass unsere Ellbogen sich berührten. Ihr Blick wanderte über die Platten, und schon nach ein paar Sekunden streckte sie sich auf den Zehenspitzen ans oberste Regalfach. Ihr Shirt rutschte ein Stück nach oben, offenbarte die Grübchen unten am. Rücken. Sie bemerkte, dass ich es bemerkte, wandte sich ab und ging zum Plattenspieler. Ausgewählt hatte sie *Sweet England* von Shirley Collins – so ziemlich das exakte Gegenteil von «partymäßig». Sie schaltete den Receiver ein, regelte die Lautstärke, und als sie die Nadel aufsetzte, klang das, als hätte sie ein Streichholz angerissen. Das Rauschen ließ nicht nach, und bald erklangen darüber das blecherne Zupfen von Shirley Collins Banjo und ihre geisterhaft zwitschernde Stimme. Ich kannte Collins von ihrer Aufnahme der *Child Ballads* – alte Volkslieder, die über den Atlantik ihren Weg in die Appalachen gefunden hatten. Ihre Version von «Sweet William» fand ich klasse. Als ich noch klein war, hatte meine Großmutter das oft gesungen und die Autoharp dazu gespielt. Sie selbst kannte es von ihrer Großmutter, die es von ihrem Großvater kannte, der es höchstwahrscheinlich von einem seiner Großeltern in England oder Schottland gelernt hatte.

Was ist *das* denn?, fragte Casey.

Ist doch deine Platte, entgegnete sie.

Du weißt genau, dass ich die nur geerbt hab. Die Hälfte davon hab ich nie gehört.

Das ist Shirley Collins.

Hm. Na, jedenfalls hatte ich was anderes im Sinn, und ich glaub, das weißt du auch.

Ich würd das aber gern hören, sagte Alma.

Seinem Blick nach schien er abzuwägen, ob er eine große Sache daraus machen sollte. Er entschied sich dagegen, schüttelte den Kopf und wandte sich wieder der auf dem Tisch wartenden Line zu. «I came from sweet England with mother and dad. We thought in America all might be had.»

Das ist ja wohl die ödeste Mucke, die ich je gehört hab, meckerte Cram. Er scrollte durch sein Handy und zwirbelte sein Kinnbärtchen.

Alma setzte sich mit angezogenen Beinen auf einen Sessel. Ich holte mir einen Stuhl aus der Küche, um nicht zu den beiden anderen aufs Sofa zu müssen, und eine lange Weile sagte niemand was. Nur das Banjo und der ätherische Gesang waren zu hören, das Knistern und Rauschen der Platte, hin und wieder unterbrochen von Schniefen, Husten und dem Klicken der Rasierklinge.

Uh, scheiße, Mann, stöhnte Casey, als er endlich genug hatte. Er ließ sich zurück ins Polster sinken, schüttelte die Knie, stand dann abrupt auf und tigerte drauflos. Wolltest du nicht noch 'n paar Leute anrufen?, fragte er Alma.

Ich kenn hier doch keinen, erwiderte die. Wen soll ich denn anrufen?

Er schnaubte. Quatsch, klar kennst du Leute.

Von wem hast du eigentlich die Platten geerbt?, fragte ich, um das Thema zu wechseln.

Von meinem Dad, sagte er. Steht in meiner Dschungelstory.

Oh.

Hast sie wohl noch nicht gelesen. Sonst hättest du ja vermutlich was gesagt, oder? Außer, sie hat dir nicht gefallen.

Ich hab sie überflogen.

Schon okay, sagte er. Musst sie auch nicht lesen, wenn du keinen Bock hast.

Er tigerte weiter. Cram schnappte sich einen *New Yorker* vom Beistelltisch und blätterte darin. Ich merkte plötzlich, wie ich die Tattoos auf seinen Unterarmen angaffte, die Gabel und das Messer, die sich jedes Mal bewegten, wenn er die Sehnen anspannte. Was läuft da überhaupt mit diesem Dschungeldings?, fragte er. Das hör ich irgendwie dauernd von euch.

Der Dschungel ist Obszönität, antwortete Casey mit seinem mies gefaketen deutschen Akzent. Der Dschungel ist Niedertracht und Mord und Ersticken und Würgen. Eine einzige Unzucht.

Er machte noch eine Weile so weiter, gestikulierte wie Hitler bei einer Parteitagsrede, schüttelte die Faust, warf sich in die Brust. Aber Herzog war kein bisschen wie Hitler. Herzog sprach leise, eher monoton, und sein Blick war bar jeder Hoffnung. «Joseph was an old man, an old man was he», sang Shirley Collins, «when he wedded Virgin Mary, the Queen of Galilee.»

Niemand lachte über Caseys Herzog-Imitation. Cram nahm kaum davon Notiz. Er blätterte beiläufig die Zeitschrift durch, legte sie schließlich zur Seite. Dann blies er die Backen auf, trommelte auf seine Knie und sagte: So. Was jetzt?

Wir könnten was trinken, schlug Casey vor. In 'ner Bar.

Wir kommen gerade aus einer, entgegnete Alma. *Du* hast uns da weggeschleift.

Hättest ja Nein sagen können.

Dasselbe hatte ich auch schon gedacht: Wieso bloß hatte sie nicht Nein gesagt? Was sollten wir hier? Worauf hatte sie gehofft?

Wir waren doch gestern erst im Schadenfreude, sagte Casey. Jedes Wochenende sind wird da, sehen jedes Mal dieselben Leute, tanzen zu denselben Songs, trinken dieselbe Plörre, führen dieselben Gespräche. Tut mir *echt* leid, wenn ich das 'n bisschen lame finde. Ich weiß schon, du stehst drauf, wenn die Leute dich anlabern, so «Oh, du bist doch diese megatolle Schriftstellerin» und so, aber mit der Zeit ist davon auch der Lack ab, okay? Langweilt hart, echt.

Alma stand ruckartig auf, strich sich über den Cordrock. Sie wandte sich an mich. Könntest du mich bitte heimfahren?, fragte sie mit fester Stimme.

Hey, hey, Moment mal, rief Casey. Was soll das denn jetzt?

Ich will nach Hause.

Na gut, ähm ... Es tut mir leid, okay?

Sie seufzte. Ich bin müde, sagte sie. Ich will einfach heim.

Aber Owen vielleicht nicht.

Beide sahen mich an. Schon okay, sagte ich. Gehen wir.

Du willst auch nicht bleiben?, jammerte Casey.

Ist schon spät.

Caseys Blick huschte zwischen uns beiden hin und her, dann lachte er bitter und wandte sich ab. Eine ganze Weile starrte er die gerahmten Fotos über dem Kamin an – die weggeworfenen Rosen und die Frau, die das Bild ihrer selbst in den Händen hielt. Das Polaroid von James. Scheiß drauf, sagte er. Dann geht halt.

Den größten Teil der Strecke verbrachten wir schweigend. Im Rückspiegel schien der Mond wie eine nackte Glühbirne. Wir fuhren weg von ihm, mitten in die dunkelblaue Finsternis, in Richtung der schwarzen Hügel. In der Ferne blinkten rot die Funktürme. Alma starrte aus dem Fenster, zupfte gedankenverloren an ihrer Nagelhaut. Ich griff nach ihrer Hand und hielt sie fest. Rings um uns gab es kilometerweit anscheinend nichts als öde Weite, und wir waren zwei Menschen, die in einem kleinen Auto mittendurch fuhren und Händchen hielten.

Ich glaub, ich hab noch Wein, sagte sie. Trinkst du noch ein Glas mit mir?

Ich sagte Ja. Davon abgesehen wechselten wir auf der halbstündigen Fahrt kein Wort.

Ihre Wohnung lag im obersten Stock des Gästehauses. Einen Augenblick stand ich im Dunkeln, während sie nach dem Schalter einer Ecklampe tastete. Die Gästehäuser waren alt, Anfang 19. Jahrhundert, und sahen innen immer noch mehr oder weniger genauso aus wie vermutlich schon vor zweihundert Jahren. Unter unseren Füßen knarzten Kieferndielen, die Innenwände bestanden aus demselben groben Stein wie die Außenwände. Wohnzimmer und Küche waren ein einziger, großer Raum. Die einzige sichtbare Tür führte vermutlich ins Schlafzimmer.

Alma bot mir einen Stuhl am Küchentisch an, gleich neben der Kochstelle. Der Kamin diente offenbar bloß noch zur Zierde, auch wenn die Wand ringsum noch rußgeschwärzt war. Vor dem Herd stand ein Salzfass aus Mahagoni. Was das war, wusste ich nur, weil Pop so eins im Keller hatte, nur, dass seins viel kleiner war.

Die Elektrogeräte waren das einzige Zugeständnis an die Gegenwart. Alma nahm eine Flasche Weißwein aus dem Kühlschrank, zwei Einmachgläser aus dem Schrank und stellte alles auf den Tisch. Sie schenkte uns beiden großzügig ein, dann packte sie die leere Flasche klirrend zum Altglas und setzte sich mir gegenüber.

Nett hast du's hier, sagte ich.

Es riecht wie in 'nem Brunnen, sagte sie, und ich wusste sofort, was sie meinte. So ein zugiger, mineralischer Geruch – der Duft von Stein und Regenwasser.

Rustikal eben, sagte ich.

So kann man's auch nennen, ja. Ich komme mir vor, als lebte ich in einem dieser Freizeitparks, wo sie die Kolonialzeit nachspielen. Gleich nebenan sollten eigentlich Frauen mit Hauben Körbe flechten oder ein Typ mit Lederschürze den Hufschmied spielen. Aber gut, ich hab's mir ja selbst ausgesucht.

Sie sah zum Fenster über der Spüle, zum Mond draußen am Himmel und nippte ihren Wein. Ihr Blick wirkte haltlos, konfus.

Ich hatte riesige Angst, sagte sie. Am ersten Abend hier, mein ich. Furchtbare Angst.

Wovor denn?

Wenn ich keinen habe, der mir sagt, wer ich bin, komm ich mir vor wie eine Hochstaplerin, sagte sie. Als gäbe es mich gar nicht.

Jemanden wie Casey, meinst du?

Sie nickte zaghaft, nahm einen Schluck Wein. Erstaunlich, wie sie nach außen hin dermaßen souverän wirken, aber in Wahrheit ihr ganzes Ich als fragil und unzulänglich begreifen konnte. Und das bei allem, was sie schon erreicht hatte. Ich kannte das Gefühl nur zu gut, dass die Person, die ich täglich allen vorspielte zu sein, bloß eine Fälschung war. Aber wenn man von dem Falschgeld mal das eingekauft hat, was man wollte, macht es dann noch einen Unterschied?

Ich wollte gar nicht, dass er mitkommt, erklärte sie. Aber er hat angerufen und gefragt, was ich mache. Ursprünglich wollt ich heute überhaupt nichts unternehmen. Heute früh bin ich erkältet aufgewacht. Aber als ich dann mal draußen war, war ich doch froh. Ich hab mich gefreut, dass du mich eingeladen hast.

Ich hab mich gefreut, dass du mitgekommen bist.

Sie wandte sich vom Fenster ab und sah mich todernst an. Warum glaubst du, dass du mich kennst?

Ich trank einen Schluck und dachte nach. Alles schien von der korrekten Antwort abzuhängen, aber ich hatte über meine Gründe gar nicht richtig nachgedacht. Es war nur so ein Gefühl – dass sie wie ich war, in gewisser Weise. Aus dem gleichen Holz geschnitzt.

Du hast alles beobachtet, sagte ich schließlich. Ich glaube, deshalb habe ich dich auf der Party angesprochen. Du hast still beobachtet, was rings um dich passiert, und das hat mir gefallen.

Also hast du *mich* beobachtet?

Irgendwie schon, ja.

Was hat dir denn genau gefallen?

Dass du außerhalb von allem standest.

Dachtest du, ich urteile?

Eigentlich nicht. Vielleicht.

Das unterstellen die Leute einem nämlich meistens, wenn man sie stumm beobachtet.

Aber es stimmt nicht?

Doch, klar stimmt das, sagte sie. Wenn jemand fragt, streite ich's ab, aber natürlich tu ich das. Das ist ja grade der Witz am Außerhalbstehen.

Ich versuche immer, möglichst wertfrei zu bleiben, erklärte ich. Wenn man die Leute einfach reden lässt und alles wortgetreu aufschreibt, entpuppen sie sich ganz von selbst als Helden oder Bösewichte, ohne dass man groß über sie urteilen muss.

Und als was habe ich mich entpuppt?

Weiß ich noch nicht.

Wieder ein fast unmerkliches Nicken, gefolgt von einem Schluck Wein. Der Thermostat klickte, seufzend sprangen die Heizungen an. Ich dachte an ihre erste Erinnerung: die Monster in der Heizung, die versuchen zu entkommen. Ein kleines Mädchen auf einem Feldbett in einer winzigen Wohnung, weit weg von zu Hause, hellwach, während die Familie schlief.

Ich bin unglaublich einsam, sagte sie. Ihr Kinn fing an zu zittern. Die ganze Zeit fühl ich mich hier allein, und ich hab keine Ahnung, was ich dagegen machen soll.

Langes Schweigen, dann wischte sie sich über die Augen und fragte, ob ich Musik hören wollte. Ich gab keine Antwort. Sie stand auf, ging in die Ecke, wo ein Kofferplattenspieler auf einem Stapel Milchkisten stand, und durchstöberte die Platten, mit dem Rücken zu mir. Schön sah sie aus, im Schein der Lampe, und mich durchspülte ein so plötzlicher Schwall Zuneigung für sie, dass ich die Luft anhalten musste. Ihr gebeugter Kopf. Das goldene Licht in ihren Strähnen. In diesem Moment wusste ich nur eins: Ich wollte nicht, dass sie einsam war. All meine sonstigen Motive und Bedenken fielen in diesem einen Wunsch zusammen. Ich sah mir selbst zu, wie ich aufstand, und wusste, eines Tages würde ich auf diesen Augenblick zurückschauen und sagen: Da hat alles angefangen. Eines Tages, wenn alles vorbei wäre, würde ich erneut zu diesem Geist werden, der sich selbst in einem dunklen Zimmer aufstehen sieht und die Geschichte ins Rollen bringt, ohne ihr Ende zu kennen.

Über ächzende Kieferndielen ging ich zu ihr. Ich umfasste ihre Taille, spürte, wie die Spannung von ihr abfiel. Als sie sich umdrehte und ich ihre spröden Lippen küsste, ließ sie die Augen weit geöffnet. Ich trat einen Schritt zurück, sah sie einen Moment an. Dann zog sie mich wieder an sich, rieb mir vorn über die Jeans. Ihr Pulli ließ sich mühelos abstreifen. Vom strengen Geruch nach VapoRub, der ihr vom Hals aufstieg, tränten mir die Augen. Ich küsste ihre Brust, den flachen Bauch. Baby, hauchte sie. Baby, Baby.

Sie zitterte ein wenig, als ich sie auf die Couch legte. Im grellen Licht der Stehlampe war ihre Haut milchbleich, grüne Adern ästelten sich über die kleinen Brüste und die Schultern. Ich zog ihr die Strümpfe aus, feuchte Wärme stieg zwischen den Schenkeln unter ihrem Rock auf. Ich hielt inne, sah sie an. Was willst du?, fragte ich. Ich wollte es hören. Wissen, dass ich nicht verrückt gewesen war, dass sie mich ebenso gewollt hatte wie ich sie.

Hm?

Was willst du?

Sie senkte den Blick und sagte: *Dich.*

Ich erwachte vom zaghaften Klacken eines ans Fenster schlagenden Zweigs und dem rosigen Licht, das schräg hereinfiel und das Bett wärmte. Alma war nicht da, aber es roch nach Kaffee. Über einer Stuhllehne fand ich meine Jeans, schlüpfte hinein und ging oben ohne in die Küche. In Basketball-Shorts und einem übergroßen T-Shirt stand sie an der Theke und schälte eine Orange. Dank der weiten Sachen wirkte sie mit ihrer schmalen Statur fast wie ein Teenie bei einer Pyjamaparty. Orange?, fragte sie.

Sie reichte mir einen Schnitz, von dem saftig das Fruchtfleisch tropfte. Wir setzten uns, und ich sah mich im Zimmer um, bestaunte das Morgenlicht und die kleinen, korallengleichen Sukkulenten auf dem Fensterbrett. Der Kaffee gurgelte und fauchte, sein Duft mischte sich mit dem Aroma der Orange. Sie musterte mich unverhohlen, ließ den Blick über meine Arme und Schultern schweifen.

Was?, fragte ich.

Mir fällt einfach kein Kompliment für dein Aussehen ein, das mir nicht irgendwie peinlich vorkommt.

Wieso peinlich?

Nachdenklich schob sie sich einen Orangenschnitz in den Mund, so wie Schulkinder das tun, wenn sie einen Affen imitieren wollen. Dann nahm sie den Schnitz wieder raus und sagte: Na ja, wenn ein Mann einer Frau sagt, sie hätte einen schönen Körper, wundert das keinen. Andersrum klingt's aber fast schal. Als müsste ich mich eher schämen, etwas dermaßen Stereotypes gut zu finden.

Mein Körper ist stereotyp?

Du weißt schon, was ich meine.

Findest du, das wäre antifeministisch?

Sie schüttelte den Kopf. Nee, das nicht, sagte sie. Ach, vergiss es einfach. Ich hab dein Ego jetzt erst mal genug gestreichelt.

Ich könnt mich dran gewöhnen, so objektiviert zu werden.

Das sagst du nur, weil dir das nicht rund um die Uhr passiert.

Der Kaffee war fertig, und sie schenkte uns je eine Tasse ein. Beide Becher waren mit Bundesstaatsmotiven bedruckt. Auf ihrem stand VIRGINIA IS FOR LOVERS, unter dem Umriss des Staats mit einem Herz in der Mitte. Auf meinem stand einfach NEBRASKA, neben Illustrationen des Staatsvogels und der Staatsblume. Der offizielle Staatsbaum von Nebraska war die Schwarzpappel, und ich musste an die Schwarzpappelwäldchen in Colorado denken, an die Samenwolle, die im Frühjahr durch die Luft segelte wie Federn. Das Holz war weich und speicherte dermaßen viel Wasser, dass es spritzte, sobald man eine Kettensäge ansetzte. Einmal hatte ich gesehen, wie Wasser aus einem Schwarzpappelzweig sprudelte wie aus einem Wasserhahn.

Findest du denn, dass du gut aussiehst?, fragte Alma.

Zumindest finde ich nicht, dass ich *schlecht* aussehe, sagte ich. Das erschien mir angemessen bescheiden. Ich dachte an meine Ex, Maurine, die mir immer gesagt hatte, eines Tages würde ich sie bestimmt für eine Jüngere, Klügere verlassen. Das war für sie eine ständige Sorge – sie war fünf Jahre älter als ich. Meine erste längere Beziehung nach der Highschool. Die Trennung war der Auslöser dafür gewesen, dass ich nach Colorado gezogen war.

Tust du auch nicht, sagte Alma. Also schlecht aussehen,

meine ich. Soll heißen, du siehst gut aus. Vor allem in diesem Licht.

Danke …

Darf ich dich fotografieren?

Jetzt?

Ja, so, wie du da sitzt, mit deinem Kaffee.

Sie zückte ihr Handy und knipste. Ja, sagte sie lächelnd. Gut.

Lass sehen.

Sie zeigte mir das Foto. Mein Haar war etwas strubbelig. Ich hatte die Beine übereinandergeschlagen, eine Hand lag auf dem nackten Fußknöchel, die andere umfasste meine Tasse. Ich lächelte zwar nicht, sah aber entspannt und glücklich aus. Ist wirklich ganz gut, sagte ich. Ich komme auf Fotos ja nur selten so rüber, wie ich mich selbst sehe. Aber das ist ziemlich dicht dran.

Ja, das ist, wie die eigene Stimme hören, pflichtete sie bei. Grausig. Man denkt: «Wie, so klinge ich echt für alle anderen?»

Genau, sagte ich. Man klingt nie, wie man sich's vorstellt.

Wie man sich's vorstellt oder wie man sich's wünscht?

Vielleicht beides.

Sie schnaubte nachdenklich und blickte aus dem Fenster, klickte mit dem Fingernagel gegen den Keramikbecher. So beschreibt übrigens Freud das Unheimliche, sinnierte sie. Er erzählt, wie er in einem Zug saß und durchs Fenster einen alten, zerzausten Mann sah. Aber das Fenster war in Wirklichkeit ein Spiegel. Kurz dachte er noch: «Wer ist denn dieser alte Mann?», dann erkannte er sein Spiegelbild.

Kenn ich, das Gefühl, antwortete ich. Als würde man sich selbst im Traum sehen.

Genau! Manchmal passiert mir das sogar mit meinen alten Texten. Ich lese was, das ich schon längst vergessen hatte, und frage mich: «Wer war ich bloß, als ich das geschrieben habe? Wer war dieser Mensch?» Oder wenn andere meine Texte vorlesen, in einem Workshop oder so. Für mich klingen die aus ihrem Mund auf einmal völlig fremd, aber für andere klingen sie so *immer*. Denen fallen daran Dinge auf, die wir gar nicht bemerken.

Dafür muss man seine Texte allerdings erst mal jemandem zeigen, erwiderte ich.

Hast du das noch nie gemacht?

Nicht so richtig, nein.

Es folgte eine lange Pause, in der sie in ihre Kaffeetasse pustete und einen kleinen Schluck trank. Eigentlich wäre das ihr Stichwort gewesen, um zu sagen: «Wenn du möchtest, les ich gern mal was von dir», aber irgendwas an ihrer Haltung ließ mich spüren, dass sie das lieber überging. Vielleicht wollte sie erst sichergehen, dass meine Texte nicht völlig unterirdisch waren. Ich selber wusste dank der Lesung immerhin schon mal, dass sie was draufhatte; es bestand keine Gefahr, irgendwann festzustellen, dass sie bloß Schund schrieb, und sie deshalb weniger attraktiv zu finden. Allerdings hatte ich bislang noch keine ihrer Kurzgeschichten gelesen.

Warum komm ich hier jetzt überhaupt mit Freud an?, sagte sie, indem sie mit dem Daumennagel an einer Macke in der Tasse kratzte. Du musst mich ja völlig unerträglich finden.

Kein Stück.

Wahrscheinlich hältst du mich für total verkopft.

Verkopft zu sein, ist doch nichts Schlimmes.

Ich wünschte nur, ich könnte mal an irgendwas denken, ohne dass mir gleich ein Dutzend andere Sachen einfallen, die damit zusammenhängen. Ich kann nicht mal mehr einfach an 'nen Baum denken, sondern denke immer gleich an all meine liebsten Gedichte über Bäume. An den Baum als kulturellen Signifikanten. An «Birken» von Robert Frost. Du dagegen ... Du siehst Bäume sicher einfach, wie sie sind. Oder du siehst sie aus praktischer Perspektive, als etwas, das du bearbeiten musst.

Obwohl das sicherlich als Kompliment gemeint war, störte

mich doch, was darin mitschwang: dass die Welt für mich irgendwie eindimensional wäre. Zwar hatte ich bei der Arbeit tatsächlich noch nie an Robert Frost gedacht, aber das Gedicht kannte ich sehr wohl.

«Die Erde ist der Liebe wahrer Ort», sagte ich.

Genau! Du kennst es!

Klar, wieso nicht?

Daran muss ich immer denken, wenn ich eine Birke sehe.

Und was ist daran falsch?

Ich würde sie gern so sehen wie du. Als das, was sie ist.

Selig sind die geistig Armen, was?

Quatsch, so hab ich das doch nicht gemeint, wehrte sie ab. Ich will nur sagen, dass mein Hirn meistens ein Wirbelsturm von Dingen ist, die auf Dinge verweisen, die wieder auf andere Dinge verweisen. Mit dir legt sich der Sturm ein bisschen. Das ist schön.

Ich versicherte ihr, ich würde sie verstehen, obwohl ich das ganz und gar nicht tat. Ich *wollte* den Sturm – glaubte ich wenigstens. Dass die Welt für mich angeblich war, wie sie eben war, kam mir kein bisschen wie ein Segen vor. Dass ich mir eines Tages wünschen könnte, eine Birke schlicht als Birke wahrzunehmen, konnte ich mir nicht mal vorstellen.

Ratlos, was ich dazu sagen sollte, stürzte ich mich stattdessen auf das Thema Kaffeebecher. Nette Virginia-Tasse, sagte ich.

Danke, sagte sie. Ich sammle die ein bisschen. Irgendwann hätte ich gern eine von jedem Staat.

Hast du schon eine von Kentucky?

Jetzt wo du's sagst: Nein, hab ich nicht.

Dann sollten wir danach mal Ausschau halten.

Ah! Das wollt ich dir ja noch erzählen: Gestern hab ich noch ein bisschen in meinem Reiseführer geschmökert und erfahren, dass Kentucky früher zu Virginia gehört hat. Wäre die Loslösung im Jahr 1791 nicht gewesen, könnten wir heute beide Kentuckier sein.

147

Du könntest immer noch Ehren-Kentuckierin werden.

Ach so? Was muss ich denn dafür tun?

Tja, das ist ein kompliziertes Verfahren, sagte ich. Aber der erste Schritt ist, mit einem echten Kentuckier zu schlafen, also bist du schon mal auf dem richtigen Weg.

Sie lachte. Ich bin froh, dass das passiert ist, sagte sie.

Ich auch. Und ich hoffe, es war nicht das letzte Mal.

Darüber sollten wir wohl reden, hm?, sagte sie.

Ja. Und du solltest wohl auch mit Casey sprechen.

Was soll ich dem denn sagen?

Dass du mit ihm Schluss machst.

Und wenn ich ihm von uns erzähle und ihn das gar nicht stört?

Wenn er im Spiel bleibt, bin ich raus. Das sagte ich, noch ehe ich es richtig durchdenken konnte, merkte jedoch sofort, dass es stimmte.

Alma kaute einen Moment auf ihrer Wange herum, dann sagte sie: Ich glaube, für mich wäre das auch nichts. Aber lass mir trotzdem noch ein bisschen Zeit.

Klar, sagte ich. Kein Stress.

Aber ich würde dich gern wiedersehen. Bald.

Wie wär's mit einem kleinen Ausflug, irgendwo aufs Land? Am Samstag, zum Beispiel?

Das klingt doch gut, sagte sie.

Prima. Dann machen wir das.

Ich trank meinen Kaffee aus und stellte den Becher in die Spüle. Sie brachte mich zur Tür, und als wir uns auf der Schwelle küssten, drückte sie die Hüften an mich. Ich küsste sie hinterm Ohr und auf den Nacken. Seufzend ließ sie von mir ab. Samstag, sagte sie. Ich ruf dich an. Oder schreib dir. Oder irgendwie so.

Wir küssten uns noch einmal, flüchtig, dann ging ich los, die knarzende Treppe runter und durch die Haustür, hinaus in den frischen Herbstmorgen.

Während der folgenden Tage dachte ich mehr oder weniger ununterbrochen an sie. Auf der Fahrt zur Arbeit, beim Gestrüppausreißen, angeschirrt hoch oben in den Baumkronen. Immerhin das war ein Vorteil solch niederer Arbeiten – sie waren so simpel, dass man die Gedanken schweifen lassen konnte. Der Körper musste funktionieren, doch der Geist war frei. Man konnte tagträumen, Gespräche einüben, ja sogar den ganzen Tag in einer Fantasiewelt zubringen, was oft auch nötig war, um den Stumpfsinn zu ertragen.

Eines Morgens wollte Rando von mir wissen, was eine Schreibwerkstatt sei. Wir hatten unsere Dschungelnarrative noch nicht eingereicht, aber grob wusste ich trotzdem schon, was mich erwartete. Meine Antwort schien ihn zu verwirren. Keuchend und schwitzend schaufelten wir zu dritt eine Ladung Mulch auf den Pick-up. Der Abladeplatz für die Häckseltrucks war ein ehemaliges Baseballfeld, in dessen Mitte sich ein Berg aus Holzschnitzeln auftürmte. Damit mussten wir den Pick-up beladen, zurück zum Campus fahren und den Mulch um frische Setzlinge herum verteilen.

Rando streckte sich und wischte sich mit einem schmutzigen Taschentuch übers Gesicht. Okay, sagte er, nur dass ich das richtig kapiere: Du reißt dir hier den Arsch auf, um für umme in 'nen Kurs zu dürfen, in dem ein Haufen Großmäuler die Story niederbügelt, über die du dir 'ne halbe Ewigkeit den Kopf zerbrochen hast? Kommt das so in etwa hin?

Ich blinzelte mir den Schweiß aus den Augen und sah ihn an. Wenn du das so ausdrückst, sagte ich, klingt es ja fast masochistisch. Außerdem hab ich noch gar nichts eingereicht. Erst nächste Woche.

Mit einer Mistgabel stach ich in den Haufen und brach die sonnenbleiche Deckschicht über dem dunklen, modrig riechenden Kompost auf. Man musste den Mulch erst lockern, bevor man ihn schaufeln konnte. Das war der anstrengendste Part. Der Großteil des Mulchs auf dem Haufen stammte von

Kiefern, und von dem feuchten, immergrünen Duft wurde mir ganz schwindlig.

Ich versteh einfach nicht, was das soll, Mann, sagte Rando. Das klingt doch komplett bekloppt. Hunter Thompson, das war noch 'n Schriftsteller! Der saß nicht mit 'nem Haufen Leute in 'nem Zimmer und hat nur gelabert. Der war draußen in der Welt und hat *gelebt*, und darüber hat er dann geschrieben. Genau das solltet ihr auch machen!

Ist vermerkt, antwortete ich. Ich tat, als juckte Randos Kritik mich überhaupt nicht, doch das tat sie sehr wohl. Genau über diese Frage zerbrach ich mir Tag für Tag den Kopf.

Da geht's eben um Handwerkszeug, warf James ein. Du warst doch Musiker, Rando, du kennst das doch. Manchmal muss man sich halt irgendwo verkriechen und fleißig üben. An seiner Technik feilen.

Blödsinn, keine Sau schreibt 'nen Song übers Üben, hielt Rando dagegen. Technik ist nicht alles. Man muss sich auch mal in die Welt trauen, sich verlieben, Scheiße bauen, auf der Fresse landen. Ich traue keinem über den Weg, der nie richtig auf die Fresse gefallen ist.

Mir fiel auf, dass Rando sprach, als wäre er selbst *nicht* ein für alle Mal auf der Fresse gelandet, wonach es allerdings gewaltig aussah. Früher hatte er Steelguitar in einer regional erfolgreichen Countryrockband gespielt, und das offenbar ziemlich gut. Dann war er dem Suff verfallen und hatte alles verloren. In mittlerem Alter war er in Kentucky gestrandet und Grünpfleger geworden. Vielleicht war er ja ganz zufrieden damit, wie sein Leben sich entwickelt hatte, doch das schien mir schwer vorstellbar. Ich musste an Pop denken, der eine Weile lang genau so gelebt hatte, wie Rando es predigte. Er hatte nicht bloß als Zuschauer am Rand gestanden und protokolliert. Er war Teil der Story gewesen, mit allen Risiken. Dennoch erzählte er fast nie von seiner Zeit in Übersee, und wenn dann nur nebenbei. Vielleicht war das bei Rando ja ganz ähnlich. Vielleicht hatte er früher viel erlebt, und gerade weil niemand diese Erlebnisse aufgezeichnet hatte, waren sie heute umso kostbarer.

Der stechende Geruch des Mulchs biss mir in den Augen. Ich drehte mich weg, hustete, würgte, stützte mich auf die Mistgabel. Jenseits des Baseballfelds wuchsen Geißfuß und wilde Möhre mannshoch durch die rostigen Tribünen. Zwei Krähen putzten sich die Flügel auf der alten Punktetafel.

Schmeiß dir 'nen Trip in der Wüste ein, sagte Rando. Schwimm nackt im Pazifik. Lern ein Mädchen in Las Vegas kennen und heirate sie in 'ner Elvis-Kapelle. Vertrau mir. Eines Tages schaust du zurück und sagst, der alte Rando hatte recht.

Ich besorgte mir Almas Kurzgeschichten bei Carmichael's in der Frankfort Avenue. Zu Hause schnappte ich mir Ritz-Cracker und Erdnussbutter und streckte mich in meinem Arbeitsoutfit zum Lesen auf der Couch aus. Noch ehe ich den ersten Absatz durchhatte, kam Pop herein. Er war beim Fußpfleger gewesen, Zehennägel schneiden, und trug seine «#1 GRANDPA»-Mütze. In letzter Zeit hatte er etwas abgebaut, stützte sich auf einen dreifüßigen Stahlstock.

Gut?, fragte er mit einem Blick auf das Buch.

Kurzgeschichten, antwortete ich, den Gaumen verklebt mit Erdnussbutter. Von einer Freundin.

Die Freundin, die du neulich Abend getroffen hast?

Genau die.

Schriftstellerin ist die also, hm?

Ich nickte.

Interessant, sagte er.

Wieso?

Na ja, nicht dass ich da viel Erfahrung hätte, aber ich schätze mal, wenn man mit 'ner Schriftstellerin anbandelt, kann man davon ausgehen, dass sie auch über einen schreibt.

Wer sagt denn irgendwas von anbandeln?

Dein Blick, sagte er. Du schwebst eindeutig auf Wolke sieben.

Wenn du meinst.

Ist einfach interessant, mehr sag ich ja gar nicht. Er humpelte zum Kühlschrank, Flaschen klirrten. Dann schlurfte er mit einem Bier zurück ins Wohnzimmer und nahm auf dem Sessel Platz. Ich trank einen Schluck Milch, drehte die Erdnussbutter zu und wischte mir die Finger an der Hose ab. Irgendwas an seinen Worten war mir unter die Haut gegangen. Ich starrte ihn an, während er in der Fernsehzeitung nachsah, welche Sendungen er am Vormittag umkringelt hatte. Er blickte auf und lächelte. Was hast du denn, Kumpel?

Vielleicht muss sie sich ja eher wegen mir Sorgen machen. Vielleicht schreib *ich* ja über *sie*.

Ist ja gut, sagte er, jetzt mach dir mal nicht gleich ins Hemd. Vielleicht schreibt ja auch niemand über niemanden.

Er fand den Retrosender, der *Rauchende Colts* brachte, und machte es sich gemütlich für die heutige Folge. Oh, das ist 'ne gute!, versicherte er mir.

Ich blieb und sah mit an, wie Matt Dillon sich gegen eine Bande nichtsnutziger Fremder zur Wehr setzte. Niemand wusste so genau, wie mit denen am besten zu verfahren war, aber alle waren sich einig, dass sie besser wieder dahin gehen sollten, wo sie hergekommen waren.

Die Geschichten handelten durch die Bank von jungen Frauen und waren durchzogen mit Anspielungen auf Bosnien. Genau wie Alma hatten die Frauen an irgendwelchen Eliteunis studiert und waren zumeist Einwanderinnen, die es aus schwierigen Lagen nach oben geschafft hatten. Ein Ergebnis davon war die ständige Frage, wie viel Dankbarkeit man schuldig war und wie viel Groll man sich erlauben durfte. Almas Storys waren warmherzig und edelmütig. Sie waren besser als alles, was ich je geschrieben hatte, und ließen meine eigene gefühlte Wurzellosigkeit geradezu armselig erscheinen.

Nur in einer der Geschichten – in der letzten – ging es explizit um Bosnien. Sie handelte von der zwölfjährigen Naida, die mit ihrem Vater nach Sarajevo zurückkehrte. Die Sprache beherrschte sie einigermaßen, auch wenn ihr hier und da mal Wörter fehlten, und wie Alma hatte sie das Land bereits als kleines Kind verlassen. Anlass der Reise war ein Besuch bei den im Land gebliebenen Verwandten – Cousins und Cousinen, Tanten und Onkel. Naida lernte einen Cousin zweiten Grades namens Tarik kennen, der ein Jahr älter als sie war. Ganz allein hatte er in der Ecke des Gartens gestanden, in dem sich alle versammelten. Er trug ein ausgebleichtes T-Shirt mit dem Logo des FK Sarajevo, des Fußballvereins der Stadt, und hörte Musik mit einem Discman. Naida fragte ihn, was er da höre, und er meinte, das sei eine bosnische Punkband. Doch als er ihr die Kopfhörer aufsetzte, klang die Musik kein bisschen so, wie sie sich Punk vorgestellt hatte. Über ein Synthie-Piano sang ein Mann teils auf Bosnisch, teils auf Englisch, wobei er alle Ts wie Ds aussprach. Als Tarik merkte, dass Naida nicht begeistert war, sagte er: Moment, und kramte eine lose CD aus seinem Rucksack. Diesmal war es Pink Floyd. Der erste Track war «Time» – der mit dem Geläute und Gebimmel am Anfang. Tarik sah sie erwartungsvoll an.

Wow, sagte sie. Cool.

Der Song heißt «Time», erklärte er. Er handelt von der Zeit.

Ja, ich hör's.

Tarik nahm seine Kopfhörer wieder an sich und zuckte mit den Achseln, als sei ihm ganz egal, ob sie beeindruckt war, doch Naida wusste ganz genau, dass es ihm doch etwas bedeutete.

Während der Vater sich mit dem Rest der Familie unterhielt, streiften Tarik und Naida durch das Viertel. Tarik bemerkte Naidas Akzent und sagte, sie sei gar keine echte Bosnierin – ganz eindeutig war sie Amerikanerin. Naida protestierte. Immerhin war sie hier auf die Welt gekommen. Machte sie das etwa nicht zur Bosnierin?

Wenn du eine echte Bosnierin wärst, würdest du einen Toten kennen, sagte Tarik.

Einen Toten kann man gar nicht kennen, weil er ja tot ist, wandte Naida ein.

Du hättest aber jemanden sterben sehen.

Hast *du* denn jemanden sterben sehen?

Tarik nickte. Meinen Vater, sagte er. Dann erzählte er, wie er mit seinem Vater, seiner Mutter und seiner kleinen Schwester in einem Bus unterwegs gewesen war. In den Bergen hatte man sie angehalten, eine Straßensperre, bewaffnete Männer winkten sie heraus. Der ganze Bus fing an zu beten. Ein paar Frauen klagten laut. Tarik war klar, dass irgendetwas Furchtbares passieren würde. Die Bewaffneten befahlen den Frauen und Kindern auszusteigen. Tarik rührte sich nicht, obwohl seine Mutter ihn an der Jacke zog. Er packte seinen Vater am Arm, wollte ihn nicht zurücklassen, doch der Vater löste seine kleinen Finger einen nach dem anderen, sagte ihm, er solle gehen, alles würde gut. So traten sie also hinaus in die kalte Luft auf der Straße, ringsum erhoben sich die zerklüfteten Berge. Immer wieder blickte Tarik zurück zum Bus – Schnee wirbelte im Licht der Scheinwerfer –, bis er nach und nach im Nebel verschwamm und schließlich ganz verschwand. Lang gingen sie durch die bittere Kälte bis zum nächsten Dorf, und die Frauen wehklagten die ganze Zeit.

Das tut mir leid, sagte Naida. Es tut mir leid, dass das passiert ist. Dann, nach ein paar Minuten Schweigen, fuhr sie fort: Aber streng genommen hast du keinen sterben sehen – vielleicht lebt er ja noch. Sogar mit zwölf begriff Naida sofort, dass sie das nicht hätte sagen sollen. Tut mir leid, sagte sie noch einmal.

Doch Tarik schien sie gar nicht mehr zu hören. Er kickte

eine Dose wie einen Fußball über die Straße. Du bist keine Bosnierin, wiederholte er, auf Englisch dieses Mal.

Als es dämmerte und die waldigen Hügel ihre Umrisse verloren und schwarz vorm Himmel standen, gingen sie eine steile Straße hinauf. Ganz oben gab es eine Lücke in den Bäumen und ein Geländer, von dem aus man über die rot gedeckten Dächer hinüber zu den Bergen sehen konnte, wo Tariks Bus angehalten worden war. Tarik stützte sich auf das Geländer und atmete tief ein. Es war Herbst. Das Laub wurde schon gelb, und in der Luft lag knisternd der Geruch von welk und spröde werdendem Sommer. Irgendetwas in Tarik schien plötzlich weich zu werden. Er fragte Naida nach Amerika. Hatte sie dort Internet? Ja, hatte sie. Fuhren da viele Pickups und Hummer rum? Ja, massenweise. Aß sie manchmal Reese's Cups? Ja, sagte sie lachend, die aß sie gern. Woher kennst du die denn?

Ein Freund, der nach Chicago gezogen ist, hat mir davon erzählt, meinte Tarik. Aufs Geländer gestützt, blickte er hinaus über die Stadt und in das schwindende Licht, als dächte er über all diese Dinge nach und fragte sich, ob er sie jemals selber sehen würde.

Sollen wir meinen Freund Osman besuchen?, fragte er plötzlich.

Erleichtert, dass er ihr nicht böse deshalb war, was sie gesagt hatte, antwortete Naida, das täte sie sehr gern. Sie gingen ein paar Hundert Meter bis zu einem Wohnblock. Tarik trabte die Treppe hinauf und klopfte an eine Tür. Eine Frau mit blond gesträhntem Haar machte auf. Sie sah aus, als hätte sie geschlafen. Tarik fragte nach Osman, und die Frau rief seinen Namen. Osman kam ein wenig humpelnd an die Tür und grinste, als er Naida sah. Er hatte dieselben verschlafenen blauen Augen wie seine Mutter.

Sie ist Amerikanerin, erklärte Tarik. Meine Cousine zweiten Grades.

Aber geboren bin ich hier, sagte Naida.

Sie ist Amerikanerin, wiederholte Tarik.

Die drei gingen zu einem nahen Spielplatz. Er war ganz neu angelegt und von an Stangen gebundenen Setzlingen umrahmt – ein Ausdruck der Hoffnung, dass die Schaukeln und die Rutsche eines Tages von ihnen beschattet würden. Mittlerweile war es schon fast dunkel. Die Laternen gingen an.

Osman hatte ein Päckchen Drina-Zigaretten dabei und hielt Naida und Tarik welche hin. Gesagt hatte er bislang noch keinen Ton, glotzte Naida nur bescheuert grinsend an. Osman und Tarik zündeten ihre Zigaretten an, formten Rauchringe. Ließen Rauch aus dem Mund entweichen und sogen ihn durch die Nase wieder ein. Husteten und lachten. Naida hielt ihre kalte Zigarette neben sich. Sie hat Internet zu Hause, sagte Tarik. Osman machte große Augen. Wir müssen dafür in ein Café gehen, erklärte Tarik.

Schließlich sagte auch Osman etwas – ein genuschelter Witz, den Naida nicht verstand. Tarik und Osman lachten, wie Teenager eben lachen, wenn sie über Sex sprechen, und Naida spürte ihre Wangen rot werden. Sie wandte sich ab.

Rauchst du gar nicht?, fragte Osman und deutete auf ihre Zigarette.

Sie schüttelte den Kopf, wollte sie ihm wiedergeben.

Nein, behalt sie ruhig, sagte Osman. Souvenir.

Tarik drückte seine Kippe am Gerüst der Schaukel aus, und Funken regneten zu Boden. Er flüsterte Osman etwas ins Ohr. Osman unterdrückte ein Grinsen. Okay, sagte er. Über ihnen surrte die Laterne, und Naida hatte jetzt zum ersten Mal Angst. Es war dunkel. Sie war an einem Ort, an den sie nicht gehörte.

Wir wollen dir was zeigen, sagte Tarik.

Ich glaub, ich will lieber zurück, erwiderte Naida, wollte sich ihr plötzliches Zittern nicht anmerken lassen.

Doch Osman saß bereits auf einer Schaukel und beugte sich nach vorn, um seinen Sneaker aufzuschnüren.

Naida trat einen Schritt zurück, sah aber nicht weg. Osman zog den Schuh aus und streifte seine Socke ab. Naida dachte noch, der Fuß sieht aber komisch aus, doch im trüben Licht war er nicht gut zu sehen. Dann zog Osman sein tarnfarbenes Hosenbein hoch, und zum Vorschein kam eine Prothese – hautfarbenes Plastik, festgemacht an einem Stumpf über dem Knie.

Unwillkürlich verzog Naida das Gesicht und kniff die Augen zu. Tarik lachte schallend los. Genau auf diese Reaktion hatte er gehofft. Naida sah auf ihre Hand: Ohne es zu merken, hatte sie die Drina darin zerquetscht. Sie wischte den losen Tabak weg, steckte die Überreste der Zigarette in die Tasche.

Du müsstest dich mal sehen können!, rief Tarik. Osman lachte nicht. Seelenruhig blickte er Naida an wie einer, der sich vollkommen entblößt und nichts mehr zu verbergen hat.

Was ist dir denn passiert?, fragte sie.

Doch Osman hatte keine Lust zu antworten. Stattdessen fummelte er an den Schnallen seiner Prothese herum.

Bitte nicht, sagte Naida.

Mit einer Drehung nahm er das Bein ab. Naida versuchte, nicht zu zucken. Über dem Stumpf trug Osman eine Art weiße Manschette. Er zog sie ab und warf sie in den Mulch neben den Schaukeln. Dann grinste er Naida wieder blöde an. Die Haut am Stumpf war ganz vernarbt, und in der Mitte prangte ein kleiner fleischiger Fortsatz, fast wie ein Marshmallow.

Lass ihn wackeln, forderte Tarik ihn auf.

Osman spannte den Oberschenkel an, und das Marshmallow wackelte.

Was denkst du?, fragte Tarik Naida.

Ich ... Ich weiß nicht, was ich denken soll.

Sie weiß nicht, was sie denken soll, sagte Tarik zu Osman. Osman grinste bloß.

Du darfst anfassen, wenn du willst, sagte Tarik.

Warum sollte ich das wollen?

Findest du's eklig?

Naida linste zu Osman hinüber. Nein, sagte sie. Ich hab bloß keine Lust, es anzufassen.

Ich fass es dauernd an, sagte Tarik. Alle anderen auch. Bringt Glück. Wenn man's anfasst, darf man sich was wünschen.

Osman zwang sich offensichtlich, nicht zu lachen. Die beiden dachten sich das alles gerade aus, so viel war klar. Sie war die naive Amerikanerin, die jeden Unfug glaubte, und die zwei waren sich sicher, dass sie es sowieso nicht tun würde. Doch sie beschloss, den Spieß umzudrehen.

Okay, sagte sie.

Den Jungs verging das Grinsen. Wie jetzt?, fragte Tarik.

Ich fass es an und wünsch mir was.

Tarik wirkte beunruhigt. Du musst aber nicht, stammelte er.

Ich will aber, sagte Naida. Ich will mir was wünschen.

An diesem Punkt ließ die zurückschauende Erzählerin – eine ältere Naida – den Leser wissen, dass sie sich zwar später oft gefragt habe, ob Osman sein Bein durch eine Landmine verloren hatte oder doch auf irgendeine andere Weise, in diesem Moment aber nicht weiter darüber nachdachte. Auf irgendeiner Ebene nahm sie zwar an, dass es etwas mit dem Krieg zu tun hatte, doch in diesem Augenblick war er schlichtweg ein Junge, dem ein Bein fehlte.

Sie ging hinüber zu den Schaukeln und kniete sich vor Osman. In seinem Blick lag Angst, doch zugleich auch der Wunsch, dass sie nicht aufhörte. Sie streckte die Hand aus, legte die Finger auf das fleischige Marshmallow. Das Narbengewebe war warm und glatt. Sie schloss die Augen, dachte an den Bus auf der Bergstraße, an den Schnee, der durch die Scheinwerferkegel schwebte. An die surrenden Reifen. An das leise Murmeln der Gespräche. Dann dachte sie an die Straßensperre, an die Männer mit den Gewehren, und sie wünschte sich, sie wären nicht dort gewesen, hätten an einer anderen Straße gewartet, oder besser noch, sie wären einfach daheim geblieben. Sie wünschte sich, der Bus wäre weitergefahren, hätte Tarik, seinen Vater, seine Mutter und seine kleine Schwester durch die Nacht an einen sicheren Ort gebracht. Womöglich wäre Tarik dann wie sie geworden. Vielleicht wäre er ebenfalls nach Amerika gekommen und hätte selbst erfahren, dass dieses Land so vieles war: ein Ort der Widersprüche, der Schönheit, Hässlichkeit und unendlichen Eitelkeit. Und eines Tages wäre er vielleicht hierher zurückgekommen, und jemand hätte ihn einen Amerikaner genannt, jemand, der Bescheid wusste, jemand, der hiergeblieben war und der die Toten kannte.

Als sie aufstand und die Hand wegzog, konnte Osman ihr nicht in die Augen sehen. Auch Tarik ließ beschämt den Kopf sinken. Und Naida wusste plötzlich, dass es dumm gewesen war, ihren Wunsch für etwas zu vergeuden, das bereits passiert war.

R ando erzählte, wenn er abends nach Hause komme, mache er sich immer sofort Abendessen und gehe gleich danach ins Bett. Gegen Mitternacht wache er dann immer auf, koche Kaffee und rauche Pall Malls. Zwei rauche er immer gleich im Bett, bevor er überhaupt aufstehe. Er lausche gern den Stimmen und Sirenen von draußen, erzählte er, und sehe dem Rauch beim Wirbeln zu. Er rauche die ganze Schachtel leer, dann gehe er runter zum 7-Eleven und kaufe eine neue. Stangen kauf ich nie, erklärte er, außer, die sind grade im Angebot. Dann gehe er ins Wohnzimmer, um mit seiner Frau Lynette um die Wette zu quarzen und *Coast to Coast* mit George Noory zu hören. Ich hab noch so ein kleines Transistorteil, erzählte er. Ich dreh gern an den Knöpfen und hör zu, wie's rauscht und wie die Stimmen knistern. Die halbe Nacht – bis etwa vier Uhr früh – höre er *Coast to Coast*, dann müsse er eine frische Kanne starken Kaffee kochen und eine neue Schachtel Kippen aufreißen. Bis halb sieben, wenn wir zur Arbeit antreten mussten, sei die bereits wieder leer, darum hole er sich auf dem Weg zur Arbeit eine neue und trinke weitere vier Tassen Kaffee, noch ehe er die Thermoskanne anbrechen würde, aus der er dann den ganzen Tag schlürfe.

Jeden Morgen berichtete er uns, was er in der Nacht zuvor bei George Noory gehört hatte. Mein Vater arbeitete oft nachts und hörte die Sendung auch, glaubte den ganzen Quatsch aber nur halb. Rando allerdings nahm jeden Satz für bare Münze.

Eine Zeit lang drehte sich alles nur um GMOs, um «genetisch modifizierte Organismen». Wahrscheinlich wusste Rando nicht einmal, was GMO bedeutete, doch er war sicher, dass sie schädlich waren, denn das behauptete George Noory. Ich musste meine ganze Milch wegkippen, Mann, klagte er. Das Brot, das Fleisch, der Käse – überall ist da jetzt dieses GMO drin.

Meinst du wirklich, Rando?, fragte ich.

Ja, Mann, überall GMO drin, schau mal auf die Etiketten!

An Halloween war es morgens zum ersten Mal so richtig kalt. Nachdem ich die Kettensägen betankt hatte, ging ich über den Hof, um das übrige Werkzeug auf den Pick-up zu laden. Ringsum tuckerten leise die Diesel. Rando stand bei James und ein paar anderen, alle mit dampfenden Thermoskannen in der Hand. Wenn Rando jemanden kommen sah, tat er oft so, als hätte er gerade über ihn geredet.

Dieser Owen, Mann, ich hab gehört, wie Kelly meinte, dass sie den bald feuern, weil er so stinkfaul ist. Oh, äh, hab Sie gar nicht gesehen, General. Alles klar, Mann? Er zwinkerte und zog die Jacke etwas dichter zu. Seit ich mir den Bart etwas länger hatte wachsen lassen, nannte er mich «General», weil er fand, ich sähe aus wie ein Heerführer aus dem Bürgerkrieg.

Junge, langsam wird's arschkalt, sagte er. Habt ihr eigentlich das von den Dämonenkindern gehört?

Dämonenkinder?

Ja, Mann, darum ging's gestern bei *Coast to Coast*, an Halloween kommen die aus ihren Löchern, hat irgendwas mit der Planetenkonstellation zu tun.

Und was tun die, diese Dämonenkinder?

Mann, was werden die schon tun, die sind Dämonen! Die ergreifen von einem Besitz, rauben dir die Seele. Die tarnen sich als kleine Kinder, klopfen an und wollen Süßkram. Man gibt ihnen ein paar Bonbons, dann lassen sie die Menschenkostüme fallen, und zack, bumm, aus die Maus. Kein Scheiß, Mann, die hatten einen in der Sendung, der hat das alles haarklein erklärt.

Und woher wusste der das alles?, fragte ich.

Na, woher wird er's wohl gewusst haben?, fragte Rando. Grade noch entkommen ist der!

Ich lachte, zündete mir eine Kippe an. Während die anderen sich unterhielten, glotzte ich in Richtung der Geräteschuppen und Verwaltungsgebäude, blickte immer wieder zwanghaft auf die Uhr.

Hey, Erde an Owen!, rief James plötzlich.

Hm?

Ich hab gefragt, ob's losgehen kann, aber du bist mit den Gedanken offenbar woanders. Denkst an deine neue Ische, hm?

Am Tag zuvor hatte ich James von Alma und dem Schlamassel mit Casey erzählt. Dass er das vor allen anderen erwähnen würde, hatte ich allerdings weniger erwartet.

Wie, du hast 'ne Freundin?, fragte Rando.

Aus Osteuropa, präzisierte James.

Echt? Mit Osteuropäerinnen hatte ich schon manchmal zu tun. Sehr nett sind die, aber sie riechen komisch.

Bitte *was*?

Ja, die waschen sich halt nicht wie wir, erklärte er. Die

haben da so ganz eigene Techniken, glauben an natürliche Körperfette und so. Er nahm einen Schluck aus seiner Thermoskanne und sah mich an, als wäre das eine völlig normale und unproblematische Aussage.

Lasst uns einfach von was anderem reden, okay?, bat ich.

Wie heißt sie denn?, fragte Artie, einer der anderen Männer.

Alma heißt sie, und sie ist Schriftstellerin, sagte James. Sogar ein bisschen berühmt ist die.

Und was will so eine mit dem General?, feixte Rando.

Das frag ich mich auch, sagte James. Die ist doch mit 'nem goldenen Löffel im Mund geboren worden.

Da wär ich mir nicht so sicher, widersprach ich.

Ach komm schon, du meintest doch, die war in Princeton.

Vielleicht ja mit Stipendium.

Was hast du noch mal gesagt, was ihre Eltern machen?

Gar nichts hab ich dazu gesagt.

Jetzt sag schon, was machen die noch mal?

Ich glaube, sie sind Ärzte. Zumindest ihre Mutter.

Aha!

Dann ist die also reich?, fragte Rando.

Stinkreich, sagte James.

Rando pfiff und schüttelte den Kopf. Mit reichen Frauen hatte ich auch schon zu tun, sagte er. Die waschen sich auch nicht wie wir. Die benutzen lauter so vornehme Duftsalben und Lotionen.

Die wird sich halt einfach mal 'n bisschen im Schlamm suhlen wollen, meinte Artie. Kenn ich, die Sorte.

Genau, stimmte Rando zu. Unters gemeine Volk will die sich mischen. Bestimmt hat jedes reiche Mädel mal so 'ne Phase.

Okay, mir reicht's jetzt dann auch mal mit diesem Gespräch, sagte ich, schnippte meine Zigarette weg und hockte mich hin, um meine Stiefel zu schnüren.

Was du brauchst, ist 'ne Asiatin, Mann, sagte Rando. Mein

Kumpel Jason hat 'n paar Monate mit so 'ner Chinesin im Internet gechattet. Die haben gequatscht, Bilder hin und her geschickt, und zack, waren sie verheiratet. Jason meint, die scharwenzeln da um ihre Männer rum, als wären sie Könige, das gehört da zur Kultur. Und ein Amerikaner, also ein Weißer eben, der ist für die total exotisch.

Geht's vielleicht noch rassistischer, Rando?, sagte ich.

Wieso das denn jetzt? Wieso soll das rassistisch sein, wenn es halt ihre Kultur ist? James, sag du doch mal, war das rassistisch?

Nur weil ich Schwarz bin, bin ich hier doch nicht der Rassismusexperte vom Dienst!, blaffte James. Aber ja, es war sogar extrem rassistisch.

James saß am Steuer und summte zur Musik im Radio mit. Ich aß meinen Müsliriegel und sah aus dem Fenster. Unser erster Einsatzort war eine Gleditschie bei den Fußballfeldern. Wir sollten den ganzen Baum entfernen, konnten ihn aber nicht einfach fällen, weil er genau zwischen zwei Wirtschaftsgebäuden stand. Stattdessen mussten wir Ast für Ast absägen und die Teile an Seilen herunterlassen. Eine knifflige Aufgabe, die den ganzen Tag in Anspruch nehmen würde, aber ich war für die Ablenkung nicht undankbar.

Ich wünschte, du hättest denen das nicht alles auf die Nase gebunden, sagte ich, ohne James anzusehen.

Was «alles»? Das mit Alma? Alter, ich wollt doch nur 'n bisschen die Stimmung auflockern. Du läufst hier den ganzen Tag mit Weltuntergangsmiene rum und wartest drauf, dass die dich anruft. Entweder sie tut's, oder sie lässt es bleiben. Kannst du sowieso nicht ändern.

Rando geht das trotzdem nichts an.

Rando ist gut für die Moral, sagt James. Wenn du mich fragst, hat er den Job hier überhaupt nur deshalb noch. Das Arbeiten hat er jedenfalls nicht erfunden, so viel ist mal sicher.

Draußen segelte Laub von den Bäumen, wirbelte über den

Rasen. Wolken zogen vorüber, und das Licht wechselte ständig zwischen hell und dunkel. Manche der Studenten waren verkleidet: Frauen in knappen Krankenschwesteruniformen gingen vorbei an Typen in Hockeymasken und kunstblutbespritzten T-Shirts. Wir passierten die Gästehäuser, und ich fragte mich, ob Alma wohl zu Hause war, ob sie genauso viel an mich dachte wie ich an sie.

Was würdest du denn tun, an meiner Stelle?, fragte ich, drehte mich nun endlich doch zu James um.

Mich gar nicht erst auf so 'ne Kiste einlassen.

Aber mal angenommen?

Keine Ahnung, Mann, sagte er. Dieser Casey ist halt schon 'n hübscher Kerl.

So hübsch ist der auch wieder nicht.

James hob eine Augenbraue. Ich mein ja nur, sagte er. Mir fällt so was sonst nie auf, aber bei ihm eben schon. Sein Gesicht ist ... Na ja, der hat halt einfach ein «klassisches Profil», wie man so sagt.

Das will ich gar nicht hören ...

Keine Sorge, sagte er und tätschelte mein Knie. Bist ja auch 'n hübscher Junge. Aber die Entscheidung musst du trotzdem ihr überlassen. Bleib du einfach charmant wie immer.

Wir erreichten die Fußballfelder und fanden den Baum. James schaltete den Warnblinker ein, Rando kam kurz nach uns an und stellte die Absperrkegel auf. Ich trat in den netzartigen Schatten der Gleditschie, beschirmte meine Augen mit der Hand und spähte in die Krone. Der Baum war gut zwölf Meter hoch und größtenteils abgestorben. Offensichtlich hatte man ihn schon einmal beschnitten: Er hatte Stummel und Geschwüre, vernarbte Wunden seines langen Baumlebens. Vor Jahrzehnten hatte ihn noch jemand für bewahrenswert erachtet, jetzt sollten wir Kleinholz aus ihm machen. Ein halbes Jahrhundert hatte er gebraucht, um diese Größe zu erreichen. Er war da, er existierte, und bis drei Uhr heute Nachmittag würde er verschwunden sein.

D a es zu Hause außer Western schauen nichts zu tun gab und ich mich dringend irgendwie ablenken musste, setzte ich mich endlich doch an meine Dschungelstory und war zwei Tage vor der Deadline fertig. Sie handelte davon, wie ein namenloser Grünpfleger und eine Frau, die immer nur «die Autorin» genannt wurde, einen Nachmittag im Zoo verbrachten. Sie sprachen über ihr Leben und darüber, was sie an den Punkt gebracht hatte, an dem sie waren. Erzählt wurde aus der Perspektive des Grünpflegers, der glaubte, sich in die Autorin verliebt zu haben. Nach dem Bummel durch den Zoo küsste er sie im Auto. Sie wies ihn ab, erklärte ihm, sie habe einen Freund. Dann fuhr der Grünpfleger nach Hause. Er wohnte bei seinem Vater, der ihn beim Abendessen fragte, wann er endlich mal sein Leben auf die Reihe kriegen würde, völlig unvermittelt, während sie gesalzene Tomaten aus dem Garten aßen. Der Grünpfleger sah einfach wortlos die Tomatenscheiben an. Das war das letzte Bild der Story.

Erst als ich die Rohfassung fertig getippt hatte, ging mir auf, dass Casey die Geschichte lesen und sofort durchschauen würde. Die Figuren waren kein bisschen verschlüsselt. Also machte ich aus der «Autorin» eine «Bildhauerin» und verlegte das Gespräch vom Zoo ins Speed Art Museum. Der Erzähler blieb zwar ein Grünpfleger, aber der Bildhauerin pfropfte ich genügend fremde Züge auf, um sie unkenntlich zu machen. Sie geriet zu einem in sich widersprüchlichen Patchwork. Mit mehr Zeit hätte ich sie vielleicht glaubwürdig gestalten können, aber so war die ganze Sache ein hoffnungsloser Fall.

Ich las den Text noch einmal durch und speicherte ihn ab. Er war nicht so gut, wie ich ihn gern gehabt hätte, aber richtig schlecht war er auch nicht. Was mein metaphorischer Dschungel sein sollte, hatte ich mir gar nicht überlegt, doch das durfte ich wohl der Deutung meiner Kommilitonen überlassen. Ich putzte mir die Zähne und klappte mein Bett aus. Dann durchstöberte ich meine Bücherkisten nach den gesammelten Gedichten von Wallace Stevens. Als ich meine zerlesene Ausgabe gefunden hatte, warf ich mich aufs Bett und las das Gedicht, aus dem Alma im Zoo zitiert hatte. «Du magst es unter den Bäumen im Herbst», lautete der erste Vers, «Weil alles halb tot ist.» Offenbar hatte ich es schon einmal gelesen, denn ich hatte eine Strophe unterstrichen. «Der dunkle Mond, der eine dunkle Welt von Dingen / Erhellt, die nie ganz zum Ausdruck kämen, / Worin du selbst nie ganz du selbst wärst / Und es auch nicht wolltest oder müßtest.» Das brachte mich auf einen Vers aus Frank O'Haras «Mayakovsky»: «vielleicht bin ich wieder ich selbst», und dabei wiederum fiel mir Almas Freud-Anekdote ein: wie er einen Fremden durchs Fenster sah und erst nachträglich sein Spiegelbild erkannte. In letzter Zeit erinnerte mich alles immer öfter an etwas anderes und immer seltener an Dinge, die es wirklich gab. Andererseits waren Bücher ja wohl auch wirklich. Geschichten und Gedichte waren Dinge in der Welt. Warum also war ich so befremdet, kam mir so sehr vor wie ein Hochstapler, während ich mit diesem Buch in meinem Keller lag? Der Mond vorm Fenster war nicht «dunkel» wie in dem Gedicht. Er war ein heller, kalter Stein, verkratert und zerklüftet, schwebte am Himmel hinter schwarzen Ästen.

Alma rief mich am Freitag auf dem Heimweg von der Arbeit an. Sie schniefte etwas, so als hätte sie gerade erst geweint, doch ihr Hallo klang übertrieben fröhlich.

Alles okay?, fragte ich.

Bestens, ja! Bei dir?

Bin grade auf dem Heimweg von der Arbeit.

Ah. Wie war's?

Die Arbeit?

Ja.

Ich ließ den Tag im Kopf Revue passieren. Wir hatten zwei Holzäpfel neben einem der Wohnheime beschnitten. Das Gras war übersät mit faulen Früchten, weshalb die Luft so sauer roch, dass einem schlecht wurde. Grün schillernde Fliegen umschwirrten uns träge, brummten, bissen uns hin und wieder in die Knöchel oder krachten uns gegen die Ohren wie kleine Kamikaze-Flieger. Anstrengend, sagte ich.

Oh, sagte sie mitfühlend. Na, jetzt ist ja Wochenende!

Stimmt.

Willst du morgen immer noch aufs Land fahren?

Eigentlich wollte ich sie fragen, ob sie schon mit Casey gesprochen hatte, ehe ich mich darauf einließ. Andererseits sollte sie auch nicht glauben, ich wolle sie drängen oder unfaire Ansprüche erheben. Was ein fairer Anspruch wäre, wusste ich allerdings auch nicht. Ich befand mich auf völlig unbekanntem Terrain.

Ja, gern, sagte ich und schlug vor, sie um neun abzuholen.

Neun ist mir ein bisschen früh. Ginge auch zehn?

Klar, sagte ich. Dann also bis morgen.

Am nächsten Morgen stand ich um sieben auf. Mein Wecker ging meistens um sechs, sodass es mir sogar am Wochenende schwerfiel, länger zu schlafen als bis sieben. Als ich vor dem Gästehaus hielt, stand sie schon auf der Treppe vor der Haustür.

Es war ein schöner Morgen, der Himmel war diesig und von Kondensstreifen durchzogen. Ich hatte kein bestimmtes Ziel im Kopf, wusste nur, dass wir nach Osten fahren würden, wie ich es meistens tat, wenn ich einfach so drauflos fuhr. In der Richtung lag das Vorland der Appalachen, und das wollte ich ihr gern zeigen.

Ich hab uns 'ne Playlist gebastelt, sagte sie und hielt ihr Handy hoch.

Der Truck kann leider nur Kassetten.

Und du hast keinen Adapter?

Nope.

Entgeistert sah sie mich an. Das geht aber nicht, erklärte sie. Ich hab mir echt Mühe gegeben. Wo kriegen wir jetzt einen Adapter her?

Von Walmart vielleicht?

Alles klar, dann halten wir bei Walmart.

Ich war zwar nicht gerade scharf darauf, den Vormittag bei Walmart zu beginnen, doch sie schien wild entschlossen, und ich war neugierig, was für Musik sie ausgewählt hatte und weshalb sie so dringend wollte, dass ich sie auch hörte. Also fuhren wir an der nächsten Ausfahrt ab und fanden auch schnell einen Walmart. Ich blieb im Auto auf dem Parkplatz, sie flitzte hinein. Neben den Einkaufswagen zerfetzte ein herrenloser Hund gerade eine Schachtel Honey Buns und verschlang die süßen Brötchen mitsamt Plastikfolie. Irgendwann bemerkte er mich und starrte mich an, als wollte er sagen: «Hast du 'n Problem, Junge?»

Nach zehn Minuten kam Alma wieder durch die Automatiktür und trabte herüber zum Truck. Auf der Zufahrt zur Interstate fragte sie: Hast du gewusst, dass die da Waffen haben?

Hm?

Bei Walmart, in der Sportabteilung. Da gab's eine Theke, hinter der stand ein komplettes Regal voller Gewehre. Ganz offen.

Ah, sagte ich, ja. Walmart eben. Warst du noch nie in einem?

Wahrscheinlich schon, sagte sie. Bestimmt mal mit meinen Eltern, als ich noch klein war. Ich wusste bloß nicht, dass man Waffen so offen ausstellen darf. Was, wenn da mal jemand einfach zugreift?

Die sind ja nicht geladen, erwiderte ich.

Woher willst du das wissen?

Die haben keine Magazine.

Was ist denn ein Magazin?

Das Ding, in dem die Kugeln stecken. Wird in einen

Schlitz unten am Lauf geklickt. Kennst du doch bestimmt aus Actionfilmen.

Ich schaue nicht oft Actionfilme, sagte sie.

Sie packte den Adapter aus, warf Plastiktüte und Verpackung auf den Rücksitz und schob die Kassetten-Attrappe in den Schlitz.

Hat die Playlist denn ein Motto?, fragte ich.

Ach, einfach nur Songs, von denen ich glaube, dass sie dir gefallen könnten, und welche, bei denen ich in letzter Zeit immer an dich denken musste. Manche fallen natürlich in beide Kategorien.

Ich fuhr auf den State Highway, der uns südöstlich durch die Knobs führen würde, die Hügel vor den Appalachen. Der Anstieg war steil, und Pops alter Ranger schaltete knarrend vom zweiten in den dritten Gang. Draußen zogen Stoppelfelder vorbei. Trailerparks. Propantanks. Trockenschuppen, in denen braune Tabakbündel hingen. Ein fetter, höhergelegter Pick-up mit Drahtkäfigen voller Hühner auf der Ladefläche donnerte an uns vorbei, zog eine flatternde Spur weißer Federn hinter sich her. Sie sahen aus wie flauschige Pappelsamen.

Wir sollten auf einen Flohmarkt gehen, sagte ich. Vielleicht finden wir eine Kentucky-Tasse für deine Sammlung.

Faaabelhafter Einfall, sagte sie mit aufgesetztem Hillbilly-Akzent, da freu ich mir doch glatt 'n zweites Loch ins Sitzfleisch!

Ich musste grinsen. Gar nicht schlecht, lobte ich sie.

Ja?

Ja, bloß statt «Sitzfleisch» wäre besser «Allerwertester».

Alles klar.

Die meisten Songs auf ihrer Playlist hatte ich noch nie gehört, und sie schien sehr erpicht darauf, mir von den Künstlern zu erzählen, sobald ich mich erkundigte. Ein paar der Lieder waren von einem gewissen Arthur Russell, die waren mit Abstand die schrägsten. Er sei ein Cellist und Komponist, erklärte sie, der sein Cellospiel in Dance- und Ambient-Musik einbaute. Die Texte waren eher nuschelig, mal mehr, mal weniger verständlich, und das mit sattem Reverb ins Mikro gespielte Cello verlieh den Beats eine gespenstisch hallende Struktur. Etwas Vergleichbares hatte ich noch nie gehört. Die Texte, so ich denn mal einen Vers verstand, hatten etwas schmerzhaft Intimes und Naives – etwas sehr Privates. Es klang, als singe er nur für sich selbst.

Die Songs, die ich erkannte, waren von Vashti Bunyan und den Talking Heads. Unter anderem spielte sie «Cities», die Nummer, in der David Byrne darüber singt, wie er die richtige Stadt zum Leben sucht. Quasi dein *theme song*, scherzte Alma, von wegen wurzellos und so.

Ja, schon kapiert, danke.

Die Straße schlängelte sich zwischen Kalksteilwänden hindurch, oben struppig bewachsen mit Sandkiefern und Zedern. Doch als wir aus dem Kalkkorridor in eine lange Kurve fuhren, tat sich vor uns ein weites Panorama auf: In waldigen Rillen wellte sich die Landschaft auf den Horizont zu. Ferne Berge, dunstig und blau, so blass, dass sie auch Wolken hätten sein können. Die rostige Leitplanke, die Bäume und die Strommasten waren über und über mit Kudzu geschmückt.

Das ist also die hinterste Pampa, sagte Alma.

Worauf du deinen Allerwertesten verwetten kannst, sagte ich.

W ir kamen in einen Vorort, in dem gerade ein Flohmarkt stattfand. Die Häuser waren klein, viele davon, Trailer, mit weiß vergittertem Unterbau und Spielzeug auf dem Rasen. Vor einem flatterte eine Südstaatenflagge an einem Mast, und Alma gaffte sie mit großen Augen an. Ihr Blick blieb daran kleben, bis sie hinter uns verschwand. Ich sah oft Südstaatenflaggen, in meiner Heimatstadt und auf der

Fahrt zur Arbeit – eigentlich in ganz Kentucky. Ich hatte nicht geahnt, dass sie das so schockieren könnte.

Ich dachte, Kentucky war neutral?, sagte sie.

Schon, aber Sympathisanten gibt es trotzdem.

Wir parkten auf der Wiese vor den Flohmarktzelten. Leute saßen auf Klappstühlen hinter ihren Tischen und quatschten. Sie hatten Kühlboxen mit, fischten Limodosen aus dem Eiswasser und rissen deren Laschen knackend auf. Irgendwo qualmte ein Grill. Gelächter und Geplauder. Dank des Wochenendansturms war mehr los, als ich gehofft hatte. Familien schlenderten umher, besahen sich die Stände – bierbäuchige Männer mit Taschenmessern und Handys am Gürtel, Omas mit Pfingstlerfrisuren, schwangere Teenies und ihre Tarnfarben tragenden, Tabak kauenden Boyfriends. Bereits im Truck huschte Almas Blick nervös hin und her. Wollen wir?, fragte ich.

Blinzelnd drehte sie sich zu mir um, wie aufgeschreckt aus einem Tagtraum. Ja, klar, los geht's, sagte sie.

Meine Jeans war zwar enger als die des durchschnittlichen Country-Boys, aber immerhin trug ich die Stahlkappenstiefel von der Arbeit, und auf meiner Mütze stand in orangefarbenen Sticklettern HUSQVARNA. Meistens konnte ich in Situationen wie dieser deshalb als jemand durchgehen, der dort auch hingehörte. Erst wenn ich den Mund aufmachte, beäugte man mich misstrauisch. Alma dagegen zog schon durch ihr Äußeres neugierige Blicke auf sich. Vor allem war sie nicht geschminkt, während alle anderen Frauen hier dick Foundation, Lipgloss und lila Lidschatten aufgelegt hatten. Auch ihre Kleidung war verräterisch: die ausgebleichte schwarze Jeans, die rot geschnürten Stiefel, das dünne Top, das sie ohne BH unter einem offenen Flanellhemd trug. Die Flohmarktfrauen – zumindest die, die keine keuschen Röcke und Haarnetze trugen – hatten Strassherzchen auf den Gesäßtaschen und steckten in tarnfarbenen Funktions-Sweatern. Und sie waren unfassbar gebräunt. Als Alma ihr Flanellhemd auszog und es sich um die Hüfte schlang, wirkte ihre Haut schockierend blass dagegen – und man sah die Haarbüschel unter den Achseln.

Doch sie verriet sich nicht nur durch ihr Äußeres, sondern auch auf subtilere Weisen. Mit ihrem ganzen Auftreten. Mit ihren klugen, wachen Augen. Alma bemerkte, dass man sie bemerkte, und ich fühlte mich plötzlich schuldig, weil ich sie hierhergeschleift hatte – eine Schnapsidee, dachte ich jetzt. Tony predigte immer, es gebe keine zweidimensionalen Menschen auf der Welt, *alle* hätten Tiefe, und wenn man über ein ländliches Setting schreibe, solle man keine Freakshow daraus machen. Lasst eure Figuren aus der Provinz nicht alle Tarnfarben tragen und Tabak kauen, mahnte er. Tja, da hatte er leicht reden, er kam ja nicht vom Land. Wenn man sich hier umsah, trugen wirklich viele Tarnfarben, kauten Tabak und spuckten braunen Saft in Limoflaschen. Bestimmt hatten sie alle ihre Tiefe, ihre ganz privaten Sorgen, aber im Moment glotzten sie uns nur scheel an, machten uns nervös, und ihre Tiefe war mir ziemlich scheißegal.

Ich nahm Almas Hand und drückte sie. Sie drückte zweimal kurz zurück, und wir traten in den Schatten der Zelte. Nachdem wir uns ein wenig umgesehen und allen möglichen Nippes befingert hatten, wirkte sie schon etwas ruhiger. Es gab alte Barbies, Sockenaffen, kaputte Radios, Aschenbecher aus geschliffenem Milchglas und Ofenformen für Pilzauflauf. Es gab Styroporköpfe mit Perücken, schnulzige Groschenromane, Weidenkörbe und Traumfänger. Ein Stand verkaufte alte Landwirtschaftsgeräte. Ich nahm ein Beilmesser in die Hand, das man zur Ernte von Burley-Tabak verwendet. Trotz Rost war die Klinge scharf. Ich erklärte Alma, worum es sich handelte. In den Schrammen des Hickorygriffs klebte noch das eingetrocknete Tabakharz. Mein Großvater hat auch so welche, sagte ich.

Und wie erntet man damit?, fragte sie.

Das weiß ich auch nicht so genau, antwortete ich.

Man schneidet den Stiel damit ab, schaltete sich der Alte ein, dem der Stand gehörte. Er war ungefähr so alt wie Pop und trug eine Latzhose. Eine Flasche Dr Pepper zwischen den Beinen saß er auf einem Gartenstuhl, ein Tischventilator blies ihm direkt ins Gesicht. Gebt mal her, das Ding, sagte er, indem er wacklig aufstand und die Hand nach dem Beil ausstreckte. Ich reichte es ihm, und er machte uns vor, wie man es benutzte, hackte kurz über dem Boden auf den unsichtbaren Stiel einer Tabakpflanze ein. Man hackt den Stiel ab, so, sagte er, dann spießt man mit dem da die Bündel auf. Er zeigte auf einen Speer auf dem Tisch. Dann wird der Tabak getrocknet. Habt ihr wahrscheinlich schon gesehen, zur Erntezeit. Reihenweise Tabaktipis.

Der Mann lächelte. Er schien stolz darauf zu sein, sein Wissen weitergegeben zu haben. Wir dankten ihm und gingen zum nächsten Tisch, wo wohl um die hundert Taschenmesser auslagen. Offenbar waren die gerade sehr gefragt – der Stand war einer von dreien seiner Art auf diesem Flohmarkt. Geführt wurde er von einem Mann und seinem Sohn. Letzterer war praktisch eine Miniaturausgabe seines Vaters. Beide trugen schwarze, in die Jeans gestopfte T-Shirts. Beide hatten pralle Bäuche und dicke, rosige Wangen, und beide hatten sich die Haare hochgegelt. Sie standen sogar auf exakt dieselbe Weise da, die Daumen in die Gürtelschlaufen eingehakt.

Messer gefällig?, fragte der Vater.

Nein, danke, sagte ich.

Die junge Dame, vielleicht?, hakte er nach und nickte Alma zu. Man kann ja nicht vorsichtig genug sein, heutzutage.

Danke, sagte Alma höflich, ich komm schon zurecht. Doch der Mann schien sie gar nicht zu hören.

Hol ma' die Katze, Tanner, befahl er, und schon lief der Junge nach hinten und holte aus einem aufgeklappten Koffer einen rosa Schlüsselanhänger in Form eines Katzengesichts. Danke, sagte der Mann, und steckte die Finger durch die Katzenaugen. Funktioniert genau wie 'n Schlagring, erklärte er, plus halt noch die spitzen Ohren. Kann man einem ratzfatz die Augen rauspulen mit dem Ding.

Er boxte damit in die Luft, und wir zuckten zusammen. Da grinste er, erfreut darüber, dass er uns erschreckt hatte. Kommt einfach an den Schlüsselbund, fuhr er fort, und wenn irgend so 'n Gangster Sie auf dem Parkplatz dumm anmacht: Zack, Auge weg!

Nein, danke, sagte Alma, diesmal etwas strenger.

Der Mann warf die Katzenohren auf den Tisch und schob die Finger wieder in die Gürtelschlaufen. Ihr Pech, sagte er.

Genau, Ihr Pech, sagte der Sohn und hakte auch seine Finger wieder ein.

Nach weiteren zwanzig Minuten Bummel über den Flohmarkt entdeckten wir endlich einen Stand mit Kaffeebechern, inklusive eines ganzen Regals voller Kentucky-Tassen. Alma strich mit den Fingern darüber, drehte sie, um den Aufdruck zu lesen. Die meisten trugen die Insignien der University of Kentucky. Auf einer prangte eine Comic-Landkarte des Staats und seiner Sehenswürdigkeiten. Eine andere zierten ein Pferdekopf und der Aufdruck KENTUCKY HORSE COUNCIL. Was ist denn ein «Horse Council»?, fragte sie.

Na ein Pferderat eben, antwortete ich. Da kommen die Pferde einmal im Jahr zusammen, so richtig mit Tagesordnung und Hammer und so, und stimmen über wichtige Pferdethemen ab, zum Beispiel, ob sie lieber Hafer oder Gerste mögen.

Sie stellte die Tasse zurück und unterdrückte ein Grinsen.

Nicht lustig?

Totaler Dad-Joke halt, erwiderte sie.

Hm. Andauernd hört man von diesen Dad-Jokes, aber ich kann mich nicht erinnern, dass mein Vater je groß Witze gerissen hätte.

Ach nein?

Ich zuckte mit den Achseln. Seit ich so etwa zehn war,

schien er einfach dauerhaft mies drauf zu sein, besonders mir gegenüber. Ich glaube, ich hab ihn zugleich irritiert und enttäuscht.

Sie sah mich mitleidig an. Armer, zarter Owen, sagte sie. Wird von allen missverstanden.

Ja, ja, schon gut, sagte ich. Gefällt dir denn eine von denen? Ich würd dir gern eine schenken.

Hmm, machte sie und tippte sich auf die Unterlippe. Die da, glaub ich. Sie griff nach einer Tasse mit einem Comic-Hillbilly darauf. Mit überkreuzten Beinen lag er unter einem Baum, neben sich einen Krug Schwarzgebrannten. Selbstverständlich war er praktisch zahnlos, und im Hintergrund stand eine verwitterte Blockhütte. MY OLD KENTUCKY HOME! lautete der Schriftzug.

Ich schüttelte den Kopf. Unfassbar, wie leichtfertig man überall diese Klischees bediente. Ich war da natürlich auch nicht frei von Schuld. Wie sollte ich mich schon beklagen, wo ich doch selbst den Leuten hier ihre misstrauischen Blicke und hetzerischen Flaggen übel nahm? Doch zugleich nahm ich auch den Außenstehenden ihre Vorurteile übel, ihre Vereinfachungen und Unterstellungen. Auch das war eine Variante meiner ewigen Zwickmühle: der Wunsch, Dinge gleichzeitig zu mögen und zu kritisieren, gleichzeitig aus einem Ort zu stammen und mich bloß zufällig dort zu befinden, als Besucher.

Wir spazierten zurück zum Parkplatz, hielten Händchen und rempelten einander scherzhaft an. Auf der Wiese vor dem Truck spielten drei Kinder. Eins schwang ein Lichtschwert, die anderen hatten AR-15-Sturmgewehre mit orangen Kappen auf der Mündung, damit man sah, dass sie nur Spielzeug waren. Die drei unterbrachen die Kampfhandlungen und glotzten uns an.

Ich bin ein Jedi aus der Alten Republik, erklärte das Kind mit dem Lichtschwert.

Hey, cool!, sagte ich – meine Standardantwort, wann immer mich ein Kind ansprach. Ähm, wir müssten da mal einsteigen.

Die drei drehten sich um, als fiele der Truck ihnen erst jetzt auf. Sie trollten sich etwas betreten, doch sobald sie sich außer Hörweite glaubten, spielten sie weiter. Eure Kugeln werden einfach verdampft!, verkündete der Jedi.

Gar nicht!, entgegnete eines der anderen. Die sind nämlich Hohlspitz, die explodieren in dir drin und zerfetzen deine Eingeweide!

Als wir wieder im Truck saßen, fragte ich: Und jetzt? Wohin sollen wir fahren?

Zu dir?

Zu weit, sagte ich. Außerdem sieht's da gerade aus wie im Schweinestall.

Ist doch egal, antwortete sie. Das stört mich nicht. Ich würde gern sehen, wo du wohnst.

Nächstes Mal vielleicht, wehrte ich ab.

Sie runzelte die Stirn, als wollte sie darauf beharren, doch sie tat es nicht. Okay, dann wohl zum Gästehaus, sagte sie.

Ich fuhr uns auf demselben Weg zurück. Sie kramte auf dem Rücksitz nach einer Flasche Wasser, fand stattdessen aber die «NO BLACKS, NO WHITES, JUST BLUES»-Mütze. Seit James sie mir damals im Schadenfreude geschenkt hatte, hatte ich sie ein paarmal bei der Arbeit aufgehabt. Was ist das denn?, fragte Alma. Soll das lustig sein?

Hab ich vorm Schadenfreude gefunden.

Sie musterte die Mütze einen Augenblick, dann setzte sie sie auf und blickte in den Rückspiegel. Und, wie seh ich aus?

Wie ein richtiger Trucker.

Da werden schon keine Läuse drin sein, oder?

Glaub ich nicht.

Im Lauf der Fahrt kam das Gespräch aufs Thema Politik.

Alma war sich noch immer ziemlich sicher, dass Trump die Wahl verlieren würde. Ich für meinen Teil war da nicht ganz so zuversichtlich.

Er nimmt einfach so viel Platz in meinem Kopf ein, sagte sie. Passt ja auch, zu einem Immobilienmogul. Sein allergrößter Deal war, so viel Grund und Boden in unseren Köpfen zu kaufen. Selbst wenn man ihn hasst, ist er da drin – vielleicht sogar besonders dann.

Der Himmel hatte sich verdunkelt. Der Wind fegte Laub über die Straße, schlug auf dem Highway gegen den Truck, und bald fing es auch noch an zu regnen – ein wahrer Wolkenbruch. Ich stellte die Wischer auf die höchste Stufe, doch die Scheibe blieb komplett verschleiert. Puh, machte Alma und klammerte sich an der Armlehne fest. Ich versuchte, souveräne Ruhe auszustrahlen, aber mein Herz raste, als liefe ich Gefahr, bei irgendwas ertappt zu werden. In der halben Sekunde klare Sicht, die jeder Wischerschlag zuließ, sah man nur das wütende Geprassel auf der Straße und das wuchernde Kudzu auf den Hügeln, immer noch merkwürdig grün, obwohl die laubwechselnden Bäume längst rot und golden waren. Beim Anblick dieses Kudzus ging mir auf, was Herzog mit seiner alles erstickenden Unzucht gemeint hatte. Kurz dachte ich an Aquaplaning, daran, über Kopf hängend das Bewusstsein wiederzuerlangen: Benzin und Kühlflüssigkeit würden tropfen, und die Frau neben mir sähe einen Augenblick wie eine Fremde aus. Ich malte mir aus, wer uns dort finden würde, inmitten dieses satten, grünen Chaos. Unsere Beziehung, oder wie immer man das nennen sollte, würde keinen Autounfall überstehen. Dafür war es zu früh. Wenn wir überlebten, würde sie mich nie mehr wiedersehen wollen. Ich konzentrierte mich auf die Straße, auf die gestrichelte Linie, die immer wieder kurz auftauchte und sich gleich wieder in regentrüber Welt verlor.

Gnädigerweise ließ der Regen mit der Zeit ein wenig nach, und wir kamen in einem Stück am Gästehaus an – oder besser gesagt in zwei Stücken. Alma bat mich hinein. Im Wohnzimmer nahm ich ihr die «NO BLACKS, NO WHITES, JUST BLUES»-Mütze vom Kopf und schleuderte sie weg, irgendwohin zwischen Wand und Sofa. Sie führte mich in ihr schummriges Schlafzimmer, wo wir uns mit demselben Handtuch trocken rubbelten. Der Regen spülte übers Fenster, das Prasseln schwoll an und ab wie Applaus. Wir halfen einander aus den nassen Sachen. Ihr Zimmer war ein heilloses Durcheinander, noch schlimmer als beim letzten Mal, Klamotten lagen überall verstreut und hingen über offenen Schranktüren. Es sah aus, als hätte jemand alles auf den Kopf gestellt und verzweifelt nach etwas gesucht.

Komm, sagte sie und führte mich an der Hand zu einem großen Spiegel, vor dem wir uns küssten und weiter auszogen. Bald war sie halbnackt, die Jeans hing ihr um die Knöchel. Ich stand hinter ihr vorm Spiegel. Sie stützte die Hände an die Wand wie bei einer Polizeikontrolle und rieb ihren Po an mir. Was hast du mit mir vor?, fragte sie ernst, als ginge es bei meiner Antwort um Leben oder Tod.

Weiß nicht, sagte ich und küsste ihren Nacken, ihre Schulter. Mein Herz raste noch schneller als vorhin auf der Straße. Was willst du?

Sag du's mir.

Solche Spielchen hatte ich einfach nicht drauf. Ich überlegte, was ich sagen könnte – hinreichend gewagt, um sie zu erregen, aber nicht so versaut, dass es die Stimmung ruinierte. Ich will meine Finger in dich schieben, sagte ich und kam mir sofort blöd deswegen vor.

Mmm, machte sie und nickte.

Ich zog ihre Unterhose ein Stück runter. Ihr blasser, weicher Hintern schob sich gegen meine Jeans. Von hinten legte ich ihr eine Hand zwischen die Beine, spürte das krause Haar. Sie war feucht, und meine Finger glitten mühelos in sie hinein. Sie japste, doch wegen der Regenschwaden auf dem Dach konnte ich sie fast nicht hören.

Ich schaute in den Spiegel. Wie benommen blickte sie mir daraus entgegen, sah zu, was ich mit meiner Hand machte. Mein Blick war viel zu ernst. Meine Wangen waren rot. Ich sah mich nicht gern so, aber ich sah gern, wie Alma mich ansah, also achtete ich einfach darauf. Was ging wohl in ihrem Kopf vor? Und für wen hielt sie mich?

Als wir hinterher mit klopfenden Herzen im Bett lagen, verriet ich ihr die Wahrheit. Ich wohne bei meinem Großvater im Keller, sagte ich. Sie stütze sich auf einen Ellbogen und sah mich an, ein paar Strähnen schweißverklebt auf ihrer Stirn.

Wie, im Keller?

Ich hab keine Wohnung, sagte ich. Darum wohne ich im Haus meines Großvaters, in einem Kellerzimmer. Mein Onkel Cort wohnt auch bei ihm. Er hat Aggressionsprobleme und ist ein bisschen durchgeknallt. Ein paar Monate wohne ich da jetzt schon.

Sie sah mich stirnrunzelnd an, dann richtete sie sich ein Stück weiter auf und blickte zu dem trüben Fenster. Der Regen hatte beinah aufgehört. Nur die Tropfen von den Blättern und das Gurgeln in den Rinnsteinen waren noch zu hören. Und wieso wolltest du mir das nicht erzählen?, fragte sie.

Na, das liegt doch auf der Hand, oder? Es war mir peinlich.

Wo hast du denn davor gewohnt?

In meinem Buick, sagte ich. In Denver.

Zutiefst bestürzt sah sie mich an, wobei mir nicht ganz klar war, ob ihre Sorge dabei mir galt. Wie, du warst *obdachlos*?

Quatsch, sagte ich, versuchte, flapsig zu klingen. Ich hätte jederzeit wieder zu meiner Mutter ziehen können, aber ich wollte mir meine Niederlage nicht eingestehen. Ich dachte, ich finde schon bald wieder 'nen Job und eine Bleibe. Aber da wurde leider nichts draus. Also bin ich hierhergekommen und bei meinem Granddad eingezogen. Hab den Buick verkauft und bin wieder an die Uni.

Sie schluckte.

Dein Blick gefällt mir nicht, sagte ich.

Es ist bloß ... beunruhigend. Dass du es so weit hast kommen lassen, meine ich.

Glaubst du etwa, das war freiwillig?

Na ja, keine Ahnung. Warst du irgendwie psychisch krank?

Da musste ich lachen und setzte mich auf. Nein, antwortete ich. Obwohl, vermutlich kommt's drauf an, was man unter «psychisch krank» versteht. Ich war schon ziemlich depri, aber wer wäre das in dieser Lage nicht? Ich war gefeuert worden. Konnte die Miete nicht bezahlen. Hatte ein semi-ernstes Drogenproblem.

Was soll das heißen, «ein Problem»?

Ach, das ist alles lange her, wiegelte ich ab. Inzwischen ist alles okay, ehrlich. Ich wollte dir nur sagen, wo ich wohne, weil das Thema früher oder später ja ohnehin aufgekommen wäre.

Sie sah mir lange in die Augen, dann nickte sie ganz langsam und sagte: Okay.

Wie, okay?

Einfach nur okay. In Ordnung. Irgendwann musst du mir das mal zeigen. Wo du wohnst, mein ich.

Gern, sagte ich. Ich hab ein Bettsofa. Hattest du schon mal Sex auf 'nem Bettsofa?

Nein.

Das ist spitze, wirst du ja sehen. Die Federn klingen wie asthmatisches Lungenrasseln.

Sie prustete nervös und schüttelte den Kopf. Wir können ja nächstes Mal zu dir, sagte sie.

Du klingst ja sehr begeistert.

Ich muss das nur erst mal verdauen, sagte sie. Ist schon okay.

Dann wandte sie sich wieder ab, blickte zum Fenster und zu den schwarzen Ästen. Einen Augenblick lang betrachtete ich ihr Profil, dann stand ich auf, streckte mich und schlüpfte in meine Jeans. Ach so, sagte ich, hast du eigentlich mit Casey gesprochen? Die Frage sollte so beiläufig wie möglich klingen – so, als hätte sie nicht wie ein Schatten über allem gelegen, seit ich Alma abgeholt hatte.

Noch nicht, sagte sie knapp. Mach ich aber noch. Irgendetwas hatte sich verschoben zwischen uns. Traurigkeit lag jetzt in ihren Augen. War es falsch gewesen, ihr zu sagen, wo ich wohnte? Aber was hätte ich denn tun sollen? Früher oder später musste sie es ja erfahren. Endloses Ausweichen war nie eine Option gewesen.

Kein Stress, sagte ich, knöpfte mein Hemd zu und schlüpfte in die Stiefel. Ohne sie zu schnüren, stapfte ich noch einmal zum Bett für einen Abschiedskuss. Also nächstes Mal bei mir?, fragte ich.

Mhm, sagte sie, küsste mich flüchtig, stand auf und ging ins Bad, zog die Tür hinter sich zu. Mir blieb nichts anderes übrig, als zu gehen.

A m Morgen nach der Wahl wurde ein Bronzeabguss von Rodins *Denker* auf dem Campus der University of Louisville mit Hakenkreuzen beschmiert. Die Bronze war die erste großformatige Kopie des Originals, ihre Herstellung im Jahre 1903 hatte Rodin persönlich beaufsichtigt. 1904 war sie auf der Weltausstellung in St. Louis präsentiert und später von einem reichen Anwalt gekauft worden, der sie wiederum der Uni gestiftet hatte, wo sie dann irgendwann in den frühen Morgenstunden des 9. Novembers 2016 mit besagten roten Hakenkreuzen besprüht wurde.

Als ich die Meldung las, schrieb ich sie umgehend in mein Notizbuch. Eines Tages, dachte ich, würde ich sie als Detail in einer Geschichte verwenden. Oder war das doch zu plump? Das universelle Symbol für Reflexion und Geistesleben, verunstaltet durch das universelle Symbol für Hass und Ignoranz.

Das würde mir doch kein Schwein abnehmen. Aber vielleicht sah unser neues Zeitalter genau so eben aus. Vielleicht würde von nun an alles hyperplump sein. Wir alle wären grob und hässlich, und gar nichts wäre mehr verborgen.

B ei der Arbeit sah man an jenem Vormittag allen sofort an, wen sie gewählt hatten. Die Verlierer, zu denen James und ich zählten, saßen sichtlich schlecht gelaunt am Konferenztisch, die Sieger ließen offen ihre Freude raushängen. Fröhlich pfeifend schenkten sie sich Kaffee ein, wünschten einander grinsend einen guten Morgen. Und natürlich waren sie alle weiß, männlich und über vierzig.

Kelly wandte sich an die Belegschaft. Er war einer von den Fröhlichen. Denkt dran, mahnte er, immer schön höflich bleiben. Keine Politik! Klar, das wird nicht leicht, zumal wir bestimmt auch ein paar beleidigte Leberwürste unter uns haben, aber versuchen wir trotzdem, ein bisschen guten alten Anstand zu bewahren.

Während wir an unserem ersten Einsatzort eine Kiefer trimmten, dozierte James über Shirers *Aufstieg und Fall des Dritten Reiches*. Hitlers Machtergreifung war unvermeidlich, sagte er. Er war mit der Teleskopschere zugange, schnitt mit schnellen Zügen am Seil kleine Zweige ab, die Rando und ich dann auflasen. Das war nicht bloß ein Ausrutscher, erklärte er. So was passiert nicht einfach zufällig.

Rando wirkte bedrückt. Schon den ganzen Vormittag war er ungewöhnlich still und ignorierte James geflissentlich, während wir uns nach den Zweigen bückten und sie rüber zum Häcksler trugen.

Und genauso, fuhr James fort, kann man auch unsere aktuelle Lage auf konkrete Ursachen zurückführen. Man muss nur richtig hinschauen.

Ja, wahrscheinlich, sagte ich. Aber ich bin nicht sicher, ob ich damit besser leben kann als mit 'ner zufälligen Katastrophe.

Was ist denn mit dir, Rando?, fragte James. Bist so still heute. Willst du gar nicht mit mir diskutieren?

Rando zuckte mit den Achseln. Keine Ahnung, Mann, sagte er. Was soll das denn bringen?

Was es «bringen» soll zu diskutieren? Rando, ich bin schockiert!

Rando zuckte erneut die Achseln. Es folgte ein langes Schweigen, nur die Schere war zu hören. Nach einer Weile warf James die Stange ins Gras und ging zu dem orangen Wasserspender am Truck. Er drückte den Knopf und füllte seine Nalgene-Flasche. Beim Trinken ließ er Rando nicht aus den Augen. Der wandte er sich ab und tastete nach seinen Zigaretten.

Wow, sagte James. Okay, alles klar.

Was ist klar?, fragte Rando.

Du hast ihn gewählt.

Rando glotzte schweigend auf seine Schuhe. Er schüttelte eine Zigarette aus der Packung und steckte sie sich in den Mund.

Hätte ich mir ja denken können, sagte James. Na klasse, Rando, echt toll.

Quatsch, Rando, das stimmt doch nicht, oder?, sagte ich optimistisch.

Rando steckte seine Pall Mall an, nahm einen Zug, blies einen Rauchstrahl aus. Was soll ich sagen?, nuschelte er, blickte kurz zu mir auf. Vermutlich sah er mir die Enttäuschung an. Beschämt wandte er sich wieder ab.

Ihr dürft das nicht persönlich nehmen, Leute, brummte er. Hätt ich vielleicht diese Trulla wählen sollen? Diesen scheiß Roboter? Als hätte man sie programmiert, damit sie auch ja immer das Richtige sagt. So eine will ich doch nicht jeden Tag im Fernsehen haben.

Ja, dann doch lieber 'nen Fanatiker, was?, ätzte James. Wie soll ich das denn *nicht* persönlich nehmen? Es *ist* nun mal persönlich. Es betrifft *mich*, ganz persönlich, wenn ich mich in ein scheiß Register eintragen muss oder wenn ich meinen Dad in Südafrika besuche und dann wegen eines Einreisestopps nicht mehr nach Hause kann. Das betrifft mich sehr persönlich und konkret, Rando.

Es darf ja wohl noch immer jeder wählen, wen er will, erwiderte Rando. Ich hab immer gegen das Establishment gestimmt. Für Perot, für Nader, Hauptsache, jemand mischt diesen Laden mal auf. Diesmal hatte Trump eben die besten Karten. Außerdem ist das doch sowieso wurscht. Alles Hokuspokus, 'ne kollektive Illusion. Bei *Coast to Coast* war grade erst einer zu Gast, ein Ex-CIA-Spion, der meinte, die echten Entscheidungen werden alle hinter verschlossenen Türen getroffen, von den Großbanken und superreichen Eliten. Die Stimmen werden nicht mal richtig ausgezählt.

Halt einfach die Klappe, Rando!, schrie ich. James und er sahen mich erstaunt an. Meine Stimme zitterte, so sehr ich auch versuchte, ruhig zu bleiben. Halt doch einmal im Leben einfach deine Klappe!

Rando war sichtlich getroffen. Ich habe ehrlich keine Ahnung, wo das herkam, es war einfach so aus mir herausgeplatzt. Vielleicht dachte ich an meine Eltern, die ziemlich sicher genau wie Rando gewählt hatten, und zwar garantiert aus demselben drögen Stumpfsinn heraus. Womöglich hatte ich geglaubt – oder wenigstens glauben wollen –, um «ihn» wirklich zu wählen, müsse man so sein wie Cort. Ein Choleriker. Ein Abgehängter. Aber Rando hatte ich gern! Ich fühlte mich von ihm betrogen, und wie alle Betrogenen schämte ich mich jetzt, ihn überhaupt gemocht zu haben.

Rando schlurfte davon und setzte sich in den Pick-up, rauchte bei halb offenem Fenster und hörte Radio. James und ich machten uns wieder an die Arbeit, schnitten leise vor uns hin. Über uns rissen die Wolken immer wieder auf und ballten sich erneut zusammen. Das Licht wurde abwechselnd dunkler und heller, und keiner von uns sprach ein Wort bis Feierabend.

Im Kurs besprachen wir meine Geschichte über den Grünpfleger und die Bildhauerin im Museum. Womöglich lag es an der allgemeinen Resignation nach der Wahl, aber jedenfalls wirkten alle mürrisch und gelangweilt. Widerwillig räumten sie ein, ein paar Teile seien ganz nett. Die Dialoge fanden sie in Ordnung. Manche Stellen waren lustig, sagte Joanna bei der Runde mit dem «Positiven Feedback».

Beim Kritisieren gaben sie sich reserviert. Was könnte hier wohl der metaphorische Dschungel sein?, fragte Tony.

Seine Familie, glaub ich, sagte Casey.

Das mit der Familie ist alles etwas schwammig, sagte Tony. Da fehlt's noch an Konturen. Ich glaube eher, der Dschungel ist Kentucky – oder zumindest das, wofür es steht.

Da lag er natürlich goldrichtig. Genauso war es, und so würde es auch immer sein. Ich notierte das in meinem Block – «Kentucky ist mein Dschungel» – und musste fast laut lachen.

Was gefällt denn dieser Bildhauerin an ihm?, fragte Joanna. Das hab ich mich andauernd gefragt.

Sein Potenzial vielleicht?, schlug Trent vor.

Und was ist sein Potenzial?, hakte Tony nach. Was treibt ihn an?

Alle schwiegen. Tony hatte völlig recht. Meinen Wunsch, Schriftsteller zu werden, hatte ich meinem Protagonisten nicht mitgegeben. Er war einfach nur Baumpfleger. Ich hatte ihm all meine Eigenschaften verpasst, außer der, die mir am wichtigsten war, und deshalb blieb die Figur bis zum Ende konturlos.

Hinterher ging ich zur Nachbesprechung in Tonys Sprechstunde. Sein Büro lag im zweiten Stock der Philosophischen Fakultät, die – im Gegensatz zu den georgianischen Verwaltungsgebäuden und den modernen Glasbauten der Naturwissenschaftler – einem Sowjetbunker glich. Das Büro hatte nur ein schmales Fenster, in das er eine Grünlilie geparkt hatte, die sich mit letzter Kraft ans Leben klammerte. Sonst gab es dort bloß noch einen Schreibtisch, einen Computer, zwei Stühle und stapelweise Bücher. An der Wand klebten ausgeschnittene Karikaturen aus dem *New Yorker*, deren Texte ich jedoch nicht lesen konnte.

Tony lächelte mich höflich an, als ich mich setzte. Vor ihm auf dem Tisch lag meine Story mit seinen Bleistiftanmerkungen. Offensichtlich hatte er sich einige Mühe damit gegeben – womöglich sogar mehr als ich und vermutlich mehr, als sie verdiente.

Gut, sagte er, zuerst mal will ich loswerden, dass ich ganz schön beeindruckt war. Gleich auf der ersten Seite dachte ich: «Dieser Kerl weiß wirklich, wie man einen guten Satz schreibt.»

Sofort glühten mir die Wangen, und ich zwang mich, nicht zu grinsen wie ein Vollidiot. Im Seminar hatte er sich nur zurückhaltend geäußert, seine Meinung niemals auch nur durchscheinen gelassen.

Danke, sagte ich. Das freut mich.

Wirklich gut, sagte er, indem er durch die Seiten blätterte. Und wirft viele interessante Fragen zum Thema Klasse auf.

Danke.

Also, sagte er, setzte die Brille auf und linste auf seinen Bildschirm. Sie sind nicht im Master eingeschrieben, richtig?

Genau.

Wieso denn nicht?

Kurz erwog ich unterschiedliche Erklärungen, entschied mich schließlich aber für die Wahrheit. Weiß ich eigentlich auch nicht, antwortete ich.

Gut genug wären Sie jedenfalls, sagte er. Ich finde, Sie

sollten ernsthaft überlegen, sich für ein MFA-Programm zu bewerben. Für diesen Jahrgang ist es schon zu spät, aber vielleicht nächstes Jahr.

Okay, sagte ich. Was ein MFA-Programm war, wusste ich nur ungefähr, ich hatte bloß von dem in Iowa ein wenig mehr gehört. Das war das beste, wie ich wusste. In den Siebzigern hatten Carver und Cheever dort sogar gleichzeitig gelehrt.

An Ihrer Stelle würde ich Folgendes machen, fuhr Tony fort. Erst mal bewerben Sie sich für den Englisch-Master hier in Ashby, für kommendes Frühjahr. Ich schreibe Ihnen die Empfehlung und rede mit dem Direktor. Sie kommen garantiert rein. Gleichzeitig bewerben Sie sich auf Stipendien und Residenzen – für die guten, bei denen es auch Geld gibt. Falls daraus nichts werden sollte, sind Sie immerhin hier eingeschrieben und arbeiten auf einen Abschluss hin, statt bloß, na ja, so rumzueiern. Und nächstes Jahr können Sie dann den MFA in Angriff nehmen. Was meinen Sie?

Seine Hände lagen offen auf dem Tisch, und er hob erwartungsvoll die Augenbrauen, rechnete wohl fest damit, dass ich dankend seine Planung für mein Leben akzeptierte. Allerlei Einwände und Fragen schwirrten mir durch den Kopf, aber er hatte das alles so selbstverständlich vorgetragen, als wäre mein Lebenslauf bereits geschrieben und ich müsste nur noch das Skript durchspielen.

Und wenn ich beides kriege?, fragte ich.

Dann kommt's drauf an, wie dringend Sie das Stipendium brauchen und von hier wegwollen. Den Master können Sie jederzeit abbrechen. Sie müssen tun, was am besten für Ihre Karriere ist.

Meine *Karriere*? Wer hätte gedacht, dass ich hier mutmaßlich an einer Karriere bastelte? Meine Noten waren immer eher mau, sagte ich. Den Bachelor hab ich nur mit Ach und Krach geschafft.

Ich doch auch, winkte er ab. Spielt keine Rolle. Wenn man schreiben kann, fragt kein Mensch mehr nach Noten.

Hm, machte ich, bemerkte erst jetzt, wie schwitzig meine Hände waren, und wischte sie an den Hosenbeinen ab. Da muss ich erst mal drüber nachdenken.

Tun Sie das, sagte er. Und die Story sollten Sie auch noch etwas überarbeiten, wenn Sie sich damit bewerben wollen.

Okay, sagte ich, zückte Stift und Notizbuch.

Zunächst mal brauchen die Figuren Namen. Und mehr Farbe. Hier zum Beispiel – er drehte mir die Seiten hin und zeigte auf einen unterstrichenen Satz –, da spricht der Erzähler von der Ausstellung der Bildhauerin und sagt: «Sie hatte im Leben stets alles bekommen, was sie wollte, und das war nur ein weiterer erfüllter Wunsch.» Aber niemand bekommt jemals *alles*, was er will. Sogar Leute, die in ... Wo soll sie noch mal studiert haben?

In Harvard.

Okay. Also, auch Leute, die an einer Eliteuni studieren – ja, vielleicht sogar vor allem die –, stehen unter enormem Druck. Von außen mag es zwar so aussehen, als stünden sie immer nur auf der Sonnenseite des Lebens, aber das gilt für niemanden komplett. Egal was man von einem Menschen denkt, er ist immer vielschichtiger. Das ist eine gute Faustregel, im Leben und beim Schreiben.

Ich schrieb hastig mit und nickte, um ihm anzuzeigen, dass ich ihn verstand.

Und schon vorher ist da diese Stelle ..., sagte er und blätterte mit suchendem Blick zurück. Ach ja, hier, genau: «Sie war in einem vom Krieg zerrütteten Land geboren worden.» In welchem Land?

Ich weiß es nicht.

Sollten Sie aber. Ich meine, herrje, das widerspricht doch radikal der Sonnenseite-Theorie Ihres Erzählers, oder?

Von all seinen Kritikpunkten traf dieser mich am härtesten. Ich kam mir vor wie der letzte Esel. Was Almas Familie durchgemacht hatte, war so viel gefährlicher und mit so viel höherem Einsatz verbunden gewesen als alles, was ich mir auch nur vorzustellen vermochte. Das war völlig offensichtlich, und doch hatte ich es beim Schreiben restlos vergessen. Ich war viel zu beschäftigt damit gewesen, darüber zu jammern, wie missverstanden ich mich doch fühlte. Dann hatte sie eben noch nie einen Walmart von innen gesehen. Dann kam sie eben von einer Eliteuni. Na und?

Wir müssen mehr über ihren Hintergrund erfahren, erklärte Tony. Was *will* sie? Jede Figur sollte irgendwas wollen. Na, hab ich ja alles angemerkt, sagte er und reichte mir die Story. Das war dann wohl mein Stichwort, um zu gehen. Er lächelte noch einmal höflich und verschränkte die Hände auf dem Schreibtisch.

Soll ich denn noch mal vorbeikommen, wenn ich mich für irgendwelche Stipendien bewerbe?, fragte ich.

Nein, nein. Schicken Sie mir einfach eine Mail wegen des Empfehlungsschreibens. Das klappt schon.

Meinen Sie?

Wer weiß? Aber: Ja.

Okay.

Irgendwas kriegen Sie bestimmt.

Cool, sagte ich, stand auf und ging zur Tür.

Ach, eins noch, sagte Tony. Dieser Typ, Ihr Erzähler – der hat die ganze Zeit so eine wehmütige Einsamer-Cowboy-Attitüde. Schmeißen Sie das raus. Betteln Sie den Leser nicht um Mitleid an.

Alles klar, sagte ich.

Und noch was: Ist Familie in den Südstaaten nicht wichtiger? Was ist da los? Davon könnte die Geschichte mehr vertragen.

Schau ich mir an.

Prima. Er streckte einen Daumen hoch, und ich zog ab, meine Story in der Hand.

E ine Woche nach unserem letzten Treffen schrieb ich
Alma eine Nachricht. «Lust auf einen Ausflug morgen?»
Die Tage gingen ins Land. Ich vertrieb mir die Zeit mit dem
Dschungelbuch, das wir fürs Seminar zu lesen hatten, und mit
diversen Lyriksammlungen. Doch bei Prosa verschwammen
mir immer gleich die Buchstaben vor den Augen. Ich las
Emily Dickinson wieder und entdeckte in ihrem Foto eine
mehr als nur flüchtige Ähnlichkeit zu Alma, aber womöglich
sah ich sie auch einfach überall. «Die Seele ist sich selbst /
Ein kaiserlicher Freund – / Oder der tödlichste Spion – /
Gesandt – von einem Feind»

«Lebst du noch?», schrieb ich ihr am vierten Abend nach
der letzten Nachricht. Eine Stunde später erlaubte ich mir
noch zwei Fragezeichen, felsenfest entschlossen, dass dies
mein letzter Kontaktversuch bleiben würde, egal wie sehr es
mir auch in den Fingern juckte.

Nichts.

Bei der Arbeit sprachen James und Rando nur das Nö-
tigste. Ganze Tage verstrichen beinahe wortlos. Wir schufte-
ten in giftiger Stille, Kaffeearoma auf der Zunge, Finger gelb
vom Nikotin, den Bierdunst vom Vorabend ausrülpsend. In
den Pausen kauten wir mehlige Müsliriegel und sahen zu, wie
die Fensterscheiben von unserem Atem beschlugen. Über
uns raschelten trockene Zweige, und ohne Laub musste man
schon wirklich gut Bescheid wissen, um die toten von den
lebenden zu unterscheiden. Man musste die Rinde anritzen,
nach grünem Mark suchen. Wie hatte der Sommer bloß derart verkommen können?

Zu Hause schaute ich Western mit Pop. Im november-
lichen Nieselregen joggte ich durchs Viertel, schwere Turn-
schuhschritte auf Asphalt an stillen Abenden. Vor dem ersten Morgengrauen stand ich auf, zog meine Stiefel und die
Carhartt an, holte mir unterwegs noch Kaffee und McMuffins
bei McDonald's. Um diese Zeit waren die Straßen noch ange-

nehm leer, und man konnte gemütlich cruisen, Kaffee trinken und Radio hören. Keinerlei Verkehrsstress. Auf dem Highway 44 fuhr ich ostwärts auf die Sonne zu. Manchmal sah ich unglaubliche Sonnenaufgänge. Das Nachtschwarz wurde langsam blau, die Sterne blass, und eine Weile hing die Sonne wie eine halbierte Kaki über den Hügeln, während die Diesel tuckerten und wir unsere Sägen wetzten.

Tony musste die letzten drei Sitzungen «Dschungelnarrative» absagen – ein Notfall in der Familie, meinte er –, und an unserem letzten Termin schauten wir bloß einen Tarzanfilm und aßen Pizza. Ich hatte mir angewöhnt, ein, zwei Minuten zu spät zum Kurs zu kommen und zwischen Trent und Joanna Platz zu nehmen statt neben Casey. Der verstand den Wink allerdings nicht, oder er wollte ihn bloß nicht verstehen.

Nach Tonys Abschiedsworten, bei denen er ein bisschen emotional wurde und uns mitteilte, wir hätten seinen «Traum von einem Kurs über Dschungelnarrative wahr gemacht», stand Casey auf, um eine Ankündigung zu machen. Meine Freundin und ich schmeißen heute Abend 'ne Party, sagte er. Nichts Großes, nur was trinken mit ein paar Freunden. Zur Ablenkung vom Wahl-Blues. Ihr seid alle eingeladen. Sie auch, Tony.

Ach, wie nett, sagte der. Noch immer glänzten Tränen auf seinen Wimpern.

Ich schulterte meine Tasche und ging zur Tür, innerlich wie ausgehöhlt davon, zu hören, dass die zwei wieder zusammen waren. Doch Casey rief mir nach: Owen, du kommst auch. Keine Ausreden.

Ich bin schon mit James verabredet, sagte ich. Das stimmte. Wir wollten in eine Bar in den Highlands, in der man angeblich Tischtennis spielen konnte.

Soll mitkommen, beharrte Casey.

Da müsste ich ihn erst mal fragen.

Bring ihn mit. Keine Widerrede.

Ich hätte natürlich trotzdem absagen können. Doch die Aussicht, Alma wiederzusehen, nach zwei Wochen Funkstille noch einmal mit ihr zu sprechen, ließ mich sogar in den sauren Apfel beißen, einen Abend mit Casey zu verbringen. Okay, sagte ich, wir sind dabei.

Top, sagte er. Dann kommt später zu Alma. Ins Gästehaus. Weißt du, wo das ist?

Ich tat, als wüsste ich es nicht, und ließ mir den Weg erklären.

Am Abend holte ich James ab, der zwar nicht gerade begeistert von den Partyplänen schien, sich aber dennoch darauf einließ. Ich bin ja krass gespannt drauf, diese Frau zu treffen, sagte er, während er im Radio nach brauchbarer Musik suchte.

Das Thema ist sowieso durch, sagte ich. Sie schreibt mir nicht zurück. «Ghosting» nennen die Kids das heutzutage, hab ich gehört.

Oh, sagte er. Darum guckst du in letzter Zeit immer so traurig aus der Wäsche. Ich dachte, das sei nur wegen der Wahl.

Wegen der auch.

Na ja, sagte er, hast du echt gedacht, da wird was draus?

Gehofft zumindest.

Ich spreche vom rationalen Teil deines Gehirns.

Auf den hör ich generell nicht so gut.

Hm, sagte er. Wer tut das schon? Eine Weile sah er aus dem Fenster, einen Fuß aufs Armaturenbrett gelegt, und trommelte sich im Takt der Drums aus dem Radio aufs Knie. Scheiß drauf, sagte er schließlich. Heute schießen wir uns richtig die Lampen aus. Bist du dabei?

Ich grinste – gefühlt zum ersten Mal seit Tagen – und

musste daran denken, was Tony über die Einsamer-Cowboy-Attitüde meines Grünpflegers gesagt hatte. So ein Mensch wollte ich nicht sein. Dieser Mensch war ein Langweiler.

Läuft, sagte ich. Schießen wir uns ab.

Wir hielten an einem Schnapsladen, und nach kurzer Diskussion darüber, ob wir Jim Beam oder Maker's Mark kaufen sollten – ich mochte lieber Jim, er Maker's –, einigten wir uns darauf, je eine eigene Flasche zu nehmen: eindeutig die unvernünftigste Lösung, sowohl in finanzieller als auch in alkoholischer Hinsicht.

Im Truck lag immer noch der Kassettenadapter. James stöpselte sein Handy ein und spielte «Redbone» von Childish Gambino, das ein paar Tage vorher rausgekommen war. Kennst du das schon?, fragte er.

Nee, antwortete ich. Funky. Klingt gar nicht nach ihm.

Das ganze Album soll in 'ne völlig neue Richtung gehen. Der Typ kann einfach machen, was er will, und es wird immer bombe.

An der Straße vor dem Gästehaus reihten sich bereits die Autos. Ich musste erst einmal um den Block fahren, bevor ich einen Parkplatz fand. Auf dem Weg zum Eingang zündete ich mir eine Kippe an und reichte auch James eine. Er trug helle Jeans und eine Adidas-Jacke, in deren Tasche schwer die Flasche Maker's hing. Die Zigarette steckte er sich für später hinters Ohr, dann brach er das Siegel am Whiskey auf und nahm einen großen Schluck.

Wie läuft's denn mit deiner Freundin? Aus dem Crab Shack?

Er hustete, steckte die Flasche wieder weg. Taylor?, fragte er mit rauchiger Stimme. Mit der ist Schluss, Mann.

Ach Scheiße, das tut mir leid. Ich hab dich ja seit damals gar nicht mehr nach ihr gefragt, fiel mir gerade auf.

Du fragst mich allgemein nicht viel.

Echt?

Er nickte.

Das fand ich beunruhigend. Aber noch ehe ich nachhaken konnte, standen wir schon vor der aufgekeilten Haustür und gingen die enge Treppe hoch, auf die dumpf wummernde Musik zu.

Casey begrüßte uns – wie üblich –, als wären wir uralte Freunde, die er seit Jahren nicht gesehen hatte. James streckte ihm die Hand hin und lachte argwöhnisch, als Casey ihn stattdessen kräftig an sich drückte. Wie geht's, Alter?, fragte Casey.

Ganz gut, ganz gut, sagte James.

Und du!, sagte Casey dann, an mich gewandt. Hast mir in letzter Zeit ja ganz schön die kalte Schulter gezeigt.

Wie kommst du denn darauf?, fragte ich. Ich versuchte, gut gelaunt und amüsiert zu klingen.

Na, na, na, erwiderte er und drohte mit dem Zeigefinger. Du weißt ganz genau, dass du ein böser Junge warst. Jetzt kommt erst mal rein, ich nehm eure Jacken.

Um die fünfzehn Leute waren bereits da und plauderten in kleinen Grüppchen. Eine Frau legte auf dem Couchtisch Tarotkarten, umringt von Leuten, die im Schneidersitz auf dem Boden saßen und gebannt zusahen, was die Karten sagten. «Marquee Moon» von Television schallte aus den Boxen, mit Slap-Bass und Falsett, und klang im Vergleich zu «Redbone» einfach nur eckig und gestelzt. Da trat Alma aus dem Flur, mit theatralisch überraschter Miene.

Oh, hi!, rief sie, umarmte mich, drückte sich kurz richtig herzlich an mich, und ich vergaß komplett, etwas zu sagen.

Und du bist dann wohl James, sagte sie.

Genau, sagte James, und die beiden gaben sich die Hand.

Ach, ich dachte, ihr kennt euch schon?, stutzte Casey.

James und Alma schüttelten irritiert die Köpfe.

Hm, machte Casey. Verwirrung huschte ihm übers Gesicht.

Schön, dass ihr da seid, jedenfalls, sagte Alma. Wollt ihr was trinken? Einen Banana-Daiquiri vielleicht? Ich übe grade, wisst ihr.

James und ich sahen einander an und zuckten mit den Achseln.

Klar, warum nicht, sagte ich.

Perfekt! Zweimal Banana-Daiquiri, kommt sofort.

Casey hängte unsere Jacken auf, Alma verzog sich in die Küche. Ihr ganzes Benehmen – dieses fröhliche Gastgeberinnengetue – war offensichtlich nur gespielt. Kurz hatte ich noch einmal ihren Blick erhascht und hätte schwören können, eine Mikroexpression der Scham identifiziert zu haben. Das erzählte ich auch James, während wir auf unsere Daiquiris warteten.

Eine «Mikroexpression»? Was soll denn das sein?

Du weißt schon, ein Gesichtsausdruck oder so was, so flüchtig, dass man ihn verpasst, wenn man nur mal kurz blinzelt.

Du brauchst dringend Alkohol, erwiderte er kopfschüttelnd.

Also nahm ich einen Schluck Jim Beam, und sofort brannte mir die Kehle. In der Küche brüllte der Mixer, übertönte die Musik. Ich wollte Alma allein zu fassen kriegen. Solange Dritte mit dabei waren, konnte sie bequem weiter die Gastgeberin spielen und unsere Funkstille ignorieren. Ich ging meine Möglichkeiten durch: Eine Zigarette hinterm Haus? Die Kloschlange?

Sie brachte uns zwei Gläser voll Bananenpampe, in der schnörkelige rosa Strohhalme steckten. Der Rumgeschmack war ziemlich dominant. Lecker, sagte ich, auch wenn die Banane offenbar schon etwas überreif gewesen war.

Tropisch, sagte James mit gespitzten Lippen.

Okay, sagte sie, *möglicherweise* hab ich ein paar Bananen zu viel gekauft und muss sie jetzt irgendwie loswerden. Und *vielleicht* sind ein paar davon ein klitzekleines bisschen drüber. Aber es ist ja kein Verbrechen, wenigstens Daiquiris draus zu machen, oder?

Hey, wehrte James ab, ich beklage mich nicht.

Plötzlich knetete mir jemand die Schulter, und ich hörte Caseys Stimme hinter mir. Oh, oh, sagte er. Du hast unserem bösen Jungen 'nen Daiquiri aufgequatscht.

Die schmecken total okay!, protestierte Alma.

Ihr müsst die echt nicht trinken, raunte Casey. Fühlt euch bloß zu nichts verpflichtet.

Schmeckt doch gut, sagte ich. Der beste Banana-Daiquiri seit dem einzigen anderen, den ich jemals getrunken hab.

Ich mach noch ein paar, sagte sie. Gleich wieder da.

Casey stellte uns einige Leute vor. Der Literatur-Doktorand Dan war ein Schlaks in einem Dad-Pulli, der sich gefühlt alle fünfzehn Sekunden die Brille mit dem Daumen hochschob. Angela studierte Übersetzung und hatte eine wollig rote Mähne und dazu passend rote Wangen. Sie brach uns allen Stücke von einer norwegischen Süßigkeit ab, die genauso aussah und schmeckte wie Kitkat. Als ich das sagte, brach in ihrem Blick ein Donnerwetter los. Das ist doch kein Kitkat!, blaffte sie. Das ist Kvikk Lunsj und tausendmal besser!

Priya war eine Dichterin, von der demnächst ein Buch bei Sestina erscheinen sollte. Marci promovierte ebenfalls in Literatur und spielte außerdem in einer Punkband namens The Coathangers, die offenbar ein paarmal Vorgruppe für Chastity Belt gewesen war. Jess arbeitete an der Bar im Kaiju, einer Godzilla-Mottokneipe in Smoketown, schrieb allerdings auch und restaurierte obendrein Möbel, falls mich das interessierte – tat es nicht. Ich speicherte die Namen ab, in der Hoffnung, sie nicht innerhalb der nächsten dreißig Sekunden wieder zu vergessen.

In einer Ecke stand Joanna aus dem Dschungelkurs, in ihrem üblichen Outfit aus bunten Stulpen und Hahnentrittmantel. Eine Dose LaCroix-Sprudel in der Hand, beobachtete sie den Rest der Party mit der exaltierten Mimik eines Stummfilmstars. Mir fiel ein Stein vom Herzen, als ich sie entdeckte, und ich ließ James stehen, um mit ihr zu quatschen.

Hi Joanna, sagte ich.

Oh, hi!, rief sie, als wäre mein Auftauchen eine Riesenüberraschung, obwohl ich ziemlich sicher war, dass sie mich längst bemerkt hatte.

Du bleibst trocken heute?, fragte ich mit einem Blick auf das LaCroix.

Ah, ich trinke generell nicht. In meinem Kopf herrscht schon genug Chaos, da muss ich nicht noch Öl ins Feuer gießen.

Verstehe. Kennst du hier wen?

Nein, sagte sie. Also dich natürlich. Und Casey. Und mich, hoffe ich.

Hm. Und bist du froh, dass «Dschungelnarrative» vorbei ist?

Ach weißt du, man kann sich da leicht lustig drüber machen, aber ich glaub, Tony hat das echt geholfen, ein paar Sachen klarzukriegen, mit seinem toten Vater und so. Vielleicht kann er damit jetzt irgendwie abschließen. So gesehen, bin ich froh, dass ich dabei war.

Das ist aber sehr uneigennützig von dir.

Andererseits ..., sagte sie nach kurzem Zögern. Vielleicht haben wir ihm auch bloß erspart, sich mit seiner Trauer richtig auseinandersetzen zu müssen.

Vielleicht hätte er das nicht gepackt.

Direkte Konfrontation ist immer besser, sagte sie.

Ja, kann sein.

Die meisten unserer Probleme sind das Ergebnis der Vermeidung von Unannehmlichkeiten.

Wer hat das gesagt?

Ich. Gerade eben.

An meinem Daiquiri nippend, dachte ich darüber nach. Plausibel klang das schon – man entwickelte die verschiedensten Selbsttäuschungen, Ticks und vertrackten Strategien, nur um kleinen Widrigkeiten aus dem Weg zu gehen. Auf gewisse Weise galt das auch fürs Schreiben. Man kommt mit dem Leben nicht zurecht, also hält man sich raus, schwebt über dem Getümmel und lässt die Zeichen, die man auf ein Blatt Papier schreibt, für die Wirklichkeit einstehen – man schnallt sich trotz gesunder Glieder selbst eine Prothese an, getrieben von der Angst, verletzt zu werden.

Ich entschuldigte mich und machte mich auf die Suche nach Alma, doch die war nirgendwo zu finden. Dann linste ich durch die Vorhänge und sah sie unten an der Straße mit James. Die beiden unterhielten sich und lachten, reichten sich den Maker's hin und her.

Sag mal, was läuft da eigentlich?, fragte Casey. Er war hinter mir aufgetaucht, spähte über meine Schulter, klang seltsam besorgt.

Was läuft wo?

Na bei denen.

Die unterhalten sich, würde ich sagen.

Die sind jetzt schon 'ne Viertelstunde da unten.

Ich drehte mich um und sah, dass er etwas in der Hand hielt. Eine Truckermütze. Er war so kreidebleich, als hätte ihn der Schlag getroffen. Alles okay?, fragte ich.

Casey riss sich vom Fenster los und sah mich an. Nein, sagte er. Ich … Mir ist grade was klar geworden. Er hielt die Mütze hoch: «NO BLACKS, NO WHITES, JUST BLUES», die Mütze, die ich hinters Sofa geschleudert und dort liegen gelassen hatte. Die, die James damals vorm Schadenfreude gefunden und aufgesetzt hatte. Vom Rum benebelt, wie ich war, stand ich erst völlig auf dem Schlauch.

Eben hat Alma so getan, als wäre sie ihm nie begegnet, fuhr er fort. Aber du hast doch gesagt, er war mit euch im Zoo. Das weiß ich noch genau.

Keine Ahnung, was du meinst.

Er lachte bitter. Klar, sagte er. Du deckst ihn natürlich. Ist ja auch dein Kumpel.

Langsam dämmerte mir, welche falschen Schlüsse Casey da gerade zog. Ich geh mal nach draußen, sagte ich, doch er schien mich nicht zu hören. Er blickte bereits wieder wie weggetreten aus dem Fenster.

Ich hastete nach unten, den schwappenden Daiquiri in der Hand. Außer Atem kam ich bei den beiden an. Wir müssen hier weg, sagte ich zu James. Sofort!

Wie jetzt?, stutzte er. Die beiden hatten eben über irgendwas gelacht, und er grinste noch immer. Wir sind doch erst 'ne Stunde da.

Vertrau mir einfach.

Geht's dir nicht gut?, fragte Alma, aufrichtig besorgt. Wenn das von meinem Daiquiri kommt, würd ich mir das nie verzeihen.

Nein, es liegt nicht am Daiquiri.

Noch ehe ich mehr hätte sagen können, schlug hinter uns die Haustür zu. Wir drehten uns um, und da stand Casey auf der Treppe, Hände in den Hüften, unheilvoller Blick. Er schleuderte die Mütze auf den Gehsteig.

James beugte sich vor, kniff die Augen zusammen. Als er das Ding erkannte, lachte er laut los. Scheiße, Mann! Die hab ich ja ganz vergessen! Hast du noch das Foto?

Findest du wohl lustig, was?, blaffte Casey.

Die Mütze? Ja, Mann, voll!

Was ist denn los, Baby?, fragte Alma.

Casey sog Luft durch die Zähne, blickte weg, die Straße runter. Ich glaub das einfach nicht, knurrte er. Mir ist ganz schlecht. Ich glaub, ich muss gleich kotzen.

Hast du zu viel getrunken?

Nein!, schnauzte er. Alma zuckte zusammen, trat einen Schritt zurück. Ich habe *nicht* zu viel getrunken, verdammt!

Okay, sagte sie – ruhig, vorsichtig. Was ist denn los?

Unbeholfen stieg er die Treppe hinab – offensichtlich war er doch ziemlich betrunken – und baute sich vor ihr auf. Meine Fresse, was bin ich bloß für ein Idiot, sagte er. Ich hab mir ja schon gedacht, dass du was am Laufen hast, aber das?

Und mir spielst du schön die brave Ivy-League-Unschuld vor. «Oh, das hab ich ja noch nie gemacht, Casey. Ich bin praktisch noch 'ne Jungfrau, Casey.»

Whoa, whoa, sagte ich, trat vor und streckte den Arm zwischen den beiden aus.

Scheiße, bist du jetzt völlig durchgeknallt?, blaffte Alma.

James war das Grinsen vergangen. Sein Blick huschte zu mir, suchte nach einer Erklärung. Ich war schon bereit, mit dem nächsten Atemzug alles zu beichten. Aber noch bevor ich etwas sagen konnte, legte James die Hand auf Caseys Schulter und fragte: Alter, jetzt sag doch mal, was glaubst du, ist hier los?

Nimm deine verfickten Pfoten von mir, Mann, fauchte Casey, schlug seine Hand weg. Du bist ein Nobody! Glaubst du echt, ich lass mich hier von dir verarschen? Fick dich!

Dann spuckte er James ins Gesicht.

Was nun passierte, dauerte höchstens dreißig Sekunden, auch wenn die Zeit auf einmal nicht mehr floss, sondern in einer Reihe greller Momentaufnahmen ablief, in denen die Gestalten verschwommen. Ich für meinen Teil erinnere mich an Schreie und Gerangel. Ich erinnere mich daran, wie Casey zu- und James zurückschlug, Caseys Nase traf. An einen dünnen Blutstrahl. An Alma, die auf einmal aussah, als hätte jemand sie mit einem nassen Pinsel angeschnippt und ihr Gesicht und Hemd mit roten Tröpfchen vollgespritzt. Ich erinnere mich, wie Casey mit beiden Händen James' Hals packte und ihn würgte. Wie sich die beiden gegenseitig im Schwitzkasten hielten, vornübergebeugt, keuchend und fluchend, mit blutigen Lippen. Wie ich sie trennen wollte und dabei plötzlich einen Ellbogen ins Gesicht bekam, ein scharfer, stechender Schmerz.

Dann lag ich rücklings auf dem Rasen, und James stand über mir. Sein Mund bewegte sich, aber ich konnte ihn nicht hören. Meine Ohren klingelten bloß wie nach einem Schuss. Blinzelnd versuchte ich, mich aufzusetzen, mein ganzer Mund schmeckte kupfern nach Blut. Mein Hemd war blutgetränkt, und als ich mir kurz ans Gesicht griff, hatte ich auch Blut auf der Hand. Viel Blut.

Glaub nicht, dass sie gebrochen ist, sagte James. Das war das Erste, was ich wieder verstand.

Wo ist Alma?

Drinnen. Wir müssen schleunigst von hier verschwinden, bevor die Cops aufkreuzen. Irgendwer da oben hat die angerufen.

Fuck, sagte ich. Ich schluckte das dicke Blut herunter und versuchte aufzustehen. Es fiel mir schwerer als erwartet.

Komm hoch jetzt, drängte James.

Bei dir alles okay?

Ach, der hat mich doch kaum erwischt, wiegelte James ab. Seine Lippe blutete, sonst wirkte er unversehrt. Ich dagegen hatte ordentlich was abgekriegt. Mein Hirn fühlte sich schwabbelig an, so als hätte jemand es in meinem Schädel hin und her geschubst.

Dieses blöde Arschloch, zischte ich, als ich endlich auf den Beinen war. Der hat mich geschlagen.

Ähm, das war ich, genau genommen, sagte James. Aus Versehen. Aber keine Sorge, die Nase ist nicht gebrochen. *Seine* schon. Deine ist bloß angeknackst.

Gibt's da 'nen Unterschied?

Und was für einen, sagte James. Komm jetzt.

Beim Gehen stützte ich mich erst an seiner Schulter ab. Als der Schwindel nachließ, ging es mir schon besser, und ich kam auch ohne Hilfe vorwärts – ein Schritt nach dem anderen. Nach einer Weile, können fünf oder dreißig Minuten gewesen sein, blickte ich auf und sah Pops Ranger.

Gib mir die Schlüssel, sagte James.

Ich drückte sie ihm in die Hand.

Wir stiegen ein, zogen die Türen zu. Hast du Taschentücher oder so was?, fragte er.

Im Handschuhfach.

Er öffnete die Klappe und holte einen Schwung brauner Papierservietten von McDonald's hervor. Da, sagte er. Steck dir ein paar in die Nase.

Mir fiel auf, dass meine Hose nass war. Ich glaub, ich hab mich eingepisst, sagte ich.

Keine Sorge, das ist bloß Daiquiri.

Als er anfuhr, ließ ich meinen Kopf zurücksinken und schloss die Augen. Schmerz pulsierte mir in Wellen von der Nase übers ganze Gesicht. Mein Hals war ganz verstopft von Blut und Rotze. Ich konnte schlucken, wie ich wollte, es wurde nicht besser.

Verdammte Scheiße, Mann, sagte James.

Ich weiß. Es tut mir leid.

So eine verdammte Kackscheiße!

Er hat gedacht –

Ich weiß, was er gedacht hat! Hast dir ja nicht grade ein Bein ausgerissen, um das aufzuklären.

Es ging einfach zu schnell ...

James schnaubte. Klar doch. Du weißt schon, in welche Lage du mich da gebracht hast, oder? Auf offener Straße 'nen Weißen zu vermöbeln! Was, wenn die Cops gekommen wären und mich voller Blut gesehen hätten?

Ich weiß.

Einen Scheiß weißt du. Du *glaubst* vielleicht, du weißt es, aber du hast keine Ahnung.

Ich schwieg, kniff vor Schmerz die Augen zu. Geschieht mir vermutlich recht, dachte ich, aber war das nicht auch bloß eine Art, mich in den Mittelpunkt des ganzen Mists zu drängen? Ich konnte nicht klar denken. Ich konnte ja nicht mal schlucken oder atmen.

Ich brauch Wasser, sagte ich.

Wir halten gleich an, sagte James. Zähne zusammenbeißen.

Als ich die Augen wieder aufschlug, standen wir vor einer Zapfsäule unter grellen Leuchtstofflampen. Ich geh rein und hol ein paar Papiertücher, sagte James.

Ich komm mit.

Nix da. Du siehst zum Kotzen aus. Ich mach schon.

Ich sah ihm nach, wie er zum Eingang trabte und die Tür aufzog. Die anderen Zapfsäulen waren frei. Gedämpfte Musik drang aus den Lautsprechern der Tankstelle – «Man! I Feel Like a Woman!» von Shania Twain. Ich klappte die Sonnenblende runter und schaute in den Spiegel.

James hatte recht: Ich sah wirklich zum Kotzen aus. Blut befleckte mir die Zähne, rann mir übers Kinn und auf mein Shirt. In meiner Nase steckten zwei verzwirbelte Servietten. Meine Augen waren feucht und dick geschwollen. Ich klappte die Blende wieder hoch. Der einzige Gedanke, der mir immer wieder durch den Kopf ging, war, dass ich Casey auch gern eine mitgegeben hätte. Diese Gelegenheit hatte ich nun leider verpasst. Der Impuls war mir zwar auch ein bisschen peinlich, aber er war da, ob ich wollte oder nicht.

James kam mit einer Literflasche Wasser wieder und mit einer Rolle Papierhandtücher aus der Tankstellentoilette. Ich nahm einen großen Schluck, dann stieg ich aus und benetzte mir Gesicht und Hals. Rosarot gefärbtes Wasser tröpfelte auf den Asphalt. James half mir, reichte mir Papiertücher, und als mein Gesicht einigermaßen sauber war, besah er sich prüfend den Schaden, drehte meinen Kopf nach links und rechts. Also gebrochen ist sie nicht, sagte er.

Sicher?

Zu neunzig Prozent.

Er fuhr uns zu seiner Wohnung und bot mir an, auf seiner Couch zu schlafen. Ich nahm sein Angebot ohne viel Federlesens an. Er gab mir ein Paar Basketballshorts und eine Fleecedecke, und ich warf meine blutigen Sachen im Bad auf einen Haufen.

Gib Bescheid, wenn du was brauchst, sagte er, nachdem ich mich auf dem Sofa eingerichtet hatte.

Das tut mir alles wirklich leid.

Er stand in der Tür zu seinem Schlafzimmer, seine Miene

konnte ich nicht richtig deuten. Besprechen wir später, sagte er.

Dann zog er die Tür zu, und ein paar Minuten später erlosch auch der schmale Lichtstreifen darunter. Im Stockdunkeln lag ich auf der Couch, hörte die Geräusche aus den Nachbarwohnungen – Wasser in den Rohren, Geschnatter aus Fernsehern. Ich fragte mich, was Alma jetzt wohl machte. Saß sie allein im Gästehaus, inmitten der Überreste ihrer Party? Hatte sie Casey geholfen oder ihn sich selbst überlassen? Was mochte sie jetzt denken? Wünschte sie, sie wäre mir niemals begegnet? Ich hätte es ihr nicht verübelt.

Meine Nase war gebrochen. Eine Ärztin – oder besser gesagt die Arzthelferin – rückte sie am nächsten Tag gerade, was nicht ohne atemberaubenden, schwindelerregenden Schmerz ablief. Immerhin bekam ich deshalb zwanzig 5-mg-Tabletten Hydrocodon. In Colorado war ich mehrere Monate ziemlich übel auf Schmerzmitteln unterwegs gewesen und hatte mir geschworen, in Zukunft die Finger davon zu lassen, aber das hier war wohl eine zulässige Ausnahme.

Also nahm ich mir frei und verbrachte die folgenden fünf Tage im Opioid-Himmel und schaute John-Wayne-Filme mit Pop. Diese Atempause, gepaart mit der flatternden Wärme in der Brust, tat so gut, dass ich kaum noch an Alma dachte. Beziehungsweise schon noch, aber ohne dass es mich groß kratzte.

Pop schien sich zu freuen, dass ich bei ihm war, statt «durch die Stadt zu karriolen», wie er sagte. Eines Abends schauten wir *Der Marshal*. Ich hatte ganz vergessen, dass Glen Campbell da mitspielte, und musste dösig grinsen, als er in seiner fransigen Wildlederjacke ins Bild trat. Und wir sahen *Der letzte Scharfschütze*, kein Meisterwerk, aber besser, als ich ihn in Erinnerung hatte. Wenigstens war Wayne clever genug, in seinem letzten Film mit den Klischees zu spielen, die er im Laufe seiner Karriere etabliert hatte, und obendrein gab es da ja noch den Meta-Aspekt, dass Waynes J. B. Books mit dem Krebs kämpfte, während Wayne das auch im wahren Leben tat.

Aber nichts kam an *Der Schwarze Falke* ran, einem Film, der all den Zwist, die Hässlichkeit und auch die rohe Schönheit von Amerika wie unter dem Brennglas zeigte. Während Pop und ich ihn schauten, konnte ich kaum glauben, dass Wayne tatsächlich nicht begriffen haben soll, dass der Film eine einzige Kritik an der Idee der «Manifest Destiny» und dem Völkermord an den Native Americans war – oder dass er mitgespielt hätte, falls er es doch begriffen hatte, der alte Rassist. Aber vielleicht hatte Ford ihn auch gerade deshalb ausgewählt. Ganz am Schluss des Films, als Ethan Edwards die junge Debbie vor der Tür ihrer Mutter absetzt und man ihn dort alleine stehen sieht, von der Tür umrahmt, im Hintergrund die Tafelberge und der weite Himmel, die endlos einsame Prärie vor ihm, da sieht man nicht nur die Figur. Man sieht auch John Wayne selbst – den Macho, den Reaktionär, den Held der Glitzerwelt. Den John Wayne, der in Wahrheit nicht einmal John Wayne war, sondern Marion Robert Morrison, geboren in Winterset, Iowa. Den Fantasie-Cowboy am Rand des Wilden Technicolor-Westens – ganz Amerika in einem einzigen Bild.

Ist doch nur ein Film, erwiderte Pop, als ich – so vollgepumpt mit Schmerzmitteln, dass ich kaum sprechen konnte – versuchte, ihm meine Theorie zu erläutern.

Thanksgiving feierte ich mit Pop und Onkel Cort. Es gab Honigschinken, Kartoffelbrei und – weil Cort darauf bestand – einen Eimer Hähnchenteile von KFC. Wieder einmal klärte er uns auf, dass Sanders gar kein echter Colonel war. Wissen wir doch, wissen wir, sagte Pop. Iss dein Hähnchen.

Alma rief nicht an und schrieb auch nicht, und als die Schmerzmittel aufgebraucht waren und die raue Nüchternheit wieder ihr Recht verlangte, war ich zwar nicht unbedingt traurig, aber doch ein bisschen wehmütig. Ich wollte sie sehen. Die ganze Sache fühlte sich so unabgeschlossen an. Vielleicht hatte ich zu viele Kurzgeschichten mit offenem Ende gelesen, aber im Grunde misstraute ich klaren Auflösungen eher, zumindest in der Kunst. Andererseits erkannte man erst am Ende einer Story ihre wahre Form, wie asymmetrisch sie auch sein mochte, und wenn ich auf Alma und mich zurückblickte, deutete sich eine solche Form nur vage an – als Konstellation, wenn man so will. Kreuzungspunkte, aus denen etwas hätte werden können.

Ich bewarb mich für den Englisch-Master in Ashby, mit Schwerpunkt Kreatives Schreiben. Der Direktor meinte, mit Tonys Empfehlung sei ich schon so gut wie drin. Geld haben wir aber leider nicht für sie, erklärte er. Zumindest nicht fürs Frühjahr. Das Budget wird immer schon zu Anfang des Studienjahres festgesetzt, und wenn Sie mittendrin einsteigen, ist nichts zu machen.

Schon in Ordnung, sagte ich. Ich habe einen Job.

Er meinte, alle Teilnehmer des Programms müssten ein Seminar in Kritischer Theorie belegen, und das sollte ich doch gleich im Frühjahr abhaken. Also meldete ich mich dafür an und obendrein für einen Kurs zu viktorianischer Schauerliteratur. Mein Job deckte nur die Gebühr für einen Kurs ab, den anderen würde ich also aus eigener Tasche bezahlen müssen. Doch was blieb mir schon anderes übrig? Ich konnte ja schlecht nur einen Kurs pro Halbjahr belegen und somit fünf Jahre für ein zweijähriges Programm vergeuden.

Leider hatte Tony mir verschwiegen, wie teuer es war, sich für Autorenstipendien zu bewerben. Die Gebühren fraßen fast mein ganzes Erspartes auf. Das erste Dutzend Formulare hatte ich noch zugedröhnt mit Hydrocodon ausgefüllt, weshalb die ganze Kiste ziemlich planlos abgelaufen war. Ich wusste gar nicht mehr, wo ich mich schon beworben hatte, und bewarb mich aus Versehen zweimal fürs MacDowell-Fellowship.

Gegen Ende des Semesters beschloss ich, Alma eine letzte Mail zu schicken. Was sollte schon schiefgehen? Noch mehr Funkstille war ja schlecht möglich. Ich verbrachte eine Stunde damit, meine Mail zu formulieren, schrieb erst eine deutlich längere und löschte dann das meiste wieder. Dann schloss ich die Augen und zwang mich, auf SENDEN zu drücken. Weg war sie. Lag nicht mehr in meiner Hand.

Liebe Alma,
ich weiß nicht, wie das alles so enden konnte. Vielleicht
wär es Dir lieber, ich würde einfach verschwinden, und
wenn Du das möchtest, werde ich es tun. Dann wirst Du
nichts mehr von mir hören.
Aber: Falls Du doch noch einmal reden willst, bin ich da.
Keine Erwartungen. Nur ein Gespräch.
Dein Owen

Ihre Antwort kam am Tag darauf. *Lass uns reden*, schrieb sie.

Ich wartete eine halbe Stunde rauchend vor der Bar. Der Laden hieß Linda's Beeritaville. Laut Alma gab es dort ganz gute Tacos und eine anständige Happy Hour. Eine «Spelunke», hatte sie gesagt. Mir fiel auf, dass eine Kneipe, die diesen Ehrentitel erhielt, in der Regel längst keine echte Spelunke mehr war.

An der Tanke nebenan saugte eine Frau in samtenem Neckholder einen alten Pontiac aus. Ihr platinblondes Haar glänzte sogar im fahlen Winterlicht. Der Pontiac hatte einen Staubfilm, die Türen und getönten Scheiben waren übersät mit kleinen Handabdrücken, so als hätte eine ganze Kinderschar das Auto betatscht. Ein Schild im Tankstellenfenster bewarb Zigaretten der Marke Misty. Ich stellte mir vor, Misty wäre der Name der Frau mit dem Pontiac, dachte, dass ich sie Misty nennen würde, wenn sie eine Figur in einer Erzählung wäre. Ich sah zu, wie sie den Saugrüssel über die Fußmatten zog und vor sich hinmurmelte. Auf dem Aufkleber an der hinteren Stoßstange von Mistys Pontiac stand VERGEBUNG.

Endlich kam Alma in ihrem Honda an. Sie trug einen mottenzerfressenen Pulli und eine Latzjeans mit hochgerollten Hosenbeinen über ihren üblichen Wanderstiefeln. Schon bevor wir uns umarmten, sah ich ihr an, dass ihr die Tränen kamen. Sie schniefte leise an meiner Schulter und sagte, es täte ihr leid. Mir auch, sagte ich. Der Wind pfiff uns um die Ohren, wehte mir ihr Haar ins Gesicht. Immer wieder versicherten wir einander, wie leid uns alles tat, hielten uns fest in den Armen. Aus den Boxen auf der Terrasse des Beeritaville schallte – wie nicht anders zu erwarten – Jimmy Buffett.

Wir bestellten zwei Happy-Hour-PBRs für einen Dollar pro Dose. Die Nische, in die wir uns setzten, hatte Risse im Kunstleder und roch nach Kotze und Bleichmittel. Nautischer Krimskrams schmückte die Wände. Riemen und Bambusreusen. Alligatorenköpfe. Irgendwie ist mir die Lust auf Tacos gerade vergangen, sagte ich.

Ja, mir auch, sagte sie.

Wir tranken das metallisch schmeckende Bier und beäugten einander unsicher. Eigentlich hatte ich gedacht, mit dem ersten Mal Sex hätten wir diese Schüchternheit hinter uns gelassen.

Ich hab seit der Party kein Wort mehr mit Casey gesprochen, erklärte sie. Er hat noch ein paarmal versucht, mich zu erreichen, aber ich schätze mal, das ist jetzt endgültig gegessen.

Na hoffentlich, brummte ich, aber mein Versuch zu

schmollen war nicht besonders überzeugend. Ich freute mich einfach viel zu sehr darüber, sie zu sehen.

Sestina bringt mein Buch jetzt doch nicht raus, sagte sie. War ja abzusehen.

Da bist du bestimmt enttäuscht.

Sie nickte. Eingeritzte Penisse und Initialen zierten den Tisch. Alma prokelte daran herum, kratzte die Glasur ab. Am Daumen hatte sie ein schmutziges Pflaster. Ich weiß schon, sagte sie, du bist sauer auf mich, und ich kann dir nicht mal richtig erklären, wieso ich nicht angerufen hab. Ich hab einfach Panik bekommen.

Wieso denn?

Weil ich dich gar nicht wirklich kenne, antwortete sie. Und du mich nicht. Du hältst mich vielleicht für so 'ne Art Freigeist, aber das bin ich gar nicht. Mein erstes Mal hatte ich mit zweiundzwanzig. Ich hab mir eingeredet, ich würde unverbindlichen Sex wollen. Ich dachte echt, dass ich das will, dass ich die Sorte Mensch sein *sollte*, die das will, aber das bin ich einfach nicht.

Sie nahm einen Schluck aus der Dose, und das Blech knackte unter ihrem Daumen. Ihr Blick huschte im ganzen Raum umher, nur mich sah sie nicht an.

Das hättest du mir ruhig erzählen können, sagte ich. Es hätte mir nichts ausgemacht.

Du hast mich aber schon erschreckt, ehrlich gesagt, sagte sie. Mit deinen Geschichten über Drogen und im Auto wohnen.

Und Caseys Kokserei fandest du nicht erschreckend?

Doch! Furchtbar fand ich die! Hab ich ihm auch gesagt. Von mir aus hätte er nicht mal kiffen sollen. Ich hab das bloß zweimal ausprobiert und nicht mal was gespürt. Wahrscheinlich hab ich's falsch gemacht. Aber Casey hatte kein «Drogenproblem». Und in einem Auto hat er garantiert noch nie gewohnt. Seine Eltern sind Anwälte in Cincinnati. Also, sein Vater ist tot, klar, aber er *war* Anwalt.

Und darum ist ein bisschen koksen nicht so schlimm?

Keine Ahnung, sagte sie, rieb sich die Augen mit Daumen und Zeigefinger. Jedenfalls hat's mich erschreckt, als du mir das erzählt hast. Ich will ja gar nicht so verklemmt sein, aber vielleicht bin ich's einfach.

Das hätte ich lieber nicht gehört. Es enttäuschte mich schwer. Ich hätte sie nie für die Art Mensch gehalten, die dachte wie ... na ja, wie meine Eltern. Puritanisch. Beklommen schaute sie auf ihre im Schoß liegenden Hände, knibbelte unter dem Tisch vermutlich wieder mal an ihrer Nagelhaut. Ich trank einen Schluck Bier, verschaffte mir Zeit, um mir eine passende Antwort zu überlegen. Zwei Männer am Tresen sangen mit zu Toby Keiths «Courtesy of the Red, White and Blue», was es ausgesprochen schwierig machte, an irgendetwas anderes zu denken als daran, wie beschissen ich den Song fand.

Ich kann die Vergangenheit nicht ändern, sagte ich schließlich. Aber weißt du, die meisten Leute hatten irgendwann Probleme. Ein bisschen Dreck unter den Fingernägeln ist doch ganz normal.

Das ist es aber ja grade!, erwiderte sie, sah mir jetzt in die Augen. Ich hab mein Leben lang versucht, *nicht* normal zu sein. Ich wollte an eine Spitzenuni: check. Ich wollte ein Buch veröffentlichen, bevor ich dreißig bin: check. Ich wollte ein bequemes Leben als Autorin führen: check! Gar nichts davon ist «normal». Meine Eltern wollten unbedingt, dass ich was aus mir mache. Mein Vater meinte immer: «Wir haben die Hölle durchgestanden, damit sie dir erspart bleibt», klingt kitschig, klar, ist aber auch wahr, und dem musste ich irgendwie gerecht werden. «Normal» war für mich nie drin. Und ich will mich jetzt nicht auf was einlassen, das mir das Leben versaut.

Du glaubst, ich würde dir das Leben versauen?

Nein, Quatsch, wiegelte sie ab. Keine Ahnung. Ich will das nur erklären.

Einer der betrunkenen Toby-Keith-Fans am Tresen kippelte mit seinem Hocker und plumpste schließlich kräftig auf den Hintern, ließ einen Schmerzensschrei fahren. Ein paar Gäste eilten herbei, um ihm wieder aufzuhelfen. Langsam wurde mir klar, dass das hier wirklich noch eine Spelunke war, entgegen der vorhin aufgestellten Regel. Können wir vielleicht woandershin?, fragte ich.

O ja, bitte.

Es war mild für einen Winterabend, knapp über zehn Grad, doch sie zog trotzdem die Schultern hoch und verschränkte die Arme eng vor der Brust. Ich legte einen Arm um sie, und sie lehnte sich bei mir an. Es war kurz vor Weihnachten. Auf den trockenen Rasen vor den Häusern standen aufblasbare Schneemänner, und von den Regenrinnen hingen Eiszapfenlichter.

Wir kamen an einem kleinen Park mit einem bunten Spielplatz und einem Plastik-Stegosaurus vorbei, auf den man klettern konnte. Nur ein Mann und seine kleine Tochter waren da. Während die Kleine am Klettergerüst hangelte, las er in einem Hardcover, in der Linken eine Thermoskanne Tee. Das kleine Etikett des Teebeutels hing an seinem Faden heraus. Wir setzten uns auf eine Bank.

Wie läuft's denn mit deinem Roman?, fragte ich sie.

Sie machte eine Geste, die wohl «so lala» bedeutete. Mal so, mal so, sagte sie. Manchmal wünschte ich, ich hätte mir einen Beruf ausgesucht, in dem meine Stimmung nicht so sehr davon abhängt, wie gut die Arbeit vorangeht.

Wolltest du immer schon schreiben?

Eigentlich schon, ja.

Und für deine Eltern ging das klar?

Wieso denn nicht?

Ich dachte nur immer, die meisten Einwanderer wollen, dass ihre Kinder Ärzte oder Anwälte werden.

Das ist das Klischee, ja, sagte sie, den Blick auf einen fernen Punkt jenseits des Parks gerichtet. Dort, hinter den weiß gescheckten Stämmen der Platanen, gab es einen Waschsalon mit malvenfarbener Markise sowie einen kleinen Eckladen. Zwei Eichhörnchen hopsten am Rand des Parks durchs nasse Laub und krabbelten die Rinde eines Hickorybaums hoch. Sonst war dort nicht viel zu sehen.

Meine Mutter ist Kinderärztin, sagte sie, mein Vater Zahnarzt. Aber ich glaube, in einem anderen Leben wären sie lieber Künstler geworden. Mein Vater hat zwei Romane in der Schublade.

Gut?

Keine Ahnung, sagte sie. Er lässt sie keinen lesen. Sie handeln von Bosnien.

Sie fuhr sich durchs Haar, warf es zurück gegen den Scheitel, sodass es langsam, Strähne für Strähne, wieder in seine gewünschte Form fiel. Das tat sie oft, um die inszenierte Unordnung ihrer Frisur zu bewahren. Ich kannte sie inzwischen lang genug, um solche Dinge zu bemerken – was sie mit ihren Haaren machte, das Knibbeln an der Nagelhaut, wenn sie nervös war, wie sie fast unmerklich die Lippen mitbewegte, wenn sie eine Nachricht auf dem Handy las. Am liebsten wollte ich das sofort alles aufschreiben, durfte nicht vergessen, das zu tun, wenn ich nach Hause kam. Außerdem wollte ich das mit der Frau aufschreiben, die ihren Pontiac saugte, das mit dem Aufkleber, auf dem VERGEBUNG stand. Ich wollte über das Beeritaville schreiben, und über Toby Keith. Hätte ich diese Welt aus Zeichen wohl bemerkt, wenn *sie* kein Teil davon gewesen wäre? All diese Dinge verwiesen noch auf etwas anderes, da war ich sicher. Sie würden die Story bilden, wie wir wieder zusammenkamen. Sie würden nützlich dafür sein, die Geschichte später zu erzählen, und waren daher meine Aufmerksamkeit wert.

Findest du's schön, wenn wir zusammen sind?, fragte ich.

Sie nickte abwesend.

Wen juckt dann all der andere Kram?

Sie hob ihre Stiefel auf die Bank und umarmte ihre

Knie. Mir kommt das gleich auf mehreren Ebenen wie eine Schnapsidee vor, sagte sie. Ich mein, was soll da langfristig draus werden? Deine Eltern sind Evangelikale, hast du erzählt – was werden die sagen, wenn sie hören, dass du eine Muslimin datest? Warum sollte ich mich mit Leuten abgeben, die feindselig mir gegenüber sind? Die mich als Fremde wahrnehmen?

Ob sie «feindselig» wären, kannst du gar nicht wissen. Und als fremd nehmen sie mich auch manchmal wahr.

Aber nicht auf dieselbe Weise, das weißt du genau.

Okay, was soll ich dazu sagen? Von solchen Fragen sind wir ja noch meilenweit entfernt. Und wie wichtig sind die überhaupt?

Familie *ist* wichtig, entgegnete sie. Dir vielleicht nicht, aber mir schon.

So was klärt sich von allein. Das kann man nicht planen.

Und was ist damit, dass ich hier nur zu Besuch bin?

Was soll damit sein?

Ich lebe hier nicht, sagte sie. Bin nur vorübergehend da, schon vergessen? Was ist im Mai, wenn ich wieder nach New York ziehe?

Das findet sich auch, antwortete ich. Außerdem lebe ich hier ja selber nicht. Ist nur ein Intermezzo.

Das brachte mir einen mitleidigen Blick ein. Kurz darauf ergriff sie meine Hand. Eine Brise kam auf, wehte ihr Haar zurück, trug den modrigen Geruch des Laubs heran. Ich weiß nicht, sagte sie. Ich seh da einfach keine Zukunft.

Versuchen wir's doch einfach mal, schlug ich vor. Dann sehen wir ja, was passiert.

Auf der anderen Seite des Parks rief eine Frau in Joggingkluft ihrem an der Leine zerrenden Pyrenäenberghund zu, er solle bei Fuß gehen. Alma sah hinüber zu ihr und dem zotteligen, trabenden Tier. Das kleine Mädchen war inzwischen vom Klettergerüst gestiegen und hob Laubhaufen hoch, sah zu, wie der Wind sie ihr aus den Händen blies. Guck mal, forderte sie ihren Vater auf. Ich seh's, sagte der, ohne den Blick von seinem Buch zu heben.

Alma holte tief Luft, um zu sprechen, aber es war, als bliebe ihr der Atem im Halse stecken. Dann seufzte sie. Als gäbe sie nach langem Kampf irgendwas auf. Okay, sagte sie.

ZWEITER TEIL

Der Anruf kam, während wir bei Alma Abendessen kochten. Die Küchenfenster waren beschlagen, und mir tränten die Augen noch vom Zwiebelschneiden. Pop ist gestürzt, sagte Cort, als ich abnahm.

Ich drehte die Stereoanlage leiser. Alma klappte den Ofen auf und sah nach dem Rosenkohl, stocherte vorsichtig mit einer Gabel in ihm herum. Wie geht's euch, ihr Kleinen?, flötete sie.

Du musst mir helfen kommen, sagte Cort.

Wo ist er gestürzt?

Im Garten. Er hat Müll und alte Zweige verbrannt.

Und wieso hast du das nicht gemacht?

Mein Rücken, weißt du doch.

Kannst du keinen Nachbarn um Hilfe bitten?

Da ist niemand zu Hause.

Wie schlimm ist es denn? Ist er verletzt? Braucht er 'nen Krankenwagen?

Halb so wild. Krankenwagen ist nicht nötig, glaub ich.

Aber mich brauchst du? Ich bin 'ne halbe Stunde entfernt.

So lang hält er schon noch durch.

Wir haben Minusgrade, Cort.

Ich hab ihn mit Decken eingepackt.

Der Rauchmelder ging los – lautes Jaulen, begleitet von einer Roboterstimme. «Feuer – Alarm – Feuer – Alarm.» Ich steckte mir einen Finger in das freie Ohr. Alma verzog das Gesicht, stieg auf die Sofalehne und nahm den Detektor ab. Kurz fummelte sie erfolglos daran rum, dann nahm sie einfach die Batterien raus. Sorry!, formte sie mit den Lippen.

Ich winkte ab, schon gut, alles okay, doch sie sah mir sicher an, dass das nicht stimmte. Ich wirkte besorgt. Ich *war* besorgt. Ein Geschirrtuch über der Schulter, stand sie da, wartete darauf, dass ich erzählte, was passiert war.

Entschuldige, Cort, sagte ich ins Telefon.

Scheiße, was war das denn?

Der Rauchmelder.

Aha. Na, tut mir leid, dass ich störe. Ich weiß ja, du bist sehr beschäftigt damit, trautes Heim zu spielen und so, aber es wär trotzdem klasse, wenn du kurz vorbeischauen könntest.

Ich komme, blaffte ich und legte dann schnell auf, bevor ich noch was sagte, das ich nicht mehr hätte zurücknehmen können.

Seufzend ließ ich mich aufs Sofa sinken, legte die Stiefel auf die Armlehne. Alma wartete noch immer mit verschränkten Armen. Tut mir leid, sagte ich, ich muss weg. Mein Großvater ist gestürzt.

O Gott, echt?, sagte sie. Ein wenig pro forma klang das schon, aber was konnte ich auch groß erwarten? Sie hatte Pop noch immer nicht kennengelernt. Seit einem Monat waren wir bereits zusammen, ohne dass Casey noch am Horizont rumspukte, und sie hatte weder Pops Haus noch mein Kellerzimmer zu Gesicht bekommen. Ich schlief drei, vier Nächte in der Woche hier bei ihr, im Gästehaus, und das hatte bislang blendend funktioniert.

Offenbar nichts Ernstes, sagte ich. Aber es ist kalt, und Cort kann ihm nicht hochhelfen, also muss ich das eben tun. Iss du ruhig schon mal ohne mich.

Sie nahm das Tuch von der Schulter, zwirbelte nervös daran herum. Sicher?, fragte sie.

Außer, du *willst* mitkommen.

Willst *du* denn, dass ich mitkomme?

Nur wenn *du* willst.

Meinst du, du brauchst Hilfe?

Kann schon sein, sagte ich. Aber fühl dich bitte zu nichts

verpflichtet. Ich komm schon klar. Bleib ruhig einfach hier und iss.

Nachdenklich kaute sie auf ihrer Lippe. Nein, ich komme mit, sagte sie schließlich. Kann ich mich noch schnell umziehen? Sie hatte das Haar etwas chaotisch hochgebunden, trug Jeans und eine weite Strickjacke über einem meiner «Hausmeisterei und Anlagenpflege»-Shirts. Unser auf der Brusttasche prangendes Logo bestand aus einem Rechen und einem Spaten, gekreuzt vor einer Kiefer.

Eigentlich nicht, sagte ich. Zieh einfach 'ne Jacke über.

Sie schlüpfte in ihren Parka mit Pelzkragen, stieg hastig in die Wanderstiefel. Ich zog meine Carhartt an, und schon eilten wir die Treppe runter, hinaus in die klirrende Kälte. Die Sonne war bereits untergegangen, hatte lediglich einen lachsrosa Fleck im Westen hinterlassen. Die Bäume waren kahl. Das steife Gras funkelte vor Frost.

Cort stand vor dem Haus, in einem Overall und einer neonorangen Jagdmütze. Als wir auf ihn zutraten, schob er seinen Handschuhbund zur Seite und linste auf die Armbanduhr. Vierzig Minuten, sagte er.

Hi, Cort. Das ist Alma, meine Freundin.

So hatte ich sie noch nie genannt, doch Alma zuckte nicht mal mit der Wimper, gab Cort einfach die Hand. Freut mich, sagte sie. Owen hat schon viel erzählt.

Cort beäugte sie misstrauisch. Das ist 'ne Familiensache hier, sagte er zu mir. Privat. Dass du wen mitbringst, hast du nicht gesagt.

Lass stecken, Cort, mahnte ich.

Ich kann gern im Auto warten, bot Alma an.

Nein, alles gut. Hör nicht auf den.

Hättest ruhig Bescheid sagen können, maulte Cort. Ich mag keine Überraschungen.

Lass uns einfach nach Pop schauen, okay? Ist doch egal jetzt. Wo ist er?

Wir folgten Cort hinters Haus. Unser Atem bildete silbrige Wölkchen. Hinten fiel der Rasen sachte ab zu ein paar Zedern und einem großen Ahorn. Dort verbrannte Pop immer den Müll in einem Metallfass. Neben diesem Fass lag er nun unter einem Berg von Decken. Zu seinen Füßen lagen ein paar splittrige Zedernäste, die er bei seinem Sturz wohl gerade geschleppt hatte.

Hallo Pop, sagte ich, ging neben ihm in die Hocke. Selbst im Dämmerlicht war offensichtlich, wie schlecht er beieinander war. Er war blass, seine Lippen waren veilchenlila. Sogar unter den vielen Wolldecken und Patchwork-Quilts zitterte er noch wie Espenlaub, und seine Stimme klang, als hätte ein Zahnarzt ihn mit Novocain betäubt. Ich schätzte die Temperatur auf minus sieben oder acht Grad. Selbst mir war das zu kalt, und ich lag wenigstens nicht reglos da.

Nehmt einfach den ganzen Klumpatsch von mir runter, dann steh ich schon auf, lallte Pop.

Wir helfen dir, sagte ich. Bleib einfach liegen.

Brauch keine Hilfe, brummte er mit flatternden Lidern.

Mann, Cort, flüsterte ich. Warum hast du bloß keinen Krankenwagen gerufen?

Das wird schon wieder, wenn er mal im Haus ist.

Ich hätte ihn am liebsten angebrüllt, aber das wäre reine Zeitverschwendung gewesen, und außerdem wollte ich vor Alma keine Szene machen. Sie stand ein paar Meter hinter uns, mit eng verschränkten Armen und klappernden Zähnen. Dass es so ernst wäre, hatte ich nicht erwartet. Ich wollte sie nicht beunruhigen.

Nehmen wir erst mal die Decken runter, sagte ich, und wir zogen sie weg, bis er nur noch in seiner alten Latzhose dalag. Ohne Jacke.

Kannst du seine Beine nehmen?, bat ich Alma.

Hm?, fragte sie, wie aus einer Trance gerissen. Sie trat einen Schritt nach vorn und legte eine Hand ans Ohr.

Die Beine!, wiederholte ich, etwas schärfer als gewollt. Ich korrigierte meinen Tonfall, versuchte, ruhig zu klingen. Ich nehm ihn an den Schultern, du an den Beinen. Geht das?

Ja, ich denke, das kriege ich hin, sagte sie.

Er wiegt nicht viel.

Sie trat neben Pop, winkte ihm zu. Hi, Sir, sagte sie. Ich bin Alma. Ich fasse jetzt Ihre Beine an, ja?

Pop lächelte schwach.

Okay, Pop, sagte ich, ging hinter ihm in die Hocke. Los geht's.

Ich griff ihm unter die Arme, und wir hoben ihn an. Zügig trugen wir ihn den Hang hinauf. Alma tat sich schwer, atmete flach und schnell. Pop war komplett schlaff, sein Kopf hing kraftlos an meiner Schulter. Moment, sagte Alma vor der Hintertür. Unbeholfen setzte sie Pops Beine ab, ließ sie fast fallen. Heftig schnaufend stand sie da.

Wir müssen weiter, sagte ich.

Ich krieg keine Luft, keuchte sie.

Mit dem Ellbogen schob ich die Tür auf und zog Pop hinein, durch die Küche und ins Wohnzimmer zu seinem Sessel. Nachdem ich mich überzeugt hatte, dass er nicht einfach runterrutschen würde, lief ich zum Schrank im Flur, schnappte mir ein paar Häkeldecken und große Handtücher und packte ihn darin ein. Mir war schwummrig, und ich erlaubte mir, kurz durchzuatmen, bevor ich in den Keller rannte, um meinen Heizlüfter zu holen. Ich stellte ihn neben den Sessel und steckte ihn ein. Das Gerät tickte und ächzte. Die Spulen glühten. Japsend beugte ich mich vor, die Hände auf den Knien. Als ich wieder aufblickte, standen Cort und Alma in der Küchentür.

Alles okay?, fragte sie.

Glaub schon, antwortete ich, obwohl ich keinen Schimmer hatte. Er sah zum Gotterbarmen aus, die Lippen spröde, die Lider auf Halbmast. Nicht mal den Kopf konnte er gerade halten. Ich googelte «Symptome Unterkühlung» auf meinem Handy und überflog einen Artikel der Mayo Clinic. Seine

Atmung war regelmäßig, das war schon mal gut. Er war bei Bewusstsein. Seine Sprache war zwar zweifelsfrei verwaschen, doch verwirrt wirkte er nicht. In den paar Minuten, die ich brauchte, um den Artikel zu lesen und eine Entscheidung zu treffen, wurde er ein wenig munterer. Seine Augen, blau wie ein Swimmingpool, hellten sich auf, als hätte jemand darin ein Licht angeknipst. Er sah Alma an.

Hui, wen haben wir denn da?, fragte er.

Ich musste grinsen. Selbst in diesem Zustand hatte er noch immer einen Blick für hübsche Frauen.

Sie trat auf ihn zu, streckte ihm die Hand entgegen. Hallo, Sir, sagte sie. Hi.

Das ist Alma, Pop, sagte ich. Ich hab dir von ihr erzählt, weißt du noch?

Klar weiß ich das noch, sagte er. Ich würde dir ja liebend gern die Hand geben, aber ich krieg meinen Arm nicht hoch.

Ja, antwortete Alma. Die Decken sind zu schwer, hm?

Sieht so aus, ja, nuschelte Pop. Dann sah er mich schelmisch an. Hübsch ist die, sagte er, wobei das Wort «pretty» bei ihm eher wie «perty» klang.

Ich weiß, erwiderte ich. Sie hat geholfen, dich reinzutragen.

Oh, recht vielen Dank.

Keine Ursache, Sir, sagte Alma, so laut, als wäre er halb taub.

Was hast du denn da draußen bloß getrieben, so ganz ohne Jacke?, fragte ich.

Das Grinsen verschwand. Ach, wenn ich das noch so genau wüsste, sagte er. Ich glaub, ich wollte nur mal eben an die Luft, und dann hab ich die Äste gesehen. Die müssen doch verbrannt werden.

Und das musste unbedingt noch heute Abend sein?

Na ja, früher oder später schon.

Er log, und zwar nicht sehr überzeugend. Da draußen ist's eiskalt, Pop, sagte ich. Du hättest glatt erfrieren können.

Noch während ich das aussprach, fragte ich mich plötzlich, ob das vielleicht sogar der Plan gewesen war.

Aus seinen sanften, blauen Augen blickte er mich an. Du hast recht, sagte er. Ich muss in Zukunft besser aufpassen.

Sobald sich abzeichnete, dass Pop nicht an Unterkühlung sterben würde, verzog Cort sich in sein Zimmer. Alma und ich blieben noch ein Weilchen bei Pop sitzen. Wollt ihr vielleicht 'nen Film schauen?, fragte er.

Ich fürchte, dafür ist heute keine Zeit, Pop, sagte ich.

Sie haben ja ganz schön viele John-Wayne-Filme!, schrie Alma.

Pop zuckte zusammen, stellte sein Hörgerät leiser. Ja, ich hab so einige, sagte er. War immer schon ein Fan vom Duke.

Es gibt da ein tolles Essay über ihn. Von Joan Didion.

Nie gehört.

Es ist jedenfalls toll, sagte Alma. Didion zitiert eine Stelle, wo John Wayne einer Frau verspricht, ihr ein Haus an der Biegung des Flusses zu bauen, da, wo die Pappeln stehen. Sie meint, sie hätte ihr ganzes Leben lang darauf gewartet, dass ein Mann wie John Wayne kommt und das zu ihr sagt.

Die Hölle von Oklahoma, sagte Pop.

Wie bitte?

So heißt der Film. Ist ziemlich gut.

Ah. Den kenne ich nicht. Worum geht's denn da?

Pop überlegte kurz. Inzwischen hatte er die Hände aus den Decken befreit und hielt eine Tasse heiße Schokolade, die ich ihm gemacht hatte. Ach, das Übliche, sagte er schließlich. Cowboys und Indianer. Irgendein Konflikt, die Frau steht zwischen zwei Männern. Einer ist 'n Cowboy – der Duke – und der andere ein netter Kerl, der irgendwas mit Öl macht oder so. Am Ende bleibt sie beim Duke.

Ein Happy End also?, fragte Alma.

Ja, kann man schon sagen.

Vielleicht können wir den ja schauen, wenn ich das nächste Mal komme, wie wäre das?

Von mir aus gern, sagte Pop. Er beäugte Alma prüfend.

Ich zeige Alma mal mein Zimmer, sagte ich. Pop nickte und griff nach der Fernbedienung. Wir stapften die Treppe hinab. Unten klickte ich die Leuchtstoffröhren an. Flackernd und brummend offenbarten sie, wo ich das letzte halbe Jahr gewohnt hatte. Plötzlich nahm ich den Keller schmerzhaft deutlich durch ihre Augen wahr. Die chaotische Werkbank. Die halb fertigen Rigipswände, die blanke, rosa Isoliermasse. Meine Bücherkisten. Mein erbärmlicher Kleiderständer. Was immer sie auch denken mochte, sie lächelte mich bloß etwas gezwungen an und sagte: Das ist also dein unterirdisches Versteck?

Ist nix Tolles, ich weiß.

Ist doch nicht schlecht, du hast sogar ein Fenster, sagte sie und zeigte auf die reifbedeckten Scheiben.

Ich ließ sie sich ein wenig umsehen, während ich verlegen dastand, mit den Händen in den Hosentaschen. Sie bewunderte das riesige Regal voll VHS-Kassetten. So viel John Wayne ..., staunte sie. Hätte ich das mit Joan Didion nicht sagen sollen? War das blöd?

Quatsch, war doch okay.

Ich dachte, das ist jedenfalls besser, als zu sagen, dass John Wayne ein Rassist war.

Vermutlich, ja.

Sie warf einen Blick in die Milchkiste mit meinen Platten. Viel Gram Parsons, stellte sie fest. Ich wusste nicht so recht, was ich dazu sagen sollte, also sagte ich nur: Ja, der ist cool. Die Bücher auf dem Beistelltisch neben dem Sofa waren allesamt Lyrik. Creeley, Bishop, Lorde. Sie strich mit einem Finger über die Buchrücken, als könnte sie durch die Berührung etwas aufsaugen.

Gut, sagte sie, klatschte sich auf die Schenkel. Wieder rauf?

Ich atmete auf, zwar eher unsicher, ob ich erleichtert sein sollte, aber trotzdem froh, dass es vorbei war. Nach dir, sagte ich und schaltete das Licht hinter uns aus.

Oben verabschiedeten wir uns noch von Pop. Er schaute *Über den Todespaß*, mit Jimmy Stewart. Geht's dir wirklich gut?, fragte ich.

Ja, sicher, sagte er. Schau, meine Zehen. Er zeigte auf sie, streckte sie unter der Decke vor und wackelte damit.

Was ist mit denen?

Die wackeln.

Und?

Das bedeutet, sie fallen nicht ab.

Aha. Da bin ich mir zwar nicht so sicher, aber gut. Ich klopfte ihm auf die Schulter, wandte mich zur Tür. Und keine Faxen mehr im Garten!, mahnte ich.

Alma winkte schüchtern. Hat mich sehr gefreut, schrie sie.

Ganz meinerseits, Schätzchen, erwidert er. Und das mit dem Film war ernst gemeint. Kommt jederzeit gerne vorbei. Dann schauen wir den mit dem Duke, von dem du erzählt hast.

Gern, sagte Alma.

Wir fuhren eine Weile, ohne zu reden. Ich schaltete das Radio ein, den Klassiksender. Jemand spielte irgendwas Würdevolles auf einem Cembalo. Alma beugte sich immer wieder vor und rieb sich das Kreuz. Sie seufzte melodramatisch, wartete eindeutig darauf, dass ich mich erkundigte, was los war.

Stimmt was nicht?, fragte ich schließlich.

Ich glaub, ich hab mir den Rücken verletzt.

Quatsch.

Doch, ich glaub schon. Das zieht so, hier. Vorsichtig drückte sie auf eine Stelle gleich über der Taille, links der Wirbelsäule.

Vielleicht ein bisschen verhoben.

Was soll das bedeuten?

Keine Ahnung, gezerrt oder so.

Es tut echt weh.

Schlaf 'ne Nacht drüber, und wenn's morgen noch wehtut, geh zum Arzt.

Und wenn da wirklich was kaputt ist?

Da ist schon nichts kaputt.

Und wenn doch?

Dann hättest du bestimmt größere Schmerzen. Bist du zum Heben in die Knie gegangen?

Ja, glaub schon. Stirnrunzelnd kaute sie an ihrem Daumen. Aber sicher bin ich nicht. Meine Mutter hat sich den Rücken verletzt, als sie in meinem Alter war. Damit hat sie heute noch zu tun.

Puh, was soll ich da jetzt sagen, Alma? Ich dachte, du wolltest mitkommen und helfen.

Ich bin kleiner als du. Und du schleppst täglich schweres Zeug. Du bist das gewöhnt. Wann muss ich schon mal schwer heben?

Das ist ja grade der Punkt.

Was denn für ein Punkt? Hier gibt's keinen «Punkt»! Ich sag nur, dass mir der Rücken wehtut, okay? Mehr nicht. Natürlich war's am wichtigsten, deinen Großvater reinzubringen. Ist doch ganz klar.

Ich drehte das Cembalo lauter, versuchte, nicht an Pop zu denken – daran, worauf er es womöglich angelegt hatte, während er an einem bitterkalten Abend bis zur Erschöpfung Äste schleppte. Die Straße war leer. Wir schlängelten uns durch Tunnel aus Bäumen, über uns Äste wie verhedderte Nervenenden. Ein verschwommener Hof umgab den Mond.

Zu Hause nahm Alma einen Eisbeutel aus dem Froster und legte sich hin. Ich sagte, ich wolle noch aufbleiben und etwas lesen, doch stattdessen notierte ich alle Quälereien dieses Abends, an die ich mich erinnerte. Was gesagt worden war, wie ich mich gefühlt hatte, meine Sorge, Pop könnte versuchen, sich was anzutun. Vor Kurzem hatte ich begonnen, meine wirren, handschriftlichen Notizen abzutippen und in einem Ordner namens «Kentucky / Alma» zu speichern. Wieso ich das tat oder was daraus werden sollte, das wusste ich selbst nicht. Aber es fühlte sich merkwürdig verboten – und folglich aufregend – an, so als trüge ich das Beweismaterial für meine eigene Unschuld zusammen. Entweder das oder ich schrieb eine Lovestory mit Happy End. So oder so, langsam las es sich wie eine richtige Geschichte. Und ich hoffte inständig, dass es eine Lovestory würde, und zwar nicht nur aus ästhetischen Gründen, sondern auch, weil wir dann glücklich miteinander wären. Vielleicht lief das ja letztlich auf dasselbe hinaus. Ich schrieb Almas Dialogpart nieder, so gut ich mich daran erinnerte, aber so präzise musste es im Grunde gar nicht sein. Schließlich war ich ja kein Journalist.

A ls Ende Januar die Kurse wieder losgingen, konnte ich endlich von mir behaupten, dass ich im Master eingeschrieben war. Ich bin nicht ganz sicher, ob es Stolz war, was ich da empfand, aber jedenfalls hatte ich eindeutig das Gefühl, etwas Sinnvolles zu tun – und nicht mehr nur «rumzueiern», wie Tony das ausgedrückt hatte.

Den Kurs zur «Viktorianischen Schauerliteratur» leitete eine Frau namens Dr. Theresa Unger, deren Auftreten und strenge, kaltäugige Schönheit fast selbst etwas Schauriges an sich hatten. Sie hatte null Geduld mit Dummköpfen und schien sich kein Stück um unsere Meinungen zu scheren, was ich gut fand. Lesen sollten wir *Sturmhöhe*, *Dracula* und *Große Erwartungen*, die ich zwar alle bereits kannte, aber mit Vergnügen noch mal lesen würde.

Das Seminar zur Kritischen Theorie hatte ich einmal die Woche, drei Stunden am Stück, und mir war sofort klar, dass der Kurs eine Qual werden würde. Die Dozentin war eine gewisse Dr. Greta Person. Ich hatte nicht gewusst, dass man so wirklich heißen konnte, doch sie war der lebende Beweis. Wir nannten sie Dr. Person. Sie war weiß, trug klobige Armreife aus Holz sowie Halsketten mit vage afrikanischen

Motiven, und sie benutzte mit Vorliebe das Wort «gaga».
Beispiel: «Warum genau ist ‹Make America Great Again› so
gaga?»

Die anderen im Kurs promovierten in Literatur oder Rhetorik. Sie alle beherrschten den akademischen Jargon perfekt. Das meiste, was sie sagten, verstand ich vorn und hinten
nicht, und obwohl ich die Schuld dafür zuerst bei mir suchte,
erkannte ich doch ziemlich schnell, dass sie selbst keine
Ahnung hatten, worüber sie da sprachen.

Das zentrale Thema des Kurses war «Neuer Materialismus
und die Rhetorik der Bilder», und während Dr. Person sich
im Laufe dieser ersten Wochen über Netzwerktheorie und
Heteroglossie ausließ, nickte ich stets brav, als verstünde ich
sie ganz genau, obwohl ich in Wahrheit keinen Schimmer
hatte.

D er Asiatische Eschenprachtkäfer hat exakt die Farbe von
grünem Glitzerlack und ist nicht größer als der Nagel
eines kleinen Fingers. Ursprünglich in Asien beheimatet,
hat das Insekt sich als invasive Spezies in ganz Nordamerika
ausgebreitet und die amerikanischen Eschenarten dezimiert,
insbesondere die Rot- und Schwarzesche. Asiatische Eschen
wehren den Käfer durch spezielle Tannine ab, doch unsere
Bäume können das nicht.

Im Campus-Arboretum standen um die siebzig Eschen.
Fünfundvierzig waren dem Eschenprachtkäfer bereits zum
Opfer gefallen. Ende Januar rief Kelly daher unser Team
zu sich und gab uns den Auftrag, die toten und todkranken
Bäume abzutragen.

Ich weiß, wir haben nur begrenzte Mittel, sagte er. Keine
Lastenkräne, keine mobilen Arbeitsbühnen, und unsere
Häcksler pfeifen auch schon aus dem letzten Loch. Leichte
Arbeit wird das also sicher nicht. Das Gute ist aber, die meis-

ten könnt ihr einfach fällen. Da müsst ihr gar nicht erst groß klettern.

Obwohl es Winter und erst sieben Uhr morgens war, stand eine Art Brownie-Eisbecher mit heißer Karamellsoße vor ihm auf dem Schreibtisch. Er leckte ein wenig schmelzende Eiscreme von dem roten Plastiklöffel und blickte uns an. Noch Fragen?

Wir drei sollen *vierzig* Bäume fällen?, fragte James.

Fünfundvierzig, korrigierte Kelly.

Das dauert doch Monate!

Ganz bestimmt, ja, sagte Kelly. Aber immer noch besser, als den Winter über arbeitslos zu sein, oder?

Keiner von uns sagte etwas. Er hatte recht – ein paar unserer nicht studierenden Kollegen waren bereits rausgeflogen. Grünpflege war größtenteils Saisonarbeit. Sein Geld verdiente man von Frühjahr bis Herbst. Die einzige Ausnahme waren Fällungen. Einen Baum abhacken konnte man zu jeder Jahreszeit.

Kann ich nicht langsam wieder mal zur Rasenpflege?, fragte Rando. Meine Furunkel sind ja wieder abgeheilt. Ich hab den Antrag schon vor Wochen gestellt.

Ich brauche Sie aber nicht bei der Rasenpflege, sondern für das hier, entgegnete Kelly, Karamell in den Mundwinkeln. Seien Sie mal lieber froh.

Rando schnaubte, fläzte sich im Stuhl zurück. Das ist doch scheiße, fluchte er.

Nein, Rando, das ist Arbeit. Ich weiß, das ist ein Fremdwort für Sie, aber machen Sie einfach das Beste draus. Ihr könnt euch gerne Zeit lassen damit. Im Grunde tu ich euch einen Gefallen.

Kelly stand auf, wischte sich die Finger an einer Serviette ab und zeigte zur Tür. Mehr gab es nicht zu besprechen.

Im Arboretum fanden wir die erste Esche auf der Liste: zehn Meter hoch und allem Anschein nach schon mausetot. Ein

Kiespfad führte darunter entlang, ein Teil des Wegenetzes, das sich durchs ganze Arboretum erstreckte. Am Hang unter dem Parkplatz, den man von hier aus sehen konnte, gab es Beete mit Lilien und Rosen, die zu dieser Jahreszeit allerdings abgedeckt waren. Im Westen lag ein japanischer Garten mit Bonsais, Trauerweiden und einer hölzernen Bogenbrücke über einem Koiteich. Ich wusste, dass Alma hier manchmal spazieren ging. Im Frühjahr mussten wir das unbedingt auch mal gemeinsam machen.

Unter nervtötendem Piepen des Trucks bugsierte James den Häcksler rückwärts ins gelbliche Gras. Dann stellte er den Motor ab und stieg aus. Zu dritt standen wir da und betrachteten den Baum. Es war ein trüber Vormittag, und der Nebel kondensierte perlend auf unseren Helmen.

Rando hustete und spuckte aus. Soll das jetzt für immer so weitergehen, Leute?, fragte er. Bis in alle Ewigkeit?

Soll was so weitergehen?, fragte James zurück.

Na diese Eiszeit hier bei uns. Wenn wir die nächsten Monate zusammen schuften, sollten wir mal wieder miteinander reden.

Wir kamen doch bis jetzt auch so klar, sagte James.

Und das reicht dir? Klarkommen? Mann, du kannst mir doch nicht ernsthaft immer noch böse sein, oder?

James nahm seine Schutzbrille ab, wischte mit dem Ärmel ein paar Wassertropfen von den Gläsern. Ich bin dir nicht böse, sagte er. Ich denke ja nicht mal an dich.

Ach komm schon, Mann, beharrte Rando. Owen, sag du doch mal was. Ich hab doch recht, oder?

Angenehmer wär's vermutlich schon, stimmte ich zu.

Und wie soll das gehen?, bellte James. Sollen wir uns jetzt vielleicht beieinander entschuldigen, oder was? Wenn er sich dafür entschuldigt, wen er gewählt hat, ändert das doch auch nichts.

Hallo?! Ich entschuldige mich doch nicht dafür, wen ich gewählt hab – geht's noch?

Und wie sollen wir zwei dann hier einen auf Kumpel machen?, fragte James. Das musst du mir mal erklären.

Jeder hat seine privaten Gründe dafür, wieso er was tut, erwiderte Rando. Mit Betonung auf «privat»!

Du meinst Rassismus. Das ist immer der «private» Grund.

O Mann, eure Generation wittert überall nur noch Rassismus. Das nehmt ihr immer gleich als Erstes an.

Stimmt ja auch meistens, sagte James.

Okay, schaltete ich mich ein. Jetzt halten mal alle die Luft an.

James schüttelte den Kopf, zupfte an seinen Handschuhen und ging zum Pick-up. Er nahm die 70-cm-Husky von der Ladefläche – die, die wir sonst nie benutzten – und setzte sie auf der Klappe ab.

Wahrscheinlich haben wir mehr gemeinsam, als du glaubst, beharrte Rando. Zum Beispiel bin ich voll dafür, sämtliche Drogen zu legalisieren.

Schön für dich, sagte James. Er schraubte den Deckel ab, um den Ölstand zu prüfen, strich über die Kette, inspizierte ihre Zähne.

Gut, können wir das Kriegsbeil irgendwie begraben?, fragte ich. Von mir aus können wir die Vergangenheit ruhen lassen.

Aber das ist es ja grade!, sagte James. Überhaupt nichts ist vergangen! Die Kacke ist noch immer voll am Dampfen.

Okay, ja, sagte ich. Aber wir müssen hier arbeiten, Mann. Irgendwie auskommen miteinander.

Hör auf den General, sagte Rando. Recht hat er!

James seufzte und wuchtete die große Säge zu Rando und mir herüber. Die Finger in den Griff gehakt sah er uns an. Das Gerät war schwer, auf seinen Unterarmen zeichneten sich die Sehnen ab. Na gut, passt auf, sagte er. Wir müssen uns ja nicht gleich heulend um den Hals fallen. Ich spare mir in Zukunft meine Kommentare. Im Grunde langweilt mich diese ganze Dynamik vor allem. Also scheiß drauf. Sind wir eben verschiedener Meinung.

Ein Waffenstillstand, sagte Rando. Mehr will ich ja gar nicht. Er streckte James die Hand hin, und der schüttelte sie halbherzig.

So, wenn ihr mich dann bitte entschuldigen würdet, sagte er, ich mach jetzt diesen Baum platt. Er setzte die Husky ab, zog einmal, zweimal kräftig am Starterseil. Kurz brüllte die Säge auf, dann brummte sie phlegmatisch. Nach kurzem Leerlauf jagte James den Motor hoch, trat an den Baum und setzte seinen Fallkerb an, ohne auch nur den Beinschutz anzulegen.

Ab und zu fuhren Alma und ich mit dem Auto los, einfach nur, um das Gefühl zu gewinnen, irgendwie voranzukommen. Die Welt vorbeisausen zu sehen und auf das zurückzublicken, was man hinter sich gelassen hatte, half gegen die Winterunruhe. Man machte sich vor, man ginge fort. «Da du die ermunternden Wechsel wünschst.» Letztlich war es reine Langeweile. Wir hatten so gut wie nichts zu tun und nur uns beide als Gesellschaft.

Eines Abends fuhren wir ohne ein bestimmtes Ziel südwärts über die I-65. Bald setzte die Dämmerung ein, und am Waldrand zeigten sich äsende Hirsche. Wir hörten einen Bluegrass-Sender, doch das muntere Klimpern von Mandolinen und Banjos wurde immer wieder von Rauschen unterbrochen. Die Sonne war hinter die Hügel im Westen gesunken, über denen ein rosa Schleier von Zirruswolken hing. Durch das Rauschen drang inzwischen ein christlicher Sender: Ein Mann und eine Frau beteten in Dauerschleife das Ave-Maria. Ewig ging das so. Beim zehnten Mal fragte Alma, was das sollte. Ich sagte, ich hätte keine Ahnung. Es klang nicht so, als kämen die zwei bald zu einem Ende, doch aus reiner morbider Neugier konnte ich nicht weghören.

Wir hatten noch nicht zu Abend gegessen, und als ich die

Werbetafel eines Cracker Barrel sah, schlug ich vor, dort anzuhalten. Sie meinte, sie sei noch nie zuvor in einem gewesen.

Ist nicht wahr!, staunte ich.

Ist wohl wahr.

In sechsundzwanzig Lebensjahren hast du noch nie einen Cracker Barrel betreten?

Wir. Waren. Muslimische. Einwanderer, sagte sie, indem sie jedes Wort betonte. Was sollten wir in einem Cracker Barrel?

Ich bog auf den Parkplatz, der so gut wie leer war. Keine Überraschung, zumal die typischen Gäste des Cracker Barrel über sechzig waren und bereits gegen fünf zu Abend aßen – wenn nicht sogar noch früher. Jetzt war es kurz vor sieben.

Auf dem Weg zum Eingang, vorbei an den Hecken, welken Chrysanthemen und mit Fahrradschlössern gesicherten Schaukelstühlen, erzählte ich ihr, dass ich schon öfter in einem Cracker Barrel gewesen war, als ich zählen konnte, weil meine Eltern in meiner Kindheit so gut wie nie woanders mit mir essen gingen. Ganz selten, an Geburtstagen oder zu besonderen Anlässen, waren wir auch mal im Olive Garden. Sonst immer im Cracker Barrel.

Dann bist du da als Kind also gern hin?, fragte sie, als wir Platz genommen hatten.

Nein, ich fand's grauenhaft, erwiderte ich. Geht mir heute auch noch so, aber jetzt ist auch ein bisschen Nostalgie dabei.

Ich nahm das kleine Steckspiel, das in jedem Cracker Barrel auf den Tischen auslag, von seinem Platz zwischen der flackernden Öllampe und der Flasche mit in Essig eingelegten Pfefferschoten. Alma sah sich neugierig um. Der Gastraum war nur spärlich besetzt. Weiter hinten saßen ein paar Biker in schwarzen Lederhosen und Bandanas mit Flammenmuster. Drei, vier ältere Paare warteten in unserem Bereich schon auf ihr Essen. Im Feldsteinkamin knisterte ein Feuer, und in der holzgeräucherten Luft mischten sich die Düfte von

Kaffee, Bratspeck und Ahornsirup. Alles war warm und still. Selbst das Klappern und Zischen aus der Küche war kaum hörbar.

Was hat deinen Eltern denn daran gefallen?, fragte sie.

Darüber musste ich selbst erst mal nachdenken. Dann erklärte ich, der Cracker Barrel sei eben günstig und meine Eltern einfache Arbeiter mit wenig Geld, die trotzdem auch mal auswärts essen wollten. Dass sie das Essen und die Einrichtung mochten, war nicht bloß Geschmacksverirrung, sondern kam daher, dass sie ihnen so vertraut waren. Sie waren noch auf echten Farmen aufgewachsen, hatten echte Kühe gemolken, echte Tabakpflanzen ausgegeizt. Sie hatten Apfelkompott, Stielmus und Eisbein gegessen, und das alte Werkzeug an den Wänden glich dem, das ihre Väter benutzt hatten, in Zeiten, die zumindest in Kentucky noch keine Ewigkeit zurücklagen. Nein, sie waren noch frisch im Gedächtnis und die Trauer über ihren Verlust noch immer gegenwärtig, fast wie bei einem Phantomglied. Auch wenn all das hier reinste kommerzialisierte Nostalgie war, mit der man alten Leuten albernen Schnickschnack andrehte, leuchtete mir doch ein, was meine Eltern daran gut fanden.

Anscheinend haben manche Filialen ihre Gäste nach Rasse getrennt, sagte Alma, die am Handy durch einen Artikel scrollte.

Echt?

Mhm. Gab da wohl 'ne fette Klage.

Das wunderte mich nicht. Das antiquierte Gute-alte-Zeit-Dekor hatte immer schon einen aggressiv rassistischen Unterton gehabt: Sensen, Eggen und Spitzhacken, planlos an die Wandgitter gehängt, so als warteten sie nur darauf, dass ein wütender Mob sich mit ihnen bewaffnete. Auf einmal zog mich das Lokal wieder genauso runter wie schon in meiner Jugend. Nostalgie war eben immer Lüge. Irgendwas hatte sie immer zu verbergen.

Der ganze Kram hier ist schon irre, stellte Alma fest. Sie

betrachtete das Schwarz-Weiß-Porträt eines ernst drein-
schauenden Paares über unserem Tisch. Wo kriegen die das
nur alles her?

Ob du's glaubst oder nicht, das sind alles echte Antiquitäten, sagte ich. In Lebanon, Tennessee, knapp zwei Stunden
von Melber entfernt, steht ein großes Lagerhaus, von da aus
werden die verteilt.

Lass uns da doch irgendwann mal hinfahren, schlug sie vor.
Wäre bestimmt guter Stoff für einen Essay.

Für dich oder für mich?

Bevor sie darauf antworten konnte, kam unsere Kellnerin, eine fast schon erschreckend dürre Frau mit falschen
Wimpern, aus deren Hemdkragen eine tätowierte Rose lugte.
Die Bedienungen im Cracker Barrel waren üblicherweise
entweder alte Matronen mit grauem Dutt und Haarnetz oder
jüngere wie diese, die unter ihrem dicken Make-up alles von
zweiundzwanzig bis sechsunddreißig sein konnten und von
ihrer letzten Pause noch nach Zigarette rochen. «Trailerpark-
hübsch», wie Rando sagen würde. «Die Art Frau, die auf die
‹Vorher›-Seite von 'nem Vorher / Nachher-Poster über Meth
gehört.» Fies, aber ich wusste, was er damit meinte. Auf diese
hier, deren Name – LUCIDA – vorn auf ihre braune Schürze
unter zwei goldene Sterne gestickt war, passte Randos Beschreibung wie die Faust aufs Auge. Sie sah aus, als stünde sie
kurz vor dem Absturz.

Darf's erst mal was zu trinken sein, oder wisst ihr schon?,
fragte sie.

Ähm, machte Alma und blinzelte verwirrt die Speisekarte
an. Ich hab noch gar nicht richtig geschaut, ehrlich gesagt.
Musste erst noch das Ambiente bewundern.

Kein Problem, Herzchen, schnurrte Lucida – ein wenig
besorgt, so als könnte sie schon riechen, dass wir keine leich-
ten Kunden wären. Schau dir nur alles in Ruhe an, ich bring
gleich erst mal Wasser.

Lucida zog ab, und Almas Blick huschte nervös über die

Karte. Sie wirkte überfordert. Hm, was nehm ich bloß?, sagte sie.

Was magst du denn sonst so für Hausmannskost?

Eigentlich gar keine.

Ich lachte. Tja, dann bist du hier leider falsch.

Du hast mich hierhergeschleift!, wisperte sie, riss die Augen in gespieltem Ärger auf. Das war nicht meine Idee!

Viel falsch kannst du hier sowieso nicht machen.

Ich will bloß Lucida nicht enttäuschen, sagte sie, und fast im selben Augenblick tauchte die mit unserem Wasser wieder auf.

Seid ihr so weit?, fragte sie.

Du zuerst, forderte Alma mich auf.

Ich bestellte Catfish, und als Lucida sich Alma zuwandte, bestellte die aus lauter Panik einfach «Hühnerfilet». Definitiv ein Fehler: «Hühnerfilet» war nur ein Euphemismus für Chicken Fingers. Als Beilage wählte sie gedünsteten Brokkoli, einen Grünkohlsalat und gedünstete Babykarotten – vernünftig, gesund und fade.

Nachdem Lucinda unsere fleckigen Papierspeisekarten wieder eingesammelt und sich in Richtung Küche getrollt hatte, sah Alma mich unsicher an. Hab ich das Richtige bestellt?

Nein, sagte ich lachend.

Was ist denn falsch an Hühnerfilet?

Dass es eigentlich Chicken Fingers sind.

Shit, wirklich?

Du kannst was von meinem Fisch abhaben.

Catfish ist Wels, oder? Ich bin nicht sicher, ob der halal ist.

Na und? Du isst doch auch Schweinefleisch.

Ja, aber Schweine find ich auch nicht eklig.

Wie, du hältst dich an die Halal-Vorschriften nur, wenn du das Tier zufällig eklig findest?

Irgendwie schon, ja, sagte sie. Das liefert mir einen rationalen Grund für eine irrationale Aversion.

Ich spielte das Steckspiel zu Ende, legte die kleinen bunten Zapfen in einem Häufchen daneben. Vier hatte ich übrig gelassen. Schwache Leistung. Die Regeln auf der Rückseite des Holzdreiecks besagten: «Wer vier oder mehr stehen lässt, ist ein Strohkopf.»

Und, sagte sie, formte eine Raute mit der Hand und stützte das Kinn auf ihre Daumen. Woran arbeitest du grade?

Ich lehnte mich auf dem knarzenden Stuhl zurück und legte mir meine Antwort zurecht. Derzeit feile ich an ein paar alten Storys, sagte ich. Aber hauptsächlich schreibe ich auf, was so passiert.

Journaling, meinst du?

Erst wollte ich verneinen, doch dann kam ich ins Grübeln – vielleicht war das, was ich da machte, ja genau das, was andere Journaling nannten? Den Zusammenhang zwischen den Wörtern «Journalist» und «Journaling» hatte ich zuvor noch nie bemerkt. Die kurze Antwort war jedenfalls: Ich hatte keine Ahnung, was ich tat.

Ja, vielleicht könnte man's so nennen, sagte ich. Aber ich hoffe, irgendwann wird da noch mehr draus. Ich erzählte ihr, worum es ging: darum, wie ich mit Pop und Cort zusammenwohnte, wie ich in Ashby Bäume schnitt, wie ich sie kennengelernt hatte. Sie hörte zu, trank hin und wieder etwas Wasser oder strich sich eine Strähne hinters Ohr. Mit der Zeit wirkte sie immer besorgter, so als wäre ich dabei, ihr zu erklären, weshalb ich all mein Geld ganz dringend in ein offensichtliches Schneeballsystem stecken oder eine Frau heiraten wollte, die ich erst eine Woche kannte.

Na ja, letztlich weiß ich auch nicht, was ich da eigentlich tue, endete ich. Woher weiß man überhaupt, ob man ein Tagebuch oder Autofiktion schreibt? Wo liegt der Unterschied?

Wenn du mich fragst, ist der Unterschied manchmal bloß Arroganz. Zu glauben, andere Leute würden sich für das Klein-Klein des eigenen Alltags interessieren.

Und gilt das auch für mich?

Sie zuckte mit den Achseln. Wie viel hast du denn bis jetzt? Ist das überhaupt schon irgendwie der Rede wert?

Weiß nicht, sagte ich, obwohl ich es genau wusste. So zehn-, fünfzehntausend Wörter vielleicht?

Wow.

Ist das schlecht?

Nein, bloß ... Ach, keine Ahnung.

Bleibt die Frage, ob das Ganze eigentlich Fiktion ist oder nicht, fuhr ich fort. Meinst du, ich sollte das im Text selbst thematisieren? Seinen Status, meine ich? Die ethischen Probleme?

Die ethischen Probleme?

Ja, ob es zum Beispiel ethisch fragwürdig ist, mehr oder weniger wörtlich ein Gespräch mit meiner Mutter wiederzugeben, ohne sie vorher um Erlaubnis zu fragen.

Das geht klar, find ich, erklärte sie. Hab ich auch schon getan.

Aber was, wenn das Gespräch sich darum dreht, dass sie sich unwohl dabei fühlt, wenn ich über sie schreibe? Wenn ich ihr in dem Gespräch sogar verspreche, nicht über sie zu schreiben, und es dann trotzdem mache?

Alma verstummte. Sie ließ die Eiswürfel im Glas klappern, trank einen Schluck. Dann fragte sie: Schreibst du unsere Gespräche etwa auch auf?

Ich versuchte, das mit einem Lachen abzutun, doch sie fand es offenbar kein bisschen lustig. Ich schreibe einfach auf, was so passiert, wiederholte ich schließlich.

Verstehe, brummte sie. Mit schwer zu deutender Miene blickte sie das Foto mit dem ernsten Paar über dem Tisch an. Dann drehte sie sich vage lächelnd wieder zu mir. Schreib weiter, sagte sie.

Meinst du?

Sie nickte. Mach einfach weiter und schau, was sich ergibt. Viele große Romane mäandern vor sich hin, und der Plot entsteht nur durch die Abfolge von Ereignissen. Ich meine, ein

Plot kann ja manchmal auch bloß darin bestehen, dass Zeit vergeht. Weißt du, was ich meine?

Absolut.

Deshalb würde ich mir keinen großen Kopf darüber machen, welche Form dein Stoff bekommen soll. Du sammelst eben noch. Ich hatte die erste Fassung meines Romans ruckzuck zusammen, aber natürlich ging die zweite Hälfte nicht so richtig auf, und jetzt muss ich alles noch mal überarbeiten. Aber um so was kannst du dich auch später noch kümmern. Zwei Jahre ist das jetzt her, dass ich die erste Fassung fertig hatte, und ich sitze immer noch dran. Das dauert eben.

Der leicht herablassende Unterton in ihrer Antwort entging mir keineswegs. Sie wollte mich zurechtstutzen, mich wissen lassen, dass ich noch einen weiten Weg zu gehen hatte. Dass ich ein Amateur war. Wahrscheinlich zu Recht. Andererseits war ich auch älter als sie und hatte ab und zu doch das Gefühl – ob das fair war oder nicht –, dass ich mir im Gegensatz zu ihr «meine Sporen» schon verdient hatte. Dass ich vielleicht sogar zu viel Lehrgeld bezahlt und noch was gut hatte. Aber das verriet ich ihr natürlich nicht.

Lucida brachte unsere Teller, und wir aßen größtenteils schweigend. Alma klagte, ihr Hühnchen sei kalt und das gedünstete Gemüse völlig geschmacksneutral. Auf der Heimfahrt hörten wir *This American Life*. Alma hatte den Kopf an die Scheibe gelegt und war sichtlich gedankenverloren. Als ich gerade fragen wollte, woran sie denn dachte, leuchtete vor uns eine Reihe roter Hecklichter auf. Wir bremsten auf Schneckentempo ab. In der Ferne blitzte Blaulicht über den begrünten Mittelstreifen. Als wir auf Höhe der Einsatzfahrzeuge kamen, sahen wir, dass ein Kleinwagen – ein Hyundai – durch die Leitplanke gekracht war. Es nieselte seit einer guten Stunde, und die Polizisten trugen Ponchos und Leuchtwesten, winkten den Verkehr mit Taschenlampen weiter. Der Unfallwagen war zerquetscht und qualmte, dicke

Klumpen Gras und Erde hingen in den Radkästen. Scherben glitzerten auf dem Bankett wie Steinsalz, und die Leitplanke war verdreht. Auf dem Schotter lag ein Mensch, abgedeckt mit regennassem Plastik. Eine Frau. Ihr dunkelblondes Haar lugte unter der vom Wind gelüfteten Plane hervor. Sie war tot. Niemand war bei ihr. Alma beugte sich vor, um besser zu sehen. Was ist das denn?, fragte sie, doch ich wechselte die Spur, bevor sie es erkennen konnte.

War nur ein Tier, sagte ich.

Jetzt, wo wir den Stau der Gaffer hinter uns gelassen hatten, ging es wieder schneller voran. Im Radio sprach noch immer Ira Glass, doch ich konnte ihm nicht richtig folgen. Sogar mein Herzschlag war irgendwie aus dem Tritt. Während der gesamten restlichen Fahrt, ja sogar noch in Almas Wohnung, beim Duschen, Zähneputzen und Ins-Bett-Gehen, ging mir der Haarschopf unter der Plane nicht aus dem Kopf, und die Vorstellung, zu schreiben, ganz egal was, kam mir auf einmal völlig sinnlos vor. Ich hatte Angst, das Gefühl könnte am nächsten Morgen immer noch anhalten und mit dem Schreiben wäre es für mich endgültig vorbei. Dann müsste ich mir wohl eine neue Berufung suchen. Jura zum Beispiel, dachte ich, und versuchte beim Einschlafen, mir mein Leben als Anwalt auszumalen.

Doch am nächsten Morgen war das Gefühl verflogen. Schreiben kam mir nicht mehr sinnlos vor. Glaubst du, ich wäre ein guter Anwalt?, fragte ich Alma über unseren Haferflocken.

Auf gar keinen Fall, sagte sie, ohne auch nur aufzublicken. Sie war beschäftigt damit, einen großen Klacks Honig und Erdnussbutter mit ihren Haferflocken zu verrühren. Du bist ein viel zu schlechter Lügner. Ein guter Anwalt muss das draufhaben.

Gilt das nicht auch für Schriftsteller? Ist Fiktion nicht letztlich sozial gebilligtes Lügen?

Alma gab keine Antwort. Nach dem Frühstück streckte sie

sich barfuß auf dem Sofa aus, trank ihren Kaffee und las Alice Munro. Ich blieb am Küchentisch sitzen, ließ mir den Nacken von der Sonne wärmen. Die kahlen Äste des Ahorns vor dem Küchenfenster warfen arabeske Schatten auf die Maserung der Holzdielen. Als der Wind die Zweige schüttelte, kratzten sie über die Scheibe wie Fingernägel, und die Schatten tanzten und verschwammen. Das Bild von der Toten am Straßenrand schoss mir wieder durch den Kopf, doch diesmal konnte ich es mühelos verdrängen. Ich nippte an meinem Kaffee, klappte meinen Laptop auf und machte mich an die Arbeit.

W as war da eigentlich mit deinem Großvater?, fragte meine Mutter.

Ich war nach «Kritische Theorie» gerade vor Pops Haus angekommen, als sie anrief. An der Straße geparkt, saß ich im Ranger und sah zu, wie aus den Schornsteinen des – dank der winterkahlen Bäume nun vollständig sichtbaren – Kraftwerks der Rauch aufstieg.

Ach, der übliche Mist, antwortete ich. Er hat Äste rumgeschleift. Bloß wär er dabei diesmal fast erfroren.

Stille. Dann räusperte sie sich und fragte: Und wo warst du?

Aber sie wusste sicher schon, wo ich gewesen war, von Pop oder von Cort. Wie eine gute Staatsanwältin stellte sie nie eine Frage, auf die sie nicht bereits die Antwort wusste.

Bei einer Freundin, sagte ich.

Hab schon gehört. Was ist das denn für eine, diese Freundin?

Sie heißt Alma.

Aha. Und woher kommt sie?

Aufgewachsen ist sie in Virginia.

Virginia!, rief meine Mutter. Mit einem Mal war ihr Interesse geweckt. Sieh an, dann ist sie also Südstaatlerin?

Na ja, jein, erwiderte ich und fasste knapp Almas Biografie zusammen. Darauf folgte erneut Schweigen, dann ein: Hm. Und wieder Schweigen, so lang, dass ich schließlich Hallo? sagte.

Ja, bin noch da, sagte sie. Bosnien ... Sind die da orthodox?

Manche schon, antwortete ich. Aber Alma ist Muslimin.

Wieso?

Wieso sie Muslimin ist? Ist das dein Ernst?

Ich meine, ist sie ... praktizierend?

Nicht so richtig, nein. Ist eher eine kulturelle Sache.

Hm, machte meine Mutter erneut. Ich genoss ihr Unbehagen fast etwas zu sehr. Mit meiner Ex Maurine hatte sie sich blendend verstanden. Maurine hatte öfter mit ihr telefoniert als ich, und nach der Trennung war glasklar, auf wessen Seite meine Mutter stand. Die traute Einigkeit der beiden war mir nie ganz geheuer gewesen.

Sprechen die da mit Akzent, in Bosnien?

Ja, so osteuropäisch, sagte ich. Wie Dracula, weißt du?

Wie Dracula?! Sie klang entsetzt.

Ja, du weißt schon, so: *Ich vill saugen deine Blut.*

Ah, sagte meine Mutter. Okay.

Scheinst dich ja sehr drauf zu freuen, sie kennenzulernen.

Nein, das ist bloß ... Ich bin nur überrascht, sonst nichts. Selbstverständlich ist sie jederzeit bei uns willkommen. *Will* sie uns denn mal mit dir besuchen?

Ja, irgendwann schon, denk ich. Sie ist neugierig, ob bei uns wirklich alles so ist wie in meinen Storys.

Aha, sagte sie. Dann sind wir also Studienobjekte, ja?

Wie kommst du denn auf so was?

'tschuldigung, sagte sie, war nur ein Witz. Richte ihr jedenfalls aus, sie ist uns jederzeit willkommen.

Mach ich.

Durch die Windschutzscheibe blickte ich auf den Rasen

gegenüber, wo eine mollige Frau in Skijacke und OP-Maske gerade Bleichmittel in einen Eimer kippte. Dann pickte sie Sackträgerraupen von den Zweigen einer Fichte und warf sie in die Bleiche. Die Fichte war rostfarben und ausgedorrt – wahrscheinlich nicht zu retten, doch sie versuchte es trotzdem.

Greg hört im März bei BelCo auf, sagte meine Mutter plötzlich.

Ich dachte, er hat noch bis Juni?

Dachten wir auch, aber die wickeln doch alles schneller ab. Und was habt ihr vor?

Keine Ahnung, sagte sie. Er sucht überall nach Arbeit. Nashville, Auburn, Savannah ...

Nach «überall» hört sich das aber nicht an. Eher nach «ausschließlich im Süden».

Du weißt schon, was ich meine.

Würdest du denn gern wegziehen?

Was glaubst du denn? Ich hab mein ganzes Leben hier gelebt.

Könnte doch spannend sein.

Ja, das sagen alle, seufzte sie. Du, ich muss jetzt mal das Abendessen machen. Pass gut auf deinen Großvater auf! Und sag Bescheid, wenn's schlimmer wird und ich raufkommen soll.

Ich versprach es ihr. Nachdem wir aufgelegt hatten, saß ich noch ein Weilchen im Truck und versuchte, mich zum Reingehen zu bewegen. Ich malte mir den Anblick aus: Pop in seinem Sessel, ein Western in der Glotze. Cort in sein Spiel vertieft, vor dem Rest der Welt verkrochen. Dieselbe, immer gleiche Routine, Abend für Abend. Schon beim Gedanken daran drehte sich mir halb der Magen um.

Ich ließ den Motor an und schaltete. Vom Highway aus rief ich bei Alma an, um ihr zu sagen, dass ich unterwegs war.

Kurioserweise war eine der ersten Hausaufgaben in «Viktorianische Schauerliteratur» ausgerechnet die Lektüre von Freuds Aufsatz über das Unheimliche. Das deutsche Wort «unheimlich», so Freud, «ist offenbar der Gegensatz zu heimlich, heimisch, vertraut». Er führt verschiedenste Beispiele an, einschließlich der von Alma erwähnten Spiegelung im Zugfenster. Doppelgänger sind unheimlich, ebenso auch Puppen oder Leichen. Er beschreibt, wie er sich einmal in einer italienischen Stadt verlaufen und sich plötzlich in einer Gegend mit «geschminkten Frauen an den Fenstern» wiedergefunden habe. Dreimal habe er versucht, aus dieser Gegend wieder herauszufinden, dreimal sei er wieder am Ausgangspunkt gelandet. Das konnte ich natürlich ganz gut nachvollziehen – verzweifelt zu versuchen, von irgendwo wegzukommen, und doch immer wieder dort zu enden.

Natürlich wusste Freud auch zu berichten, dass viele seiner männlichen Patienten die weiblichen Genitalien unheimlich fänden. «Liebe ist Heimweh», schrieb er, «und wenn der Träumer von einer Örtlichkeit oder Landschaft noch im Traume denkt: Das ist mir bekannt, da war ich schon einmal, so darf die Deutung dafür das Genitale oder den Leib der Mutter einsetzen. Das Unheimliche ist also auch in diesem Falle das ehemals Heimische, Altvertraute. Die Vorsilbe ‹un› an diesem Worte ist aber die Marke der Verdrängung.»

Ich schrieb *«Liebe ist Heimweh»* in mein Notizbuch und unterstrich es doppelt. Ich lag auf der Couch, Alma war in der Dusche, und über das Geprassel auf dem Wannenboden hinweg hörte ich sie singen. Von den Gnocchi, die wir vorhin gekocht hatten, duftete die Wohnung noch nach Salbei und Butter. Vom Wein glühten mir noch die Ohren. Dieser Ort, an dem ich mich befand – ihre Wohnung, im Gästehaus, inmitten schöner Dinge –, war von Pops Keller meilenweit entfernt und noch weiter von dem Ort, wo ich aufgewachsen war. Ich war glücklich. Wenn ich an Alma dachte, empfand ich tiefe

Zuneigung sowie den Wunsch, bei ihr und für sie da zu sein. Aber ergab all das auch ein Gefühl der Zugehörigkeit? Teilweise fühlte ich mich immer noch fehl am Platz. Lange lag ich da, dachte über Freuds Satz nach und lauschte Almas Gesang.

Nachdem wir etwa eine Woche im Arboretum geschuftet hatten, verkündete Kelly, er habe eine Stelle in der Collegeverwaltung angenommen und würde unsere Abteilung im April verlassen. Bei den morgendlichen Meetings waren wir inzwischen nur noch zu zehnt, allen anderen hatte man gekündigt. Kelly hatte schon lange auf einen Verwaltungsposten geschielt, das war allgemein bekannt. Er wollte ein Büro mit seinem Namen an der Tür, eins, in dem er nie mehr Kettenschmiereflecken auf die Hose kriegen würde.

Gratuliere, sagte Rando mit mehr als einem leisen Hauch Sarkasmus.

Danke, Randy. Es war mir eine große Ehre, euch als euer furchtloser Anführer zu dienen, das wisst ihr hoffentlich. Meine Nachfolge soll übrigens intern vergeben werden, an einen, der sich hier auskennt. Bestimmt wollen sich ein paar von euch bewerben.

Bisher hatten wir nur schläfrig unsere Pop-Tarts und Müsliriegel gemampft und darauf gewartet, dass der Kaffee etwas abkühlte, doch jetzt spitzten alle die Ohren.

Die Bewerbung steht jedem offen, aber ein Collegeabschluss wird «ausdrücklich begrüßt», sagte er und malte Gänsefüßchen in die Luft. Damit seid wohl ihr gemeint, ergänzte er und zeigte auf James und mich. Bis jetzt war mir das gar nicht aufgefallen, aber wir waren tatsächlich die Einzigen mit Abschluss. Alle anderen hatten einen normalen Vertrag wie Rando oder studierten noch auf Bachelor.

Was für einen Abschluss «begrüßen» die denn da genau?, erkundigte sich Rando.

Irgendeinen, antwortete Kelly. Spielt keine Rolle.

Ich arbeite hier schon zehn Jahre länger als diese zwei Arschmaden, maulte Rando. Nicht böse gemeint, Jungs.

Alles gut, winkte ich ab.

Was soll denn so ein Abschluss hier überhaupt bringen?

Kelly hob die Hände. Hey, ich geb's nur weiter, sagte er.

Sie haben doch auch keinen Abschluss, beharrte Rando.

Aber dafür Fronterfahrung.

Und?

Und das gilt bei manchen Leuten eben was. Aber hey, wie gesagt, *alle* können sich bewerben, und ich will euch dazu auch ausdrücklich ermuntern. Trotzdem sollten James und Owen wissen, dass sie ziemlich gute Karten haben.

Besonders diplomatisch war es sicher nicht, das so offen zu verkünden, aber so giftig wie die anderen uns nun ansahen, hatte Kelly es auf diplomatisch vielleicht auch gar nicht angelegt.

Rando kriegte sich vor Wut gar nicht mehr ein. Den ganzen Vormittag lang, während wir Ast für Ast eine sechs Meter hohe Esche abtrugen, lehnte er am Häcksler und ließ Dampf ab. Zehn Jahre reiß ich mir für die den Arsch auf, motzte er. Tu brav, was man mir sagt, schufte wie ein Tier, in guten wie in schlechten Zeiten. Sogar mit Arschfurunkeln leg ich mich für die noch krumm! Häng mich jeden Tag rein. Biblische Plagen hab ich überstanden! Und dann kommt ihr an, wurstelt ein paar Monate hier rum, und schwups stehen alle Schlange, um euch den Schwanz zu lutschen.

Niemand lutscht hier irgendwem den Schwanz, sagte James.

Na klar tun die das! Ich schlag mich mit Furunkeln rum wie 'n ägyptischer Sklave, und ihr lasst euch schön den Schwanz lutschen.

Genau genommen waren die Israeliten die Sklaven, merkte ich an. Und wer weiß, ob Kelly überhaupt die Wahrheit gesagt hat? Wahrscheinlich wird die Stelle nicht mal intern vergeben.

Verdammter Drecksladen, fluchte Rando kopfschüttelnd. Kein bisschen Gerechtigkeit. Bloß Mauschelei im Hinterzimmer.

Später, in der Mittagspause, als James und ich allein im Truck saßen, fragte er mich, ob ich mich bewerben würde. So richtig seh ich mich eigentlich nicht als der neue Kelly, sagte ich.

Ich mich auch nicht, sagte James, sein Sandwich kauend. Aber mit dem fetten Gehalt seh ich mich schon.

Wie viel wird das denn sein?

Vierzigtausend, sagte er. Plus Zulagen.

Woher weißt du das?

Hab's vorhin gegoogelt. Ist ja 'ne öffentliche Stelle.

Die Summe war wirklich mehr als attraktiv. Ich hatte niemals auch nur halb so viel verdient.

Bewirbst *du* dich denn?

James nahm einen großen Bissen und nickte. Glaub schon, ja, sagte er.

Und dein Master?

Den kann ich erst mal auf Eis legen. Das Geld ist wichtiger. Seit Taylor ausgezogen ist, reicht's bei mir vorn und hinten nicht.

Da erst ging mir auf, dass James vom selben Mindestlohn, den ich bekam, auch seine Miete zahlen musste, plus wahrscheinlich Raten für sein Auto. Selbst ohne solche laufenden Kosten kam es mir vollkommen unmöglich vor, auch nur einen Cent zurückzulegen. Ich hatte einen Studienkredit am Hals und zwei ausgereizte Kreditkarten. Für mein zweites Seminar musste ich Gebühren abdrücken. Damit war der Großteil meines Lohns schon futsch. In den letzten zwei Monaten hatte ich am Monatsende weniger als hundert Dollar auf dem Konto gehabt.

Bewirb dich doch auch, sagte er. Schaden kann's ja nix.

Nee, das ist nichts für mich.

Muss ja nicht für immer sein.

Hast du keine Angst, da hängen zu bleiben?

James zuckte mit den Achseln. Gibt Schlimmeres, sagte er. Wir blickten zu Rando, der an den frisch gesägten Stumpf gelehnt eine Pall Mall rauchte. Aus der Ferne war es schwer zu sagen, aber ich hätte schwören können, dass seine Hand zitterte, als er die Kippe an den Mund führte.

Am Feierabend, nachdem ich mir die Arme mit Handwaschpaste geschrubbt sowie Helm und Leuchtweste im Spind verstaut hatte, füllte ich eine Bewerbung aus und gab sie Kelly.

D er Mondregenbogen. Keine Ahnung, wo Alma von dem Ding gehört hatte, aber seit sie davon wusste, wollte sie ihn unbedingt sehen, und die Cumberland-Fälle im schlappe drei Autostunden entfernten Daniel Boone National Forest waren offenbar der einzige Ort in der westlichen Hemisphäre, an dem das Phänomen sich regelmäßig beobachten ließ. Ich war alles andere als begeistert.

Das ist ein Regenbogen! *Bei Nacht!*, beharrte Alma.

Ja, das hab ich schon kapiert, sagte ich. Aber wie toll kann das denn wirklich sein?

Sieh sah mich mit scherzhaft weit aufgerissenen Augen an. Puh, keine Ahnung, sagte sie. Ist ja nur ein sowieso schon faszinierendes Naturereignis, das sogar noch faszinierender wird, weil es *bei Nacht* passiert.

Lachend lenkte ich ein – na schön, dann würden wir eben zum Mondregenbogen fahren.

Der Samstag war mild und klar, und es war beinahe Vollmond. Ideale Bedingungen für Mondregenbögen also, wie Alma inzwischen wusste. Sie hatte die Planung übernommen, die Wettervorhersage überprüft, im Internet die besten Aussichtspunkte recherchiert. Wir hatten gehofft, das Besucherzentrum noch vor der Dämmerung zu erreichen, waren dann aber spät losgekommen, sodass Farbton und Einfallswinkel des Lichts sich bereits veränderten. Das Weideland ging nach und nach in dichten Wald über.

Wirklich 'ne Wucht, dass wir da hinfahr'n, ehrlich wahr, sagte Alma in ihrem aufgesetzten Hinterwäldlerakzent, den sie in letzter Zeit oft annahm, besonders, wenn wir raus aufs Land fuhren. Das war zwar nicht so lustig, wie sie glaubte, aber ich musste trotzdem immer grinsen, und sei es nur, weil ihre Nachahmung so schlecht war.

Hat nicht Cat Stevens 'nen Song namens «Moonbow» gemacht?, fragte sie.

Du meinst «Moonshadow», antwortete ich.

Ah, stimmt, sagte sie. Können wir den hören, lieber DJ?

Ich spielte den Song auf meinem Handy über den Adapter aus dem Walmart. Das ganze Lied bestand praktisch nur daraus, dass Cat Stevens um die tausend Mal «Moonshadow» sagte, und es hatte diesen Kinderreim-Vibe, der die meisten seiner Songs auszeichnete. Dennoch riss es mich ein bisschen mit.

Gott, ist das kitschig, aber irgendwie trotzdem geil.

Ist das nicht immer so bei Stevens?

Der Shuffle-Algorithmus übernahm und spielte im Laufe der nächsten Stunde Cat Stevens' größte Hits. Wir unterhielten uns über die endlose Folge von Schreckensmeldungen in den Nachrichten, über die Bücher, die wir gerade lasen, die Serien, die wir schauten. Bald erhoben sich rings um uns schroffe Steilwände und hohe Kiefern. Vor uns färbte sich der Himmel lila, und die Abendsonne blitzte in den Rückspiegeln. Dann verschwand sie ganz, hinterließ nur einen bronzefarbenen Schimmer auf den Wolken.

Alma entdeckte den Mond als Erste, noch während wir auf dem Parkplatz unsere Jacken aus dem Auto nahmen. Schau!, rief sie und zeigte auf den Horizont. Da war er, blass noch, ging im Zwielicht langsam auf. Perfekte Bedingungen!, verkündete sie. Alles richtig gemacht!

Der Wasserfall war schon vom Auto aus zu hören, und sein Rauschen wurde immer lauter, je näher wir dem Geländer kamen. Wir hatten eine Thermoskanne mit – halb Kaffee, halb Irish Cream und Bourbon –, reichten sie uns hin und her und spürten, wie die sanfte Wärme von unseren Bäuchen bis in alle Glieder strahlte. Bei Irish Cream musste ich stets an die Feiertage denken, an denen ich mich damit immer halb in ein seliges Koma soff. Ich erzählte Alma, wie ich vergangene Weihnachten so blau gewesen war, dass ich den Truthahn hatte fallen lassen.

Ist das wieder so 'ne Country-Redewendung? Wie «den Vogel abschießen» oder so?

Nein, ich hab buchstäblich den Truthahn fallen lassen.

Ich erklärte ihr, dass meine Mutter jedes Jahr darauf bestand, einen Truthahn zu braten, obwohl sie nicht einmal die dafür nötigen Utensilien besaß. Sie hatte weder eine Bratenspritze noch ein gutes Tranchiermesser, ja nicht mal einen ordentlichen Bräter. Wir mussten immer irgendwie improvisieren, und die ganze Sache glitt regelmäßig in eine schmerzhaft mitanzusehende Slapsticknummer ab. Im letzten Jahr hatte ich seit acht Uhr morgens Bailey's gepichelt, plus hier und da im Badezimmer heimlich ein Schlückchen Bourbon aus meinem Flachmann, den ich nur an Weihnachten benutzte. In diesem Zustand – leicht kreiselndes Zimmer, im Bauch rumorende Irish Cream – bat sie mich, Zitronenscheiben in den Vogel zu stopfen.

Das Ding war total glitschig, sagte ich, und schwer wie ein Kleinkind.

Alma war inzwischen selbst etwas betrunken und kriegte kaum noch Luft vor Lachen. Und dann?, fragte sie. Dann hast du ihn einfach fallen lassen, oder wie?

Yup. Das Teil ist über den Boden geschlittert wie in einem Film von den drei Stooges, und die Hunde meiner Tante – drei Mini-Yorkies – sind sofort darüber hergefallen wie die Aasgeier.

Alma klatschte prustend aufs Geländer, und ich dachte bei diesem Anblick, dass ich so gut wie alles tun würde – meine Ideale verraten, meine Seele verkaufen, barfuß in einer Latzhose den Jig tanzen und Banjo spielen –, nur um sie so zum Lachen zu bringen.

Es ging eine steife Brise. Gischt stieg aus dem Becken unterhalb der Wasserfälle auf, und als sie nicht mehr weiter steigen konnte, blies der Wind sie zu uns herüber, wo sie uns auf Haar und Jacken perlte. Die Luft roch nach Nebel – nach klarem Regen und nach feuchtem Stein.

Ich seh gar keinen Regenbogen, sagte Alma, den Kopf an meinen Arm geschmiegt.

Wart's ab, kommt schon noch, erwiderte ich. Ich war als Kind schon einmal hier gewesen, allerdings bei Tag. Meine Eltern hatten auf dem Rückweg von Gatlinburg in Tennessee an den Fällen gehalten, doch mich hatten die damals ziemlich kalt gelassen. Ich hatte sie mir größer vorgestellt, überwältigender. Der Prospekt hatte sie als «Niagarafälle des Südens» angepriesen, doch als ich dann davorstand, wurde mir lediglich bestätigt, was ich schon mit neun geahnt hatte: dass alles Gute anderswo war. Ich pfiff auf die Niagarafälle des Südens. Ich wollte die *echten* Niagarafälle.

Was willst du eigentlich machen, wenn du mal alles gesehen hast, was Kentucky zu bieten hat?, fragte ich Alma.

Ach, das passiert doch sowieso nie.

Aber du könntest zumindest die Greatest Hits abhaken, entgegnete ich. Neue geologische Formationen wird der Staat ja höchstwahrscheinlich nicht so bald hervorbringen.

Dann würde ich halt die versteckten Dinge suchen, sagte sie. Das, was man bislang noch gar nicht kennt.

Aber es gibt doch noch so viel anderes auf der Welt, sagte ich. So viel zu sehen und so wenig Zeit.

Mit traurigem Blick tätschelte sie mir den Arm. Du wirst das schon noch alles sehen, tröstete sie mich. Nur keine Sorge.

Bald darauf zeigte ein Mann mit einer Kamera plötzlich

auf den Wasserfall. Schnell streckten sich weitere Arme übers Geländer. Der Mond war über eine hohe Steilwand gestiegen, und der Wind trieb eine Gischtschwade in den Himmel, wo sie das Licht einfing und den Mondregenbogen erzeugte. Er war blass – man musste schon genau hinsehen – und kein vollständiger Bogen, wie ich ihn mir vorgestellt hatte. Es war eher wie ein Lichteffekt, den Kinder mit dem Gartenschlauch herbeitricksen, indem sie den Daumen in den Strahl halten und dann begeistert auf den flüchtigen Farbschleier im Sprühnebel zeigen. Ich musste grinsen. Ein Wunder der Natur war das wohl kaum, doch ringsum wurde aufgeregt geflüstert, und Dutzende Kameras klickten wie Insekten. Ich drehte mich nach Alma um, wollte so was sagen wie: «Das ist schon alles?» Aber sie war so gebannt wie alle anderen, stand mit offenem Mund da, kleine Gischttröpfchen in den Wimpern.

Wow, hauchte sie.

In diesem Augenblick war ich derart verliebt in sie, dass ich den Regenbogen komplett vergaß. Ich vergaß die Touristen, die Arbeit, das Schreiben, meine Lebensumstände. Ich hatte nicht den leisesten Zweifel. Erwartungsvoll lächelte sie mich an, ein bisschen schelmisch auch, als wäre es in Wahrheit immer nur um diesen Augenblick gegangen und der Regenbogen nur Mittel zum Zweck gewesen.

Hm?, fragte sie.

Ich bin einfach glücklich, mit dir hier zu sein, sagte ich.

Ich auch, Owen, erwiderte sie, und dieses letzte Wort – mein Name, der so merkwürdig formell klang – brach den Bann. Vor mir sah ich eine Zukunft, in der wir längst Geschichte waren und ich voll Wehmut an diesen Moment zurückdachte. Ja, es schmerzte sogar jetzt: vorauseilende Sehnsucht nach einem vergangenen Moment, der noch gar nicht vorüber war.

Eine gefühlte Ewigkeit lang sahen wir einander an. Ich zupfte ihr die feuchten Strähnen von der Wange und strich sie ihr hinter die Ohren, sie stimmte «Moonshadow» an. Wir lachten und küssten uns.

Dann gingen wir zurück zum Auto, Alma ein, zwei Schritte vor mir. Ich warf einen letzten Blick zurück, hoffte, der Mondregenbogen würde mich doch noch einmal so anrühren wie sie. Aber er war schon verschwunden. Nichts als schwarze Kiefern und der kalt leuchtende Himmel. Als wäre nie etwas anderes da gewesen.

Ich erfuhr, dass eine Geschichte, die ich eingeschickt hatte, tatsächlich veröffentlicht werden sollte – in einer kleinen, nur in Autorenkreisen bekannten Literaturzeitschrift, die keinen Cent dafür bezahlen würde, aber ich freute mich trotzdem. Weil Alma fand, das müsse gefeiert werden, gingen wir in ein neues Restaurant in Butchertown, von dem ich Gutes gehört hatte: exklusiv, regionale Produkte, Kerzen in Einmachgläsern auf den Tischen, an den Wänden Diagramme von Rind- und Schweinefleisch. Wir bestellten das Zehn-Gänge-Degustationsmenü für siebzig Dollar pro Kopf – leisten konnte ich mir das eigentlich nicht, aber egal. Zum ersten Mal würde ein Text von mir gedruckt werden, und das passiert schließlich nur einmal.

Während wir auf unseren Wein warteten, erzählte ich Alma knapp, worum es in der Story ging. Sie hieß «Ein Ort, den es nie gab» und handelte von einem Mann, der mit seinem Großvater in einer Wohnung über einem Antiquitätengeschäft wohnt, in einer Kleinstadt in Kentucky. Den Laden führen sie gemeinsam. Der Enkel ist süchtig nach Oxycodon. Eines Tages nimmt er im Laden eine Überdosis, und der Großvater muss ihn mit Naloxon retten.

Das ist alles?, fragte Alma.

Ja, so ziemlich.

Klingt interessant, sagte sie und zupfte sich ein Haar vom Ärmel ihres Pullis. Bin schon gespannt drauf, die zu lesen.

Ich schick dir gern das File.

Ach, ich les sie dann lieber gedruckt.

Sicher? Das könnte schon noch dauern ...

Sie hielt das Haar von sich weg und ließ es fallen. Macht nichts, ich warte gern gespannt, sagte sie.

Die Kellnerin brachte eine Flasche Wein und machte sich daran, sie zu entkorken. Ah, sagte ich, wir wollten eigentlich nur Gläser ... Das Menü war gerade noch drin, aber eine Achtzig-Dollar-Flasche Wein dazu würde mein Konto definitiv überziehen.

Oh, erwiderte die Kellnerin. Der Korkenzieher steckte schon im Korken. Ich dachte ... Tut mir leid, irgendwie bin ich davon ausgegangen, dass Sie eine Flasche wollen.

Schon okay, wir nehmen sie, sagte Alma. Geht auf mich.

Nein, nein, widersprach ich. Das kann ich nicht annehmen.

Doch, ist echt okay. Lass uns die Flasche nehmen.

Sicher?

Sie nickte, und wir sahen die Kellnerin an.

Also ... doch die Flasche?

Ja, bitte, sagte Alma.

Die Kellnerin schenkte uns ein, und als sie wieder fort war, stießen wir an. Auf deine erste Veröffentlichung, sagte Alma.

Voller, fast schon ledriger Geruch stieg von dem Wein auf. Ich überschlug bei jedem Schluck grob dessen monetären Gegenwert. Das Restaurant war laut und hektisch, obwohl Beleuchtung und Dekor wohl dezent wirken sollten. Über unserem Tisch hing eine sanft flackernde Kugellampe. Die übrige Klientel war besser angezogen als wir, und wie es aussah, trugen alle Männer hier Armbanduhren und modische Bärte. Ich fragte mich, ob ich mir auch einen modischen Bart und eine Armbanduhr zulegen sollte, ob man mich dann ernster nehmen würde. Am Nebentisch saß ein einsamer Mann im Anzug und schaute auf seinem an die Einmachglaskerze gelehnten Handy ein Fußballspiel. Sein Schwertfisch kostete fünfundvierzig Dollar – das hatte ich auf der Karte gesehen –, und er verputzte ihn in sieben Minuten, ohne auch nur einmal von seinem Handy aufzusehen.

Ich hab übrigens auch Neuigkeiten, sagte Alma. Gestern hat der Direktor des Englisch-Departments angerufen. Kennst du den?

Flüchtig, sagte ich.

Er meinte, am Department würde eine Stelle frei. Mit Aussicht auf Entfristung. Ich müsste nur Ja sagen.

Und was würdest du unterrichten? Literatur? Rhetorik?

Kreatives Schreiben, sagte sie.

Wow!

Genau.

Aber du nimmst sie nicht an, oder?

Na ja, das ist die Frage ... Ich bin mir nicht sicher.

Die Kellnerin brachte eine Platte voller Austern auf gestoßenem Eis und erklärte uns genau, woher sie kamen – aus Massachusetts, hauptsächlich. Als sie wieder fort war, sahen wir uns über die Austern hinweg an. Du bist dir nicht sicher ..., nahm ich den Faden wieder auf.

Nein, sagte sie. Eigentlich wollte ich nach der Residenz ja wieder nach New York, aber jetzt ...

Ich ließ das erst mal sacken, quetschte einen Zitronenschnitz über den Austern aus. Obwohl diese hier garantiert frisch waren, hatte ich plötzlich den Geruch der verdorbenen Austern in Caseys Spüle in der Nase. Mein Magen zog sich ängstlich zusammen. Ich nahm trotzdem eine kleine Schale und schlürfte die Muschel. Sie schmeckte wie kaltes Meerwasser. Der Phantomgestank verflog.

Und was hast du ihm gesagt?, fragte ich.

Wem?

Dem Direktor.

Ah. Na ja, ich hab gesagt, ich denke drüber nach.

Was gibt's denn da lang nachzudenken? Ich meine, schön, dass die dir das zutrauen, klar, aber du willst doch sicherlich nicht dauerhaft hier wohnen bleiben?

Das ist keine so leichte Entscheidung, sagte sie. Mit der Gabel spießte sie eine Auster auf, hob das lippenförmige Fleisch auf einen Cracker und packte einen ordentlichen Klacks Meerrettich dazu. Sie biss ab, schluckte hastig und spülte schnell mit Wein nach.

Magst du keine Austern?, fragte ich.

Doch, sehr!

Aber du isst ja den Saft gar nicht mit. Die Flüssigkeit in der Schale. Das ist doch das Beste.

Mansplainst du mir grade Austern?

Ich seufzte theatralisch. Gut, von mir aus, sagte ich, ich erkläre was, und ich bin ein Mann, also vermutlich ja, oder?

Ich würde sie einfach gerne essen, wie ich möchte.

An mir soll's nicht liegen.

Der nächste Gang bestand aus einem Gläschen Entenconfit mit geräuchertem Schweinefleisch, das wir auf gegrilltes Brot streichen sollten. Köstlich, doch mir wurde mit einem Schlag bewusst, dass ich Alma ins womöglich schweinefleischlastigste Restaurant von ganz Louisville geschleift hatte.

Klingt, als wärst du etwas zwiegespalten, sagte ich. Wegen der Stelle, meine ich.

Wieso meinst du?

Ich kapier bloß nicht, wieso du in Kentucky bleiben wollen würdest. Wenn die Stelle entfristet wird, reden wir hier schließlich über dein restliches Leben.

Sich hier ein Leben aufzubauen, fände ich gar nicht so übel, sagte sie. Früher oder später muss man ja mal damit anfangen. Ich hab einen Vorschuss für den Roman bekommen. Für die Storys gab's nicht mal 'nen feuchten Händedruck, aber für den Roman jetzt einen ordentlichen Batzen, und der würde hier viel länger vorhalten als in New York. Da würde alles für die Miete draufgehen. Und du weißt, ich *liebe* meine Wohnung in New York, aber das Leben dort macht einen auf die Dauer ganz schön fertig. Ich hab die Nase voll davon, meine Schmutzwäsche vier Blocks weit im Einkaufswagen schieben zu müssen. Und von den Küchenschaben, dem miesen Wasserdruck, der häuslichen Gewalt, die sich in der Wohnung über meiner sehr wahrscheinlich abspielt ... Hier hab ich Luft zum Atmen. Hier stellen sich mir nicht dauernd wegen irgendwas die Nackenhaare auf, und das gefällt mir eigentlich ganz gut.

Irgendwann hättest du davon auch die Nase voll, sagte ich.

Von was?

Vom Leben ohne aufgestellte Nackenhaare. Außerdem: Passiert dir das hier wirklich nie? Hier wimmelt's doch nur so von Leuten, die nicht grade viel von Muslimen halten.

Das ist was anderes, erwiderte sie. Und Louisville ist sowieso okay, was das betrifft. Hier juckt das doch keinen. Unerwünscht hab ich mich eigentlich immer nur gefühlt, wenn *du* mich irgendwo mit hin genommen hast, raus aufs Land oder so. Nachdenklich kauend legte sie ihren Toast ab. Ich glaube, mehr krieg ich davon nicht runter. Ist zu mächtig, das bekommt mir nicht. Willst du den Rest?

Du hast ja fast nichts davon gegessen!, protestierte ich. Und du weißt schon, dass wir noch acht Gänge vor uns haben, oder?

Ich vertrag das Fett einfach nicht.

Okay, ich nehm's, lenkte ich ein, und sie schob mir den Teller hin. Ich fiel darüber her, schmierte dick das Fleisch aufs Brot. Es war wirklich mächtig, vor allem für einen allein. Aber ich hielt durch, leckte mir das Fett noch von den Lippen. Sie sah mir stirnrunzelnd zu.

Na ja, bis März kann ich's mir ja noch überlegen, sagte sie.

Das ist doch gut, antwortete ich. Dann hast du ja noch Zeit.

Ein Gang jagte den anderen: Seeteufel, geschmorter Schweinebauch, rohes Rindfleisch mit saurem Kakisalat. Alma pickte lustlos an allem herum, nahm jeweils ein, zwei Bissen und schob mir dann die Teller hin. Als wir gingen, war ich zum Bersten voll und schwitzte. An manchen Abenden wehte widerwärtiger Gestank durch Butchertown – versengtes Haar und Fleisch aus den Schlachthöfen. So war es auch heute. Butchertown war definitiv keines dieser Schlachthofviertel, in denen längst nicht mehr geschlachtet wurde.

Zu Hause – soll heißen: im Gästehaus – setzte ich mich zum Lesen auf die Couch. Die, auf der wir zum ersten Mal miteinander geschlafen hatten. Alma nahm sich ein Bier aus dem Kühlschrank und setzte sich neben mich, legte ihre Beine über meine und wackelte mit den Zehen. Ich war halb durch mit *Sturmhöhe*, das ich in der Schule schon gelesen hatte und jetzt für «Viktorianische Schauerliteratur» noch einmal las.

Ich kapier einfach nicht, wieso immer alle so auf Heathcliff abgehen, sagte ich nach einer Weile, schlug das Buch zu und streckte die Hand nach ihrem Bier aus. Sie gab mir die Flasche.

Och, ich stand auch total auf den, sagte sie. Wieso auch nicht? Düster, grüblerisch, ein bisschen gefährlich ...

Ein bisschen? Der Typ ist ein totaler Sadist!

Alma zuckte mit den Achseln. Ist aber doch verständlich, dass er so geworden ist, sagte sie. Sein Leben lang wurde er als Außenseiter behandelt – als Schmutz, geradezu. Nicht mal als Mensch.

Aber seine Taten sind schon ziemlich abstoßend.

Abstoßung und Anziehung sind zwei Seiten derselben Medaille.

Sagt wer?

Sage ich.

Ich grinste, trank einen Schluck Bier und dachte über ihren Spruch nach, zupfte stumm an einem feuchten Eck des Etiketts.

Was denkst du?, fragte sie.

Ich dachte, dass ich hoffte, sie würde die Stelle in Ashby nicht annehmen, doch das konnte ich ihr schlecht verraten. Bloß, dass ich gern in die Zukunft schauen könnte, sagte ich stattdessen.

In *unsere* Zukunft? Unsere gemeinsame?

Ja.

Bisschen früh für diese Unterhaltung, meinst du nicht?

Hast du noch nie darüber nachgedacht?

Doch, schon, sagte sie. Sie streckte die Hand nach dem Bier aus. Ich gab es ihr, obwohl ich mich nur zu gern weiter daran festgehalten hätte.

Ich schlafe praktisch jede Nacht bei dir, sagte ich. Im Grunde wohnen wir ja schon zusammen.

Wir können gern auch mal bei dir schlafen.

Ich hatte nicht den Eindruck, dass du dich da wohlgefühlt hast.

Wie kommst du denn darauf?

Dein Verhalten. Keine Ahnung. Körpersprache.

Dein Großvater war doch nett, erwiderte sie. Ich würde zwar tippen, dass mein Bett bequemer ist als deins, aber das fänd ich nicht schlimm. Glaubst du, ich bin mir dafür zu gut? Für deine Familie?

Ich zuckte mit den Achseln.

Stimmt jedenfalls nicht, erklärte sie. Die sind bestimmt in Ordnung.

Sind sie auch, sagte ich. Aber das kannst du nicht wissen. Du kennst meine Eltern ja gar nicht.

Vielleicht ändern wir das einfach mal.

Ich lachte. Ja, klar.

Was ist daran so lustig?

So in Ordnung fändest du sie vielleicht doch nicht.

Sie wollte die Augen verdrehen, tat das aber nur halbherzig, sodass es wirkte, als hätte sie bloß ein oben durch die Zimmerecke huschendes Gespenst gesehen. Ganz schön harte Unterstellung, sagte sie. Warum sollte ich das finden? Weil sie Republikaner sind? Wären nicht die ersten, mit denen ich zu tun habe.

Das Wort «Republikaner» traf die Sache allerdings so ganz und gar nicht. Ich hätte sagen können, dass sie Trump-Fans waren, Evangelikale, mit allem, was zu dieser verschwurbelten Weltsicht dazugehörte. Ich hätte sagen können, dass sie Arbeiter waren, nie ein College besucht oder groß was von der Welt gesehen hatten. Dass sie während ihrer ersten fünf Ehejahre, vor meiner Geburt, in einem Trailerpark gewohnt hatten. Dass sie mich lieb hatten und im Grunde anständige Menschen waren, trotz dem ganzen Mist – Menschen, die getan hatten, was sie nur konnten, um mich anständig großzuziehen. Das alles wäre wahr gewesen, hätte aber trotzdem nicht genügt, um auszudrücken, wer sie wirklich waren – und was sie mir bedeuteten.

Das ist alles nicht so einfach, sagte ich.

Also ich würde sie jedenfalls gern kennenlernen.

Ich dachte, du hast Sorge, dass sie was gegen dich haben könnten.

Hab ich auch, ehrlich gesagt. Aber früher oder später muss ich sie ja treffen. Und je mehr ich drüber nachdenke, desto kleiner werden meine Ängste. Ich mein, wie anders bin ich letztlich schon? Ich trage ja keinen Hijab oder bete vor dem Essen auf Arabisch. Wenn sie mich erst mal kennenlernen, werden sie mich bestimmt mögen. Ich bin nämlich wahnsinnig charmant, weißt du?

Sie zwinkerte hinreißend, und ich musste lächeln. Okay, sagte ich. Wenn du wirklich willst, von mir aus gern. Ich wollte im Februar sowieso mal heimfahren. Da könntest du mitkommen.

Spitze, sagte sie und küsste mich. Sie schmeckte nach Bier, teurem Wein und all dem geräucherten Essen. Ich freu mich schon.

E ines Nachts gegen Ende Januar fielen fast acht Zentimeter Schnee. Die Straßen und Wege auf dem Campus waren schon am Vormittag wieder geräumt, und wir schlüpften hastig in unsere Stiefel und dicken Jacken, um uns in die Kälte zu wagen. Wir waren beide etwas angeschlagen gewesen, hatten den vorigen Tag unter einer bunten Häkeldecke verbracht, Schmelzkäsescheiben gefuttert und acht Stunden einer mittelmäßigen, aber süchtig machenden Serie auf ihrem Laptop gebinget. Es tat gut, draußen zu sein, und die eisige Luft blies mir den Kopf frei. Noch ließ die Sonne den Frost auf den Platanen in Almas Straße verdampfen, doch als der Dunst sich schließlich legte, kamen Kleckse blauer Himmel zum Vorschein. Alma hakte sich bei mir ein, und zufrieden stapften wir durch den Schneematsch.

An der Tanke an der Ecke kauerte ein Mann hinter der Kühltruhe mit den Eiswürfeln und rauchte Crack. Ich hatte ihn schon öfter auf dem Campus betteln sehen und einmal dabei, wie er schrägerweise versuchte, ein leeres Aquarium für einen Zehner zu verticken. Alma blieb stehen, kniff die Augen zusammen. Raucht der da was?, fragte sie.

Ja, sagte ich. Crack.

Wie bitte?

Er raucht einen Crackstein.

Woher weißt du das?

Ich wies sie auf die Glaspfeife hin, unter die er sein Feuerzeug hielt. Könnte natürlich auch Crystal sein, sagte ich.

Aber woher weißt du, wie das aussieht? Hast du vorher schon mal jemand Crack rauchen gesehen?

Ich drehte mich zu ihr um – ihre Pupillen waren riesig, und sie gab sich redlich Mühe, nicht allzu besorgt zu wirken. Ja, sagte ich.

Wen denn?

Einen Kollegen aus 'nem Restaurant, in dem ich mal gejobbt habe.

Wie, der hat im Restaurant Crack geraucht?

Yep.

Was für ein Restaurant lässt denn bitte seine Angestellten Crack rauchen?

Darüber musste ich lachen, doch sie verzog keine Miene. Das Kountry Kitchen in Melber, sagte ich. Die haben das überhaupt nicht gemerkt oder zumindest so getan. Tellerwäscher war der. Ist später rausgeflogen, als er zum dritten Mal mit Alkohol am Steuer erwischt wurde und in den Knast musste.

Und warum hast du da gearbeitet?, wollte sie wissen.

Aus demselben Grund wie überall sonst: Ich brauchte Geld.

Weiter führte ich das nicht aus. Sie nahm meinen Arm, und wir gingen weiter, doch ihr Gang wirkte jetzt staksiger, so als spanne sie bei angehaltenem Atem sämtliche Muskeln zugleich an.

Alles okay?, fragte ich nach einigen Minuten Schweigen.

Sie nickte bloß knapp.

Als die Sonne richtig durchbrach, machten wir kehrt. Vom grellen Schneelicht hatte ich grüne Flecken vor den Augen.

Natürlich kam das Thema ein paar Tage später noch mal auf. Ich hatte eine Platte von Townes Van Zandt aufgelegt, während wir das Abendessen kochten, und Alma stöhnte bereits nach den ersten Takten. Können wir bitte was anderes hören?, bat sie.

Magst du Townes nicht?

Ach, diese ganze Trauriger-Countryboy-Nummer ist mir nur grade ein bisschen zu viel.

Was hättest du denn gern?

Vielleicht einfach Stille, sagte sie. Gibt sowieso gleich Essen.

Wir setzten uns mit unseren Schalen voll Reis und Gemüse auf ihr geblümtes Sofa und aßen. Schweigend. Draußen wirbelte der Schnee herum wie Weizenspreu. Ein Pärchen ging vorbei, tief verkrochen in ihren Jacken.

Trauriger Countryboy, hm?, sagte ich nach einer Weile.

Sie nickte kauend.

Was soll das denn heißen?

Sie kaute erst noch einen Mundvoll Reis zu Ende. Ach, du weißt schon ..., sagte sie dann. Ich mein, ist ja gut, Townes, du bist ein Weißer, der sich mit jeder Menge Drogen zugeballert hat, und jetzt glaubst du, du hättest sonst was Schreckliches durchgemacht.

Ich dachte kurz darüber nach, während sie sich weiter Reis in den Mund schaufelte. Sie schlang, als wollte sie etwas beweisen. Na ja, sagte ich, immerhin ist er daran gestorben.

Selbsterfüllende Prophezeiung, erwiderte sie.

Trotzdem, an etwas so sehr zu leiden, dass man daran stirbt, gilt in meinen Augen schon als schrecklich, sagte ich.

Diese Leute sind doch selber schuld.

Wow. Ich dachte immer, Sucht ist eine Krankheit. Ist das heutzutage nicht der Konsens unter anständigen Linken?

Dann bin ich eben keine anständige Linke, sagte sie, pickte ein letztes Stückchen Zwiebel auf und stellte dann die Schale auf den Tisch. Meinem Blick wich sie beharrlich aus.

Stimmt irgendwas nicht?, fragte ich.

Ich tu mich bloß schwer, jemanden zu bemitleiden, dessen komplette Masche daraus besteht, sein selbstverschuldetes Leid zu romantisieren.

Vielleicht liegt noch ein tieferes Leid darunter.

Ja, klar, höhnte sie.

Ist das echt so abwegig?

Ich kauf's ihm einfach nicht ab.

Jetzt sag mal, worum geht's hier eigentlich wirklich?

Sie sah mich an, spitzte die Lippen. Eine Weile herrschte drückende Stille, dann fragte sie endlich: Was für Drogen hast du genommen?

Ich stellte meine Schale weg und sah ihr direkt in die Augen. Was spielt das denn für eine Rolle?, fragte ich zurück. Ich nehm ja keine mehr – höchstens alle Jubeljahre mal ein bisschen Gras.

Danach hab ich nicht gefragt.

Soll ich dir jetzt alles auflisten, was ich je genommen habe?

Ist das denn so schwierig? Ist die Liste echt so lang?

Wieder diese Angst in ihrem Blick, dieselbe wie jenen Abend, an dem wir uns kennengelernt hatten – dass ich etwas von ihr wollte, ihr irgendetwas rauben würde.

Es wär jedenfalls leichter, dir zu sagen, was ich *nicht* genommen habe, antwortete ich. Das stimmte, auch wenn ich es so bisher nie gesehen hatte. Ein Hardcore-Junkie war ich nie gewesen, aber experimentiert und Dummheiten gemacht hatte ich schon. Verglichen mit manchen alten Freunden, die noch heute Probleme mit Xanax und Opioiden hatten, war mein Konsum stets eher zahm gewesen. Ich bezweifelte jedoch, dass dieser Unterschied für Alma etwas zählte.

Sie biss die Zähne aufeinander und blitzte mich an. Hast du mit diesem Tellerwäscher damals Crack geraucht?, fragte sie. Ihre Stimme klang auf einmal tiefer und rauer als je zuvor.

Ja, gab ich zu, aber nur einmal. Dass ich danach den größten Teil des Nachmittags hyperventilierend im Kühlraum verbracht hatte, mit einem Herzschlag wie Stiefel im Wäschetrockner, verschwieg ich ihr lieber.

Und Crystal? Hast du jemals Meth geraucht?

Nein.

Sie schnaubte, ballte die Fäuste, als wollte sie mir eine knallen. Wie konntest du nur Crack rauchen?, fragte sie. *Wieso?*

Ist das denn so viel schlimmer als Caseys Kokserei?

Sie blinzelte mehrmals, schüttelte den Kopf. Keine Ahnung, sagte sie. Aber was anderes ist es schon. Und ich hab da sowieso nie mitgemacht. Ich fand das furchtbar, weißt du doch.

War jedenfalls sowieso nichts für mich, falls dir das irgendwie hilft. Crack, meine ich.

Und was ist mit Heroin?, fragte sie.

Was soll damit sein?

Hast du das je genommen?

Das war eine knifflige Frage. Mit einundzwanzig war

ich im Sommer mal zu Hause gewesen und hatte dort über gemeinsame Freunde einen gewissen Caven kennengelernt. Er war Irak-Veteran, ein Muskelpaket, kahl rasiert, trainierte für Kraftwettbewerbe. Den «Mr West Kentucky Strongman» hatte er bereits gewonnen und als nächstes Ziel «Mr Kentucky» angepeilt, sich dann aber beim Tragen eines hundertachtzig Kilo schweren Traktorreifens das Knie ruiniert. Nach mehreren erfolglosen OPs war er süchtig nach Oxy geworden. Hin und wieder rauchten wir zusammen eine Tüte, warfen ein paar Pillen ein. Er war ein hervorragender Schachspieler, und manchmal spielten wir auf seinem magnetischen Reiseschach, das ihn auf zwei Einsätzen im Irak begleitet hatte. Einmal ging ich ihn besuchen, und er meinte, er habe etwas Rohopium besorgt – schwarzes, klebriges Zeug, eingepackt in Alufolie. Etwa eine Woche lang rauchten wir das aus einer aufwendig zurechtgeschnitzten Gatorade-Flasche. Erst später, als Caven der Kraftmensch an einer Überdosis starb, kam mir der Gedanke, dass dieses «Opium» wahrscheinlich bloß Black Tar Heroin gewesen war. Die heftige Übelkeit und der Schüttelfrost, die mich sofort befielen, als ich das Zeug nicht mehr nahm, stützten diese Theorie.

Kurz gesagt, hatte ich also *vielleicht* schon mal Heroin genommen. Ich erzählte Alma die lange Geschichte von Caven dem Kraftmensch und seinem Opium, hoffte dabei dämlicherweise sogar ein bisschen darauf, dass sie das Ganze einfach lustig finden könnte. («Alles bloß ein großes Missverständnis! Womöglich war das gar kein Opium! Wir werden's nie erfahren. Den Kraftmensch kann ich leider nicht mehr fragen, der ist ja krepiert! Ist das nicht zum Totlachen?!»)

Hast du's auch gespritzt?, fragte sie mit zittriger Stimme.

Nein, Alma.

Schwörst du's?

Ich schwör's.

Sie wandte sich ab, wischte sich mit dem Handrücken über die Augen. Ich versteh das einfach nicht, sagte sie.

Das ist eine Ewigkeit her, beschwichtigte ich. Es war total bescheuert, und ich mache es nie wieder.

Hast du's gemacht, um darüber zu schreiben?

Was? Nein, ich hab's gemacht, weil es sich gut angefühlt hat.

Das ist nämlich kein bisschen interessant, weißt du, erklärte sie. Die Leute meinen immer, so was macht sie interessant, dabei ist es bloß vorhersehbar und langweilig.

Ich hab nie behauptet, es wäre interessant.

Gut. Ist es nämlich auch nicht.

Sie schmorte eine Weile auf dem Sofa vor sich hin, während ich versuchte, sie zu trösten. Ich war zwiegespalten. Einerseits konnte ich ihre Bestürzung durchaus verstehen. Wie viele Leute mochten ihr in Princeton schon begegnet sein, die neben dem Fettabscheider hinterm Kountry Kitchen mit einem Tellerwäscher Crack geraucht hatten? Wer in ihrem neugotischen Wohnheim hatte wohl jemals Opium / Heroin mit einem abgewrackten Kraftmensch / Irak-Veteran genommen, der danach an einer Überdosis draufgegangen war?

Andererseits war da aber auch ihr instinktiver Selbstschutz, die Angst vor Kontamination. Und diese Angst vor Kontamination implizierte wiederum die Annahme von Reinheit – das Gefühl, man sei so außergewöhnlich, dass man besudelt werden könnte. Anders ausgedrückt: Sie hielt sich für etwas Besseres.

Okay, sagte sie schließlich. Ich muss das nur erst mal verdauen.

Du verdaust nicht, du verurteilst, und das ist schon ein bisschen albern, ehrlich gesagt.

Ich gebe mir Mühe, echt.

Dann fasste sie sich endlich wieder, rang sich ein rotäugiges, rotznasiges Lächeln ab und sagte: Ich weiß schon, das ist lange her. Aber mich erschreckt es trotzdem, das verstehst du doch bestimmt. Ich sagte, das täte ich. Sie strich mir liebevoll das Haar aus der Stirn, legte mir die kalten Fingerknöchel an die Wangen. Schwamm drüber, ja?, sagte sie. Tut mir leid, dass ich dich so verhört habe.

Schon in Ordnung, sagte ich.

Und das war alles. Der übrige Abend ging seinen gewohnten Gang. Wir lasen etwas, schauten eine Stunde Netflix und legten uns dann schlafen, als hätte das Gespräch nie stattgefunden. Allerdings dachte ich dabei die ganze Zeit an alles, was ich mal getan hatte und nicht mehr ändern konnte. Ich wünschte, ich hätte es gekonnt. Ich wünschte, ich hätte Schritt für Schritt zurückgehen können wie durch Fußstapfen im Schnee, bis zu dem Punkt, an dem ich losgelaufen war. Von dort aus würde ich dann einen anderen Weg einschlagen, über eine frische, unberührte Oberfläche, und Alma würde mich vielleicht so sehen, wie sie mich sehen wollte. Doch wer wäre dieser Mensch, dieser Mann ohne Fehler? Und was würde Alma von ihm wollen?

Von Louisville aus waren es drei Stunden Fahrt zu meiner Mutter. An einem wolkenverhangenen Vormittag fuhren wir los, über die I-65 durch die Knobs bis zum Western Kentucky Parkway. Dort flachte die Landschaft in Stoppelfelder und winterliche Wiesen ab. Wir kamen an der Abzweigung nach Paradise vorbei, dem Ort aus dem Song von John Prine, und Alma scrollte hastig durch ihr Handy, damit wir ihn hören konnten, solange wir in der Nähe waren. Fahles Sonnenlicht fiel inzwischen durch die Wolken, und als wir den Green River überquerten, der tatsächlich grün war, die Ufer überwuchert mit Gestrüpp und morschen Bäumen, konnten wir in der Ferne gerade so die Schornsteine des alten Kohlekraftwerks ausmachen. Ganz kurz nur, dann verschwanden sie hinter den Hügeln, und John Prine näselte weiter über den Bergbaumogul Mr Peabody und die Stadt namens Paradise, die dieser mit dem Kohlezug abgetragen hatte.

Etwa zwanzig Minuten später wurde das übliche Gejaule

und Gerassel des Honda-Motors plötzlich immer lauter. Dann setzte die Servolenkung aus, und Dampf quoll aus der Motorhaube. Ich kurbelte mit aller Kraft am Lenkrad, und wir fuhren unter panischem «Scheiße, scheiße, scheiße» an den Straßenrand. Schon bevor ich nachsah, wusste ich, was los war. Beim letzten Ölwechsel hatte man Alma geraten, auch gleich den Keilriemen auszutauschen, aber ich hatte gesagt – als hätte ich von so was die geringste Ahnung –, so dringend sei das sicher nicht nötig und sie solle sich nichts aufschwatzen lassen.

Ich öffnete die Motorhaube und glotzte so männlich selbstbewusst, wie ich nur konnte, auf das labyrinthische Innenleben des Motors. Der Keilriemen war eindeutig hinüber. Noch immer stieg Dampf auf, und es roch nach verschmortem Metall. Weit und breit war nichts zu sehen außer den Wänden aus Wald zu beiden Seiten des Highways. Ein Sattelschlepper rauschte vorbei, ohne auch nur abzubremsen, blies mir warme Auspuffgase ins Gesicht.

Meine Mutter reichte mich direkt an Greg weiter. Ich erzählte ihm von dem kaputten Keilriemen. Hm, sagte er. Die gehen eigentlich nur kaputt, wenn man sie richtig abnudelt.

Wir haben ihn richtig abgenudelt, antwortete ich.

Okay, wartet einfach da, sagte er. Wir kommen.

Noch ehe ich etwas erwidern konnte – dass ich einen Abschleppdienst rufen würde, zum Beispiel –, hatte er aufgelegt. Wir warteten eingepackt in unsere Jacken. Autos braustén vorbei, ließen den kleinen Honda wackeln. Zum Zeitvertreib spielten wir «Würdest du lieber». Irgendwann zeigte sich am Waldrand ein Opossum und beäugte uns ängstlich. Almas Zeigefinger schoss nach vorn.

Opossum!, rief sie.

Das Tierchen warf einen kurzen Blick auf den vielbefahrenen Highway, schüttelte ein klein bisschen den Kopf, als wollte es sagen: «Auf gar keinen Fall, Leute!», und wackelte zurück ins Unterholz.

Das ist ein Zeichen, sagte Alma. Dein *spirit animal* besucht uns in der Not.

Greg und meine Mutter waren in Rekordzeit da. Hallihallo!, trällerte Mom und stakste durch das hohe Gras zu uns herüber. Umarmungen und Vorstellungen folgten. Meine Mutter hatte ihr schulterlanges schwarzes Haar mit Klammern zurückgesteckt und trug eine Fleecejacke von Patagonia, höchstwahrscheinlich aus dem Kleidermarkt. Eines ihrer liebsten Rentnerinnenhobbys war es, dort nach teuren Markenklamotten zu stöbern. Auch mit sechsundfünfzig war ihr Gesicht noch faltenfrei, die einzigen Spuren von Alter und Sorgen waren ihre Augenringe, die aussahen wie halb abgeheilte Veilchen. Greg war groß und rotblond, hatte kleine, funkelnde Augen und verbarg seine Plauze mehr schlecht als recht unter weitem Flanell. Er war der netteste Kerl, der mir je untergekommen war, stets ein Lächeln auf den Lippen und immer für mich da. Meine Mutter war genauso, durch und durch gutherzig, auch wenn sie in letzter Zeit häufig besorgt schien, dass aus mir ein Mensch wurde, den sie nicht mehr erkannte.

Schon ein merkwürdiger Treffpunkt hier, sagte sie.

Ihr hättet doch nicht extra kommen müssen, sagte ich.

Wie, und euch beide hier sitzen lassen?

Obwohl es helllichter Tag war, trug Greg eine Stirnlampe. Die setzte er immer auf, wenn er was reparieren musste, ob er sie wirklich brauchte oder nicht. Gut, dann schauen wir doch mal, sagte er, knipste die Stirnlampe an und spähte mit der Art männlicher Selbstsicherheit in den Motorraum, die man unmöglich faken konnte. Während er bald hier, bald da herumpfriemelte, erzählte ich ihm, was passiert war. Sein Blick war so besorgt und gedankenverloren wie der eines Arztes, der nur mit halbem Ohr zuhört, während man seine Symptome schildert und er einen abtastet. Er seufzte, knipste die Lampe aus, wischte sich die Hände am Hosenboden seiner Jeans ab. Ohne neuen Riemen nichts zu machen, befand er.

Ich ruf den Abschleppdienst, sagte Alma. Ist kein Problem.

Greg winkte ab. Kommt gar nicht infrage! Ich besorge einen, fahre morgen wieder her und bau ihn ein.

Das kann ich doch nicht annehmen, protestierte Alma.

Der Wagen müsste bis nach Eddyville geschleppt werden, das kommt schnell auf 'n paar Hundert Dollar. Und obendrauf der neue Keilriemen und die Montage.

Das ist schon okay, echt, beharrte Alma, doch meine Mutter schob uns bereits auf Gregs Truck zu.

Wir haben zu Hause was zum Knabbern vorbereitet, sagte sie. Das Auto läuft uns ja nicht weg.

Mom bestand darauf, dass Alma vorne Platz nahm und wir beide auf der Rückbank. Der Truck war ziemlich neu, mit allem Schnickschnack ausgestattet, und Greg drückte diverse Knöpfe, um seine Features vorzuführen. Die beste Sitzheizung, die ich je hatte, schwärmte er. Schön warm, oder?

Ja, sagte Alma. Sehr warm sogar.

Und das ist nur die mittlere Stufe!, sagte er und drückte einen Knopf. Hier, das ist die höchste.

Wow, rief Alma und wand sich etwas auf dem Sitz.

Stell doch mal die Massage an, Greg, schaltete Mom sich ein. Lass Alma das mal ausprobieren.

Vielleicht möchte Alma gar nicht unbedingt von Gregs Truck massiert werden, gab ich zu bedenken.

Doch, ich glaub, das möchte ich, widersprach Alma.

Greg stellte die Massage an, und der komplette Sitz vibrierte. Und, wie fühlt sich's an?, fragte ich.

Das kribbelt am ganzen Rücken, sagte sie.

Stell dir das erst mal nach 'nem langen Tag auf der Arbeit vor, sagte Greg.

Das bräuchte ich für meinen Kopf, antwortete sie. Als Helm.

Während der gesamten restlichen Fahrt erzählte Greg von all den anderen reparaturbedürftigen Autos, mit denen er bereits zu tun gehabt oder von denen er wenigstens gehört hatte. Dann kam er auf den Keilriemen des Honda und dessen Zuverlässigkeit, darauf, wie die Japaner seit den Fünfzigern ihre ganze Energie in Vierzylinder steckten, während sich in Amerika alles um den V8 drehte. Er nannte die japanischen Autos «Reiskocher», was ich nicht zum ersten Mal hörte, mir vor Alma aber doch ein bisschen peinlich war.

Am Haus gingen Greg und Mom ein Stück voraus, während Alma und ich hinterhertrödelten. Ich glaube, ich hab Brandblasen am Hintern, wisperte sie, und ich musste laut lachen.

Meine Mutter wirbelte schelmisch grinsend herum. Was ist denn so lustig?, fragte sie.

Gar nichts, wiegelte ich ab.

Du, Greg, die lachen über uns.

Oh, oh, sagte Greg.

Nein, nein, sagte Alma. Hat wirklich nichts mit euch zu tun.

Die beiden gingen nach drinnen. Alma blieb in der Einfahrt stehen und lies den Blick über das Haus und den Garten streifen. Es war ein einfaches, PVC-verkleidetes Häuschen auf einem großen Grashügel. Der nächste Nachbar wohnte in einem roten Trailer, vor dem ein Stromzaun drei Hereford-Rinder einhegte. Ansonsten gab es hier nicht viel zu sehen. Der Rasen hinterm Haus führte hinab zu einem Waldstück, vor dem ein Heuballen mit einer Papierzielscheibe stand, auf die Greg manchmal mit seinem Compoundbogen schoss. In der Schottereinfahrt parkte der Minivan meiner Mutter neben einem von Rosenbüschen verdeckten Propantank.

Das ist es also?

Yup.

Ist doch nett.

Ja, sagte ich. Was hast du denn erwartet?

Ich weiß nicht, sagte sie. Es sieht halt so ... normal aus.

Greg verdient ganz gut. Oder besser: *hat* ganz gut verdient.

Stimmt ja, die Kündigung. Besser nicht ansprechen, oder?

Kommt bestimmt von selber auf.

Und ist das hier jetzt Melber oder Paducah?

Weder noch. Das hier ist Gilbertsville.

Hast du nicht gesagt, du kommst aus Melber?

Da bin ich aufgewachsen, ja. Mein Vater wohnt da noch, aber meine Mutter lebt inzwischen hier in Gilbertsville.

Und sind wir hier in der Nähe von Monkey's Eyebrow oder Possum Town?

Possum Trot, korrigierte ich. Aber nein, nicht wirklich.

Das ist alles sehr verwirrend. Die meisten Leute haben ja nur einen Heimatort.

Ach so? Kommst du nicht selber aus Jugoslawien Schrägstrich Bosnien Schrägstrich DC Schrägstrich New York?

Okay, okay, touché.

Du kriegst Melber schon noch zu sehen.

Mhm, machte sie und betrachtete erneut das Haus, als wäre es ein abstraktes Gemälde, das sie zu enträtseln versuchte.

Wollen wir?

Geistesabwesend lächelte sie mich an und nickte. Wir schulterten unsere Reisetaschen und gingen die Einfahrt hinauf, in die Garage und durch die Hintertür in die Küche.

Herzlich willkommen!, rief meine Mutter. Ich hab Kürbisbrot im Ofen. Inzwischen könnt ihr ja schon mal was knabbern, ihr habt doch sicher Hunger.

Auf der Center war Fingerfood ausgebreitet: Cracker und Chips, Hummus, selbst gemachte Salsa und ein Klotz Frischkäse mit Pepper Jelly. Auf Letzteres hatte ich Alma bereits vorbereitet, denn das gab es jedes Mal, wenn ich nach Hause kam – ein glattes Rechteck Philadelphia-Käse, bestrichen mit glibberiger Jalapeño-Brombeer-Marmelade. Ich musste ein Grinsen unterdrücken und vermied lieber den Blickkontakt mit Alma. Aber so sehr ich mich auch darüber lustig machte, das Zeug war eigentlich verdammt lecker. Gekrönt wurde das Snackbüfett – warum auch immer – von mit Schokolade überzogenen Erdbeeren. Die zwei boten uns Cocktails an, die wir dankend ablehnten. Sie wirkten enttäuscht, ließen sich aber dadurch nicht davon abhalten, Mimosas für sich selbst zu mixen.

Wir trinken ja eigentlich nie, Alma, erklärte meine Mutter.

Schon okay, antwortete Alma. Ich meine, nur zu! Ich linste zu ihr rüber, und obwohl sie lächelte, huschte ihr Blick doch ständig zwischen der überwältigenden Snackauswahl und der Digitaluhr an der Mikrowelle hin und her, als müsste sie gleich noch irgendwohin.

Wir ließen die Taschen in der Küche stehen und hörten schweigend zu, wie die beiden von ihrer kürzlichen Reise nach Kuba berichteten. In meiner Kindheit hatten wir Urlaub meistens am Florida Panhandle gemacht (der Redneck-Riviera) oder in Gatlinburg, Tennessee (dem Redneck-Aspen). Erst seit ich ausgezogen war und meine Eltern neu geheiratet hatten, wagten sie sich auch woandershin. Dank Gregs Gehalt bei BelCo konnte meine Mutter sich plötzlich Ausflüge in tropische, exotische Gefilde leisten – oder wenigstens in die Kreuzfahrthäfen von Carnival und Royal Caribbean. Ihr jüngster Vorstoß hatte die beiden nach Kuba geführt, und jetzt sprachen sie von nichts anderem mehr. Ein wundervolles Land! Und diese Leute! Bettelarm, aber so freundlich! Und so weiter und so fort. Ehrlich gesagt, war ich einigermaßen baff, dass meine stockkonservativen Eltern so bereitwillig ein kommunistisches Land verherrlichten. Meine Mutter zeigte mir sogar ein Foto, auf dem die beiden vor einem riesigen Wandbild von Che Guevara standen.

Wer ist das denn, Owen?, fragte meine Mutter, indem sie auf Ches Gesicht tippte. Ich hab Greg gesagt, du wüsstest das bestimmt.

Che Guevara, sagte ich und wollte zu einer Kurzfassung seiner Biografie ausholen, doch da steckten sie schon wieder mitten in einer Geschichte darüber, wie sie Schwarzmarkt-

Zigarren gekauft hatten. Mom meinte, die Leute da unten würden ja so furchtbar schlecht verdienen, weshalb Greg und sie nicht mit den Trinkgeldern gegeizt hätten. Dankbar waren die, das könnt ihr euch nicht vorstellen, schwärmte sie. Unseren Tourguide hätte ich am liebsten mit nach Hause genommen. *So* ein liebes Ding!

Die schlagen sich da eben durch, so gut es geht, bei dieser Regierung, sagte Greg. Anständige Leute sind das. Ihre ganze Misere verdanken sie einzig und allein dem Staat. Die können schuften, wie sie wollen, am Ende nimmt man ihnen doch wieder alles weg.

Die Misere könnte auch was mit ihrer wirtschaftlichen Isolierung zu tun haben, wandte ich ein. Mit dem US-Embargo.

Damit kommen die schon zurecht, erwiderte Greg mit der Selbstverständlichkeit eines renommierten Experten. Die kriegen ja Hilfe aus Venezuela.

Die haben ein besseres Gesundheitssystem als wir, sagte ich und hätte mich im nächsten Moment am liebsten dafür geohrfeigt. Warum musste ich den Köder auch schlucken? Wieso ließ ich mich darauf ein?

Kann ich mir nicht vorstellen.

Du brauchst mir nicht zu glauben, lies es einfach nach.

Greg nippte Mimosa aus dem Sektglas und schüttelte den Kopf. Muss ich nicht nachlesen, sagte er. Ich war ja da.

Alma lauschte schweigend und mit festgefrorenem Grinsen, Greg und Mom erzählten weiter. Ich merkte, wie ich immer mehr auf Durchzug stellte, und bald keimte die wohlvertraute Panik in mir auf. Zu Beginn war sie immer nur als leichter Druck in meiner Brust zu spüren, ein bisschen wie eine gespannte Feder. Doch wie die Aura vor einer Migräne kündigte dieser Druck stets zuverlässig an, was auf ihn folgte.

Alma meinte, sie würde sich gern einen Moment hinlegen. Wir haben das Gästezimmer vorbereitet, sagte meine Mutter. Owen, du schläfst auf dem Futon in Gregs Arbeitszimmer.

Wieso schläfst du denn auf dem Futon?, fragte Alma. Ist das Bett nicht groß genug?

Ihr habt eure eigenen Zimmer, sagte meine Mutter.

Ahhh, sagte Alma. Klar.

Als ich allein mit meiner Mutter war, wollte sie wissen, ob es sonst irgendwas Neues gab. Ich erzählte ihr von der bevorstehenden Veröffentlichung. Sie klatschte in die Hände, verschränkte die Finger. Das ist ja toll!, jubelte sie. So richtig gedruckt?

Ja, in einer kleinen Zeitschrift.

Sie rief Greg ins Zimmer und ließ mich die Neuigkeit noch mal erzählen. Wow, sagte der, klang aufrichtig beeindruckt. Herzlichen Glückwunsch. Da müssen wir beim Abendessen aber anstoßen!

Ich will unbedingt ein Exemplar haben, sagte meine Mutter. Du musst mir dann eins besorgen, ja?

Irgendwie hatte ich fast gehofft, sie wären weniger beeindruckt, damit ich mich fühlen könnte wie ein Märtyrer. Jetzt kam ich mir deshalb idiotisch vor und schämte mich. War ich wirklich so ein Snob, wirklich so scharf darauf, gekränkt zu werden, dass ich nicht mal die ehrlichen Glückwünsche meiner Eltern annehmen konnte?

Wie heiße ich denn in der Story?, fragte meine Mutter.

Wie, wie heißt du?

Na, welchen Namen hast du mir gegeben? Oder hab ich einfach meinen echten?

Du kommst gar nicht drin vor, sagte ich.

Ich weiß doch, wie deine «Geschichten» funktionieren, sagte sie, malte Gänsefüßchen in die Luft. Du tust so, als wären sie erfunden, aber in Wahrheit tauschst du bloß die Namen aus.

Das stimmt so nicht, widersprach ich. Ein bisschen was aus meinem Leben steckt schon drin, aber die Figuren sind nicht echt.

Mhm, schon klar, sagte sie und grinste wissend.

Bis zum Abendessen hatten wir noch ein paar Stunden Zeit. Greg fuhr zu AutoZone, um einen Keilriemen zu besorgen, während Mom die Überreste des Snack-Gemetzels wegräumte. Alma und ich ruhten uns im Gästezimmer aus, in dem sie schlafen sollte. Schau mal, sagte sie und winkte mich zum Nachttisch. Dort lagen zwei Bücher: Carrie Fishers Autobiografie *Wishful Drinking* und *Tausend kleine Lügen* von Liane Moriarty. Auf einem Post-it daneben stand: «Die darfst du gern lesen und behalten, wenn du magst.»

Was will mir deine Mutter damit sagen?, fragte Alma.

Vermutlich hat sie einfach nur zwei Bücher aus dem Regal gezogen, von denen sie dachte, sie könnten dir gefallen.

Hält sie mich etwa für eine manisch-depressive Alkoholikerin?, fragte sie und hielt *Wishful Drinking* hoch.

Bestimmt nicht, sagte ich. Wahrscheinlich hat sie die nur ausgesucht, weil sie bissig und tendenziell links sind.

Stirnrunzelnd las sie den Klappentext. Stimmt, ist eigentlich sehr nett von ihr, sagte sie. Und übrigens, dieser Mix aus Frischkäse und Brombeermarmelade? Scheiß auf das Restaurant, ich könnte auch einfach eine ganze Schüssel *davon* essen!

Wir lachten und umarmten uns, sie schmiegte den Kopf an meine Brust. Ich fragte mich, welche Vorurteile sie gehabt hatte und ob diese jetzt widerlegt oder bestätigt waren. Hauptsächlich versuchte ich aber, mich an Tonys Rat aus dem Dschungelkurs zu erinnern – dass jeder Mensch, egal, was man von ihm auch denken mag, in Wahrheit immer komplizierter ist.

Zum Abendessen fuhren wir in ein neues Restaurant in der Innenstadt von Paducah. Es befand sich in einem alten Eisenbahn-Lagerhaus mit hohen, hellen Fenstern und genieteten Stahlträgern. Serviert wurden dort aufgepimpte Varianten diverser Arme-Leute-Essen; für hippe Restaurants nichts Neues, aber für Paducah schon. Mittelalte Gäste konnten beim Blick auf die Karte schmunzelnd den Kopf schütteln und sagen: «Ich weiß noch gut, wie wir Bohnen und Maisbrot aßen, weil es nichts anderes gab. Hätte mir damals nur mal jemand verraten, dass das eines Tages mal als Delikatesse gilt!» An sämtlichen Tischen rings um uns murmelten die Leute ganz ähnliche Dinge, wenn auch eher verwirrt als schmunzelnd. Bei Cracker Barrel zahlt man für dasselbe Zeug die Hälfte, knurrte Greg. Ach Quatsch, höchstens ein Viertel!

Aber die machen das hier ganz besonders, wandte meine Mutter ein.

Wie besonders kann denn bitte Maisbrot sein?

Bestell's doch einfach und find's raus.

Als die Kellnerin kam, um die Getränke aufzunehmen, forderten Mom und Greg uns auf, zu bestellen, worauf immer wir Lust hatten, und gaben sich alle Mühe, uns von einer Flasche Sekt zum Anstoßen zu überzeugen.

Unser Sohn hat eine Geschichte geschrieben, die demnächst in einer Zeitschrift erscheint, erklärte Greg.

Oh, wow, sagte die Kellnerin. In welcher denn?

In der *Bear Creek Review*, sagte ich kleinlaut.

Hm, machte sie zerknirscht. Die kenn ich nicht, glaub ich.

Eine ziemlich große Sache ist das, führte Mom aus. Da kommt nicht jeder rein.

Wo bekommt man die denn, diese Zeitschrift?, fragte die Kellnerin. Es war schwer zu sagen, ob sie wirklich interessiert war oder mich nur quälen wollte.

Wahrscheinlich müssten Sie die direkt bestellen, sagte ich.

Oh, okay, antwortete sie. Na, da werde ich mal schauen.

Wir entschieden uns schließlich gegen den Sekt, und Alma und ich bestellten billiges Bier. Wir trinken ja eigentlich nie, Alma, sagte meine Mutter, nachdem die zwei ihre Cocktails bestellt hatten.

Almas Blick huschte kurz zu mir, als hoffte sie, ich würde ihr eine Antwort abnehmen. In Wahrheit tranken die beiden genauso viel wie jeder andere, taten aber wie viele Baptisten aus dem Süden so, als wäre es ein seltener Luxus. Daher auch der alte Witz: «Was ist der Unterschied zwischen einem Methodisten und einem Baptisten? Der Methodist grüßt dich im Schnapsladen.» Den musste ich später unbedingt Alma erzählen, dachte ich, doch dann fiel mir ein, dass die feinen Unterschiede zwischen protestantischen Konfessionen für sie gar nichts bedeuteten. In Western Kentucky dagegen bedeuteten sie eine Menge. Meine Eltern misstrauten zuallererst allen Episkopalen und Katholiken, Juden hingegen etwas weniger. Und Muslime hätten ebenso gut von einem anderen Planeten stammen können.

Mich stört das überhaupt nicht, sagte Alma schließlich.

Wir trinken fast nur, wenn wir in Paducah sind, sagte Greg.

Viele Countys hier sind trocken, ergänzte meine Mutter.

Das ist ja blöd, sagte Alma. Mein Vater trinkt aber auch kaum. Nur ganz selten mal 'nen kleinen Brandy.

Ach so?, fragte Mom.

Tja, er ist frommer als meine Mutter. Zumindest, seit die beiden in Amerika sind.

Mom spitzte die Ohren, legte die Speisekarte weg. Deine Familie kommt aus Bosnien, richtig?

Ja, genau.

Ich hab mir das mal im Internet angeschaut. Die Dinarischen Alpen. So heißen die doch, oder?

Genau, sagte Alma.

Sah wirklich sehr schön aus.

Ja, es ist ein schönes Land.

Wird da denn viel gewandert?

Na ja, antwortete Alma, man kann schon wandern, man muss halt ein bisschen aufpassen, wegen der Landminen.

Das Strahlen meiner Mutter verblasste schlagartig. Ja, verstehe, sagte sie. Und ihr seid also Moslems, deine Familie und du? Das Wort «Moslem» sprach sie etwas leiser aus als den Rest.

Genau, sagte Alma. Aber jetzt nicht superfromm oder so. Hat eher was mit Ritualen und Traditionen zu tun.

Mom nickte langsam, wirkte hoch konzentriert. Und hast du schon deine Haddsch gemacht?

Nein, lachte Alma. Meine Eltern übrigens auch nicht.

Ich dachte, das ist Pflicht?

Ich sah meine Mutter förmlich vor mir, wie sie gestern Abend lange aufgeblieben war, um den Wikipedia-Artikel über den Islam zu studieren und sich die wichtigsten Eckpunkte einzuprägen.

Eines Tages mach ich das vielleicht noch, sagte Alma. Aber besonders wichtig ist es mir eigentlich nicht.

Sonst blieb Alma beim Essen eher schweigsam, was Mom und Greg allem Anschein nach verunsicherte. Sie waren seltsam auf der Hut, korrigierten vorauseilend ihre Grammatik, sagten zum Beispiel so was wie: «xy meint, er ist ...» und wiederholten dann im selben Atemzug korrekt, als hätten sie sich selbst ertappt: «xy meint, er *sei*».

Nach dem Essen spazierten wir an der Hochwassermauer entlang, die teilweise mit historischen Szenen aus Paducah bemalt war. Bürgerkriegsschlachten und Erdbeerernte. Eisenbahnen und Dampfschiffe. Native Americans, die aus Tipis traten, um dem weißen Mann die Hand zu schütteln. Über eines der Wandbilder hatte ich schon mal geschrieben: Es zeigte die alte Urananreicherungsanlage aus der Vogelperspektive – WELCOME TO THE ATOMIC CITY, stand darüber. Man sah die Strommasten und die Schornsteine, aus denen weiße, freundliche Rauchwölkchen stiegen. Daneben lagen ein Flickenteppich aus grünen und braunen Feldern und der Ohio River. Postkarten mit diesem Motiv konnte man in der Vorkriegsvilla an der Interstate kaufen, die zu einem Rastplatz umgewandelt worden war.

An einer Lücke in der Mauer blieben wir stehen, blickten auf den Ohio und das waldige Ufer von Illinois. Der kalte Wind roch nach Fluss und toten Fischen. Er zerzauste uns das

Haar, wühlte die grüne Wasseroberfläche auf. Kohlekähne hatten am diesseitigen Ufer angelegt und schaukelten knarrend in der Strömung.

Wir gingen weiter, Alma und ich ein Stück hinter Greg und meiner Mutter. Stumm lächelten wir einander zu. Ab und zu legte ich die Hand unten auf ihren Rücken, drückte ihr aufmunternd den Arm. Mom und Greg erzählten von der Stadt und von Western Kentucky, davon, wie anders heute alles war im Gegensatz zu früher. Von der Armut in ihrer Jugend. Ich musste daran denken, wie solide sie inzwischen in der Mittelschicht angekommen waren. Vom Tellerwäscher waren sie zwar nicht zum Millionär geworden, hatten sich aber durchaus etwas Ordentliches aufgebaut. Das wollten sie nun wohl unterstreichen, während wir am Fluss entlangspazierten, wollten Alma offensichtlich wissen lassen, wie schwer sie sich ihr bisschen Wohlstand erarbeitet hatten. Wir nickten und gaben hin und wieder zustimmende Laute von uns, um zu zeigen, dass wir sie verstanden.

Am nächsten Morgen stand Almas Honda in der Einfahrt. Mom und Greg waren schon um fünf aufgestanden, hatten den Keilriemen ausgetauscht, und dann hatte Mom den Honda zurückgefahren und Greg war ihr im Truck gefolgt. Alma war darauf eingestellt gewesen, doch noch einen Abschleppdienst zu rufen, aber ich war nicht sehr überrascht, dass die beiden sich bereits darum gekümmert hatten. Ich war bei Menschen aufgewachsen, die Dinge reparieren konnten, und gewohnt, dass sie im Fall des Falles wussten, was zu tun war.

Ich ging als Erster nach unten, ließ Alma noch ausschlafen. Mom briet gerade Speck, verrührte in der zweiten Pfanne ein halbes Dutzend Eier und hatte ein Blech Biscuits im Ofen. Ich durfte weder helfen noch mich richtig bedanken, dass die zwei den Honda geholt hatten, so als wäre diese Kleinigkeit doch nicht der Rede wert. Über ihre Bluetooth-

Box hörte sie Carly Simon und Bonnie Raitt, wippte im Takt ein wenig mit den Schultern. Während wir darauf warteten, dass die Biscuits braun wurden, sah sie mich plötzlich an, den Pfannenwender in der Hand, und sagte mit großen Augen: Oh, das hätte ich ja fast vergessen – Maurine lässt dich schön grüßen.

Ich erstarrte mit der Kaffeetasse an den Lippen. Wann hast du denn mit der geredet?, wollte ich wissen.

Ach, sagte meine Mutter, noch immer quietschfidel, obwohl sie mir garantiert ansah, dass mir das Thema gar nicht gefiel. Wir quatschen eben ab und zu ein bisschen. Ihr geht's blendend.

Ich schwieg. Meine Mutter knipste das Ofenlicht an, um nach den Biscuits zu sehen, so als wäre nichts an alledem auch nur das kleinste bisschen merkwürdig. Fast fertig, erklärte sie.

Dir ist aber schon klar, wieso mir das unangenehm ist, oder? Und wieso es Alma unangenehm sein könnte?

Sie sah mich wieder an, stützte noch immer lächelnd die Ellbogen auf die Kücheninsel. Nein, wieso denn?

Dir leuchtet ernsthaft nicht ein, wieso es meiner Freundin unangenehm sein könnte, dass meine Eltern so dicke mit meiner Ex sind? Insbesondere nach eurem lauwarmen Empfang für Alma?

Da verblasste ihr Lächeln. Wo genau waren wir Alma gegenüber denn «lauwarm?», fragte sie.

Das ist doch offensichtlich!, entgegnete ich, musste aber praktisch sofort einsehen, dass die Anschuldigung völlig haltlos war, dass sie sich in Wahrheit wirklich große Mühe gegeben hatten und ich mich anhörte wie der allerletzte Rotzlöffel.

Hm, machte meine Mutter. Ich weiß eben einfach nichts über sie. Ich versteh nicht, wie sie tickt. Sie kriegt ja auch kaum den Mund auf. Maurine hatte immerhin klare Prinzipien. Werte.

Und zwar?

Sie ist katholisch.

Ja, auf dem Papier, wandte ich ein. An Gott glaubt sie nicht.

Klar tut sie das! Wie kommst du denn darauf? Sie schnaubte, wandte den Blick ab, als würde ich sie plötzlich anwidern. Eins kann ich dir jedenfalls zu Alma sagen, flüsterte sie dann. Dass sie in Princeton war, beeindruckt mich nicht die Bohne!

Ich musste lachen. Das würde sie auch sicher nicht erwarten, sagte ich. Letztlich kommt ihr doch einfach nicht drauf klar, dass sie eine sogenannte «Bildungsbürgerin» ist – und kulturell muslimisch.

«Kulturell muslimisch»? Ich versteh ja nicht mal, was das heißen soll! Man ist entweder gläubig oder nicht. Ihr Millennials glaubt doch an gar nichts mehr. Ihr habt überhaupt keine Werte.

Mal abgesehen von Almas Vergleich mit Weihnachtschristen wusste ich selbst gar nicht genau, was «kulturell muslimisch» hieß. Ich hätte zwar sagen können, das sei wie kulturelles Judentum, war mir aber nicht ganz sicher, ob ihr das wirklich weiterhelfen würde.

Das ist herablassend, erwiderte ich also.

Ja, klar, blaffte sie. Total herablassend sind wir. Als Nächstes sagst du sicher noch, wir seien Rassisten.

Ungefähr in diesem Augenblick kam Greg herein und stöhnte theatralisch, das Haar noch nass vom Duschen. Mensch, sagte er, der Speck riecht aber gut! Offenbar war ihm die dicke Luft hier in der Küche nicht entgangen. Meine Mutter wandte sich wieder dem Ofen zu. Die Biscuits wären dann so weit, verkündete sie knapp.

Ein paar Minuten später kam Alma in Schlafhose und Unterhemd herunter. Sie entdeckte ihr Auto vor dem Haus, und als Greg ihr erzählte, was die beiden gemacht hatten, war sie baff und bedankte sich überschwänglich.

Was bin ich euch denn schuldig?, fragte sie.

Ach wo, winkte er ab.

Ihr seid ja verrückt, sagte sie. Lasst mich doch wenigstens das Ersatzteil bezahlen.

Er schenkte sich Kaffee ein, als hätte er sie gar nicht gehört.

Im Ernst, beharrte sie.

So ein Riemen kostet nicht die Welt, und er war im Handumdrehen eingebaut. Hab ich gern gemacht.

Der Blick meiner Mutter blieb an den dunklen Büscheln unter Almas Achseln hängen, während sie die Brombeermarmelade und das Sorghum auf den Tisch stellte. Was ist denn Sorghum?, fragte Alma, indem sie das Glas hochhob, um das Etikett zu inspizieren.

Ein Sirup, erklärte ich. Aus einem speziellen Gras.

Der aus Kentucky ist der beste, ergänzte Greg. Eine alte Südstaaten-Spezialität.

Eigentlich kommt er ja aus Afrika, sagte ich. Die Sklaven haben ihn mitgebracht. Genau wie das Banjo.

Wir schnitten unsere Biscuits auf und bestrichen sie mit Butter. Alma war kein großer Speckfan, aß aber trotzdem ein paar Anstandsbissen. Als ich mein Rührei aufgegessen hatte, nahm ich mir einen Löffel Sorghum und ließ den zähen, bernsteinfarbenen Sirup in einem immer dünner werdenden Faden auf meinen Biscuit fließen. Alma ließ sich überreden, ihn zu kosten, gab aber nur ein paar kleine Tropfen auf ihren Biscuit. Schmeckt nach Rum, sagte sie kauend.

Ich weiß, was du meinst, pflichtete ich ihr bei. Außerhalb von Kentucky hatte ich Sorghum noch nie gegessen. Ich freute mich jedes Mal darauf, wenn ich nach Hause kam. Darauf und auf den über Hickoryholz geräucherten Schinken, den es an Feiertagen gab, mit der guten Redeye-Soße aus Bratensaft und schwarzem Kaffee.

Als wir fertig waren, erkundigte sich meine Mutter, wie lange wir eigentlich bleiben wollten.

Bis Sonntag, sagte ich.

Ach, dann könntet ihr ja mit uns in die Kirche kommen, stellte sie fest, nippte beiläufig an ihrem Kaffee.

Warum sollten wir das tun?

Sie stand auf, trug ihren Teller zur Spüle und stellte das Wasser an, spritzte Spülmittel über das gestapelte Geschirr. Ich dachte nur, vielleicht habt ihr ja Lust, flötete sie. Keith hält eine Predigt über die Evolution.

Sofern die hiesigen Baptisten ihre Haltung zur Evolution – und eigentlich auch zu allem anderen – nicht plötzlich radikal geändert haben, verzichte ich lieber, sagte ich.

Meine Mutter runzelte die Stirn, schrubbte kräftig das Backblech. Du warst noch nie in der Relevant Church, sagte sie. Die ist ganz anders als andere Baptistenkirchen, wirklich *ganz* anders.

Die Relevant Church – ja, so hieß sie wirklich – war eine Megakirche an der Interstate, die aus der Ferne aussah wie ein Regionalflughafen. Ein riesiger Altarraum, eine Turnhalle, eine eigene Hochzeitskapelle. In der Lobby gab es sogar eine Kaffeebar, an der Baristas schläfrigen Kirchgängern Cappuccino servierten. Obwohl die sich das nicht groß auf die Fahnen schrieben, waren sie Baptisten, hatten die Fegefeuertiraden aber durch eine sanftere, verschlüsselte Rhetorik ersetzt. Aus «Hölle» wurde «fern von Gott», ähnlich wie aus Schwarzen «Innenstadtgangster» und aus Mexikanern «Illegale, die uns die Jobs wegnehmen» geworden waren. Die ältere Generation knallte einem noch ganz unverschnörkelt vor den Latz, Chicago sei wegen der «Schwarzen in der South Side» so gefährlich und Nicht-Christen würden «in der Hölle schmoren», doch die Baby-Boomer waren raffinierter. Der Name der Kirche war schon fast zu gut, um wahr zu sein. Vor dem großen Umbau hatte sie noch Central Baptist geheißen; man konnte sich leicht ausmalen, wie der junge Priester Keith mit seinen Diakonen beim Brainstorming gesessen hatte, um ein neues Image zu kreieren. «Kirche ist für junge Leute einfach nicht mehr *relevant* – wie können wir sie wieder *relevant*er machen?»

Und der Priester spricht echt über die Evolution?, fragte Alma, eindeutig verwirrt.

Eigentlich geht's da eher um gesunde Skepsis, erklärte Greg. Die Evolution ist ja bloß eine Theorie, aber an den Unis wird sie so nicht dargestellt. Da gilt sie als «Tatsache».

Alma blickte kurz zu mir, dann wieder zu Greg, unsicher, ob der nur scherzte. Aber ... sie ist doch eine Tatsache?, sagte sie.

Greg sah sie ausdruckslos an. Meine Mutter schrubbte mit brutaler Gewalt das Gusseisen. Ich hätte natürlich eingreifen können, doch die ganze Szene war irgendwie gleichzeitig mitreißend und lähmend – so, als ginge man über eine Kreuzung und sähe in Zeitlupe ein Auto auf sich zuschlittern.

Sie ist eine von mehreren Theorien, erwiderte Greg. Keith meint nur, man sollte die anderen gleichberechtigt behandeln. Kreationismus, zum Beispiel, und *Intelligent Design*.

Ist das denn nicht dasselbe?, fragte Alma.

Nicht ganz, sagte meine Mutter.

In Sachen Evolution hat die Gegend hier eine interessante Geschichte, schaltete ich mich ein und erzählte Alma von John Scopes aus dem Scopes-Affenprozess, der in Paducah geboren und begraben worden war. Sie hatte noch nie von ihm gehört und verstand nicht recht, worum es bei diesem Prozess überhaupt gegangen war.

Was sollte die Jury denn da entscheiden?, fragte sie.

Ob Scopes sich strafbar gemacht hatte, weil er die Evolutionstheorie an der Schule gelehrt hat.

Wie, das war verboten?

Damals schon.

Wieso das denn?

Ich zuckte mit den Achseln.

Weil das Indoktrinierung war, erklärte Greg.

Aber warum sollte man eine christliche Theorie an einer staatlichen Schule unterrichten? Von wegen Trennung von Staat und Kirche – eigentlich ist das doch ein klarer Fall, oder?

Greg ließ die Gabel klirrend auf den Teller fallen. Sein Gesicht war puterrot. Also ich sehe das anders, knurrte er. Meine Mutter gab sich unterdessen Mühe, gut gelaunt zu wirken, während sie mit heftig zuckendem Unterkiefer die Pfannen mit der Stahlwolle bearbeitete.

Später fuhren wir zu meinem Vater nach Melber – zu meinem Elternhaus also, in dem Dad inzwischen mit seiner schwer kranken Frau lebte. Die Fahrt war unsere erste richtige Gelegenheit, unter vier Augen über den Besuch zu sprechen. Ich erzählte Alma, was meine Mutter von ihren Gesprächen mit Maurine berichtet hatte.

Krass, sagte sie. Wie kann sie das nur ganz normal finden? Wie kann *Maurine* das ganz normal finden?

Keine Ahnung. Maurine hat immer befürchtet, ich wäre mir irgendwann zu schlau für sie und würde mir eine andere suchen. Zum Schutz davor hat sie sich bei meiner Familie eingeschleimt.

Psychologisch interessant, sagte Alma. Genau davor hat doch auch deine Mutter Angst, oder? Dass du dich für zu schlau hältst und nichts mehr mit ihr zu tun haben willst? Tja, besser hätte Maurine sich das Mitgefühl deiner Mutter ja kaum sichern können …

Das hatte ich noch nie bedacht, aber es stimmte. Mom mochte Maurine, weil die ihr Hoffnung gab, dass ich mich nicht von ihr entfremdete. Alma dagegen war die lebende Verkörperung ihrer Ängste, stand für alles, was ihr Weltbild in Gefahr brachte.

Das ist doch alles komplett wahnsinnig, sagte Alma. Durchs Seitenfenster betrachtete sie die vorbeiziehenden Geschäfte – den Taco Bell, die Autowerkstatt Jiffy Lube, die Dollar-General-Filiale mit der Mennonitenkutsche auf dem Parkplatz. Ich meine, warum sollte ein intelligenter Schöpfer ein Universum designen, bei dem am Ende das hier rauskommt? Völkermord, Kapitalismus und Taco Bell?

Willkommen im Bible Belt, sagte ich.

Die Straße nach Melber führte uns vorbei an Trailerparks und kleinen Ortschaften, bis wir endlich die Flussniederungen an der Grenze zu Graves County erreichten. Ich wünschte, Alma hätte die Gegend im Spätsommer sehen können, wenn die Felder voller Burley-Tabak standen – endlose Reihen lila-grüner Blüten, die langen Tabakblätter an den Rändern bereits gelb und wellig. Jetzt waren die Felder kahl, oder es stand Weidelgras darauf, kniehoch und strohgelb. Die Bäche, die wir auf maroden Brücken überquerten, waren um diese Zeit nur schlammige Rinnsale, und die Wälder waren ausgetrocknet und graubraun, abgesehen von den Platanen, deren nackte, weiße Stämme wie Gespenster aus der Landschaft ragten.

Teils um mich von meiner eigenen Aufregung und Übelkeit abzulenken, teils um sie die Gegend mit meinen Augen sehen zu lassen, kommentierte ich alles, als wäre es aufgeladen mit Bedeutung, verbunden mit persönlichen Geschichten. Da war das Haus von Dan Foley, wo ich früher oft Flaschenraketen abgeschossen hatte. Dort war die verlassene Citgo-Tankstelle: Mit dreizehn war ich da durchs Fenster eingestiegen und hatte mir an der kaputten Scheibe die Wade aufgeschlitzt. Und da wohnte Josh Griggs, bei dem ich früher Tontauben geschossen hatte. Und in diesem Trailer dort hatte damals Molly Miller gewohnt, das erste Mädchen, das ich je geküsst hatte. Natürlich verschwieg ich ihr, dass Dan Foleys Vater sich, als wir fünfzehn waren, am Garagentor erhängt hatte, und auch, dass Dan inzwischen bei der Army war, in Texas stationiert und Alkoholiker. Ich verschwieg, dass ich durchs Fenster der verlassenen Tankstelle geklettert war, um darin mit Josh Griggs einen in Hustensaft getränkten Blunt zu rauchen und dass dieser Josh Griggs aus Melber nie herausgekommen war und inzwischen einen guten Job bei der Flussschifffahrt verloren und eine Weile eingesessen hatte. Ich verschwieg, dass Molly Miller nach der Schule über fünf Jahre hinweg immer tiefer in ihre Opioidsucht abgedriftet war, gekrönt von ihrem Tod an einer Überdosis Fentanyl auf dem Klo der Bücherei von Paducah. Vielleicht gerade weil ich ihr all das verschwieg, wirkte Alma nicht so interessiert, wie ich gehofft hatte. Dachte sie darüber nach, wie dieser Ort einen wie mich hervorgebracht hatte? Ich hoffte jedenfalls, er blieb für sie nicht zweidimensional – nicht bloß eine gemalte Kulisse, beobachtet aus dem Beifahrerfenster. Was mochte jemand wahrnehmen, der all das vorher nie gesehen hatte? Leere Felder. Mit Graffiti besprühte Sperrholzplatten vor den Fenstern leer stehender Kirchen. Bruchbuden und Trailer, in denen Fremde mal gelebt hatten. Für Außenstehende sah das alles wahrscheinlich nur wie ein x-beliebiges Provinznest aus, so knapp vorm Verschwinden, dass es kaum noch da war. Ich dagegen sah auch seine unbeschreiblichen Facetten.

Schließlich erreichten wir die Kreuzung und das grüne Schild mit der Aufschrift MELBER – das einzige Wahrzeichen des Orts, das Einzige, woran man merkte, dass man sich irgendwo *befand* und nicht nur irgendwohin unterwegs war. Hier blieb an Halloween der brennende Heuballen liegen. Gleich neben der Kreuzung befanden sich auch das Postamt und das Friseurgeschäft mit dem uralten, rostigen Pepsi-Automaten, der längst schon nicht mehr funktionierte. Daneben lag das einzige Restaurant des Orts, das Kountry Kitchen. Ein Schild auf dem Parkplatz bewarb Catfish und Hush Puppies.

Da wären wir, sagte ich.

Alma sah sich um, wirkte diffus beunruhigt. Wow, du hast echt nicht gelogen, sagte sie. Viel gibt's hier wirklich nicht.

Das Haus meines Dads war bereits von der Kreuzung aus zu sehen. Es stammte noch aus den Fünfzigern, war ursprünglich mit Holzlatten gebaut worden, aber vor fünf Jahren hatte

Dad PVC-Paneele angebracht, die aussehen sollten wie eine Blockhütte. Ich fand, sie sahen eher aus wie Bauklötze.

Als wir geparkt hatten, berührte Alma mich am Arm und fragte: Sag mal, wie krank ist denn deine Stiefmutter?

Ich sehe sie eigentlich nicht als meine Stiefmutter, erwiderte ich. Sie ist einfach nur die Frau von meinem Vater.

Okay, aber sag trotzdem mal.

Ich sagte ihr, ich wüsste nichts Genaues, und so war es auch. Bei unserem letzten Treffen war sie blass und gebrechlich gewesen, hatte aber noch volles Haar gehabt und konnte sich unterhalten. Mein Vater erzählte mir am Telefon nie Einzelheiten. Ich wusste nur, dass es ihr schlechter ging. Dass sie inzwischen eine Glatze hatte. Dass ihre Behandlungen größtenteils gescheitert waren und dass sie derzeit bestrahlt wurde und an einer Medikamentenstudie teilnahm. Davon abgesehen, hatte ich keine Ahnung, was uns erwartete.

Ich klopfte an, das Fliegengitter klapperte, und wir standen lang auf der Veranda, wo ein hölzernes Windspiel in der Brise klimperte. Der Garten war von Unkraut überwuchert – braunes Gras, Disteln und die trockenen Schoten von Seidenpflanzen, aus denen kleine Flugsamen hervorlugten. Nur ein paar Sonnenblumen deuteten noch den Versuch an, hier etwas zu verschönern, doch sogar die waren verwelkt – die gelben Kronen waren zerfleddert, die Blätter hingen schrumplig-braun herab wie schlafende Fledermäuse.

Scheint niemand da zu sein, sagte Alma, doch da ging endlich die Tür auf, und mein Vater begrüßte uns. Hallo Sohnemann, sagte er.

Dad sah mehr oder weniger so aus wie immer: bärig, behäbig, frisch rasierter Schädel. Er trug ein rot-schwarz kariertes Hemd und eine ganz ansehnliche Fleeceweste. Als wir uns umarmten, stieg mir kurz sein hochprozentiges Aftershave in die Nase. Das hieß wohl, wir würden auswärts essen. Ich tippte auf das Kountry Kitchen.

Wir traten ins Wohnzimmer, das ebenfalls aussah wie

immer. Die Bilder an den Holzwänden waren noch dieselben wie in meiner Kindheit – ein Dampfschiff mit Schaufelrädern, ein fliegender Kranich, das Aquarell einer Strandszene. Es roch auch noch genau wie früher: wie ein Schrank aus Zedernholz. Nur das Bücherregal, in dem früher die Nora Ephrons und John Grishams meiner Mutter gestanden hatten, war inzwischen praktisch leer. Die einzigen verbliebenen Bücher waren *Vom Winde verweht* und *Gullivers Reisen,* und die waren Attrappen. Innen hohle Deko-Objekte aus dem Möbelmarkt.

Dad bat uns auf das viel zu dick gepolsterte Ledersofa und nahm selbst Platz auf seinem viel zu dick gepolsterten Ledersessel mit eingebautem Becherhalter, in dem eine halb leere Flasche Bier stand. Im Fernsehen lief College-Basketball, ohne Ton. Bonnie war nirgends zu sehen, aber die Tür zum Schlafzimmer stand einen Spaltbreit offen, und dahinter schien sich jemand zu bewegen.

Ich hab das sowieso gar nicht richtig geschaut, erklärte mein Vater. Er zappte weiter und landete bei einem *Alien*-Film.

Wir sanken in die Polster, warteten, dass irgendwer das Wort ergriff. Von Alma hatte ich meinem Vater erst drei Tage zuvor erzählt. So, sagte er schließlich. Woher kommen Sie denn, Alma?

Aus Virginia, gab sie zur Auskunft. Sie trug noch ihre Jacke, hochgezogen bis zum Kinn, hatte die Beine überkreuzt und die Hände auf die Knie gelegt. Geboren bin ich allerdings in Bosnien, als es noch Jugoslawien war. Wir sind erst nach Deutschland gezogen und von da aus weiter nach Queens und Virginia.

Mein Vater hörte sich das alles an und grunzte dann heiser. Na das ist ja was, sagte er. Bosnien, hm?

Genau.

Ist das in der Nähe von Russland?

Relativ nahe ist es schon, ja.

Und Sie sind zum ersten Mal in Kentucky?

Ja, aber ich bin jetzt schon länger hier. Ich hab eine Autorenresidenz am Ashby College.

Der Miene meines Vaters war deutlich abzulesen, dass er keinen Schimmer hatte, was eine Autorenresidenz sein sollte, aber er nickte trotzdem. Also, wechselte er dann das Thema, ich hab mir gedacht, wir gehen zum Barbecue ins Rebel Smokehouse. So ein neuer Laden an der 45 in Leeder Bottoms. Was meint ihr?

Geht das denn mit Bonnie?, fragte ich.

War sogar ihre Idee. Sie kommt bestimmt gleich raus.

Damit mündete das Gespräch in eine Sackgasse, und wir alle widmeten uns aufmerksam dem Fernseher, wo irgendwelche Leute im Weltraum herumballerten und vor grotesken Außerirdischen flohen. Die Leute im Film schrien einander pausenlos an, aber da der Ton abgestellt war, konnte ich bestenfalls raten, was sie sagten.

Wenige Minuten später trat Bonnie aus dem Schlafzimmer. Hätte jemand im Schreibworkshop sie so beschrieben, wie sie aussah, hätte ich es wohl für ziemlich platt gehalten: Sie trug Jeans und einen rosa Fleecepulli, hatte aber so viel abgenommen, dass beides nicht mehr richtig passte. Ein rosa Tuch bedeckte ihren kahlen Kopf. Die ausgefallenen Augenbrauen hatte irgendwer schlecht nachgemalt, ihr Lippenstift war leicht verschmiert. Auf wackligen Beinen schlurfte sie zu uns, nahm uns beide in den Arm. Dann setzte sie sich neben Alma aufs Sofa, musste nach dem weiten Weg aus dem Nebenzimmer erst mal durchschnaufen. Haben Sie denn Hunger?, fragte sie Alma.

Ja!, sagte Alma, ein wenig zu laut. Ich freu mich schon aufs Rebel Smokehouse!

Bonnie lächelte. Sie mögen Pulled Pork? Es klang weniger wie eine Frage als wie die Einflüsterung einer Hypnotiseurin.

Auf jeden Fall!, sagte Alma.

Sehr schön. Ich esse das ja für mein Leben gern. Man

sah ihr deutlich an, wie schwer ihr jedes Wort fiel, aber sie lächelte trotzdem, als wäre das Gespräch entspannt und zwanglos.

Wie geht's dir denn, Bonnie?, fragte ich.

Ach, es geht schon, sagte sie. Ich wartete, ob sie noch mehr erzählen wollte, doch sie sah mich bloß schweigend an. Bei jedem Atemzug rasselten ihre Lungen schleimig. Ihre Hände zuckten auf ihrem Schoß wie flügellahme Vögelchen. Alma erschrak über irgendetwas im Fernsehen. Ich drehte mich um: Ein Alien brach dort gerade aus dem Brustkorb eines Manns heraus, der sich auf dem Boden wand und mit den Beinen strampelte. Dad griff zur Fernbedienung und schaltete aus.

So, sagte er. Essen?

Das Rebel Smokehouse war ein so perfektes Destillat der ganzen Groteske des ländlichen Südens, dass es schon beinahe wehtat. Es schmiegte sich zwischen einen Harley-Davidson-Händler und einen Schießstand namens Range America. Direkt nebenan flatterte hoch an einem Fahnenmast eine Südstaatenflagge, sodass das Smokehouse buchstäblich in ihrem Schatten lag. Selbst wenn ich all das exakt so aufgeschrieben hätte, wer hätte es mir je geglaubt?

Auf dem Weg über den Parkplatz – langsam, damit Bonnie Schritt halten konnte – ließ Alma die Flagge keine Sekunde aus den Augen, so als wäre sie ein Tier, dem sie nicht trauen durfte. Es tat mir leid, dass ich sie in diese Lage gebracht, dass mein Dad uns hierhergeschleift hatte. Allerdings hatte der garantiert andere Probleme im Kopf.

Drinnen spielte sich gerade eine Band ein. Wir bekamen einen Tisch nahe der Bühne, wo uns die Basstrommel durch die Brust dröhnte und man sich nie im Leben würde unterhalten können. An den Wänden hing etwa ein Dutzend Flachbildfernseher, sodass man von jedem Punkt im Restaurant aus immer mindestens drei davon sah. Die meisten zeigten College-Basketball, nur auf zwei oder drei lief eine Folge

Friends, allerdings ohne Ton oder Untertitel. Angesichts der grellen Fernsehbilder, des lauten Stimmengewirrs und der schrillen Rückkopplung aus den einen halben Meter entfernt stehenden Boxen hätte ich mir am liebsten die Ohren zugehalten und die Augen zugekniffen wie ein überfordertes Kind in einem Kaufhaus.

Mein Vater bestellte etwas namens «Pineapple Fiesta», das sich als goldfischglasgroße Margarita mit Ananasstückchen darin entpuppte, garniert mit einer umgedrehten Flasche Corona. Als er am Strohhalm zog, blubberte es in der Bierflasche. Nicht übel, sagte er mit Kennerblick.

Der Leadsänger der Band tippte ans Mikro. Alles klar, Leute, sagte er. Wir spielen jetzt 'n bisschen Country. Steht ihr auf Country? Ein paar Gäste applaudierten halbherzig und gaben ihm per Zuruf zu verstehen, dass sie in der Tat auf Country standen. Der Sänger zählte vor, und los ging es mit einer Uptempo-Version von John Denvers «Take Me Home, Country Roads». Alma wirkte leicht verstört. Ich drückte ihr die Hand unter dem Tisch, und sie drückte zurück.

Bonnie konnte feste Nahrung zwar nicht mehr verdauen, aber immerhin noch schmecken. Während des gesamten Essens nahm sie daher immer wieder kleine Stückchen Fleisch in den Mund, lutschte sie aus, bis sie nach nichts mehr schmeckten, und ließ sie dann in Papiertüchern von der Rolle auf dem Tisch verschwinden. Bis wir fertig waren, lag ein gutes Dutzend Klümpchen aus Fleisch und braunem Papier vor ihrem Teller. Geredet wurde während des Essens nichts weiter Erwähnenswertes. Alma schrie Bonnie und meinem Vater pro forma ein paar Fragen zu: Seit wann seid ihr in Rente? Stehen Urlaubsreisen an? Da Bonnie zum Schreien die Kraft fehlte, übernahm mein Vater ebenso pro forma das Antworten. Reisen ist ein bisschen schwierig momentan, sagte er. Wegen der Behandlungen.

Ach ja, sagte Alma. Natürlich.

Die Band machte eine Pause und gönnte uns ein wenig

mehr Stille, in der wir alle vier an unseren Servietten zupf-
ten und Eiswasser nippten. Tut mir leid, dass man hier so
schlecht reden kann, sagte mein Vater. Aber vielleicht ist's ja
auch besser so. Dann merkte er, wie sich das anhörte, und
fügte hinzu: Für euch, mein ich.

Nein, ich freu mich sehr, dass wir zusammen hier sind!,
sagte Alma. Die Band ist klasse. Und dieses Pulled Pork erst!
Sie formte einen Kreis mit Daumen und Zeigefinger. Superlecker!

Wie stehst du denn so zum Thema Familie?, fragte Bonnie.

Ganz allgemein? Oder zu meiner Familie?

Zu deiner.

Wahrscheinlich fangen ihre Medikamente grade an zu wirken, raunte Dad.

Nein, nein, mir geht's gut, sagte sie. Ich unterhalte mich
nur.

Okay, sagte Dad zärtlich. Dann nur zu, unterhalte dich.

Bonnie wandte sich wieder Alma zu, erwartete mit schweren Lidern ihre Antwort.

Also, setzte Alma an. Meine Familie ist ... na ja, normal
eben. Meine Mom ist sehr aktiv, mein Vater eher weniger. Er
spielt gern Schach, in verschiedenen Onlineligen. Er ist echt
gut! Ich hab ihn noch nie geschlagen, aber meine Mutter
meint, sie hätte einmal gegen ihn gewonnen, ganz zu Anfang
ihrer Beziehung. Mein Dad streitet das allerdings ab. Hm,
was noch ... Ah, Mom hat kürzlich mit Ikebana angefangen. Das ist so traditionelles Blumenarrangieren aus Japan,
anscheinend gibt's da Kurse in DC. Keine Ahnung, wie sie
darauf kam. Davor hat sie mexikanischen Volkstanz gemacht,
aber dann hat sie sich den Fuß umgeknickt und konnte nicht
mehr. Dann war da noch die Vogelbeobachtungsphase, die
hab ich überhaupt nicht verstanden, weil sie nie viel für Out-
doorkram übrighatte, aber eine Freundin hat sie angefixt. Ich
glaube, ihr gefällt vor allem die Geselligkeit und die ganze

Ausrüstung, die man für ein neues Hobby so braucht. Wenn sie erst mal die ganzen Geräte, Bücher und Spezialklamotten hat, verliert sie immer schnell das Interesse.

Bonnie und mein Vater hörten aufmerksam zu und nickten. Ich bin mir nicht sicher, ob ich die Frage jetzt überhaupt beantwortet habe, sagte Alma. Ich hab ja nur von ihren Hobbys erzählt, und die sind natürlich nicht alles, was die beiden ausmacht. Aber gut, das ist ja eh klar. Also, dass Menschen, ähm ... komplexer sind. Peinlich berührt zupfte sie an der Haut zwischen ihren Fingern herum.

Familie bedeutet mir alles, sagte Bonnie.

Nervös rührte mein Vater in seiner Pineapple Fiesta, als hätte er nicht das Geringste mit dem zu tun, was sie gleich sagen würde.

Ah, sagte Alma. Ja, Familie ist definitiv wichtig.

Man will einfach wissen, dass jemand da ist, fuhr Bonnie fort.

Wie bitte? Alma beugte sich ein Stück über den Tisch.

Man will wissen, dass man am Ende nicht allein ist.

Bonnie, mahnte Dad.

Was?

Er sah sie traurig an, legte ihr die Hand auf den knochigen Unterarm. Sie ist müde, erklärte er uns. Die haben gerade eine neue Behandlung mit ihr angefangen.

Ich bin hellwach!, widersprach Bonnie, zog ihren Arm weg. Wir sprechen nur über Familie.

Klar, sagte Dad. Ich mein ja bloß, dass du vielleicht müde bist.

Bonnie blickte ihn ein paar Sekunden lang an, ließ seine Worte sacken. Dann drehte sie sich wieder zu uns, hustete, wischte sich zittrig den Mund ab und sagte: Er meint, ich sei müde.

War bestimmt ein langer Tag, sagte ich. Ich kümmere mich mal um die Rechnung.

Ich zahle, sagte Dad. Das wär ja noch schöner.

Lass nur, ich mach schon.

Er sah mich an, als wäre ich komplett verrückt geworden.

Jetzt sei mal nicht albern, sagte er.

Also albern finde ich das eigentlich nicht.

Was willst du denn machen, Baby?, fragte er Bonnie. Willst du gehen?

Sie schüttelte kraftlos den Kopf. Wir unterhalten uns ja noch.

Gut, unterhalten wir uns. Prima. Du unterhältst dich, ich gehe so lange aufs Klo. Er warf seine Serviette auf den Tisch, sah Alma und mich an, küsste Bonnie auf die Stirn und sagte: Verpetz mich nicht, während ich weg bin. Ich musste grinsen: Das hatte er auch früher oft gesagt – als führte er ein Doppelleben voller geheimer Gaunereien.

Als er weg war, nippten Alma und ich betreten unser Wasser, schoben Fleischreste auf unseren Tellern herum. Bonnie blickte uns eindringlich an. Nach und nach kamen die Bandmitglieder wieder auf die Bühne, zwei Flaschen Bier in jeder Hand.

Ich hab dich lieb, sagte Bonnie.

Überrascht sah ich von meinem Teller auf. Es war nicht klar ersichtlich, mit wem von uns sie sprach – vielleicht ja mit uns beiden.

Wie bitte?, sagte ich, obwohl ich sie genau verstanden hatte.

Ich hab dich lieb, wiederholte sie. Ich weiß, wir haben das einander noch nie gesagt, aber ich wollte es jetzt trotzdem mal tun.

Oh, sagte ich. Okay.

Ich spürte Almas Blicke von der Seite. Beide Frauen sahen mich erwartungsvoll an. Ich stand mit dem Rücken zur Wand. Ich hab dich auch lieb, Bonnie, sagte ich, und dabei löste sich der Knoten in meiner Brust immerhin ein kleines bisschen. Ich kannte sie kaum, hatte mich nie groß bemüht, das zu ändern, und sie ehrlich gesagt auch nicht. Aber was spielte das jetzt schon noch für eine Rolle?

Liebe ist ganz einfach, sagte sie. Das ist mein Ratschlag an euch, auch wenn ihr nicht darum gebeten habt.

Okay, sagte ich und verspürte den heftigen Drang, einfach aufzustehen und davonzulaufen. Meine Beine zitterten.

Die Leute verkomplizieren sie immer, aber in Wahrheit ist sie einfach, fuhr sie fort. Wenn man stirbt, erkennt man das.

Bin gleich wieder da, sagte ich und stand so ruckartig auf, dass mein Wasserglas umkippte. Halb geschmolzene Eiswürfel schlitterten über den Tisch. Shit, sagte ich. Entschuldigung.

Alma tupfte das Wasser bereits mit ein paar Servietten auf. Nichts passiert, sagte sie.

Ich muss nur mal aufs Klo.

Geh ruhig, sagte sie. Ich mach das schon.

Im Bad stützte ich mich auf den Waschtisch und stellte das Wasser an. Ein Mann und sein kleiner Sohn standen am Nachbarbecken. Nimm ordentlich Seife, sagte der Mann.

Mach ich, sagte der Junge.

Schön gründlich waschen.

Als sie weg waren, schaute ich in den Spiegel und atmete tief durch. Schniefen drang aus einer der Kabinen. Ich hatte meinen Vater ganz vergessen. Im Spiegel sah ich seine Slipper mit Quasten unter der Kabinentür. Dad?, sagte ich.

Er räusperte sich. Gleich fertig, rief er.

Ich trat an die Tür, lauschte durch den Edelstahl und hörte ihn leise schluchzen. Es klang beinahe wie ein unterdrücktes Lachen. Alles in Ordnung, Dad? Geht's dir gut?

Nein, sagte er. Mir geht's überhaupt nicht gut.

Durch die Wand drangen die Geräusche der Band, die ihre Instrumente nachstimmte. Die Basstrommel pochte wie ein riesiges Herz. Ich legte die Fingerspitzen an die Tür. Ich bin da, sagte ich.

Er schwieg. Bei dem Lärm war unmöglich zu hören, ob er weinte. Dad?

Geht schon wieder, sagte er, klang schon gefestigter. Geh ruhig schon vor, ich komme gleich nach.

Sicher?

Ja, geh. Frag schon mal nach der Rechnung. Bin gleich da.

Ich ging zurück zum Tisch und setzte mich. Alma sah mich fragend an. Alles okay, sagte ich. Alles gut. Unter dem Tisch legte sie mir die Hand aufs Knie.

Kurz darauf kam Dad und stellte fest, dass Bonnie schon bezahlt hatte. Wieso hast du das denn gemacht?, fragte er bestürzt.

Sie zuckte mit den Achseln, nahm ihre Jacke und die Handtasche. Ich kann's mir ja leisten, sagte sie.

Scheiße, sagte er. Ähm, ich meine: Mist. Ich wollte doch zahlen.

Ach, eine kostenlose Mahlzeit nehmen wir doch alle gerne mit, scherzte Alma.

Alle grinsten, auch mein Vater. Dass er geweint hatte, war ihm nicht mehr anzusehen. Ja, er wirkte derart aufgeräumt, dass ich mich fast fragte, ob ich mir das alles nur eingebildet hatte.

Auf dem Parkplatz umarmten wir uns alle zum Abschied. Bonnie meinte, beim nächsten Mal könnten wir hoffentlich länger bleiben. Als ich sie in den Arm nahm, fragte ich mich plötzlich, ob ich sie überhaupt je wiedersehen würde, und mein schlechtes Gewissen raubte mir fast den Atem. Das passierte mir zu Hause immer – ein wahres Schleudertrauma der Gefühle, ein wildes Hin und Her aus Abscheu und Reue, Mitgefühl und Zynismus.

Sehr nett ist die, flüsterte Bonnie, und sehr hübsch.

Danke, sagte ich und ließ sie los.

Ich hab gesagt, du bist sehr nett und sehr hübsch, weihte sie auch Alma ein.

Oh, danke, antwortete die.

Ich umarmte meinen Vater, und er sagte, er habe mich lieb, klopfte mir dabei kräftig auf den Rücken. Dann gingen die beiden zu ihrem Auto und wir zu Almas Honda, und das war's. Halb hatte ich auf einen Streit gehofft – auf irgendeinen dramatischen Ausbruch, irgendetwas Denkwürdiges. Stattdessen war ich nur erfüllt von leerer Traurigkeit, als wir davonfuhren. Und hatte nicht das kleinste bisschen Lust, über all das zu schreiben.

In Gilbertsville stand der Laptop meiner Mutter aufgeklappt auf dem Küchentresen, Bob Dylan dudelte heraus. Neben dem Herd kühlte ein Pecan Pie aus. Willkommen zurück!, rief sie und klackerte auf ihren hohen Absätzen durch den Flur in die Küche. In der Hand hielt sie ein Dominospiel. Ich hab Pecan Pie gebacken, verkündete sie.

Ja, ich seh's!

Dein Lieblingskuchen.

Sehr nett, vielen Dank.

Haben wir aus Kuba mitgebracht, das Spiel. Sie schüttelte die Schachtel, ließ die Steine klappern. Ich dachte, ihr habt vielleicht Lust.

Klingt gut!, antwortete Alma, noch ehe ich sagen konnte, dass ich zu müde war.

Greg kam herein, wirkte verschlafen. Aus dem Wohnzimmer, wo er gesessen – oder gedöst – hatte, war der Kommentar eines Basketballspiels zu hören, und er roch ein wenig nach Zigarre. Hallo ihr zwei, sagte er. Spielen wir 'ne Runde Domino?

Sieht ganz danach aus, sagte ich.

Wir haben extra Dylan für dich aufgelegt.

Ja, hab schon gehört.

Der Nobelpreisträger.

Ich lachte. Ha, stimmt!

In der Highschool hatte ich eine ebenso grenzwertige wie total unoriginelle Bob-Dylan-Obsession gepflegt. In Dauerschleife hatte ich dieselben Songs, dieselben schrillen Mund-harmonika-Solos gehört, bis ich alle Texte und Akkordfolgen in- und auswendig kannte. Dass die beiden jetzt Dylan aus den blechigen Lautsprechern des Laptops meiner Mutter scheppern ließen, war ein etwas lahmer, aber dennoch offensichtlicher Versuch, einen Draht zu mir zu finden. Auch der Pie war Teil dieser Bemühungen: ein Friedensangebot nach dem Pseudostreit von heute Morgen. Absurderweise hatte ich Dylan früher unter anderem hören dürfen, weil er ein «wiedergeborener Christ» war. Dass er vor seiner «Wiedergeburt» Jude gewesen war und den Großteil seiner Karriere damit zugebracht hatte, linke Protestsongs und abgedrehte Stream-of-Consciousness-Tiraden zu singen, die mein jugendliches Weltbild gehörig geprägt hatten, hatten meine Eltern entweder nicht gewusst oder nicht bedacht. Jedenfalls war dieser Mensch, zu dem sie hier und jetzt einen Draht suchten, im Grunde der Achtzehnjährige, der ich kurz vor meinem Auszug gewesen war – der letzte Owen, den sie noch richtig gekannt hatten. Und in genau diesen Owen, in diesen trotzigen Teenager, verwandelte ich mich in ihrer Gegenwart offenbar jedes Mal wieder zurück. Trotzdem, sie gaben sich Mühe, das musste ich ihnen lassen.

Meine Mutter kippte die klappernden Dominosteine auf den Küchentisch. Ich machte mir ein Bier auf und setzte mich neben Alma, meine Mutter und Greg nahmen gegenüber von uns Platz. So, sagte Mom. Das Spiel heißt «Mexikanerzug».

Aha, schnaubte ich.

Sie stutzte, sah mich an. Was?

Soll ich wirklich fragen, warum das so heißt, oder ist die Antwort sowieso rassistisch?

Keine Ahnung, sagte sie. Es legen alle ihren eigenen Zug, und an den Mexikanerzug kann sich jeder dranhängen.

Also ja, vermutlich rassistisch.

Sie verdrehte die Augen. Was soll daran rassistisch sein?

Egal, erklär einfach weiter.

Sie erklärte die verhältnismäßig simplen Regeln, und wir spielten ein paar Runden. Man musste Steine vom Stapel in der Mitte nehmen und versuchen, möglichst viele davon wieder loszuwerden. Wer am Ende die niedrigste Punktzahl hatte, war der Sieger. Obwohl das Spiel nicht viel mit Strategie zu tun hatte, gewann Greg jedes Mal. Das gibt's doch nicht!, rief Alma nach seinem vierten Sieg in Folge.

Die Glücksgöttin und ich sind einfach *so*, sagte er, Zeige- und Mittelfinger überkreuzt, und alle lachten. Dann machten wir eine Kuchenpause, in der Mom den Pie auf Tellern mit schnörkeligem Blumenmuster servierte – «polnische Keramik», wie sie das nannte. Deine Mutter steht total auf polnische Keramik, Owen, sagte Greg. Wenn wir auf Antiquitätenjagd gehen, findet sie jedes Mal welche.

Na ja, die gefällt mir eben, sagte Mom, indem sie sich ein schmales Stück Pie abschnitt – sie bediente sich natürlich als Letzte.

Der Pie – mit selbst gemachtem Boden und einer Extraschicht glasierter Pekannüsse obendrauf – war wundervoll, die Sorte Pie, die man genießt, ohne zu sprechen, weil man ohnehin nur andächtige Seufzer und anerkennendes Stöhnen hervorbringt. Mann, ist der gut, sagte Alma mit vollen Backen. Als sie das letzte Stück verputzt hatte, drückte sie die Gabel auf die Brösel und verschlang auch die. Sie aß den Teller blitzeblank, ließ nur das Blümchenmuster übrig.

Ein Rezept von meiner Großmutter, erklärte Mom. Ist schnell gemacht. Ich schreib's dir gerne auf.

Der ist wirklich fantastisch, pflichtete ich bei. Bravo, echt.

Mom versuchte so zu tun, als nähme sie die Komplimente ganz gelassen auf, und brachte uns koffeinfreien Kaffee, während wir das kubanische Domino zur Seite schoben. Spotify shuffelte offenbar nur durch vier oder fünf Dylan-Songs – «All Along the Watchtower», «Like a Rolling Stone» und «The Times They Are A-Changin'», bloß hin und wieder unterbrochen von einem Werbespot für Mineralwasser. Jedes

Mal, wenn «All Along the Watchtower» lief, summte Greg leise mit und murmelte ein paar Brocken des Texts. Und als «Knockin' on Heaven's Door» kam, stellte er fest: Also ganz ehrlich, die Version ist nicht übel, aber das Guns-N'-Roses-Cover ist schwer zu toppen.

Mir gefällt das Original besser, sagte ich.

Hey, sagte er und hob beschwichtigend die Hand. Jeder wie er mag!

Endlich mal was, bei dem ihr verschiedener Meinung sein könnt, ohne zu streiten, scherzte meine Mutter und setzte sich mit einem Kaffee wieder zu uns. Auf der Tasse stand GOTT IST IN IHRER MITTE, SIE WIRD NICHT WANKEN. PSALM 46 : 5.

Früher hat man auch noch friedlich über Politik diskutiert, seufzte Greg. Da waren die Gräben nicht so tief.

Und wer ist schuld, dass das jetzt anders ist?, fragte ich.

Die Medien, zum Beispiel, sagte er. Und, na ja, was früher radikal war, ist heute eben Mainstream. Früher hätte man im Leben nicht für Sozialismus sein können. Heute sind die jungen Leute alle rote Socken. Hätte nie gedacht, dass ich das noch erlebe.

Und die Republikaner sind gar nicht radikaler geworden, oder was?

Jetzt fangt doch nicht schon wieder an, flehte meine Mutter.

Ich mein ja nur, sagte Greg.

Ich finde es schon ziemlich radikal, Einwanderer so zu dämonisieren, sagte Alma.

An der Grenze geht's eben zu wie im Taubenschlag.

Alma sah ihn lange mit gespitzten Lippen an, überlegte gründlich, was sie dazu sagen sollte.

Meine Mutter faltete die Hände unterm Kinn, bestürzt, dass der zarte, beim Domino geschlossene Frieden vor ihren Augen wieder zerbröselte. Ihr habt schon recht, sagte sie. Trump drückt sich nicht immer sehr geschickt aus. Er hat einfach keinen Filter.

Also bist du mit dem Inhalt einverstanden, nur nicht mit der Verpackung?, fragte Alma. Sie klang zittrig, angespannt, so als unterdrücke sie den Drang zu schreien.

Na, so würde ich das auch wieder nicht sagen ...

Im Ton vergreifen die sich doch alle dauernd, sagte Greg. Auch die Demokraten. Aber was Trump alles für unser Land tut? Was er geleistet hat? Auf einer Ebene mit Lincoln, wenn ihr mich fragt! Man kann über ihn sagen, was man will, aber nicht, dass er kein Patriot ist. Schaut doch nur mal, was er für die Industrie getan hat.

Und was ist mit BelCo?, fragte ich.

Gregs Krähenfüße erschlafften. Was soll damit sein?

Na, ich würde mal behaupten, dass die das Werk hier schließen, ist ein ziemlich schlagender Beweis dafür, dass die Wirtschaft, wie Trump sie verspricht, ein für alle Mal Geschichte ist.

Das hat doch nichts mit Trump zu tun!

Womit denn dann?

Greg beugte sich vor, schob seinen Becher weg, und Kaffee schwappte auf das gewebte Platzdeckchen. Du redest über Dinge, die du nicht verstehst, knurrte er.

BelCo kämpft schon lange, sagte meine Mutter. Kündigungen, Lohnkürzungen ... Das kommt vor allem durch die Automatisierung.

Und das ändert sich auch nicht mehr, entgegnete ich. Davor kann auch euer Trump euch nicht beschützen.

Da spielen viele Faktoren mit rein, sagte Greg. Ist einfach insgesamt alles recht schwierig hier, inzwischen.

Dann zieht doch um, sagte ich. Vielleicht ist das alles ja Glück im Unglück. Eine Chance. Ihr könntet doch überallhin. Ich kapier nicht, wieso ihr nicht einfach von hier verschwindet.

Tun wir ja, erwiderte meine Mutter, und alle Augen richteten sich sofort auf sie. Sie klickte mit dem Fingernagel gegen ihre Tasse und sah mich ungerührt an. Wir ziehen nach Jackson, in Tennessee.

Ihr tut *was*?, stutzte ich.

Wir ziehen nach Jackson, sagte sie. Verkaufen das Haus. Greg fängt dort in einer anderen Fabrik an.

Kunststoff, wie BelCo, erklärte Greg. Für Armaturenbretter.

Oh, sagte ich, zu baff für eine sinnvollere Antwort. Alle möglichen Auswirkungen schossen mir in den Kopf – dass die beiden nicht mehr in Kentucky leben würden, dass ich meinen bei ihnen eingelagerten Kram wegschaffen müsste. Dass ich, wenn ich hierherkäme, nur noch bei meinem Vater würde unterkommen können, was keine realistische Option war. Glückwunsch, sagte ich schließlich.

Greg nickte.

Und wann?

Nächsten Monat, sagte meine Mutter. Sie sah mich so frostig an, dass ich betreten wegschaute. Das Haus steht schon zum Verkauf.

Wow. Und wann wolltet ihr mir das erzählen?

Heute Abend, sagte sie. Jetzt.

Schweigen. Ich trank meinen Kaffee aus. Draußen in der Dunkelheit klimperte ein Windspiel. Mir war klar, dass ich weitere Fragen hätte stellen sollen, doch ich konnte mich nicht überwinden und wollte auch die Antworten nicht hören. Glückwunsch zum neuen Job, sagte Alma, und dann fiel niemandem mehr etwas ein.

Wir sammelten das kubanische Domino ein und packten es in die Schachtel. Alma ging als Erste nach oben. Als ich nachkam, warf sie gerade wahllos Kleider in die Tasche, ohne sie zu falten. An den Türrahmen gelehnt, sah ich ihr einen Moment lang zu und sagte dann: Okay, ich geh dann wohl mal zu meinem Futon.

Kommt gar nicht infrage, sagte sie. Das ist doch albern. Wir schlafen zusammen.

Wortlos putzten wir uns die Zähne. Unten näselte noch Dylan aus den Laptop-Lautsprechern, hallte von den Küchenkacheln wider und fragte immer wieder, wie es war, «to be on your own, so far from home», bis jemand ihn abdrehte und das ganze Haus verstummte.

Ich lag noch lange wach, konfus und voller Schuldgefühle. War ich undankbar? Ein Snob? Okay, Greg und ich waren uns nicht immer einig, aber ich wusste trotzdem, dass er mich lieb hatte, dass ich mich stets auf ihn verlassen konnte. Wenn er mich irgendwem vorstellte, wenn er für mich um einen Gefallen bat, um einen Job, nannte er mich seinen Sohn. «Ist für meinen Sohn», sagte er immer. Er war ein guter Mensch. Meine Mutter ebenfalls. Sie waren für mich da gewesen, hatten mir ohne zu murren Geld und ein Dach über dem Kopf gegeben. Es war offensichtlich, wie sehr meine Mutter sich um mich – um alles – sorgte. Doch in unserer Kommunikation hakte es. Ich fragte Mom selten nach ihr, und sie stellte mir nie die Fragen, die ich mir von ihr wünschte – Fragen, die gezeigt hätten, dass sie etwas über mein Leben wusste, darüber, was ich so machte. Aber was würde es schon beweisen, wenn sie mich fragte, was ich von der Shortstory im letzten *New Yorker* hielt? Dass sie mich besser verstand? Ihren Sohn? Ihr eigen Fleisch und Blut? Und mein Vater – was erwartete ich nur von dem? Wie kam ich überhaupt dazu, irgendetwas von ihm zu erwarten, wo ihn doch eindeutig viel größere Sorgen plagten?

Egoismus, dachte ich. Vielleicht war ich bloß egoistisch. Sich aufzuregen, war leicht, aber Wut und Liebe gleichzeitig in mir zu tragen – diesen Riss in meinem Herzen auszuhalten –, das war die ewige Aufgabe, die mühsame Arbeit. Wut allein war leicht. Billig und faul. Aber hatte dieser Teil von mir nicht auch seine Berechtigung?

Unruhig wälzte ich mich hin und her, strampelte gegen die schwere Decke an. Immer dasselbe. Immer diese beiden Ichs, diese einander abstoßenden Perspektiven. Wer ich war, und wer ich sein wollte. Die Zukunft, enthalten in der Gegenwart, in alle Ewigkeit.

Wir standen auf, ehe es dämmerte, packten im Dunkeln unsere Sachen. In der Küche wartete der halbe Pecan Pie, in Plastikfolie eingewickelt, mit einem Post-it versehen, auf dem stand: «Bitte mitnehmen. Hab Dich lieb, Mom». Die Tasche in der einen Hand, den Kuchen in der anderen, traten wir in den kühlen Morgen und zogen leise die Tür hinter uns ins Schloss.

Die Interstate war völlig frei. Die Heizung kam nur langsam in die Gänge, und wir sahen im Auto unsere Atemwölkchen. Eiskristalle auf der Windschutzscheibe. In den Senken lag Nebel, und als die ersten Sonnenstrahlen vor uns auf die Felder fielen, sahen wir Gänse in den Stoppeln grasen und mit den weißen Flügeln schlagen.

Wir waren schon wieder kurz vor Paradise, als ich merkte, dass Alma weinte. Sie blickte aus dem Seitenfenster und schniefte leise vor sich hin. Was hast du denn?, fragte ich.

Nichts, sagte sie, wischte sich die Tränen mit dem Ärmel ab. Alles okay.

Du hast doch was, beharrte ich. Na los, sag schon.

Sie wollte mich nicht anschauen, doch ich erkannte schwach die Spiegelung ihres Gesichts im Glas, die huschenden Pupillen, die das Land draußen vorüberziehen sahen – Farmen, Fastfood und Pro-Life-Plakate. Es ist einfach traurig, sagte sie.

Ich wollte etwas antworten, sie trösten, doch alles, was mir einfiel, schien mir hohl. Es war traurig. Mehr gab es nicht zu sagen.

Eine Woche später bekam ich einen Anruf von einer Nummer aus Florida. Alma war gerade in der Bibliothek, ich schlang einen Grünkohlsalat hinunter, war schon spät dran für «Viktorianische Schauerliteratur» und nahm ab mit vollem Mund und einem Arm halb in der Jacke. Ich rechnete mit Telemarketing oder irgendwas Politischem, doch der Anrufer sprach mich mit meinem Namen an. Er fragte, ob ich es denn selbst sei, und als ich das bestätigte, erklärte er, er heiße Brad Lithgow und ich sei für die Harry-Crews-Autorenresidenz in Tallahassee, Florida, ausgewählt worden. Mal abgesehen von dem Schauspieler John Lithgow hatte ich noch nie von irgendwem mit diesem Nachnamen gehört, und obwohl dieser Mann kein bisschen wie John Lithgow klang, stellte ich ihn mir trotzdem am anderen Ende der Leitung vor. Das lenkte mich anfangs davon ab, was der Mann mir zu vermitteln versuchte, nämlich dass er und seine Arbeitgeber mir ermöglichen wollten, in Tallahassee vier Monate lang zu schreiben.

Wir reden hier über ein wirklich großzügiges Stipendium, sagte Brad Lithgow. Sie bekämen 1200 Dollar im Monat, größtenteils finanziert vom Englisch-Department der Florida State University. Dazu kommen freie Kost und Logis im Harry Crews Cottage.

Wow, sagte ich, noch immer Grünkohl kauend. Ich erinnerte mich nur vage an die Bewerbung und hatte keine Ahnung, wie ich reagieren sollte. War das eine große Sache? Brad Lithgow schien das jedenfalls zu glauben. Mir kam es eher vor wie eine mittelgroße. Was war noch mal das Harry Crews Cottage?, fragte ich.

Da werden Sie wohnen, antwortete er. Harry Crews hat dort einen Teil von *The Knockout Artist* geschrieben.

Oh, sagte ich. Cool.

Seine Schreibmaschine ist noch da und auch sein alter Schreibtisch. In der Garage hat er verletzte Habichte verarztet. Wird Ihnen bestimmt gefallen! Im Garten steht eine Bananenstaude.

Das wenige, was ich von Crews gelesen hatte, hatte mich nicht gerade umgehauen, doch ich nahm an, mein früheres Ich hatte sich wegen der Finanzierung beworben. Bei all meinen Bewerbungen hatte ich letztlich nur aufs Geld geachtet. Außerdem war ich natürlich etwas zugedröhnt gewesen.

Ja, also ... danke, sagte ich.

Aber gern!, sagte Brad Lithgow.

Muss ich denn sofort zusagen?

Na ja, sagte er. Meistens wissen unsere Leute sofort, ob sie kommen wollen, aber formal gesehen haben Sie noch Zeit bis Mai, um sich zu entscheiden. Allerspätestens. Lieber wüssten wir es aber vorher, um den Nachrücker rechtzeitig informieren zu können.

Ich versprach, mich rechtzeitig zu melden, und dankte ihm noch einmal. Dass ich nicht gleich vor Freude in die Luft sprang, schien ihn zu irritieren. Ich fühle mich sehr geehrt, sagte ich wenig überzeugend, und er sagte: Herzlichen Glückwunsch, und das war's.

In «Viktorianische Schauerliteratur» sprachen wir über *Dracula*: über den Aufbau des Romans aus Tagebucheinträgen, Zeitungsartikeln und Briefen, die, wie der Leser irgendwann erfährt, von Mina zu einem einzigen Text arrangiert wurden – dem Text, den man beim Lesen vor sich hat. Anders ausgedrückt: Minas Zusammenführung der einzelnen Teile ist identisch mit dem Romantext. Ich fand das interessant, aber trotzdem konnte ich mich nicht recht konzentrieren, tagträumte stattdessen vom Harry Crews Cottage und meinem Leben in Tallahassee. Was mochte die Stadt zu bieten haben? Gab es dort einen Strand? Lag sie am Golf von Mexiko oder am Atlantik? All die diffusen Halbwahrheiten, die mir zu Tallahassee einfielen, hätten ebenso gut diffuse Halbwahrheiten über Tampa sein können – womöglich verschwammen die beiden Städte in meinem Kopf einfach zu ein und derselben.

Als ich wieder zu Alma kam, löffelte sie Ben & Jerry's direkt aus der Packung und schaute auf dem Laptop einen Film. Sie errötete, als hätte ich sie bei irgendetwas Sexuellem ertappt. Es ist nicht so, wie's aussieht, nuschelte sie, den Mund voller Eiscreme.

Ich ließ meine Tasche auf den Fußboden fallen und warf mich auf die Couch. Was sagt dir der Name Harry Crews?

Hm, Harry, Crews, Harry Crews ... Irgendwas klingelt da ...

Er war Schriftsteller, aus Florida.

Ah. Gut?

Ganz okay. Jedenfalls gibt's da ein Stipendium, das nach ihm benannt ist, so ein Residenz-Ding in Tallahassee. Die haben mich vorhin angerufen: Ich hab's bekommen.

Sie stellte die Schale auf den Beistelltisch und leckte sich Eiscreme vom Daumen. Wie, du hast es bekommen?

Na ja, ich kriege es halt. Sie geben es mir. Hab mich vor ein paar Monaten beworben. Ich soll da in seinem Cottage wohnen.

Was denn für ein Cottage?

Das Harry Crews Cottage. Da hat er *Knockout Artist* geschrieben.

Und das ist ... ?

Ein Roman. Übers Boxen, glaub ich. Der Punkt ist, ich kriege das Aufenthaltsstipendium.

Musst du dafür was bezahlen?

Nein, die bezahlen mich.

Holla, sagte sie, klang aber skeptisch. Ich mein: Glückwunsch. Ich wusste gar nicht, dass du dich für so was beworben hast.

Auch noch für ein paar andere, vor Weihnachten schon.

Dann wartest du erst ab, was aus den anderen wird, oder?

Ja, denke schon, sagte ich.

Sehr gut. Dann hast du ja schon mal 'nen Notfallplan.

Du klingst ja nicht grade begeistert.

Doch, klar!, rief sie, rutschte näher und nahm meine Hand. Das ist super! Ich persönlich würde bloß nicht unbedingt nach Tallahassee wollen.

Aber hierherzuziehen fandest du toll?

Die Ashby-Residenz ist renommiert. Und gut bezahlt.

Vielleicht hätte ich mich einfach hier bewerben sollen.

Hättest du gar nicht gekonnt, wandte sie ein. Dafür muss man schon ein Buch veröffentlicht haben. Aber dieses Terry Crews Cottage ist bestimmt auch spitze.

Harry Crews.

Harry, sag ich doch. Das ist bestimmt 'ne tolle Chance.

Es stimmte schon, beim Vorbereiten der Bewerbungen im Dezember hatte ich auch eher von New York, San Francisco oder Europa geträumt. Sogar in der Slowakei hatte ich mich beworben. Über die wusste ich zwar in etwa so viel wie über Tallahassee, aber immerhin verhieß sie Abenteuer, fremde Sprachen und unbekanntes Essen. Tallahassee dagegen verhieß ... ja, was genau eigentlich? Eine Bananenstaude? Ein bisschen hatte ich aber doch gehofft, Alma würde mich überzeugen, mich trotz allem zu freuen.

Nach dem Abendessen las Alma *Vernunft und Gefühl*, die nackten Füße über meinen Schoß gestreckt. Hin und wieder musste sie über eine clevere Passage kichern. Mir wurde die Anthologie, die ich gerade las, zu langweilig, sodass ich Almas Füße zur Seite schob und meinen Laptop aufklappte, um Tallahassee mithilfe von Street View zu erkunden. Ich musste das kleine Cursormännchen x-mal auf gut Glück in eine neue Straße plumpsen lassen, bis ich endlich etwas Schönes fand. Beim ersten Versuch landete ich vor einer Kfz-Werkstatt mit klingendrahtgespicktem Maschenzaun. Beim zweiten landete ich vor einem Vorstadtrasen, der sich höchstens durch ein paar hinter der Einfahrt aufgereihte Topfpalmen von allen anderen Vorstadtrasen im Land unterschied. Doch schließlich fand ich eine schöne Straße im Schatten großer Eichen, deren lange, niedrige Äste mit Spanischem Moos behängt waren. Schau mal, sagte ich, Spanisches Moos.

Über ihr Buch hinweg warf sie einen schnellen Blick auf meinen Bildschirm. Cool, sagte sie, dann las sie weiter.

Ich schmollte eine Weile vor mich hin, versuchte, mir darüber klar zu werden, ob ich wirklich sauer war und ob die Sache mir genug bedeutete, um deshalb etwas zu sagen. Sicher, das

Harry Crews Cottage war kein Stegner-Stipendium und auch nicht die ach so renommierte Residenz in Ashby, aber doch wohl auch kein lahmer Trostpreis. Hielt Alma es trotzdem für armselig? Schon möglich. Hielt sie mich für ein Leichtgewicht? Einen Dilettanten?

Ich würde dir gern mal zeigen, woran ich schreibe, sagte ich.

Sie sah mich an, klappte das Buch zu. Oh, sagte sie. Ich wusste gar nicht, dass du schon so weit bist.

Noch nicht, aber bald, sagte ich. In einem Monat, denke ich.

Ich habe keine Ahnung, wie ich auf diese Frist kam – nie im Leben würde ich ihr in einem Monat ein echtes Projekt präsentieren können. Aber ein Rückzieher war nicht mehr drin.

Okay, sagte sie. Klar, fassen wir das mal ins Auge. Ich trag's mir im Kalender ein: in einem Monat.

Du musst ja nicht, wenn du nicht willst.

Ein bisschen gedrängt fühl ich mich schon, ehrlich gesagt.

Hey, ich hab deinen Kram doch auch gelesen!

Der ist ja auch veröffentlicht. Fertig, in die Welt entlassen.

Vielleicht bedeutet mir dein Feedback einfach was.

Sie legte das Buch weg und verschränkte die Arme, sah mich an, als hätte ich einen Dreier mit einer Person vorgeschlagen, die sie auf den Tod nicht leiden konnte. Als wäre das einfach stillschweigend vereinbart worden, ohne dass wir je die Einzelheiten geklärt hatten. Und was, wenn es mir nicht gefällt?, fragte sie. Wenn ich dich danach nicht mehr so sehen kann wie vorher?

Meine Güte, bist du dir so sicher, dass ich scheiße bin? Du darfst mir ruhig ein bisschen was zutrauen. Immerhin sprichst du mit dem Träger des Harry-Crews-Stipendiums. Vielleicht bin ich ja gut, hast du daran schon mal gedacht?

Natürlich hab ich das, entgegnete sie. Das wäre aber fast noch schlimmer. Dann müsste ich dich ja als Konkurrenz sehen.

Wow, sagte ich nur. Damit hatte ich nicht gerechnet.

Tut mir leid, sagte sie. Ich bin bloß ehrlich.

Wie sollte ich für *dich* denn eine Bedrohung sein? *Du* bist hier die große Autorin, *du* hast die ganze Macht.

Alma lachte laut auf.

Was ist daran so lustig?, fragte ich.

Tut mir leid, es ist bloß ... lustig, dass du das sagst.

Stimmt das etwa nicht?

Keine Ahnung, seufzte sie. Okay, pass auf, ich lese es. Was immer du mir gibst. Wir sind schließlich erwachsen. Da werden wir doch wohl auch wie Erwachsene über unsere Arbeit reden können, ohne dass wir gleich alles persönlich nehmen.

Okay, sagte ich. Gut. Gib mir einen Monat.

Alles klar.

Sie wandte sich wieder ihrem Buch zu, und ich überlegte, was ich in meinem «Alma / Kentucky»-Ordner hatte: nichts als einen Haufen mehr oder weniger zusammenhangloser Fragmente. Die musste ich nun also innerhalb eines mickrigen Monats in etwas Vorzeigbares verwandeln, nur um dann entweder als Blindgänger oder Rivale dazustehen oder als irgendwas dazwischen. Ich klickte mich weiter durch Street View, um nicht an das Dilemma zu denken, in das ich mich da manövriert hatte. Wobei: Vielleicht hatte ich ja schon die ganze Zeit darin gesteckt und es bloß nicht bemerkt. Die folgenden zwei Stunden suchte ich zur Ablenkung nach Spuren von Schönheit in Tallahassee.

Alma wollte auf Teufel komm raus eine Nacht bei Pop verbringen. Es war, als wollte sie damit etwas beweisen, als würden die Spannungen bei meiner Mutter und der von ihnen hinterlassene bittere Nachgeschmack einfach verschwinden, wenn dort nur alles glatt liefe. Ich war natürlich dagegen, doch sie ließ partout nicht locker, und schließlich gab ich nach. Ohne Pop vorher gefragt zu haben, tauchten wir eines

Nachmittags einfach bei ihm auf. Er saß auf einem Klapp-stuhl vor dem Haus, löffelte Dosenpfirsiche und wärmte sich die nackten Füße in der Sonne. Als wir vorfuhren, blickte er zu uns auf, eine Hand über der Stirn. Alma stieg aus, Sonne im Haar, lächelte und winkte fröhlich, als wären sie alte Freunde. In der Nacht zuvor hatte es geregnet, und obwohl es mittlerweile klar und windig war, roch die Luft noch nach Nebel und Regenwürmern. Hallo!, rief Alma. Nur als ihr Blick auf das MAGA-Schild in Corts Fenster fiel, kam ihr Schritt kurz ins Stocken. Sie hatte sich ein wenig herausgeputzt, trug ihren Pfingstlerrock und einen kakifruchtfarbenen Sweater, dazu die große Sonnenbrille in Schildpattoptik. Über ihrer Schulter hing eine teure Reisetasche von Coach, gemustert mit lauter kleinen Cs – ein Geschenk ihrer Mutter, die nichts übrighatte für den bunt zusammengewürfelten Heilsarmee-Look, den Alma sonst pflegte und den eine Coach-Tasche gründlich verdarb.

Pop stellte die Dose weg und wischte sich Pfirsichsaft vom Mund. Na so was, sagte er. Was kommt denn da für eine hüb-sche junge Dame meine Einfahrt rauf?

Sie gab ihm die Hand, beugte sich zu einer halben Umar-mung hinab. Freut mich, Sie wiederzusehen, erklärte sie.

Hi Pop, sagte ich.

Hi Kumpel.

Wir wollten dich besuchen.

Besuchen?, stutzte er. Ich dachte, du wohnst hier?

Ohne darauf einzugehen, machte ich Alma die Tür auf. Wir brachten unser Gepäck in den Keller und gingen wieder nach oben, wo Pop gerade auf sein Gehgestell gestützt in die Küche schlurfte. Wollt ihr Cracker und Käse?, rief er.

Warte, lass mich das doch machen, rief ich zurück.

Ach, das schaff ich schon, erwiderte er. Mir geht's ganz gut in letzter Zeit. Er machte den Kühlschrank auf und griff mit der Linken hinein, umklammerte mit der Rechten zitternd den Griff des Gestells.

Ich weiß schon, dass du's schaffst, aber ich tu's gern.

Über die Schulter hinweg sah er mich an, vom bloßen Griff in den Kühlschrank bereits außer Puste. Na gut, sagte er, schlurfte zum Küchentisch und nahm umständlich daran Platz. Schnaufend spreizte er die Hände auf dem Tischdeckchen. Alma setzte sich neben ihn. Während ich den Cheddar auswickelte und die Salzcracker suchte, unterhielten sich die beiden über das aktuell so milde Wetter.

Schätze, einmal wird's noch richtig frieren, spekulierte Pop. Diese Woche vielleicht. Aber dann kann ich meine Paprika und die Tomaten setzen.

Toll, dass das noch geht, sagte Alma. Also die Gartenarbeit.

Was ist denn daran toll?

Na ja, dass Sie das noch alles schaffen.

Pop schnaubte. Seine Miene konnte ich zwar nicht sehen, aber mir bestens vorstellen. Er sprach über den Ahorn hinterm Haus, wie dringend der getrimmt gehörte, und meinte, er würde sich bald selbst darum kümmern. Vielleicht schaff ich das morgen, sagte ich.

Ja, ja, immer morgen, sagte er.

Ich mach das bei der Arbeit schon den ganzen Tag, Pop. In meiner Freizeit brauch ich das nicht auch noch.

Ich stellte die Cheddar-Scheiben und die Cracker auf den Tisch. Mit aufgestütztem Kinn steckte Alma sich einen ganzen Cracker auf einmal in den Mund. Ihr Sweater war feucht unter den Achseln. Kürzlich hatte sie im Internet gelesen, ein Wattebausch und etwas Franzbranntwein wären ein guter Ersatz für Deo.

Pop sah ihr zu und lachte. Also essen kann sie, urteilte er, indem er mit dem Daumen auf sie zeigte.

Entschuldigung, nuschelte sie mit vollen Backen, und Krümel fielen ihr dabei aus dem Mund.

Nein, nein, alles bestens, wehrte er ab.

Wir dachten, wir schlafen heute mal hier, sagte ich.

Er sah mich an, die Stirn skeptisch gerunzelt.

Hast du gehört?, fragte ich ein wenig lauter.

Ja, ja, sicher, sagte er. Ihr beide?

Ja, unten im Keller, wenn's dir recht ist.

Er nickte leicht, blickte auf seine gefalteten Hände. Mir wurden die Ohren heiß. Wieso nur? Ich hatte ja keinen Grund für Schuldgefühle. Wollten wir eben hier schlafen, na und?

Klar, Kumpel, sagte er. Bist hier zu Hause, weißt du doch.

Nach dem Essen gingen wir nach unten und lasen eine Weile, während draußen langsam die Sonne unterging. Über uns hörten wir Cort zocken und hin und wieder vor sich hin fluchen. Die Decke war nicht isoliert, ließ jedes Geräusch deutlich hindurch – jedes Husten, jedes Urinplätschern, jede Klospülung. Allein war mir das fast nicht mehr aufgefallen, doch vor Alma war es mir peinlich. Ich konnte es kaum erwarten, morgen früh wieder von hier zu verschwinden. Wir würden sagen können, dass wir mal hier geschlafen hatten, und Alma hätte bewiesen, was immer sie beweisen wollte. Sie tat, als würde sie all die Geräusche gar nicht hören, und las in meinem Exemplar von *Im Labyrinth der Stadt*. Ich las Annie Dillard. Plötzlich stupste sie mich mit dem Zeh an. Als ich aufblickte, runzelte sie die Stirn. Was ziehst'n für 'n langes Gesicht, «Kumpel»?, fragte sie.

Ich bin nervös.

Wieso denn? Ist doch alles prima.

Seufzend blätterte ich um. Eigentlich hatte ich gar nicht richtig gelesen, sondern nur die Buchstaben angeglotzt.

Was schreibt denn die gute Annie so?, fragte sie.

Dass die Dinge kompliziert sind, sagte ich. Das ganze Leben ist irreduzibel komplex.

Alma verdrehte die Augen. Ach du meine Güte, sagte sie. Jetzt sei mal nicht so depri! Was ist dir denn über die Leber gelaufen?

Ich weiß einfach nicht, wieso wir hier sind.

Existenziell gesehen, meinst du? Oder hier im Keller?

Im Keller. Glaube ich. Vielleicht auch beides.

Na, weil wir sonst immer bei mir schlafen. Und weil ich glaube, dass du mir irgendwie böse bist, weil ich nie mit herkomme.

Bin ich aber nicht, erwiderte ich. Ich bin sogar lieber bei dir, das hab ich dir auch ausdrücklich gesagt.

Tja, jetzt sind wir eben mal hier. Ich für meinen Teil bin total entspannt und unvoreingenommen.

Wer hat denn irgendwas von voreingenommen gesagt?

Das denkst du doch immer von mir.

Nein, *du* denkst nur immer, dass ich das denke, was mich allerdings denken lässt, dass der Gedanke richtig ist.

Schielend sah sie mich an. Ähm, welcher Gedanke noch mal?

Ich grinste, schüttelte den Kopf. Vergiss es, sagte ich.

Als die Sonne untergegangen war, rief Pop die Treppe herab, er habe Popcorn gemacht und würde sich jetzt einen Film ansehen. *Butch Cassidy und Sundance Kid*, den Alma tatsächlich noch nie gesehen hatte. Paul Newman und Robert Redford?, wollte ich ihr auf die Sprünge helfen. Als Outlaws in Bolivien?

Nope, keine Ahnung, sagte sie. Sie nahm im Sessel neben dem von Pop Platz, ich zog mir den Schaukelstuhl heran. Robert Redford ... der soll doch ganz gut aussehen, oder?

Verarschst du mich?

Sorry!, rief sie. Ich hab früher halt nicht viele Filme gesehen.

Was hast du denn stattdessen gemacht?

Na gelesen! Für die Schule gebüffelt!

Ja, ja, klar, sagte ich. Meine Nervosität hatte inzwischen etwas nachgelassen. Neben Pops gespenstisch weißen Füßen surrte ein Heizlüfter, über seinen Beinen lag eine Navajodecke. Die Lampe verströmte warmes Licht, das ganze Zimmer roch nach gebuttertem Popcorn. Pop hatte eine Flasche

Sprühbutter auf den Beistelltisch gestellt, falls ihm die Butter aus der Mikrowellentüte nicht genügte. Das ist Butter zum Sprühen, erklärte er mir, rüttelte die Schale durch und bespritzte zum Beweis das Popcorn. Siehst du?

Ja, sagte ich. Wow.

Einfach sprühen, wiederholte er. Alma hielt sich den Mund zu, zwang sich, nicht zu lachen. Darüber wiederum musste ich lachen.

Ja, ist klar, sagte ich. Hab ich schon mal gesehen.

Was ist daran so lustig?

Gar nichts, Pop.

Man kann die Butter ruckzuck auf sein Popcorn sprühen – oder auf 'nen Maiskolben. Oder einfach so auf Mais. Oder auf 'ne Backkartoffel. Auf so ziemlich alles könnte man die sprühen!

Hab's verstanden, Pop, sagte ich. Alma kniff fest die Augen zu und lachte sich lautlos kaputt.

Ganz schön ausgefuchst, oder?

Auf jeden Fall.

Wir schauten den Film – die berühmte Anfangsszene, die von sepiagetöntem Schwarz-Weiß in Farbe übergeht, die Fahrradszene mit «Raindrops Keep Fallin' on My Head» im Hintergrund. Hätte nicht gedacht, dass der so lustig ist, stellte Alma fest. Die beiden sind echt stark zusammen.

Sag bloß!, erwiderte ich. Darum ist der Film ja so beliebt. Ein Klassiker des amerikanischen Kinos.

Sie verdrehte die Augen. Ja, ja, ist ja gut.

Gegen Ende des Films ging quietschend Corts Tür auf. Wir drehten uns nach dem Geräusch um. Ein Streifen Licht fiel auf den Teppich, Cort schlappte durch den Flur und starrte uns an.

Hi Cort, sagte Pop. Es ist noch Popcorn da, falls du was willst.

Leider fast bloß noch Körner, sagte Alma. Hallo, Cort.

Cort stand einfach nur da, stumm und mit hängenden

Schultern. Er sah aus, als versuchte er, ein unlösbares Mysterium zu enträtseln. Pop drückte auf Pause.

Setz dich zu uns, Cort. Wir schauen Butch und Sundance.

Die sitzt auf meinem Sessel, knurrte Cort.

Noch ehe er den Satz richtig beenden konnte, strich Alma sich bereits die Popcornbrösel vom Schoß und stand auf. Oh, das tut mir leid, sagte sie. Hier, bitte, ich setz mich einfach auf den Boden.

Nix da, schaltete ich mich ein. Bleib du da mal schön sitzen.

Alma sah erst mich an, dann Cort, der noch immer in dem Lichtstreifen auf dem Flur stand und uns unerbittlich anstarrte. Seine Hand zitterte wie von einem Tremor – als hielte er es kaum noch aus, so reglos dazustehen.

Hol dir doch 'nen Stuhl aus der Küche, schlug Pop vor.

Von denen tut mir der Rücken weh.

Beim Essen sitzt du doch auch drauf, wandte ich ein.

Aber nicht zum Filme-Schauen.

Gut, dann nimm den Schaukelstuhl. Ich stand auf, bot ihm den Stuhl an, doch Cort rührte sich keinen Millimeter.

Ich sitze *immer* auf dem Sessel. Und jetzt sitzt *die* drauf.

Alma trat zu mir, und ich legte ihr die Hand auf den Rücken. Tut sie ja gar nicht mehr, blaffte ich.

Das tut mir wirklich leid, sagte Alma.

Du musst dich nicht entschuldigen, sagte ich. Alles kein Problem. Cort setzt sich jetzt zu uns, oder er lässt's eben bleiben.

Typisch, zischte Cort.

Ich senkte den Blick, rieb mir über die Nase. Der Damm war gebrochen.

Lass gut sein, Cort, okay? Bitte. Geh einfach wieder in dein Zimmer.

Wir können auch 'nen anderen Film schauen, Cort, sagte Pop. Du darfst aussuchen.

Kommt ja gar nicht infrage!, widersprach ich. Cort geht

jetzt wieder in sein Zimmer, und wir schauen den Film zu Ende.

Ja, ja, maulte Cort, alles tanzt nach Owens Pfeife, ist klar.

So, jetzt reicht's aber, sagte Pop. Beruhigt euch, alle beide.

Du glaubst wohl, du bist der Schwerpunkt des Universums.

Hä? Was soll das überhaupt bedeuten?

Bringst ohne mich zu fragen deine kleine Freundin mit, um hier Familie zu spielen. Ich find das aber nicht in Ordnung, und ich wohne hier. Das sind meine Sachen, mein Sessel, und du brichst –

Cort, es reicht, mahnte ich.

Du brichst einfach die Regeln, die wir aufgestellt haben, glaubst, du kannst hier jederzeit aufkreuzen und tun und lassen, was du willst. Du wohnst hier aber nicht. Das ist nicht dein Haus.

Pop quälte sich vom Sessel hoch, die Wangen rot vor Scham. Cort, sagte er, bitte, reg dich wieder ab. Mach deine Atemübungen. Okay? Lass es gut sein.

Doch Cort schien ihn gar nicht zu hören. Er zog sein Handy aus der Tasche seiner Jogginghose, wischte über den Bildschirm und hielt es hoch, als wollte er ein Foto von uns machen.

Ich nehm das jetzt alles auf, erklärte er.

Inzwischen zitterte ich vor Wut, und die Kehle schnürte sich mir zu. Alma war hinter mich getreten, hatte die Hände vor der Brust verschränkt. Sie wirkte ängstlich, trotz aller Bemühungen, das zu verbergen. In Gedanken spielte ich blitzschnell diverse Szenarien durch, in denen ich ihn schlagen oder festhalten müsste, fragte mich, ob ich dazu überhaupt in der Lage wäre. Er war kräftig. Größer als ich.

Das ist doch albern, Cort, sagte ich. Was soll das denn?

Er kam näher, schwenkte die Handykamera durchs Zimmer. Das wird jetzt alles aufgezeichnet, sagte er. Ich hab euch auf Band!

Los, komm, sagte ich, nahm Alma bei der Hand und zog

sie Richtung Haustür, wo unsere Schuhe standen. Cort folgte uns mit seinem Handy auf dem Fuß.

Kommt alles ins Internet!, drohte er. Ihr werdet schon sehen.

Du bist echt ein Premiumarschloch, weißt du das?

Owen!, mahnte Pop.

Deshalb will auch keiner was mit dir zu tun haben.

Alma zupfte mich am Ärmel. Komm, drängte sie, wir gehen einfach. Ihre Stimme zitterte.

Das hab ich jetzt auch auf Band, freute sich Cort. Das beweist nur meinen Standpunkt.

Was denn für einen Standpunkt? Du hast doch nicht mal einen, du Vollidiot.

Pop sagte kein Wort, blickte nur zu Boden. Er wirkte immer noch beschämt – ein Gefühl, das er nach all den Jahren mit Cort bestimmt gut kannte. Nichts Neues. Er hatte sich inzwischen damit abgefunden, so traurig das auch war, und wurde aus der verqueren Logik hinter Corts Ausbrüchen selbst nicht schlau.

Wir zogen die Jacken an, schlüpften in unsere Schuhe, ohne sie zu binden, und gingen. Cort lief uns auf die Veranda nach. Das kommt alles ins Netz!, schrie er und filmte sogar noch, wie wir in den Truck stiegen und abfuhren.

Unterwegs konnte ich kaum atmen oder denken, von reden ganz zu schweigen. Ich hatte eine Mordswut im Bauch, mir kribbelten die Hände. Hey, ist schon okay, sagte Alma. Sie wirkte perplex, aber gefasster als ich. Es war gar nicht so schlimm, wie du denkst.

Deine Tasche ist noch da. Ich fahr morgen hin und hol sie.

Um die mach ich mir keine Sorgen, sagte sie. Sie legte mir die Hand auf die Schulter. Und mach du dir mal keine um mich.

Ich holte tief Luft, atmete langsam wieder aus, als wir auf die Interstate fuhren. Das Adrenalin ließ etwas nach. Die Welt stellte sich wieder scharf, und ich kam mir bescheuert vor, weil ich die Nerven so verloren und mich so provozieren lassen hatte. Schon jetzt bereute ich, was ich gesagt hatte. Eine Nacht – mehr hatte sie nicht gewollt. Nur eine Nacht, um zu beweisen, dass meine Wohnsituation völlig normal war. Einen einzigen Abend, der nicht zu einer Folge von *Jerry Springer* ausartete. Doch selbst das war zu viel verlangt gewesen.

Vor der Tür des Gästehauses blieb ich stehen und blickte hinauf zu Almas dunklem Fenster, hinter dem wir gleich im Warmen schlafen würden, und ich erkannte sonnenklar, dass Cort recht gehabt hatte. Ich wohnte nicht bei Pop. Aber hier wohnte ich auch nicht. Das eine wie das andere war nur eine vorläufige Bleibe und das auch immer schon gewesen. Wann würde ich wohl einen Ort tatsächlich mein Zuhause nennen können?

Na komm, Baby, sagte Alma. Sie war blass, ihre Stimme noch immer zittrig. In der offenen Tür stehend, winkte sie mich herein, in dem Jeansrock, den sie an dem Abend getragen hatte, an dem wir uns begegnet waren.

Später, im Bett, plagten mich immer üblere Gewissensbisse wegen dem, was ich zu Cort gesagt hatte. Ich stand auf, tigerte durch die Küche, das Handy in der Hand. Draußen leuchtete der Mond. Kalte Luft strömte herein und staute sich vor dem angelehnten Fenster über der Spüle. Ich war sicher, dass Cort wach sein würde – das war er immer. Trotzdem war ich etwas überrascht, als er abnahm.

Es ist mitten in der Nacht, schnauzte er.

Ich wollte mich nur entschuldigen. Dafür, was ich vorhin gesagt habe.

Für was genau?

Soll ich das jetzt wirklich wiederholen?

Ja, sollst du.

Dass du ein Arschloch bist, sagte ich. Und dass niemand dich mag. Das hätte ich nicht sagen sollen.

Weil's nicht stimmt, oder weil du's nicht hättest sagen sollen?

Weil es nicht stimmt. Du bist kein Arschloch.

Er grunzte leise. Aber leiden kannst du mich trotzdem nicht. Du denkst, du bist besser als ich.

Nein, denke ich nicht.

Ach ja? Du hältst mich nicht für ignorant? Glaubst nicht, du wärst klüger als ich?

Natürlich nicht, sagte ich, klang jedoch nicht sehr überzeugt.

Erwartest du jetzt etwa, dass ich mich auch entschuldige?

Nein, sagte ich. Ich wollte dir nur sagen, dass ich ein schlechtes Gewissen habe.

Er lachte. Zum ersten Mal im Leben hörte ich ihn richtig lachen – ein tiefer, grober Laut von ganz tief aus der Brust. So, so, du willst also kein schlechtes Gewissen haben, spottete er.

Na ja, nein.

Glaubst du denn, ich wollte dieses Leben?

Ich weiß nicht, stammelte ich.

Glaubst du, ich hätte mir das alles ausgesucht, wenn mir jemand am Anfang meine Möglichkeiten präsentiert hätte?

Wahrscheinlich nicht.

Du bist mein Neffe. Ich sollte dein Mentor sein, dir die Welt erklären und so. Aber du hast mich nie respektiert ... Corts Stimme brach, ich weiß nicht, ob aus Kummer oder Zorn. Du bist dir zu gut für mich, stellte er fest.

Ich sagte, ich würde ihn sehr wohl respektieren, auch wenn das gelogen war. Er brummte noch irgendetwas in der Art von: Wenn du's sagst ..., dann legte er auf.

Ich schlich wieder zum Bett, wo Alma bäuchlings alle viere von sich streckte wie ein Seestern. Ich schob ihr Bein weit genug weg, um mich hinlegen zu können, und stierte wieder an die Holzlatten der Decke, wie schon vor dem Telefonat. Welches Leben hätte ich mir ausgesucht, wenn jemand mir am Anfang meine Möglichkeiten präsentiert hätte? Ganz sicher nicht dieses: das eines Grünpflegers, der sich verzweifelt abstrampelte, um Schriftsteller zu werden.

Bei Pop zu Hause hing ein Foto von Cort als junger Mann: Eine Weihnachtsmann-Mütze auf dem Kopf, stützte er sich im Garten auf ein Gehgestell. Pop und meine Großmutter legten ihm grinsend die Arme um die Schultern, doch Cort verzog genauso verbittert das Gesicht, wie er es heute ständig tat. Nach seinem Unfall hatte er das Gehgestell – mit knallgelben Tennisballhälften unter den hinteren Beinen – fast zwei Jahre gebraucht. Wieso er auf dem Bild die Mütze trug, wusste ich nicht. Dem toten Gras im Garten nach zu schließen, war es Winter, also vielleicht Weihnachten. Corts Miene strahlte allerdings das genaue Gegenteil von dem aus, was die Mütze eigentlich vermitteln sollte. Er wirkte zutiefst verdrossen. Die dürren Beine waren merkwürdig verdreht. Damals war er nur ein paar Jahre jünger gewesen als ich jetzt. Hätte er zu Anfang seines Lebens ahnen können, was es für ihn bereithielt? Konnte irgendwer das ahnen?

Rando sprach nur selten über seinen Alkoholismus, sagte höchstens, dass es viele Jahre wirklich schlimm gewesen sei. Reines Glück, dass ich noch lebe, sagte er. Genaueres erzählte er nie. Inzwischen ertrug er wieder Alkohol in seiner Nähe, konnte in ein Restaurant oder eine Bar gehen, ohne in Versuchung zu geraten.

Eines Tages fanden wir im Arboretum – wir waren gerade dabei, am Rand des dichten Walds eine Esche zu fällen – eine kaputte Sektflasche. Rando steckte sich die Kippe zwischen die Lippen und hob die größte Scherbe auf. Strich über das ausgebleichte Etikett. Das war meine Marke, damals, sagte er, und die Zigarette wippte dazu. Er hielt uns die grüne Scherbe hin: der gute alte Korbel-Sekt.

Hätte dich gar nicht für 'nen Sekttrinker gehalten, sagte James. In Beinschützern und Stiefeln trampelte er einen Fluchtweg von der Esche in das dornige Gestrüpp. Ein Wildpfad führte bereits davon weg – in den Zweigen hingen ein paar Büschel Hasenfell –, und den verbreiterten James und ich nun stampfend, während Rando die Flasche inspizierte. Zerquetschte Bierdosen und eine alte Jacke lagen auch dort herum, verstreut um ein Schild, das eine Karte des Parks zeigte. Ein Pfeil mit der Beschriftung SIE SIND HIER gab den Abstand zu allen anderen Orten des Geländes zu erkennen. Beim Arbeiten im Arboretum beschlich mich oft die Sorge, wir könnten über die Spuren eines Verbrechens stolpern. Leichen wurden immer von Leuten wie uns gefunden: von Grünpflegern und Parkaufsehern, den Einzigen, die einen guten Grund hatten, in Straßengräben und entlegenen Waldstücken herumzustapfen. Gut, ab und zu vermutlich auch von frühaktiven Joggern. Die Flasche und die Dosen waren aber höchstwahrscheinlich nur die Spuren eines lustigen Besäufnisses. Teenager vielleicht. Irgendwer, der heimlich trinken musste.

Mann, ich hatte 'ne echt lange Sektphase, sagte Rando. Stand tierisch auf das Zeug. Ein Kumpel von mir war Flugbegleiter, der hat mir diese Minifläschchen aus dem Flieger mitgebracht. Kistenweise, keine Ahnung, wie er das gemacht hat. Legal war das bestimmt nicht. Ich hab damals Gras angebaut, das hab ich mit ihm gegen Korbel-Piccolöchen getauscht. Meine Frau und ich wussten gar nicht mehr wohin mit all den Fläschchen. Darum haben wir ein Spiel erfunden: Wir haben sie im Haus versteckt, und wer eine gefunden hat, musste sie sofort exen, was uns ja nur recht war. Scheiße, wir waren echt am Arsch, Lynette und ich, aber wir dachten uns halt: «Hey, wie schlimm kann's denn sein, solange wir Sekt trinken? Wer Sekt trinkt, feiert das Leben.» Mann, wir haben die überall versteckt ... In den Schränken, unter Sofakissen, sogar im Spülkasten vom Klo. Wann immer man da reingeguckt hat, immer trieben da drei Sektfläschchen. So viel zum Thema Verleugnung. Was für 'ne Scheiße, Mann. Noch heute find ich manchmal welche. Vor ein paar Monaten brauchte ich mal wieder meine schicken Schuhe, und in einem steckte irgendwas. Ich hab ihn umgedreht, zack, fällt ein Sekt raus. Völlig bekloppt. Total ballaballa. Aber damals kam's mir ganz normal vor.

Vor lauter Erzählen hatte er komplett das Abaschen vergessen. Die Zigarette war erkaltet, die Asche hing noch lang und grau am Filter. Noch einmal strich er nachdenklich über das Etikett, dann schleuderte er die Scherbe in den Wald.

Warum brauchtest du denn deine schicken Schuhe?, fragte ich. Warst du in der Kirche oder so?

Rando lächelte schief, zupfte an etwas Schorf auf seinem Knöchel herum. Sozusagen, ja, antwortete er. Auf 'ner Beerdigung.

Oh, sagte ich. Mein Beileid. Jemand, der dir nahestand?

Mein Bruder.

Erschrocken stellten James und ich das Trampeln ein und sahen ihn an. Ach du scheiße, Rando, sagte ich. Das tut mir leid.

Wieso hast du das denn nicht erzählt?, fragte James.

Ach, keine Ahnung, winkte Rando ab. War bloß 'ne Frage der Zeit bei ihm.

Trotzdem schlimm, beharrte James. Hast du dir wenigstens freigenommen?

Die Beerdigung war an 'nem Samstag.

O Mann, sagte James. Tut mir echt leid.

Rando zuckte mit den Achseln, zog eine frische Schachtel Kippen aus der Jackentasche, riss das Zellophan ab und schlug mit der Hand dagegen. Ein Emphysem hatte der, erklärte er, und allen möglichen anderen Mist. Ist schon jahrelang krank gewesen.

Wir schwiegen alle drei einen Moment, während Rando sich eine Zigarette anzündete. Irgendwo hämmerte ein Specht seinen Schnabel in die Rinde, und das Pochen hallte aus der Ferne wider.

War er älter als du oder jünger?, fragte ich.

Jünger, sagte Rando. Hat sich's ziemlich hart gegeben. Härter als ich sogar, kaum zu glauben, oder? Er war Alkoholiker, genau wie ich – und wie meine Tante und meine Großmutter. Mein Vater war 'n Jesusfreak, aber wär er nicht so besoffen von der Bibel gewesen, hätte er ganz sicher auch gepichelt. Liegt bei uns wohl in den Genen. Wir haben uns alle nicht richtig im Griff.

Wie hieß er denn?, fragte ich, ohne so recht zu wissen, weshalb – es kam mir einfach wie die angebrachte Frage vor.

Tommy, sagte Rando. Er war Tischler. 'nen wunderschönen Schreibtisch hat der mir gebaut. Nicht, dass ich den je benutzt hätte. Wahrscheinlich ist noch Sekt in dem Ding versteckt. Er grinste, linste zu uns, um zu sehen, ob wir mitlachten. Da wir das nicht taten, sagte er: Hey, schon gut, okay? Wir müssen jetzt nicht «Amazing Grace» singen oder so. Wollte keine große Sache draus machen. Lasst uns einfach weiterarbeiten.

James sah ihn traurig an. Okay, sagte er. Dann an die Arbeit.

Später, als die Esche zersplittert auf dem Boden lag und wir eine kurze Pause machten, schlenderte ich ziellos ein Stück in den Wald. Das Arboretum grenzte an ein Privatgrundstück. Die Grenze verlief irgendwo zwischen den Bäumen, jenseits davon wurden Hirsche gejagt. An manchen Vormittagen hörten wir Gewehrschüsse und die unverständlichen Rufe der Jäger. Ich ging, bis ich den gelben Häcksler nicht mehr sah und James und Rando nicht mehr hörte. Neben einem ausgetrockneten Bachbett watete ich durch hohes Laub die Böschung hinauf. Oben blickte ich mit brennender Brust über schneebeladene Kiefern hinweg. In der Sonne waren es noch knapp fünf Grad, doch im Schatten, wo die krüppeligen Kiefern standen, war es kälter. Irgendwas bewegte sich in ihren Kronen, schaukelte die Äste – ein Eichhörnchen. Schnee fiel von den Zweigen wie gesiebtes Mehl.

Ich spazierte weiter zwischen den Bäumen, über verstreute Kiefernzapfen hinweg, durch die klare Luft, und auf der anderen Seite, da, wo der Wald sich lichtete, stieß ich auf einen alten Brunnen. Verfaulte Bretter lagen über der Öffnung, strohtrockene Rutenhirse hatte die Ränder überwuchert. Ich trat näher, sah mich um. Das hier gehörte ganz bestimmt nicht mehr zum College. Auf einmal fühlte ich mich beobachtet, verspottete mich innerlich selbst deswegen. Ich nahm die morschen Bretter weg und spähte in den Brunnen. Nichts. James rief vom Häcksler aus nach mir. Womöglich war ich doch schon länger weg, als ich gedacht hatte. Wo steckst du denn?, rief er. Doch ich bekam kein Wort heraus. Hatte keine Ahnung, was ich antworten sollte. Verrückt war das – fast wie Panik, beinahe wie Freude, aber keins davon so richtig. Das Gefühl nahm mir den Atem. Das SIE SIND HIER der Karte hatte sich vollständig aufgelöst, zumindest für ein paar Sekunden, und ich war nirgends. Nicht im Arboretum, nicht im Wald. Definitiv nicht in Kentucky. Ich befand mich außerhalb der Zeit – bevor es meine Familie gab, bevor die Bäume hier mit Blut getränkt wurden, bevor überhaupt Menschen existierten. Es war ganz einfach das, was es war, und zwar namenlos: ein absolutes Nicht-Wahrnehmen, ohne irgendwen, der irgendetwas sagt oder aufschreibt, was er sieht.

Das Gefühl verflog, und ich war wieder nur ich selbst, der dort im Wald stand. Ich beugte mich über den Brunnen, spähte angestrengt hinein, schweflige Luft stieg mir entgegen. Aber es gab nichts zu sehen. Keine Leiche. Keine Knochen. Ich rief «Hallo» und bekam zur Antwort nur mein Echo.

Alma teilte mir mit, sie wolle ihre Eltern in DC besuchen. Ich muss einfach mal raus, sagte sie, zumindest ein paar Tage. Dieser Roman raubt mir sonst noch den letzten Nerv.

Wir spazierten gerade nach dem Abendessen über den Campus. Es war recht warm für Anfang März. Hier und da drängten Narzissen sich schüchtern durch das nasse, verrottende Laub.

Und wann willst du los?

In einer Woche. Ich würd mich freuen, wenn du mitkommst, sie mal kennenlernst. Nur übers Wochenende.

Ganz schön weit, nur für ein Wochenende.

Mir egal, erwiderte sie. Ich kriege 'nen Lagerkoller, und wann anders passt es nicht. Sie hatte mir die Hand in die Armbeuge gelegt und zog mich vorwärts, als müssten wir eilig irgendwohin. Sie trug eine graue Windjacke, hoch sitzende Jeans und verbarg die Augen hinter dieser riesigen Joan-Didion-Sonnenbrille, durch die man ihre Miene unmöglich lesen konnte.

Was kostet denn der Flug?

Ziemlich viel, sagte sie. So dreihundert, hin und zurück.

Uff. Ich überlegte, wie viel ich noch auf dem Konto hatte – so knapp 130 Dollar, wenn ich mich recht erinnerte.

Ich kauf dir gern ein Ticket, schlug sie vor, blieb mitten auf dem Weg stehen und sah mich an. Wir waren neben einem der Wohnheime. Auf dem Rasen kickten Leute johlend einen Fußball herum, die Abendsonne brannte hinter dürren Bäumen. Das Licht hob die Rottöne in Almas Haar hervor, besonders an den wirren Strähnen in der Stirn. Du kannst mir das Geld ja später wiedergeben. Oder auch nicht. Mir ist's wurst, ich hab genug.

Und wenn wir mit dem Auto fahren?

Da bräuchten wir mindestens zehn Stunden, und wir haben nur unsere alten Rostlauben. Lass mich das doch einfach machen.

Das kann ich nicht annehmen.

Klar kannst du. Mit dem Daumen schob sie ihre Sonnenbrille hoch. Ich sah meine Spiegelung in den Gläsern – unrasiert, gerunzelte Stirn. Dunkles Haar, vom Wind zerzaust. Den Bürgerkriegsbart hatte ich mir letzte Woche abrasiert, und wenn ich mich nun sah, kam mein Gesicht mir hager vor. Ich schaute weg, zwischen den Bäumen hindurch und über den Rasen aufs Wohnheim. Von hier aus war das nicht zu sehen, aber auf der anderen Seite des Gebäudes hatten wir neulich eine Linde zurückgeschnitten. Deshalb konnten die Bewohner nun zu ihren Seminaren gehen, ohne sich auf dem Weg unter einem Ast wegducken zu müssen, soll heißen: Sie kamen von A nach B, ohne dabei an irgendwelche Hindernisse denken zu müssen oder an die Menschen, die für deren Beseitigung zuständig waren.

Ich kratz das schon zusammen, sagte ich, noch während ich im Kopf meine Optionen durchging. Meine Mutter konnte ich nicht fragen, der war ich schon zu viel schuldig. Ich hätte etwas verkaufen können, aber ich besaß ja kaum was, hauptsächlich Platten und Bücher. Blieb mein Vater: unwahrscheinlich, aber nicht unmöglich.

Du sollst aber nichts «zusammenkratzen», entgegnete Alma. Ich biete dir an, es dir zu leihen. Oder zu schenken. Von meinem Vorschuss ist sowieso noch mehr übrig, als ich ausgeben kann.

Das ist bestimmt schneller ausgegeben, als du denkst, sagte ich. Aber das ist nicht der Punkt. Der Punkt ist, du bist nicht für mich verantwortlich.

Jetzt mach da doch nicht so ein Ding draus.

Lass mir einfach ein paar Tage, um meine Finanzen zu checken, dann gebe ich dir Bescheid.

Die Tickets werden nicht billiger, sagte sie. Ich wollte heute Abend buchen.

Dann eben nur einen Tag.

Sie biss sich in die Wange, nickte, schob die Hände in die

Taschen ihrer Windjacke und ging einfach weiter, als wäre ihr vollkommen egal, ob ich ihr folgte.

An einem kleinen Rondell vor der besäulten Jura-Bibliothek setzten wir uns auf eine Mauer. Der Brunnen war über den Winter abgestellt und mit einer blauen Plane bedeckt worden. Auf einer Bank jenseits davon saß ein alter Mann und las ein Buch. Er trug eine Tweedkappe mit einer Entenfeder, einen Schal und einen Mantel. In seinem Mundwinkel klemmte eine Zigarre.

Mit der untergehenden Sonne kehrte die feuchte Winterkälte zurück, und Alma drückte sich leicht zitternd an mich. Woher kommt denn eigentlich dein Lagerkoller?, fragte ich.

Hauptsächlich von meinem Roman, sagte sie. Der geht einfach nicht voran. Ich brauch dringend ein paar neue Impulse. Ich sitz ja immer nur zu Hause rum, sehe keinen Menschen und erlebe nichts. Nie passiert mal irgendwas.

Du siehst aber ja mich, wandte ich ein.

Ach, du weißt doch, was ich meine. Sie nahm die Sonnenbrille ab, sodass ich endlich ihre Augen sah: glasig, müde. Ich kannte diesen Blick – den Burn-out-Blick. Den Blick von jemandem, der sich mit einer Sache länger abgeplagt hatte, als es noch irgendwie produktiv gewesen wäre.

Wo hängt's denn? Ich dachte, du bist so gut wie fertig.

War ich auch, sagte sie. Als der Vorschuss kam, war ich fast mit der zweiten Fassung durch. Aber jetzt erwarten alle, dass ich bis zu einem bestimmten Termin komplett fertig bin, und das versaut mir den ganzen Spaß. Ich fühl mich unter Druck gesetzt, irgendeinen Schluss hinzumurksen, Hauptsache, es gibt einen. Und wenn ich die Passagen über meine Eltern und Großeltern jetzt wieder lese, hab ich Angst, ich könnte ihnen gegenüber unfair sein. Zu unnachsichtig oder so.

Wirklich neutral kann man sowieso nie sein, sagte ich. Keinem gegenüber, aber am wenigsten gegenüber seinen Eltern.

Na ja, für dich mag das ja stimmen, aber du verstehst dich auch nicht so gut mit deinen Eltern wie ich.

Ich «versteh» mich schon mit ihnen. Wir sind bloß sehr verschieden.

Du machst dich dauernd lustig über sie und übertreibst total, was sie betrifft. Meinen Eltern will ich das nicht antun.

Darauf hätte ich gern so einiges erwidert – vor allem, dass man meine Eltern leicht in Schutz nehmen konnte, wenn man ihre Ansichten nicht sein ganzes Leben lang hatte ertragen müssen. Doch ich verkniff es mir und beobachtete stattdessen den alten Mann. Mit der Zunge schob er den feuchten Stumpen von einem Mundwinkel in den anderen und schmunzelte ein wenig über seine Lektüre. Ich hätte gern das Cover gesehen, doch er hob das Buch nie an.

Manchmal hab ich das Gefühl, ich kann einfach nicht zugleich schreiben und eine Beziehung führen, sagte Alma. Als hätte ich nur einen streng begrenzten Energievorrat, und der ginge komplett für die Beziehung drauf.

Hm, machte ich.

Sie seufzte tief, schabte mit einem Daumennagel an der Nagelhaut des anderen herum. Muss ich eben irgendwie klarkriegen, sagte sie. Schaffen andere ja auch. Einsamkeit und Zölibat sind auf Dauer schließlich auch keine tragfähige Lösung.

«Auf Dauer keine tragfähige Lösung»? Du klingst, als sprächst du über deine Altersvorsorge.

Das brachte mir ein dünnes Lächeln ein. Ihr Blick schweifte zum Horizont, der Wind zerzauste ihr das Haar. Eine Ecke der blauen Plane über dem Brunnen flatterte beständig auf und nieder, schlug eine metallene Öse klirrend gegen den Stein. Du weißt aber schon, dass ich dich liebe, oder?, fragte sie. Mit bebendem Kinn sah sie mich an. Sonst wäre das auch nicht so schwer für mich.

Im ersten Moment war ich zu überrascht, um irgendetwas zu sagen, und wir sahen einander einfach nur an. Dann sagte ich, dass ich sie auch liebte. Küsste ihr die Tränen von den Lidern.

Bitte komm mit zu meinen Eltern, sagte sie, während ich ihr den Hals und die Wange küsste. Komm einfach mit, bitte.

Ich versprach es ihr. Meine Stimme schien aus einem Ort in mir zu kommen, der den Gesetzen von Natur und Ökonomie nicht unterworfen war, sich von Fragen der Logistik nicht beirren ließ. Was immer du willst, sagte ich.

Später am selben Abend, Alma saß lesend auf dem Sofa, ging ich noch mal vor die Tür, um meinen Vater anzurufen. Es klingelte lang. Im Licht der Laterne, unter der ich stand, stieg mein Atem in silbrigen Kringeln auf. Ich wollte schon aufgeben, als er endlich doch noch abnahm. Hi, tut mir leid, sagte er. War gerade kein guter Zeitpunkt.

Ich kann auch später noch mal anrufen.

Nein, nein, wehrte er ab. Geht schon wieder. Ich musste nur Bonnie aus der Wanne helfen.

Ich hab nichts Dringendes, mach nur.

Nein, jetzt ist sie ja draußen, sagte er. Ist schon in Ordnung.

Okay. Ich räusperte mich, scharrte mit dem ungeschnürten Stiefel über den Asphalt. Wie geht's dir denn?

Ach, sagte er nach einer langen Pause. Ging schon mal besser. Aber in Anbetracht der Umstände wohl ganz okay.

Ich wartete darauf, dass er sich nach mir erkundigte. Als klar war, dass er das nicht tun würde, fragte ich ihn nach Bonnie.

Die ist sehr krank. Hast du ja gesehen, als ihr hier wart.

Was sagen die Ärzte?

Alle was anderes. Einer glaubt noch an diese experimentelle Nummer, die anderen wollen lieber nur noch «palliativ» behandeln. So nennen die das, wenn sie jemanden möglichst angenehm sterben lassen. Als ob. Zuletzt hat sie viel Hydrocodon genommen, aber jetzt kriegt sie Opana, das ist stärker. Morphium will sie sich noch aufsparen.

Verstehe, sagte ich. Tut mir leid.

Na ja. Was soll man machen.

Wie viel Zeit geben sie ihr noch?

Er seufzte. Wolltest du denn was Bestimmtes?

Ich frag doch nur, Dad.

Hast du deswegen angerufen?

Ich blickte hoch zu Almas erleuchtetem Fenster. Die Scheibe war beschlagen, dahinter erkannte ich sie schemenhaft durch die Blätter ihrer Friedenslilie. Kopf gesenkt, Buch auf dem Schoß, eine Tasse Pfefferminztee griffbereit. Ich wollte so schnell wie möglich wieder zu ihr.

Nein, sagte ich. Ehrlich gesagt, bräuchte ich deine Hilfe. Finanziell. Ich wollte dich bitten, mir was zu leihen.

Zu leihen?

Ja. Nur bis zum nächsten Gehaltsscheck.

Mehrere Sekunden verstrichen. Ich weiß nicht ..., sagte er, räusperte sich leise und schwieg erneut, als wollte er mir die Chance geben, meine Bitte zurückzunehmen. Ich bin mir einfach nicht sicher, ob ich deinen Schlendrian noch länger unterstützen sollte, fuhr er schließlich fort. Diese Baum-schneiderei, diese ganze Ziellosigkeit – das kann ich doch nicht ewig mittragen.

Ihn das sagen zu hören, tat mir körperlich weh. Zwar hatte ich immer schon geahnt, dass er mich für einen Versager hielt, aber das so ausdrücklich gesagt zu bekommen, war doch noch etwas völlig anderes. Ich wollte etwas erwidern, doch mir schnürte sich der Hals zu, und alles, was mir einfiel, war zornig und grausam, also sagte ich einfach: Vergiss es. Dann legte ich auf.

D as Bajonett ruhte auf zwei Nägeln an der Wand über der Werkbank. Darunter befanden sich ein Rasierriemen, ein Tischlerhammer und ein Einmachglas voller Schrauben und Beilagscheiben. Auf dem Werkzeughalter reihten sich alte

Rasierpinsel, die Dachshaarborsten noch von Schaum verkrustet. Ein Sperrholzregal neben der Werkbank beherbergte ein halbes Dutzend Zigarrenkisten, allesamt randvoll mit Zeitungsschnipseln, Western-Gürtelschnallen und Südstaatengeld. Unter den surrenden Leuchtstoffröhren stand ich eine ganze Weile vor dem Bajonett. Von oben, aus dem Fernseher, waren gedämpfte Schüsse zu hören, und John Wayne brüllte Befehle. Wasser rauschte durch die Rohre. Corts schwere Schritte im Badezimmer.

Monatelang hatte das Bajonett auf dem Telefonbuch neben Pops Sessel gelegen, nun hatte es zwischen dem anderen Gerümpel seine letzte Ruhestätte gefunden. Im Keller gab es kaum etwas, das heutzutage noch jemand benutzt hätte – genau das machte eine Antiquität schließlich aus. Zwar konnte man mit dem Bajonett sicher noch immer jemanden töten, wie womöglich schon im Bürgerkrieg geschehen, aber heutzutage gab es bessere Methoden, einfachere und weniger riskante. Ähnliches galt garantiert auch für die Eggen, die alten Wagenheber oder die Zwei-Mann-Sägen, die an den Wänden Staub ansetzten. Andere Stücke waren heute völlig unbrauchbar, aber deshalb längst nicht wertlos. Von dem Südstaatengeld konnte man zwar nichts mehr kaufen, aber mancher Redneck würde leicht das Zehnfache des Nennwerts dafür hergeben.

Pop hatte all diesen Krempel sein Leben lang zusammengesammelt. Manches davon – die landwirtschaftlichen Geräte – hatte er früher täglich benutzt. Anderes hatte er auf Flohmärkten, in Pfandhäusern und bei Vermögensauflösungen erstanden. Katalogisiert hatte er seine Schätze nicht, sodass einige mit ihrer Einlagerung bereits in Vergessenheit geraten waren. So würde es ganz bestimmt auch diesem Bajonett ergehen. Es würde bis zu Pops Tod auf diesen Nägeln liegen, dann würden Cort oder meine Mutter es verkaufen – einem Sammler, vielleicht, der es in sein eigenes Museum nutzloser Artefakte packen würde.

Ich nahm es von der Wand, wickelte die Klinge in einen alten Weihnachtspulli und steckte es in meinen Rucksack.

Am nächsten Morgen fuhr ich in die Frankfort Avenue, wo es einige Antiquitätenhändler und Pfandleiher gab. Ich parkte an einem Bahnübergang. Es war ein klarer, kühler Tag, die Sonne glitzerte auf den Windschutzscheiben. Die Pfandhäuser lagen in der Nähe einer Blindenschule, und ein paar Leute gingen mit Blindenhunden an mir vorbei, tasteten sich mit klackernden Teleskopstöcken über den Bürgersteig. Mit einer blinden Frau musste ich am Bahnübergang einen durchfahrenden Zug abwarten, das eingepackte Bajonett unter den Arm geklemmt. Freundlich lächelnd, drehte sie den Kopf nach links und rechts. Ihr Golden Retriever war mit ganzem Herzen bei der Arbeit, konzentrierte sich voll auf das ohrenbetäubende Rattern des Zuges. Grelles Graffiti strahlte von den Güterwagen.

Ganz schön lang, sagte die Blinde.

Noch mal?

Der Zug. Lang.

Ah, sagte ich. Ja, stimmt.

Als der Zug verschwunden war, verstummte die Signalglocke, und die Schranke klappte hoch. Sichtlich entspannter zog der Hund die Frau weiter voran, sein zotteliges Fell glänzte in der Sonne.

Mit staubtrockener Kehle erreichte ich das erste Pfandhaus. Das Atmen fiel mir eigenartig schwer. Ich blieb unter der Markise stehen, um mich etwas zu sammeln und nicht zu hyperventilieren. In einem Schaufenster lagen alte Wahlplakate: Kennedy, Nixon, Jimmy Carter. Im anderen standen ein bemaltes Schaukelpferd und eine Gelenkpuppe, angezogen wie ein Flapper-Girl aus den Zwanzigern.

Als ich eintrat, läutete über mir eine Kuhglocke. Drinnen roch es nach Würstchen und Ahornsirup. Morgen!, rief ein Mann aus einem Hinterzimmer. Bin gleich bei Ihnen.

Mechanisch sah ich mich im Laden um, nahm aufs Geratewohl diversen Krimskrams in die Hand, als wollte ich vielleicht etwas kaufen. Sogar durch den dick gewickelten Pulli spürte ich die harte Klinge in der Achsel. Ich hatte gar nicht gemerkt, wie fest ich sie umklammert hatte, und ließ jetzt etwas lockerer.

CLOWN-BABYS!, stand auf einem Schild über einem der Regale, und wirklich, im Regal saßen ungefähr ein Dutzend kleine, als Clowns zurechtgemachte Keramikkinder. Sie hatten Rüschenkragen und weiße Gesichter mit roten Wangen und schwarzen Rauten um die Augen, genau wie echte Clowns, bloß dass sie Kinder waren. Ich sah sie mir genauer an, um mich ein wenig abzulenken, überlegte, wer so was wohl sammelte und ob Freud darin ein Beispiel für das Unheimliche erkennen würde, doch da trat schon der Ladenbesitzer aus dem Hinterzimmer, ein aufgewickeltes Lautsprecherkabel über der Schulter. Kann ich Ihnen helfen?, fragte er. Er war schwarz, mittelalt, trug einen grau melierten Kinnbart und eine Mütze auf dem kahlen Hinterkopf. Auf der Mütze stand GUILD SOLUTIONS, was ich erst als GUILT SOLUTIONS las, als «Schuldlösungen». Einen Augenblick lang war ich deshalb zu verdattert, um irgendetwas zu sagen.

Äh, ja, stammelte ich. Ich wollte eventuell was verpfänden.

Der Mann lächelte. Na, sofern auf dem Schild draußen noch immer Pfandleiher steht, sind Sie da bei mir wohl richtig. Er hob eine Klappe, trat hinter den Tresen und warf das Kabel auf einen Haufen anderer Kabel, Ladegeräte und Tastaturen. Neben einem E-Grill stand auf dem Tresen ein Pappteller mit ein paar Resten Pancakes und Würstchen – daher stammte also der Geruch. Aus einem großen Spender an der Kasse pumpte der Mann sich Desinfektionsgel auf die Hände und verrieb es kräftig. Gut, sagte er und stützte sich auf den verkratzten Tresen. Dann schauen wir doch mal, was Sie mitgebracht haben.

Ich wickelte den Pulli auf. Als das Bajonett zum Vorschein

kam, machte der Mann große Augen. Oha, sagte er. So was sieht man aber auch nicht alle Tage.

Ja, stimmt.

Können Sie mir was dazu erzählen?

Es stammt aus dem Bürgerkrieg, glaub ich.

Sieht ganz so aus, ja.

Ansonsten weiß ich auch nicht viel.

Darf ich mal sehen?

Bitte.

Behutsam nahm der Mann das Bajonett und inspizierte die Halterung, in die das Wort «Chavasse» graviert war. Yup, sagte er. Definitiv aus dem Bürgerkrieg. Ein seltenes Stück.

Ach ja?

Auf jeden Fall. Haben Sie's mal schätzen lassen?

Ich schüttelte den Kopf. Nicht so richtig, nein, sagte ich. Hab nur mal online nachgeschaut.

Wie sind Sie denn darauf gestoßen, wenn ich fragen darf?

Hab's geerbt, sagte ich. Von meinem Großvater.

War wohl ein großer Bürgerkriegsfan, hm?

Eigentlich nicht.

Der Mann schnalzte die Zunge, drehte die Klinge in der Hand. Davon gibt's hier ja jede Menge, sagte er.

Bajonette?

Nein, Bürgerkriegsfans.

Ah. Ja, das stimmt wohl.

Ein Zertifikat oder so haben Sie wahrscheinlich nicht, hm?

Nein, sagte ich. Bräuchte ich das denn?

Er runzelte die Stirn. Nicht zwingend, erklärte er. Aber besser wär's. Vorsichtig legte er die Waffe auf meinem Pulli mit Schneeflockenmuster ab, stützte einen Ellbogen auf die Kasse. Das Bajonett fest im Blick, sah er aus, als löste er im Kopf eine längere Rechenaufgabe.

Na schön, sagte er schließlich. An wie viel hatten Sie gedacht?

Fünfhundert, platzte ich hervor.

Das kriegen Sie vielleicht im Internet, aber bei mir nicht, sagte er. Ist sowieso nicht in besonders gutem Zustand. Er kaute einen Augenblick auf seiner Lippe, strich mit dem Finger über die Gravur. Zweihundert könnte ich Ihnen aber schon geben.

Ich tat, als wöge ich das ab, dabei war ich völlig ratlos. Noch nie im Leben hatte ich gefeilscht oder verhandelt, und ich fürchtete, wenn ich zu hoch pokerte, würde er am Ende noch wittern, dass ich das Bajonett gestohlen hatte, dass ich gar nicht das Recht hatte, es zu verkaufen. Wären dreihundert denn auch drin?, fragte ich, klang schüchtern, trotz aller gegenteiliger Bemühungen.

Der Mann nahm die Mütze ab, rieb sich die Glatze. In diesem Augenblick läutete die Kuhglocke. Ich drehte mich um, und da stand Casey, einen Plattenspieler in den Händen. Seit der Party bei Alma vor Monaten hatte ich ihn nicht mehr gesehen. Gelangweilt ließ er den Blick durch den Laden schweifen, schien mich erst gar nicht zu bemerken. Er trug eine Jogginghose, seine Reds-Mütze und seine Jeansjacke. Der Plattenspieler war der aus seiner Wohnung. Er hatte sich fast nicht verändert, war noch genauso soziopathisch attraktiv wie eh und je, bloß hatte er jetzt einen kleinen Höcker auf der von James gebrochenen Nase. Das wenigstens hatten wir gemeinsam – innerhalb von fünf Minuten hatte James uns beiden die Nase gebrochen. Wäre er mir nicht so zuwider gewesen, hätten wir darüber vielleicht sogar gemeinsam lachen können.

Als sein Blick schließlich doch an mir hängen blieb, kniff er die Augen kurz zusammen und entspannte sie dann wieder, als er mich erkannte. Dr. Livingstone!, sagte er.

Hi.

Er trat auf mich zu, nahm den Plattenspieler unter einen Arm und streckte mir doch tatsächlich die Hand hin. Und aus irgendeinem Grund – Reflex, vermutlich – schüttelte ich sie. Sie war weich und schwitzig. Am liebsten hätte ich mir etwas von dem Desinfektionsgel an der Kasse in die Hand gespritzt. Verkaufst du was?, fragte er.

Ich zeigte auf das Bajonett.

Alter! Wo hast du das denn her?

Von meinem Großvater. Er hat's mir vererbt.

Der, bei dem du gewohnt hast?

Ich nickte.

Der ist gestorben?

Na ja, sagte ich. Ja, er hat's mir vererbt.

Tut mir leid. Und du *verkaufst* das Ding?

Ich warf einen verstohlenen Blick zum Pfandleiher, der uns teilnahmslos zusah. Merkte er was? Oder wollte er nur endlich weiterfeilschen?

Ich kann nichts damit anfangen, antwortete ich.

Casey hob die Augenbrauen, nickte, als wollte er sagen: Ja, kann ich mir denken. Mit dem Knie schob er den Plattenspieler etwas höher und beäugte den Elektrogrill, der den besten Platz auf dem Tresen beanspruchte. Hi, fragte er den Pfandleiher, kann ich das Ding da vielleicht abstellen? Er nickte in Richtung der gewünschten Stelle. Der Pfandleiher musterte ihn kurz, dann packte er den Grill wortlos auf den Boden und nahm Pappteller und Gabel weg. Casey parkte seinen Plattenspieler, ohne ihm zu danken, und prustete erleichtert. Dachte schon, ich werd das Ding nie los, sagte er und sah mich dann erwartungsvoll an, damit ich ihn nach dem Warum fragte. Als ich das nicht tat, sagte er: Hat meinem Dad gehört. Seine Plattensammlung will ich auch verscherbeln. Irgendwann dacht ich mir so: Brauchst du den ganzen Mist wirklich? Allermeistens höre ich Musik ja eh über Spotify, also was soll ich damit, oder? Soll ich den ganzen Kram nur aus ästhetischen Gründen aufheben? Oder aus sentimentalen?

Klingt plausibel, sagte ich.

Außerdem zieh ich nach Chicago, und da will ich's mal mit diesem Marie-Kondo-Quatsch versuchen, damit mir auch ein kleiner Umzugswagen reicht.

Offensichtlich erwartete er dafür einen Lacher. Dass er den nicht kriegte, schien ihn zu enttäuschen. Der Pfandleiher hatte sich wieder seinem Frühstück zugewandt, blickte nur hin und wieder kauend zu uns auf, etwas genervt, ein bisschen gelangweilt, so als wären wir nichts Besonderes, als hörte er andauernd Unterhaltungen von Typen wie uns mit an. Wieso Chicago?, fragte ich.

Er zuckte mit den Achseln, kratzte sich hinterm Ohr. Louisville hab ich einfach irgendwie durchgespielt, sagte er. Ich mein, was soll ich hier noch groß erleben?

Ein paar Augenblicke lang herrschte Stille. Na, dann mal alles Gute, sagte ich. Dass ich nicht mit ihm reden wollte, schien ihn zu kränken. Er benahm sich, als wäre zwischen uns nicht das Geringste vorgefallen, als stünden wir wieder wie vergangenes Semester nach dem Dschungelseminar auf dem Campus, rauchten und laberten Blödsinn. Als hätte er nie seine hässliche Seite gezeigt. Ich drehte ihm den Rücken zu. Der Pfandleiher kaute zu Ende, wischte sich mit dem Handrücken über den Mund und sagte: Okay, zweihundertfünfzig. Letztes Angebot. Mehr ist für das Ding nicht drin.

Ich hatte keine Ahnung, was ich dem hätte entgegensetzen können, wollte nur noch weg von Casey, also nahm ich an. Er zählte mir zwei Hunderter, zwei Zwanziger und zwei Fünfer ab, und damit in der Hand eilte ich zurück in die Sonne und die frische Luft, ohne das Bajonett auch nur noch einmal anzusehen und ohne mich von Casey zu verabschieden. Schnell ging ich zum Auto, über die Schienen, neben denen turmhoher Bambus seinen tropischen Schatten auf den Gehweg warf. Zahllose Blinde schlurften umher, klopften den Boden vor sich ab, um sich zu vergewissern, dass er noch immer da war. Ich schlängelte mich zwischen ihnen hindurch, wollte Distanz zwischen mich und das bringen, was ich zurückließ. Je weiter ich kam, desto freier – ja unbeschwerter – fühlte ich mich. Ich hatte Geld in der Tasche. Noch vor Mittag würde ich es zur Bank tragen. Heute Abend würden wir die Tickets buchen. Alma würde mir ein letztes Mal anbieten, für mich zu bezahlen, und ich würde gespielt beleidigt mit den Augen rollen. Ich hab dir doch gesagt, ich krieg das geregelt, würde ich sagen, und sie würde es dabei bewenden lassen.

A m Abend vor dem Flug betranken wir uns mit Wein von Trader Joe's und machten miteinander rum. Danach kippten wir jeweils ein Glas Wasser an der Spüle und lümmelten uns in Unterwäsche auf die Couch. Dank der Heizung war es brütend heiß im Zimmer. Mit einer Müslischale klemmte ich ein Fenster auf, und wir fläzten uns breit hin, berührten einander nur an den Knöcheln. Die kalte Brise kühlte den Schweiß auf unserer Haut zu einem Salzfilm ab. Alma erzählte von ihren Eltern, davon, was mich morgen in Alexandria so alles erwarten würde. Ihre Mutter hieß Ajla. Das hatte sie zwar schon einmal erwähnt, doch ich hatte es vergessen. Verwirrend, ich weiß, sagte sie. In der Familie meiner Mutter tragen alle Frauen Namen, die mit A anfangen. Meine Großmutter hieß Aida, und *ihre* Mutter hieß Amina.

Verstehe.

Mein Vater heißt Eldin. Er ist ein bisschen schüchtern. Streu einfach ein paar Springsteen-Anspielungen ein, wenn du mit ihm sprichst, dann schließt er dich sofort ins Herz.

Während Alma von ihren Eltern erzählte, davon, wie schwer sie gearbeitet hatten, wie hart sie hatten kämpfen müssen, um es in Amerika zu etwas zu bringen, musste ich an meine eigene Familie denken, an all die Tanten, Onkel, Cousins und Cousinen, die Kentucky nie verlassen und nie ein College besucht hatten. Mehrere von ihnen hatten Drogenprobleme. Einige waren vorbestraft oder hatten sogar eingesessen. Beim letzten Gespräch mit meiner Mutter hatte die mir erzählt, meine Cousine Tabitha sei kürzlich mit einer

Überdosis Schmerztabletten ins Krankenhaus eingeliefert worden. Alma fragte mich, woran ich dachte, und ich erzählte es ihr. Der mir nur allzu vertraute tief besorgte Ausdruck legte sich auf ihr Gesicht.

Wie bist du bloß so anders geworden?, fragte sie.

Ich setzte zu einer Antwort an, hielt dann aber inne, wusste nicht recht, was ich sagen sollte. Ich hätte die Unterstützung meiner Großeltern anführen können, die mir Bücher gekauft und vorgelesen hatten. Ich hätte sagen können, ich sei als Kind schon neugierig auf die ganze Welt gewesen. «Lernbegierig.» Oder, dass ich einfach Glück gehabt hatte. Aber letztlich war ich gar nicht sicher, ob irgendetwas davon ein maßgeblicher Grund gewesen war. Und auch wenn ich viel gelesen und es mit Ach und Krach durchs College geschafft hatte: Wie sehr unterschied sich mein Leben – materiell gesehen – denn von dem meiner Cousins und Cousinen? Ich machte körperliche Arbeit für mickrigen Lohn. Ich hatte keine Wohnung. Besaß kein Auto. Frühstückte jeden Morgen bei McDonald's. Wie viel besser stand ich also wirklich da?

Ich weiß nicht, antwortete ich schließlich. Viele Leute hier haben einfach keinerlei Hoffnung mehr. Sie denken sich: Warum sich überhaupt Mühe geben, wenn am Ende doch nur ein Job in einer Fastfood-Klitsche oder im Chemiewerk dabei rausspringt? Verstehst du? Und wenn sie es doch versuchen, können sie bestenfalls darauf hoffen, woanders hinzuziehen. Und manche tun das auch.

So wie du, warf sie ein.

Na ja, ich bin gegangen, aber dann wieder zurückgekommen.

Hm, machte sie und blickte aus dem Fenster, wo gerade ein Krankenwagen vorbeibrauste. Sie umklammerte ein Sofakissen, streichelte über die Fransen. Ihr Haar war zerzaust. Meine Finger rochen immer noch nach ihr. Als die Sirene draußen verhallt war, fragte sie: Was, wenn das doch tiefer sitzt? Diese Verzweiflung, meine ich. Wenn die sozusagen umweltbedingt ist, wie du sagst, woher weißt du dann, dass sie nicht auch in dir steckt?

Die Verzweiflung?

Sie nickte.

Ich bin nicht verzweifelt. Ich bin optimistisch.

Aber was, wenn das mal nachlässt? Was bleibt dir dann?

Ich sah ihr prüfend in die Augen. Ihr Hals und ihre Brust waren vom Sex noch fleckig rot. Das Begehren, das mich eben erst so heftig fortgerissen hatte, verflog nun ganz genauso rasch. Ich weiß nicht, Alma, sagte ich. Was bitte soll ich darauf antworten?

War ja nur 'ne Frage. Sie glotzte auf das Sofakissen, wickelte sich einen losen Faden um den Finger.

Willst du wissen, ob die Verzweiflung irgendwie in meinen Genen steckt oder so? Steckt das hinter deiner Frage?

Sie wollte etwas sagen, verkniff es sich aber und schüttelte den Kopf. Den Faden hatte sie so eng um den Finger gewickelt, dass die Kuppe sich schon lila färbte. Jetzt wickelte sie ihn langsam auf. Das Blut floss wieder, der Finger wurde weiß. Vergiss es, sagte sie. Ich finde es einfach nur interessant, wie Menschen von ihren Familien und ihrer Erziehung beeinflusst werden.

Ich glaube, mir gefällt bloß nicht, was du mir da unterstellst.

Ich unterstelle dir doch gar nichts, erwiderte sie. Vergessen wir's einfach, okay?

Das taten wir, zumindest für den Augenblick. Sie las, und ich klickte mich auf Street View noch ein bisschen durch Tallahassee. Das war mittlerweile eine Art virtueller Notausgang für mich geworden, ein Balsam gegen Klaustrophobie und Hilflosigkeit. Es musste schon ganz schön weit kommen mit einem, dachte ich, damit man Trost bei Fotos von Tallahassee suchte.

Irgendwann klappten wir ihr MacBook auf und schauten eine Serie, doch in mir brodelte es während der ganzen Folge.

Sogar als wir ins Bett gingen, lag ich nur stocksteif da, atmete ganz flach und überlegte, was ich sagen würde, falls das Thema noch einmal aufkam. Ich schloss die Augen. Versuchte, nicht mehr daran zu denken. Es war ja schon spät, und wir mussten morgen früh zum Flughafen.

D as Viertel ihrer Eltern in Alexandria war ungefähr genauso, wie ich es mir vorgestellt hatte. Tudorhäuser, Gärten mit Stechpalmen und Hecken. Die großen Eichen und Ahornbäume trugen erste Knospen, die kleineren Hartriegel und Wildbirnen standen schon in weißer Blütenpracht. In so einem Umfeld, wo Nachbarskinder auf Fahrrädern und Rollern herumsausten, verfolgt von zotteligen Hunden, wäre ich gern aufgewachsen. Wo es Trampoline mit Sicherheitsnetzen und richtige Swimmingpools hinter den Häusern gab und zu jeder Jahreszeit der Duft von frisch gemähtem Gras und Grillkohle in der Luft lag.

Wir waren am späten Nachmittag angekommen, nachdem wir über die einsamen Hügel und Kohlereviere von Eastern Kentucky und West Virginia geschwebt waren und von dort aus weiter über die Blue Ridge Mountains. Aus dem Flugzeugfenster hatte all das beinahe so ausgesehen wie die Falten und Fugen eines menschlichen Körpers. Dann flachten die wogenden Hügel in eine Auenlandschaft ab, bald tauchten Häuser und Parkplätze auf, die glitzernden Bänder von Highways, immer dichter und dichter, und diese Verdichtung wurde nach und nach zu Washington DC.

Ein Uber holte uns am Flughafen ab. Das Haus war größer, herrschaftlicher als das meiner Eltern, aber nicht so viel, dass mich der Unterschied irgendwie umgehauen hätte. Es war einfach ein hübsches Backsteinhaus, mit Stuck- und Holzelementen und einem Blumenkübel vor der Haustür, in dem ein großer Taro wuchs. Von dieser Pflanze einmal abgesehen, war der Vorgarten nicht weiter bemerkenswert, und bei den

Nachbarhäusern war es ganz genauso. Im Unterschied zu den ungepflegten Rasen von Melber standen hier keine kaputten Waschmaschinen herum, keine rostigen Autowracks, keine von Unkraut überwucherten Betonklötze, Satellitenschüsseln oder Plastikdreiräder. Die Fenster waren nicht mit Alufolie zugeklebt, hinter den Häusern standen keine von Kugeln durchlöcherten Truthähne und Hirschböcke aus Plastik. Die Häuser strahlten eine Sauberkeit aus, die ans Sterile grenzte. Als Alma fröhlich auf die Haustür zustapfte, ihren Rucksack über eine Schulter geworfen, überspülte mich kurz eine Welle der Panik.

Almas Mutter Ajla begrüßte uns in der Diele. Sie reckte sich ein wenig hoch, um Alma zu umarmen und sie auf die Wange zu küssen. Meine Tochter!, sagte sie.

Hi Mama! Das ist Owen.

Sie musterte mich von Kopf bis Fuß. Ihr Haar war dunkler als das von Alma und viel länger. Sie trug einen geblümten Rock, einen Pullover und eine Kette aus klobigen Türkisen. Ich schätzte sie auf um die fünfzig, doch der unübersehbare Schatten von Almas Zügen in ihrem Gesicht machte das schwer zu beurteilen.

Ich umarme dich jetzt einfach auch, sagte sie. Okay?

Okay, sagte ich.

Sie legte mir die Arme um den Hals und zog mich zu sich hinab. Ich freu mich sehr, dich endlich kennenzulernen, sagte sie.

Ganz meinerseits.

Einen Augenblick lang standen wir einfach da und sahen uns um. Vor uns erstreckte sich ein Flur, durch den ein warmer Luftstrom den Duft von Knoblauch und Tomatensoße herbeitrug, weiter hinten brauste eine Abzugshaube. Zur Rechten lag das Esszimmer, zur Linken das Wohnzimmer. Letzteres wirkte auf den ersten Blick wie einer dieser einbalsamierten Salons, in denen es sich nie jemand gemütlich machte.

Ajla klatschte in die Hände und verschränkte die Finger.

So, sagte sie, das Essen ist bald fertig. Isst du gern Italienisch, Owen?

Na klar, sagte ich.

Gut. Alma, bringt doch schnell euer Gepäck rauf, dann können wir gleich essen, ja?

Wir stiegen über ein Haustiergitter und dann die knarzende Treppe hinauf ins Obergeschoss. Dort oben, fern der Küche, roch das Haus angenehm bewohnt, ein bisschen wie eine Kirche oder eine alte Bücherei. Ich folgte Alma durch den Flur zu ihrem Zimmer. Obwohl es in ein Gästezimmer umgewandelt worden war, bewahrte es noch immer ein paar Spuren ihrer Kindheit. Dutzende Leuchtsterne klebten an der Decke, eine rosa Boombox stand auf der Kommode neben aufgestapelten CDs. Outkast, Amy Winehouse, der frühe Kanye, Death Cab for Cutie – die Standardausstattung für alle, die Mitte der Zweitausender aufgewachsen waren. Alma warf den Rucksack auf den Boden und setzte sich auf die Bettkante.

Wo schlafe ich denn?, fragte ich.

Na hier.

Geht das klar für deine Eltern?

Logisch, sagte sie. Die stört das nicht.

Ich setzte mich neben sie. Das Zimmer war schummrig und still – nur das Fenster leuchtete blass, obwohl die Sonne sich hinter Wolken verbarg. Ich spreizte die Finger auf der kühlen Baumwolle des Quilts, hätte mich am liebsten einfach darauf ausgestreckt. Es war ein langer Tag gewesen.

Wird sicher Nudelauflauf, sagte Alma.

Was wird Nudelauflauf?

Das Abendessen. Sie denkt, ihr Auflauf wäre superlecker.

Ist er das nicht?

Alma zuckte mit einer Schulter, strich sich eine Strähne hinters Ohr. Doch, kann man schon essen, sagte sie. Dann verzog sie ihr Gesicht zu einer Mischung aus Lächeln und Grimasse. Geht's dir gut? Alles bisschen viel, oder?

Wir sind ja eben erst angekommen, winkte ich ab. Lief doch alles gut so weit, und deine Mom wirkt sehr entspannt.

Ich will nur nicht, dass es dir zu viel wird, beharrte sie. Wir sollten uns ein Zeichen überlegen – ein Safeword. Das kannst du dann sagen, wenn dir was unangenehm wird, und ich weiß Bescheid.

Okay. Was nehmen wir?

Sie verdrehte den Mund, sah an die Decke. Hmm, machte sie. Wie wär's mit ... Possum Trot?

Meinst du nicht, deine Eltern wären vielleicht etwas irritiert, wenn ich aus heiterem Himmel plötzlich «Possum Trot» sage?

Stimmt, da hast du recht.

Wie wär's, wenn ich einfach nur sage, ich sei müde?

Sie lachte, stand auf, strich sich die Falten aus der schwarzen Jeans. Ja, das wär vermutlich das Schlaueste.

Erst da dämmerte mir, dass sie sich nach meiner Stimmung ganz bestimmt erkundigt hatte, weil es ihr bei *meinen* Eltern manchmal etwas viel geworden war und sie nicht wollte, dass es mir genauso erging. Sie achtete eben mehr auf die Gemütslagen ihrer Mitmenschen als ich.

Unten war Ajla am Herd zugange, aus einer kleinen Bluetooth-Box auf der Küchentheke säuselte Paul Simon. Ein Glas Wein, vielleicht?, rief sie über die Schulter. Oder ein Bier? Tee? Cappuccino?

Alma und ich warfen einander einen «Was meinst du?»-Blick zu. Och, ein Glas Wein würd ich schon trinken, sagte sie.

Ja, das klingt doch gut.

Alma holte eine Flasche. Hinter einem Türbogen zu unserer Linken kramte irgendwer herum. Der Raum, vermutlich ein Spiele- oder Fernsehzimmer, war dunkel, abgesehen von einem Computer, in dessen bläulichem Licht sich gerade so ein Ledersofa und ein Sessel abzeichneten. Dann trat Almas Vater Eldin in den Türbogen, auf dem Fuß gefolgt von einem rotbraunen Zwergspitz, dessen kleine Krallen über das Parkett klackten. Eldin war groß und bärig, hatte einen stattlichen Bauch und die Unterarme eines Fleischers. Sein dünnes Haupthaar und der Bart waren ergraut, die Augenbrauen allerdings noch dicht und schwarz. Er trug ein weißes Unterhemd, vergrub die Hände tief in den Taschen seiner Cordhose und nestelte an dem Kleingeld darin herum, als suchte er nach einer Vierteldollarmünze.

Hi Daddy, sagte Alma, und die beiden umarmten sich lang, ihr Vater mit geschlossenen Augen und ohne ein Wort zu sagen. Danach stellte Alma mich vor, und Eldin gab mir die Hand. Freut mich, sagte er leise. Dann steckte er die Hände wieder in die Taschen, klimperte mit seinem Kleingeld und lächelte verlegen.

Und hallo Daphne!, flötete Alma und ging in die Hocke, um den Hund hinter den Ohren zu kraulen. Auch ich strich der Kleinen durchs flauschige Fell. Daphne wirkte äußerst angetan von diesen neuen Entwicklungen in ihrem Hundeleben. Sie drehte sich genüsslich auf den Rücken, japste und strampelte mit den Pfoten.

Die beiden waren den ganzen Tag unterwegs, erklärte Ajla, indem sie zwei Weingläser aus dem Schrank nahm.

Verstehe, sagte der Vater. Da seid ihr sicher müde.

Ach, es geht schon, winkte ich ab.

Er bat uns an den Küchentisch, Almas Mutter brachte die Gläser, schenkte in jedes einen ordentlichen Schluck Weißwein und setzte sich zu uns. Paul Simon steckte gerade mitten in «You Can Call Me Al», war über das tiefe Abluftbrausen jedoch schwer zu hören. Irgendwie war das genau die Art Musik, von der ich immer erwartet hatte, dass die Mutter einer Freundin aus der oberen Mittelschicht sie beim Kochen hören würde.

Der Auflauf ist im Ofen, verkündete Ajla. Sie hatte das Haar zu einem Pferdeschwanz gebunden, und erst jetzt, im Küchenlicht, bemerkte ich, dass sie zur Halskette passende

Chandelier-Ohrringe aus Türkisen trug und außerdem einen Hauch Lidschatten in etwa derselben Farbe.

Riecht lecker, sagte ich.

Ein Hadzic-Klassiker, erklärte Almas Vater lächelnd. Seine Augen wirkten gleichzeitig hellwach und müde, so als könne er sein gutmütiges Wesen nicht einmal verbergen, wenn er völlig erschlagen war.

Almas Mutter zog Luft durch die Zähne, als fiele ihr irgendwas siedend heiß ein. Hast du Owen denn schon das Haus gezeigt, Alma?

Nope, sagte Alma. Wollte ich dir überlassen.

Ajla sprang auf. Na los, kommt mit, rief sie aufgeregt.

Im Gänsemarsch folgten wir ihr durch die Zimmer, Eldin als Letzter, mit den Händen in den Taschen. Das Fernsehzimmer, aus dem er gekommen war, schien der bevorzugte Aufenthaltsort der beiden zu sein. Im Fernsehen lief stumm MSNBC, der linksliberale Nachrichtensender. In einer Ecke stand ein Drehstuhl vor einem chaotischen Computertisch. Der Bildschirm zeigte eine auf Pause gestellte Schachpartie, umringt von einem guten Dutzend Post-its. Ajla nahm ein gerahmtes Foto aus einem Regal und hielt es mir hin: Es zeigte sie mit Alma als kleines Mädchen, beide steckten in einer Art Fliegeranzug und schwebten scheinbar schwerelos vor dem Hintergrund einer Spiralgalaxie. Ajla grinste erwartungsvoll. Space Camp, sagte sie schließlich, als wäre damit alles klar.

Ah, sagte ich. Okay. Ähm, was ist denn ein Space Camp?

Wie, du hast noch nie vom Space Camp gehört?

Ich musste lachen. Nein, noch nie.

Mom, mahnte Alma. Nicht jeder in Amerika war irgendwann im Space Camp.

Diese Offenbarung schien Ajla einen Moment lang zu bestürzen, dann erklärte sie das Foto: Das ist mit einem Green Screen gemacht, weißt du, was das ist?

Ja, das kenne ich.

Wir mussten uns auf grüne Kissen legen und Kopf und

Arme hochstrecken. Die Haare haben sie mit Ventilatoren hochgepustet.

Cool, sagte ich.

Almas Idol war damals Einstein. Als sie klein war, hat sie eine Geschichte darüber geschrieben, wie sie eine Zeitmaschine baut und ihn in der Vergangenheit besucht. Hat sie dir das mal erzählt?

Nein, sagte ich.

Okay, schaltete sich Alma ein wenig errötet ein. Mehr muss Owen übers Space Camp eigentlich auch gar nicht wissen, finde ich.

Aber die Geschichte war nicht schlecht, meldete sich Eldin, als müsste er es widerwillig zugeben.

Ajla zeigte uns den Rest des Hauses – die Schlafzimmer, die rosa gekachelten Badezimmer im Obergeschoss und das Esszimmer. Als sie das Licht im Wohnzimmer anknipste, entpuppte es sich wie erwartet als eines dieser musealen, konservierten Exemplare seiner Art. Porzellanvitrinen, polierte Beistelltischchen mit Minzschälchen, ein antikes Sofa mit dicken, geblümten Polstern. Das Bücherregal beherbergte die «Meisterwerke des Abendlands», eine Sammlung, die sich von Platos *Staat* bis zu Hemingways *Der alte Mann und das Meer* erstreckte, das den Herausgebern wohl als ein sinnvoller Schlusspunkt erschienen war. Ein Wohnzimmer wie aus einer Story von Cheever: durch und durch amerikanisch, weiß, angelsächsisch, protestantisch. Keine Ahnung, was ich mir erwartet hatte, aber ich hätte Alma wohl beim Wort nehmen sollen, als sie gesagt hatte, die beiden wären gründlich integriert. Trotzdem, irgendwie hatte ich mit … ja, mit was eigentlich gerechnet? Mit osteuropäischer Volksmusik? Mit Gebetsteppichen? Mit einem der bosnischen Gerichte, die ich auf Google entdeckt hatte, anstelle eines italienischen Nudelauflaufs? Auf den zweiten Blick gab es durchaus das eine oder andere Indiz: ein Kaffeeservice aus graviertem Kupfer, die Kanne blaugrün angelaufen; eine kleine Kohlezeichnung von einer Moschee mit zwei schmalen Minaretten; ein paar Kera-miken, verziert mit arabesken Mustern aus Tulpen, Zypressen und Pfauenfedern. Und auf einem Sideboard zwischen zwei Fenstern stand ein kunstvoll geschnitztes Lesepult, auf dem ein offener Koran mit quastigem Lesebändchen lag. Soweit ich sagen konnte, waren das jedoch die einzigen Hinweise darauf, dass in diesem Haus Muslime lebten.

Während der Auflauf im Ofen garte, tranken wir am Küchentisch unseren Wein und naschten Ritz-Cracker und Käse von einem Tablett mit Camembert, Ziegenkäse und geräuchertem Gouda. Gut möglich, dass ich etwas enttäuscht wirkte. Irgendwann fragte Alma jedenfalls ihre Mutter, ob sie zufällig Vlašić-Käse dahabe.

Ja, schon, antwortete Ajla. Wieso? Willst du welchen?

Na ja, ich glaube, Owen hat sich drauf gefreut, mal was Bosnisches zu kosten.

Nein, nein, ist doch alles super!, wehrte ich ab. Ich bin happy.

Ajla warf sich die gespreizten Hände aufs Dekolleté und sah ihre Tochter an, als wäre sie zu Tode erschrocken. Wieso hast du mir das denn nicht *gesagt*?!

Ist ja nicht so wichtig, beschwichtigte Alma. Ich dachte bloß …

Das tut mir jetzt aber wirklich leid, wandte Ajla sich an mich. Sie wirkte aufrichtig betrübt.

Nein, wirklich, alles gut. Schmeckt prima!

Moment, ich hole welchen, sagte sie und sprang auf.

Bitte, keine Umstände, wirklich, beharrte ich, doch sie hatte den Käse schon aus dem Kühlschrank geholt und wi-ckelte ihn aus.

Der ist aus Schafsmilch, erklärte Alma. Ein bisschen wie Feta.

Besser als Feta, korrigierte Eldin.

Gut, meinetwegen auch besser. Sie tätschelte mir die Hand. Wird dir schmecken.

Ajla legte den Vlašić-Käse aufs Tablett. Der ist vom Euro-Mart, erläuterte sie.

Ach ja ..., seufzte Alma. Der gute, alte EuroMart ...

Ist das ein bosnisches Geschäft?, fragte ich.

Der Besitzer ist Kroate, oder, Daddy?

Ja, Bogdan. Sein Sohn hat Hodenkrebs.

O Gott! Alma verzog schockiert das Gesicht. Peter?

Eldin nickte langsam.

Seit wann denn das?

Seit drei Wochen. Deine Mutter hat ihn diagnostiziert.

Nicht offiziell, berichtigte Ajla. Ich hab mir das nur angesehen und ihn an einen Kollegen verwiesen. Wir kennen die Familie schon sehr lange.

Er ist etwa in deinem Alter, ließ Alma mich wissen.

Wow, sagte ich.

Na ja, seufzte Ajla, zeigte auf den Käse. Bitte, greif zu.

Ich schmierte etwas von dem Käse auf einen Cracker, und einen Augenblick lang herrschte angespannte Stille, während ich mir kauend vorstellte, wie Ajla ganz inoffiziell die Hoden des armen Peter untersuchte. Der Vlašić-Käse schmeckte wirklich ein bisschen wie Feta, nur viel salziger. Lecker, sagte ich.

Das freut mich, sagte Ajla. Ich wünschte, du hättest eher was gesagt, Alma, dann hätte ich Burek gemacht.

Ihr müsst euch doch meinetwegen keine Umstände machen, sagte ich noch einmal.

Nein, nein, winkte sie ab. Du möchtest bosnisches Essen, ich mache dir Burek, das schmeckt dir bestimmt.

Der Nudelauflauf war in Ordnung. Eldin und Alma fackelten nicht lange, fielen stumm und gierig darüber her. Ajla aß wie ein Vögelchen und fragte mich dabei aus, weshalb ich mich ebenfalls bremsen musste, um nicht mit vollem Mund zu sprechen. Höflich erkundigte sie sich nach dem Üblichen, auch wenn ich den Eindruck gewann, dass sie das meiste längst von Alma wusste und mich nur pro forma fragte. Wo kam ich her? Hatte ich Geschwister? Auf welchem College war ich gewesen? Sie wirkte fast ein wenig reserviert, so als wolle sie nicht aufdringlich erscheinen oder vielleicht Reizthemen vermeiden. Doch mein Leben war ein wahres Minenfeld aus Reizthemen. Als sie nach meinen Eltern fragte und ich erwähnte, sie seien Evangelikale, wurde sie verdächtig stumm und hakte nicht weiter nach.

Als der Tisch abgeräumt war, schenkte Ajla uns Wein nach. Eldin hatte sie beim Essen dreimal welchen angeboten, doch er hatte dreimal ablehnend die Hand gehoben. Ein Glas Wein kannst du ruhig trinken, beharrte sie diesmal. Wir haben Gäste. Grund zum Feiern!

Was feiern wir denn?, fragte er.

Almas neuen Freund!

Er seufzte. Na gut, sagte er. Aber nur ein bisschen.

Sie schenkte ihm genauso viel ein wie allen. Während wir so tranken und uns unterhielten, trat der Akzent der beiden – ohnehin stärker als Almas – immer deutlicher zutage. Meistens, weil sie die Artikel wegließen. Statt «die Vereinigten Staaten» sagten sie zum Beispiel einfach nur «Vereinigte Staaten». Genau wie meine Eltern korrigierten sie sich manchmal selbst, wiederholten einen Halbsatz noch mal mit Artikel. Eine Weile lang erzählten sie von ihrer Arbeit, ihren Zipperlein, dem Wetter in der letzten Zeit. Sie sprachen über Almas ältere Schwester Adna, die ihr Medizinstudium an der University of Pennsylvania fast abgeschlossen und gerade einen Platz als Assistenzärztin in Georgetown bekommen hatte. Wir freuen uns natürlich, dass sie in unserer Nähe sein wird, sagte Ajla. Wir haben ihr sogar ihr altes Zimmer angeboten, aber sie braucht ja unbedingt eine eigene Wohnung. Dabei hab ich ihr noch gesagt: Adna, jedes Mal, wenn du Miete zahlst, spülst du dein Geld quasi im Klo runter.

Mama, sie ist neunundzwanzig, sagte Alma. Du kannst ihr doch nicht übel nehmen, dass sie da nicht mehr bei ihren Eltern wohnen will.

Und ob ich das kann!, erwiderte Ajla. Was soll denn daran so verkehrt sein? Eldin und ich haben sogar nach unserer Hochzeit noch zwei Jahre bei meinen Eltern gewohnt.

Ich weiß, stöhnte Alma.

Dann erkundigten sich die beiden nach Almas Roman und dem Leben in Ashby. Das Stellenangebot verschwieg sie ihnen zwar, sagte aber, dass es ihr dort gefiele. «Idyllisch» nannte sie es.

Worüber schreibst du denn, Owen?, fragte Eldin. Der Wein hatte ihm wohl Mut gemacht.

Ich gab ihm meine Standardantwort: dass ich über meinen Heimatort schrieb, über die Menschen, die ich von dort kannte, darüber, wie der Süden sich veränderte, und so weiter und sofort. Fast wollte ich das Harry Crews Cottage erwähnen, doch irgendwie erschien mir das dann doch zu jämmerlich.

Erzähl doch mal, was du kürzlich gesagt hast, forderte Alma mich auf. Das mit dem Kolonialismus, weißt du?

Sie meinte eine halbgare Bemerkung, die ich neulich gemacht hatte: das ländliche Amerika als eine Art von Kolonie. Etwas, das man zwar seinem Partner mitteilt, aber sonst lieber für sich behält. Ach, so interessant war das doch gar nicht, wiegelte ich ab.

Doch, sehr interessant sogar!, beharrte sie. Los, erzähl!

Eldin sah mich an. Erwartungsvoll, mit großen Augen.

Ich meinte bloß, das ländliche Amerika sei in gewisser Hinsicht vom städtischen kolonisiert worden, erklärte ich. Sodass man Texte aus diesen Regionen quasi mit postkolonialer Brille lesen könnte.

Hm, machte Eldin und nickte nachdenklich. Ja, so kann man das wohl sehen, sagte er. Aber ... Wir leben hier ja in der Stadt oder zumindest in einem Vorort. Sind wir denn auch Kolonisatoren?

Das hatte wohl ein Witz sein sollen, klang aber doch ein wenig feindselig. Ajla lachte kehlig und nervös.

Das würde ich nicht sagen, nein, antwortete ich.

Owen meint ja nur die Ausbeutung der Leute, warf Alma ein.

In der Stadt wird man auch ausgebeutet, entgegnete Eldin. Aber wir haben trotzdem richtig gewählt.

Schwieriges Thema, sagte Alma.

Ja, allerdings, sagte Eldin, lächelte dünn und zupfte an der Ecke seiner zerfransten Serviette.

Meine Ohren wurden warm, und ich sprach weiter, ohne nachzudenken. In der Stadt ist es aber weniger schlimm, sagte ich.

Okay, okay, sagte Alma, drückte meine Hand unter dem Tisch. Ich wollte kein so großes Fass aufmachen. Einigen wir uns darauf, dass es überall schlimm ist.

Das kannst du laut sagen, pflichtete Ajla bei. Was ist nur mit diesem Land los?!

Das brachte uns natürlich auf das Thema Trump. Eldin und Ajla spulten die üblichen linken Plattitüden ab, und ich war freilich völlig ihrer Meinung, die im Wesentlichen in der Aussage bestand, Trump sei ein rechter Spinner und Bauernfänger. Dennoch blieb ein bitterer Nachgeschmack von dem Bewusstsein, dass, wenn MSNBC im Nebenzimmer laut gestellt gewesen wäre, ich dort ziemlich genau dieselben Plattitüden gehört hätte, im selben abgeklärten Tonfall. Ästhetisch einfach unschön, so wie eine abgedroschene Metapher.

Als jedoch das Thema Bosnien aufkam, spitzte ich die Ohren. Aus der geplanten Registrierung aller amerikanischen Muslime schien zwar vorerst doch nichts zu werden, aber Eldin meinte, überraschen würde es ihn nicht, wenn das doch noch passiere. Wenn die anfangen, Listen anzulegen, sagte er, weiß man, dass es übel wird. Die Serben haben auch welche geführt. Sind mit Informanten von Haus zu Haus gegangen.

Die zeigten dann auf eine Tür und sagten «Muslimani, Muslimani». Er machte vor, wie die Informanten auf die Häuser
gezeigt hatten. Die Leute denken immer, so weit kommt es
nie, sagte er, dabei ist's erst dreißig Jahre her.

Ich dachte daran, was meine Mutter über Trumps «Filter»
gesagt hatte. Trumps Anhänger tun so, als spräche er nur aus,
was alle denken, sagte ich. Aber wir sind nicht alle wütend
und paranoid.

Genau!, rief Eldin, schlug kraftvoll auf den Tisch. Bei Weitem nicht! Aber die, die doch so denken, fühlen sich bestätigt.
Er stärkt ihnen den Rücken. Und das führt zu üblem Verhalten.

Wie meinst du das?, fragte Alma, die ihn gespannt ansah,
als hätte sie ihn so nicht oft erlebt.

Er trank einen Schluck Wein, knallte das Glas etwas zu
kräftig wieder auf den Tisch. Dann drehte er es am Stiel,
stierte es an und formulierte seine Antwort. Ich meine, dass
manche Leute nur darauf warten, dass ihnen jemand eine
Ausrede liefert, sagte er. Im Krieg, zum Beispiel. Diese soge-
nannten Soldaten da ... In Wahrheit waren das bloß Männer
mit Gewehren. Unfähige, paramilitärische Gorillas. Auf einmal konnte jeder Serbe, der zufällig Tarnkleidung und eine
Knarre im Haus hatte, Soldat spielen, und das gab ihm das
Recht, zu plündern, zu vergewaltigen und zu morden. Das ist
überhaupt das Verstörendste daran, wisst ihr? Dass stinknormale Leute diese kaum verborgene Bosheit in sich tragen. Die
Decke ist verdammt dünn. Ein kleines bisschen Chaos, schon
reißt sie in Stücke.

Zum Beispiel kannte ich da einen Mann, einen Serben
aus der Nachbarschaft. Ein Polizist. Hat mich immer höflich
gegrüßt, wenn er mich sah, «Morgen, Eldin» und so weiter.
Dann kam der Krieg, und dieser Mann, dieser *Polizist*, schloss
sich einer Miliz an. Eines Nachts kam er zurück in unser
Viertel, spät, mit seinem Bruder, und die zwei scheuchten
eine muslimische Familie aus den Betten auf die Straße. Der

Polizist und sein Bruder vergewaltigten die Mutter. Schlitzten ihr die Kehle auf. Der Vater und die beiden kleinen Söhne mussten sie aufs Feld tragen und ein Grab für sie schaufeln und auch Gräber für sich selbst. Dann haben die auch ihnen ihre Kehlen aufgeschlitzt und sie verscharrt. Und jetzt ratet mal, wo die jetzt sind, der Polizist und sein Bruder? Wo wohnen die wohl heute?

Die Frage schien an mich gerichtet. Ich sagte, ich hätte keine Ahnung.

Immer noch im selben Dorf!, rief er. Spielen Fußball mit den Kindern, trinken einen in der Kneipe, lächeln auf der Straße höflich ihren Nachbarn zu. Er lachte bitter, rieb sich das Kinn. Ajla hatte sich abgewandt, peinlich berührt. Eldin trank sein Weinglas aus, wischte sich mit dem Kragen seines T-Shirts den Mund ab. Die Leute warten nur auf ihre Chance, sich wie Tiere zu benehmen, sagte er. Merkt euch meine Worte! Genau das erleben wir jetzt auch mit Trump.

Danach sprach eine Weile niemand mehr. Es war so totenstill, dass man hörte, wie im Keller der Thermostat klickte und die Heizung ansprang. Wir alle glotzten nur in unsere Gläser, als ließe sich auf ihrem Boden etwas finden, das man als Nächstes sagen konnte.

Ein Stündchen saßen wir noch im Fernsehzimmer, doch Alma und mir fielen vor Müdigkeit fast die Augen zu, also wünschten wir ihren Eltern eine gute Nacht und ließen sie mit MSNBC zurück. Eldin hatte sich wieder seinem Schachspiel zugewandt. Ajla hatte eine neue Flasche Wein entkorkt und schmökerte im *New Yorker*. Rachel Maddow im TV schien eher für Hintergrundberieselung zu sorgen – eine sympathische Stimme im Zimmer, der man nach Belieben zuhören konnte oder auch nicht.

Wir stapften nach oben und ließen uns Gesicht nach unten in die Federn fallen. Wie geht's dir?, fragte Alma, ihre Stimme von dem Quilt gedämpft.

Ich drehte mich um, stützte mich auf die Ellbogen. Bin fix und fertig, sagte ich.

Hoffentlich nicht wegen meiner Eltern?, fragte sie, das Gesicht noch immer in der Decke vergraben.

Dreh dich doch mal um, bat ich. Sie blickte mich an, wirre Strähnen im Gesicht. Deine Eltern sind klasse, sagte ich. Sehr nett.

Mein Dad ist in sozialen Interaktionen ein bisschen strange.

Ist mir gar nicht aufgefallen, log ich.

Normalerweise spricht er über so was nie.

Ach ja?

Sie nickte, pustete sich eine Strähne vom Auge.

Sind ja auch nicht unbedingt normale Zeiten.

Sie seufzte, drehte meine Hand um, fuhr die Linien mit dem Finger nach. Das tat sie oft, ein bisschen so, als läse sie daraus meine Zukunft, ohne sie mir aber jemals zu verraten. Von der Hand aus strich sie weiter, über mein Handgelenk zu den grünen Adern meines Unterarms. Dort hatte ich ein paar kleine, blasse Narben – Kratzer von Gestrüpp und Zweigen, vom Wuchten großer Äste auf den Häcksler. Almas Hände waren klein und zart, zerbrechlich.

Diesen EuroMart muss ich unbedingt sehen, verkündete ich.

Sie grinste. Erwarte dir nicht zu viel. Das ist nur ein kleiner Laden in 'nem Einkaufszentrum, neben 'nem Solarium.

Perfekt, sagte ich. Ist ja eh bald Sommer. Da können wir uns schon mal für den Strand vorbräunen.

Wie waschechte Osteuropäer.

Hat deine Mom wirklich die Hoden von diesem Peter untersucht?

Alma vergrub erneut den Kopf in der Decke und lachte. Aaah!, rief sie. Das hatte ich komplett verdrängt. Schräg, oder?

Äh, ja.

Um so was wird sie ständig gebeten. Leberflecke, Ausschläge und Knoten, die Leute zeigen ihr alles. Und zu Dad kommen sie auch, wenn sie was mit den Zähnen haben. Es gibt nicht viele Bosnier in DC, aber meine Eltern kennen fast alle. Plus eine Menge anderer Familien aus der Moschee.

Armer Peter, sagte ich.

Sie runzelte die Stirn. Ja, sagte sie. Ich sollte nicht lachen, das ist eigentlich echt nicht witzig.

Wir zogen uns aus und gingen ins Bett. Kaum hatten wir das Licht ausgeknipst, war Alma auch schon eingeschlafen. Ich dagegen lag noch lange wach und starrte die grün schimmernden Klebesterne an der Decke an. Unten plärrte noch bis spät nachts der Fernseher. Obwohl ich hundemüde war, bekam ich einfach kein Auge zu. Mein Herz raste, das Blut pochte mir im Schädel. Ein vertrautes, aber schwer fassbares Unbehagen war das, ein bisschen wie ein Déjà-vu. Die erschreckende Erkenntnis, dass ich wirklich *hier* war, daheim bei dieser Frau, bei ihren Eltern – bei dieser Familie, deren Sorgen ich nie wirklich verstehen können würde. Irgendwann in der Vergangenheit hatte ich mit dieser Frau zusammen sein wollen, und zack, hier war ich nun. Aber hatte ich auch wirklich gewusst, worauf ich mich da einließ? Hatte ich begriffen, welche Verantwortung das implizierte?

Ich legte den Arm um Alma. Sie brummelte im Schlaf und rutschte näher. Ich tastete nach ihrem Herzschlag, spürte ihn an ihrer Brust, gleichmäßig, beharrlich. Mein eigener Puls wurde langsamer, und irgendwann, wie durch ein Wunder, schlief ich ein.

Den folgenden Tag verbrachten wir in der Stadt. Eldin kutschierte uns im Audi nach DC, Ajla vorn bei ihm, Alma und ich auf dem Rücksitz. Auf der zwanzigminütigen Fahrt hörten wir Springsteen, und genau als das Kapitol und der strahlend weiße Obelisk des Washington Monument in

Sicht kamen, lief «Born in the U. S. A.». Eldin drehte die Lautstärke hoch und klatschte zu den Trommelschlägen aufs Lenkrad. Alma stupste mich an, warf mir einen «Ich hab's dir ja gesagt»-Blick zu.

Magst du den Boss, Owen?, rief Eldin, suchte meinen Blick im Rückspiegel.

Na klar!, sagte ich. Wer nicht?

Gut so, sagte er, als wäre die Frage ein Test gewesen.

Ich wollte Pop gern ein Foto vom World War II Memorial mitbringen, also hielten wir dort als Erstes. Ich knipste ein Bild von der Kentucky-Säule, dann machten wir noch kurz einen Abstecher zum Lincoln Memorial. Die meisten der üblichen Sehenswürdigkeiten hatte ich bei einem Schulausflug in der achten Klasse schon mal gesehen, darum steuerten wir am Nachmittag die National Gallery an, in der ich noch überhaupt nie und Alma seit ihrer Kindheit nicht mehr gewesen war.

Ajla war eine dieser Museumsbesucherinnen, die andächtig dem Audioguide lauschen und den Infotafeln mehr Aufmerksamkeit schenken als der eigentlichen Kunst. Eldin dagegen wusste die Namen der Künstler – und oft sogar der Werke –, auch ohne nachzusehen, und murmelte sie laut genug vor sich hin, dass alle Umstehenden das mitbekamen, aber gerade noch leise genug, dass es als Selbstgespräch durchgehen konnte. Ich blieb in Museen gern in Reichweite meiner Begleitung, aber nicht direkt bei ihr. Alma war da genauso. Wenn uns ein Werk besonders ins Auge fiel, wiesen wir einander auch mal darauf hin, aber meistens blieben wir für uns. Ab und zu linste Ajla besorgt zu uns herüber, weil uns all die wichtigen Infos fehlten, mit denen sie durch ihre Kopfhörer gefüttert wurde.

Als er das gemalt hat, war er pleite und erfolglos, sagte sie auf einmal direkt hinter mir, während ich ein Selbstporträt von Rembrandt betrachtete. Vor Schreck sprang ich fast an die Decke.

Ach ja?, antwortete ich.

Sie nickte ernst. Sehr traurig, dieser Rembrandt, das sieht man an den Augen. Statt auf Rembrandts Augen zeigte sie auf ihre.

Danke für die Erläuterung, sagte ich.

Längere Zeit stand ich mit verschränkten Armen vor Modiglianis *Zigeunerin mit Baby*. Die Frau erinnerte mich natürlich an Alma: Frisur und Haarfarbe, der kleine Mund, der lange, schlanke Hals. Als großem Fan von Modiglianis Porträts fiel mir die Ähnlichkeit zwischen Alma und seinen Motiven zwar nicht zum ersten Mal auf, doch in diesem Bild war sie besonders ausgeprägt.

Alma trat neben mich, umfasste meinen Oberarm. Auch ohne sie anzusehen, wusste ich, dass sie grinste. Hm, die kommt mir irgendwie bekannt vor, sagte sie.

Genau mein Beuteschema.

Ach, das ist ja interessant! Wie sieht das denn aus, dein Beuteschema? Also, wenn du eine repräsentative Person außer mir benennen müsstest?

Darüber musste ich kurz nachdenken. Emily Dickinson, sagte ich schließlich.

Alma warf den Kopf in den Nacken und lachte, so laut, dass es von der hohen Decke widerhallte und ein paar Besucher über ihre Schultern linsten. War ja klar, feixte sie. Das zurückgezogene, tendenziell anämische Art-Girl.

Wir schlenderten weiter in den nächsten Saal, wo eine Schülerschar um eine Museumsführerin versammelt stand. Die Jugendlichen kicherten und flüsterten und interessierten sich offenbar kein Stück für die Bilder.

Was gefällt dir denn an Emily Dickinson?, wollte Alma wissen. Als Mensch, meine ich, nicht als Dichterin?

Kann man das überhaupt trennen?

Du weißt schon, was ich meine.

Hm, machte ich. Ich glaub, dass sie so still und bescheiden, aber trotzdem beeindruckend ist. Ein bisschen verhuscht, auch.

Alles klar, ist notiert: «Zugeknöpft, bescheiden, hält den Mund.»

Ha, ha. Du hast «beeindruckend» vergessen.

Du weißt aber schon, dass «verhuscht» normalerweise nicht als Kompliment gebraucht wird?

War ja auch nicht ganz ernst gemeint.

Sehr interessant, wirklich, sagte sie und nickte dabei langsam, als speichere sie das alles zum späteren Gebrauch ab.

Bevor wir gingen, kaufte Ajla im Museumsshop noch eine Tizian-Postkarte. Ich kaufe immer eine Karte, erklärte sie, in jedem Museum, das ich besuche.

Und was machst du mit denen?

Sie sah mich so irritiert an, als ergäbe meine Frage keinerlei Sinn. Na, ich hebe sie auf, antwortete sie.

Sie stopft unsere Schränke damit voll, das macht sie damit, sagte Eldin.

Ajla ignorierte die Spitze und betete auf dem Weg zum Parkplatz die soeben gelernten Zahlen und Fakten herunter. Van Gogh hatte das Selbstporträt im Sanatorium gemalt. Constable war auf Wasserfarben umgestiegen, nachdem eine Krankheit seine rechte Hand verkrüppelt hatte. Auf der ganzen Welt gab es bloß noch fünfunddreißig echte Vermeers.

Wir müssen noch kurz beim EuroMart vorbei, um fürs Abendessen einzukaufen, verkündete sie unterwegs.

Super!, freute ich mich.

Muss das sein, bei dem Verkehr?, fragte Eldin. Es war kurz vor der Rushhour, und auf der Interstate ging es nur stockend voran.

Ich mache Burek, erklärte Ajla entschieden.

Okay, okay, sagte Eldin. Dann eben zum EuroMart.

Er drehte die Lautstärke ein wenig runter, und ich blickte von der Fenwick Bridge noch einmal zurück auf die flache Stadt – auf den glitzernden Potomac, die weiße Kuppel des Jefferson Memorial. Alma scrollte Nägel kauend durch ihr

Handy und las Zeitungsmeldungen. Bruce sang über Motoren, Highways und das Ausbrechen aus Fallen.

Wer ist eigentlich diese Wendy?, fragte Alma, ohne von ihrem Handy aufzublicken.

Hm?, fragte Eldin.

Wendy, über die Springsteen immer singt. Wer ist die denn?

Seine Muse, antwortete Eldin, als wäre das völlig offensichtlich.

Burek entpuppte sich als blättriges Gebäck, so ähnlich wie Baklava, aber gefüllt mit gemischtem Hack aus Lamm und Rindfleisch. Nach unserer Rückkehr aus dem EuroMart stand Ajla dafür fast zwei Stunden in der Küche. Ich las inzwischen auf dem Handy über Modigliani, über dessen Leben ich kaum etwas wusste, während Eldin am Computer Schach spielte und Alma es sich mit *Vernunft und Gefühl* gemütlich machte. Hin und wieder bot einer von uns Hilfe in der Küche an, doch Ajla lehnte eisern ab.

Wie es aussah, hatte Modigliani mit den meisten seiner Modelle geschlafen. Sie zu malen und sich in sie zu verlieben, war für ihn ein und dasselbe. Er war Alkoholiker und drogensüchtig. Er hatte Tuberkulose. Seine letzte Geliebte, Jeanne Hébuterne, hat ihm häufig Modell gestanden und war selbst Künstlerin, bekam jedoch nie die Chance auf eine eigene Karriere. Ihre streng religiöse Familie hatte sie verstoßen und hielt Modigliani für einen Taugenichts – was, mal abgesehen von den Bildern, nicht ganz falsch war. Als Modigliani der Tuberkulose erlag, stürzte sich die im achten Monat schwangere, einundzwanzig Jahre alte Jeanne aus einem Fenster im vierten Stock in den Tod. Die Inschrift auf ihrem Grabstein lautete: ERGEBENE GEFÄHRTIN BIS ZUM HÖCHSTEN OPFER. Auf Fotos sah sie völlig anders aus als auf Modiglianis Bildern, selbst wenn man von seinem eigenwilligen Stil absah. Allerdings glich ihr Porträt von Modigliani diesem auch nicht sehr. Das war eigentlich das Traurigste an der Geschichte: Offenbar hatten sie einander nie richtig erkannt. Oder schlimmer, sie hatten es getan, aber ihrem verzerrten Fantasiebild des jeweils anderen den Vorzug gegeben. Das war ja ohnehin das große Ding für all die Avantgarde-Bohemiens der Jahrhundertwende: Das Leben war, wie man es haben wollte, wie immer man es in der Kunst gestaltete – bis es das plötzlich nicht mehr war und man allein auf einem Fenstersims stand.

Klingt nach 'ner ziemlichen Arschgeige, urteilte Alma, als ich ihr die Geschichte erzählte. Aus der Küche roch es schon nach Burek, nach warmem Blätterteig und Lammfleisch. Gläser und Besteck klirrten, Ajla deckte den Tisch.

Seine Bilder sind trotzdem gut, sagte ich.

Mit denen konnte ich nie viel anfangen, erwiderte sie. Irgendwie immer dasselbe. Ich meine, okay, Amedeo, cool, du hast afrikanische Masken entdeckt, aber jetzt tu mal nicht so, als hättest du die Malerei neu erfunden, wo du doch eigentlich nur woanders klaust. Und wer weiß, vielleicht wären Jeannes Bilder ja viel besser gewesen?

Aber sein Leben war traurig, das musst du schon zugeben, sagte ich. Er hat ganz schön was durchgemacht.

Alma zuckte mit den Achseln und wandte sich wieder dem Jane-Austen-Roman zu, den sie umgedreht auf ihren Schoß gelegt hatte. Immerhin konnte er tun, was er wollte, sagte sie.

Darauf fiel mir keine Antwort ein. Eldins Schachspiel schien nicht gut zu laufen. Immer, wenn sein Gegner ihn ins Schach setzte, plärrte eine blecherne Trompete. In den letzten zehn Minuten war das schon dreimal passiert. Unglaublich, brummte er, das Gesicht nur wenige Zentimeter vom Bildschirm entfernt. Er lehnte sich im Drehstuhl zurück, verschränkte die Arme, knirschte mit den Zähnen. Seine Pupillen huschten auf und nieder, hin und her, auf der Suche nach dem bestmöglichen Zug. Als er meinen Blick bemerkte, sah ich schnell zum Fernseher, wo eine Talkrunde gerade über das Reiseverbot für Muslime diskutierte.

Nach dem Burek – der üppig und wirklich köstlich war – saßen wir am Küchentisch, tranken Wein und unterhielten uns. Sogar Eldin trank, was Alma überraschte. Wow, zwei Abende in Folge?, sagte sie.

Er trank einen Schluck, zuckte mit den Achseln und sagte: Besonderer Anlass.

Ajla holte ein paar Fotoalben hervor – und Almas «Baby-buch», das sie in den Staaten angelegt hatte, nachdem sie erfahren hatte, dass Amerikaner so etwas gern machten.

O nee, muss das sein?, klagte Alma.

Wieso nicht?, erwiderte Ajla. Du warst so ein hübsches Baby!

Ich blätterte durch das Buch, und Alma und Ajla beugten sich über den Tisch, um zu sehen, was ich sah. Eldin schien nicht weiter interessiert. Sie war wirklich ein hinreißen-der Säugling gewesen, mit wachen Äuglein und dichtem schwarzen Haar. Auf einer Seite waren ihre Geburtsmaße protokolliert worden, auf einer anderen diverse Meilensteine, inklusive Daten für das erste Wort, das erste Krabbeln und die ersten Schritte. Ein paar Fotos zeigten sie mit ihren Eltern, noch vor dem Umzug in die Staaten. Eldin wirkte darauf deutlich schlanker und dynamischer als heute. Er hatte einen dunklen Schnurrbart, passend zu den buschigen Brauen, und wuscheliges Haar. Ajla war sehr schön, trotz Dauerwelle und mit Schminke zugekleistertem Gesicht, und sah Alma der-art ähnlich, dass mir richtig das Herz aufging. Fast hatte ich den Eindruck, dass sie die Alben nicht bloß ausgepackt hatte, damit ich Alma sehen konnte, sondern auch deswegen, damit ich sie sah – und dass auch sie mal sechsundzwanzig gewesen war.

Auf einem Bild stand Eldin mit Alma auf dem Arm neben einem weißen Mercedes-Kastenwagen, im Hintergrund lag eine abschüssige, von Häusern gesäumte Straße. Die Häuser waren mit Terracotta-Ziegeln gedeckt, Wäsche hing über Balkongeländer. In der Ferne ragten umwölkte, mit Nadelbäumen gespickte Berge auf. Fast wie die Ausläufer der Appalachen in Kentucky. Auf einer Hauswand prangte Graffiti, unter anderem das englische Wort «Hope», aus dessen ‹o› jemand ein trauriges Gesicht gemalt hatte.

Das ist Bosnien, erklärte Ajla und tippte auf das Foto. Unsere Straße in Sarajevo.

Ah, sagte ich.

Das nächste Foto zeigte Eldin und einen zweiten Mann, der Alma auf dem Arm hielt. Noch ehe Alma oder Ajla etwas dazu sagten, war mir klar, dass er Eldins Bruder sein musste. Die zwei hatten dieselben müden, gutmütigen Augen.

Damir sieht gut aus auf dem Bild, sagte Eldin, strich seinem Fotobruder über das Gesicht.

Mein Onkel, ließ Alma mich wissen.

Irgendwie hatte er auf Fotos immer die Augen zu, erläuterte Eldin. Als hätte er's drauf angelegt. Aber hier sind sie mal offen.

Lebt er auch in den USA?, fragte ich.

Eldin schien mich nicht gehört zu haben, und Ajla blätterte weiter, als wäre nichts gewesen. Alma stupste mir ans Knie, um mir zu bedeuten, dass ich still sein sollte. Die Wohnung sieht schön aus, sagte sie, um vom Thema Damir abzulenken.

Das war sie auch!, sagte Eldin. Ich hab mich da immer sehr wohlgefühlt. Wer da wohl heute wohnen mag?

Die nächste Seite war überschrieben mit: «Die Nacht, in der du gezeugt wurdest ...» Alma warf sich die Hände vors Gesicht. O Gott, wie peinlich ist das denn!, rief sie. Warum sollte ich das wissen wollen? Warum sollte *irgendwer* das wissen wollen?

Was soll denn daran peinlich sein?, erwiderte Ajla. Ist doch nur Liebe! Du warst ein Wunschkind.

Alma würgte. Ich kann das nicht lesen, sagte sie.

Mit Bleistift hatte Ajla einen Bericht aufgeschrieben. Ich las die ersten Zeilen: «Wir wollten Juni-Baby, weil Baba und ich beide im Juni geboren wurden. Aber wir versuchen es seit Oktober und nichts passiert.»

Wir sahen auch die anderen Alben durch, kommentiert von Alma und ihrer Mutter. Nach einer Stunde musste Eldin gähnen und steckte alle damit an. Morgen würden Alma und ich zurückfliegen, damit ich am Montag mein Seminar besuchen konnte. Ajla beklagte die kurze Dauer unseres Besuchs. Nie bleibst du mal länger bei uns, sagte sie, zog einen Schmollmund und strich Alma eine Strähne aus den Augen.

Ich komme bald wieder, versprach Alma. Sie trug einen rotbraunen Secondhand-Sweater mit dem Bild einer Forelle und einem Brandloch im linken Ärmel. Neben ihrer Mutter in ihrem cremefarbenen Kaschmirpulli, der Stoffhose und den Armreifen sah sie aus wie ein Straßenmädchen.

Ich kann kaum erwarten, dass du wieder nach New York ziehst, sagte Ajla. Das ist näher, und Baba und Deda wohnen auch da.

Vielleicht zieh ich gar nicht wieder nach New York, erwiderte Alma. Eldin und Ajla sahen sie erschrocken an. In erdrückender Stille presste Alma ihren Daumen auf ein paar Krumen Blätterteig auf dem Tisch und aß sie mit gespielter Lässigkeit.

Wieso denn nicht?, fragte Ajla schließlich.

Das College hat mir eine Stelle angeboten, sagte Alma. Als Dozentin, mit Aussicht auf Entfristung. Ich muss nur Ja sagen.

In Kentucky ..., sagte Ajla ausdruckslos. Es war keine Frage.

Genau. In Ashby.

Und du denkst darüber nach?

Klar! Endlich sah sie ihrer Mutter in die Augen. Ordentlich bezahlt, gute Zusatzleistungen. Ich kann meine Krankenversicherung ja nicht ewig selber zahlen, wer soll sich das denn leisten?

Mach dir darüber mal keine Sorgen, entgegnete Ajla. Da helfen wir dir gern. Über Geld sollst du dir nicht den Kopf zerbrechen.

Ajla, mahnte Eldin.

Was?

Er sagte nichts, aber sein Tonfall machte deutlich, dass er dieses Thema lieber nicht vor mir besprechen wollte. Ajla blickte Richtung Fenster, hielt offenbar die Luft an. Dann schnaufte sie tief, wandte sich zurück an Alma und lächelte knapp. Okay, sagte sie.

Okay was?

Du bist erwachsen, mach, was du willst. Damit stand sie auf und trug ihren und Almas Teller zur Spüle. Ich wollte auch meinen abräumen, doch sie nahm ihn mir aus der Hand und sagte beinahe ruppig: Bitte, nein!

Danach verlief das Gespräch recht zäh. Im Fernsehzimmer tranken wir unseren Wein aus, und ich hätte schwören können, dass Ajla mir vorwurfsvolle Blicke zuwarf. Vermutlich nahm sie an, ich würde hinter Almas Plänen stecken, hätte sie überredet, diese Stelle anzunehmen, obwohl eher das Gegenteil der Fall war. Ich fand die Vorstellung schrecklich, in dieser Situation abzureisen. Morgen früh wären wir weg, und die zwei würden unter vier Augen über meinen schlechten Einfluss auf ihre Tochter herziehen. Nur zu gern hätte ich sie wissen lassen, dass ich auf ihrer Seite war.

Später, in der Stille einer stumm gestellten Werbepause auf MSNBC, setzte Eldin sich plötzlich mit einem Ruck auf, als wäre ihm gerade eingefallen, dass der Herd noch an war. Sag mal, worüber schreibst du eigentlich so, Owen?, fragte er.

Das hast du doch schon gefragt, Daddy, erinnerte ihn Alma.

Eldin kniff peinlich berührt die Augen zu. Ah, stimmt ja, sagte er. Entschuldigung. Du schreibst über Kentucky.

Beim Start war es neblig und grau, doch sobald wir über den Wolken waren, flutete bernsteinfarbenes Licht durch die Kabine. Alma sah aus dem Fenster, kniff die Augen vor der grellen Sonne zusammen. Wir schwiegen, begnügten uns mit dem einschläfernden Brummen der Triebwerke. Auch heute früh hatten wir kaum miteinander gesprochen, waren voll beschäftigt mit den typischen Abläufen am Flughafen. Mir passte es gar nicht, per Flugzeug nach Kentucky zurückzukehren. Irgendetwas würde garantiert schiefgehen, und wenn die Maschine in die Tiefe stürzte, würde ich bloß daran denken, dass ich auf einer Reise starb, die ich nicht mal hatte unternehmen wollen. Ich hatte sozusagen selektive Flugangst: Wenn ich an einen Ort flog, auf den ich mich freute, wurde die Angst nämlich immerhin nicht durch akute Unlust verschlimmert. Das Wichtigste, so fand ich aber, war, jemanden neben sich zu haben, der einem im Ernstfall die Hand hielt. Wenn ich allein flog, war ich immer froh, wenn ich neben einer Frau vom Typ Großmutter saß, weil die das ganz bestimmt tun würde. Saß neben mir aber ein Geschäftsmann mit gegeltem Haar und Bluetooth-Headset, erreichte meine Angst neue Rekordwerte. Dabei war das vielleicht unfair. Vielleicht würde der Anzugträger mir genauso bereitwillig die Hand halten. Mit Alma neben mir war diese Frage aber eigentlich geklärt, also brauchte ich auch keine Angst zu haben. Ich konnte ihre Hand nehmen, wann immer ich wollte, auch wenn wir nicht dem Tod entgegentrudelten.

Sag mal, was war denn da jetzt eigentlich mit deinem Onkel?, fragte ich. Mit Damir?

Sie sah weiter aus dem Fenster, als hätte sie auf diese Frage schon gewartet. Ihr Gesicht war hell erleuchtet, sodass ich den Flaum auf ihren Ohrläppchen und Wangen sah. Die Wolken unter uns sahen aus wie eine Tundra.

Das ist bei uns eigentlich ein Tabuthema, sagte sie.

Du musst nicht erzählen, wenn du nicht magst, sagte ich, fand mich aber selbst nicht wirklich überzeugend.

Sie zog die Fensterblende halb herunter, nahm einen Schluck Sprite aus dem Plastikbecher auf ihrem Klapptisch und erzählte: Mein Vater hat damals Visa für meine Mutter, meine Schwester und mich besorgt. Er ist noch eine Zeit lang bei Damir geblieben. Genau hat mir das nie jemand erklärt, aber ich glaube, Dad wollte die Wohnung hüten. Er dachte wohl, wir kämen sicher bald zurück. Dann wurde die Lage im Land immer schlimmer. Selber spricht er nie darüber, aber meine Mutter hat mir seine Briefe gezeigt. Ein einziges Chaos war das dort. Irgendwann ergab sich eine günstige Gelegenheit, ein Lastwagen nahm Leute nach Kroatien mit. Ich weiß nicht viel darüber, aber Dad hatte jedenfalls keine Papiere. Ganz sauber war die Sache sicher nicht. Jedenfalls gab's nur noch einen Platz, und den bekam mein Vater. Damir wollte das so, und Dad hat sich darauf eingelassen, obwohl er der Ältere war und Damir den Vortritt hätte lassen müssen. Findet er zumindest. Er hat dem Typ mit dem Laster seine ganzen Ersparnisse gegeben und es nach Kroatien geschafft. Dort bekam er dann ein Visum für Deutschland und ist uns nachgereist.

Und Damir ist immer noch in Bosnien?

Wir vermuten, dass er tot ist. Meine Eltern haben nach dem Krieg versucht, ihn ausfindig zu machen, aber nie was erfahren. Eine Zeit lang wollte ich einen Roman über ihn schreiben, in dem er noch lebt, unter falschem Namen, und eines Tages in Amerika aufkreuzt. Nach dem Motto: Überraschung, hier bin ich! Aber dann fand ich's zu kitschig. Es könnte höchstens funktionieren, wenn der Bruder dem Vater als Geist erscheint, und der hält ihn dann für lebendig. Keine Ahnung.

Sie zuckte mit den Achseln, trank einen Schluck, schenkte sich nach und sah der Sprite beim Schäumen zu. Wahrscheinlich hat man ihn irgendwo verscharrt, fuhr sie fort. Ohne Ausweis oder Papiere. Da werden noch immer Leichen gefunden, weißt du. Vielleicht hat ihn längst irgendwer ausgegraben und wusste bloß nicht, wer er ist.

Plötzlich wollte ich ganz dringend ihre Hand nehmen. Panik keimte in mir auf, und ich wünschte, ich hätte gar nicht erst nach Damir gefragt. Mit einem Mal war meine Angst vor einem Absturz wieder da. Der Tod war etwas sehr Reales. Er war keine Metapher, kein Übergang von einem Ort zu einem anderen, sondern nichts als absolute Leere. Ein sprachloses Mysterium.

Laut meiner Mutter hat mein Vater nie im Leben etwas mehr bereut, sagte Alma. Er leidet immer noch unter der Scham. Aber was hätte er tun sollen? Er hatte Familie. Ich mache ihm keine Vorwürfe.

Natürlich nicht, sagte ich. Das würde doch niemand.

Bald gingen wir durch die Wolken in den Sinkflug, und das ganze Flugzeug bebte. Alma schob die Blende hoch. Regentropfen zitterten auf der Scheibe, flossen in Rinnsalen nach hinten ab. Die Positionslichter an der Tragfläche blitzten durch den Nebel, doch sonst war nichts zu sehen. Nur dichtes Grau. Ich nahm ihre Hand, drückte sie ganz fest. Ich konnte nicht anders. Wie bei jeder Landung stellte ich mir zwanghaft vor, wir würden einfach immer weiter fallen, ohne dass jemals der Boden unter uns auftauchte. Aber das tat er. Die grüne Erde tauchte auf, die Bäume. So wie immer.

W ir kamen spät zu Hause an. Ich schlief fünf Stunden, ging zur Arbeit und schleppte mich danach zu «Kritische Theorie», um mir etwas über die Subjekt-Objekt-Dichotomie anzuhören. Laut Dr. Person, die sich quasi als Sprachrohr für den Theoretiker Bruno Latour hergab, führte die immer wieder zu Verwirrung. Wir behandelten die Welt, als läge sie außerhalb von uns, als wäre sie bloß ein Objekt unserer Betrachtung, wo wir doch in Wahrheit immer selbst ein Teil von ihr sind. Selbst und Welt bildeten ein wechselseitig voneinander abhängiges Ganzes.

Dr. Person las aus einem Essay von Latour vor, der wiederum Jesus aus dem Buch Matthäus zitierte: «Jedes Reich, das mit sich selbst uneins ist, wird verwüstet.» Abraham Lincoln hatte diese Bibelstelle 1858 in seiner berühmten «House Divided»-Rede ebenfalls zitiert. Lincoln, der in Kentucky geboren war, auf diesem dunklen, blutigen Boden, diesem Wegekreuz der Widrigkeiten, und zwar nicht weit weg von Fairview, dem Geburtsort von Jefferson Davis, dem Präsidenten der Konföderierten. Meine Gedanken waren wirr und sprunghaft. Mischten sich mit Tagträumen. Ich stellte mir Kentucky als wildes Grenzland vor, wie damals, als meine Vorfahren über den Cumberland Gap gekommen waren. Ich dachte an die Staatsflagge – zwei sich die Hand reichende Männer, einer im Frack, der andere mit einer Waschbärmütze auf dem Kopf. Der Staatsmann und der Pionier.

Die Augen waren mir zugefallen, doch jetzt riss ich sie wieder auf, weil mir jemand auf die Schulter klopfte. Es war einer der Rhetorik-Doktoranden. Du blutest, flüsterte er.

Hm?

Er zeigte auf meinen Ellbogen – aus einer Schnittwunde schmierte Blut über die Tischplatte. Musste wohl bei der Arbeit passiert sein. Ich ging aufs Klo, um das Blut abzuwaschen, und fuhr dann, statt zum Kurs zurückzukehren, direkt nach Hause. Zu Pop, wo ich schon fast eine Woche lang nicht mehr gewesen war.

Ich fand Pop vor, wo ich ihn erwartet hatte: auf seinem Sessel, mit der Lupe über ein Jahrbuch gebeugt. Schau an, schau an, sagte er und kniff die Augen zusammen, als könne er mein Gesicht nicht richtig fokussieren. Dachte schon, du wärst aus unserer schönen Stadt verduftet.

Bin ich auch, antwortete ich. Ich war in Virginia.

Was wolltest du denn in Virginia?

Almas Eltern besuchen.

Pop legte das Jahrbuch auf den Beistelltisch und die Lupe

obendrauf. Ich versuche grade rauszufinden, ob Ernest Borgnine eigentlich noch lebt, erklärte er.

Kann ich mir nicht vorstellen, aber wer weiß?

Du würdest staunen, wer noch alles lebt!, sagte er. Hast also die Eltern von der Kleinen kennengelernt, ja?

Yep, sagte ich, wischte ein paar Popcorn-Kerne vom anderen Sessel und nahm Platz. Das Haus roch nach Müll und schmutzigem Geschirr.

Und, wie waren die so?

Ich holte tief Luft und überlegte. Sie denken, ich sei nicht gut genug für ihre Tochter, antwortete ich dann.

Das haben die gesagt?

Nein. Keine Ahnung. Ist nur so ein Gefühl.

Und Alma? Wie sieht die das?

Ich glaube, irgendwie denkt sie das auch. Unbewusst, vielleicht.

Pop nickte, machte nachdenkliche Geräusche. Hast du schon mal dran gedacht, sagte er, dass du vielleicht nur selber glaubst, du wärst nicht gut genug, und deshalb denkst, sie glaubt das auch?

Du meinst, ich projiziere?

Ach, was weiß ich denn, was ich meine. Aber ich glaube, man kann sich manchmal selber was einreden, und davon, was man selber von sich denkt, hängt dann ab, was man glaubt, dass es die anderen von einem denken, weil mehr als das, was man denkt, kann man ja gar nicht wissen. Ergibt das noch 'nen Sinn?

Ja. Du sagst, ich projiziere.

Gut, meinetwegen. Dann «projizierst» du eben.

Ich ließ den Blick durchs Wohnzimmer schweifen, über die fettigen Pappteller auf dem Couchtisch, die schmutzigen Gläser, den von Stiefelabdrücken gemusterten Teppich. Wenn meine Großmutter heute aus dem Grabe auferstünde und das Haus in diesem Zustand sähe, sie würde direkt wieder tot umfallen. Ich hatte so viel Zeit bei Alma verbracht, dass Pops

Haus sich gar nicht mehr wie zu Hause anfühlte. Mein Kram war zwar hier, meine Bücher, Klamotten und sonstigen Habseligkeiten, aber ich selbst fühlte mich fehl am Platz.

Ich spül mal ein bisschen ab, sagte ich.

Wenn du mir wirklich helfen willst, könntest du den Ahorn endlich mal zurückschneiden.

Das ist doch noch gar nicht nötig, Pop, erwiderte ich. Lass den doch einfach so. Ich stand auf, sammelte Teller und Gläser ein.

Sag mal, Kumpel ..., nuschelte er.

Ich blickte ihn an. Was gibt's?

Also ... Er senkte den Blick, rieb sich verlegen die Hände, legte die Stirn in tiefe Furchen. Ich muss dich mal was fragen, sagte er. Wegen meinem Bajonett.

Mir blieb fast das Herz stehen. Ich versuchte, eine unschuldige Miene aufzusetzen, doch er schaute mich gar nicht an.

Das ist nämlich weg, fuhr er fort. Nicht mehr an seinem Platz.

Ach ja?

Jetzt blickte er doch zu mir auf, die Augen glänzend feucht. Du hast es nicht zufällig weggeräumt, oder? Oder weißt, wo's sein könnte?

Nein, keinen Schimmer, log ich.

Ja, woher auch, hm? Er wirkte furchtbar enttäuscht. Erneut blickte er auf seine Hände, die faltig und übersät mit Altersflecken waren. Im Ellbogen seines Flanellhemds klaffte ein ausgefranstes Loch. Seine Hose, die er bestimmt schon eine gute Woche trug, war zerknittert und befleckt mit Senf. Um die Wäsche kümmerte sich hier niemand.

Ich trug das restliche Geschirr zur Spüle, stellte das Wasser an und wartete, dass es heiß wurde. Juckender Schweiß war mir auf dem Rücken und unter den Armen ausgebrochen. Während ich die ersten Teller einseifte, hörte ich Pop den Fernseher anstellen. Der Duke natürlich, auch wenn ich vom Dialog wegen des rauschenden Wassers kein Wort verstand.

Als das Abtropfgestell voll war, ging ich zurück ins Wohnzimmer, setzte mich auf die Sesselkante und schlüpfte in meine Stiefel. Der Film war *El Dorado*: John Wayne und ein junger James Caan, der eine fransige Lederjacke trug und Mississippi genannt wurde. Sie ballerten herum und schleuderten Barhocker durch Fenster. Wenn sie auf jemanden schossen, zielten sie immer nur auf die Pistole oder auf die Beine. Schließlich waren sie die Guten.

Du gehst schon wieder?, fragte Pop, ohne vom Bildschirm aufzublicken.

Zu Alma, sagte ich.

Er sah mich an. Blaues Licht flackerte auf seinem Gesicht, Schatten lagen über seinen Augen. Bleib doch noch ein bisschen, bat er. Schau den Film mit mir an.

Ich schnürte den linken Stiefel fertig, ließ den rechten aber offen. Ich wollte Nein sagen, schnellstmöglich weg von hier, doch in seinem Blick lag etwas Düsteres, als hinge eine Menge davon ab, dass ich noch bliebe. Na gut, sagte ich. Ein bisschen gucke ich noch mit.

Er lächelte, streckte sich zu mir und tätschelte mir die Hand. Dann lehnten wir uns zurück und schauten den Film. Da er bereits eine Weile lief, kam ich nicht richtig mit, aber letztlich funktionierten diese Streifen ja alle nach demselben Muster. Immer gab es einen Unschuldigen – ein Siedler, ein Familienvater – und auf der anderen Seite eine fiese Bande, meistens mit ein paar Mexikanern, die ihm ans Leder wollte. Der örtliche Sheriff war zu versoffen, um den Streit zu schlichten, also rief jemand den Duke, damit der für Gerechtigkeit sorgte. Fast eins zu eins dieselbe Story wie *Rio Bravo*. Der versoffene Sheriff war diesmal zwar Robert Mitchum statt Dean Martin, und das junge Greenhorn spielte nicht Ricky Nelson, sondern James Caan, aber die Bausteine waren praktisch identisch. Im Mittelpunkt stand natürlich der Duke, der sich erst zierte, dann aber doch eingriff, der Gerechtigkeit zuliebe. Auch das war immer dasselbe: Sein Handeln war stets von einem eigenwilligen Gerechtigkeitssinn getrieben. Eine Art fragiler Harmonie bestand zwischen den Dingen, sogar im Wilden Westen, wo offizielle Gesetze nicht viel galten, und wenn sich jemand nicht benahm, wurde diese Harmonie gestört, woraufhin die braven Leute sich frustriert und unterwürfig an den starken Mann wandten, dessen Mittel zwar nicht immer ganz lupenrein waren, aber der sich durchzusetzen wusste und alles wieder geradebog, die guten, alten Zeiten zurückbrachte und so weiter und so fort ...

Ich blieb bis zum Schluss. Das Gute siegte, Wayne bekam das Mädchen, die Gerechtigkeit war wiederhergestellt. Beim Abspann linste ich zu Pop, dem irgendwann die Augen zugefallen waren. Ich schnürte meinen zweiten Stiefel und stand leise auf, suchte nach meiner Jacke. Cort hustete in seinem Zimmer, ein dünner Streifen Licht fiel unter seiner Tür hindurch.

Du kannst mir alles sagen, Kumpel, das weißt du, oder?, murmelte Pop. Ich erstarrte, einen Arm schon in der Jacke. Seine Augen waren immer noch geschlossen, das Gesicht noch immer blau erleuchtet. Wirklich alles – ich denk deshalb nicht anders über dich.

Okay, stammelte ich. Ich *wollte* es ihm sagen. Er würde mir bestimmt verzeihen, und letzten Endes wäre es kein großes Drama. Schließlich ging es nur um ein paar Dollar und ein Stück Metall. Aber ich schämte mich zu sehr. Er ließ die Augen zu, die Hände auf dem Bauch verschränkt. Der Abspann lief über gemaltem Hintergrund. Ich zog mir die Jacke über die Schultern, schnappte mir die Schlüssel für den Truck – Pops Truck – und ging hinaus in die Nacht.

Trotz allem, trotz all der Streits und Reibereien: Wenn ich die Zeit mit Alma aus der Vogelperspektive betrachtete, musste ich doch sagen, dass sie gut war. Wir waren

aufeinander eingespielt. Hatten gemeinsame Lieblingsplätz-
chen. Sonntags frühstückten wir Lachsbagel im Nancy's an
der Frankfort Avenue, schlürften gemütlich unseren Kaffee
und sahen durch die salzverkrusteten Fenster den Leuten
zu, die draußen in der Sonne vorbeigingen. Wir unterhielten
uns übers Schreiben, was ich so noch nie zuvor mit irgendwem getan hatte. Wir sprachen über unsere Lieblingsbücher,
darüber, was sie so fantastisch machte, welche Regeln sie bra-
chen und ob auch wir diese brechen durften. Wir sprachen
darüber, womit andere Autoren davonkamen. Wir sprachen
über unsere blinden Flecken und überlegten, wie wir unsere
größten Schwächen in unsere größten Stärken verwandeln
konnten. Ob ich das alles wirklich glaubte, wusste ich selbst
nicht. Das meiste dachten wir uns einfach so spontan beim
Reden aus, doch es war leicht, sich in diesen Fantasien zu verlieren. Ich verlor mich gern mit ihr.

Als die Tage mit dem anbrechenden Frühling länger wurden, gingen wir viel spazieren, hatten auch dafür unsere Lieb-
lingsstraßen. St. James Court, zum Beispiel, mit seinen viktorianischen Villen, Türmchen, Arabesken und flackernden
Gaslaternen. Oder die Backsteingassen von Butchertown, mit
dem kleinen Markt, wo es Gegrilltes aus dem Erdofen gab ...
der Hickoryduft, die Bratwurstketten in den Fenstern. Und
Cherokee Park mit seinen Kreidefelsen und flachen, gurgeln-
den Bächen. Wir saßen einfach nur am Ufer. Der Duft von
kaltem Schlamm. Der geriffelte Schwemmsand. Samstage mit
Schäfchenwolken, nichts zu tun und außer uns keinen zum
Reden. Hypothetische Fragen, nur aus Langeweile: Würdest
du mich noch mögen, wenn ich *so* aussähe?

Vom Gästehaus konnten wir mehrere kleine Malls und
Tankstellen zu Fuß erreichen. Wir aßen Dim Sum bei Song's,
das man erst als Restaurant erkannte, wenn man schon direkt
vor der Tür stand. Es hatte kein Schild, lag zwischen einem
Ramschladen und einem mexikanischen Lebensmittelge-
schäft. Keine Ahnung, wie wir das entdeckt hatten, aber es

kam uns vor, als wüssten nur wir davon. Wir waren immer die einzigen Gäste. Ein Ehepaar führte den Laden, und die beiden sprachen kaum ein Wort Englisch. Sie bediente und kassierte, er stand am Wok und trällerte beim chinesischen Pop aus dem Radio mit. Wir durften sitzen bleiben, solange wir wollten, nippten duftenden Jasmintee aus kleinen Tässchen. Je länger wir saßen, desto stärker, dunkler, bitterer wurde der Tee in der Kanne auf dem Tisch, hinterließ einen Blättersatz am Tassenboden. Es war schön, an kalten Abenden dort hingehen zu können, wenn uns im Gästehaus die Decke auf den Kopf fiel.

Wir gingen in Secondhandläden und Antiquitätengeschäfte. Crazy Daisy's in der Mellwood Avenue, zum Beispiel, wo man den ganzen Tag damit verbringen konnte, Milchkisten voller Platten zu durchforsten und nach Mottenkugeln miefende Kleider aus Haushaltsauflösungen zu durchwühlen, einen Ständer nach dem anderen. Wir probierten Sakkos und Lederjacken an. Spekulierten, ob darin jemand gestorben war. Stellten uns vor, in einem Haus mit all den kaputten Radios zu wohnen, mit den Auflaufformen und dem Makramee-Wandschmuck. Jedes Zimmer wäre eine Zeitkapsel aus einem anderen Jahrzehnt. Über dieses Fantasiehaus sprachen wir, als gehörte es uns beiden. Nur manchmal rutschte uns ein «mein» oder ein «dein» heraus und brach den Zauber.

Oder das Fat Rabbit, ein Vintage-Laden in Germantown. Alma schnappte sich dort immer eine Ladung Klamotten zum Anprobieren, während ich die Plattenkisten durchsah. Alle paar Minuten stand sie in einem neuen Outfit vor mir, in einem dicken Tweedrock und einem blassgelben Pullover, zum Beispiel. Voll Sylvia Plath, sagte ich.

Auf 'ne gute oder schlechte Weise?

Auf eine gute.

Sie drehte sich vorm Spiegel, strich die Falten glatt, runzelte konzentriert die Stirn. Ich fand das fantastisch. Sah gern ihre Knöchel unterhalb des Vorhangs. Hörte sie den Reißverschluss an ihrer Jeans aufziehen und seufzen, als wäre sie ganz allein, als hinge mehr als nur ein Vorhang zwischen ihr und jenem Raum, der den gesammelten Schrott des zwanzigsten Jahrhunderts in sich barg, nur frisch und ansehnlich angerichtet. Jedes Mal, wenn sie den Vorhang aufzog, kam ein neuer Mensch hervor – mal ein Beatnik, dann ein Hippie mit Häkeltop und bunt bestickter Jeans –, und ich wartete immer gespannt, zu wem sie als Nächstes werden würde. Ewig hätte ich ihr bei diesen Verwandlungen zusehen können, im sicheren Wissen, dass sie zum Schluss wieder sie selbst wäre und wir gemeinsam den Laden verlassen würden – hinaus in diese Stadt, die selbst ja nur vorübergehend für uns ein Zuhause war, ein Zwischenstopp auf dem Weg zu etwas Besserem, zu etwas Dauerhaftem, zu den Menschen, die wir immer bleiben würden. All die Probleme und schwelenden Spannungen – unsere unterschiedlichen Herkünfte und Familien, die Stelle in Ashby – würden sich mit der Zeit schon klären, davon war ich überzeugt. In diesen Augenblicken sah ich unsere Beziehung aus der Vogelperspektive, und ich wusste, sie war gut. Das schrieb ich auf, um mir später nicht das Gegenteil einreden zu können.

A n jenem Morgen hatten wir miteinander geschlafen. Auf der Seite liegend, Löffelchen. Ich hatte eine Hand auf ihrer Schulter, zog mit der anderen ihre Hüfte an mich. Sie wollte, dass ich ihr erzählte, wie ich sie entdeckt hatte. Das war ihre neueste Fantasie. Sie stand auf die Vorstellung, ich wäre ein Fremder, der einfach so in die Wohnung gekommen war, wo sie im Bett gelegen und an sich herumgespielt hatte. Solche Szenarien waren nicht gerade meine größte Stärke, aber langsam lernte ich dazu. Ich hab dich von der Straße aus stöhnen gehört, sagte ich.

Sie lachte.

Was?

Nichts, sagte sie. Tut mir leid. Und woher hast du gewusst, was ich brauche?

Da musste ich etwas zu lang überlegen. Was würde ich wohl denken, wenn ich als Fremder an diesem Haus vorbeispazieren und hören würde, wie eine Frau hinter einem offenen Fenster stöhnte?

Ich wusste es einfach, sagte ich. Ich wusste, dass du auf mich wartest.

Eine passable Antwort: Mehr brachte ich selten zustande. Ich versuchte zwar, mich auf ihre Fantasie einzulassen und so zu tun, als wäre sie eine wildfremde Frau, eine, die mich *nicht* liebte und für die ich nur instrumentellen Wert besaß, aber das törnte mich einfach nicht an. Und es fiel mir schwer, mich derart von der Wirklichkeit zu lösen. Die Leberflecke auf ihrem linken Schulterblatt waren eindeutig die von Alma. Die Löckchen im Nacken waren unverkennbar ihre, genau wie die Wirbel, die hervortraten, wenn sie den blassen Rücken krümmte. Der Mund, der da an meinem Daumen lutschte, war Almas Mund, und es war ihre Stimme, die mir sagte, was sie wollte. Eine Brise wehte durchs Fenster herein, wirbelte die feuchtwarme Luft auf. Vögel zwitscherten. Ob uns da unten wohl irgendwer hörte?

Wir schlüpften in unsere Jeans und aßen oben ohne Müsli auf dem Sofa. Ich hatte meinen Text ausgedruckt. Der Monat war um, heute würde Alma endlich lesen, was ich bisher geschrieben hatte – Skizzen, bruchstückhafte Szenen, kurze Dialoge. Etwa achtzig Seiten waren es.

Mir war schlecht vor Aufregung. Das Sonnenlicht blitzte auf den roten Kieferndielen. Während sie las, tigerte ich über das warme Holz. Nach drei Seiten blickte sie auf und sagte: Magst du vielleicht 'nen Kaffee trinken gehen oder so? Du machst mich nervös.

Ah, sagte ich. Klar. Bin in zwei Stunden zurück. Ich zog meine Stiefel an, streifte ein T-Shirt über und ging quer über den Campus zur Kunstfakultät, wo es ein nettes Studentencafé gab, sonnenhell, mit ramponierten Sesseln und Ledersofas. Kunststudenten stierten in MacBooks oder saßen mit verschränkten Beinen auf Knautschsäcken herum und zeichneten. Unter dem Kaffeeduft lag ein Hauch von Gips und Farbe. Ich setzte mich ans Fenster, mit Blick auf den Rasen und einen von blühenden Birnen gesäumten Weg. Wie ein Säulengang, über den Blüten segelten, bloß führte er nicht zu einem griechischen Tempel, sondern zur John Schnatter School of Business, benannt nach dem Gründer der Pizzeriakette Papa John's. Im Frühherbst hatten wir diese Birnbäume zurückgeschnitten. Wir hatten gute Arbeit geleistet: Sie waren wohlgeformt und so unglaublich weiß, dass sie fast künstlich aussahen.

Zwei Stunden vergingen. Nachdem ich meinen Kaffee ausgetrunken und mindestens viermal denselben Absatz einer Story von Isaac Bashevis Singer gelesen hatte, wobei die Buchstaben mit jedem Anlauf etwas mehr verschwommen, trabte ich zurück zum Gästehaus. Alma war angezogen, saß steif auf der Sofakante. Mein Text lag umgedreht vor ihr auf dem Tisch. Fertig?, fragte ich.

Sie nickte langsam. Ja, sagte sie.

Okay ...

Setz dich, dann reden wir darüber. Ihr Blick war ernst.

Na los, drängte ich. Sonst krieg ich noch 'nen Herzinfarkt.

Tja, hob sie an. Was soll ich dazu sagen? Du kannst eindeutig schreiben, aber das wusstest du ja schon. Und du hattest eindeutig keinerlei Hemmungen, intime Details aus unserem – aus meinem! – Leben zu verwenden. Mich als verklemmte und verwöhnte reiche Göre ohne Klassenbewusstsein hinzustellen. Insofern weiß ich nicht so recht, soll ich mich jetzt freuen oder dir meinen Segen geben, oder was? Keine Ahnung, was du von mir hören willst.

Das ist doch nur die Wahrheit! Ich hab mir nichts ausgedacht.

Wenn du *das da* für die Wahrheit hältst, hast du sie nicht mehr alle.

Bist du sauer auf mich?

Sie schnaubte bitter, blinzelte zur Decke. Das steht mir ja wohl kaum zu, oder? Wenn du mir verbieten würdest, über dich zu schreiben, wär ich auch angepisst. Allerdings glaub ich nicht, dass ich dir so was jemals angetan hätte. Also ja, von mir aus. Bin ich eben sauer. Sie schüttelte den Kopf, zupfte an ihrem Daumennagel. Ihre Nagelhaut war blutig. Ich mein, was hast du denn erwartet, wie ich darauf reagiere? Mal im Ernst?

Ich biss mir in die Wange, dachte nach, hoffte, dass sie mein leichtes Zittern nicht bemerkte.

Es geht ja auch nicht bloß um mich. Du schreibst auch über meine Eltern. Über Bosnien und meinen Onkel, darüber, wie Dad ihn da zurückgelassen hat. Der würde sich zu Tode schämen, wenn das rauskäme. Du hast ja nicht mal ihre Namen geändert!

Kann ich ja noch machen, wandte ich ein. Wollte ich eh noch, bevor ich's irgendwem schicke, ist doch klar.

Das ist aber nicht der Punkt!, brüllte sie beinahe. Das ist einfach mal *null* der Punkt! Du hast dir 'ne Story zurechtgestrickt, in der du schön der Held sein darfst. Und das auch noch mit deinem echten Namen! Scheißegal, ob du die anderen änderst, das lesen trotzdem alle als die Wahrheit statt als das, was es ist, nämlich ... keine Ahnung ... ein fucking Hirngespinst! Ich mein, siehst du mich so echt? Als reiche Zicke, die du schänden darfst? Törnt dich das an, oder was?

Dich «schänden»? Quatsch ...

Meine Eltern würden sich sofort wiedererkennen, auch unter falschen Namen. Und das ist *meine* Familie. Über *deine* gestörte Familie kannst du ja schreiben, so viel du willst. Aber ich versuche schon seit Jahren, über meine Eltern und das, was sie erlebt haben, zu schreiben, über mein Elternhaus. Seit *Jahren* quäle ich mich damit! Was glaubst du, wie das ist, wenn dann einfach jemand daherkommt und das alles als Kulisse für sein eigenes Projekt verbrät? Und nicht *irgend*jemand, sondern mein *Freund*! Wie würde dir das gefallen?

Ich ließ den Kopf hängen wie ein geprügeltes Kind, aber in mir überschlugen sich die Einwände. Das ist auch mein Leben, sagte ich schließlich. Den Besuch bei deinen Eltern habe ich aus meiner Perspektive erlebt, und nur darüber hab ich geschrieben. Meine eigenen Erfahrungen werde ich ja wohl noch verwenden dürfen.

Das ist aber *mein* Stoff, erwiderte sie und tippte sich auf die Brust. Deine Erfahrungen gehören dir allein, klar, aber nicht ihre Gegenstände. Die teilst du mit anderen, die darauf ein größeres Anrecht haben als du. Material aus dem Leben eines anderen zu verwenden, der selbst Schriftsteller ist und darüber auch schon geschrieben hat, ist eine Form von Plagiat.

Und wenn du keine Schriftstellerin wärst?

Bin ich aber. Darum geht's hier ja grade.

Grimmig sah ich mich im Zimmer um und hielt den Atem an, verkniff mir mit Gewalt alles, was ich ihr gerne an den Kopf geworfen hätte. Schließlich atmete ich wieder aus, wischte mir die klammen Hände an der Hose ab. Ich finde einfach nicht, dass du ein Vorrecht auf Situationen hast, die wir beide erlebt haben, sagte ich matt.

Stimmt, sagte sie. Ich kann dir nichts vorschreiben. Ich muss aber auch nicht mit dir zusammen sein. Wir können uns gern trennen, dann kannst du über mich schreiben, so viel du willst, und ich kann nicht das Geringste dagegen tun.

Mit einem Mal wurde mir eiskalt. Mein Zittern war nun nicht mehr zu verbergen. Wieso sagst du so was?, stammelte ich. Du weißt doch, dass ich das nicht will.

Sie sah mich an, ihr Blick ein wenig sanfter. Wie würde es dir denn gehen, fragte sie, wenn jemand dich zum Gegenstand seiner Kunst machen würde und du keinerlei Kontrolle darüber hättest? Kein bisschen Einfluss darauf, wie dieser

Mensch dich sieht und wie er deine Geschichte erzählt? Sogar jetzt grade sehe ich dir an, wie sich die Rädchen in dir drehen. Und frage mich, ob du dir alles einprägst, was ich sage, um es später aufzuschreiben. Eine Beziehung zu führen, bedeutet, eine Privatsphäre mit jemandem zu teilen. *Vertrauen* aufzubauen und zu pflegen. Geht das echt nicht in deinen Kopf?

Ich lass es dich ja lesen!, sagte ich. Gebe dir was von der Kontrolle ab. Und überhaupt, sagt es dir denn gar nichts über meine Gefühle, dass ich über *dich* schreibe? Dass mein Buch von dir handelt?

Dein Buch handelt von *dir*, erwiderte sie. Nicht von mir. Ich werde darin bloß dargestellt. Sie klopfte mit den Fingerknöcheln auf den Text. Meine Familie, mein Leben – alles bloß deine Darstellung. Wir könnten jetzt darüber diskutieren, wie *fair* die ist – und ich finde, das ist sie ganz und gar nicht, am wenigsten deinen Eltern gegenüber, die lässt du aussehen wie Vollidioten –, aber darum geht es gar nicht. Das Schlimme ist, dass ich *überhaupt* dargestellt werde. Dass du dir ein Familiengeheimnis einfach so für deine Zwecke angeeignet hast.

Also bist du sauer, weil ich über deine Familie schreibe?

Ich bin sauer, weil du mir zuvorgekommen bist, okay?, sagte sie und reckte sich wütend nach vorn. Mich ärgert nicht, *was* du geschrieben hast – dass du mein Leben und meine Familie verwurstest –, sondern dass du schneller warst als ich. Und ja, es ist gut, also herzlichen Glückwunsch, zufrieden?

Du hast gehofft, es wäre schlecht, stimmt's?

Sie verschränkte die Arme, glotzte auf den Fußboden.

Du hast erwartet und gehofft, es wäre schlecht, damit du dich mir weiterhin überlegen fühlen kannst.

Blödsinn. Ob du's glaubst oder nicht, vom Terry-Crews-Stipendium in Tallahassee fühle ich mich sicher nicht bedroht.

Leck mich. Es heißt Harry Crews Cottage, und das weißt du genau.

Sie warf mir einen Blick zu, und die Fassade aus gerechtem Zorn bröckelte etwas. Jetzt krieg mal bloß keine Allüren, sagte sie. Dein Text ist gut, okay? Aber so genial ist er auch wieder nicht.

Super, blaffte ich. Vielen Dank für das konstruktive Feedback.

Ich hatte keine Ahnung, was sie von mir hören wollte. Im Laufe der Zeit war ich zu der Überzeugung gelangt, dass so vieles im Leben erdichtet und gespielt war, dass man sowieso nie über Repräsentationen und Darstellungen hinauskam. Die ganze Welt war Stoff, und etwas «für den Stoff» zu tun, hieß nur, dass man es tat, weil es interessant und wertvoll war. Die Beachtung machte es zur Kunst. Andererseits fragte ich mich schon, ob das alles bloß Sophisterei war. Ich hatte mich so sehr daran gewöhnt, nach Geschichten in der Welt zu suchen – nach Zeichen und nach Wundern –, dass ich mir ihre Existenz vielleicht nur eingeredet hatte. Jede Kleinigkeit zu beachten, aufzuschreiben und für bedeutsam zu halten, war schließlich nur einen Schritt von dem Schizophrenen entfernt, der sich sämtliche Nummernschilder merkt, weil er denkt, sie enthielten verschlüsselte Botschaften der CIA.

Vielleicht lag meine Verfehlung einfach darin, dass ich nicht präsent genug gewesen war. Nicht richtig bei ihr. Ständig war da ein Prozess im Hintergrund abgelaufen, hatte Bedeutung produziert. Wenn *alles* bedeutsam sein konnte, durfte man nichts auslassen. Und war das nicht die Herausforderung für alle Künstler? Wie unterschied sich meine Erzählung schon vom inneren Monolog, von der Geschichte, die sich jeder selbst erzählt, auch wenn er nicht schreibt? Die Antwort ging mir selbst auf, kaum dass ich die Frage formuliert hatte: Ein innerer Monolog ist privat, das ist der Unterschied. Im Gegensatz zu einem Buch, Gedicht oder Gemälde hat darauf nicht die ganze Welt Zugriff.

Okay, ich werfe es weg, erklärte ich schließlich, nachdem wir einen Moment lang schweigend dagesessen hatten.

Das verlange ich doch gar nicht.

Na ja, irgendwie schon. Aber das ist schon in Ordnung.

Da fühlte sie sich schuldig, meinte, es stecke ja auch viel Gutes in dem Text. Sie riet mir, Teile davon für mein nächstes Projekt zu verwenden – gegen eine Figur, die nur auf ihr *basierte*, hätte sie ja gar nichts einzuwenden. Doch die genauen Grenzen waren da wohl schwer zu bestimmen, und ich fühlte mich nicht unbedingt ermutigt.

Damit war das Gespräch beendet, und wir machten weiter, als hätte es nie stattgefunden. Am Abend kochten wir, hörten ein paar Platten und ihre stetig wachsende Playlist. Ein ganz normaler Abend, abgesehen davon, dass alles irgendwie verschoben war. Einmal ertappte ich sie, wie sie mir beim Zwiebelschneiden zusah, und als ich mich nach ihr umdrehte, wandte sie sich ab wie jemand, an dem man nachts alleine auf der Straße vorbeigeht. Jemand Fremdes.

Kelly gab bekannt, dass James sein Nachfolger sein würde. Das kam für uns alle überraschend, vermutlich auch für James. Wir klopften ihm auf den Rücken und schüttelten ihm die Hand. Sogar Rando gratulierte widerwillig. James grinste verlegen, meinte, das sei doch kein großes Ding, aber die Freude stand ihm deutlich ins Gesicht geschrieben. Ich freute mich mit ihm.

Im Arboretum widmeten wir uns einer toten Esche, die sich ein Stück weit in eine Lichtung neigte. Am Stamm hing ein dichter Bart aus Efeu und toten Ranken, den mussten wir zuerst entfernen, damit sein Gewicht den Baum später beim Fällen nicht in die falsche Richtung zog. Rando las die gekappten Ranken auf und stopfte sie in großen, wirren Haufen in den brüllenden Häcksler. An den Zweigspitzen der umstehenden Bäume entrollten sich erste junge Blätter, fingen grün das Licht ein, und der Wald roch nicht mehr dürr nach Winter, sondern nach saftig neuem Leben, nach trockenem Boden und regensattem Laubkompost. Ein Duft wie Lauchzwiebeln, von dem mir leicht die Augen tränten. Die Lichtung war bedeckt mit Löwenzahn und Klee, und an den Rändern, wo es kühl und schattig war, blühte der Kanadische Blutwurz sogar im Schatten funkelnd weiß. Etwas enttäuscht war ich ja schon wegen des Jobs. Zwar war ich nicht mal sicher, ob ich ihn angenommen hätte, aber angeboten hätte ich ihn schon gerne bekommen. Aber in dieser Umgebung, mit der warmen Sonne auf den Schultern, konnte man schwer muffig sein.

Als die Ranken entfernt waren, kam dahinter ein in die Rinde genageltes Schild zum Vorschein. Solche Schilder gab es an vielen der Bäume hier, sie sollten an einen Spender oder einen verstorbenen Angehörigen erinnern. DER WAHRE SINN DES LEBENS IST ES, BÄUME ZU PFLANZEN, UNTER DENEN MAN SELBST NICHT MEHR SITZEN WIRD, stand auf diesem hier. IM ANDENKEN AN TROY CARTER. Mit einem Schraubenzieher hebelte ich es aus dem Baum und steckte es ein. Dann schnitt ich einen Fallkerb in den Stamm, trat das lose Holz heraus. Mein Handy brummte, und ich blickte auf den Bildschirm: meine Mutter. Das war ungewöhnlich. Sie musste ja wissen, dass ich bei der Arbeit war. Ich nahm trotzdem nicht ab.

Ich sägte den Fällschnitt, legte die Kettenbremse ein und trieb – einen mit dem anderen – die orangen Keile in den Baum. James und Rando sahen mir zu, links und rechts neben dem Häcksler stehend, die Hände in den Arbeitshandschuhen und umwölkt von Sägestaub, durch den sich Sonnenstrahlen bohrten. Ich hob einen Daumen, und sie erwiderten die Geste. Noch einmal drückte ich aufs Gas, sägte bis auf ein paar Zentimeter durch. Dann durchtrennte ich das Halteband und trabte eilig zum Häcksler, doch hinter mir ertönte bereits der laute, krachende Walgesang des fallenden Baumes. Der ging immer gleich: erst langsam, bloß ein dumpfes, träges Ächzen, dann ein Krachen und ein Splittern, wenn der fallende Baum

Geschwindigkeit aufnahm, ein Knall wie von einem Gewehr. Und schließlich, wenn der Stamm gebrochen, die Krone aber noch nicht aufgeschlagen war, herrschte einen Augenblick lang andächtige Stille. Ein Moment der Trauer war das, wenigstens in meinen Augen, denn auch wenn der Baum längst tot gewesen war, wusste ich, dass er jahrzehnte- oder gar jahrhundertelang hatte wachsen müssen, um seine Größe zu erreichen, und jetzt wurde er so mühelos gestürzt. Einmal hatte ich Rando erzählt, es täte mir manchmal leid, so einen Baum zu fällen, und er hatte gesagt, ich solle nicht so gefühlsduselig sein. Manche Holzfäller – *richtige* Holzfäller – fällten täglich hundert Bäume, ohne mit der Wimper zu zucken. Was wir hier taten, sei ein Mückenschiss dagegen und diene außerdem der Ordnung und Verschönerung, erklärte er – wir brächten die Dinge nur ins Reine. Schuldig bräuchte ich mich deshalb nicht zu fühlen. Wir sind praktisch Chirurgen, sagte er und grinste schelmisch über seinen poetischen Einfall. Wir schneiden die Teile raus, die den Körper krank machen, und wenn's nichts mehr zu retten gibt, entsorgen wir die Überreste.

Damals hatte mir dieses Bild als Trost genügt. Doch als wir jetzt Mittagspause machten und der Baum dort auf der Lichtung lag, fertig zum Entasten und Zerhäckseln, ließ mich das Gefühl nicht los, dass all das trotzdem eine Form von Sünde war. Es war eine so sonderbare Weise, sein Geld zu verdienen, und ganz sicher kein Beruf, in dem ich mich früher je gesehen hätte. Warum also störte es mich, dass ich diese Stelle nicht bekommen hatte? Mit baumelnden Beinen saßen James und ich auf der Ladefläche des Häckslers. Die Ablage glänzte wie poliertes Silber, der gelbe Lack war zerkratzt und abgerieben von Tausenden Ästen, und ich stützte die Hände hinter mich auf den sonnenheißen Stahl. Mit dem Entasten brauchten wir uns nicht zu beeilen.

Rando saß auf der Klappe des Pick-ups, kratzte sich mit einem Zweig den Matsch aus dem Stiefelprofil und beharkte James. Tja, du bist fein raus, Mann, sagte er. Ab jetzt gibt's bei dir nur noch Biosteak und Eier zum Frühstück, und du guckst den ganzen Tag Pay-TV.

James lachte, biss ein Stück von seinem Cheesestick ab. Stellst du dir so echt das Leben von reichen Leuten vor, Rando?

Jedenfalls wirst du jetzt ein ganz anderer Mensch, fuhr Rando unbeeindruckt fort. Auf der Straße wirst du tun, als ob du mich nicht kennst. Da geht Rando, wirst du denken, so ein Prolet aus meinem alten Leben. Und dann gehst du einfach weiter. Wir sind dann so wie diese Unberührbaren in Indien. Die aus den obersten Kasten würden eher Hundekacke jonglieren, als einen von denen anzupacken. So wird das bei dir auch, Mann. Ich geb dir ein halbes Jahr.

Reich macht mich der Job bestimmt nicht, erwiderte James. Aber gut wird das schon. Ich hab die Schnauze gestrichen voll von schäbigen Wohnungen und meiner chronisch kaputten Karre. Ich hab ja nicht mal 'ne scheiß Spülmaschine! Das ist überhaupt meine oberste Priorität: in eine Wohnung mit 'ner Spülmaschine ziehen.

Mit der Spülmaschine fängt es an, orakelte Rando. Und eh du dich versiehst, schneiden dir deine Dienstboten die Fußnägel und regeln deine Körpertemperatur mit Palmwedeln.

Bevor wir den Baum entasten konnten, musste James den Häcksler auf die andere Seite der Lichtung bringen. Rando und ich sahen zu, wie er rangierte, wie die Reifen in die weiche Erde sanken. Rando gönnte sich eine Pepsi und eine Zigarette. Ich fragte, ob ich eine schnorren könne, er fischte die Packung aus der Brusttasche. Siehst geknickt aus, General, sagte er, als ich mir die Pall Mall anzündete. Ich nahm einen Zug, blies einen dünnen Rauchstrahl aus.

Ich hatte mich auch beworben, sagte ich.

Rando überlegte. Prüfend schüttelte er seine Pepsi-Dose und nahm einen Schluck. Wahrscheinlich dachte Kelly, du bleibst eh nicht, spekulierte er. Wolltest du den Job denn wirklich?

Klar wollte ich ihn, sagte ich. Wieso denn nicht?

James hatte den Rückwärtsgang eingelegt, und der Truck setzte laut piepend zurück. Rando warf die Kippe in die Dose, wo sie zischend erlosch, und drehte sich zu mir um, mit einem Ausdruck, den ich noch nie zuvor an ihm gesehen hatte: Seine Miene war erfüllt von Sorge. Er bewegte die Lippen, als wollte er etwas sagen, bekäme die richtigen Worte aber einfach nicht heraus.

Du würdest hier nie glücklich werden, das ist dir schon klar, oder?, sagte er schließlich. Du bist zu ehrgeizig.

Beschämt blickte ich auf meine Stiefel. Was sollte ich darauf auch erwidern?

James hielt an und stieg aus der Kabine. Die Hände um den Mund gelegt, rief er: Passt das? Ich hob einen Daumen. Danke für die Zigarette, Rando, sagte ich.

Ach, ich lass dich ja jetzt schon sieben Monate mitqualmen, entgegnete er. Bin praktisch die Pall-Mall-Heilsarmee. Auf eine mehr kommt's da schon lange nicht mehr an. Grinsend klopfte er mir auf den Rücken, um mir zu zeigen, dass er nur Spaß machte.

Und du?, fragte ich. Machst du hier weiter?

Was denkst du denn! Wenn die mich loswerden wollen, müssen sie mich schon feuern.

Würde mich nicht überraschen, feixte ich.

Ja, ich weiß schon, sagte er. Er zerquetschte die Dose, warf sie klappernd zu den anderen auf die Ladefläche des Pick-ups. Wenn's so weit kommt, mach ich vom Arbeitslosengeld erst mal 'n paar Monate schön Dolce Vita. Danach find ich schon was Neues. Wär nicht das erste Mal. Mach dir um mich mal keine Sorgen.

So gern ich das geglaubt hätte: Als Rando seine Hose hochzog und keuchend über die Lichtung watschelte, wusste ich, dass er nie wieder etwas Neues finden würde – und dass es andernfalls auch nicht das Geringste ändern würde. Das «süße Leben» lag bestimmt nicht vor ihm, das stand fest. Erst später ging mir auf, dass er, als es um meinen Ehrgeiz ging, nicht nur von mir gesprochen hatte. Er hatte auch etwas über sich gesagt, darüber, was aus ihm geworden war.

Nach der Arbeit gingen wir zu dritt ins Schadenfreude. Tagsüber war ich dort noch nie gewesen. Die Gäste waren kein Stück hip. Sie waren unrasiert, abgerissen, saßen ganz allein vor ihren Gläsern, hatten müde, rote Trinkeraugen. Im erbarmungslosen Tageslicht war klar zu sehen, wie verdreckt die Bar war – die verfleckte Messingstange, die sauer stinkenden Lumpen in Eimern voll gräulichem Wasser.

Rando schob uns eine Schale gesalzene Erdnüsse hin und bestellte einen Kaffee. Wir haben grade eigentlich keinen fertig, sagte die Barfrau, die einzige hip wirkende Person weit und breit. Offenbar hatte sie bei der Schichtvergabe den Kürzesten gezogen. Sie trug hoch sitzende Jeans, ein zum Crop Top gebundenes T-Shirt mit NASCAR-Motiv und kleine Metallstifte in den Augenbrauen.

Aber uneigentlich wissen Sie doch bestimmt, wie man welchen kocht, oder?, erwiderte Rando.

Sie glotzte ihn aus leeren Augen an, dann drehte sie sich um und nahm demonstrativ genervt die Kaffeefilter aus einem Regal. Während der Kaffee durchlief und die Barfrau je ein Bier für James und mich zapfte, rief meine Mutter wieder an. Ich ignorierte sie und stellte mein Handy stumm.

Dann unterhielten wir uns einfach ein paar Stunden. James meinte, er wolle seinen Master fertig machen und danach vielleicht noch promovieren. Ist ein harter Markt, sagte er immer wieder und meinte wohl den für Geschichtsdozenten. Ein Master bringt dir einen Scheiß, erklärte er. Man kriegt zwar ständig erzählt, dass man damit «alles» machen kann, aber das ist blanke Verarsche. So kommen die nur an billige Arbeitskräfte. Wenn man seine Einführungskurse von Hilfskräften unterrichten lassen kann, braucht man dafür halt kein richtiges Gehalt zu zahlen.

Und wieso machst du's dann?, wollte ich wissen.

Er zuckte mit den Achseln. Vor ihm stand sein drittes Starkbier, und so träge, wie sich seine Lippen bewegten, sah man ihm das auch an. Aus Liebe zum Wissen, sagte er. So seh ich das zumindest. Sich mit Geschichte auskennen, ist nie verkehrt, egal was draus wird. Aus dem Abschluss, mein ich. Wobei aus der Geschichte auch nie was wird. Mal abgesehen von der Gegenwart. Aber du weißt schon, was ich mein – es gibt kein Schicksal oder so. Egal. Ich bin betrunken.

Wie kann man verhindern, dass sich die Geschichte wiederholt?, fragte Rando. Das würd ich ja gern mal wissen.

James verdrehte die Augen und ignorierte ihn. Der Punkt ist, fuhr er fort, 'nen Master spart man sich besser, außer man steckt schon mittendrin, dann kann man ihn auch gleich zu Ende machen.

Und wenn man erst ein Semester hinter sich hat?, fragte ich.

Hm, gute Frage, sagte er. Wie das bei Englisch aussieht, weiß ich sowieso nicht. Wie sind da so die Jobchancen?

Noch übler als bei Geschichte, würde ich tippen.

Er grunzte, nahm einen großen Schluck Bier und sagte: Da wär ich mir mal nicht so sicher …

Wie kann man verhindern, dass sich die Geschichte wiederholt?, fragte Rando erneut.

Wie kann ich verhindern, dass du diese Frage wiederholst?, blaffte James. Ich hab dich schon beim ersten Mal gehört und mit Absicht nicht geantwortet, weil das nicht besonders interessant ist.

Jessas, sagte Rando. Ist ja gut. Ich wollt ja nur die Meinung von 'nem Experten zu einer wichtigen Frage hören – zur vielleicht wichtigsten Frage unserer Zeit. Aber gut, dann eben nicht.

Man könnte schon mal damit anfangen, keine Faschos zu wählen, erwiderte James. Wie wär's denn damit?

Oookaaay, sagte Rando, hob kapitulierend die Hände. Vergiss einfach, dass ich gefragt hab.

James drehte sich zu mir. Kurz musterte er mein Gesicht, unterdrückte einen Rülpser, die Faust auf seine Brust gelegt. Das mit deiner Nase tut mir ehrlich leid, sagte er. Das wollt ich echt nicht.

Geschah mir wahrscheinlich ganz recht, antwortete ich. Tut mir leid, dass ich dich da reingezogen hab.

Ach, längst vergessen, winkte er ab. Dann wandte er sich wieder seinem Bier zu, trank die letzten Tropfen aus. Alter, das war definitiv mein Letztes heute, erklärte er.

Dito, sagte Rando, hob die Kaffeetasse. Zeit fürs Bettchen.

Es ist doch nicht mal dunkel draußen, stutzte ich.

Ja, aber ich geh immer früh schlafen, um nachts aufzustehen und *Coast to Coast* zu hören. Ihr kennt doch *Coast to Coast*, oder?

Ja, Rando, stöhnte James. Du hast uns ja bloß etwa tausendmal davon erzählt.

Draußen gratulierte Rando James noch einmal und ließ uns dann zu zweit auf dem Bürgersteig zurück. In dem beschlagenen Fenster hinter uns leuchteten Budweiser-Schilder. Rando fuhr winkend in seinem alten Saturn davon, wir winkten zurück. Die Laternen waren gerade angegangen. Im Westen, hinter den Bürotürmen und Bettenburgen des Zentrums, glühte der Himmel. Wir teilten uns noch eine Zigarette – die letzte in James' Packung.

Du solltest dieses Dingsda-Stipendium annehmen, sagte er. Das in Florida. Er hielt mir die Zigarette hin, rubbelte sich die nackten Arme in der kühlen Brise.

Wieso?, fragte ich.

Wieso denn nicht? Du willst aus Kentucky verschwinden, also verschwinde aus Kentucky.

Ich weiß ja nicht, ob Florida so viel besser ist.

Hey, Florida ist weltbekannt für seine aufklärerischen Ideale!, sagte er.

Grinsend zog ich an der Kippe. Ein Weilchen standen wir bloß schweigend da und blickten über die schwarzen Baumwipfel hinweg in Richtung Innenstadt. Die Grillen zirpten, in der Ferne rauschte der Verkehr auf der Interstate. Leute, die unterwegs waren. All die kleinen Shotgun-Häuser hier in Germantown leuchteten von innen, drinnen brutzelten junge Leute – Studenten, Musikerinnen, Hilfsköche, Kellnerinnen und Baristas – ihr Abendessen, hörten Platten und kritzelten Notizen an die Ränder ihrer Bücher.

Ich will nicht weg von Alma, sagte ich. Erst jetzt, wo ich es aussprach, merkte ich, wie wahr das war.

James zeigte auf die Zigarette, und ich gab sie ihm zurück. Das regelt sich schon, sagte er. Tu, was du tun musst. Wenn ihr füreinander bestimmt seid, klappt das schon.

Das ist doch ein totales Klischee. Und hast du nicht gesagt, es gibt kein Schicksal?

Schicksal mein ich ja auch gar nicht, sondern nur, wie sich halt alles so entwickelt, erwiderte er.

Aber wenn es vorbestimmt ist, könnte es sich ja nur so entwickeln. Wenn du mich fragst, ist das nichts anderes als Schicksal.

Ich meine bloß, dass du tun musst, was für dich und deine Karriere richtig ist.

Das höre ich irgendwie dauernd. Seit wann ist Karriere denn das Wichtigste? Was ist mit meinem *Leben*?

Dann bleib halt hier, sagte er. Aber eins glaub mal besser, Alma macht bestimmt, was gut für sie ist. New York oder die Stelle hier. So oder so hängst du dann irgendwo fest, wo du nicht sein willst. Und das ist *scheiße*, Alter. So wird man verbittert.

Ich bezweifelte, dass Alma wirklich derart egoistisch handeln würde, ohne jede Rücksicht auf meine Wünsche. Aber die Vorstellung verursachte mir trotzdem etwas Bauchschmerzen, was ich als Zeichen auffasste, dass James womöglich doch recht hatte. Im Schadenfreude trudelten die ersten Hipster ein, Typen in engen, schwarzen Jeans und Texaco-Mützen, Frauen mit lila Lippenstift und ausgebleichten Mom-

Hosen, aggressiv zur Schau getragene Tattoos. Wir steckten noch in den Arbeitsklamotten: Stahlkappen und salzverkrustete Husqvarna-Cappies. Die anderen beachteten uns gar nicht.

Du musst diese Stelle auch nicht annehmen, weißt du, sagte ich. Du könntest alles Mögliche tun. Überall hingehen.

Ich *will* sie aber, sagte er. Und ich bin gern hier. Hier bin ich aufgewachsen. Und meine Mom lebt hier. Er nahm einen letzten, kräftigen Zug an der Kippe, dann ließ er sie fallen und trat sie aus. Nicht jeder will hier unbedingt weg, sagte er.

Wir gaben uns die Hand, ich gratulierte ihm noch mal, dann trennten sich unsere Wege. Auf dem Weg zu meinem an der Ecke geparkten Truck warf ich einen Blick aufs Handy: vierzehn verpasste Anrufe von meiner Mutter. Ich rief zurück, und sie ging gleich nach dem ersten Läuten ran. Schon ihrem Hallo hörte ich an, dass sie geweint hatte.

Ist was passiert?, fragte ich.

Wo bist du?, fragte sie zittrig zurück. Ich versuche schon seit Stunden, dich zu erreichen.

In Germantown. War nach der Arbeit noch was trinken. Was gibt's denn?

Eine Weile herrschte Stille in der Leitung, nur ihr Schniefen war zu hören. Noch ehe sie es aussprach, wusste ich, dass Pop tot war. Wer sollte es auch sonst sein? Ich legte mir die freie Hand auf die Brust, und obwohl das Herz mir heftig an die Rippen schlug, empfand ich keine Panik. Stattdessen überkam mich nur ruhige Erschöpfung – so tief, dass mir davon fast die Knie wegklappten. Ich setzte mich auf den Randstein. Leute gingen an mir vorbei, plauderten, führten ihre Hunde Gassi. Was ist passiert?, fragte ich.

Sie konnte mir nicht einfach nur sagen, dass er tot war. Sie musste die ganze Kausalkette schildern. Ein Unfall. Cort hatte einen Krankenwagen gerufen. Er wurde reanimiert, aber sein Herz hatte zu lange stillgestanden, und auf der

Fahrt ins Krankenhaus setzte es erneut aus. Ein zweites Mal konnten sie ihn nicht zurückholen. Und das war es gewesen. Schluss, aus, Ende. Todeszeitpunkt 14:37 Uhr. Das wiederholte sie dreimal, als wäre es ein wichtiges Detail.

Was denn für ein Unfall?, fragte ich.

Das wissen wir nicht so genau, aber er war am Kopf verletzt. Er hatte eine Menge Blut verloren. Cort hat ihn gefunden.

Wie ist denn das passiert?, beharrte ich, doch sie gab keine Antwort. Ich konnte mir nicht vorstellen, dass jemand starb, weil er sich den Kopf gestoßen hatte. Ich komme ins Krankenhaus, sagte ich.

Da sind wir nicht mehr. Wir sind jetzt im Ramada am Preston Highway.

Und Pop?

Beim Bestatter, sagte sie. Cort ist bei uns. Er ist fix und fertig.

Jetzt, wo ich das Wesentliche wusste, schnaufte ich erst mal tief durch. Inzwischen war es dunkel. Hinter mir und dem Randstein lag ein Haus, und als ich kurz über die Schulter linste, sah ich ein Augenpaar durch eine Jalousie spähen.

Wie geht's dir?, fragte meine Mutter.

Ach …

Komm ins Hotel. Wir haben Pizza.

Wie geht es *dir*?

Ich bin sehr traurig, sagte sie mit brüchiger Stimme. Aber wirklich überrascht bin ich nicht, ehrlich gesagt.

Ich stellte mir den Rest des Abends in einem Zimmer im Ramada vor und kam zum Schluss, dass ich das unmöglich ertragen würde. Das sagte ich auch Mom. Egoistisch, ja, vielleicht, aber ich konnte das einfach nicht.

Wo willst du denn sonst hin? Du hast doch nichts. Zu diesem Mädchen?

Vielleicht, ja.

Sie schnalzte mit der Zunge. Du solltest bei deiner Familie sein.

Ich brauche etwas Zeit, sagte ich. Um das zu verarbeiten.

Fahr bloß nicht zu Pops Haus!

Wie jetzt, bin ich da nicht mehr willkommen? Ich hab da ja noch meinen ganzen Kram.

Nein, nicht deshalb.

Wieso dann?

Weil ich es sage.

Du meinst, weil Cort es sagt.

Cort ist viel zu fertig, um irgendwas zu sagen. Fahr einfach nicht hin. Vertrau mir.

Ich lege jetzt auf.

Owen!

Ich hab dich lieb.

Nach dem Auflegen blieb ich noch eine Weile auf dem Randstein sitzen, Ellbogen auf die Knie gestützt, die Hände schlaff dazwischen, und sah einfach den Passanten zu und lauschte ihren Gesprächsfetzen. Zwei Frauen kamen vorbei, die eine pries die Vorzüge von Kimchi. Ein Paar mit Kinderwagen führte einen Streit, in dem der Mann andauernd sagte: Das zählt nicht als Lüge!

Ich war so unfassbar kraftlos, dass die fünfzehn Schritte bis zum Truck mir unendlich weit vorkamen. Trotzdem schaffte ich es irgendwie. Ich stand auf, machte erst einen Schritt und dann den nächsten, und dann saß ich hinterm Lenkrad, ließ den Motor an und fuhr davon, auf die Interstate in Richtung Süden. Zwanzig Minuten später stand ich vor Pops Haus. Von außen sah es aus wie immer. Man sah ihm kein Stück an, dass eben erst jemand darin gestorben war, aber was genau hatte ich eigentlich erwartet? Ein Absperrband der Polizei? Einen Schädel mit gekreuzten Knochen an der Haustür?

Ich schloss auf. Das Wohnzimmer war dunkel, aber in der Küche brannte Licht und die Hintertür stand sperrangelweit offen. Ich wollte sie schließen, schob mich durch die Saloontüren in die Küche: Der Linoleumboden war voller Blut. Große Flatscher, rote Fußspuren. Dunkles Blut, weinrot, teils trockener, teils feuchter. Schwerelosigkeit in meinem Bauch, wie wenn man über eine Hügelkuppe fährt – ein kurzes, plötzliches Aussetzen der Schwerkraft.

Ich trat hinaus auf die Veranda. Auch da war Blut. Mit der Taschenlampe meines Handys folgte ich der Spur über den Plattenweg, bis sie im Gras verschwand. Ich spähte über die Wiese, ließ meine Augen sich erst an die Dunkelheit gewöhnen. Unten am Hang, da, wo der alte, kranke Ahorn stand, lag etwas Oranges. Ich ging darauf zu: Pops Polaris-Kettensäge. Am Baum lehnte eine Leiter, daneben lagen ein paar abgesägte Zweige, für die eine Gartenschere auch gereicht hätte. Ich schwenkte das bläuliche Licht übers Gras zur Mülltonne und den Betonschalsteinen. Einer der Steine hatte Blut an der Ecke. Wie es aussah, war Pop von der Leiter gefallen und hatte sich den Kopf dort aufgeschlagen.

Mir wurde schwindlig. Ich riss mich zusammen und ging zurück ins Haus, folgte der Blutspur durch die Küche auf den Flur. Der Teppichboden war so vollgesogen, dass er unter meinen Stiefeln schmatzte. Ich machte die Badezimmertür auf, knipste das Licht an. Überall Blut. Pfützen auf den Fliesen, Spritzer auf dem Duschvorhang und dem fluffig meerschaumfarbenen Bezug über dem Klodeckel. Auf Wasserhahn und Waschtisch prangten rote Handabdrücke, angetrocknete Rinnsale bahnten sich ihren Weg zum Abfluss, als hätte Pop sich dort aufgestützt, um sich zu waschen. Ich starrte das Chaos noch einen Moment lang an, während die Leuchtstoffröhre leise flackerte. Dann knipste ich das Licht aus.

Ich tigerte durch den Flur, hatte keine Ahnung, was ich tun sollte. Was soll ich tun?, sagte ich laut. Das Haus blieb stumm. Nichts zu machen. Alles entschieden. Jeder Schritt in Pops Leben hatte ihn zu jenem Augenblick geführt, in dem er im Garten einen Baum zurückschnitt, den zurückzuschneiden er mich ein halbes Dutzend Mal gebeten hatte. Seine Hobo-Tage, die Wirtschaftskrise, der Krieg im Pazifik – alles hatte ihn an diesen Punkt geführt.

Aus irgendeinem Grund ging ich hinunter in den Keller. Ich weiß wirklich nicht, wieso. «Ich» war bloß noch ein kleines Ding in meinem Kopf, das meinen Beinen dabei zusah, wie sie sich bewegten. Ich schaltete das Licht an und besah mir meine Sachen – Kleidung, Bücher, Schallplatten. Nichts, worauf ich nicht verzichten konnte.

Oben vermied ich es, das Blut noch einmal anzusehen. Ich richtete den Blick starr auf die Tür und ging schnurstracks darauf zu. Beim Versuch, von draußen wieder abzuschließen, ließ ich zweimal meine Schlüssel fallen, so sehr zitterten mir die Hände. Ich schleppte mich zum Truck – der nie meiner gewesen war und nun einem Toten gehörte –, setzte mich auf den Fahrersitz, steckte den Schlüssel in die Zündung und schnaufte durch. Es war ein klarer, schöner Abend. Ein Dreiviertelmond schien auf den Rasen der Nachbarn. Im Handschuhfach suchte ich nach einer Serviette oder etwas Ähnlichem, um mir den Schweiß von der Stirn zu tupfen. Ich fand eine Quittung, bekritzelt mit Pops Handschrift. «Podologe Montag 15 Uhr.» Da kamen mir die Tränen. Sie tropften und kullerten mir über die Wangen. Das Gesicht in der Armbeuge legte ich mich halb aufs Lenkrad. Nach einer Weile – einer halben Stunde oder einer ganzen, keine Ahnung – ließ ich den Motor an und fuhr los zum Ramada.

P op wollte eingeäschert werden. Das hatte er oft gesagt, mir und auch anderen. Die Vorstellung, im offenen Sarg aufgebahrt zu liegen, war ihm ein Graus gewesen. Ich will nicht, dass dann alle dastehen und darüber faseln, wie «gut» ich angeblich aussehe, hatte er gesagt. «Als wär er noch am Leben», sagen sie da immer alle, dabei sieht der arme Tropf im Sarg ganz einfach mausetot aus.

Leider glaubte meine Großtante aber, Einäscherung sei Sünde. Am Ende aller Zeit, erklärte sie, wenn unser Herr

Jesus wiederkehrt, dann werden wir leibhaftig auferstehen, und wie soll das bitte gehen, wenn vom Körper bloß noch Asche übrig ist? Ich musste mich extrem zusammenreißen, um nicht zu sagen, wie idiotisch ich das fand. Aber was machte es am Ende auch für einen Unterschied? Beerdigungen waren für die Lebenden da. Immerhin respektierten sie seinen Wunsch nach einem geschlossenen Sarg. Ein Uniformierter blies auf einer silbernen Trompete einen Zapfenstreich, zwei andere falteten mit weißen Handschuhen die amerikanische Flagge. Gerade als sie meiner Mutter das gefaltete Dreieck überreichen wollten, klingelte das Handy meines Cousins, und er drückte den Anruf hektisch weg. Sein Klingelton war «Bad to the Bone».

Nach der Trauerfeier stand ich vor dem Bestattungsinstitut und mampfte Skittles. Mein Sakko hatte ich vom Kleidermarkt, und in der Innentasche war zufällig noch ein Päckchen gewesen. Ich hatte es nur aufgemacht, um etwas zu tun zu haben, um nicht zu weinen. Alma stand bei drei meiner Cousins, die über PS und Zugkraft ihrer Pick-ups fachsimpelten, während ihre Frauen Babys wiegten und gelangweilt in die Gegend schauten. Auch mein Vater war da, mit Bonnie. Sie sah sogar noch schlechter aus als damals im Rebel Smokehouse. Wir umarmten uns kurz auf dem Parkplatz. Hinter ihrem Gesicht sah man deutlich den Schädel, die Augen waren so tief eingefallen, dass fast nur noch Schatten übrig waren. Sie fragte, wie mein Studium lief.

Ganz gut, sagte ich.

Schön, erwiderte sie mit schwacher Stimme. Dann nickte sie kraftlos, machte kehrt und schlurfte zum Auto.

Dad stand noch neben mir, klopfte sich die Hosentaschen ab, auf der Suche nach dem Autoschlüssel, obwohl er ihn bereits in der Hand hielt. Du hast ihn schon in der Hand, sagte ich.

Ach, stimmt ja, sagte er, schnaubte lachend. Er war blass, Schweiß perlte ihm auf der Stirn. Sie will sich nicht mehr behandeln lassen, erklärte er. Sie will's nicht an die große Glocke hängen, aber du solltest dich schon mal auf die nächste Beerdigung einstellen.

Wie lang?

Ach, du weißt ja, wie die Ärzte sind, antwortete er. Vielleicht Wochen, vielleicht Monate. Das ist eben keine exakte Wissenschaft, meinen die. Da hab ich sie gefragt, für was wir sie dann eigentlich bezahlen. Sollte Medizin das nicht sein? Eine exakte Wissenschaft?

Wahrscheinlich meinten die nur, Sterben sei keine exakte Wissenschaft.

Ja, vielleicht. Er wischte sich Schweiß von der Oberlippe. Feuchte Flecken breiteten sich unter seinen Achseln aus.

Tut mir leid, Dad.

Meine Mutter trat zu uns und umarmte meinen Vater – ein ungewohnter Anblick. Dann sahen beide mich an. Meine Mutter tupfte sich Tränen aus den Augen, mein Vater strich etwas betreten seine Paisleykrawatte glatt. Da standen sie: die beiden Menschen, die mich gemacht hatten, mit all ihren Stärken und Schwächen, Ängsten und Freuden. Meine Mutter beschirmte sich die Augen mit der Hand. Auf dem Parkplatz war es drückend heiß und stank nach Teer. Nahe und entferntere Verwandte tröpfelten mit Sträußen und Kränzen aus dem Gebäude, zogen Parfümfahnen hinter sich her.

Pop wäre stolz auf dich, sagte meine Mutter. *War* stolz auf dich.

Danke, sagte ich, ohne recht zu wissen, wen ich damit meinte. Ich schüttete mir Skittles in die Hand, warf sie mir in den Mund. Die beiden sollten mich nicht heulen sehen. Wenn ich mich aufs Kauen konzentrierte, könnte ich es mir bestimmt verkneifen.

Wir sind auch stolz auf dich, sagte Mom. Stimmt doch, oder?

Mein Vater schien sie erst gar nicht zu hören, dann blickte er aus seinen Gedanken losgerissen auf. 'tschuldigung – wie bitte?

Ich hab gesagt, wir sind stolz auf Owen.

Ja, bin ich. Sind wir, meine ich. Ich weiß, ich sage das nicht oft, aber ich bin's wirklich.

Erzähl ihm mal, was du gemacht hast, als wir uns kennengelernt haben.

Im Schnapsladen hab ich gearbeitet, sagte er. Bevor ich zur Feuerwehr gegangen bin. Totale Sackgasse.

Hm, machte ich, versuchte, den Zuckerkloß in meinem Mund runterzuschlucken, die verschwitzten Hände rot verschmiert mit Lebensmittelfarbe. Ich blinzelte, und schon flossen die Tränen. Entschuldigung, stammelte ich, wollte mein Gesicht verbergen.

Ist schon gut, sagte meine Mutter und nahm mich in den Arm. Auch mein Vater trat zögernd auf mich zu, tat es ihr gleich. Schniefend standen wir da, in dieser engen, unbeholfenen Umarmung. Ich schloss die Augen und konnte mir fast vorstellen, ich sei noch ein Kind und nichts wäre passiert, ich wüsste noch nichts von der Welt jenseits unserer Kleinfamilie und der Ortschaft in Kentucky, wo wir lebten, wüsste nur, dass ich dort hingehörte und stets hingehören würde, ob ich wollte oder nicht.

Dann schlug ich die Augen wieder auf, sah den grellen Tag, den aufgeheizten Parkplatz, und wusste wieder, weswegen ich hier war – und dass es kein Zurück mehr in diese Geborgenheit gab. Ich wusste wieder, dass Pop für immer fort war. Er fehlte mir. Poetischer ließ sich das nicht ausdrücken. Nichts daran ließ sich beschönigen. Ich wünschte, ich hätte für ihn da sein können. Hätte ihn vor seinem Tod noch einmal gesehen. «Man sehnt sich nach den Dingen, die man vorher öde fand», hatte er gesagt, und langsam begriff ich, was das hieß. Ich sehnte mich danach, Western mit ihm anzuschauen. Einen KFC-Eimer am Küchentisch mit ihm leer zu essen. Ihm das Bajonett zurückzugeben, in seinen Augen wieder der zu sein, der ich gewesen war – kein Dieb, sondern bloß ein Verirrter, der ein Dach über dem Kopf brauchte. Sein eigen Fleisch und Blut.

Zwei Wochen nach der Trauerfeier machten Alma und ich eine lange Fahrt übers Land, bis nach Bardstown zur Abtei Gethsemani, wo Thomas Merton begraben liegt. Unseren Streit hatte keiner von uns mehr erwähnt, doch er hing uns noch immer nach wie ein übler Geschmack im Mund.

Mertons Bücher hatten wir nicht gelesen, aber schon oft von ihm als Schriftsteller aus Kentucky gehört, und die Abtei, in der er als Trappistenmönch gelebt hatte, lag nah genug, dass wir einfach mal hinfuhren. Ich saß am Steuer, Alma las den Wikipedia-Artikel über Merton. Die Gegend um Bardstown war Pferdegebiet – hügelige, technicolorgrüne Weiden, eingefasst mit Feldsteinmauern und weißen Lattenzäunen. Der Wind ging durch das Rispengras wie über einen See. Pferde grasten an den Hängen und schlugen mit dem Schweif, Wolkenschatten zogen rasch über die Landschaft. Es war exakt die Idylle, die alle vor Augen hatten, wenn sie an Kentucky dachten – zumindest, wenn sie wohlwollend daran dachten. Abseits der Straße standen große, rote Steinhäuser, manche davon alte georgianische Anwesen, andere nur Nachbauten im selben Stil. Ich wies Alma auf die Mauern hin. Die sind ohne Mörtel gebaut, erklärte ich, und die Steine wurden beim Pflügen ausgegraben. Man nennt die hier auch «Sklavenmauern».

Wieso denn das?, fragte sie.

Tja, rate mal.

In der Nähe der Abtei erhob sich die Landschaft zu waldigen Hügeln, doch die Straße führte weiterhin durch Farmland: gepflügte Felder und Bodendecker. Auf einer Steigung kam ein Kirchturm in Sicht, dann die von einer Mauer umschlossene Abteianlage. Ich bog in die Auffahrt und hielt einen Moment an. Auf einem Grashügel ein Stück entfernt von uns stand eine Statue. Wind peitschte gegen das Auto und wackelte daran. Wow, sagte Alma, den Blick noch auf dem Handy. Er ist durch 'nen Stromschlag gestorben. Irgendwas mit 'nem Ventilator.

Kann mir schönere Arten zu sterben vorstellen, sagte ich.

Wir parkten und spazierten durch die Anlage. Es gab dort Kapellen, Wohngebäude und von Wegen durchschlängelte Gärten. Der Souvenirladen verkaufte Früchtebrot, Käse und Toffee. Ich hatte auf Trappistenbier gehofft, wurde allerdings enttäuscht. Das machen die nur in Europa, erklärte die Frau an der Kasse, und ich begnügte mich mit geräuchertem Gouda. Alma kaufte eine Ecke Erdnussbutter-Toffee und ein Exemplar von *Der Berg der sieben Stufen*.

Wir fanden Mertons Grabstein auf dem kleinen Klosterfriedhof. Alma zog die Plastikfolie von ihrem Toffee und bröckelte sich etwas ab. In diesem Wind fiel mir erst auf, wie lang ihr Haar im Laufe der Monate geworden war. Ein ums andere Mal strich sie sich Strähnen aus den Augen, und der Wind blies sie ihr wieder ins Gesicht. Vor einem der Wohngebäude in der Ferne entdeckte ich einen Mönch – ein alter Mann mit Rauschebart und schwarz-weißer Kutte. Auf den Stufen vor dem Eingang hob er den Rockschoß etwas an. An den Füßen trug er Crocs.

Kauend beobachtete Alma ihn ebenfalls. Könntest du dir das vorstellen?, fragte sie. Ein Schweigegelübde abzulegen?

Ich glaub nicht, dass das was für mich wäre.

Klar, ich meine ja nur hypothetisch.

Ich glaube, dafür müsste ich das Sprechen ganz schön überhaben. Also richtig existenziell satt. Aber vielleicht wäre das Leben dadurch auch leichter. Weniger kompliziert, zumindest.

Genau das würde mir fehlen. Das Komplizierte macht das Leben ja erst interessant.

Hm, ja. Vielleicht wird das aber auch langweilig.

Die kommunizieren übrigens sehr wohl. Mit Zeichensprache. Hab ich mal irgendwo gelesen.

So, so, sie mogeln also.

Und offensichtlich schreiben sie auch. Sie nickte zu Mertons Grab, wickelte das Toffee ein und steckte es in die Hosentasche. Dann sah sie mich seufzend an, rümpfte die Nase und beschirmte die Augen mit der Hand. Ihr Haar wehte ihr wild um den Kopf. Was ist eigentlich los mit uns?, fragte sie.

Was meinst du?

Na, es ist halt irgendwie komisch.

Ich hab das alles noch nicht ganz verwunden.

Ich meine zwischen uns, sagte sie. Du weißt schon.

Ich blickte hinaus über die Gräber, die Mauer und die Böschung jenseits der Straße. Seltsam, dass es diesen Ort hier gab, mitten in Kentucky. Abgesehen von dem Souvenirgeschäft und der Schuhmode der Mönche, war alles noch ziemlich genau wie bei der Gründung Mitte des 19. Jahrhunderts. Da draußen lief in Zeitlupe die ganze beschissene Apokalypse des Spätkapitalismus ab, aber hier drinnen, innerhalb der Mauer, herrschten Ruhe und Frieden – ein sonderbares Plätzchen auf Erden, an dem man sich darauf geeinigt hatte, einfach die Klappe zu halten und die Welt so sein zu lassen, wie sie ist. Man hörte die Vögel zwitschern. Den Wind durch die struppigen Eichen rauschen. Was aber sollte man von Merton halten, der sein Schweigen gebrochen hatte, indem er darüber schrieb?

Ich gehe nach Florida, sagte ich.

Unsere Blicke trafen sich, sie wirkte verwirrt. Nach Florida?

Die Autorenresidenz, erklärte ich. Zum Schreiben.

Oh, sagte sie.

Ich glaub, ich gehe hin.

Gut, sagte sie. Freut mich. Aber danach hab ich nicht gefragt.

Vielleicht zieh ich schon früher runter, fuhr ich zu meiner eigenen Überraschung fort. Bisher hatte ich daran noch gar nicht gedacht, doch jetzt, wo ich es aussprach, wusste ich, dass ich es tun wollte. Das Stipendium begann im August. Ich könnte schon im Mai oder Juni hin, den Sommer über arbeiten.

Und das sagst du mir, weil ... Machst du etwa grade Schluss mit mir? Echt jetzt? Machst du auf einem Trappistenfriedhof mit mir Schluss? Oder wird das gleich ein Heiratsantrag?

Ich lachte, dann kamen mir fast die Tränen, und ich blickte zu Boden. So ging es mir seit Pops Tod die ganze Zeit – mein Herz machte plötzliche Sprünge, Gefühle stürzten über mich herein wie Wolkenbrüche und waren genauso schnell wieder verflogen, wie sie gekommen waren. Nein, ich mache nicht Schluss mit dir, erwiderte ich. Ich will nur sagen ... Ich gehe weg von hier und kann nie mehr zurück. Wenn du bleibst, kann ich nicht wiederkommen.

Verstehe, sagte sie. Du meinst, wenn ich die Stelle in Ashby annehme.

Genau.

Hm. Sie wandte sich von der Sonne ab und holte tief Luft. Okay, sagte sie schließlich. Dann ist das eben so.

Eigentlich solltest du mich jetzt bitten hierzubleiben.

Das kann ich nicht, das weißt du. Und würdest du das wirklich wollen?

Nein, sagte ich, blinzelte meine Tränen weg und presste mir die Handballen auf die Augen. Sie nahm mich in die Arme.

Wir schauen einfach, sagte sie, gedämpft von meiner Schulter. Wir schauen einfach, was passiert.

In dem Monat nach jenem Tag an Mertons Grab passierte allerhand in meinem Leben. Pop vererbte mir das Bajonett und obendrein 5000 Dollar, womit ich nicht gerechnet hatte. Das Bajonett hatte er irgendwann nach meinem Diebstahl in sein Testament eingefügt – als eine Art Absolution, vermute ich, auch wenn ich mich trotzdem noch schuldig fühlte. Ich bin sogar noch mal zu dem Pfandleiher gegangen, um es zurückzukaufen, was irgendwie poetisch gewesen wäre, doch natürlich hatte er es nicht mehr. Der Pfandleiher erinnerte sich an mich, meinte, er habe das Bajonett einem Sammler aus Lexington verkauft. Ich würde Ihnen ja seine Nummer geben, sagte er, aber Sie wissen ja, wie diese Bürgerkriegsfreaks sind. Jede Wette, dass das Ding schon in einer Vitrine liegt. Er klang beinah entschuldigend, so als wäre ich bei Weitem nicht der Erste seiner Kunden, der wiederkam, um etwas Wertvolles zurückzuholen.

Ich kündigte meinen Job auf dem Campus, was bedeutete, dass ich mich drei Tage in Folge krankmeldete und dann einfach gar nicht mehr hinging. James schrieb mir, um mich zu fragen, ob ich noch am Leben sei, was ich bestätigte. Meine Seminare hatte ich ohnehin nur noch sporadisch besucht, doch als die 5000 Dollar auf meinem Konto lagen, schmiss ich sie komplett und fiel deshalb natürlich auch in beiden durch. Den Leuten in Florida teilte ich mit, ich würde das Stipendium gern annehmen und wolle bereits früher kommen und den Sommer über arbeiten. In der Zwischenzeit kam ich bei Alma unter. Meine Kisten aus Pops Keller schaffte ich auf ihren Dachboden. Kurz überlegten wir, meine Bücher zu ihren ins Regal zu stellen, doch am Ende ließ ich sie lieber eingepackt.

Ich buchte einen Flug, kümmerte mich um eine Unterkunft. Und dann war meine Abreise mit einem Mal nicht mehr abstrakt. Ich würde wirklich fortgehen. Auf gewisse Weise schien mir das noch immer ganz unmöglich. Irgendetwas würde dazwischenkommen, davon war ich überzeugt. Doch Tag für Tag, Stunde um Stunde, rückte das festgelegte Datum näher und gewann seine eigene Anziehungskraft. Sicher, ich kehrte Kentucky nicht zum ersten Mal den Rücken, aber nach Colorado hatte mich bloß eine Laune getrieben – einen Grund für meine Anwesenheit dort hatte es nicht gegeben. Jetzt lagen die Dinge anders. Jemand wollte aus ganz offiziellen Gründen, dass ich abreiste. Man wollte mich. Ich wurde woanders gebraucht.

Und dann war da noch Alma, die sich Mühe gab, meine Entscheidung zu unterstützen, mich ermutigte und mir versicherte, dass es eine tolle Chance sei. Sie selbst hatte endlich ihren Roman abgegeben und war seither viel besser gelaunt. Dem Direktor des Englisch-Departments hatte sie am Ende zugesagt, die Stelle anzunehmen, und damit war auch das entschieden. Jetzt bist du eine richtige Kentuckierin, sagte ich. Wie fühlt sich's an?

Tja, ich würd mal sagen, ich freu mir 'n zweites Loch in meinen Allerwertesten, leierte sie.

Doch trotz aller Zuversicht plagten mich Zweifel. Uns beide, vermute ich. Beim Lesen auf dem Sofa oder beim Spaziergang auf dem Campus nach dem Abendessen ertappte ich sie manchmal dabei, wie sie mich traurig von der Seite ansah, und wenn ich nachfragte, rang sie sich nur ein Lächeln ab und schwieg. Was tust du da nur?, fragte ich mich stets in diesen Augenblicken. Noch könntest du alles abblasen. Den Flug, die Sommerunterkunft und das Stipendium. Alles könnte einfach wieder rückgängig gemacht werden, und du könntest bei ihr bleiben. Liegt ganz bei dir. Nichts ist unvermeidlich.

Die Tage kamen und gingen. Nachrichtenzyklen wiederholten sich, Meldungen, die einander so gespenstisch ähnelten, dass man hätte schwören können, sie gerade erst schon einmal gehört zu haben. Eine Litanei aus Massenmord und Unwettern, aus Krieg, Betrug und Eitelkeit, und wir bekamen kaum etwas davon mit. Ich hatte mir eine Story für uns gewünscht, hatte gehofft, wir wären wie das Liebespaar in einem Roman, das sich in schweren Zeiten kennenlernt, für seine Beziehung kämpft und von den Zeitläuften davongerissen wird. Doch an uns beiden war nichts grandios. Wir waren bloß zwei Menschlein, die inmitten eines großen Durcheinanders versucht hatten, einander zu lieben. Jetzt ging es zu Ende. Ohne Tusch, ohne Trara. Manchmal staunte ich, wie sehr sie sich verändert hatte, seit wir uns kannten. Oder sah ich sie nur anders? Ich hatte mich garantiert auch verändert.

War nicht mehr derselbe, den sie damals kennengelernt hatte. Und so war es doch immer, oder? Niemand war jemals genau, wie man ihn gern gehabt hätte. Je länger man jemanden kennt, desto mehr wird er zu sich selbst, soll heißen: zu etwas, das man nie hätte vorhersehen können.

Als sie mich am Flughafen absetzte, rechnete ich immer noch halb mit irgendwelchem großen Kino. Doch da stand bloß ein Cop in gelber Weste, schrie und winkte alle weiter. Sie drückte mich ganz fest und küsste mich. Vielleicht komm ich dich bald besuchen, sagte sie. Dann essen wir Key Lime Pie. Den isst man doch in Florida, oder? Sie strich sich eine Träne aus dem Auge und strahlte mich an.

Los, weiter jetzt, bellte der Cop.

Ich küsste sie noch einmal. Eigentlich hatte ich vorgehabt, mir ganz genau zu merken, wie sie roch und wie sie schmeckte, doch sie hatte seit ein paar Tagen Zahnfleischbluten – eine kleine Entzündung, weiter nichts –, sodass sie jetzt einen metallischen Geschmack wie von Pennys im Mund hatte, und daran wollte ich mich lieber nicht erinnern. Ich ruf dich an, wenn ich gelandet bin, versprach ich.

Wenn ich nicht rangehe, mach ich gerade ein Nickerchen.

Okay.

Okay.

Wir umarmten uns ein letztes Mal, dann nahm ich meine Taschen und ging auf die Schiebetür zu. In der Scheibe sah ich ihre Spiegelung, sah, wie sie noch einen Moment dastand, sich mit dem Ärmel über die Augen wischte, in ihr Auto stieg und wegfuhr.

An der Sicherheitskontrolle hielt man mich wegen eines Gläschens Sorghum im Handgepäck auf. Alma hatte es für mich gekauft, und es wog exakt 85 Gramm, das stand sogar auf dem Etikett. Trotzdem hatten die Flüssigkeitsdetektoren Alarm geschlagen, und zwei Sicherheitsleute diskutierten zehn Minuten lang, ob ich es behalten durfte, während ich danebenstand und nervös auf die Uhr sah. Ist ja nicht so wichtig, sagte ich schließlich. Schmeißen Sie's einfach weg.

Sie wollen das Sorghum nicht?, fragte die Frau, die fand, ich sollte es behalten dürfen.

Doch, aber ich will auch meinen Flug nicht verpassen.

Sieht aber gut aus, das Sorghum.

Ist es bestimmt auch, sagte ich.

Schöne Farbe, sagte sie, hielt das Gläschen gegen das Licht und betrachtete es andächtig.

Am Ende durfte ich es mitnehmen. Ich hastete zum Gate, der Riemen meiner Tasche schnitt mir in die Schulter, und als ich ankam, musste ich feststellen, dass mein Flug eine halbe Stunde Verspätung hatte. Keuchend ließ ich mich auf einen der harten Plastiksitze fallen und zupfte mir mein T-Shirt aus den Achseln. Mir blieb noch genügend Zeit, um einen Snack zu kaufen, also holte ich mir einen Schokoriegel und eine Zeitschrift. Ich schlang den Riegel hinunter und blätterte durch das Heft, ohne es richtig zu lesen. Ich war hibbelig. Mein Knie zuckte. Ich zog mein Handy aus der Tasche, überlegte, was ich Alma schreiben könnte. «Gleich Boarding», tippte ich. Dann fügte ich ein Herz-Emoji an, löschte es, fügte es noch mal an. Ich starrte eine Weile auf die Nachricht, schaltete das Display aus und steckte das Handy wieder in die Tasche.

Die Frau am Schalter rief die erste Boardinggruppe auf. Passagiere erhoben sich von ihren Plätzen und stellten sich an. Sie husteten in ihre Fäuste, scrollten durch ihre Handys. Sie wiegten quengelige Babys, trugen sedierte Katzen in Reiseboxen. Mein Herz klopfte wie wild. Die nächste Gruppe wurde aufgerufen und wenig später meine. Inzwischen waren alle aufgestanden und schlurften zu der Warteschlange – alle außer mir. Als Einziger am ganzen Gate saß ich noch immer. Ich stehe auf, sobald mein Puls sich etwas beruhigt, sagte ich mir. Sobald ich wieder normal Luft kriege. Doch mein Herz pochte nur immer schneller, und meine Beine waren wie festgefroren. Die Frau am Schalter öffnete das Boarding für alle. Die Schlange kam zügig voran, der Scanner piepste bei jedem Ticket. Gleich, dachte ich. Gleich stehe ich auf. Ich gehe durchs Gate und fliege weg. Doch als die Schlange durch war, saß ich noch immer da, unfähig, mich zu bewegen. Der letzte Aufruf kam, und ich saß noch immer. Wenn das ein Buch wäre, dachte ich, würde ich jetzt einfach aufstehen und losrennen. Ich würde meine Taschen hierlassen, zu ihr nach Hause laufen und das niemals bereuen. Doch das Gate würde schon bald geschlossen, und das hier war kein Buch. Es war mein Leben.

DANKSAGUNG

Ich danke der Forestry Division der City of Aurora, die mir in einer aussichtslosen Zeit einen Job als Gestrüppschlepper gegeben hat. Ohne diesen Job würde es dieses Buch nicht geben.

Mein Agent Peter Straus hat an dieses Buch geglaubt und mich von Anfang an betreut. Dafür bin ich ihm aufrichtig dankbar.

Ich schätze mich glücklich, Jordan Pavlin als Lektorin zu haben. Ihre Sachkenntnis und Sorgfalt haben das Beste aus dem Buch herausgekitzelt.

Andrew Ridker, Bobby Lamirande und Sanjena Sathian gilt mein Dank für ihren unschätzbaren Rat, ihre unerschütterliche Unterstützung und vor allem für ihre Freundschaft.

Annie Bishai danke ich für ihren Einsatz während der gesamten Arbeit am Buch. Angus Cargills kluge Anmerkungen haben mir sehr geholfen. Vielen Dank auch an Eliza Plowden, Sam Coates, Tristan Kendrick und Matthew Turner für ihre wichtigen Beiträge.

Ich danke all den wunderbaren Menschen beim Iowa Writers' Workshop: Sam Chang, Charlie D'Ambrosio, Ayana Mathis, Tom Drury, Connie Brothers, Sasha Khmelnik, Jan Zenisek und Deb West. Chris Adrian danke ich für die Hilfe dabei, meine Stimme zu finden.

Viele andere Leute haben mich unterstützt und ermutigt – zu viele, um sie alle aufzuzählen, aber ein paar will ich doch nennen: Kiki Petrosino, Paul Griner, Ryan Ridge, Brian Weinberg, Sarah Thankam Mathews, Dale Billingsley, Aaron Williams, Zia Choudhury, Brick Green, Tim Cook, John Golightly, Madelyn Cole, Chrystal Cole, Vickie Cole, Sherry Hixon und Rick Orr.

Ian Stansel hat mich ermuntert dranzubleiben, und von ihm habe ich wahrscheinlich das meiste über das Schreiben gelernt. Ich habe ihm viel zu verdanken.

Ariel Katz hat einen großen Anteil an diesem Buch. Ihre Liebe, Weisheit und Unterstützung haben mich zu einem besseren Menschen und einem besseren Autor gemacht.

Meine Eltern Hal Anthony Cole und Amanda Orr und meine Großeltern Martha Shelton, Mildred Cole und Hal Cole haben mir mehr gegeben, als ich ihnen je zurückgeben könnte.

Bleibt noch mein Großvater Creston Shelton, dem dieses Buch gewidmet ist. Er führte ein echtes Abenteurerleben in einer Welt, die es längst nicht mehr gibt. Wenn ich kein ganz schlechter Erzähler sein sollte, dann habe ich das von ihm.

Die Rowohlt Verlage haben sich zu einer nachhaltigen Buchproduktion verpflichtet. Gemeinsam mit unseren Partnern und Lieferanten setzen wir uns für eine klimaneutrale Buchproduktion ein, die den Erwerb von Klimazertifikaten zur Kompensation des CO_2-Ausstoßes einschließt.

www.klimaneutralerverlag.de